Ein todsicherer Bestseller

ECON **Krimi**

Im ECON Taschenbuch Verlag sind folgende Titel von Elizabeth Peters lieferbar:

Aus der Serie um Amelia Peabody:
Der Fluch des Pharaonengrabes (TB 25096)
Die Schlange, das Krokodil und der Tod (TB 25099)
Verloren in der Wüstenstadt (TB 25098)
Im Schatten des Todes (TB 25145)

Elizabeth Peters präsentiert:
Was du heute kannst ermorden ... (TB 25060)

Aus der Serie um Vicky Bliss:
Kreuzfahrt ins Ungewisse (TB 27226)

Zum Buch:

Jacqueline Kirby, Schriftstellerin historischer Romane, erhält den Auftrag ihres Lebens. Sie soll zu einem Bestseller der spurlos verschwundenen Autorin Kathleen Darcy eine Fortsetzung schreiben. Begeistert nimmt sie den Auftrag an und macht sich auf den Weg nach Pine Groves, der Heimatstadt ihrer Kollegin.
Doch Jacqueline schreibt nicht nur an der Fortsetzung, sie stellt auch Nachforschungen über das Verschwinden der inzwischen für tot erklärten Autorin an und gerät dabei immer mehr in den Bann ihrer geheimnisumwitterten Kollegin. Was hat es mit der mysteriösen Familie Kathleens auf sich? Warum sollte sich die attraktive, lebenslustige junge Frau das Leben genommen haben? Und warum ist der Leichnam nie aufgetaucht? Was ist dann vor sieben Jahren wirklich passiert?
Je mehr sie sich durch die Papiere und auch die Vergangenheit Kathleens arbeitet, desto mehr gerät auch ihr Leben in Gefahr ...

Zur Autorin:

Elizabeth Peters hat an der University of Chicago in Ägyptologie promoviert. Die meisten ihrer Bücher haben daher einen historischen Hintergrund. Dies ist der erste zeitgenössiche Krimi von ihr im ECON Taschenbuch-Programm. Sie hat schon mehrere Auszeichnungen für ihre Krimis erhalten, darunter den Agatha Award und den American Mystery Award. Elizabeth Peters hat zwei Kinder und zwei Enkelkinder. Sie lebt mit ihren sechs Katzen und zwei Hunden in Frederick, Maryland.

Elizabeth Peters

Ein todsicherer Bestseller

Ein Jaqueline-Kirby-Krimi

Aus dem Amerikanischen
von Angelika Naujokat

ECON Taschenbuch Verlag

Veröffentlicht im ECON Taschenbuch Verlag
Deutsche Erstausgabe

First published by Warner Books Inc., N.Y.
Titel des amerikanischen Originals: Naked Once More
Aus dem Amerikanischen übersetzt von Angelika Naujokat
Umschlaggestaltung: Init GmbH, Bielefeld
Titelabbildung: Reiner Tintel
Lektorat: Gisela Klemt
Gesetzt aus der Baskerville
Satz: ECON Verlag
Druck und Bindearbeiten: Elsnerdruck, Berlin
Printed in Gêrmany
ISBN 3-612-25136-8

Für Pansy – sie weiß, wer sie ist,
und bald wird es die ganze Welt wissen.

Überall in Amerika gibt es diese seltsamen kleinen Straßen, die ins Nichts führen. Sie schlängeln sich einsame Hügel hinauf und durch düstere Wälder, sind voller Schlaglöcher und gefährlich schmal, im Winter mit einer glatten Eisschicht überzogen, im Sommer von Unkraut bedeckt. Und sie enden abrupt und ohne ersichtlichen Grund irgendwo ganz weit draußen, weit weg von jeglicher menschlichen Behausung. Gelegentlich findet sich ein Hinweis auf ihre ehemalige Funktion: eine verrostete Bierdose, ein Stück Plastik, verstreute Backsteine eines schon vor langer Zeit verlassenen Hauses.

Am Ende einer solchen Straße wurde Kathleen Darcys Wagen gefunden. Die Suchtrupps benötigten beinahe eine Woche, um ihn zu finden, da es keinen vernünftigen Grund gab, warum sie – oder sonst irgend jemand – sich dorthin begeben haben sollte. Die tagelang andauernden Regenfälle hatten alle Spuren verwischt und der Vegetation zu einem plötzlichen Ausbruch verholfen, wie er für einen Frühling im Süden des Landes charakteristisch ist. Die Suchtrupps schwärmten von dem verlassenen Fahrzeug aus, fluchten über giftiges Efeu und über Dornensträucher, die so hart wie Stacheldraht waren, und hielten ängstlich nach Schwarzbären und tollwütigen Waschbären Ausschau. Sie fanden genau das, womit sie gerechnet hatten, nämlich nichts. An den überwucherten Abhängen der Berge, die von Höhlen und aufgegebenen Minenschächten durchlöchert waren, konnte eine Leiche jahrelang liegen, ohne entdeckt zu werden – zumindest nicht von Menschen. In der Gegend gab es Schwarzbären und Luchse, Füchse und wilde Hunde. Und Bussarde. Nicht weit entfernt von einer Lichtung rauschte weißschäumendes Wasser auf dem Weg zum Fluß über Felsbrocken hinweg. Die Regenfälle hatten es derart anschwellen lassen, daß es durchaus noch schwerere Objekte als den Körper einer schlanken Frau hätte mit sich tragen können.

Möglicherweise hatte sie irgend etwas unternommen, um sicherzustellen, daß sie niemals gefunden wurde. Unter den Papieren, die man in ihrer Handtasche entdeckt hatte, war etwas, das als eine Art Abschiedsbrief verstanden werden konnte. »Sah aus wie ein Gedicht«, sagte einer der Männer, die sich an der Suche nach ihr beteiligt hatten, zu seinen aufmerksam lauschenden Zuhörern in der »Elite-Bar«. »Es war ihre Schrift, aber der Sheriff sagt, daß sie es nicht selbst verfaßt hat. Sie hat es von irgend jemandem abgeschrieben. Auf jeden Fall waren einige Fremdworte drin. Vielleicht Griechisch.«

»Eher Lateinisch«, warf ein etwas beleseneres Mitglied seiner Zuhörerschaft ein.

»Lateinisch, Griechisch, zum Teufel noch mal, ist eh alles Chinesisch für mich.« Der Erzähler kicherte. »Sollte wohl bedeuten, daß sie Angst vorm Sterben hatte.«

»Ich kenne niemanden, der verrückt danach ist«, erwiderte der Belesene trocken. »Aber ich hätte an ihrer Stelle nicht so viel Zeit damit vertrödelt, darüber nachzudenken. Wieviel hat sie wohl mit ihrem Buch gemacht – eine Million oder zwei Mille?«

Der andere Mann zuckte die Schultern, rülpste und verkündete dann seine Version eines Nachrufs auf Kathleen Darcy: »Sie war eine seltsame Frau.«

Ein ähnlicher Gedanke duchfuhr Christopher Dawley, als er beobachtete, wie sich seine Klientin auf den Tisch zubewegte, den er (wenn auch nur äußerst widerwillig) in der »Tavern on the Green« reserviert hatte. Chris haßte diesen Laden. Jacqueline Kirby liebte ihn jedoch, und Chris wäre ihren Wünschen auch dann nachgekommen, wenn es sich nicht, wie in diesem

Falle, um seine Lieblingsklientin gehandelt hätte. Er war schließlich nicht nur Literaturagent, sondern auch ein Gentleman. (Im Gegensatz zur anderslautenden Meinung, die einige Autoren vertreten mögen, kommt es durchaus häufig vor, daß sich diese beiden Kategorien überschneiden.)

Schriftsteller klagen ständig – und in manchen Fällen auch gerechtfertigterweise – über ihre schlechte Bezahlung. Die übliche Vergütung eines Literaturagenten beträgt zehn Prozent von dieser Bezahlung – mit anderen Worten: sehr wenig. Aber zehn Prozent von Jacqueline, der Autorin von zwei Romanen, die Bestseller geworden waren, bedeutete immerhin eine nette kleine Summe. Das war einer der Gründe, warum sie Chris' Lieblingsklientin war.

Manchmal glaubte er, daß dies der einzige Grund war. Sie besaß eine Reihe von Eigenschaften, die ihn zur Raserei brachten. Zum Beispiel die Art und Weise, wie sie sich kleidete. Chris war ein zurückhaltender Mann mit konservativen Gewohnheiten und einem entsprechdenden Geschmack, was seine Kleidung anging, und er bevorzugte es, nicht aufzufallen. In aller Öffentlichkeit mit Jacqueline aufzutauchen, war jedoch eine Garantie dafür, zum Mittelpunkt des Interesses zu werden.

Heute hatte sie sich in einer solch extravaganten Weise gekleidet, wie er es noch nie zuvor an ihr gesehen hatte – und das wollte schon etwas heißen. Der Mantel, der sie vom Hals bis zu den Fußknöcheln einhüllte, war ein wundersames Gemisch aus schillernden Meerestönen. Grün und Blau, blasse Lavendelfarben und Eisgrau wurden überlagert von Federn, Pailletten, Stickereien und einigen anderen, nicht näher identifizierbaren Dingen. Und der Hut! Seit sie die Bestsellerliste der *Times* erklommen hatte, war Jacqueline, was Hüte betraf, schier übergeschnappt. Dieses purpurfarbene Modell hier hatte einen zwanzig Zentimeter breiten Rand und war mit Lavendel und Pflaumen verziert, die den Hut so weit nach unten drückten, daß er beinahe über die dunklen Gläser rutschte, die wiederum das obere Drittel von Jacquelines Gesicht verdeckten. Sie trug passende purpurfarbene Handschuhe und jede Menge klimpernder Armreifen. Vermutliche weitere Extravaganzen wurden von Hut und Mantel verhüllt. In der freundlichen, ländlichen Atmosphäre des Gartenzimmers sah sie so deplaziert aus wie eine ... Chris fiel kein passender Vergleich ein. Schließlich war er Literaturagent, kein Schriftsteller.

Die dunklen Gläser und der Hut schienen Jacquelines Sehvermögen zu beeinträchtigen, aber sie schaffte es schließlich doch stolpernd bis zu seinem Tisch. Der Wirt, auf dessen Gesicht Faszination und Bestürzung miteinander rangen, schob ihr einen Stuhl zurecht und zog sich dann zurück. Jacqueline schaute unter dem Hutrand hervor. Ein bezauberndes Lächeln umspielte ihren breiten Mund.

»Liiiebling!«

»Hör' schon auf.« Chris nahm wieder Platz. Er hatte eigentlich beabsichtigt, ihr einen kleinen Kuß auf die Wange zu geben, wie es in der Branche so üblich war, aber die Gefahr, sich im Mantel zu verfangen – vom Hut gar nicht zu reden –, hatte ihn von dieser Idee wieder abgebracht. »Ich hasse es, wenn du Theater spielst«, fügte er brummig hinzu. »Wer bist du denn heute? Jackie Kennedy, Jackie Collins, Michael Jackson ...?«

»Das verletzt mich jetzt aber wirklich, Chris!« Jacqueline preßte eine purpurfarbene Hand gegen ihren wogenden Busen. »Du weißt doch, daß ich meinen eigenen, unverwechselbaren Stil habe – und ausgesprochen gute Gründe dafür!«

Mit einer anmutigen Bewegung ließ sie den Mantel von ihren Schultern gleiten. Er fiel wie ein schillernder Regenbogen über die Rückenlehne ihres Stuhls und ergoß sich über den mit Rosen gemusterten Teppichboden, bevor sie ihn zusammenraffte und ein wenig unter ihren Stuhl schob. Ihr Kleid war vergleichsweise dezent: purpurfarbener Seidencrêpe, der so drapiert war, daß er ihren bewundernswerten Körper betonte. Sie hatte sich mit einer Kollektion von Goldketten geschmückt, die der Mitgift einer reichen Ubangi-Jungfrau alle Ehre gemacht hätten.

Sonnenlicht strömte durch die riesigen Fenster und spiegelte sich in den glänzenden Schmuckstücken wider. Chris wandte seine Augen ab. »Ich weiß. Du hast es mir gesagt. ›Die einzige Möglichkeit, in diesem Geschäft meinen Verstand zu behalten ist, mich zumindest über seine absurden Seiten und über mich selbst lustig zu machen.‹ Aber das ist nicht der einzige Grund: Du hast Spaß daran!«

»Natürlich habe ich das.« Jacqueline schob den Hut mit einer energischen Handbewegung nach hinten und gab den Blick auf ihr Gesicht frei.

Es war ein Gesicht, das in ruhigem Zustand beinahe streng wirkte. Das Kinn war fein gerundet, stand aber hervor. Der breite, bewegliche Mund konnte so rätselhaft lächeln wie eine alte griechische Göttin, sich aber auch durchaus zu einem Ausdruck gnadenloser Unnachgiebigkeit verziehen. Der größte Teil ihres Haares war noch unter dem Hut versteckt, aber Chris hatte bereits einige Male die Gelegenheit gehabt, seine bronzefarbene Fülle zu bewundern. Er wußte nicht, ob die Farbe echt war.

Gerade umspielte dieses rätselhafte Lächeln ihre Lippen, und ihre grünen Augen leuchteten wie Smaragde, ein sicheres Indiz dafür, daß sie sich über irgend etwas amüsierte – sei es über sich selbst oder über jemand anderen. »Ich muß mich allerdings vor meinen aufdringlichen Fans schützen. Es ist soooo anstrengend, berühmt zu sein!«

Sie hatten diese Unterhaltung bereits einige Male geführt. Chris wußte nicht, warum er sich überhaupt noch die Mühe machte, sich zu wiederholen. »Das ist allein deine Schuld. Hättest du dich in der *Today* Show nicht derartig zur Schau gestellt und diese ungeheuerlichen Dinge im *People*-Interview gesagt und –«

»*Du* warst doch derjenige, der darauf bestanden hat, daß ich all diese Interviews gebe«, unterbrach ihn Jacqueline.

»Es gehört mit zu deiner Arbeit«, murmelte Chris.

»Was?« Jacqueline lehnte sich vor. »Ich kann dich nicht verstehen.«

»Aber ich kann *dich* verstehen, genau wie alle anderen hier im Raum. Ich habe nur wiederholt, was ich dir schon hundertmal gepredigt habe, nämlich daß PR ein Teil deiner Arbeit ist. Das weißt du, und wenn ich sehe, mit wieviel Elan du darangehst, könnte man fast glauben, daß es dir Spaß macht. Also wirf mir nicht diesen Märtyrerblick zu.«

»Aber ich finde es nicht gut, daß PR ein Teil meiner Arbeit ist! Nathaniel Hawthorne ist auch nicht von besessenen Fans verfolgt worden. Emerson ist niemals in einer Talkshow aufgetreten und Louisa May Alcott –«

Dies war eine neue Variante des alten Themas, und Chris ließ sich von der Freude am Diskutieren mitreißen. »Twain und Dickens haben Vorträge gehalten, und Alcott wurde von ihren Fans belagert. Erinnerst du dich noch an die Szene in *Jo's Boys*, in der sie vorgab, das Hausmädchen zu sein, um einer aufdringlichen Familie zu entkommen, die in ihr Arbeitszimmer eingedrungen war?«

»Ich erinnere mich sehr wohl.« Jacqueline grinste über das ganze Gesicht. »Aber ich dachte, Männer würden niemals Alcott lesen.«

»Meine literarischen Kenntnisse sind größer, als du dir vorstellen kannst«, erwiderte Chris. »Ich habe sogar Laura Ingalls Wilder gelesen.«

Ein Kellner umkreiste vorsichtig den Hut und stellte zwei Gläser mit klirrenden Eiswürfeln und einer klaren, frostigen Flüssigkeit vor sie auf den Tisch. Jacqueline hob ihr Glas und tat einen langen Schluck.

»Fühlst du dich jetzt besser?«

»Ja, viel besser. Aber ehrlich, Chris, diese PR-Geschichte ist ein wenig aus den Fugen geraten. Du hast doch den Plan für die Tour gesehen, die sie letzten Herbst für mich arrangiert haben – jeder noch so klitzekleine Buchladen von Los Angeles bis Maine, jede Lokalzeitung, jede Radio- und Fernsehstation im kleinsten Kaff war dabei ... Ich werde niemals den Diskjockey in Centerville, Iowa, vergessen, der mich ›Alte‹ nannte und andeutete, daß ein Tête-à-tête im Hinterhof mit ihm und seiner Drogensammlung mir neue Einblicke in die sexuellen Gewohnheiten des Cro-Magnon geben würde.«

Chris' Augen weiteten sich. »Das hast du mir ja nie erzählt.«

»Ich versuche dich zu schonen, wo ich nur kann.« Jacqueline tätschelte seine Hand.

»Und, hast du?«

»Habe ich was? Also wirklich, Chris.« Ihre Wimpern, die mit

etwas Dunklem und Glänzendem überzogen waren, senkten sich über ihre Augen, und sie sagte verträumt: »Er war niedlich. Auch wenn er das *g* in Cro-Magnon aussprach.«

»Jacqueline, hast du –«

»Natürlich nicht. Ich bemühe mich nur – trotz all deiner Unterbrechungen –, dir klarzumachen, daß das Geschäft mit der Schriftstellerei heutzutage eigentlich nichts mehr für Schriftsteller ist, sondern für Unterhaltungskünstler. Was ist nur aus der zurückgezogen lebenden Autorin geworden, die bei Kerzenlicht und nur von Schatten umgeben in ihrem Elfenbeinturm Poetisches aufs Papier kritzelt?«

»So etwas hat es nie ... Nun ja, Emily Dickinson, natürlich, aber die –«

»Schreiben ist doch eher etwas für introvertierte Menschen! Wenn du Leute magst, wirst du doch angeblich kein Schriftsteller, sondern Schauspieler oder Krankenschwester oder Versicherungsagentin oder –«

»Schon gut, schon gut.« Chris signalisierte dem Kellner. Er hatte den Eindruck, daß Jacqueline sich kaum Zeit genommen hatte, Atem zu holen, geschweige denn einen weiteren Schluck ihres Martinis zu kosten. Aber rätselhafterweise war ihr Glas leer. Er fuhr fort. »Theoretisch liegst du nicht falsch. Aber was du sagst, hat nichts mit der wirklichen Welt zu tun. Es ist nun einmal so, und dein Nörgeln wird daran auch nichts ändern.«

»Irrelevant, willst du sagen«, entgegnete Jacqueline nachdenklich. »Oder irrevelant, wie mein Enk – wie einer meiner jungen Freunde zu sagen pflegt.«

Sie nippte vornehm an ihrem zweiten Drink, und Chris grübelte über das Wort nach, das ihr beinahe entschlüpft wäre. Enkel? Jacqueline redete endlos über alles, außer über ihr Privatleben. Wahrscheinlich hatte es einmal einen Mr. Kirby gegeben oder auch einen Professor oder Dr. Kirby. Aber niemand schien zu wissen, was aus dem Mann geworden war. Jacqueline sprach niemals über ihn. Sie hatte Kinder – mehr als eins, aber wie viele genau? Fragen, die darauf abzielten, ihr diese Information zu entlocken, blieben unbeantwortet.

Nachdem ihr erstes Buch die Bestsellerlisten erklommen hatte und sie aufgrund ihrer Auftritte in Talkshows zu einer kleinen Berühmtheit geworden war, hatten sich verschiedene unternehmungslustige Klatschspaltenreporter, die wegen Jacquelines hartnäckigen Schweigens einen möglichen Skandal witterten, daran gemacht, ihre Familie aufzuspüren. Das einzige, was dabei zutage kam, war eine Universität im Mittleren Westen, an der angeblich ihr Sohn eingeschrieben war. Nachdem der Reporter, der diese Fährte verfolgte, von einer hübschen jungen Frau im Sekretariat die Auskunft erhielt, daß ein Mr. Kirby in der Tat zu den Studenten zähle, wurde er zu einem Raum geführt, in dem sich sieben oder acht – oder auch zwölf oder dreizehn, irgendwann hatte er aufgehört zu zählen – lächelnde junge Männer befanden, die alle behaupteten, der Sohn von Jacqueline Kirby zu sein. Sie hatten alle verschiedene Vornamen – wie beispielsweise Peregrine, Radcliffe, Percival, Agrivaine oder Willoughby –, und das Interview verwandelte sich schnell in ein Durcheinander aus Behauptungen und Gegenbehauptungen, Verleugnungen und Beleidigungen und endete schließlich in einem Handgemenge.

Weitere Nachforschungen ergaben, daß es sich bei dem einzigen echten Kirby, der an dieser Universität eingeschrieben war, um einen neununddreißigjährigen Doktoranten handelte, der offenbar orientalischer Abstammung war.

Chris hatte sich über diese Geschichte köstlich amüsiert, aber als er zu Jacquelines Privatleben befragt wurde, anwortete er wahrheitsgemäß, daß er auch nicht mehr wisse als alle anderen. Er wollte auch nicht mehr wissen. Es gehörte zu seinem Job, die empfindlichen Nerven seiner Klienten zu beruhigen, ihre empfindlichen Egos aufzubauen und ihnen auszureden, katastrophale Versprechen zu geben, die ihre Zeit und ihr Geld betrafen. Er sah sich jedoch nicht verpflichtet, den Psychiater zu spielen – oder den Rechtsanwalt. Trotz all ihrer Fehler hatte Jacqueline ihn niemals um drei Uhr nachts geweckt und mit Selbstmord gedroht oder verlangt, daß er sie aus dem Knast hole. Er war damit zufrieden, daß er nicht mehr wußte, als nötig war. Während er seine Begleiterin jetzt betrachtete, wie sie umgeben von ihrem Mantel dasaß und aussah wie ein Pfau, der ein Rad schlägt, konnte er sie sich einfach nicht als Großmutter vorstellen.

Die Ankunft des Kellners, der ihnen die Menükarten reichte, lenkte Jacqueline für einen Augenblick ab. Nachdem sie jedoch einen dritten Drink abgelehnt und sich für einen Salat entschieden hatte, kehrte sie zum Thema zurück – wie eine Katze, die sich ausgiebig dem Verspeisen einer toten Maus widmet, dachte Chris mit einem Schaudern.

»Es ist wirklich nicht irrelevant, Chris. Diese Treibjagd setzt mir zu. Es macht keinen Spaß mehr. Ich gebe zu, daß das mal anders war, ich habe es genossen, mich in Szene zu setzen, in die Kamera zu grinsen und mir kleine, ätzende Bonmots auszudenken.«

»Von denen du viele von Dorothy Parker geklaut hast.«

»Das weißt du, und ich weiß es auch, aber die meisten Zuschauer haben noch nie von ihr – oder von irgendeinem anderen Autor gehört, wenn er nicht gerade auf den Bestsellerlisten steht. Die Leute lesen nicht, Chris. Selbst Leute im Verlagsgeschäft tun das nicht. Ich weiß, ich übertreibe. Ich nehme an, es gibt nicht mehr als drei Verleger, die damit angeben, daß sie niemals Romane lesen. Aber ...« Sie preßte ihre Hände gegen die Schläfen. »Ich muß eine Zeitlang weg von alldem. Ich muß raus aus New York und eine Weile nichts weiter als einen Blick auf meinen eigenen Nabel oder in meine eigene Seele tun. Wahrscheinlich das letztere, da es vom ästhetischen Standpunkt aus betrachtet sicherlich zufriedenstellender ist.«

»Mmmmm.«

»Chris!«

Ihre erhobene Stimme ließ ihn zusammenzucken. »Was?«

»Irgend etwas bedrückt dich«, verkündete Jacqueline. »Du windest dich schon die ganze Zeit wie ein Schuljunge, den sein schlechtes Gewissen quält, und weichst meinem Blick aus.«

»Nun ja ...«

»Habe ich etwas Falsches gesagt?« Sie rollte genervt mit den Augen und verzog das Gesicht, aber die Sorge in ihrer Stimme war aufrichtig.

»Nein. Das heißt, ja. Was ich sagen will ...« Chris atmete einmal tief durch. »Was du gerade gesagt hast, traf so ziemlich ins Schwarze, obwohl es gar nicht beabsichtigt war. Ich weiß genau, wie du dich fühlst. Ich habe auch keine Lust mehr auf diese Treibjagd. Ich ziehe mich zurück. Setze mich zur Ruhe.«

Jacqueline wurde kreidebleich. Sie starrte ihn so lange mit geöffnetem Mund an, daß es Chris wie eine Ewigkeit vorkam. Dann begann sie zu schreien.

Es war kein sehr lauter oder sehr langer Schrei, aber er war schrill genug, um die Leute an den anderen Tischen zu veranlassen, ihre Köpfe zu drehen. Jacquelines Hände flogen zu ihrer Kehle hinauf. »Oh, Gott! Oh, Gott! Das kann doch nicht dein Ernst sein! Das kannst du mir nicht antun, Chris. Nach all diesen Jahren – nach allem, was wir uns bedeutet haben ...« Sie sackte nach vorne, die Pflaumen auf Halbmast.

Chris räusperte sich. »Jaqueline ... »

Jacqueline setzte sich wieder aufrecht hin. Ihre Augen blitzten vor Lachen – aber es war noch etwas anderes in ihnen. Dieser Anblick berührte Chris und ließ seinen Zorn über ihre absurde Vorstellung ein wenig verrauchen. »Du hast Roquefort auf deinen Federn«, bemerkte er und tupfte mit seiner Serviette an ihr herum.

»Ich habe dich wirklich sehr gern, Chris«, murmelte Jacqueline. »Es tut mir leid, aber ich konnte nicht widerstehen. Du hast so betroffen dreingeblickt, daß ich schon dachte, du würdest demnächst wegen Betrugs hinter Gitter wandern oder mir deine bevorstehende Hochzeit beichten oder sonst etwas wirklich Ernstes. Du hast dir doch keine Gedanken gemacht, oder? Du hast doch wohl nicht geglaubt, daß ich dir eine Szene machen würde?«

»Machst du das etwa nicht?«

»Nur eine ganz klitzekleine. Und wenn du ehrlich bist, wärst du am Boden zerstört gewesen, wenn ich deine Entscheidung nur kühl zur Kenntnis genommen hätte.«

»Ich dachte, du würdest versuchen, es mir auszureden.«

»Soll ich?«

Chris schüttelte den Kopf. »Ich renoviere seit über einem Jahr dieses Haus in Maine, und jetzt ist es endlich fertig. Genau wie ich. Ich möchte auf einem Felsen sitzen und einige Jahre nachdenken, ab und zu fischen und Ski laufen, mich meinen Hobbys widmen –«

»Lockenten schnitzen.« Jacquelines Stimme klang verdächtig bemüht, einen ernsten Tonfall beizubehalten.

»Das ist eine Kunst«, beharrte Chris. »Eine wirkliche Kunst. Lockenten sind bei Sammlern heißbegehrt –«

»Das glaube ich dir ja, mein Schatz. Ich bin sicher, daß du hervorragende Enten schnitzt.« Der Anflug von Spott verschwand aus ihrem Blick, und sie sagte mit sanfter Stimme: »Ich werde dich schrecklich vermissen, Chris. Ich möchte bezweifeln, daß ich jemals einen anderen Agenten mit einer solch seltenen Kombination aus Intelligenz, Humor und Integrität finden werde. Ich würde tatsächlich versuchen, es dir auszureden, wenn ich nicht eine solch hohe Meinung von dir hätte. Aber da das nun einmal so ist, bleibt mir nichts weiter übrig, als mich für dich zu freuen.« Sie schüttelte den Kopf. »Großer Gott, das klingt ja wirklich so, als hättest du mir deine Hochzeitsabsichten eröffnet. Als nächstes breche ich wahrscheinlich in Tränen aus.«

Chris sagte nichts. Jacqueline blickte ihn forschend an. »Chris, du erinnerst mich an eine Katze, die das Goldfischglas ausgeräubert hat. Du gewiefter Hund, du, sag mir nur nicht, daß es da irgendwo eine unbekannte Verehrerin gibt?«

»Sie leitet die Bibliothek des Ortes.«

Aus irgendeinem Grund fanden sie das beide ausgesprochen amüsant. Die Spannung verflüchtigte sich, als beide in lautes Gelächter ausbrachen.

»Du hast einen guten Geschmack«, bemerkte Jacqueline, während sie vorsichtig über ihre verkrusteten Wimpern tupfte. »Als ehemalige Bibliothekarin darf ich dir versichern, daß es im ganzen Land keine besseren Frauen gibt. Und wenn du mich nicht zur Hochzeit einlädst, werde ich trotzdem kommen und etwas wundervoll Gräßliches mitbringen. Wie wäre es mit einem viktorianischen Nachttopf? Aber Chris – nun mal Spaß beiseite und alles Gute für dich –, was soll ich nur tuuuuun?«

Das letzte Wort klang wie das Jammern einer Sirene. Jacqueline war wieder die alte.

»Wenn du möchtest, werde ich mich auch weiterhin um deine beiden ersten Bücher kümmern. Es wird noch einige Zeit um die Autorintantiemen, die Verkäufe im Ausland und so weiter gehen.«

»Danke.«

»Meine zehn Prozent werden Dank genug sein.«

Sie lächelten sich voller Verständnis und in aller Freundschaft an. Chris fuhr fort: »Fast alle Agenten in New York wären bereit, einen Mord zu begehen, um dich auf ihrer Liste zu haben. Du kannst im Grunde wählen. Ich empfehle dir, einige zu einem Gespräch zu bitten.«

»Wie ich es gemacht habe, als ich dich engagierte?«

Chris mußte unwillkürlich lächeln. Damals, als sie ihn angerufen und verkündet hatte, daß sie auf der Suche nach einem Agenten sei und ihn zu einem Gespräch bitten wolle, hatte er noch nie zuvor von einer Jacqueline Kirby gehört. Die kühle Unverschämtheit ihrer Bitte war atemberaubend. Unveröffentlichte Autoren baten Agenten nicht zu einem Gespräch, sie flehten diese gottgleichen Kreaturen vielmehr an, einmal einen Blick auf ihre Manuskripte zu werfen. Chris hatte damals gerade begonnen, ihr dies zu erklären, als ihn die damenhafte Stimme am anderen Ende der Leitung unterbrach.

»Ich habe mit Hattie Foster zusammengearbeitet. Ich darf doch wohl davon ausgehen, daß sie Ihnen bekannt ist?«

Chris mußte zugeben, daß die Annahme berechtigt war. Hattie Foster war allen in der Branche bekannt und wurde von allen aufrichtig gehaßt – von den Agentenkollegen, den Lektoren und den Verlegern. Und auch bei den Autoren, die sie schlecht vertreten und angeblich betrogen hatte, war sie nicht besonders beliebt. Anfang des Jahres war sie in einen Skandal verwickelt gewesen, der die Verlagswelt erschüttert und Hatties ohnehin schon schlechten Ruf noch weiter besudelt hatte. Ein Mordfall, der von einem Detective der Mordkommission namens O'Brien gelöst worden war unter Mithilfe einer Frau namens ...

Chris schürzte seine Lippen zu einem stummen Pfeifen. Kein Wunder, daß ihm der Name der Anruferin so vertraut vorgekommen war.

»Ich kenne sie«, erwiderte er vorsichtig.

»Sagen Sie nichts, sagen Sie nichts! Stups, stups, zwinker, zwinker.«

»Was?« Chris nahm den Hörer vom Ohr und starrte ihn an.

»Entschuldigen Sie, ich komme wieder einmal völlig vom Thema ab. Hattie hat mein Manuskript an *Last Forlorn Hope of Love* geschickt, die ein Angebot dafür gemacht haben.« Sie nannte ihm einen Betrag, der seine Augenbrauen in die Höhe wandern ließ. »Ich für meinen Teil glaube allerdings, daß das Buch ein größeres Publikum verdient hat. Außerdem fühle ich mich bei Hattie nicht gut aufgehoben. Ich habe mich deshalb entschlossen, sie zu verlassen und mir einen anderen Agenten zu suchen.«

»Aber ...« Chris suchte nach einer höflichen Antwort. Er fand keine. »Aber, Miss – hm – Ms. – hm – Mrs. Kirby, das können Sie nicht tun. Ich kann einer Kollegin doch keine Autorin wegnehmen. Besonders nicht Hattie Foster.«

»Aber ich selbst habe mich zu diesem Schritt entschlossen.« Dieser Feststellung folgte ein Geräusch, als wenn Zähne aufeinanderschlagen.

Und sie setzte ihr Vorhaben in die Tat um. Nachdem Chris die ersten fünfzig Seiten ihres Manuskriptes gelesen hatte, das noch am selben Nachmittag von einem Boten gebracht wurde, rief er Hattie an, die ihm versicherte, daß sie nicht im Traum daran denke, bei einer Klientin, die mit ihr nicht zufrieden war, auf ihr vertragliches Recht zu pochen und wünschte ihnen beiden viel Glück. Ein solches Verhalten sah Hattie ganz und gar nicht ähnlich, so daß Chris zu der Schlußfolgerung gekommen war, Jacqueline müsse etwas gegen sie in der Hand haben. Aber er hatte niemals eine Frage in diese Richtung gestellt, und er war bis heute nicht daran interessiert, die Hintergründe zu erfahren.

»Irgendwelche Namen?« erkundigte sich Jacqueline jetzt, und Chris löste sich von der Erinnerung, um sich wieder der Gegenwart zu widmen.

Sie diskutierten eine Weile die Angelegenheit – die Vor- und Nachteile verschiedener Kollegen, die brennende Frage, ob große Agenturen den unabhängigen vorzuziehen seien –, aber Chris wurde zunehmend bewußt, daß Jacqueline nicht mit ganzem Herzen bei der Sache war.

»Ich weiß nicht, ob ich einen anderen Agenten möchte«, brummte sie schließlich, während sie die Dessertkarte studierte.

»Oh, nun gib dir schon einen Ruck, nimm ruhig den Schokoladenkuchen.«

»Das hatte ich sowieso vor. Du hast mich doch noch nie über irgenwelche Diäten schwatzen hören, oder?« Sie gab ihm keine Gelegenheit, zu antworten. »Das ist nicht der Grund, warum ich brummig bin. Ich bin durcheinander. Ich werde bestimmt nicht versuchen, dir deine Entscheidung auszureden, ganz sicher nicht, aber ich hasse die Vorstellung, jemand anders suchen zu müssen. Ich habe das eine Mal Glück gehabt, wie kann ich da hoffen, daß es ein zweites Mal gutgeht?«

Dieses Kompliment kam derart spröde über ihre Lippen, daß es wirklich aufrichtig gemeint sein mußte. Chris strahlte. »Verlaß dich nicht auf dein Glück. Benutze deinen Verstand.«

»Ich weiß nicht einmal, ob ich überhaupt noch schreiben möchte.«

»Nonsens.« Chris wandte sich an den Kellner. »Zwei Kaffee. Und einmal für die Dame das ›Tödliche Vergnügen‹.«

Jacqueline lehnte sich zurück und betrachtete ihre beringten Hände. »Ich habe das erste Buch aus Spaß geschrieben. All diese Liebesromane ... Ich konnte einfach nicht glauben, daß so ein Zeug wirklich veröffentlicht wurde ... Ich war sehr erstaunt, daß mein Buch so gut ankam.«

»Ich auch.« Dieses freimütige Eingeständnis brachte Chris einen bösen Blick aus den grünen Augen seiner Klientin ein. Er versuchte, es wiedergutzumachen. »Niemand weiß, was einen Bestseller ausmacht, Jacqueline. Dein Buch war – verglichen mit anderen seiner Art – gut und ausgesprochen lesbar. Das zweite war noch stärker, professioneller. Wenn du dich weiterhin entwickelst –«

»Aber ich möchte nicht weitermachen. Ich hasse diese verdammten Bücher.« Der Kellner schob Jacqueline den Kuchen vor die Nase und zog sich dann hastig zurück. Sie betrachtete mit düsterer Miene die dunkle Glasur. »Oh, mach dir keine Sorgen, ich leide nicht unter Größenwahn. Ich möchte keine große Li-tra-tur verfassen oder den Pulitzerpreis gewinnen. Die sogenannten Experten tun meine Romane vielleicht als ›Populäre Unterhaltung‹ ab, aber sie ist entschieden schwieriger zu schreiben als dieser ganze Bekenntnis-Kram, der das Leben scheibchenweise liefert. ›Populäre Unterhaltung‹ ist heutzutage die einzige Form der Prosaliteratur, die überhaupt noch Handlung hat. Ich mag es, wenn ein Buch eine Handlung hat. Ich mag es, wenn es einen Anfang, eine Mitte und ein Ende hat. Ich bin stolz auf das, was ich tue, und ich habe kein Verlangen, etwas anderes zu lesen oder zu schreiben. Aber Liebesromane? Gott steh uns bei! Seit der Jahrhundertwende sind nicht mehr als ein halbes Dutzend guter historischer Liebesromane geschrieben worden, wenn man Dorothy Dunnetts sechsbändige Familiensaga als ein Werk rechnet. *Vom Winde verweht, Vergangene Zeiten, Katherine, Amber, Nackt im Eis* ... Bist du gerade zusammengezuckt, Chris? Warum denn?«

»Ich bin nicht zusammengezuckt, es war ... nichts.«

Jacqueline war zu sehr in ihrem Kummer verstrickt, um noch einmal nachzufragen. »Nun, vielleicht ist *Nackt im Eis* gar kein historischer Roman. Es ist eine einzigartige Mischung aus Phantasie und Tatsachen, eine Erwachsenenversion von *Der Herr der Ringe,* ein literarischer *Clan der Höhlenbären,* ein pleistozänes *Vom Winde verweht.* Aber weißt du, was all dieses Bücher gemeinsam haben – abgesehen davon, daß sie Bestseller sind? Nicht ein einziges Organ des Körpers ist erregt, hart oder pulsiert! Ehrlich Chris, wenn ich auch nur noch eine einzige sogenannte Liebesszene schreiben muß, bekomme ich einen Lachanfall, und ich schwöre dir, ich werde nicht mehr aufhören können. Drei oder vier Tage später wird man mich lachend über die Schreibmaschine gebeugt finden und mich mit einem Krankenwagen abtransportieren, und während man mich wegträgt ... Chris, du zuckst schon wieder! Ich habe es genau gesehen.«

»Was möchtest du denn schreiben?«

»Ein lustiges Buch«, erwiderte Jacqueline ohne zu zögern.

»Eine verrückte Farce, ein teuflisch witziges, bissig humoriges Werk wie *Schwarzes Unheil* oder *Kalter Trost*. Oder vielleicht einen Fantasy-Roman.« Ihre Augenlider, Lippen und Federn senkten sich nachdenklich. »Einen netten Fantasy-Roman. Oder einen Krimi. Ich habe schon oft gedacht, daß ich mal einen entzückenden Thriller schreiben sollte. Ich habe eine Freundin ...«

Chris zuckte nicht zusammen. Er krümmte sich. Eine der unangenehmen Seiten an der »Klientin« Jacqueline war, daß sie ›Freundinnen‹ hatte, die ihr von Zeit zu Zeit Flausen in den Kopf setzten, die einen Agenten in den Wahnsinn trieben. (»Willst du etwa sagen, daß dir dein Agent noch nichts von Tiffany geschickt hat? Liebling, alle Bestseller-Autoren bekommen kleine Schmuckstücke von Tiffany.«) Einer dieser Freundinnen war es auch zu verdanken, daß Jacqueline eine solch unheilige Leidenschaft für die »Tavern on the Green« entwickelt hatte.

Er lauschte ihr geduldig mit zusammengepreßten Lippen, während Jacqueline weiter drauflosschwatzte und von ihrer Freundin Catriona erzählte, einer bekannten Krimiautorin, die Jacqueline für absolut fähig hielt, einen spannenden Kriminalroman zu verfassen, wenn sie nur wollte. Schließlich sagte er: »Ich bin sicher, daß du das könntest. Natürlich würdest du dabei nicht besonders viel Geld machen.«

»Oh.« Jacqueline dachte einen Moment über diese Bemerkung nach und nickte dann zögernd. »Catriona erwähnte schon, daß man mit Krimis nicht viel verdient.«

»Erfolgreichen Krimiautoren wie deiner Freundin geht es nicht schlecht. Aber sie bleiben nicht sechs Monate an der Spitze der Bestsellerliste der *Times*.«

Jacquelines smaragdgrüne Augen verengten sich, und Chris fügte hastig hinzu: »Mir ist bewußt, daß es Ausnahmen gibt. Ich weise dich lediglich darauf hin, daß es äußerst dumm wäre, eine sichere Sache für eine fragwürdige aufzugeben.«

»Aber Chris, ich sagte doch, wenn ich noch einmal die Worte ›umwerfend attraktiv‹ oder ›erregte Männlichkeit‹ schreiben muß –«

Chris unterbrach sie dieses Mal nicht. Jacqueline hörte von

allein auf und atmete tief ein. »Ich wußte, daß da noch etwas anderes war. Was? Was ist es?«

»Wie würde es dir gefallen, die Fortsetzung zu *Nackt im Eis* zu schreiben?«

Jacquelines angehaltener Atem entlud sich in einem unfeinen Prusten, das die Kanten des Papierdeckchens unter ihrem »Tödlichen Vergnügen« zum Flattern brachte. »Das ist alles? Deshalb bist du so ... Gott sei Dank! Ich dachte schon, du würdest mir eröffnen, daß du nur noch ein Jahr zu leben hast oder ...« Ihre Stimme stieg plötzlich zu einem hohen Quietschen auf. »Was war das? Hast du etwa gesagt ... ich ... Fortsetzung ... *Nackt ...?«*

»Du, Fortsetzung, *Nackt.«*

Er ließ seine Worte wirken und fragte sich, ob er den Kellner rufen sollte, um Champagner zu bestellen. Der Moment verdiente, in Erinnerung behalten zu werden: Es war das erste und einzige Mal seit sie sich kannten, daß Jacqueline sprachlos war.

Er war sich bewußt, daß er Jacqueline erst gar nicht erklären mußte, welch kostbarer Schatz dieser Auftrag sein würde. Wenn es im letzten Jahrzehnt überhaupt ein Buch gab, das nicht nur der lesenden Öffentlichkeit bekannt war, sondern auch solchen Leuten, die ihre Lippen bewegen mußten, wenn sie den Aufdruck einer Cornflakes-Packung entziffern wollten, dann war es *Nackt im Eis.* Chris war von diesem Erfolg zwar beeindruckt gewesen, aber er hatte sich nichts aus dem Buch gemacht. Die Mischung aus Fantasy, Prähistorie und Romanze hatte seinen Geschmack nicht getroffen. Aber vier Millionen Menschen hatte es so gut gefallen, daß sie es als Hardcover kauften, und die anderen, die kaum lesen konnten, waren von der Miniserie begeistert gewesen, die zwei junge Schauspieler zu Stars gemacht hatte. Der tragische Tod von Morgan Meredith und Jed Devereaux, die kurz nach der Ausstrahlung des Films bei einem Flugzeugabsturz ums Leben gekommen waren, hatte sie unsterblich gemacht. Und das Verschwinden der Autorin hatte in der Öffentlichkeit ein überwältigendes Interesse gefunden, das wochenlang anhielt.

Jacqueline saß bewegungslos und mit glasigen Augen da. Chris stupste sie an. »Nun übertreib es aber nicht, Jacqueline.

Die Gerüchte sind dir doch sicher bekannt. Es ist jetzt sechs Wochen her, seit das Gericht Kathleen Darcy offziell für tot erklärt hat. Ich weiß nicht, warum es so lange gedauert hat. Alle Beweise deuteten darauf hin, daß sie vor sieben Jahren Selbstmord begangen hat, aber du weißt ja, wie die Justiz arbeitet: wie die Mühlen Gottes.«

Jacqueline starrte weiter vor sich hin. Vielleicht war es dieser halb schwachsinnige Blick, der Chris veranlaßte, fortzufahren. »Sie war eine eigenartige Frau. Wie auch immer, sie ist jedenfalls tot – vor dem Gesetz und auch de facto –, und ihr Vermögen ist an ihre Erben gegangen. Und eine Fortsetzung ist geplant, das steht nun fest.«

»Ich?« keuchte Jacqueline erneut. »Fortsetzung? *Nackt?*«

»Warum nicht? Allwissend wie du bist, muß dir doch bekannt sein, daß Kathleen Darcy ein weiteres Buch geplant hatte, möglicherweise sogar eine Trilogie. Du hast erst zwei Bücher geschrieben, die aber derselben Gattung angehören, und sie waren ebenfalls außergewöhnlich erfolgreich. Die Konkurrenz wird stark sein, aber das einzige, was gegen dich sprechen könnte, ist, daß Booton Stokes, Kathleens Agent, eine seiner eigenen Autorinnen oder Autoren bevorzugt. Er wird kaum nachgeben wollen, aber er wird es müssen. Und wo du gerade auf der Suche nach einem neuen Agenten bist –«

»Nein.«

»Was?« Nun war es an Chris, zu starren.

»Nein. Nein, Chris. Ich werde mir einen neuen Agenten suchen, aber ich werde nicht die Fortsetzung zu *Nackt im Eis* schreiben. Ich liebe dieses Buch. Ich habe es zwanzigmal gelesen. Lass' jemand anderen die Fortsetzung verhunzen. Ich werde es jedenfalls nicht sein.«

»Bitte-nehmen-Sie-Platz. Mr.-Stokes-wird-Sie-empfangen, sobald-sein-Terminkalender-es-erlaubt.«

Die Empfangsdame ratterte den Standardsatz mit monotoner Stimme herunter, ohne von ihrer Zeitschrift aufzublicken. Jacqueline antwortete nichts darauf und ging auch nicht weg. Sie ließ einfach ihre Gegenwart wie einen durchdringenden, unangenehmen Geruch wirken. Nach kurzer Zeit begann die Empfangsdame unruhig hin und her zu rutschen und blickte auf. Jacquelines Gesichtsausdruck, den man mit viel gutem Willen als wohlwollend bezeichnen konnte, veränderte sich nicht, aber das Mädchen schluckte und hob nervös ihre Hand, um über ihr messingblondes Haar zu streichen.

»Ehem – Mr. Stokes ist heute ein wenig spät dran, Ma'am. Eine Art Notfall, wissen Sie.«

Als Frau mit realistischem Verstand akzeptierte Jacqueline die ein wenig stammelnd vorgetragene Erklärung in dem Sinne, in dem sie vorgetragen worden war. Schließlich konnte man die Manieren eines vergangenen Zeitalters wohl kaum von einer jungen Frau erwarten, deren Fingernägel in schillernder Malvenfarbe angemalt waren. Sie nickte freundlich und setzte sich auf den zuvor angebotenen Platz.

Obwohl sie ein wenig irritiert war, daß man sie bei einer Verabredung warten ließ, die sie bereits vor über einer Woche getroffen hatte (mit welcher Art von Notfällen hatten es Agenten wohl zu tun, unheilbare Schreibblockaden?), war sie ganz froh, einige Minuten zur Verfügung zu haben, um ihre Gedanken zu ordnen und dabei die Inneneinrichtung des Raums zu betrachten.

Die Stühle erinnerten in Farbe und Form an überreife Auberginen. Sie waren unbequem niedrig und mit einem kratzigen Baumwollstoff bezogen. Der Schreibtisch der Empfangsdame bestand aus einer imitierten Rokoko-Konstruktion und war mit Perlmuttintarsien und Messing überladen. Das gleiche galt für die Empfangsdame selbst, von den Perlmuttintarsien einmal abgesehen. Ein Großteil an ihr war falsch, inklusive – wie Jacqueline vermutete – der beiden Zwillingsgipfel, die sich gegen den Seidenstoff ihrer Bluse preßten ... Jacqueline ermahnte sich. Liebesromane hatten eine überaus durchdringende und widernatürliche Wirkung auf die Vergleiche, die einem in den Sinn kamen. So Gott und Mr. Stokes es wollten, würde ihr nächster Roman keine einzige bebende oder pulsierende Erhebung enthalten. Kathleen Darcy hatte ihre erotischen Effekte – und es gab viele in ihrem Buch – ohne solch rohe Techniken erzielt.

Eine weniger selbstbewußte Frau wäre an diesem Punkt ihrer Überlegungen vor Scham in den Boden versunken. Jacqueline schämte sich nie, aber das unangenehme Gefühl, das sie seit der Vereinbarung dieses Treffens nicht mehr losgelassen hatte, schwoll in einem Maße an, das dem Hochwasser tragenden Rubicon alle Ehre gemacht hätte. Es war noch nicht zu spät: Sie hatte einen Nebenfluß dieses Stromes überquert, als sie den Termin für dieses Treffen vereinbarte. Aber der eigentliche Fluß lag noch vor ihr. Sie konnte noch zurück, selbst jetzt noch.

Chris hatte sich bemüht, es ihr auszureden. »Ich muß verrückt gewesen sein, einen solchen Vorschlag zu machen. Im Unterbewußtsein habe ich wohl fest damit gerechnet, daß du ablehnen würdest. Hast du überhaupt eine Vorstellung, worauf du dich da einläßt?«

Er hatte sich dann die Mühe gemacht, sie aufzuklären. Aber Jacqueline hatte alle seine Warnungen beiseite gewischt. Niemand kam besser mit PR-Arbeit zurecht als sie. Sie besaß genug

Ego, um den widrigen Winden der Verleumdung, die ihr zweifellos entgegenschlagen würden – egal, wie gut ihr Buch auch sein mochte –, zu widerstehen. Was die Leser und Kritiker wollten, war ein weiteres *Nackt im Eis,* aber es war für jeden anderen unmöglich – Kathleen Darcy eingeschlossen –, ein solches Buch noch einmal zu schreiben.

Es stimmte, daß die Meinung der anderen sie nicht verunsichern konnte. Ihre eigene Meinung hatte da allerdings größere Macht. Beharrlich meldete sie sich zu Wort: Würde sie den Anforderungen überhaupt gewachsen sein, die sie an sich stellte? Die Antwort war ein deprimierendes »Vielleicht nicht«. Sie hatte keine Illusionen, was ihr Talent betraf. Es war ein nettes, kleines Talent, mehr als angemessen für die Zwecke, für die sie es einsetzte. Aber diese Fortsetzung zu schreiben, bedurfte mehr als des Talents, das sie gegenwärtig besaß. Zum Teufel damit, dachte Jacqueline, als Autorin mußte sie sich einfach neuen Herausforderungen stellen... wofür war ein Agent schließlich da?

Gründe treten selten einzeln auf und sind auch selten einfach zu erläutern. Entscheidungen reifen heran, indem man eine Vielzahl von positiven und negativen Faktoren gegeneinander abwägt. Ein Faktor, der Jacquelines Meinungsänderung fraglos beeinflußt hatte, war die Zahl und die Auswahl der anderen Kandidaten, ihrer Rivalen. Die Neuigkeit war erst vor einer knappen Woche bekanntgegeben worden, und schon gab es eine lange Reihe von Freiwilligen. Weil *Nackt* in der Literatur nur schwer einzuordnen war, meldeten sich die unterschiedlichsten Autoren: Fantasy-Autoren, Verfasser von historischen Romanen, Liebesromanschriftsteller und auch Bestsellerautoren. Unter ihnen waren Jack Carter, Autor von *Rote Flagge, Rotes Blut* (der Geschichte von einer sowjetischen Verschwörung, deren Ziel es ist, einen Anschlag auf den Präsidenten der Vereinigten Staaten von Amerika zu verüben, der aber von einer wunderschönen russischen Agentin vereitelt wird, die sich in ihren gutaussehenden Gegenspieler vom CIA verliebt), und Franklin Dubois, der sich auf perverse Sexpraktiken in der Wall Street spezialisiert hatte. Aber der Name, der Jacqueline in Rage versetzt und den Ausschlag für ihren Entschluß gegeben hatte, lautete Brunnhilde Karlsdottir.

Bis zu Jacquelines Erstlingsroman war Brunnhilde die unumstrittene Königin der »Wilden-Mieder-Ripper« gewesen – wobei sich »wild« nicht auf die Qualität oder den Inhalt ihrer Bücher bezog, sondern auf die historischen Zeiträume, auf die sie sich spezialisiert hatte. England im frühen Mittelalter, Gallien in der Eisenzeit, welches Land auch immer in der Bronzezeit: Da fühlte Brunnhilde sich zu Hause. Ihre wahre Stärke aber waren die Wikinger. Der Grund mochte darin liegen, daß sie selbst einer der kräftigeren Vertreterinnen dieses Volksstammes glich.

Brunnhilde war auf dem Kongreß, wo Jacqueline zum ersten Mal mit den unzähligen Königinnen der Romanze zusammentraf, nicht erschienen. Die Veranstalter hatten nämlich den Preis für den »besten Liebesroman, angesiedelt im sechsten Jahrhundert« einer anderen Autorin verliehen. Erst nachdem Jacquelines erster Roman Brunnhilde von der Bestsellerliste der *Times* verdrängt hatte, waren die beiden sich begegnet. Es war jedoch nicht die berufliche Rivalität, die die Fehde zwischen ihnen entfacht hatte. Es war Haß auf den ersten Blick – rein und stark wie Äthylalkohol. Ehe sie nun also zusehen mußte, wie Brunnhilde *Nackt im Eis* besudelte, schwor sich Jacqueline, daß sie Booton Stokes lieber fünfundzwanzig Prozent geben und/oder mit ihm ins Bett gehen würde.

Sie studierte die unzähligen Photographien von Stokes, die die Wände vor seinem Büro zierten. Booton mit Liz Taylor, mit Mr. T, mit dem Quarterback vom Superbowl des letzten Jahres (»Autor« von *Gemetzel beim Superbowl*), mit einem ehemaligen Mitarbeiter des Weißen Hauses, dessen Klatschbuch sich eine halbe Million Mal verkauft hatte. Die Liste der Autoren, die Stokes unter Vertrag hatte, war zweifellos beeindruckend – in finanzieller wie auch in literarischer Hinsicht. Und das hatte er allein Kathleen Darcy zu verdanken. Sie war seine erste wichtige Klientin gewesen, sein erster Bestseller. Ihr Erfolg hatte andere Schriftsteller zu seiner Agentur geführt.

Jaquelines Augen ruhten auf dem vierzig mal sechsundvierzig Zentimeter großen Photo, das Stokes mit seiner bekanntesten Klientin zeigte. Um den Rahmen war ein Stück breiten, schwarzen Samts gewunden, und auf dem Tisch darunter stand eine schmale Vase mit einer einzelnen weißen Seidenrose. Kathleen schien unter der Last von Stokes' Arm auf ihren Schultern zusammenzusinken. Ihr Kopf reichte kaum bis an seine Schulter, und ihre Augen waren groß und unschuldig. Sie sah viel jünger aus, als sie tatsächlich war. Bei Erscheinen von *Nackt im Eis* war sie achtundzwanzig gewesen.

Jaqueline ließ ihren Blick auf ihrem Gesicht ruhen. Kathleen schien ein wenig überwältigt von dem Trubel um sie herum, und doch verriet ihr Gesicht trotz seiner Reserviertheit sowohl Stärke als auch Humor. Ihre Lippen waren fest, ihre Augen blickten gelassen. Wer hätte gedacht, daß sie zwei Jahre später tot sein würde, und das möglicherweise sogar durch eigene Hand?

Jacqueline konnte es sich nur schwerlich vorstellen. Und das war der ausschlaggebende Grund, warum sie die Herausforderung annehmen wollte, die sie anfangs abgelehnt hatte.

Sie wäre die erste, die zugab, daß Neugierde ihre herausragende Eigenschaft war. Aber was – so pflegte sie gewöhnlich zu fragen – war daran so schlimm? Die Frage war allerdings rein rhetorischer Natur, denn sie gab niemandem die Chance, darauf zu antworten, sondern fuhr für gewöhnlich fort: »Neugierde hat Kolumbus dazu gebracht, den Ozean in diesen klapprigen, kleinen Schiffen zu überqueren. Neugierde stand am Anfang jeder großen wissenschaftlichen Entdeckung. Ohne Neugierde würden wir alle noch in Höhlen hocken, uns kratzen und rohes Fleisch essen. Wenn es keine Neugier gäbe, dann –«

An dieser Stelle wurde sie gewöhnlich von irgend jemandem unterbrochen, was sie auch zuließ, da sie ihrer Ansicht nach ihren Standpunkt deutlich gemacht hatte.

Sie hatte sich immer sehr für Kathleen Darcys Tod interessiert – um es einmal milde auszudrücken. Wie so viele von Kathleens Lesern war sie nicht nur von dem Buch, sondern auch von seiner Autorin fasziniert. Warum sollte eine junge Frau, die gesund und überaus talentiert war, ihr Leben beenden wollen? Und wenn sie es nicht getan hatte, was war dann mit ihr geschehen? Diese Frage ließ Jacqueline schon seit Jahren nicht mehr los. Sie hatte zwar deshalb keine schlaflosen Nächte – es gab nur wenige Dinge, die eine solche Wirkung auf sie hatten –, aber es war eine unerledigte Angelegenheit in dem vollgestopften Lagerhaus, das ihr Gedächtnis darstellte. Da sie nicht nur neugierig, sondern auch ein ausgesprochen rational denkender Mensch war, hatte sie immer gewußt, daß ihre Chancen, dieses Rätsel zu lösen, denkbar gering waren. Aber andererseits hatte es auch keinen rationalen Grund dafür gegeben, daß sie jemals die Gelegenheit erhalten würde, in Kathleens Papieren und ihrer Vergangenheit herumzuwühlen. Es war nun aber eine unwiderstehliche Versuchung, der sie nicht widerstehen konnte.

Ihr Blick wanderte von Kathleens Gesicht zu dem Mann, der neben ihr stand. Stokes war damals schlanker und durchtrainierter gewesen und hatte, abgesehen von seinen gerissen blickenden, engstehenden Augen, nicht schlecht ausgesehen. Auf späteren Photos zeigte sich ein Bauchansatz und mindestens ein zusätzliches Kinn. Sein dichtes, lockiges Haar hatte sich allerdings gehalten. Zumindest war das Jacquelines stille Hoffnung. Perücken fand sie im Bett einfach abstoßend. Wenn erst einmal die Zeit gekommen war ...

Apropos Zeit ... Sie erhob sich. »Ich kann unmöglich länger warten«, verkündete sie. »Richten Sie Mr. Stokes aus –«

Wie aufs Stichwort öffnete sich die Tür zu Stokes Büro. Womit auch immer er beschäftigt gewesen sein mochte, Stokes hatte auf jeden Fall einige Zeit damit verbracht, sich herzurichten. Niemand sah wie die Hollywood-Version eines rührigen Literaturagenten aus, ohne daran zu arbeiten. Er hatte seine Hemdsärmel bis über die haarigen Handgelenke hochgerollt, seine schwere Seidenkrawatte saß ein klein wenig schief, und eine einzelne Haarlocke fiel ihm auf jungenhafte Weise in die Stirn. In einer Hand hielt er einen Federhalter, in der anderen eine Hornbrille. Er winkte Jacqueline mit beiden Händen zu und entblößte zwei Reihen blendendweißer Zähne.

»Mrs. Kirby! Meine tiefste, aufrichtigste Entschuldigung! Ich falle demütig vor Ihnen auf die Knie.«

»Aber nicht doch! Machen Sie sich wegen mir keine Umstände! Ich bitte Sie.« Jacqueline entblößte ihre eigenen Zähne, die ebenso weiß und ebenso groß waren. Aber im Gegensatz zu Stokes Dentalapparat verdankten sie ihre Vollkommenheit der Natur und nicht der Kunst irgendeines Zahnarztes.

»Treten Sie doch ein«, sagte Stokes. »Kaffee? Tee? Nehmen Sie diesen Stuhl, er ist am bequemsten. Ich war gerade am Telefon – London –, diese Briten sind ja so redselig ...«

Sie nahm Platz, kreuzte sittsam ihre Fußknöchel und balancierte ihre Handtasche auf den Knien. Stokes beäugte das Objekt mit einiger Neugier. Wie alle ihre Handtaschen war auch diese unerhört groß und derartig voll, daß sie wie ein hochschwangeres Schwein aussah.

Stokes setzte seine Brille auf. Sie gab seinem verbindlichen Gesichtsausdruck einen dringend notwendigen Anflug von Intellektualität und vergrößerte seine Augen auf eine beinahe normale Größe. »Ich kann Ihnen gar nicht sagen, wie geschmeichelt ich mich fühlte, von Ihnen zu hören«, versicherte er ihr. »Ich muß Chris unbedingt noch anrufen und mich bei ihm für seine Empfehlung bedanken. Wir werden den lieben, alten Burschen vermissen! Er ist einer der glitzernden Sterne in unserer Branche. Oder vielleicht sollte ich besser sagen, er ist ein strahlender Planet dort oben am Firmament, dessen Integrität auf uns alle herabstrahlt.«

»Ich werde es ihm ausrichten.«

»Sie werden ihn auch vermissen, das ist mir klar. Aber ich bin sicher, daß wir ein Verhältnis zueinander entwickeln werden, das ebenso stark ist und womöglich sogar noch – hm –«

»Lukrativer«, schlug Jacqueline vor.

»Genau.« Stokes lächelte. »Sie sind eine Dame von beachtlichem Scharfsinn, Mrs. Kirby. Wir müssen nicht erst lange um den heißen Brei herumreden, nicht wahr? Ich hoffe, Sie haben nichts dagegen, wenn ich diese Unterhaltung aufzeichne?«

»Überhaupt nicht.« Jacquelines Knie begannen taub zu werden. Sie setzte ihre Handtasche auf den Boden, öffnete sie und zog ein Taschentuch hervor. Das Klicken ihres eigenen Kassettenrecorders wurde durch ihr vornehmes Schneufen überdeckt.

Dank ihrer beachtlichen Erfahrung in diesen Angelegenheiten war ihr bereits klar, daß sie keine schmerzlichen Opfer bringen mußte, um Stokes Wohlwollen zu erlangen. Er war klug genug zu wissen, daß sich Geschäft und Vergnügen nicht gut miteinander vertrugen, und er schien eher minderjährige, blonde Püppchen zu bevorzugen, deren Oberweiten ihren IQ übertrafen. Sie war auch nicht ernsthaft entschlossen gewesen, ein solches Opfer zu bringen, ebensowenig, wie sie ernsthaft eine fünfundzwanzigprozentige Provision ins Auge gefaßt hatte. Aber während sie wie zwei Fischweiber feilschten, begann sie zu fürchten, daß sie möglicherweise eine Zahl schlucken mußte, die beinahe ebenso absurd war. Sie einigten sich schließlich auf fünfzehn Prozent, was akzeptabel war.

»Wunderbar«, sagte Stokes fröhlich. Er lehnte sich in seinem Stuhl zurück. »Woran arbeiten Sie im Augenblick, meine liebe Jackie? Macht es Ihnen etwas aus, wenn ich Sie Jackie nenne?«

»Ja.«

»Eh –«

»Niemand nennt mich Jackie.«

»Oh.«

»Ich spiele mit der Idee zu einem Roman über das alte Ägypten«, sagte Jacqueline. Das war nicht vollkommen gelogen; »spielen« war eine treffende Bezeichnung für ihre Ideen, die sie in bezug auf das Thema »altes Ägypten« hatte. »Aber natürlich höre ich mir gerne Ihre Vorschläge an.«

Stoke ließ sich von ihrer scheinbaren Offenheit nicht täuschen, und genau das sollte er auch nicht. Keiner von ihnen hatte *Nackt im Eis* erwähnt. Aus irgendwelchen Gründen, die wenig Sinn ergaben, war jeder entschlossen, den anderen dazu zu bringen, zuerst damit anzufangen. Stokes war der erste, der nachgab.

»Ich hatte sowieso vor, Chris demnächst wegen eines Projektes anzusprechen, das sich kürzlich ergeben hat. Vielleicht haben Sie schon irgendwelche Gerüchte darüber gehört.«

Jacqueline lag eine verneinende Bemerkung auf der Zunge, aber plötzlich überfiel sie ein unerwarteter Widerwillen und ließ sie stumm bleiben. Sie war diese sinnlosen Spielchen leid. »Ich habe die Gerüchte gehört«, erwiderte sie deshalb ohne Umschweife. »Ich würde nichts lieber tun, als die Fortsetzung zu *Nackt* in Angriff zu nehmen. Ich bin nicht sicher, ob es mir gelänge, aber ich würde mein Bestes geben, und ich denke, daß ich ebenso qualifiziert bin wie gewisse andere Leute, deren Namen ich in diesem Zusammenhang gehört habe.«

»Ihr Name war einer der ersten, der fiel«, versicherte ihr Stokes. »Aber natürlich gibt es da noch andere, und die Entscheidung liegt nicht ausschließlich bei mir. Ich werde mich eingehend mit Kathleens bedauernswerten Erben beraten – ihrer Mutter, ihrem Halbbruder und ihren Halbschwestern. Es gibt gewisse Bedingungen, die ich zu diesem Zeitpunkt noch nicht preisgeben kann, aber ich darf Ihnen bereits verraten, daß Mr. St. John Darcy und seine Verwandten beabsichtigen, in Frage kommende Kandidatinnen zu einem Gespräch zu bitten.«

Jacqueline hob ihre Augenbrauen in die Höhe. »Mr. St. John? Ist das ein echter aristokratischer Name?«

»Das möchte ich bezweifeln«, entgegnete Stoke. »Sein Name war auch nicht Darcy, bis er ihn offiziell ändern ließ. Er ist Kathleens Halbbruder.«

»Ich verstehe.« Jacqueline dachte das zumindest. Nur einem Mann ohne einen bekannten Namen oder eine besondere Position wäre soviel daran gelegen, mit dem hart erarbeiteten Ruhm seiner Schwester in Verbindung gebracht zu werden.

»Kathleens Mutter hat ihren Namen ebenfalls geändert«, fuhr Stokes fort. »Sie war dreimal verheiratet, müssen Sie wissen. Kathleens Vater war ihr zweiter Ehemann. Ihr dritter ... Nun, es gehört sich nicht, schlecht über die Toten zu sprechen, deshalb lassen Sie uns lediglich sagen, daß sie ihn nicht gerade in freundlicher Erinnerung hat.«

»Zumindest vereinfacht es die Dinge«, erwiderte Jacqueline. »Was ist mit den Kindern aus der dritten Ehe? Zwei sind es, glaube ich, nicht wahr? Sind es nicht beides Töchter?«

»Ganz recht. Sie haben den Namen ihres Vaters behalten, aber eine von ihnen ist inzwischen verheiratet. Sie scheinen einiges über die Familie zu wissen.«

»Und über das Buch. Ich habe es mindestens ein Dutzend mal gelesen.«

»Hervorragend. Etwas sollte Ihnen klar sein, Jacqueline ...« Er verstummte. Als er keine negative Reaktion bemerkte, fuhr er ermutigt fort. »Meine liebe Jacqueline, es darf auch nicht der leiseste Anflug eines Interessenkonfliktes entstehen. Ich war Kathleens Agent, und die Erben haben mich beauftragt, den Nachlaß zu verwalten. Sollte einer der Autoren oder Autorinnen, die ich unter Vertrag habe, ausgewählt werden, so wird er oder sie nicht von mir persönlich vertreten werden, sondern von einer meiner Assistentinnen. Wären Sie damit einverstanden?«

»Ich denke schon. Es käme darauf an, welche Ihrer Assistentinnen es wäre.«

»Natürlich. In Ihrem Fall ...« Stokes dachte einen Augenblick nach oder tat zumindest so. »Es gibt da eine junge Frau, mit der Sie, wie ich denke, gut zusammenarbeiten werden. Jung aber fähig. Sie hat eine großartige Zukunft vor sich, da bin ich sicher. Soll ich sie hereinrufen, damit Sie sie kennenlernen können?«

Ohne auf eine Antwort zu warten, drückte er auf einen Knopf. Die Tür öffnete sich daraufhin derartig schnell, daß Jacqueline den Verdacht nicht los wurde, die junge Frau habe nur darauf gewartet, gerufen zu werden. Stokes war sich wohl verdammt sicher gewesen, daß er sie unter Vertrag nehmen würde.

Das Mädchen war sicherlich kein Püppchen. Ihr Haar war so hellblond, daß es beinahe grau aussah, und es war straff aus dem Gesicht gekämmt und im Nacken zu einem formlosen Knäuel zusammengebunden. Sie machte den Eindruck eines verblichenen Sepiadrucks – bleiche Wangen und Lippen, graue Augen, die Brauen und Wimpern so blaß, daß sie praktisch unsichtbar waren. Ihr khakifarbenes Kleid war viel zu weit, es hing deprimierend von ihren gebeugten Schultern herab und schlabberte ihr um die Knöchel, als sie ins Zimmer hineingeschlichen kam.

»Sarah Saunders, Jacqueline Kirby«, sagte Stokes, ohne sich aus seinem Sessel zu erheben. »Sarah ist über die Situation unterrichtet, Jacqueline. Wir haben nach Ihrem Anruf, bei dem Sie um eine Verabredung baten, alles ausführlich besprochen. Natürlich zunächst einmal rein hypothetisch, das versteht sich von selbst, ohne irgendeine Verpflichtung ...«

Sarah Saunders stand mit geschlossenen Füßen da, die Hände

ineinandergeklammert vor ihrer vermutlichen Taille, die sich bei all der Formlosigkeit nicht ausmachen ließ. »Es wäre eine Ehre für mich, mit Ihnen zusammenzuarbeiten, Ms. Kirby«, murmelte sie. »Ich habe Ihre Bücher gelesen, und ich halte sie für brillant.«

»Vielen Dank«, erwiderte Jacqueline mürrisch. Falls dies ein Hinweis auf ihren literarischen Geschmack sein sollte, waren die Aussichten für eine erfolgreiche Zusammenarbeit ziemlich düster.

Stokes entließ seine Assistentin mit einer knappen Handbewegung. »Es gibt keinen Grund, jetzt schon Details zu besprechen, da wir noch sehr weit von einer endgültigen Entscheidung entfernt sind. Das wäre alles, Sarah.«

Die farblosen Lippen des Mädchens zuckten, aber es kam kein Laut heraus. Sie schlich zur Tür zurück.

In den letzten Minuten hatte Jacqueline laute Stimmen vernommen, die vom Vorzimmer hereindrangen. Eine erhob sich jetzt mit einem durchdringenden, schrillen Schrei über die andere, und die Tür wurde aufgestoßen. Sie traf Sarah Saunders an der Schulter. Sie stolperte zurück, prallte gegen die Wand und setzte sich mit einem lauten Plumps auf den Boden. Niemand beachtete die bedauernswerte junge Frau auch nur im geringsten, denn im Türrahmen stand eine furchterregende Gestalt, die heftig keuchte und vor Wut zu zerplatzen drohte.

Brunnhilde hätte sich selbst möglicherweise als »beeindruckend in ihrem Zorn« charakterisiert. Oder sie hätte sich – und hatte sich auch tatsächlich – als vollbusig und üppig und sinnlich bezeichnet. Jacqueline dagegen, die nüchterne Prosa bevorzugte, hatte einmal das Wort »fett« gebraucht. Seither war die schwelende Fehde offen entbrannt.

Brunnhilde hatte sich in eines dieser pseudo-altertümlichen Gewänder gehüllt, die sie bevorzugte, mit viel Spitze und der Andeutung eines Brustpanzers. Es bestand eine erstaunliche Ähnlichkeit zwischen ihr und ihren geliebten Wikingern, die sie stets als starke, muskulöse He-Men in Hörnerhelmen beschrieb. Wikinger hatten in Wahrheit keine Hörnerhelme getragen. Nachdem Jacqueline diese Tatsache einmal in einem

Interview erwähnt hatte, war ihr Verhältnis zueinander nicht unbedingt besser geworden.

Die glühenden Augen des Neuankömmlings richteten sich auf Jacqueline, die mit einem geschmackvollen, limonengrünen Seidenkostüm bekleidet war, das ihre Augen smaragdgrün und ihr Gewicht mindestes zehn Pfund leichter erscheinen ließ. »Sie!« kreischte Brunnhilde und vollführte einige fahrige Wikingergesten.

Jacqueline betrachtete sie prüfend. »Haben Sie auch einen Termin, liebste Brunnhilde?«

Brunnhilde lachte wie verrückt. »Sie verschwenden nur ihre Zeit, Kirby. Machen Sie sich erst gar nicht die Mühe, sich bei Stokes einzuschmeicheln. Sie werden dieses Buch niemals schreiben. Es gehört mir. Mir allein.«

»Sie haben Wimperntusche und Lippenstift auf Ihrem Kleid«, sagte Jacqueline in fürsorglichem Tonfall. »Lassen Sie mich Ihnen ein Taschentuch reichen, meine Liebe. Sie sollten immer eins bei sich tragen, statt sich mit dem Ärmel durch das Gesicht zu wischen. Füllige Leute schwitzen immer sehr schnell, das sollten Sie wissen.«

Brunnhildes Finger krümmten sich, wanden sich wie fleischige, weiße Würmer. Jacquelines Augen schlossen sich zu schmalen Schlitzen. »Das würde ich an Ihrer Stelle lassen«, sagte sie.

Brunnhilde dachte einen Augenblick nach und beschloß tatsächlich, es zu lassen. Statt dessen fuchtelte sie mit ihrem kräftigen Arm in der Gegend herum und stieß dabei eine Vase von einem nahestehenden Tisch. Sarah, die sich gerade aufgerappelt hatte, bekam das meiste Wasser ab, und ein Dutzend Teerosen flogen ihr gegen die Brust. Tropfend ging sie hinter der Tür in Deckung.

»Sie werden dieses Buch niemals bekommen, Jacqueline Kirby«, böllerte Brunnhilde. »Ich werde Sie vorher mit meinen bloßen Händen erwürgen und dich auch, Stokes, du schleimige, hinterhältige Schlange!«

Sie stürmte durch die Tür hinaus, und ihr Weg durch das andere Büro wurde von dumpfen Schlägen und Klirren begleitet, da diverse Gegenstände zu Bruch gehen mußten.

»Reichlich abgedroschene Phrasen«, murmelte Jacqueline. »Ich fürchte, das ist leider nur allzu typisch für den literarischen Stil der lieben Brunnhilde. Ist alles in Ordnung, Ms. Saunders?«

Hinter der Tür ertönte ein bejahender Quiekser. Jacqueline wandte sich Stokes zu, der so tief in seinen Sessel gerutscht war, daß nur noch sein Kopf zu sehen war.

»Ich werde mich jetzt auf den Weg machen, Boots. Es macht Ihnen doch nichts aus, wenn ich Sie Boots nenne, oder?«

Stokes Oberkörper kam langsam wieder zum Vorschein. Auf seiner Stirn glänzten Schweißperlen, aber er brachte ein Lächeln zustande. »Doch, in der Tat. Das heißt, ich wollte sagen, nicht im geringsten. Ich werde mich mit Ihnen in Verbindung setzen, Jaqueline. Wir sollten uns bald einmal zum Mittagessen treffen. Um zu feiern ... um zu feiern.«

Während Jacqueline auf den Aufzug wartete, spielte sie die Unterhaltung in ihren Gedanken noch einmal durch. Sie fand es nicht übertrieben zu sagen, daß ihre Chancen, den Auftrag zu bekommen, gut standen. Es gab eine Reihe von zeitgenössischen Autoren, deren literarischen Fertigkeiten ihren eigenen ebenso überlegen waren, wie die ihren Brunnhildes in den Schatten stellten, aber in der Verlagswelt ging es ebensowenig nach Maßstäben der Vernunft zu wie in jedem anderen Teil der Gesellschaft. Stokes war nicht auf der Suche nach einer Autorin, die imstande sein würde, Kathleens außergewöhnlichen, ausgefeilten Stil und ihre brillante Vorstellungskraft zu übernehmen. Wenn er das täte, so gestand sich Jaqueline freimütig ein, würde er Leute wie sie und Brunnhilde überhaupt nicht in Erwägung ziehen. Er und der Rest der Branche machten sich vielmehr Sorgen um solch oberflächliche Faktoren wie Genre und Geschlecht. Eine Frau, die historische Liebesromane schrieb – danach suchten sie, wobei sie höchstens ein klein wenig in Richtung des anderen Geschlechts schielten. Es gab eben nicht so viele Frauen, die bekannt und erfolgreich waren.

Wenn ich eine Wahl treffen müßte, dachte Jacqueline, würde ich einen Wettbewerb veranstalten. Offen für alle, für unbekannte Genies ebenso wie für alte Hasen, die schon lange im

Geschäft waren. Es sollte doch nicht allzuviel Zeit in Anspruch nehmen, die unbegabten Fälle auszusondern. Ich würde einen Haufen eifriger junger Englischstudenten von Columbia anheuern und ihnen einen Mindestlohn zahlen ... Wahrscheinlich würde es einige rechtliche Probleme geben, aber ein geschickter Anwalt sollte in der Lage sein, sie zu umgehen. Vielleicht konnte man alle dazu bringen, ein Formular zu unterzeichnen, mit dem sie sich verpflichteten, nicht zu klagen oder etwas in der Art. (Jacquelines Kenntnisse waren, wenn es um juristische Dinge ging, extrem oberflächlich.) Was für ein PR-Gag das sein würde! Die Suche nach der Schauspielerin, die die Scarlett O'Hara spielen sollte, würde im Vergleich dazu verblassen.

Die Aufzugstüren öffneten sich. Jacqueline trat mit aller Wucht auf den Fuß des ungekämmten jungen Mannes, der versucht hatte, sich vor sie zu drängeln, warf ihm dann ein strahlendes Lächeln zu, sagte mit sanfter Stimme »Danke sehr« und glitt in den Aufzug hinein. Der junge Mann folgte ihr hinkend, verzog sich in eine Ecke und lehnte sich gegen die Wand.

Die Besetzung für diesen Film zusammenzustellen, wäre wahrscheinlich der Traum eines jeden PR-Agenten. Wer würde wohl diese beiden jungen, tödlich verunglückten Schauspieler, die als Ara und Hawscliffe so atemberaubend gewesen waren, ersetzen? Denn natürlich würde es einen Film geben. Eine Filmindustrie, die am laufenden Band Fortsetzungen zu *Der weiße Hai* und *Rambo* produzierte, würde sich um die Fortsetzung von *Nackt* reißen.

Ebenso wie eine Menge anderer Leute. Brunnhildes Methoden waren erfrischend direkt, aber sie war nicht die einzige Autorin, die sämtliche Methoden bis an die Grenze zur schweren Körperverletzung anwenden würden, um den Preis zu gewinnen. Ganz abgesehen von interessierten Agenten, Lektoren, Verlegern ...

Ein strahlendes Lächeln überzog Jacquelines Gesicht. Wenn es um subtile Gemeinheiten und teuflische Machtspielchen ging, konnte nicht einmal die Mafia, nicht einmal die Bürokratie in Washington gegen die Machenschaften im Verlagsgeschäft anstinken.

Chris fand das Ganze überhaupt nicht lustig.

»Übertreibung ist die billigste Form des Humors«, sagte er mit gepreßter Stimme. »Du weißt genau, daß es nicht der Wahrheit entspricht, was du da sagst. Es gibt viele anständige, intelligente Leute im Verlagsgeschäft.«

Da sie den Mund gerade voller Essen hatte, konnte Jacqueline ihm lediglich einen finsteren Blick zuwerfen.

Sie veranstalteten ein »Arbeitsfrühstück« in Chris' Lieblingsrestaurant, einem schrecklichen Schnellimbiß auf der Seventy-fourth Street West. Die meisten seiner Klienten weigerten sich nachdrücklich, dort zu essen. Jacqueline, die jedes Essen liebte, das nicht gut für sie war, machte sich über ihr Frühstück her, das eine Unmenge an gesättigten Fetten enthielt, dafür aber nur den entferntesten Hauch von Ballaststoffen.

Chris strich sich Erdbeermarmelade auf seinen English Muffin und wollte gerade zu einem Bissen ansetzen, zog dann aber den Kopf zurück und blickte zweifelnd auf den halberstarrten grellroten Klumpen.

Jacqueline schluckte. »Brunnhilde hat gedroht, mich und Boots zu erwürgen. Du mußt zugeben, daß das nicht gerade sehr nett war.«

»Die Frau ist geisteskrank«, murmelte Chris. »Das letzte Mal, als sie sich nach einem Agenten umsah – und das tut sie ungefähr einmal im Jahr –, verbrachte ich zwei lange Wochen in Maine. Das gefällt mir nicht, Jacqueline. Hör' lieber auf damit.«

»Das kann ich nicht.« Von der Gabel, die Jacqueline in der Hand hielt, tropfte Eigelb, das an das leuchtendgelbe Blut eines abgeschlachteten Außerirdischen erinnerte. »Ich habe ein Gentleman-Abkommen mit dem allerliebsten Booton getroffen. Was im Grunde amüsant anmutet, da keiner von uns beiden ein Gentleman ist. Soweit es nun Brunnhilde betrifft, was denkst du, wird sie es tun – all die anderen Mitbewerberinnen umbringen? Nicht einmal Catriona würde man das als Plot für einen ihrer Krimis akzeptieren.«

»Du hast gesagt, daß sie dich bedroht hat –«

»Oh, das tut sie doch immer.« Jacqueline biß krachend auf ihrem Speck herum.

»Wie wahr.« Chris betrachtete seinen English Muffin argwöhnisch, entschied, daß er doch nicht so schlimm aussah, wie er gedacht hatte und nahm einen Bissen. »Evelyn kocht selbst Erdbeermarmelade ein«, murmelte er.

Jacqueline lächelte. »Ist das ihr Name? Du glücklicher Teufel, du. Nicht nur eine Bibliothekarin, sondern sogar eine Bibliothekarin, die kochen kann. Backt sie auch Brot selber?«

»Ich backe das Brot.«

»Mein Gott, wie beeindruckend. Sich vorzustellen, daß du all diese Talente hast, ohne sie jemals offenbart zu haben! Ich bin wirklich tief verletzt, daß du noch nie ein Brot für mich gebacken hast, Chris.«

»Hör' auf, ständig das Thema zu wechseln.«

»Du warst doch derjenige, der Evelyn erwähnt hat. Kann ich die andere Hälfte von deinem Muffin haben?«

»Nein.« Chris winkte dem Kellner. »Einen English Muffin für die Dame und noch Kaffee. Also, Jacqueline, das hier soll ja ein Arbeitsfrühstück sein. Ich möchte, daß du dir sehr genau überlegst, was du tust. Es ist noch nicht zu spät, aus dieser Sache auszusteigen, auch wenn du ein sogenanntes ›Gentleman-Abkommen‹ mit Stokes getroffen hast.«

Sein langes, liebenswürdiges Gesicht trug einen ernsthafteren Ausdruck als gewöhnlich, und Jacqueline antwortete mit entsprechender Eindringlichkeit.

»Wo ist das Problem, Chris? Sollte die Wahl auf mich fallen, werden die anderen Autoren häßliche Bemerkungen über mein fehlendes Talent und über literarische Prostitution machen, aber du weißt genau, daß es den meisten einfach sauer aufstoßen wird, daß sie aus dem Rennen sind. Ich habe die Vor- und Nachteile genau bedacht. Mir ist bewußt, daß es Nachteile gibt. Wenn die Leute lesen, daß eine Autorin einen Vertrag über eine Million Dollar unterzeichnet hat, gehen sie in ihrer Naivität davon aus, daß der Verleger einem einen Scheck aushändigt, auf dem ›eine Million Dollar‹ zu lesen ist. Es ist eher ein Viertel oder ein Fünftel dieser Summe, und den Rest bekommt man über mehrere Jahre verteilt ausgezahlt. Wenn man davon Agentenhonorare abzieht und die Steuern, dann –«

»Jacqueline, es geht hier nicht ums Geld.«

Jacqueline ignorierte seinen Einwurf. Sie zählte all die Mißstände auf, die jeder Schriftsteller nur allzu gut kannte. »Jetzt, wo die verdammte Steuerbehörde all diese Änderungen durchgesetzt hat, muß ein Autor, der in den zehn Jahren, in denen er sein Buch schrieb, gehungert hat, Steuern für sein Jahreseinkommen zahlen. Die riesigen Taschenbuchvorschüsse sind sogar noch gemeiner. Die Hälfte des Geldes gehört eh dem Verleger der Hardcoverausgabe, und die andere Hälfte wird dem Autor noch auf den Vorschuß für das Erscheinen der Hardcoverausgabe angerechnet. Und ein solcher Deal, wenn er denn überhaupt stattfindet, entspricht absolut nicht dem üblichen Arrangement. Statt den gesamten Vorschuß zu bekommen, werde ich lediglich Anspruch auf einen prozentualen Anteil haben – zehn, fünfzehn oder fünfundzwanzig Prozent, abhängig davon, wieviel ich aus Stokes herauspressen kann. Die Erben bekommen den Rest. Zehn Prozent von einer Million sind nur lausige hunderttausend Dollar, abzüglich fünfzehn Prozent, und es wird auf die zwei oder drei Jahre umgelegt werden müssen, die ich für das Schreiben des Buches benötige. Ich kenne Müllmänner, die mehr verdienen.«

Mit einem wütenden Blick biß sie in ihren Muffin. Chris sagte nichts.

»Das ist zugegebenermaßen der schlimmstmögliche Fall«, resümierte Jacqueline. »Das Buch wird sich, Hardcover und Taschenbuch zusammengerechnet, bestimmt mehr als eine Million mal verkaufen. Dann gibt es da noch die Filmrechte, die Auslandsverkäufe und außerdem, nicht zu vergessen, die Wirkung, die es auf meine anderen Bücher haben wird, eingeschlossen der, die ich noch zu schreiben beabsichtige. Auf lange Sicht werde ich aus diesem Buch mehr herausschlagen, als ich es auf anderem Wege schaffen könnte. Aber das ist nicht der Grund, warum ich so daran interessiert bin.«

Chris erkundigte sich nicht, was der Grund war. Er nahm an, daß sie es selbst nicht wußte. »Du solltest dir besser einen Anwalt nehmen«, riet er ihr.

»Das habe ich auch vor.« Jacqueline schob sich den letzten Bissen von ihrem Muffin in den Mund, kaute, schluckte und ließ dann die Katze aus dem Sack. »Stokes hat mich heute morgen angerufen. Ich bin in der engeren Wahl.«

»Wie eng?«

»Fünf Leute, mich eingeschlossen. Das schränkt die ganze Angelegenheit doch schon ein bißchen ein, nicht wahr?«

»Hmmm.« Chris' berufliche Neugierde siegte über seine Bedenken. »Wer sind die anderen?«

»Der kleine Boots macht auf zimperlich. Er behauptet, sein Berufsethos verbiete es ihm, darüber mit mir zu sprechen.«

Chris' mürrischer Gesichtsausdruck hellte sich ein wenig auf. »Das bedeutet, er hat den anderen auch noch nichts verraten. Ausnahmsweise zeigt er einmal ein wenig gesunden Menschenverstand. Wenn Brunnhilde eine der Ausgewählten sein sollte –«

»Sie kann die anderen Kandidaten nicht über den Haufen schießen, ohne zu wissen, wer sie sind.« Jacqueline grinste. »Hör' dich doch einmal um, was die Gerüchteküche so zu bieten hat, ja?«

»Damit DU die anderen Kandidaten über den Haufen schießen kannst?« Chris lächelte nicht. »Ich werde sehen, was ich tun kann. Was passiert als nächstes?«

»Wir werden alle zu einem Gespräch mit den Erben gebeten. Ich bin übernächste Woche an der Reihe.«

»So bald schon? Warum nur diese ungewöhnliche, beinahe schon unziemliche Hast bei dieser Sache?«

»Ich würde sie nicht als unziemlich bezeichnen, aber für das Verlagsgeschäft ist sie allerdings recht ungewöhnlich. Irgend jemand – von mir einmal abgesehen – braucht wohl dringend Geld.«

»Es ist nun schon sieben Jahre her«, sagte Chris nachdenklich. »Kathleens Testament konnte erst vollzogen werden, nachdem sie offziell für tot erklärt worden war. Wenn das Vermögen und das damit zusammenhängende Einkommen all die Jahre eingefroren war ... Kathleens Halbbruder soll einige ausgesprochen teure Hobbys haben. Wenn ich mich richtig entsinne, war er ihr Manager.«

»Ja, das war er. Und seine Meinung scheint zu zählen. Ich habe den Eindruck, daß die anderen Erben sich seiner Entscheidung fügen werden.«

»Kommt er hierher, um mit dir zu reden?«

»Nein, ich fahre dorthin – nach Pine Grove, tief in die Appalachians hinein, wo zweifellos der wilde Wein munter vor sich hin rankt.«

»Nimm dein Tränengas mit«, erwiderte Chris trocken.

»Ich habe Bilder von Mr. St.John Darcy gesehen. Wenn es hart auf hart kommen sollte, kann ich ihm leicht davonsprinten.«

»Du willst es dir also nicht noch einmal überlegen?«

»Ich sehe keinen Grund. Mach dir keine Sorgen, mein Schatz. Was meine fragwürdige Tugend – körperlich wie auch literarisch – angeht, so wird sie die ganze Sache schon unbeschadet überstehen.«

»Das will ich hoffen.« Chris hielt es nicht länger aus. Er beugte sich über den Tisch und wischte den hellroten Fleck von Jacquelines Kinn. Gemeinhin war er eigentlich kein abergläubischer Mensch.

»›**Mein Schatz hat mich** wegen ner andren verlass'n,
da sucht ich Zuflucht in den Armen meines lieben Bruders.
Ich bin ein verdammter Sünder, genau wie er,
Wir werden auf ewig in der Hölle schmoren.‹«

Das Lied endete mit einem klagenden, jammernden Gitarrenakkord. »Das waren Joe Jackson und die Sons of the Soil«, verkündete der Ansager. »Und nun geht es weiter mit Blake's Hog und Cattle Feed.«

Jacqueline griff nach der Limonadendose, die sie auf dem Beifahrersitz festgeklemmt hatte. Die Tatsache, daß ihr dieses melodische Meisterstück noch niemals zuvor zu Ohren gekommen war, hatte sie nicht davon abgehalten, in das Lied von Jake und den Sons einzustimmen. Das Stück war so banal, daß es sich beinahe von allein sang, und der Text – das mußte man zu Joes Ehrenrettung sagen – war ihr eigener. Jacqueline sang für ihr Leben gern. Es war ihr vollkommen unbegreiflich, warum die Leute stets zusammenzuckten, wenn sie in aller Öffentlichkeit losschmetterte.

Die Straße wand sich in hügeligen Kurven durch eine Landschaft, die die frischen Pinselstriche weicher Frühlingsfarben trug. Die Bäume reckten Äste in die Luft, die in blasses Apfelgrün oder blühendes Rosa gehüllt waren. Unzählige Reihen jadegrüner Sprößlinge ergossen sich über Felder in sattem Braun. Bäche flossen schnell und klar über moosbewachsene Steine hinweg, und auf beiden Seiten umschlossen tannenbedeckte Berge das Tal, deren Hänge sich von einem tiefen Moosgrün zu einem Smaragdton erhellten, als die Sonne höher stieg.

Jacqueline stieß einen zufriedenen Seufzer aus. Sie war seit zwei Tagen unterwegs. Es war genau das, was sie gebraucht hatte – Windstille, einen Augenblick der Ruhe, der ihr erlaubte, Abstand zu nehmen von den Streitereien, die sie hinter sich gebracht hatte, und sich vorzubereiten auf die Kämpfe, die noch vor ihr lagen. Der Morgen des ersten Tages war ermüdend gewesen, als sie sich durch den Smog und das Verkehrschaos der ausgedehnten Großstädte der Ostküste gewühlt hatte. Aber schon am Nachmittag fuhr sie gemütlich über die Landstraßen im westlichen Pennsylvania, und ihre Laune besserte sich beträchtlich. Sie hatte angehalten, wann immer sie die Lust dazu verspürte – um sich Märkte, Garagenverkäufe und Antiquitätenläden anzusehen –, und als sie zum Übernachten an einem Motel in der Nähe von Thurmont, Maryland, anhielt, ließ sich nur schwer sagen, was ihr mehr zusagte: die Körbe mit hausgemachtem Gebäck, frischem Landschinken und Käse (was sie sich alles zu Gemüte führen wollte, während sie auf dem Bett lümmelte und sich irgend etwas völlig Hirnloses im Fernsehen anschaute) oder die Tatsache, daß niemand auf der ganzen Erde wußte, wo sie sich befand. Sie hatte an der Rezeption einige Broschüren mitgenommen, und bevor sie einschlief, wußte sie bereits, wo sich im Umkreis von einigen Meilen der nächste Antiquitätenhändler befand.

Nun, da sie wieder in südwestlicher Richtung unterwegs war, dachte sie über die Schnäppchen nach, die sie ergattert hatte und die im Kofferraum und auf dem Rücksitz Platz gefunden hatten – ein Punsch-Set mit leuchtendroten Beeren und vergoldeten Blättern, ein Wandteppich (nur leicht mottenzerfressen), auf dem zwei rote Hühner und ein purpurfarbener Hahn zu erkennen waren, und ein echtes »primitives« Ölgemälde, das einen schweren Sturm in einer mondlosen Nacht zeigte, wobei sich über den Ort nichts Näheres sagen ließ.

Sie hatte viele Jahre an der Ostküste gelebt, bevor ihr das Angebot, in einer Universitätsbibliothek in Nebraska zu arbeiten, die Gelegenheit gab, wieder zu ihren Wurzeln im Mittleren Westen zurückzukehren. Es war ein Fehler gewesen. Einige Leute mochten wohl imstande sein, wieder nach Hause zurückzukehren – Jacqueline jedenfalls gehörte nicht zu ihnen. Der unerwartete Erfolg ihres ersten Buches hatte es ihr zum Glück ermöglicht, zu kündigen und nach Manhattan zu ziehen, um ihrem Verleger und Agenten zu »assistieren«. (Chris und Jacquelines schwergeprüfte Lektorin hätten wohl eher ein anders Verb benutzt.)

Anfangs hatte sie jede Minute ihres neuen Lebens genossen. Sie hatte sich alle Broadway-Shows angesehen, hatte gelegentlich einen Straßenräuber mit Hilfe ihrer berüchtigten Handtasche in die Flucht geschlagen, mehr exotisches Essen zu sich genommen, als gut für sie war und sich unter die Reichen, Berühmten und die Intellektuellen gemischt. Aber im letzten Monat war ihr plötzlich klargeworden, daß sie sich in der New Yorker Szene nicht mehr wohlfühlte. Ihr Körper fühlte sich in seiner Kleidung eingeengt, und ebenso erging es ihrem Verstand oben im Kopf: Er verhärtete sich, stumpfte ab, weil er sich mehr und mehr ausschließlich mit dem Getratsche einer – wenn auch scheinbar kultivierten – sehr kleinen Welt befaßte. Hier endlich erblickte sie, wonach sie sich gesehnt hatte – leere Felder, auf denen nur ab und zu eine Herde freundlicher Kühe stand, ein klarer Himmel, ruhige Hügel. Dazu, natürlich, für alle Fälle ein Flughafen ganz in der Nähe, falls ihr Verleger einmal dringend ihre Hilfe benötigen sollte.

Auf dem Rückweg werde ich mich nach einem Häuschen umsehen, beschloß sie. Einige hundert Morgen mit einem netten Vorkriegshaus, ein Kamin in jedem Zimmer, Sprossenfenster mit dem Originalglas ... Oder ein schönes, altes viktorianisches Haus. Mit einer riesigen Veranda, überladenen Verzierungen und ein paar Türmen, von denen aus man auf das Landvolk hinabschauen konnte. Es war gewiß nicht allzu kostspielig, eine Klimaanlage und eine moderne Küche einzubauen und – Sie trat auf die Bremse. Sie war auf einer Hügelkuppe angekommen und wäre beinahe gegen einen Traktor geprallt, der mit zehn Meilen in der Stunde die Straße hinabtuckerte.

Der Fahrer winkte ihr entschuldigend zu. Jacqueline winkte zurück. Sie war nicht in Eile. Die Darcys erwarteten sie erst am nächsten Tag. Das schleppend langsame Tempo, zu dem sie gezwungen wurde – denn die Straße war zu eng und kurvenreich, um sicher zu überholen –, erlaubte ihr, ein wenig zu meditieren.

Die Größe des Grundstücks und des Hauses hingen von dem Ergebnis dieser Reise ab. Im Vergleich zu der Art und Weise, wie sie von ihrem Gehalt als Bibliothekarin gelebt hatte, ging es ihr gut, aber sie war noch immer weit von dem Millionärsstatus entfernt, den ihr die naive Öffentlichkeit als Bestsellerautorin anhängen wollte. Im übrigen hatte sie bisher noch keinerlei wirkliche Sicherheit, was ihre Arbeit betraf. Die Leserschaft und die Verleger waren launisch – was heute ein Bestseller war, konnte morgen ein Flop werden. Alles war ganz so, als ob man einen hohen, steilen Berg hinaufkletterte (sie berührte erneut die Bremse). Wenn man erst einmal oben angekommen war, beflügelte einen der bloße Erfolg des Augenblicks, und die weiteren Triumphe kamen wie von selbst – sie aber hatte noch nicht einmal den Gipfel erreicht. Die Fortsetzung von *Nackt* konnte sie allerdings dorthin bringen.

Es hing alles von dem Gespräch am nächsten Tag ab. Die Erben – oder genauer gesagt, St. John, der ganz offensichtlich die Sache in die Hand genommen hatte – würden jeden der fünf Kandidaten genau unter die Lupe nehmen und Stokes anschließend ihre Empfehlung aussprechen. Die letzte Entscheidung würde dann getroffen werden, nachdem sich »die Erben und der von ihnen beauftragte Agent miteinander beraten haben«, wie Booton sich vorsichtig ausgedrückt hatte. Dabei war er natürlich der in Frage kommende Agent. Demzufolge tappte Jacqueline im dunkeln, wenn es um die Frage ging, wessen Meinung das größere Gewicht hatte. Es empfahl sich auf jeden Fall, einen guten Eindruck bei Kathleens Halbbruder zu hinterlassen. Sie hatte alles nur Menschenmögliche getan, um sich darauf vorzubereiten, hatte alte Zeitungsausschnitte überflogen, Kathleen Darcys Biographie gelesen und mit Leuten gesprochen, die sie und ihre Familie gekannt hatten.

Dabei war kein sehr nettes Bild von St. John entstanden. Von einer Frau, die als Sekretärin bei Kathleens Verleger gearbeitet hatte, war er als »aalglatter, schleimiger Lüstling« beschrieben worden. Sie schwor, daß sie immer noch die Narben von St. Johns Kneiferei hatte. Eine ehemalige Lektorin, die inzwischen pensioniert war, hatte ihn einen »aufgeblasenen, egoistischen Heuchler« genannt, der sich unterstanden hatte, anzudeuten, daß er selbst *Nackt im Eis* geschrieben habe.

Ach ja, dachte Jacqueline gleichmütig, ein paar Zwicke hier und da hatten noch niemandem geschadet. Aber ich werde ihm zum Teufel noch mal nicht zugestehen, bei dem Buch »mitzuwirken«.

Sie hielt an einem Diner an, der direkt an der Straße lag. Die Kellnerin nannte sie »Schätzchen«. Eine Jukebox plärrte »Geh nicht in dem roten Kleid in die Stadt/Das ist nicht der richtige Weg, um dein Glück zu finden«, und auf den Plastiktischen befand sich neben den Flaschen mit Ketchup und Senf noch eine Vase mit unechten Gänseblümchen. Jacqueline warf einen Blick auf ihre Straßenkarte. Nachdem die Kellnerin sich erkundigt hatte, wohin sie unterwegs war, informierte sie Jacqueline, daß die 483 eine hübsche Straße sei, die Brücke aber von den Frühjahrsüberschwemmungen mitgerissen worden war und die verdammten Idioten vom Straßenamt ihre Ärsche noch nicht in Bewegung gesetzt hatten, um sie zu reparieren, daher sei es besser, die 46 nach Boonesville zu nehmen und auf der Whitman Brothers Road in südlicher Richtung zu fahren. Dann fügte sie noch fröhlich hinzu, daß eine so hübsche, junge Dame wie sie in Richtung der Lichter der Großstadt düsen sollte, statt ans Ende der Welt ins Nichts zu fahren, denn in diesem Teil des Landes gab es ganz sicher nichts, auf das es sich zu spuck'n gelohnt hätte. Aber vielleicht hatte sie auch gar nicht »spuck'n« gesagt. Sie sprach einen ziemlich breiten Dialekt. Außerdem hatte sie noch nie von Kathleen Darcy gehört. »Wer? Spielt die bei *General Hospital* mit?«

Die Route 46 war auch eine hübsche Straße. Zuerst folgte sie einem schnell dahineilenden Fluß durch das Tal und bog dann in die Berge ab, wo sie sich in scharfen Kurven entlang des

Flußbettes dahinzog. Die Abhänge neben der Straße wurden steil, und über Meilen hinweg gab es keine Anzeichen von menschlichen Behausungen, nur hohe Tannen, deren Äste über die schmale Straße hingen. Schilder warnten vor Hirschen, die die Straße überquerten. Jacqueline entdeckte unterwegs keine, aber das moderate Tempo, das sie gehorsam einhielt, erlaubte es ihr, zu verhindern, daß sie ein fettes, dusseliges Murmeltier über den Haufen fuhr. Und auch eine schlanke, aber nichtsdestoweniger ebenso unintelligente Ratte entkam ihren Reifen, obwohl sie ihren Kopf verlor und eilig vor dem Wagen dahinschoß, bevor sie nach einer Viertelmeile in den Wald abbog.

Nachdem sie eine Stunde lang vor sich hingefahren war, ohne auch nur einmal das Schild »Antiquitäten« gesehen zu haben, begann Jacqueline sich zu langweilen. Die einzigen Sender, die sie im Radio empfing, spielten ausschließlich Country Music, und sie hatte bald genug davon, sich unanständige Texte auszudenken. Während sie an der Stationstaste des Radios drehte, stieß sie auf eine heisere Stimme, die sie aufforderte, aufzustehen und den Herrn Jesus Christus in ihr Herz zu lassen. Jacqueline suchte sich wieder einen Musikkanal. »Erzähl mir bloß nicht, wen ich in mein Herz lassen soll«, zischte sie.

Es gelang ihr nicht, die Whitman Brothers Road zu finden. Die Schatten des späten Nachmittags erstreckten sich schon über die Straße, als sie an eine Kreuzung gelangte, die von einer Tankstelle und einem verwitterten Holzgebäude geziert wurde, auf dem (oh, Glückseligkeit) »Antiquitäten« zu lesen stand. Andere Schilder deuteten darauf hin, daß es sich bei dem Gebäude außerdem um einen General Store und ein Postamt handelte und daß es hier Bier und Eis gab.

Jacqueline hielt an und ging hinein. Die Antiquitäten bestanden aus mehreren Krügen mit dicken Sprüngen, einem Schaukelstuhl, der sofort nach hinten umschlug, sobald man sich hineinsetzte, und einer Anzahl von Zierdeckchen, die aus schillerndem Polyestergarn gehäkelt waren. Sie bat um ein Bier und erkundigte sich nach dem Weg. Zwei Kunden, beide in verblichenen Overalls und Cowboyhüten, beugten sich über die Karte und einigten sich schließlich darauf, daß sie vielleicht doch besser aufgeben sollte, nach der Whitman Brothers Road zu suchen. Sie war schon zu weit südlich, daran lag es, aber wenn sie an der Kreuzung hier links abbog und sich dann rechts hielt, um auf die 346 abzubiegen ...

Jacqueline trank ihr Bier aus und verabschiedete sich von ihren neuen Freunden, die ihr aufmunternd zulächelten. Wundersamerweise erwiesen sich ihre Angaben als richtig. Eine Stunde später fuhr sie die Hauptstraße von Pine Grove entlang, die den schönen Namen »Hauptstraße« trug.

Es war ein Bergstädtchen, von hohen Bergen umgeben und mit Straßen, die so steil waren, wie einige der steilsten in San Francisco. Ihr erster Eindruck war kein sehr vorteilhafter. Die schmalen Holzhäuser standen zusammengepreßt wie die Zuschauer bei einer Parade in einer Linie entlang des Gehweges. Den Häusern folgten kleine Lagerhäuser und die mit Holzbrettern vernagelten Überreste einer Mühle. Ihr Wagen ruckelte über Schienen hinweg, und damit hatte sie scheinbar eine Art Grenze überquert, denn nun war sie offensichtlich auf der anderen Seite des Städtchens. Die Straße wurde breiter. Saftiger Rasen erstreckte sich vor hübschen alten Häusern, von denen einige großzügige Holzbauten der Jahrhundertwende, andere dagegen nach klassisch föderalistischem Muster aus Stein errichtet waren. Tupfen aus blühendem Hartriegel übersäten das Grün mit weißen und rosefarbenen Sternen. Blühende Kirsch- und Pfirsichbäume winkten mit ihren weißbedeckten Ästen. Flieder beugte sich unter dem Gewicht seiner Blüten.

All dies war beinahe zu reizend. Sollte ich zu lange hier bleiben, werde ich bestimmt ganz saubere Romane über bodenständige Demokratie und jungfräuliche Liebe schreiben, dachte Jacqueline. Wie zum Teufel war es Kathleen hier gelungen, die karge und rauhe Wildnis ihrer Phantasiewelt zu erschaffen?

Pine Grove war eine langgestreckte, schmale Stadt, deren Ausmaße sich den Gegebenheiten der Landschaft angepaßt hatten. Im Grunde gab es nur eine Straße, die Hauptstraße selbst. Die Ampel im Zentrum markierte die Kreuzung mit einer weiteren Landstraße, die jedoch nach einigen hundert Metern in beiden

Richtungen in steiniger Landschaft und bewaldeten Hängen endete. Das »Zentrum« bestand aus zwei Straßenzügen mit Geschäften und Büros rings um die Ampel.

Das Städtchen war zu klein, um eine der sonst allgegenwärtigen Motelketten anzuziehen, aber ein junges Ehepaar hatte erst kürzlich ein Gasthaus eröffnet. Stokes hatte ihr davon erzählt und ihr versichert, daß sie dort gut wohnen würde. »Es ist ganz gewiß eine gewaltige Verbesserung im Vergleich zu meinem Aufenthalt bei den Darcys«, hatte er hinzugefügt. »Selbst nachdem Kathleen das Haupthaus hatte renovieren lassen, mußte ich das Bad teilen und bei der der Hausarbeit mithelfen, Teufel noch mal. Das Gasthaus ist zwar überladen mit Chintz und Rüschen, aber sie haben einen anständigen Küchenchef.«

Das »Mountain Laurel Inn« trug seinen Namen zu Recht. Es war von Lorbeerhecken umgeben. Sie standen in voller Blüte und glichen einer Wand aus seidigem Rosa. Seinem Aussehen nach schätzte Jacqueline, daß es sich nicht um ein Haus handelte, das man zu einem Hotel umgebaut hatte, sondern daß es von vornherein zu diesem Zweck errichtet worden war. Beim Bau des mittleren, dreistöckigen Hauptteils hatte man den örtlichen Kalkstein verwendet. Eine Seitenveranda war mit Glas überdacht worden und diente nun als Speiseraum. Die Zimmer, die darüber lagen, gingen auf einen Balkon hinaus, der mit Körben voller Stiefmütterchen behängt war.

Jacqueline stellte ihren Wagen auf dem Parkplatz hinter dem Gasthaus ab und ging um das Haus herum zum Vordereingang. Als sie die Tür öffnete, schlug ihr ein ohrenbetäubender Lärm entgegen. Es hörte sich an, als ob ein Politiker eine Rede hielt und dabei gegen eine laute Menge anschreien mußte. Und genau – so war es auch. Aber die Stimme kam aus einem Fernseher, der sich in einem Raum rechts vom Eingangsbereich befand. Der Fernseher wirkte in diesem Raum mit viktorianischer Einrichtung ziemlich fehl am Platz. Spitzenvorhänge, schwere, geschnitzte Tische und Dutzende von Rüschenkissen bestimmten das Bild. Vor dem Fernseher saß eine alte Dame mit einem unglaublich grimmigen Blick. Unter einer Haube eisengrauer Haare, die in ondulierte Wellen gelegt waren und so steif wie Holz zu sein schienen, schaute eine Schnur hervor, die in die Tasche ihres schwarzen Kleides lief. Falls sie zu einem Hörgerät gehörte, so funktionierte dieses wohl nicht besonders gut.

Gegenüber, auf der linken Seite, befand sich eine Tür, die in die Bar und das Speisezimmer führte. Im hinteren Teil, unter einer nach oben geschwungenen Treppe, lag die Rezeption versteckt. Jacqueline kam zu der Erkenntnis, daß Stokes Kritik unfair gewesen war. Das Ganze war wirklich ein bißchen zu gemütlich-ländlich, aber immer noch um einiges besser als ein »Holiday Inn«.

Sie schritt auf die Rezeption zu und ließ ihren Koffer vor dem Tresen mit einem dumpfen Poltern fallen. Zuerst kam nirgendwoher ein Lebenszeichen. Dann aber öffnete sich eine Tür hinter dem Tresen, und eine Frau trat hervor, die Entschuldigungen vor sich hinmurmelte. »Es tut mir leid, ich hoffe, sie warten noch nicht allzu lange. Mrs. Swenson ist ziemlich taub, aber sie ist einer unserer Dauergäste und deshalb ... Oh je, ich hoffe, ich habe sie nicht zu lange warten lassen ...«

Ihr gerüschtes Baumwollkleid und ihr hüpfender Gang erweckten den Eindruck sorgloser Jugend, aber als sie aus dem Schatten unter der Treppe hervortrat, sah Jacqueline, daß sie älter war – allerdings vielleicht noch nicht ganz so alt, wie ihre faltigen Wangen und besorgten Augen nahelegten. Sie hatte ihr Haar zu einem Zopf geflochten und zu einer Schnecke gewunden auf dem Kopf festgesteckt. Sie trug kein Make-up.

Jacqueline lächelte. »Ich bin gerade erst gekommen. Mein Name ist –«

»Mrs. Kirby? Wir haben Sie erwartet. Es ist eine Ehre für uns, eine weitere berühmte Autorin bei uns begrüßen zu dürfen.«

Sie schob Jacqueline das Gästebuch hin, zusammen mit einem Federhalter, den sie aus einem Holzständer mit einem antiken Tintenfaß zog. Jacqueline stellte erleichtert fest, daß er in einem ganz normalen Kugelschreiber endete. Das Gästebuch war in Kaliko gebunden und mit Borte eingefaßt, aber das Innere enthielt nüchterne Unterteilungen, wo sie ihren Namen, ihre Adresse, das Autokennzeichen und andere erforderliche Angaben einzutragen hatte.

»Ich bin Mollie Kyle, die Wirtin. Meinem Mann Tom und mir gehört das Gasthaus. Ich hoffe, Sie werden mich Mollie nennen.«

Jacqueline hatte einen langen Tag hinter sich. »Ich würde es bevorzugen, Sie als erwachsenen und mir ebenbürtigen Menschen anzureden, Mrs. Kyle.«

»Oh. Oh, es tut mir so leid, ich wollte Sie nicht beleidigen ...«

»Ich bin in keiner Weise beleidigt.« Jacqueline steckte den Stift wieder in seinen Halter. »Aber dies ist unser erstes Zusammentreffen und möglicherweise auch unser letztes. Ich hoffe zwar, daß das nicht der Fall sein wird, sondern daß ich noch einmal zurückkehren werde. Sollte dies eintreten, so wird unsere flüchtige Bekanntschaft zweifellos erblühen und im Laufe der Zeit mit den Früchten der Freundschaft gekrönt werden, was dann auch den Gebrauch der Vornamen einschließen mag. Aber sollte ich Sie niemals wiedersehen, so wird der Schmerz des Verlustes sehr viel geringer sein, wenn wir unsere Verbindung auf einer formellen Ebene halten. Wenn Sie verstehen, was ich meine.«

Zu ihrer Überraschung verstand Mollie Kyle, was sie meinte. »Ja, natürlich. Auf diese Weise habe ich es noch gar nicht betrachtet. Wie wunderschön Sie sich ausdrücken können, Mrs. Kirby! Sie müssen mich für sehr unsensibel halten. Ich kann mir vorstellen, wie schwierig dies alles für Sie und die anderen sein muß. Wir sind über diese ganze Sache ja so aufgeregt –«

»Kein Grund«, fiel Jacqueline ihr ins Wort. Sie hatte Angst, daß die Flut von Entschuldigungen niemals aufhören würde, wenn sie nicht irgendwelche Maßnahmen ergriff, um sie einzudämmen. Sie bedauerte bereits ihren öligen Vortrag. Er hatte sich bei anderen Leuten, die ihr eine künstliche Intimität aufdrängen wollten, als erfolgreich erwiesen, aber diese Frau hatte wahrhaftig keinen Klaps auf ihr Ego verdient.

Eine Wiedergutmachung war angebracht. Jacqueline erhöhte die Wattleistung ihres Lächelns. »Sie sind sehr freundlich. Nennen Sie mich am besten doch Jacqueline – und drücken Sie mir die Daumen, okay?«

»Oh, das werde ich. Ich hoffe, Sie ... Nun, Sie sind um so vieles netter als ...« Sie schlug die Hand vor den Mund. »Ich habe Mr. Darcy versprochen, kein Wort zu sagen.«

»Warum?« erkundigte sich Jacqueline mit forschender Stimme. »Dies ist ein freies Land. Sie haben ein Recht auf Ihre Meinung.«

»Ja, das stimmt ... Mr. Darcy ... Also, ich denke es ist nichts Schlimmes dabei, wenn ich Ihnen sage, daß ich Ihre Bücher liebe.«

»Vielen Dank.« Jacqueline fühlte, wie ihre Gesichtszüge zu einem Lächeln gefroren, das sie immer aufsetzte, wenn man ihr solche Komplimente machte. Sie konnte einer begeisterten Leserin ja wohl kaum mitteilen, daß ihr erstes Buch zur Hälfte ein Witz und zur anderen Hälfte der zynische Versuch gewesen war, sich den Erfolg eines Genres zunutze zu machen, das sie persönlich verachtete. Und sie konnte auch nicht sagen, daß sie beim Schreiben des zweiten Buches ihre Zunge fest in ihre Wange gepreßt hatte.

»Aber ich habe ihm versprochen, daß ich den Gästen die Namen der anderen nicht nennen werde«, fuhr Mollie fort.

»Ich würde auch nicht im Traum daran denken, zu verlangen, daß Sie ein Versprechen brechen.« Es gab auch keinen Grund dazu, Jacqueline hatte längst drei vertraute Namen unter den Eintragungen im Gästebuch ausgemacht. Wie seltsam. Man hatte ihr gesagt, daß sie die letzte Kandidatin sei, die zu einem Gespräch eingeladen war. Jack Carter, Marian Martinez, Brunnhilde – die, so bemerkte Jacqueline mit Interesse, am vorherigen Abend im Gasthaus übernachtet hatte. Wo war Augusta Ellrington? Sicherlich gab es eine ganz einfache Erklärung. Entweder war der Ablauf geändert worden oder Augusta benutzte ein Pseudonym. Welch eine bescheidene Frau ...

»Ich gebe Ihnen das Stonewall-Jackson-Zimmer«, sagte Mollie und kritzelte etwas ins Buch. »Es ist das beste im Haus. Warten Sie, ich werde Ihnen mit Ihrem Gepäck helfen.«

»Das ist nicht nötig. Ich habe nur diesen einen Koffer.«

»Ich bestehe darauf.« Mollie kam hinter dem Tresen hervor und packte den Griff des Koffers. »Unsere Gäste sollen sich bei uns entspannen und erholen und nichts weiter tun.«

Sie war stärker als sie aussah und hob den schweren Koffer, als sei er mit Federn gefüllt.

Jacqueline folgte ihr die Stufen hinauf. Ihr Zimmer lag am Ende des Flurs. Die Fenster befanden sich auf einer Seite, und die Balkontüren führten auf den oberen Balkon hinaus, der durch einige Topfpflanzenreihen in separate Abschnitte für die einzelnen Zimmer unterteilt war. Vor den hohen Fenstern hingen Spitzengardinen, und auf der Frisierkommode stand eine Schale mit Tulpen und gelben Narzissen. Jacquelines positiver Eindruck wurde noch verstärkt, als Mollie eine Tür öffnete, hinter der sich das Bad verbarg.

Sie äußerte sich anerkennend, und Mollie, die sie wie ein Hund anblickte, der nicht sicher war, ob sein Frauchen dieses tote Kaninchen wirklich haben wollte, begann zu strahlen. »Mr. Darcy sagte, nur das Beste sei gut genug. Er hat diesen Brief und das Päckchen für Sie vorbeigebracht.«

Das kleine Päckchen war in hübsches Geschenkpapier eingewickelt. Jacqueline öffnete es, und eine Schachtel Pralinen kam zum Vorschein. Sie kannte die Marke. Sie war unanständig teuer und nur in Spezialitätengeschäften zu bekommen. Sie bekam ein langes Gesicht, als sie entdeckte, daß die hübschen Muscheln mit verschiedenen Alkoholsorten gefüllt waren. Sie haßte Alkoholpralinen. Sie zog es vor, ihre Laster nicht zu mischen.

Die beiliegende Karte stammte von Mr. Darcy. Er hieß sie darin willkommen, hoffte, daß sie seine bescheidene Gabe genießen würde und drückte seine Freude über ihr Zusammentreffen am nächsten Tag aus.

Mollie blieb noch, ihre Hände kneteten die Falten ihres Rocks. »Werden Sie mit uns zu Abend essen, Mrs. Kirby – Jacqueline?«

»Ja, ich denke schon«, erwiderte Jacqueline geistesabwesend. »Wann wird es denn serviert?«

»Um sechs. Aber wenn Sie sich zuerst etwas ausruhen wollen –«

»Ich hatte eigentlich vor, noch ein wenig herumzufahren. Wäre acht Uhr zu spät?«

»Nein, das ist schon in Ordnung.« Stolz erhellte ihr Gesicht wie eine Zweihundert-Watt-Birne. »Mein Mann, Tom, ist der Küchenchef. Er kocht wundervoll. Sie werden Ihr Abendessen genießen, das verspreche ich Ihnen. Aber wohin wollen Sie? Oh, es tut mir leid, das geht mich natürlich nichts an, ich wollte wirklich nicht ... Aber um sieben wird es dunkel, und es ist keine so gute Idee ...«

Unter dem Druck ihrer Hände verknautschte sich der Kattunstoff ihres Kleides zu einem häßlichen Knoten. Jacqueline blickte sie neugierig an. »Warum nicht? Gibt es Bären in den Bergen?«

»Oh, nein. Das heißt – ja, ein paar, tief in den Wäldern, aber sie kommen nicht bis ...«

»Mordende Irre, Vergewaltiger, Straßenräuber?«

»Natürlich nicht. Es gibt einige etwas seltsame Gestalten ... Aber sie sind vollkommen harmlos. Sie sind nicht ... Oh, je, ich habe mich schon wieder in etwas hineingeritten. Tom sagt immer, ich soll meine Zunge im Zaum halten. Die Leute bekommen einen völlig falschen Eindruck.«

Sie starrte Jacqueline flehendlich an, und die Letztere sagte beruhigend: »Ich werde schon nicht verlorengehen, falls Sie davor Angst haben sollten. Ich bin spätestens um acht Uhr wieder zurück.«

Während Jacqueline auf einer düsteren Straße, die steil in die Berge hinaufführte, Richtung Westen fuhr, versah der Sonnenuntergang den dunkel werdenden Himmel mit scharlachroten Daumenabdrücken. Sie fuhr langsam, beobachtete den Tachometer und hoffte, daß der Reporter von der *Post* das gleiche getan hatte. Vor sieben Jahren hatte nämlich jede große Zeitung im Land Straßenkarten und Wegbeschreibungen der Gegend veröffentlicht. Sie fand die Stelle, wo sie abbiegen mußte, ohne Schwierigkeiten. Die Seitenstraße war in einem viel besseren Zustand, als die Zeitungen geschrieben hatten. Die Einfahrt zu einem Privatgrundstück einige Meilen weiter oben mochte die Erklärung dafür sein. Damals hatte es jedenfalls entlang dieser Straße noch keine Häuser gegeben.

Jacqueline blickte weiter auf den Tacho. Vier Meilen auf dem Schotterweg bis zu dem schmalen Pfad, der in den Wald hineinführte. Die Suchtrupps waren seinerzeit mehrere Male an ihm vorbeigelaufen, ohne die Öffnung zwischen den Büschen und dem Gestrüpp zu sehen. Das wäre jetzt nicht mehr möglich. Es wucherte zwar wilder Wein über den Zugang, aber er war sichtbar – kaum breit genug für einen schmalen Wagen, wenig mehr als ein Trampelpfad, aber sichtbar. Jacqueline nahm ihren Fuß vom Gas. Der Wagen rollte langsam aus und blieb stehen.

Irgend jemand hatte den Zugang freigehalten, daran bestand kein Zweifel. Der Wuchs eines Jahres hätte ausgereicht, um die Lücke wieder zu schließen. Aber diese Beobachtung war nicht der Grund dafür, daß sich Jacquelines Nackenhaare aufrichteten.

Kathleen war durch das dichte Gestrüpp hindurchgefahren. Die Räder ihres Wagens mußten es niedergewalzt, zerdrückt haben. Es hatte lange gedauert, bis die Suchtrupps ... Wie lange eigentlich? Eine Woche, wenn sie sich richtig erinnerte. Aber selbst ein wuchernder Frühlingswuchs wäre nicht imstande gewesen, alle Spuren, die das Auto hinterlassen hatte, auszulöschen. War Kathleen derart entschlossen gewesen, in aller Stille ihr Leben zu beenden, daß sie den verwüsteten Durchschlupf wieder hergerichtet hatte?

Aus irgendeinem Grund, den Jacqueline nicht näher benennen konnte, fand sie diesen Gedanken schrecklich.

Sie schüttelte sich kurz und lenkte den Wagen in die schmale Öffnung. Der Boden war uneben. Selbst bei dem langsamen Tempo, das sie einhielt, hüpfte und sprang der Wagen hin und her. Aber wenn Kathleen es damals geschafft hatte, würde es ihr heute auch gelingen.

Sie wußte, was sie erwartete. Sie hatte Beschreibungen gelesen und Photos gesehen. Aber den Ort nun mit eigenen Augen zu sehen, war ein ebenso großer Schock, als ob sie zufällig darauf gestoßen wäre. Sie stellte den Motor ab und stieg aus dem Wagen.

In der sanften Abendbrise waren nur leise Geräusche zu vernehmen – das verschlafene Gezwitscher der Vögel, das Rascheln der Blätter, die von dem leichten Wind berührt wurden. Erst langsam wurde sich Jacqueline eines tieferen und beständigen Geräusches im Hintergrund bewußt. Es war das Murmeln eines eiligen Baches. Der Regen hatte den Gebirgsbach, der hinter der Lichtung floß, anschwellen lassen, genauso, wie es an jenem Tag vor sieben Jahren der Fall gewesen war.

In der Mitte der Lichtung stand das Denkmal, eine einfache graue Granitplatte. Sie trug nur Kathleens Namen und eine Zeile aus *Nackt im Eis:* »Sie verschwand im Schatten und wurde eins mit den unsterblichen Sternen.«

Der Gedenkstein war nicht von der Familie errichtet worden, sondern von ihrer treuen Lesergemeinde. Die Spontaneität und Großzügigkeit dieser Kampagne, mit der sie ihre Heldin damals ehrten, hatte ein großes Medieninteresse gefunden und den Anstoß für eine Reihe von sentimentalen Fernsehsendungen gegeben, woraufhin sich St. John Darcy zu einer halbherzigen Erklärung genötigt sah. Nichts hätte ihm mehr Freude bereitet, als ein angemessenes Denkmal für seine geliebte Schwester zu errichten, verkündete er. Aber unglücklicherweise war er nicht im Besitz der Mittel dazu. Seine Mutter hatte einen Nervenzusammenbruch erlitten, seine eigene Gesundheit war schlecht ... Und so weiter. Seine Entschuldigungen waren eigennützig und unglaubwürdig.

All dies lag Jahre zurück und war inzwischen vergessen. Aber irgend jemand hatte Kathleen nicht vergessen. Die dunkle Oberfläche des Steins war frei von Vogeldreck und Weinranken. Zwischen den feinen Kieseln, die um den Stein gestreut waren, wuchs kein Unkraut. Irgendwie zweifelte Jacqueline daran, daß St. John dafür verantwortlich war.

Vielleicht war dieser Ort für Kathleen von besonderer Bedeutung gewesen, weil ihr hier freudige oder schmerzhafte Erinnerungen oder Inspirationen gekommen waren. War ihr hier vielleicht etwas Außergewöhnliches zugestoßen? Warum hatte sie sich nur solch einen trostlosen Ort ausgesucht, um ihr Leben zu beenden? Die stille Lichtung wirkte bedrohlich – und das sicherlich nicht nur wegen der vielen unbeantworteten Fragen. Sie hatte eine unheimliche Aura. Jacqueline kämpfte gegen den Drang an, über die Schulter zu lauern oder sich ganz plötzlich umzudrehen, um einen versteckten Beobachter zu überraschen, dessen Augen sie auf sich ruhen fühlte. Das war natürlich alles Blödsinn. Sollten Tote aber doch zurückkommen – sollte Kathleen einmal zurückkommen –, dann würde dies bestimmt an einem Ort wie diesem geschehen.

Die Sonne versank hinter den Bergen, und das Zwielicht legte sich wie ein dichter Schleier über die Umgebung. Der Himmel verlor seine Farbe. Genauso erging es den raschelnden Blättern, die in ein Mondgrau getaucht wurden. Die Schatten der Bäume ließen das Ganze wie eine undurchdringliche Wand erscheinen. Etwas bewegte sich. Ein Zweig knackte, scharf wie ein Pistolenschuß.

Jacqueline war im Auto, bevor ihr überhaupt bewußt wurde, daß sie sich bewegt hatte. Nachdem alle Türen verriegelt waren, legte sich ihre Aufregung. Sie atmete einmal belustigt aus und schüttelte den Kopf. Phantasie war eine wunderbare Sache, solange sie nicht außer Kontrolle geriet.

Der Motor sprang sofort an, und die Strahlen der Scheinwerfer enthüllten nichts, was nicht hätte da sein sollen. Sie mußte wohl ein Tier gehört haben, das sich durch ihr langes Schweigen in Sicherheit gewogen hatte. Ein Hirsch vielleicht oder ein Bär. Kein Wunder, daß sie sich hatte hinreißen lassen. Dieser Ort besaß den Zauber, der allen einsamen Waldgegenden inne ist. Er erinnerte sie an die Lichtung in Kathleens Buch, auf der Hawkscliffe Ara findet, die dort Kräuter sammelt und mit den Tieren spricht.

Ein plötzlicher Drang überkam Jacqueline, und sie kurbelte das Autofenster hinunter. Die Luft war süß und kalt, und der leichte Wind besaß einen kaum wahrnehmbaren, unbestimmten Blumenduft, der sich mit dem scharfen Geruch der Kiefern mischte.

»Ich möchte wegen der Störung um Entschuldigung bitten«, rief sie in die zunehmende Dämmerung hinein. »Ich komme zurück.«

Es hätte früher passieren sollen, als sie in Stille und Schatten getaucht dagestanden hatte, berührt vom Atem einer anderen, jüngeren Welt. Die überwältigende Empfindung von etwa Anwesendem war so spürbar wie ein Wirbelsturm. Selbst über das Rumpeln des Motors hinweg konnte sie es hören – ein Echo, das an spöttisches Gelächter erinnerte und eine verzerrte, entfernte Stimme: »... zurück ... zurück ... zurück ...«

Jacqueline legte den Rückwärtsgang ein, setzte eilig zurück, drehte und machte, daß sie fortkam. Selbst nachdem sie das Fenster hochgedreht hatte, konnte sie noch das Geräusch des Windes hören, der die Bäume quälte. Das war die mächtige, unpersönliche Stimme der Natur, ein plötzlich hereinbrechender Frühlingssturm. Wolken eilten über die Berggipfel hinweg.

Jacquelines Hände waren vollkommen ruhig, und sie fuhr mit der Umsicht und Vorsicht, wie sie ein solcher Weg erforderte. Sie atmete allerdings erst richtig tief durch, als sie von dem Schotterweg auf die gepflasterte Straße abbog, die nun dunkel und glitschig vom einsetzenden Regen war.

Der kurze Sturm endete so schnell, wie er begonnen hatte. Das Abendrot wärmte den Himmel mit einem leichten Rosé-Schimmer, als Jacqueline auf die Eingangstür des Gasthauses zuging. Mollie stand auf der obersten Stufe, knetete ihre Hände und sah ängstlich in die Dunkelheit hinaus. Als sie Jacqueline erblickte, begann sie erleichtert in einem weinerlichen Tonfall zu reden.

»Gott sei dank, da sind Sie ja. Ich hatte schon Angst ...«

»Überschütten Sie all Ihre Gäste mit Ihrer mütterlichen Sorge?« erkundigte sich Jacqueline, »oder mache ich einen besonders hilflosen Eindruck?«

»Oh, nein! Ich wollte doch nur – bitte entschuldigen Sie, man braucht mich wohl im ...«

Sie flüchtete in den Speiseraum. Jacqueline folgte ihr einen Augenblick später. Sie hatte einen Riesenappetit, und aus der Art, wie die anderen Gäste gekleidet waren, schloß sie, daß eine formelle Aufmachung nicht vonnöten war. Ihre maßgeschneiderte Jacke und die dazu passende Hose waren mehr als angemessen.

Sie bestellte einen Wodka-Martini bei einer Kellnerin, die ein Häubchen und einen langen Baumwollrock trug, und lehnte sich dann auf ihrem Stuhl zurück, um ihre Umgebung zu mustern. Die anderen Gäste hoben sich durch nichts besonders hervor – Touristen, dachte Jacqueline versnobt –, und die Inneneinrichtung besaß nichts, was sie besonders ansehnlich oder abstoßend machte, wenn man einmal von der altmodischen Bar absah, hinter der Mollie im Augenblick stand und die aus einer Schenke zu stammen schien. Offenbar vermied sie Jacquelines Blick. Was bedrückte diese Frau nur? Sie konnte doch nicht wissen, wohin Jacqueline gefahren war ... Oder doch? Wohin sonst sollte ein Besucher hier fahren? Es gab keine Sehenswürdigkeiten in der Nähe. Vielleicht hatten die anderen »berühmten Autoren« auch ihre Pilgerfahrt hinter sich gebracht, und es war einem von ihnen dabei etwas zugestoßen. Jacqueline stellte sich Brunnhilde vor, wie sie hilflos in giftige Weinranken verwickelt dalag und entsetzt vor sich hinbrabbelte, während unsichtbare Geister ihr Flüche zukreischten ... Aber sie kam zu dem traurigen Schluß, daß es soviel Glück auf einmal wohl nicht gab. Möglicherweise herrschte unter den Einwohnern auch eine abergläubische Angst vor der Lichtung. Das konnte sie ihnen nicht mal verdenken.

Die nächste Überraschung an diesem Abend war ausgesprochen angenehm. Das Essen war exquisit – von der Kastaniensuppe bis zum köstlichen Mousse aus weißer Schokolade. Sie wollte dem Küchenchef gerade ihre Hochachtung ausrichten lassen, als er auch schon selbst auftauchte. Seine Mütze saß schief auf dem Kopf und verlieh ihrem Besitzer etwas von einer Karikatur. Bei diesem Anblick hätte Jacqueline beinahe ihren Dessertlöffel fallengelassen. Ein unnachgiebiger, mürrischer Mund und die Nase, die wie gemeißelt schien, dazu dichte schwarze Augenbrauen, so gerade wie Metallstangen, und diese Wangenknochen ... Das war Hawkscliffe, der männliche Held aus *Nackt im Eis*. Selbst die lächerliche Kochmütze konnte diesen Eindruck nicht verderben.

Er schritt von Tisch zu Tisch und nahm die Komplimente der Gäste mit unbewegtem Gesicht entgegen. Schließlich hatte er Jaquelines Tisch erreicht. »Mrs. Kirby, nehme ich an?«

Jacqueline reichte ihm die Hand. »Warum haben Sie kein Restaurant in Washington oder New York?«

Das gefiel ihm. Seine Mundwinkel verzogen sich zu einem kleinen Hawkscliffe-Lächeln. »Wer gut genug ist, zu dem kommen dieLeute überall. Man muß ihnen nicht nachlaufen.«

»Sie sind gut«, erwiderte Jacqueline. Und arrogant wie ein Kaiser, fügte sie im stillen hinzu.

»Aber warum hier?« erkundigte sie sich.

Die Antwort war ebenso unerwartet wie prompt. »Lukas 15, Vers 23. Gute Nacht, Mrs. Kirby.«

Jacqueline hatte eine ungefähre Vorstellung, was diese Stelle aussagte, und ein schneller Blick in die unvermeidliche Gideon-Bibel, die sie in der Schublade ihrer Frisierkommode fand, nachdem sie in ihr Zimmer zurückgekehrt war, bestätigte ihre Vermutung. »Und bringt das gemästete Kalb, schlachtet es! Und wir wollen essen und guter Dinge sein, denn dieser Mein Sohn war tot und ist wieder lebendig geworden.«

Der verlorene Sohn, der – nicht reumütig, sondern triumphierend – nach Hause zurückgekehrt ist. Er mußte Kathleen gekannt haben. Aber wie gut?

Später, nachdem sich Jacqueline zum Schlafen zurechtgemacht hatte, löschte sie das Licht und öffnete die Balkontüren. Ein blasser Mond hing tief über den Umrissen der Berge, und unzählige Sterne erleuchteten den finsteren Himmel. Nirgendwo war eine künstliche Lichtquelle auszumachen. Man hatte ihr das Zimmer mit der besten Aussicht gegeben. Sie blickte über Felder auf die Berge hinüber. Unter ihr raschelten Blätter im dichten Gebüsch, Flieder erfüllte die Luft mit seiner überwältigenden Süße. Jacqueline atmete tief ein. Diese ganze Schönheit berührte sie so sehr, daß sie beinahe ein Lied angestimmt hätte, aber die anderen Gäste hatten Glück, denn sie erinnerte sich nicht an die Melodie zu Whitmans Gedicht und begnügte sich deshalb damit, die Zeilen vor sich hinzumurmeln. »Als Flieder zuletzt im Garten erblüht / Und der große Stern früh im westlichen Himmel versank ... / Da trauerte ich und werde weiter trauern ...«

Nein, das war zu deprimierend. Sie wollte sich gerade in ihr Himmelbett zurückziehen, als ihr ein Gedanke kam. Genau das war es, was sie auf der Lichtung gerochen hatte: Der unbestimmbare Blumengeruch war der Duft von Flieder gewesen!

Aber Flieder war eine Kulturpflanze. Er wuchs nicht wild in den Wäldern.

Aber er war Kathleen Darcys Lieblingsblume gewesen.

»Kalter Angstschweiß bedeckte Aras Glieder, und ihr Herz strauchelte wie ein hinkender Mann, als sie ...«

Jacqueline runzelte die Stirn. Ara hatte keine Ahnung von der Funktionsweise des Herzens. Sie lebte in einer prähistorischen Kultur. Jacqueline hatte ihre eigene erste Heldin kurzentschlossen Kupfer entdecken lassen, als die Handlung nach einer anachronistischen Waffe verlangte, aber sie konnte es sich nicht leisten, gleich zweimal zu einem solch schändlichen Trick zu greifen. Zumindest nicht, wenn es um Kathleens Figuren ging.

Ihr Herz strauchelte nicht, aber ihr Puls überschlug sich vor Erwartung, als sie zu dem Haus unterwegs war, das Kathleen »Gondal« getauft hatte. Sie sorgte sich nicht um den Eindruck, den sie machen würde. Sie konnte sich anständig benehmen, wenn es die Situation erforderte, und – das hatte sie ihrem Spiegelbild an diesem Morgen versichert – sie sah absolut göttlich aus. Ihre Wangen trugen einen rosigen, damenhaften Schimmer, und ihr Haar glänzte bis zu den Wurzeln in einem satten Kastanienbraun. Der Rock bedeckte ihre Knie, die Jacke war ein geschmackvoller Kompromiß aus Kompetenz (der Schnitt) und femininer Note (der blaßgrün-goldene Tweed). Der Hut ... nun ja, Jacqueline gestand sich ein, daß der Hut möglicherweise ein wenig zuviel des Guten war. Vielleicht hätte sie doch besser ein paar Seidenrosen entfernen sollen oder auch den Schleier oder ... Aber auch er sah einfach göttlich aus.

Kathleens Familie lebte schon seit Generationen in dem alten Haus am Rande von Pine Grove, aber weder das Haus noch die Familie waren aristokratischer Abstammung. Die Darcys waren Farmer und Handwerker gewesen. Das Haus war ein einfacher Steinbau, anspruchslos und solide. Kathleen hätte es sich nach ihrem Erfolg ohne weiteres leisten können, in ein prächtigeres Haus in der Stadt oder sonstwohin zu ziehen, aber statt dessen hatte sie es vorgezogen, ihr Elternhaus renovieren zu lassen. Eine moderne Küche war eingebaut worden, ebenso wie mehrere Bäder, und man hatte außerdem einen separaten Flügel angefügt, in dem ihre Mutter lebte. Als sie immer berühmter wurde und ihre Leserinnen begannen, sie aufsuchen, hatte sie um das Grundstück einen Zaun mit einem schweren Tor errichten lassen. Auf dem Tor stand in verzierten schmiedeeisernen Lettern der Name, den sie gewählt hatte.

Die Buchstaben hatten einmal einen prächtigen Goldton besessen, der aber inzwischen stumpf geworden war. Einige der metallenen Formen legten sich wie beschwipst auf die eine oder andere Seite. Jacqueline hatte dennoch keine Schwierigkeiten, sie zu entziffern. Was für ein ironischer Kontrast dies doch war: das vernachlässigte Tor, die verwilderte Einfahrt und die ursprüngliche Bedeutung des Namens – »Gondal«, unerschrokkenes Königreich der Helden und Prinzessinen, der Burgen und Schlösser.

Die Elemente, die in Kathleens Büchern an das Werk der drei Brontë-Schwestern erinnerten, waren oft diskutiert, analysiert, auseinandergenommen und erörtert worden. Die Namen und Persönlichkeiten mancher Hauptfiguren stammten allerdings nicht aus den bekannten Romanen von Emily und Charlotte, sondern aus den unzähligen Geschichten und Gedichten, die die Schwestern in ihrer Jugend verfaßt hatten. Die drei Brontë-Mädchen und ihr Bruder hatten sich zum Zeitvertreib in den düsteren Mooren von Yorkshire an die Erschaffung von Phantasie-Königreichen gemacht. Charlotte und Branwell hatten die Chroniken von Angria verfaßt, und Emily und Anne schrieben ohne Unterlaß Gedichte, Tragödien und historische Dramen über Gondal und die feindliche Insel Gaaldine. Diese jugendlichen Ergüsse besaßen nicht den Hauch von Humor. Die Frauen waren alle schön und hatten ein tragisches Schicksal. Manchmal starben sie an gebrochenem Herzen, gelegentlich wurden sie hintergangen und ermordet. Die Helden schmiedeten Ränke, schmachteten in feuchten Kerkern, führten Eroberungszüge durch, wurden von Feinden besiegt, starben auf den Schlachtfeldern oder wurden von Verrätern erstochen. Heutzutage hätte jeder Psychologe empfohlen, alle vier Brontës in Therapie zu schicken.

Kathleen hatte auch aus einer Reihe von anderen Quellen geschöpft. Und doch gab es Parallelen zwischen ihrem Leben und ihrem Werk und dem der beiden bekannteren Brontë-Schwestern. Kathleen hatte Charlotte ausgesprochen ähnlich gesehen. Beide waren schlank und zierlich, blickten ernst drein und hatten ein liebliches Gesicht. Aber Kathleen hatte ihr Haus nach Emilys Phantasie-Königreich, nicht nach Charlottes, benannt, und sie war – genau wie Emily – im Alter von dreißig Jahren gestorben.

Aber keine dieser faszinierenden literaturhistorischen Überlegungen beeinflußte das Urteil von Kathleens Nachbarn, die durch die Wahl des Namens verwirrt und ein wenig vor den Kopf gestoßen worden waren. Wenn sie dem Haus einen hübschen Namen geben wollte, warum hatte sie es nicht »Schönblick« oder »Villa Darcy« oder so ähnlich genannt?

Selbst in seinem gegenwärtigen Zustand war das Gebäude weit davon entfernt, an ein herrschaftliches Gut zu erinnern. Aber es bot einen angenehmen Anblick, und die Berge bildeten einen eindrucksvollen Hintergrund für die Felder und Wiesen ringsum. Als Jacqueline auf das Haus zufuhr, erblickte sie mehrere Männer, die harkten und gruben und irgend etwas ausstreuten. Sie unterbrachen ihre Arbeit, sobald sie das Auto hörten, starrten interessiert herüber und stützten sich dabei auf ihre verschiedenen Geräte.

Jacqueline stieg gelassen aus ihrem Wagen, ohne sich um die Blicke der Männer zu kümmern, und stieg die Vordertreppe hinauf, deren Stufen in frischer Farbe glänzten. Offenbar gingen einige Renovierungsarbeiten vor sich. Und das war auch höchste Zeit. Ob sie wohl durch magere Ersparnisse oder einen neuen Kredit finanziert wurden? Sie war nicht mehr nervös, sondern amüsiert und neugierig. Es war ganz so, als ob sie sich einem legendären Schloß näherte. Wer – oder was – würde wohl auf ihr Klopfen antworten?

Es war ein Wer, kein Was – eine Frau mittleren Alters mit einer bedruckten Schürze öffnete die Tür. Sie hatte einen finsteren Gesichtsausdruck und blickte Jacqueline wütend an.

»Wie soll man in diesem Haus ein Essen auf den Tisch bringen, wenn man jedes Mal losrennen muß, sobald es an der Tür klopft?«

»Das erscheint mir beinahe ein unmögliches Unterfangen zu sein«, bestätigte Jacqueline verständnisvoll. »Es tut mir schrecklich leid, daß ich Ihnen Ungelegenheiten bereite.«

»Ist ja nicht Ihr Fehler«, lautete die großmütige Antwort. »Sie sind alle dort drin. Gehen Sie nur hinein. Ich soll Sie eigentlich erst anmelden oder sonst was Verrücktes, aber zum Teufel damit, wenn ich nicht zusehe, daß ich in die Küche zurückkomme, brennt mir die Suppe an.«

Sie marschierte davon, und Jacqueline ging zu der Tür hinüber, auf die sie gedeutet hatte. Bevor sie sich entscheiden konnte, ob sie anklopfen oder die Tür direkt weit aufreißen sollte, wurde sie von innen geöffnet.

»Marjorie, wie oft habe ich Ihnen gesagt – oh, entschuldigen Sie.«

Die Prinzessin hatte begonnen, den Frosch zu küssen und es dann doch mit der Angst bekommen. Die Verwandlung war nur halb gelungen. Der breite, lippenlose Mund des Mannes war krötenartig, ebenso wie seine kleinen, hervorstehenden Augen, die unter einer lang herabgezogenen Stirn lagen. Sein glattes, glänzend schwarzes Haar sah wie die Kappe einer mittelalterlichen Küchenmagd aus. Er hielt sich aufrecht, aber sein Körper hatte die Form eines Frosches. Selbst sein sorgfältig maßgeschneiderter Blazer und die graue Hose waren nicht imstande, seinen faßähnlichen Torso und die kurzen, dicken Beine zu kaschieren. Aber was für ein affiges, ausstaffiertes Fröschlein er doch war, mit dem Seidenschal um den Hals, den ein

Paisleymuster zierte, und einer rosa Nelke im Knopfloch! Die Photographien, die Jacqueline gesehen hatte, waren alt gewesen, aber sie erkannte ihn auf Anhieb. Die Zeit hatte sich nicht positiv auf sein Aussehen ausgewirkt.

Er faßte sich, trat auf sie zu und streckte seine Hand aus. »Mrs. Kirby! Willkommen. Ich bin St. John Darcy.«

Er sprach seinen Namen »Sindschun« aus und verschluckte dabei in einem recht bemitleidenswerten Versuch, einen englischen Akzent zu imitieren, buchstäblich die Vokale.

Jacqueline reichte ihm die Hand, die er sofort zwischen seine beiden Handflächen nahm. Sie waren glatt wie die eines Säuglings und etwas feucht. »Ich hatte schon Angst, Marjorie hätte sich nicht die Mühe gemacht, die Tür zu öffnen«, erklärte er. »Es ist unmöglich, ihr anständige Manieren beizubringen, aber sie ist ein treues, altes Faktotum der Familie, und man kann sie unmöglich ... Aber wo bin ich nur mit meinen Gedanken, da halte ich Sie auf dem Flur fest! Kommen Sie nur herein, kommen Sie. Wir haben uns so darauf gefreut, Sie kennenzulernen.«

Das Zimmer, in das er sie hineinschob, trug die Anzeichen von Kathleens Renovierungsarbeiten und auch die der anschließenden Jahre der Vernachlässigung. Die Einrichtung war ausgesprochen geschmackvoll, aber die Sonne hatte die blauen Damastvorhänge ausgebleicht, und die Bezüge der Sofas und Stühle waren sehr abgenutzt.

Fünf Leute waren anwesend. Die junge Frau, die unbehaglich auf einer Stuhlkante hockte, hatte das gleiche lockige, dunkle Haar und das gleiche sanfte Profil, das Jacqueline von Kathleen Darcys Photographien kannte. Sie mußte Kathleens jüngste Halbschwester sein, Sherri. Der Name paßte nicht zu ihr. Sie hätte Jane oder Mary heißen sollen oder sonst irgendwie, Hauptsache, der Name war ebenso hausbacken und sittsam, wie sie zu sein schien. Sie murmelte etwas Unverständliches in sich hinein, als sie vorgestellt wurde, ohne Jacqueline dabei anzusehen. Ihre Augen wichen vielmehr nicht von der alten Frau, die auf dem Sofa in der Nähe des Kamins saß und mehrere Strickschals um die Schultern geschlungen hatte.

Wäre Jacqueline mit den Familienverhältnissen nicht vertraut gewesen, hätte sie angenommen, daß es sich um Kathleens Großmutter handelte, nicht um ihre Mutter. Sie sah wie fünfundachtzig aus und nicht wie eine Frau in den Sechzigern, was ihrem wahren Alter entsprach. Ihr Haar war schneeweiß, ihr zerfurchtes, gerötetes Gesicht trug ein ziemlich einfältiges, festgefrorenes Lächeln, und ihre blauen Augen schienen nichts richtig fixieren zu können, selbst als sie Jacqueline mit einem leisen »guten Tag« begrüßte.

Hinter dem Sofa standen drei Männer, steif wie Holzsoldaten, in einer Reihe. Der linke hatte wunderschönes dichtes, schneeweißes Haar und einen prächtigen, passenden Schnäuzer. Das Haar des mittleren Mannes trug Farbschattierungen zwischen Braun und Grau, und sein Schnäuzer war langweiliger. Der letzte der drei war glattrasiert, und sein Haar hatte ein stumpfes, lebloses Braun. Sie waren ganz offensichtlich miteinander verwandt, im Grunde schienen sie das Bild ein und desselben Mannes in drei verschiedenen Lebensphasen widerzuspiegeln. Sie trugen identische dreiteilige, dunkle Anzüge und weiße Hemden. Großvater und Enkelsohn bevorzugten bei ihren Krawatten diskretes Grau und Burgunderrot, während die Krawatte des mittleren Mannes hellblau war – ein Anflug eines verwegenen Individualismus, der sich wie eine Leuchtreklame abhob.

St. John stellte sie vor: Ronald Craig senior. Ronald Craig junior. Und dito, der Dritte. Die Familienanwälte.

Jacqueline setzte sich und bekam ein Glas viel zu süßen Sherrys vorgesetzt. Diese Versammlung kam ihr nicht gelegen, sie hatte gehofft, ihre Kniffe allein bei St. John und seiner senilen Mutter, die als liebe, freundliche alte Dame beschrieben wurde, ausprobieren zu können. Bisher hatten die Anwälte nichts gesagt, aber Jacqueline war sich sicher, daß sie es mit der Zeit tun würden. Wo war die andere Erbin? Es gab zwei Halbschwestern, die Nachkommen aus Mrs. Darcys dritter und sicherlich letzter Ehe. Drei Ehemänner ... Sie besitzt mehr Durchhaltevermögen als ich, dachte Jacqueline zynisch. Sie blickte noch einmal kurz zu der Frau hinüber, die wie eine Achtzigjährige wirkte und in ihre riesigen Wollschals wie in einem Kokon eingewickelt war. Jacqueline bekam eine Gänsehaut. »Der Tod hatte Helens Augen geschlossen ...« Okay, schon gut, niemand blieb davor verschont, und das machte es ein wenig erträglicher. Aber diese Zeitspanne zwischen der goldenen Jugend und der Auflösung, dieser Abstieg bis zum lebendigen Verfall ... Nicht fair, überhaupt nicht fair.

Sie wollte sich gerade nach der anderen Schwester erkundigen, als sich die Tür öffnete und nicht eine Person, sondern weitere fünf den Raum betraten: ein Frau Mitte Zwanzig und ein untersetzter Mann, der offensichtlich ihr Ehemann und Vater der drei Kinder war – ein dunkelhaariges, stupsnasiges Mädchen, das ungefähr acht oder neun Jahre alt sein mochte, ein jüngeres Mädchen und ein kleiner Junge, der gerade laufen konnte und promt seine Hand aus dem Griff der Mutter zog, in die Mitte der Zimmers trottete, sich dort hinhockte und in eine Pose tiefer Konzentration versank. Es war schon einige Jahre her, daß Jacqueline mit einer solchen Situation konfrontiert gewesen war, aber diese Anzeichen erkannte eine Mutter wohl immer: die zusammengepreßten Augenlider, die angespannten Muskeln, die hochroten Wangen. Ein vollmundiges und wohlbekanntes Aroma durchzog schon bald die Luft.

Die Farbe auf St. Johns Gesicht konkurrierte mit der des kleinen Jungen. Er begann, wütend mit den Armen herumzufuchteln. »Oh, Gott, wie eklig! Schafft ihn hier raus. Tut etwas! Ich habe euch doch gesagt, daß ihr die Kinder zu Hause lassen sollt!«

»Es tut mir leid, Sin-John«, sagte die Frau. »Benny, Schatz, du sollst doch nicht ... Komm zu Ma.«

Nachdem er seine Aktion beendet hatte, wich ihr der Kleine geschickt aus, krabbelte auf allen vieren davon und strahlte über das ganze Gesicht. Seine älteste Schwester fing ihn ein und hob ihn auf den Arm. »Ich nehme ihn in die Küche mit, Ma.«

»Nicht in die Küche!« schrie St. John.

»Bring ihn nach oben, Mary Bea«, sagte ihre Mutter in einer gedehnten Sprechweise. Mary Bea oder Marybee – sie hatte es wie ein einziges Wort ausgesprochen – gehorchte, und ihre Mutter ließ sich in einen Sessel sinken. Sie wirkte erschöpft. Kein

Wunder, dachte Jacqueline. Das jüngere Mädchen, das sie auf ungefähr fünf Jahre schätzte, sah Benny sehr ähnlich. Ihr Vater packte sie, als sie schnurstracks auf eine Platte mit Horsd'œuvres zusteuern wollte.

Jacqueline hob ihr Glas an die Lippen, um ihr Zittern zu verbergen. Der obligatorische Hauch von Humor, dachte sie. Er hatte ihr auch die letzte Nervosität genommen, und ihr einziges Problem bestand nun darin, nicht vor Lachen laut herauszuplatzen. Armer St. John, er hatte sich solche Mühe gegeben, ein vornehmes Ambiente zu schaffen. Ihr Blick blieb auf dem Gesicht des Vaters der Kinder haften. Faszinierend, wie viele verschiedene Rottöne eine menschliche Miene in ihrer Verlegenheit oder Wut hervorzubringen imstande war.

Er trug Arbeitskleidung, die sauber und sorgfältig geflickt, aber abgenutzt war. Verlegen *und* wütend, dachte Jacqueline. Sie senkte ihr Glas und warf ihm ein breites, freundliches Lächeln zu.

Der rote Farbton verschwand aus seinem Gesicht. »Guten Tag, Ma'am«, sagte er. »Mein Name ist Earl Smith, ich bin Lauries Ehemann.«

»Ihr kommt spät«, zischte St. John. »Und ich habe euch gesagt, daß ihr nicht die –«

»Tut mir leid«, wiederholte Laurie. »Earls Ma konnte nicht auf sie aufpassen, weil sie einkaufen mußte, und der Kindergarten ist mittags vorbei, deshalb sind wir auch spät dran, und ich dachte, es sei besser, Marybee auch mitzubringen, damit sie beim Aufpassen helfen kann.«

Earl wollte ganz offensichtlich nicht, daß sie sich entschuldigte. »Du bist derjenige, der darauf bestanden hat, daß wir kommen, St. John.« Er sprach den Namen wie seine Frau aus – Sin-John –, aber während sie ernsthaft – wenn auch erfolglos – den Versuch unternommen hatte, den Akzent ihres Bruders zu imitieren, deutete Earls Tonfall darauf hin, daß er ihn bewußt parodieren wollte. Er fuhr fort: »Verstehe auch nicht, warum du uns dabei haben willst. Ich mußte extra freinehmen.«

St. John setzte zu einer Antwort an. »Auch ihr habt eine Stimme –«

»Nein, das haben wir nicht. Zumindest ich nicht. Und Laurie weiß nicht mehr über diese Schreibereigeschäfte als ich.«

Craig senior räusperte sich. »Das Testament besagt ganz deutlich, daß alle zu konsultieren sind, bevor irgendwelche Entscheidungen hinsichtlich der Disposition der Vermögenswerte des Besitzes getroffen werden können. Und dieses Buch ist in der Tat von sehr großem Wert. Es besteht die Aussicht, daß Sie durch seinen Verkauf eine Menge Geld machen werden.«

Earl mochte Craig senior scheinbar nicht wesentlich besser leiden als St. John. »Meine Frau, nicht ich. Es ist ihr Geld – falls etwas hierbei herauskommen sollte, was ich nicht ganz glauben kann. Im übrigen brauchen wir es nicht. Ich verdiene gut.«

»Was machen Sie beruflich?« erkundigte sich Jacqueline.

Die Craigs blickten sie alle mit übereinstimmend erstaunten Gesichtern an, aber sie scherte sich nicht darum, sie war wirklich neugierig. Sie mochte Earl Smith. Er war ein anständiger, aufrechter Kerl, wenn auch ein wenig zu klein für ihren Geschmack. Ihr gefiel, daß er kein Blatt vor den Mund nahm und sich gegen diese gönnerhafte Behandlung wehrte.

»Maurer.«

»Ah«, erwiderte Jacqueline, zufrieden, daß sich ihre detektivischen Schlußfolgerungen, die Sherlock Holmes' in nichts nachstanden, als richtig erwiesen hatten. Diese charakteristischen Schwielen auf den Handflächen und den Innenseiten der Finger der linken Hand ... (Tatsächlich gab es nur wenige Berufe, die einzigartige Male dieser Art hinterließen, aber Jacqueline – und Conan Doyle – gaben sich gerne dieser Selbsttäuschung hin.) »Ein Beruf, der sehr viel Können erfordert, Mr. Smith.«

Der junge Mann wuchs merklich. »Ja, Ma'am, das tut er. Ich kann so ziemlich alles, was man im Baugeschäft können muß. Ich schätze, daß ich eines Tages meine eigene Firma gründen werde.«

»Das ist großartig. Aber Sie sollten wirklich daran glauben, daß aus dieser Buchsache etwas wird – ob mit mir oder einem anderen Autor. Und es geht dabei tatsächlich um eine Menge Geld. Vielleicht benötigen Sie es im Augenblick nicht, aber bei drei

Kindern kommt es eines Tages vielleicht mal gelegen – denken Sie nur an die Ausbildung.«

»Oh, stimmt schon.« Er sprach ausschließlich an sie gewandt und ignorierte die anderen. »Ich lehne es nicht ab, ich bin ja nicht dumm. Aber all das hier ist so ...« Es fehlten ihm die Worte. Jacqueline war versucht, sie zu ergänzen, kam aber zu dem Schluß, daß das keinen guten Eindruck machen würde. »So was macht mich wütend. Ich habe nicht vor, meine Nase in Dinge zu stecken, von denen ich nichts verstehe. Genausowenig, wie ich es schätze, wenn mir jemand vorschreiben will, wie ich meine Arbeit zu erledigen habe.«

»Wenn du und Laurie nicht teilnehmen wollt, müßt Ihr das nicht«, mischte sich St. John steif ein. »Ich habe meine Pflicht getan. Ich habe euch befragt.«

»Mmm.« Earl zog an seinem Ohrläppchen – offenbar ein Zeichen gründlichen Nachdenkens. Dann nahm sein Gesicht plötzlich einen übermütigen Ausdruck an, der ihn fünf Jahre jünger aussehen ließ und bestätigte, daß Benny tatsächlich seines Vaters Sohn war. »Wir haben also eine Stimme? Okay, wir stimmen für sie.« Ein schwieliger Zeigefinger deutete auf Jacqueline. »Das wäre also erledigt. Komm schon, Laurie, sammle die Kinder ein und lass' uns von hier verschwinden.«

»Bleibt ihr nicht zum Mittagessen?« erkundigte sich St. John, offenbar in der Hoffnung, daß sie es nicht tun würden.

»Nein, wir werden irgendwo für ein paar Hamburger anhalten. Das ist eher unser Am-bi-ente, richtig, Schatz?« Selbst Jacqueline hätte Sarkasmus in der Stimme nicht besser zur Geltung bringen können.

Laurie hievte sich aus dem Sessel hoch. »Es war sehr nett, Sie kennenzulernen, Miss Kirby«, sagte sie. »Earl hat recht, das hier ist kein Platz für die Kinder. Es tut mir sehr leid wegen Benny.«

»Bitte entschuldigen Sie sich nicht, Mrs. Smith«, sagte Jacqueline. »Sie haben eine sehr nette Familie.«

Nachdem sie gegangen waren, blickte Jacqueline zu der Platte mit den Horsd'œvres hinüber. Sie hatte keine Ahnung, wie das kleine Mädchen es geschafft hatte, Earl hatte seinen Griff nicht gelockert. Aber die Hälfte der Crackers war verschwunden, und auf mehreren Käsestücken befanden sich verschmierte Fingerabdrücke.

St. Johns Augen quollen vor Wut beinahe aus dem Kopf, als er es bemerkte, aber er beschloß klugerweise, die ganze Sache zu vergessen. Am meisten erstaunte Jacqueline, daß Mrs. Darcy und ihre jüngste Tocher sich in keiner Weise – ob unterstützend oder kritisierend – einmischten. Keine von beiden hatte ein Wort an die Smiths gerichtet.

Jacqueline überlegte sich gerade, ob Mrs. Darcy abgesehen von ihrer leichten Senilität zudem unter einem körperlichen Gebrechen litt, als Majorie auftauchte und mit schnippischem Tonfall verkündete: »Die Suppe wird kalt, wenn Sie nicht sofort zum Essen kommen.«

Mrs. Darcy sprang auf, verstreute ihre Wollschals auf dem Boden und eilte in Richtung Eßzimmer davon. Ihr Sohn versuchte, sie aufzuhalten, aber er war nicht schnell genug. Die alte Dame riß eine Tür auf und schlurfte hindurch.

St. John begann Jacqueline langsam leid zu tun. Es hatte schon etwas Bewundernswertes, wie er angesichts einer Katastrophe nach der anderen immer noch verzweifelt bemüht war, die Etikette zu waren. Ohne, daß auch nur eine einzige Haarsträhne verrutschte, näherte er sich ihr schwerfällig und bot ihr seinen gebeugten Arm an. Sie ergriff ihn und schaffte es, dabei ein ernstes Gesicht zu machen. Während er sie zum Tisch hinüberführte, murmelte er: »Oh, welch edler Geist wurde hier vernichtet ... Ich wünschte, Sie hätten sie in der Blüte ihrer Jahre erlebt, Mrs. Kirby.«

»Sie macht einen glücklichen Eindruck«, erwiderte Jacqueline. Das stimmte. Mrs Darcy hatte bereits Platz genommen und schaufelte mit der Schnelligkeit einer Maschine die Suppe in sich hinein. Ein seliges Lächeln lag auf ihrem Gesicht.

»Es war der ... der traurige Vorfall, der uns alle, nach einer gewissen Zeit, zusammengebracht hat ... Er war auch der Grund für ihren tragischen Verfall. Sie hat sich nie mehr davon erholt.«

»Es muß für Sie alle ein schrecklicher Schock gewesen sein.« Jacqueline setzte sich auf den Stuhl, den er für sie vorgezogen hatte.

Craig Zwei – Jacqueline hatte beschlossen, daß es einfacher

war, sie durch Zahlen zu unterscheiden – nahm ihr gegenüber Platz. »Es war nicht nur der Schock, Mrs. Kirby. Kathleen sorgte dafür, daß ihre Mutter geistig rege blieb – sie sprach mit ihr, sorgte rührend für sie, unterhielt sie.«

St. John fuhr zornig auf. »Sie wollen doch damit nicht etwa andeuten, Craig, daß ich es versäumt habe –«

»Nicht im geringsten.« Die Stimme des Familienanwalts war weich wie Butter. »Genausowenig, wie ich Sherri kritisieren wollte. Sie war erst dreizehn, als Kathleen ... verschwand. Zu jung, um den Trost und die Kameradschaft zu bieten, die der Zustand ihrer Mutter erforderte.«

Sherris Lippen öffneten sich einige Millimeter, aber falls sie die Absicht gehabt haben sollte, etwas zu erwidern, so hatte sie es sich sogleich wieder anders überlegt. Sie besaß die Augen ihrer Schwester – groß und samtig braun mit kleinen, grünen Flecken.

Craig hatte auch nicht mit einem Kommentar gerechnet. Er fuhr ohne Pause fort. »Und Sie sind jahrelang von zu Hause fortgewesen, St. John. Sie sind erst zurückgekommen, nachdem Kathleens Buch veröffentlicht worden war.«

»Natürlich bin ich zurückgekommen.« St. John wandte sich Jacqueline zu. »Ich habe mein eigenes Geschäft aufgegeben, Mrs. Kirby – ein sehr erfolgreiches Geschäft –, um an Kathleens Seite zu eilen, als sie mich brauchte. Ich weiß nicht, was sie ohne meine Erfahrung und meine Fertigkeiten angestellt hätte. Sie hatte überhaupt keinen Gechäftssinn, und sie war eine sehr vertrauensselige, naive Person. Typisch für alle schriftstellerischen Genies, möchte ich annehmen.«

Jacqueline lachte fröhlich. »Für einige von uns mag das zutreffen, Mr. Darcy. Für einige. Nicht für alle.«

Craig Zwei verschluckte sich an seiner Suppe und hielt sich die Serviette vor das Gesicht. Mit ihm werde ich fertig, dachte Jacqueline. Er ist nicht dumm, und er besitzt ansatzweise sogar Sinn für Humor. Sie fragte sich, woher er den wohl haben mochte. Nicht von seinem Vater. Das Gesicht des alten Bussards hatte sich nicht einmal verzogen. Und der Enkel schien aus demselben Holz geschnitzt wie der Großvater.

Marjorie räumte die Suppentassen weg und servierte das

Hauptgericht – eine altmodische, kompromißlose Platte Schmorfleisch mit einer Gemüsebeilage. St. John bediente seine Mutter zuerst, und sie fiel sofort über das Essen her. Während die anderen Teller weitergereicht wurden, sagte Jacqueline mit einem gewinnenden Lächeln. »Ich weiß, daß es sich eigentlich nicht gehört, beim Essen über Geschäfte zu reden, aber da Sie das Thema angesprochen haben, Mr. Darcy, und da Sie alle vielbeschäftigte Menschen sind, deren Zeit knapp bemessen ist ...« Die stumme Gestalt am andere Ende des Tisches, deren Körper und Geist lediglich auf die Nahrungsaufnahme konzentriert war, ließ ihr die Worte in der Kehle ersticken. Es gab aber auch keinen Grund, fortzufahren. St. John war bereit, zu reden.

»Richtig, richtig, Mrs. Kirby. Wir sind Ihnen sehr dankbar, daß Sie sich die Mühe gemacht haben, hierherzukommen, das dürfen Sie mir glauben. Aus verschiedenen Gründen schien es der beste Weg zu sein, diese Sache anzugehen. Die Gesundheit meiner Mutter, die Schwierigkeit, die gesamte Familie nach New York zu schaffen – eine Stadt, die ich persönlich verabscheue ...«

Craig Eins blickte nachdrücklich auf seine Armbanduhr. »Ich habe um halb drei einen Termin«, brummte er. »Sie sollten Mrs. Kirby jetzt die Situation erläutern, sonst werde ich es tun.«

»Gewiß.« St. John räusperte sich nachdrücklich. »Mein Hauptanliegen – oder besser gesagt unser Hauptanliegen – ist das Buch selbst. Es muß ein Werk sein, daß der literarischen Qualität von *Nackt im Eis* entspricht, obwohl es ihm natürlich nicht gleichkommen kann.«

Die alte Frau am Ende des Tisches bewegte sich unruhig und murmelte etwas in einem gereizten Tonfall. Das einzige verständliche Wort war möglicherweise »gehaßt«. Jacqueline war überrascht, das gleiche Wort erneut aus dem Mund des bisher schweigsamen Mädchens zu vernehmen, das zwischen Craig Eins und Craig Zwei saß. »Kathleen hat diesen Titel gehaßt.«

Alle warteten darauf, daß sie fortfahren würde, aber sie fiel wieder in ihr Schweigen zurück und senkte die Augen. Nachdem ein Augenblick verstrichen war, sagte Jacqueline: »Ich weiß.

Sie wollte es *Königreich im Eis* nennen. Ein viel besserer Titel, da muß ich ihr zustimmen. Aber es gibt ein zynisches, altes Sprichwort im Verlagsgeschäft, wonach das Wort ›nackt‹ im Titel fünfzigtausend zusätzlich verkaufte Exemplare garantiert.«

»Widerlich«, brummte Craig Eins.

»Zweifellos«, erwiderte sein Sohn trocken. »Aber Mr. Darcy macht sich keine Sorgen um die Dekadenz des Verlagsgeschäfts. Er interessiert sich für Mrs. Kirbys Qualifikationen. Sie scheinen ihre Hausaufgaben gemacht zu haben, Mrs. Kirby.«

»Jede in meiner Position hätte das gleiche getan.«

»Sie würden überrascht sein.« Der Anwalt lächelte. »Ich habe den Eindruck, daß manche Ihrer Kollegen nicht einmal das Buch gelesen haben.«

»Ich habe es nicht nur einmal, sondern viele Male gelesen«, entgegnete Jacqueline. »Außerdem habe ich alles gelesen, was jemals darüber und über Kathleen geschrieben wurde. Ob mich das notwendigerweise qualifiziert, die Fortsetzung zu verfassen, dürfte ein strittiger Punkt sein, aber es ist das mindeste, was jeder Kandidat tun sollte.«

»Ihre Einstellung spricht für Sie, Mrs. Kirby«, versicherte ihr St. John. »Die Frage ist, wie lange ... Was ich sagen wollte, ist, es wäre schön, Ihre Ideen für die Handlung eines Fortsetzungsromans zu erfahren.«

Das war es nicht, was er sagen wollte. Die wesentliche Frage für Kathleens Bruder war, wie lange jemand brauchte, um gut neunhundert Seiten runterzuschreiben und wann er damit beginnen konnte, die Tantiemen einzustreichen. Und er hielt sie doch wohl nicht wirklich für so dumm, ihre Ideen, ohne einen Vertrag abgeschlossen zu haben, zu verkünden!

»Ich habe mir bisher versagt, darüber nachzudenken«, erwiderte sie mit süßlicher Stimme. »Es wäre viel zu schmerzhaft, sich mit diesen wundervollen Charakteren auseinanderzusetzen und sie dann aufgeben zu müssen.«

Craig Eins ließ ein mit Leberflecken übersätes Handgelenk nach vorne schießen und starrte wütend auf seine Uhr. »Warum machst du dich nicht auf den Weg, Vater?« schlug Craig Zwei vor. »Es gibt keine Veranlassung dazu, daß wir alle hier sein müssen. Ich werde bleiben, wenn du möchtest.«

Der alte Mann nickte. »Ich esse niemals ein Dessert«, teilte er Jacqueline mit.

»Sehr weise von Ihnen«, erwiderte diese Dame mit ernster Stimme.

Der Enkel folgte seinem Großvater und verließ hinter ihm das Zimmer. Vermutlich aß auch er niemals ein Dessert.

Sobald sich die Tür hinter den beiden geschlossen hatte, sagte Craig Zwei: »Es gibt eigentlich auch für mich keinen Grund, hierzubleiben, Mrs. Kirby. Natürlich werden Craig, Craig und Craig Mr. Darcy beraten, sobald ein Autor ausgewählt wurde und es um die Aufsetzung des Vertrages geht, aber bei der Auswahl haben wir keine Stimme. Das ist allein Sache der Erben und des Agenten. Ich hoffe nicht, daß Sie durch meine Anwesenheit das Gefühl haben, im Nachteil zu sein –«

»Oh, nein«, entgegnete Jacqueline. »Ich habe nicht das mindeste Gefühl, im Nachteil zu sein.«

Sie hatte seine Intelligenz richtig eingeschätzt. Ihre Blicke trafen sich, und nach einem kleinen Moment schlich sich der Anflug eines Lächelns auf seine Lippen, und er nickte, als nehme er eine Herausforderung an.

St. John war außerstande, Nuancen wahrzunehmen. »Ich bin froh, daß Sie so empfinden, Mrs. Kirby. Es ist gewiß nicht meine Absicht, irgend jemand auszunutzen. Aber wenn Sie einige der Leute kennen würden, mit denen ich einmal zu tun hatte ...«

»Ich kann es mir vorstellen«, antwortete Jacqueline. War das etwa ... ja, genau das war es – ein Schuh preßte sich gegen den ihren. Wahrscheinlich das einzige, was St. John fertigbrachte, denn seine Arme waren zu kurz, um unter dem Tisch bis zu ihr zu reichen.

Zum Nachtisch gab es Apfelkuchen. Marjorie servierte die großzügig geschnittenen Stücke, und Mrs. Darcy schnappte sich ihre Gabel.

»Ich wünschte, Sie würden beim Thema bleiben, St. John«, sagte der Anwalt gereizt. »Warum erklären Sie Mrs. Kirby nicht einfach Ihre Vorstellungen?«

»Ich wette, ich kann sie erraten«, gurrte Jacqueline. Craig

Zwei begann, ihr auf die Nerven zu gehen, und nun, da sie wußte, daß er bei der Auswahl des Autors nichts zu sagen hatte, war sie nicht abgeneigt, ihn zu reizen. »Mr. Darcys clevere Frage nach meinen Vorstellungen in bezug auf die Handlung haben mir einen Hinweis gegeben. Sie möchten gerne, daß wir alle ein kleines Exposé verfassen, nicht wahr? Dann werden Sie – die Erben – dasjenige auswählen, das Kathleens Vorstellungen oder, besser gesagt, Ihrer Ansicht darüber, wie ihre Vorstellungen ausgesehen haben mochten, am nächsten kommt.«

Craig Zwei entblößte seine Zähne. »Sie hatten beim ersten Mal recht, Mrs. Kirby.«

»Beim ersten Mal? Aber ich sagte doch –«

»Das, was Kathleens Vorstellungen am nächsten kommt. Sie hat ein Exposé für die Fortsetzung von *Nackt im Eis* hinterlassen.«

Jacqueline haßte es, ihm eine Befriedigung zu geben, aber sie war unfähig, ihr Erstaunen zu verbergen. »Was? Davon habe ich ja noch nie gehört! Das ist unmöglich. Irgend jemand aus dem Verlagsgeschäft hätte davon gewußt.«

St. John legte einen fetten Finger über seinen lippenlosen Mund. »Es ist ein wohlgehütetes Geheimnis, Mrs. Kirby. Ich selbst habe erst kürzlich von dem Exposé erfahren. Sie müssen wissen –«

»Lassen Sie mich, St. John«, unterbrach ihn der Anwalt schroff. »Kathleens Testament beinhaltete mehrere ungewöhnliche Bestimmungen, Mrs. Kirby. Zumindest erschienen sie mir zum damaligen Zeitpunkt ungewöhnlich. Ich hatte seinerzeit noch keine Erfahrungen mit der Verlagswelt –«

»Der barbarischen und verrückten Verlagswelt«, ergänzte Jacqueline.

»Ehem – ja. Als Autorin verstehen Sie wahrscheinlich viel besser, als ich es damals verstand, warum Kathleen Gründe hatte, sich über den Fortbestand ihrer Arbeit Sorgen zu machen. Sie hat lange genug gelebt, um den überraschenden Erfolg und die folgenden Spekulationen über eine Fortsetzung mitzubekommen. Ich finde es nur allzu menschlich, wenn eine Autorin Maßnahmen ergreift, um sicherzustellen, daß ein etwaiger Nachfolger oder eine Nachfolgerin – sollte sie selbst außerstande sein, eine Fortsetzung zu verfassen – der Aufgabe auch würdig ist.«

Seine Pause schien zu einem Kommentar einzuladen. »Ja«, sagte Jacqueline nachdenklich. »Es ist nur allzu menschlich – wenn man einen guten Grund für die Annahme hat, daß man nicht mehr selbst dazu kommen wird.«

»Leider hatte sie wohl Grund dazu«, sagte St. John mit leiser Stimme. »Warum sie es getan hat, werden wir niemals wissen ... Oh, Gott. Craig, ich wünschte, Sie hätten nicht ...« Er bedeckte die Augen mit seiner feisten Hand.

»Tut mir leid«, erwiderte Craig.

Es klang ganz und gar nicht so, als würde es ihm leid tun.

Nach einer kurzen Pause fuhr er fort: »Ein Kodizil zu Kathleens Testament beinhaltet die Bedingungen, die ich soeben anführte. Sollte jemals eine Fortsetzung in Betracht gezogen werden, so hat sie verfügt, daß qualifizierte Autoren eingeladen werden und ein kurzes Exposé abliefern müssen. Dasjenige, das Kathleens eigenem Exposé am nächsten kommt, soll ausgewählt werden.«

»So etwas habe ich ja noch nie gehört«, sagte Jacqueline halb zu sich selbst. »Es deutet mit Sicherheit darauf hin ...« Sie beendete den Satz nicht, und Craig beschloß, ihn zu ignorieren.

»Ich auch nicht. Ich bin nicht einmal sicher, ob ein Gericht dies als rechtlich bindend ansehen würde. Es ist im Grunde eine Schande, daß es nicht angefochten wird.«

Jacqueline und St. John blickten einander an. Ausnahmsweise – vielleicht zum ersten und letzten Male – waren sie einer Meinung. Nur ein Anwalt war imstande, den Verlust eines langen Rechtsstreites mit seinen unvermeidlichen Verzögerungen und hohen Kosten zu bedauern.

»Wenn es nach mir geht, wird es ganz bestimmt nicht angefochten«, verkündete St. John. »Selbst wenn – ehem – nicht noch andere Dinge zu berücksichtigen wären, so würde ich nur allzu gerne den letzten Wunsch meiner Schwester erfüllen.«

Mrs. Darcy machte keine Anzeichen, daß sie etwas von der

Unterhaltung mitbekommen hatte. Aber Sherri blickte von ihrem Teller auf und richtete einen haßerfüllten Blick auf ihren Halbbruder.

Jacqueline beschloß, eine Kostprobe ihres berühmten Taktgefühls zu geben. »Es ist alles so schrecklich aufregend und spannend«, verkündete sie. »Wie ein Wettbewerb. Ich kann es kaum erwarten, anzufangen. Natürlich lautet die brennende Frage: Was geschah mit Ara? In der letzten Szene des Buches wird beschrieben, wie Hawkscliffe und seine Männer vom Berggipfel über die Ebenen von Memory hinwegblicken. In der vergangenen Nacht hatte Ara zum ersten Mal in seinen Armen geschlafen. Als er aufwachte, war sie fort. Hat sie ihn wegen seines Rivalen, Rogue, verlassen? Ist sie von den Abgesandten des Dunklen Gottes entführt worden? Oder ist sie einer Illusion zum Opfer gefallen? Natürlich wissen wir, daß sie nicht tot ist. Das ist unmöglich, sie –«

»Sie ist nicht tot.« Selbst Jacqueline, die Unerschütterliche, schreckte zusammen. Es klang so, als würde eine Wachspuppe sprechen. Es war die Stimme einer Puppe, hoch und piepsig, aber voller Leidenschaft. »Sie ist nicht tot. Das habe ich nie geglaubt. Sie ist weggegangen, ich weiß nicht warum. Warum sie ihre eigene Mutter verlassen hat ...«

Die alte Dame erhob sich halb aus ihrem Stuhl und warf mit ihrer Gabel nach St. John. Sie flog mit großem Abstand an ihm vorbei, aber er duckte sich und hob schützend die Arme vor das Gesicht. Mrs. Darcy sank in den Stuhl zurück und begann, auf den Tisch zu hämmern. Das Spektakel war eher bemitleidenswert als erschreckend: Ihre schwachen Kräfte reichten nicht aus, um die Intensität ihrer Gefühle auszudrücken.

Die Küchentür wurde aufgestoßen, und Marjorie stürmte herein. Sherri eilte an die Seite ihrer Mutter. Mrs. Darcy versuchte erfolglos, die beiden wegzustoßen.

Jacqueline beugte sich über den Tisch und ergriff eine der herumfuchtelnden Hände. »Sie wird zurückkommen, Mrs. Darcy. Sie liebt Sie sehr. Machen Sie sich keine Gedanken, alles wird gut werden.«

Die Szene erstarrte, als habe man sie mit einem schnellwirkenden Fixiermittel besprüht. Das einzige, was sich bewegte, war die Tür, die zur Küche führte und die in immer kleiner werdenden Bögen hin- und herschwang.

»Ja, natürlich«, sagte Mrs. Darcy ruhig. »Vielen Dank, meine Liebe. Sie werden sie zurückholen, nicht wahr? Sie ist diejenige, St. John. Sie will ich haben. Sie ist imstande, Kathleen zurückzuholen. Marjorie, ich möchte noch mehr Kuchen. Er war sehr gut, Marjorie. Ist noch mehr da? Ich möchte gerne noch ein Stück.«

»In der Küche ist noch mehr«, erwiderte Marjorie barsch.

»Dann werde ich in die Küche gehen.« Sie erhob sich. Ihre Tochter und Marjorie wollten ihr helfen, aber sie schlug mit gerunzelter Stirn nach ihnen und schien sich in der Tat mit eigener Kraft mühelos fortbewegen zu können. »Auf Wiedersehen, Mrs. Kirby. Ich freue mich auf Ihren nächsten Besuch. Gibt es auch Käse, Marjorie? Sie haben mir noch keinen Käse gegeben.«

»Viel Käse«, entgegnete Marjorie. »Kommen Sie nur mit, meine Liebe.«

Sie verließen den Raum gemeinsam. Das Mädchen folgte ihnen einen Augenblick später.

Jacqueline lehnte Käse, ein weiteres Stück Kuchen und Kaffee ab. Sie wollte so schnell wie möglich weg. Ihre eigene Unbedachtheit entsetzte sie. Sie hatte ohne nachzudenken gesprochen, in der Hoffnung, die aufgeregte Mutter beruhigen zu können, aber sie war sicher, daß ein Psychiater ihre Methode nicht gutheißen würde. Sie konnte nur hoffen, daß Mrs. Darcys Erinnerungsvermögen ebenso schlecht war wie ihre anderen Vermögen.

Als sie allerdings begann, höfliche Andeutungen über eine baldige Verabschiedung zu machen, mischte sich St. John protestierend ein. »Wir haben noch gar nicht alles geklärt.«

»Was gibt es denn noch zu klären?« erkundigte sich Jacqueline. »Ich werde das Exposé so schnell wir möglich verfassen.«

»Aber Sie müssen unbedingt Kathleens Sanctum sehen«, beharrte St. John. »Die Atmosphäre ... die Inspiration ...«

Das Angebot war zu verführerisch, um es abzulehnen, obwohl Jacqueline sich des Gefühls nicht erwehren konnte, daß St. Johns Interesse weniger ihrer Inspiration diente als daß er sie für sich allein haben wollte. Kathleens Arbeitszimmer befand sich nicht im Haus, sondern in einem separaten, abgelegenen Gebäude. Es existierten Photos davon, die aber nur das Äußere zeigten. Obwohl sie Journalisten gegenüber immer äußerst zuvorkommend gewesen war, hatte Kathleen sich geweigert, auch nur einen von ihnen ins Innere ihres »Sanctums« zu lassen – vielleicht war es doch gar kein so unangebrachtes Wort.

St. Johns kläglicher Versuch, Craig Zwei loszuwerden, war nicht von Erfolg gekrönt. »Ich habe viel Zeit«, sagte der Anwalt mit einem wissenden Lächeln. »Und ich hätte nichts dagegen, noch einmal einen Blick hineinzuwerfen.«

St. John suchte schmollend Hut und Stock zusammen und übernahm die Führung. Der Pfad führte um das Haus herum und über eine mit Unkraut überwucherte Wiese auf ein Wäldchen zu. Sie sahen das Haus, das von hohen Rhododendronbüschen umgeben war, erst, als sie es beinahe schon erreicht hatten.

Es war ein winziges Gebäude, zwar zweistöckig, aber dennoch sehr klein. Ein steiles, schmal zulaufendes Dach ragte über die Eingangstür und das Erkerfenster auf der rechten Seite hinweg. Es sah genauso aus, wie man sich ein echtes Hexenhäuschen vorstellte: Fensterläden, Blumenkästen, ein schiefer Schornstein, sogar ein Schuhabstreifer in der Form einer Katze. Über der Tür war in geschnitzten Buchstaben ein Name zu lesen: Kathleen.

Auch hier zeigten sich, wie schon beim Hauptgebäude, Anzeichen von Vernachlässigung und einigen eiligen Reparaturarbeiten, zum Beispiel einen – in Jacquelines Augen – unangebrachten Anstrich mit weißer Farbe. Die Farbe hätte sanfter sein müssen, charakteristischer: ein gedämpftes Gelb, ein blasses Rosa oder Blau.

Im Inneren war sogar noch weniger getan worden. Die Eingangstür führte direkt in einen der beiden Räume im Erdgeschoß. Spinnweben hingen von der Decke herab, und der Kamin war lediglich ein schwarzes Loch, dessen Boden mit Asche bedeckt war. Die unangenehm feuchte Luft drang durch Jacquelines Kleidung hindurch und ließ sie auf eine Weise frösteln, die nicht nur körperlich begründet war. Lag dort die Asche von Kathleens letztem Feuer?

Sie rang sich zu der Bemerkung durch: »Es ist so feucht hier! Ihre Unterlagen –«

»Die meisten sind woanders gelagert«, sagte Craig Zwei. Die Atmosphäre des Raumes machte auch ihm zu schaffen. Er steckte seine Hände in die Taschen und zog die Schultern hoch. »Im Aktenschrank befinden sich nur noch Zeitungsausschnitte und

Notizen über Bücher, die sie gelesen hat. Oh – und etwas Fanpost.«

Jacqueline verkniff sich einen Kommentar. Es war nicht ihre Angelegenheit, was Kathleens ignorante Familie mit den Unterlagen anfing. Der Schaden war schon viel früher angerichtet worden.

Sie bewegte sich so geschmeidig und leise wie eine Katze auf den Schreibtisch zu, der einen Aufsatz trug. Der Schreibtisch, die Aktenschränke und ein Polstersessel waren die einzigen Möbelstücke, einige ramponierte Poster der einzige Schmuck. St. John mußte alles, was auch nur einen gewissen Wert gehabt hatte, ausgeräumt haben. Er hatte das Recht dazu, mahnte sie sich. Nicht nur das Recht, sondern auch die Pflicht. Welchen Grund gab es, Möbel verrotten zu lassen? Man mußte sich ja nur ansehen, was mit den Vorhängen geschehen war. Der billige, einst jedoch sicher hübsche Baumwollstoff hing in grauen, zerrissenen Streifen herab. Die Poster, die Kathleen mit Heftzwecken an den Wänden befestigt hatte, waren es nicht wert gewesen, aufgehoben zu werden. Sie konnte sich nicht erklären, warum er den Sessel nicht fortgebracht hatte, außer, daß er schon von Anfang an in einem schlechten Zustand gewesen war. Inzwischen war er zerfetzt und dreckig – wahrscheinlich eine behagliche Behausung für Mäuse.

»Ich hoffe, Sie haben nichts dagegen, wenn ich ...?« Sie wartete erst gar keine Antwort ab, sondern öffnete eine der Schubladen. Gelbe Zeitungspapierecken kamen zum Vorschein. Einige trockene Schnipsel schwebten zu Boden.

»Höchste Zeit, daß Sie das Zeug loswerden, St. John«, sagte Craig Zwei. »Sie stellen ein Brandrisiko dar und sind wertlos.«

»Oh, nein«, rief Jacqueline. »Ich sammele auch Zeitungsausschnitte – Ideen, die eines Tages nützlich sein könnten. Einige werde ich sicherlich niemals brauchen, aber dennoch könnte sich hier ein Schlüssel zu Kathleens Ideen für den Fortsetzungsroman befinden. Ich würde gerne ... Wer auch immer ausgewählt werden wird, das Buch zu schreiben, wird einen Blick darauf werfen wollen.«

»Na, sehen Sie?« St. John wandte sich mit einem spöttischen

Grinsen an den Anwalt. »Ich habe Ihnen ja gesagt, daß Sie nicht wissen, wie ein kreativer Kopf arbeitet.«

»Wird ein kreativer Kopf seine Inspirationen auch aus den Ergüssen von Kathleens Anhängerinnen ziehen?« erkundigte sich Craig Zwei trocken. Jacqueline war an den zweiten Aktenschrank getreten. Sämtliche Schubladen waren mit Briefen vollgestopft. Sie hatten sich besser gehalten als das billige Zeitungspapier, aber viele trugen Schimmelflecken, und die Luft, die aus den Schubladen strömte, erinnerte an einen Sumpf.

»Das weiß man nie so genau«, erwiderte Jacqueline. Sie blätterte mit einigen Schwierigkeiten durch die Briefe, die sehr eng verschnürt waren. »Sie hat sie alle beantwortet?«

»Anfangs schon«, entgegnete Craig. »Später, als das Rinnsal zu einer Flut wurde, half sie sich manchmal mit vorgedruckten Antwortschreiben.«

Die Briefe schienen nach Datum abgelegt zu sein. Jacqueline schloß die oberste Schublade und sah noch einmal in die zweite. »Ich habe ihr auch einmal geschrieben. Einer von drei Fanbriefen, die ich in meinem Leben verfaßt habe. Ob er wohl ...?« Die Briefe waren so eng zusammengepreßt, daß sie kein Datum entziffern konnte. Sie zog willkürlich ein Bündel hervor. »Nein, diese hier sind zu alt.«

»Versuchen Sie nicht, sie zurückzulegen«, sagte der Anwalt mit gerunzelter Stirn. »Bitte, geben Sie sie her.«

Er schob den Rolladen des Schreibtischaufsatzes in die Höhe und legte den Stapel dort ab. Jacqueline ging in die Knie und öffnete die unterste Schublade. »Es war im Winter 1982«, murmelte sie. »Im Februar, glaube ich.«

Zwei Monate, bevor Kathleen Darcy verschwunden war.

Von einer Besessenheit getrieben, die sie sich selbst nicht erklären konnte, zog sie einen weiteren Stapel Briefe aus der Schublade. »O je. Dieser Brief ist von Frederick Fortman. Ich wußte gar nicht, daß sie mit ihm korrespondierte.«

»Sie hat mit vielen Schriftstellern korrespondiert«, sagte Craig. Der Klang seiner Stimme verriet Jacqueline, daß er sich über den Anblick der kultivierten Mrs. Kirby amüsierte, die dort im Staub hockte und wie ein Groupie kreischte.

»Er war nicht nur ein Autor, er war ein Historiker von internationalem ...« Ihre Stimme erstarb.

Nach einer Weile sagte Craig: »Es liegt mir völlig fern, einer Dame den Spaß zu verderben, Mrs. Kirby, aber die Zeit schreitet voran, und es gibt Hunderte von solchen Briefen.«

»Ja, natürlich.« Jacqueline erhob sich mit einer einzigen, geschmeidigen Bewegung. Um nichts in der Welt hätte sie die dargebotene Hand von Craig genommen. Die Hand blieb allerdings ausgestreckt, und Jacqueline trennte sich widerwillig von den Briefen. Craig legte sie zu dem Stapel, der bereits auf dem Schreibtisch lag und schloß den Rollkasten mit einem nachdrücklichen »Klick«.

Das Glitzern in Jacquelines Augen hätte einem Mann, der sie besser kannte, als Warnung gedient. Wie konnte er es wagen, sie wie einen herumschnüffelnden, ungehobelten Niemand zu behandeln? Er benahm sich ganz so als erwarte er, daß sie diese Briefe stehlen würde. (Was sie bei günstiger Gelegenheit natürlich auch gerne getan hätte.)

Sie wandte sich St. John zu. »Ich kann Ihnen gar nicht beschreiben, was dies für mich bedeutet hat. Die Inspiration ... die Atmosphäre ...« Sie verdrehte verzückt die Augen.

Sie lehnte St. Johns Einladung ab, mit zum Haus zurückzukommen und gab vor, müde und durch das überwältigende Erlebnis emotional erschöpft zu sein. Auch Craig verschwand schnell. Sein Abschiedsgruß war alles andere als überschwenglich. Sein Wagen hinterließ einen Schauer spritzender Kiesel, und Jacqueline sagte: »Mr. Darcy, ich kann Ihnen gar nicht sagen, wie ... Es war so ...«

Er legte eine feiste Hand auf ihre Schulter. »Wir sind verwandte Seelen, Mrs. Kirby. Das wußte ich von Anfang an. Sie müssen mich St. John nennen. Und ich – dürfte ich so verwegen sein, Sie ...«

»Aber natürlich – St. John.«

Er rückte näher. »Es mag indiskret von mir sein, meine liebe Jacqueline, aber ich habe das Bedürfnis, Ihnen zu sagen, daß meine Zuneigung in diesem Augenblick ... Muß ich noch direkter werden?«

Bloß nicht, dachte Jacqueline. Sie klimperte mit ihren Wimpern. »Oh, St. John!«

St. Johns Kopf begann hin und her zu wackeln. Jacqueline mußte sich beherrschen, um nicht laut zu lachen. Er versuchte, sie zu küssen, aber sein Hut war ihm im Weg, egal, von welcher Seite er auch Anlauf nahm. Schließlich ergriff er ihre Hand und hob sie an seine Lippen – genauer gesagt an seinen Mund. Seine Zähne knabberten an ihren Fingern.

Jacqueline ließ ihn eine Weile knabbern, bevor sie ihre Hand aus der seinen zog. »Oh«, sagte sie »St. John!«

Ich muß mir für die Dialoge noch etwas Besseres einfallen lassen, dachte sie gelassen, während sie anmutig die Stufen hinunterschritt und in ihr Auto stieg. Und ich muß verdammt noch mal dafür sorgen, daß diese eklige Kröte begreift, daß unser Verhältnis rein geschäftlicher Natur sein wird. Nicht einmal für die Fortsetzung von *Nackt* würde ich ... Ich möchte bezweifeln, daß er überhaupt imstande wäre ... Murmeln und Grapschen ist vermutlich sein ganzes Repertoire, aber selbst das ... Ob ich es geschafft habe? Ich denke schon, ich denke schon. Zumindest zwei Stimmen sind mir sicher – die der senilen, alten Dame, die von mir erwartet, daß ich die Toten zum Leben erwecke, und die andere von dem netten Maurer. St. John ist derjenige, der zählt, die anderen haben ihn dazu bestimmt, sie zu repräsentieren. Ich habe mein Bestes gegeben ... Manchmal machst du mich ganz krank, Kirby.

St. John drehte sich um und ging ins Haus zurück. Jacqueline nahm ihren Hut ab und warf ihn auf den Rücksitz. Er hatte seinen Zweck erfüllt, und die Pflaumen baumelten ihr nur dauernd vor den Augen herum.

Sie hatte die ersten Bäume erreicht, die zwischen dem Haus und der Straße standen, als ihr eine Gestalt in den Weg trat und gebieterisch die Hand hob. Jacqueline bremste. Die Gestalt kam ihr irgendwie vertraut vor. Es handelte sich um einen der Männer, die bei ihrer Ankunft im Garten gearbeitet hatten. Er trug Jeans, die durch das ständige Waschen so ausgebleicht waren, daß sie beinahe weiß erschienen, und ein Hemd mit einer unbestimmbaren Farbe. Trotz der Tatsache, daß die Luft kühl genug war, um die Heizung im Wagen anzustellen, hatte er die Ärmel bis zu den Ellbogen aufgerollt und den Hemdkragen aufgeknöpft. Als er auf den Wagen zukam und ihr bedeutete, das Fenster hinunterzudrehen, sah sie, daß seine Hände mit Lehm bedeckt waren.

Er wirkte ziemlich bedrohlich, hatte ein langes, hartes und faltiges Gesicht, dazu zotteliges Haar, das grau, kastanienbraun und silbern gemustert war. Seine schmutzigen Finger waren außergewöhnlich lang, so als hätten sie einen zusätzlichen Knöchel. Zeige- und Mittelfinger waren gleichlang. Das hatte im Volksmund irgendeine Bedeutung, aber Jacqueline konnte sich nicht mehr genau erinnern, welche. War es Mordlust?

Sie kurbelte das Fenster herunter, ohne jedoch den Motor auszuschalten und ließ auch den Gang eingelegt. Trotzdem war sie eher neugierig als ängstlich.

»Nun? Was hat er gesagt?«

Jacqueline erwiderte seinen kühlen, starren Blick. »Was hatten Sie in der Küche zu suchen?«

Der zottelige, windzerzauste Kopf nickte, scheinbar zufrieden. »Ich habe mich schon gefragt, ob Sie mich bemerkt haben.«

»Sie haben meine Frage nicht beantwortet.«

»Das ist doch ganz offensichtlich, oder? Ich habe gelauscht.«

»Warum fragen Sie mich dann, was er gesagt hat?«

»Ich habe nicht gehört, was diese aufgeblasene Kröte zu Ihnen gesagt hat, bevor er anfing, an Ihrer Hand zu nagen. Hat er Ihnen den Job versprochen?«

»Den Job«, erwiderte Jacqueline nachdenklich. »Ich schätze, so könnte man es bezeichnen.« Sie zog die Handbremse an und stellte den Motor ab.

»Sie haben meine Frage nicht beantwortet.«

»Warum zum Teufel sollte ich das tun?«

Einige winzige Muskeln begannen in seinem langen, hungrigen Gesicht zu zucken, gerade genug, damit seine Mundwinkel sich neigten. Dann entspannte er sich, stützte die Arme auf die Autotür und neigte den Kopf. »Sie sind eine ganz Coole, nicht wahr, Mrs. Kirby?«

»Im Gegenteil, ich brenne vor Neugier. Woher wissen Sie meinen Namen? Wer sind Sie? Warum haben Sie uns belauscht? Mit welchem Recht mischen Sie sich in meine Angelegenheiten ein? Haben Sie keine Angst, daß ich ›Vergewaltigung‹ schreien könnte?«

Der Mann richtete sich auf. »Darf ich mich zu Ihnen setzen?«

»Nein. Ich bin neugierig, aber nicht dämlich. Im übrigen beantworten Sie meine Fragen nicht, sondern stellen statt dessen Gegenfragen.«

»Ich bin Paul Spencer. Ich war ein Freund von Kathleen.«

»Ich verstehe.«

»Das möchte ich bezweifeln. Lassen Sie es mich so formulieren: Ich habe sie und ihre Arbeit bewundert. Ich – und viele andere – sähen es überhaupt nicht gerne, wenn irgendein untalentierter Schreiberling sich darüber hermachen würde.«

»Sie haben wirklich eine ausgesprochen direkte Art, die Dinge beim Namen zu nennen«, entgegnete Jacqueline bewundernd. »Hat Ihnen Ihre Mutter nie das alte Sprichwort beigebracht, daß man Bienen mit Honig fängt und nicht mit Essig?«

»Sie hat es versucht.« Erneut zuckten die Muskeln in seinem Gesicht. »Aber aus dem, was ich über Sie gehört habe, Mrs. Kirby, habe ich geschlossen, daß Essig bei Ihnen eher angebracht ist.«

»Sie haben von mir gehört?«

»Selbst in unserem entlegenen Winkel der Welt kommen wir gelegentlich an eine Rezensionsbeilage der *Times,* manchmal sogar an das *People Magazine.* Außerdem habe ich Ihre Bücher gelesen.«

»Was Sie nicht sagen.«

»Sie sind ziemlich schlecht.«

»Im Vergleich wozu?« murmelte Jacqueline. Sie wußte nicht, ob er sie gehört hatte, jedenfalls fuhr er unbeirrt fort. »Aber nicht ganz so schlecht wie die Ergüsse, die sich einige der Herrschaften geleistet haben, die ebenfalls hierher eingeladen wurden. Und ich konnte mich des Eindrucks nicht erwehren – ganz besonders bei Ihrem zweiten Buch –, daß Sie zu mehr fähig sind. Wo liegt das Problem? Ein schlechter Lektor? Keine Ambitionen? Oder bloße Geldgier?«

»Geldgier natürlich«, erwiderte Jacqueline. »Es gibt einen Grad von Miserabel, den man nicht überschreiten darf, wenn man sich Hoffnungen auf die Bestsellerlisten macht. Mr. Spencer, ich genieße diese Unterhaltung wirklich in vollen Zügen, es gibt nichts, was ich lieber täte, als hier zu sitzen und mich von Ihnen beleidigen zu lassen, aber ich fürchte, ich muß jetzt los. Vielleicht sehen wir uns eines Tages unter romantischeren Umständen wieder.«

Sie griff nach dem Schlüssel. Spencer beugte sich vor, sein Gesicht füllte den Fensterrahmen. »Sie waren gestern abend oben.«

Sie wußte genau, wovon er sprach, und es war sinnlos, so zu tun, als ob das Gegenteil der Fall wäre. »Da Sie es wissen, müssen Sie ebenfalls dort gewesen sein. Waren Sie derjenige, der ...«

»Der was?« Seine Augen schlossen sich zu schmalen Schlitzen.

»Ich habe Lachen gehört. Und das Knacken von Zweigen.«

»Haben Sie das? Nun, dann muß ich es wohl gewesen sein. Niemand sonst hätte dort sein können. Oder?«

Jacqueline startete den Motor. »Auf Wiedersehen, Mr. Spencer. Ich kann Ihnen gar nicht sagen, wie sehr ich diese Unterhaltung genossen habe.«

»Oh, das möchte ich bezweifeln. Ich glaube allerdings, daß Sie es mit etwas gutem Willen gekonnt hätten.« Er trat zurück. »Auf Wiedersehen, Miss Kirby. Bis zum nächsten Mal.«

Jacqueline konnte nicht widerstehen, in den Rückspiegel zu schauen, als sie davonfuhr. Er stand stocksteif mitten auf der Straße, die Arme vor der Brust verschränkt, und starrte ihr nach. Das zerfurchte Gesicht und das graue Haar mochten zwar das Ergebnis von Kummer und einem harten Leben sein, aber er war auch kein junger Mann mehr.

Allerdings gebaut wie einer, sagte der Teil von Jacquelines Verstand, den sie unter Kontrolle zu halten versuchte. Diese Schultern. Und großgewachsen war er auch, mindestens ein Meter neunzig, und wenn seine Hände sauber wären, würden sie ...

Die Gestalt im Rückspiegel begann, aufgeregt mit den Armen zu winken, und Jacqueline wandte ihre Aufmerksamkeit wieder nach vorne. Sie steuerte direkt auf einen Baumstamm zu. Sie drehte erschrocken am Lenkrad und schlidderte in einem Bogen wieder auf die Straße zurück.

Sie hatte »den Job« schon vorher gewollt. Nun aber war sie wild darauf, ihn zu bekommen. Die Aussicht, Kathleen Darcys eigene Notizen studieren zu können, die sie für die Fortsetzung ihres Romans gemacht hatte, reichte aus, einer hingebungsvollen Verehrerin das Wasser in die Augen zu treiben – und es schaltete zudem eine der Schwierigkeiten aus, die eine Autorin zu bewältigen hatte, nämlich, in das Buch »hineinzukommen«. Aber das war nicht der einzige Grund, warum sie ihn wollte.

Über die Jahre hinweg hatte sie es mit einer Reihe von exzentrischen Personen zu tun gehabt, vom Archäologen bis zum Verfasser von Liebesromanen, aber noch nie war sie mit einer Situation konfrontiert gewesen, die einer Studentin der menschlichen Natur (ein Ausdruck, den sie der »neugierigen Tussi« vorzog) derart ergiebige Möglichkeiten bot. Die Tatsache, daß dabei zwei attraktive Männer eine Rolle spielten, war irrelevant, aber nicht unangenehm – drei sogar, wenn man Tom, den Küchenchef, mitzählte. Aber er fiel im Grunde heraus: zu jung und außerdem verheiratet.

Und es gab noch einen weiteren Grund, warum sie den Job wollte.

»›Lächle, wenn ich dich zum Abschied traurig küsse‹«, sang Jacqueline. »›Wenn die Wolken zieh'n, werd' ich dich wiederseh'n ...« Das begleitende Gebrumme stammte von ihrem Bauch. Sie hatte riesigen Hunger. Eine Kombination verschiedener störender Umstände hatte sie davon abgehalten, beim Mittagessen genug zu sich zu nehmen. »›... Bis wir vereint sind‹«, schmachtete Jacqueline und bog in die Einfahrt zu einem Fast-Food-Restaurant ab.

Während sie einen wunderbar fettigen Hamburger verspeiste und dazu einen Milchshake mit einer köstlichen Mischung aus Aroma- und Farbstoffen trank, grübelte sie über ihre Pläne nach. Sie hatte vorgehabt, Pine Grove noch am selben Nachmittag zu verlassen. Vielleicht wäre es besser, noch über Nacht zu bleiben und erst morgen in aller Frühe zu fahren. Zu dieser

Jahreszeit und mitten in der Woche sollte es keine Schwierigkeiten geben, ihr Zimmer noch für eine weitere Nacht zu behalten. Die Vorstellung, noch einmal in den Genuß eines der köstlichen Gerichte von Tom zu kommen, war ein zusätzlicher Anreiz.

Aber die größte Verlockung lag darin, ihre Wirtin zu einem kleinen Plausch beiseite zu ziehen. Dies hier war eine kleine Stadt, die nur eine einzige Berühmtheit hervorgebracht hatte. Mollie war sicherlich mit Kathleens Geschichte und der ihrer Familie überaus gut vertraut. Möglicherweise war sie sogar eine derjenigen, die es nicht gerne sehen würden, wenn Kathleens Werk an einen »untalentierten Schreiberling« übergeben wurde, wie Spencer es so nett umschrieben hatte. Jacquelines Phantasie, die sich nicht im Zaum halten ließ, produzierte Bilder eines Lynch-Mobs, der auf das Gasthaus zumarschierte, brennende Fackeln, heisere Stimmen, die schrien: »Hängt diesen untalentierten Schmierfink! Gebt ihn heraus, diesen inkompetenten Schreiberling von literarischem Schweinefutter!«

Sie grinste. Spencer mußte sich einen Scherz erlaubt haben. Oder – was wahrscheinlicher schien, da es sich bei ihm nicht gerade um einen Mann mit einem begnadeten Sinn für Humor handelte – er hatte übertrieben. Aber er machte sich wenigstens Gedanken. Wie weit würde er wohl gehen, um jemanden wie Brunnhilde davon abzuhalten, den Auftrag zu bekommen? War er ihr, Jacqueline, zu der trostlosen Lichtung gefolgt, wo Kathleens einsamer Gedenkstein stand, oder war er von selbst mit Kathleens Lieblingsblumen in der Hand auf dem Weg zum Schrein gewesen?

Sie räumte die Plastikverpackungen zusammen und warf sie in einen Abfalleimer. Als sie vom Parkplatz auf die Straße bog, folgte ihr in einigem Abstand ein Wagen – ein hellbrauner Toyota. Jacqueline sah ihn in ihrem Rückspiegel, schenkte ihm aber keine besondere Aufmerksamkeit. Sie widmete ihre Gedanken anderen, interessanteren Dingen.

Als sie das Gasthaus betrat, hockte die alte Mrs. Swenson abermals vor dem Fernseher. Diesmal gehörten die tönenden Stimmen zu dem aufgeregten Paar einer Seifenoper.

»Oh, Blade, wie konntest du sie nur schwängern?« schrie die Heldin. »Sie ist unsere Halbschwester!« »Sie hat mich verführt, so glaub mir doch«, kläffte der Held zurück.

Mollie saß am Empfang und erledigte Schreibkram. Wie Jacqueline erwartet hatte, war es kein Problem, das Zimmer für eine weitere Nacht zu behalten. Mollie schien sogar ausgesprochen erfreut zu sein. »Hat das etwa zu bedeuten ... Ich weiß, ich sollte nicht fragen, aber ich frage mich, ob ...«

Sie mußte laut schreien, um den Fernseher zu übertönen. Jacqueline schrie zurück: »Bisher ist noch nichts entschieden. Aber es sieht nicht schlecht aus.«

»Oh, das ist wundervoll!«

»Ich werde Ihnen später davon erzählen«, kreischte Jacqueline. »Es wäre schön, wenn Sie vor dem Essen die Zeit für einen Drink mit mir finden würden.«

»Wie freundlich von Ihnen! Ich kann mir nicht helfen, es interessiert mich nun einmal, obwohl ich weiß, daß es mich eigentlich nichts angeht ...«

Jacqueline versicherte ihr aufrichtig, daß sie dafür vollstes Verständnis habe.

Als sie auf die Tür zuging, sah sie schwarzen Stoff flattern und mußte lächeln. Die alte Mrs. Swenson hatte nicht widerstehen können, zu lauschen. Aber taub wie sie war, hatte sie sicherlich nichts mitbekommen. Jacqueline konnte ihr das nicht verdenken. Das arme, alte Ding mußte sich ja zu Tode langweilen.

Jacqueline ließ ihre Handtasche gutgelaunt hin- und herschwingen, während sie die Straße entlangging. Es war ein schöner Tag für einen Spaziergang, und sie hatte zwei Antiquitätengeschäfte auf der Hauptstraße entdeckt, die sie sich ansehen wollte.

Der erste Laden stellte sich als Zeitverschwendung heraus. Er war voller alter Werbeschilder und rostiger Geräte, deren ursprüngliche Funktion, von ihrer gegenwärtigen Gebrauchsfähigkeit einmal abgesehen, sehr zweifelhaft war. Der Besitzer war ein ehemaliger Staatsbeamter aus Washington, der erst vor zwei Jahren in diese Gegend gezogen war. Von ihm ließ sich nichts über die Darcys erfahren.

Auf dem Weg zu dem anderen Antiquitätenladen blieb sie an einer Stelle abrupt stehen und starrte auf ein Haus, das zwischen zwei höheren Gebäuden ein wenig zurückgesetzt von der Straße stand: Es war Kathleens Haus.

Ein zweiter Blick sagte ihr, daß die beiden Häuser doch nicht ganz identisch waren, obwohl sie offenbar nach demselben Bauplan errichtet worden waren. Der Name über der Tür lautete »Betty«, und auf einem Schild, das von einem Pfosten herabhing, war »Bettys Buchladen« zu lesen. Das Cottage sah so aus, wie Kathleens eigentlich ausgesehen haben sollte: Es war in einem heiteren Blaßgelb gestrichen, und rechts und links von der grünen Tür standen zwei große Töpfe mit gelben Narzissen. Während Jacqueline über die Pflastersteine ging, vermittelten ihr die blanken Wände der Gebäude auf beiden Seiten das Gefühl, in ein bewaldetes Tal geraten zu sein. Dieser Eindruck wurde durch die Blumenbeete, die den Bürgersteig flankierten, noch verstärkt. Rosefarbene Hyazinthen und scharlachrote und goldgelbe Tulpen erhoben sich aus Beeten, die mit niedrigen, grünen Pflanzen bepflanzt waren. Sie trugen winzig kleine, blaue Blüten: Vergißmeinnicht.

Als sie den Türknauf drehte und die Tür öffnete, verkündete ein silbernes Geläut ihre Ankunft. Trotzdem erschien niemand. In dem anheimelnden Raum, der voller Bücherregale stand, befand sich keine Menschenseele – außer einer schwarzen Katze, die zusammengerollt in einem Sessel vor dem Kamin lag. Sie hob ihren Kopf, entschied dann wohl, daß Jacqueline ihrer Aufmerksamkeit nicht würdig sei und schloß wieder die Augen.

Da ertönte eine Stimme aus dem Hinterzimmer. »Lassen Sie es mich wissen, falls Sie Hilfe brauchen. Sehen Sie sich bitte in Ruhe um.«

Welch entzückende Vertrauensseligkeit, dachte Jacqueline. Sie rief »danke schön« und begann, an den Regalen entlangzugehen.

Es war ein überraschend gutes und anspruchsvolles Sortiment für diesen kleinen Ort. Kathleen Darcys Buch war in verschiedenen Ausgaben vorhanden, ebenso wie alle gegenwärtigen Bestseller – aber nicht nur die. Jacqueline wies es immer weit von sich, zuerst nach ihren eigenen Büchern zu schauen, aber natürlich tat sie es doch. Kein Autor kann dieser Versuchung widerstehen, selbst wenn die Abwesenheit der Bücher in den Regalen den Blutdruck in ungesunde Höhen treibt. Ja, sie waren beide da. Sie verzog das Gesicht zu einer Grimasse, als sie Brunnhildes unzählige Werke in der Reihe darunter entdeckte. *Die Priesterin des Eisgottes* war ein schamloser Versuch gewesen, sich den Erfolg eines anderen Buches mit dem Wort »Eis« im Titel zunutze zu machen.

Die Regale an der Rückseite des Raumes waren freistehend, und Jacqueline stellte sich auf die Zehenspitzen, um über sie hinwegzuspähen. Sie erblickte eine Wand mit zwei Türen, die beide geschlossen waren. Ein Geräusch hinter einer der Türen ließ sie rasch zurücktreten. Sie studierte interessiert ein Regal mit Klassikern, als die Besitzerin des Buchladens erschien.

Die langsamen, schlurfenden Geräusche hätten Jacqueline auf das vorbereiten sollen, was kam, aber es war dennoch ein Schock. Der Kontrast zwischen der unbeschwerten, fröhlichen Stimme und dem entstellten Körper war nur schwer zu akzeptieren. Sie war zudem noch jung, keine vierzig, schätzte Jacqueline, obwohl ihre Haare schneeweiß waren und so stumpf und leblos, daß es sich gut um eine billige Perücke handeln konnte. Ein Bein war mehrere Zentimeter kürzer als das andere, und sie trug einen schweren Stiefel mit dicker Sohle, um den Unterschied auszugleichen. Aus einem Gesicht, das die Spuren plastischer Operationen trug, erwartete ein Paar wunderschöner dunkler Augen Jacquelines Reaktion. Sie schienen nicht besonders viel zu erwarten.

»Ich hoffe, Sie haben wegen mir nicht Ihre Arbeit unterbrochen«, sagte Jacqueline. »Ich schaue mich immer noch um. Sie haben eine exzellente Auswahl.«

»Vielen Dank.«

»Sie müssen Betty sein. Mein Name ist –«

»Natürlich kenne ich Sie, Mrs. Kirby.« Ihre klare, kühle Stimme nahm einen amüsierten Tonfall an. »Dies mag nicht gerade die belesendste Gemeinde des Landes sein, aber dank moderner Technologien bekommen wir viele Fernsehsender, und daher ist mir Ihr Gesicht nicht unbekannt. Mein Name ist nicht Betty. Ich bin Jan. Jan Wilson.«

»Ich freue mich, daß Sie meine Bücher vorrätig haben.«

»Sie verkaufen sich gut. Außerdem habe ich dafür gesorgt, alle Bücher der konkurrierenden Autoren auf Lager zu haben, sobald die Neuigkeit bekannt wurde.«

»Neuigkeit?« wiederholte Jacqueline. »Aber es stand doch noch nicht einmal in den New Yorker Zeitungen. Es gab nur Gerüchte!«

»Die uns auch zu Ohren kommen.« Ihre Stimme trug zweifellos einen spöttischen Tonfall. »Dies ist eine kleine Stadt, und die Leute reden. Die unterschiedlichsten Leute ... Ich wollte mir gerade einen Tee machen. Möchten Sie mir Gesellschaft leisten, Mrs. Kirby?«

»Bitte nennen Sie mich doch Jacqueline, wenn ich Sie Jan nennen darf.« Jacqueline zögerte. Der Hamburger begann, ihr schwer im Magen zu liegen, und der becircende Ruf von Antiquitäten erreichte ihr Ohr. Aber ein anderer becircender Ruf erklang noch schriller, und es war zu verführerisch, ihn zu ignorieren. »Ich nehme Ihre Einladung mit Freuden an, vielen Dank.«

Sie setzte sich in einen der beiden Sessel, die vor dem Kamin standen – in den, der nicht von der Katze eingenommen wurde – und legte ihre Hände gefaltet in den Schoß, während Jan mit Teekanne, Tassen und einem Teller frischgebackener Plätzchen hin und her humpelte. Normalerweise hätte sie angeboten, nein, darauf bestanden, mitzuhelfen, aber unter den gegebenen Umständen bezwang sie diesen angeborenen Drang.

Nachdem sie mit der Katze auf dem Schoß Platz genommen hatte, machte Jan einen viel entspannteren Eindruck. Im Schatten der hohen Rückenlehne des Sessels waren die Narben auf ihrem Gesicht beinahe unsichtbar und der häßliche Schuh weniger auffällig. »Wie gefällt Ihnen Pine Grove, Mrs. Kirby?«

»Es ist ein netter, kleiner Ort. Leben Sie schon lange hier?«

Jane lächelte. »Mein Akzent verrät Ihnen wohl, daß ich keine Einheimische bin. Ich bin vor fast sechs Jahren hierhergezogen.

Ich habe Kathleen Darcy nie kennengelernt. Das war es doch, was Sie eigentlich fragen wollten, nicht wahr?«

»Ich dachte, das sei möglicherweise Ihr Grund gewesen, hierherzukommen«, sagte Jacqueline. »In einem so kleinen Ort wie diesem hier erwartet man nicht, daß sich ein Buchladen dieser Größe rentiert.«

»Das klingt aber verdächtig nach der snobistischen Haltung der Großstädterin«, erwiderte Jan mit einem Lächeln. »In kleinen Orten und ländlichen Gegenden gibt es eine größere Leserschaft, als Sie annehmen. Aber Sie liegen mit Ihrer Annahme richtig, daß Kathleen mich bei der Entscheidung, mein Geschäft hier zu eröffnen, beeinflußt hat. Ich habe sie zwar nie gesehen, aber dennoch habe ich das Gefühl ... das Gefühl, sie gut zu kennen. Sehr gut sogar. Klingt das albern?«

»Ich glaube, vielen ihrer Leserinnen geht es ebenso«, sagte Jacqueline.

»Ich habe ihr Buch so oft gelesen, daß ich es auswendig kenne«, sagte Jan. »Ich habe alles über sie gelesen, was ich in die Finger bekam und mit Leuten gesprochen, die sie gekannt haben. Wissen Sie eigentlich, daß es nicht eine einzige Person in Pine Grove gibt, die etwas Schlechtes über sie zu sagen hat? Sie haben sie nicht verstanden, sie hielten sie für ›seltsam‹. Aber sie sprechen dieses Wort liebevoll, fast bewundernd aus. Sie können sicher sein, daß ich von einem Skandal, von irgendeiner schmutzigen Geschichte erfahren hätte, wenn sie denn passiert wäre. Die Leute schwatzen gerne über anrüchige Dinge. Aber da gibt es nichts. Kathleen muß ein feiner Mensch gewesen sein, ein guter Mensch. Und sie war schön, so schön! Dichtes, glänzendes, dunkles Haar und große, braune Augen ...« Sie verstummte. Auf ihren Wangen erschienen rote Flecken. »Himmel noch mal. Ich klinge wie ein vernarrter Teenager. Gewöhnlich ... gewöhnlich verhalte ich mich Fremden gegenüber nicht derart geschwätzig. Schütten Ihnen alle Menschen, denen Sie begegnen, sofort ihr Herz aus?«

»Ich dränge gewiß niemanden dazu, sich mir anzuvertrauen und stecke meine Nase auch nicht in fremde Angelegenheiten«, erwiderte Jacqueline. (Davon war sie tatsächlich überzeugt.)

»Aber es besteht kein Grund, sich zu schämen. Ich kann Sie gut verstehen. Ich bewundere Kathleen Darcy auch sehr.«

»Und dennoch wollen Sie es riskieren, sich an die Fortsetzung ihres Meisterwerkes zu wagen.«

»Es ist wohl vollendeter Egoismus, der mich dazu treibt«, gestand Jacqueline. »Aber zumindest respektiere ich ihr Werk. Ich möchte mehr, als ein paar hundert schnell dahingeschmierte Seiten produzieren, die mich in die Bestsellerlisten katapultieren. Und vielleicht bekomme ich den Auftrag ja auch gar nicht.«

Jan studierte Jacqueline nachdenklich, während ihre Hand über das glatte Fell der Katze strich. »Ich nehme an, daß Sie bessere Arbeit leisten würden als manch anderer. Es gibt entfernte, kaum merkliche, aber immerhin vorhandene Ähnlichkeiten mit Kathleens Stil in Ihren Büchern.«

»Sie sind eine sehr aufmerksame Leserin. Nicht viele Leute haben es erkannt, aber ich bin natürlich von ihr beeinflußt worden.«

»Sie könnten bessere Bücher schreiben.«

»Sie sind der zweite Mensch, der mir das heute sagt.«

»Wer denn noch? Sicherlich nicht St. John.« Sie schürzte ihre Lippen. »Ich möchte bezweifeln, daß er jemals *Nackt im Eis* gelesen hat, genausowenig wir Ihre Bücher.«

»Nein, es war ein Mann namens Paul Spencer.«

»Paul.« Ein Glitzern leuchtete in ihren dunklen Augen auf – war es Haß oder das Gegenteil?

»Er hielt meinen Wagen an, als ich von den Darcys kam.«

»Oh, stimmt, ihm gehört die Landschaftsgärtnerei. Ich habe gehört, daß er draußen auf ›Gondal‹ arbeitet.«

»Sie kennen ihn?«

»Er ist einer meiner besten Kunden.« Es war kein Haß gewesen. »Und ein Freund. Ich weiß nicht, was ich ohne ihn getan hätte. Er hat mir dabei geholfen, das Grundstück zu finden – damals war er noch im Maklergeschäft –, den Umzug zu organisieren, die Bücherregale gebaut und die Bücher einsortiert.«

»Ein richtiger Tausendsassa.«

»Und ein echter Könner.« Jans Stimme wurde schärfer. »Was hat er sonst noch gesagt?«

»Im Grunde nur das – daß ich eine miserable Autorin sei, aber wahrscheinlich nicht schlimmer als all die anderen, die zum Gespräch geladen worden sind. Er hat mir mehr Fragen gestellt als Antworten gegeben. Ich habe mich die ganze Zeit über gefragt, warum er sich solche Gedanken macht.«

»Das tun wir alle.«

»Wir.« Jacqueline stellte ihre Tasse auf den Tisch. »Wer ist ›wir‹? Gewiß nicht die gesamte Einwohnerschaft von Pine Grove. Wie viele von ›Ihnen‹ gibt es denn, und warum interessiert es ›Sie‹ denn so überaus, wer die Fortsetzung von *Nackt* schreibt?«

»Sie sollten es nicht persönlich nehmen«, erwiderte Jan. »Wir sind auch gegen die anderen Kandidaten.«

»Mit anderen Worten, Sie wollen nicht, daß irgend jemand eine Fortsetzung schreibt. Ist das nicht ein bißchen anmaßend von Ihnen – wer auch immer und wie viele auch immer Sie sein mögen? Es ist nicht Ihr Buch. Und es ist auch kein Heiligtum. Andere haben Fortsetzungen von *Tom Sawyer und Huckleberry Finn* geschrieben und die unvollendeten Romane von Jane Austen beendet, um nur einige literarische Meisterwerke zu nennen.«

»Bitte!« Jan knetete ihre Hände. »Es war nicht meine Absicht ... Sie verstehen nicht.«

»Was verstehe ich nicht?«

Jan schwieg für einen Moment. Als sie wieder zu reden begann, klang ihre Stimme leise und flach und hatte ihre frühere Lebendigkeit verloren. »Kathleen war eine dieser seltenen Autorinnen, für die das Schreiben nicht nur ein Job ist, sondern ein wesentlicher Bestandteil ihres Daseins. Der wesentlichste, wenn Sie so wollen. Um ihrem Buch gerecht zu werden, müssen Sie in ihren Verstand und ihre Seele eindringen. In gewisser Weise müssen Sie zu Kathleen *werden.* Das könnte ... gefährlich sein. Freiwillig die eigene Identität aufzugeben, um eine andere Person zu werden ...«

Das sanfte Grau des Abends hing in der Luft. In der Stille klang das Schnurren der Katze wie das entfernte Donnern eines Gewitters. Die Haare auf Jacquelines Armen richteten sich auf. Jan besaß selbst ein gewisses poetisches Talent ... oder vielleicht war es auch nur ihre seltsame, zwingende Stimme, die solch eine eigenartige Stimmung geschaffen hatte.

»Haben Sie das auch den anderen Autoren gesagt?« erkundigte sich Jacqueline.

»Natürlich nicht. Die hätten mich doch für verrückt erklärt. Aber das muß ich ja wohl auch sein, sonst hätte ich wohl kaum derart komische Anwandlungen, nicht wahr?« Die Katze setzte sich auf. Zwei Augenpaare, eins leuchtend grün, das andere so dunkelbraun, daß es beinahe schwarz wirkte, blickten Jacqueline forschend an. »Mehr ist es nicht, nichts weiter als müßige Anwandlungen«, sagte Jan. »Sie locken die Dichterin in mir hervor, Jacqueline. Es hat mich sehr gefreut, mich mit Ihnen zu unterhalten.«

Das war ein freundlicher, aber unmißverständlicher Rausschmiß. Jacqueline erhob sich und hängte ihre Handtasche über die Schulter. »Vielen Dank für den Tee. Mich hat es ebenfalls gefreut. Ich hoffe, wir werden uns einmal wiedersehen.«

»Das hoffe ich auch. Ich werde Ihnen die Daumen drücken.«

Als Jacqueline aus dem Cottage heraustrat, blickte sie blinzelnd ins Sonnenlicht. Was für eine seltsame Unterhaltung! Sie hatte vergessen, Betty – nein, Jan – über die Ähnlichkeit der beiden Häuser zu befragen. Aber im Grunde hatte ihr die Unterhaltung die Antwort gegeben. Jan war besessen von Kathleen Darcy. Ihre letzten, unheimlichen Bemerkungen waren keine Drohung gewesen, sondern eine Warnung, die aus ihren eigenen Empfindungen resultierte. Möglicherweise hatte sie Kathleens Cottage nachbauen lassen, um sich selbst mit ihrem Idol zu identifizieren.

Jacqueline blickte auf ihre Armbanduhr. Es war erst kurz nach fünf. Die ganze Begegnung war ihr viel länger vorgekommen. Vielleicht hatte der Antiquitätenladen noch bis halb sechs geöffnet. Ansonsten konnte sie sich zumindest die Auslagen ansehen.

Sie drehte sich abrupt um und trat genau in dem Augenblick auf die Straße, als ein Wagen, der zuvor an der Kurve geparkt hatte, ausscherte. Das Auto kam ruckartig wieder zum Stehen, ebenso wie Jacqueline. Sie starrte die Fahrerin wütend an. Kein Wunder, daß die verdammte Närrin nicht sehen konnte, wo sie hinfuhr. Sie trug eine riesige Sonnenbrille und ein Tuch, das sie sich derart um den Kopf gewunden hatte, daß es ihr bis auf die Augenbrauen gerutscht war. Bevor Jacqueline mehr sehen oder auch nur die unhöfliche Geste vollführen konnte, die ihr in den Sinn kam, schoß die Fahrerin mit quietschenden Reifen in eine Seitenstraße und raste davon.

Jacqueline schritt majestätisch weiter. Der Antiquitätenladen war geschlossen, und die Auslage weckte ihr Interesse nicht im mindesten. Sie machte sich wieder auf den Rückweg zum Gasthaus. Die Geschehnisse des Tages ließen sie nicht los. Vielleicht würde ein kleiner Plausch mit Mollie einige der Fragen beantworten, die ihr im Kopf herumgingen.

Die Unterhaltung mit Mollie war eine Enttäuschung. Sie sah gehetzter aus als gewöhnlich und entschuldigte sich bei Jacqueline, daß Sie keine Zeit für einen Plausch hatte. »Eins der Mädchen, das für das Gemüse zuständig ist, ist einfach nicht gekommen, und bei Tom muß immer alles seine Ordnung haben. Er ist im Grunde ein Künstler, und wenn er abgelenkt wird, dann ... Es tut mir so leid, wirklich ... Sollte ich später Zeit haben, würde ich mich sehr gerne mit Ihnen unterhalten, aber so, wie es im Moment aussieht ...«

Sie verschwand, und Jacqueline widmete sich nachdenklich ihrem Martini. Sie war viel zu klug und vernünftig, als daß sie auch nur einen Augenblick geglaubt hätte, Mollie möge andere Motive haben, um ihre verabredete Unterhaltung abzusagen. Die Frau war viel zu gutgläubig, um Jacqueline eines versteckten Motivs zu verdächtigen. Aber falls sie irgend jemandem von ihrer Verabredung erzählt hatte – beispielsweise ihrem gutaussehenden, trübsinnigen Ehemann – und er ihr Vorhaltungen gemacht hatte, daß sie zuviel rede und es nicht gut sei, Fremden zu vertrauen ... Dabei gab es überhaupt keinen Grund für eine solche Annahme.

Mollie kam nicht wieder. Von den Kellnerinnen war keine zu entdecken, es war noch sehr früh. Nachdem Jacqueline ihren Drink ausgetrunken hatte, entschied sie, daß es rücksichtslos sei, darauf zu bestehen, bedient zu werden. Die arme Mollie steckte wahrscheinlich bis zu den Ellenbogen in Kartoffelschalen. Jacqueline ging zur Bar hinüber und bediente sich selbst. Vielleicht war Mollie aber auch gar nicht beschäftigt, vielleicht hoffte sie einfach, daß Jacqueline aufgeben und in ihr Zimmer gehen würde. Falls sie sich solche Hoffnungen machte, wurde sie jedoch enttäuscht. Für einen Augenblick hatte Jacqueline das Bild einer Spinne vor Augen, die geduldig in der Mitte ihres Netzes lauert, aber sie wischte es schnell beiseite.

Die nächste Person, die das Zimmer betrat, war Mrs. Swenson. Sie blickte Jacqueline mit zur Seite gelegtem Kopf an, und diese wappnete sich für das, was kommen würde. Es machte ihr nichts aus, gelangweilte, kleine, alte Damen zu unterhalten, aber taube, kleine, alte Damen, die es vorzogen, ihr Hörgerät ausgeschaltet zu lassen, waren ein bißchen zuviel des Guten. Aber Mrs. Swenson nahm an einem anderen Tisch Platz und vertiefte sich in ein Taschenbuch. Es war keins von ihren, soviel konnte Jacqueline erkennen. Aber es war auch keins von Brunnhildes.

Ein paar weitere Gäste kamen herein. Jacqueline bestellte ihr Abendessen. Sie hatte nichts zu lesen, aber genug zum Nachdenken. Sie beschäftigte sich in Gedanken immer noch mit Jans verschwommenen Andeutungen über eine Gruppe unbekannter Größe und Herkunft, die es sich zum Ziel gesetzt hatte, dafür zu sorgen, daß die Unversehrtheit von Kathleen Darcys literarischem Ruhm bewahrt wurde. »Wir« konnte nicht allzu viele Leute bedeuten. Wahrscheinlich handelte es sich lediglich um zwei: Jan und Paul Spencer. Natürlich mochte es da noch andere geben, die ihr unbekannt waren: fanatische Fans, die hier durch die Gegend schlichen, Pläne schmiedeten und Flieder zu Kathleens Gedenkstein auf der gespenstischen Lichtung brachten. Wie verrückt konnten Anhängerinnen sein? Wie eng war die Freundschaft zwischen Paul Spencer und Kathleen gewesen? Sein Name war niemals in irgendeinem Artikel über sie aufgetaucht. Und was war mit Tom? Nur, weil er äußerlich als Vorbild für Kathleens empfindsamen, attraktiven Helden gedient hatte, mußte das nicht direkt bedeuten, daß sie auch intim miteinander gewesen waren. Andererseits sprach es auch nicht für das Gegenteil.

Solche unterhaltsamen und absolut nutzlosen Spekulationen beschäftigten Jacqueline während des Essens, das wieder einmal exzellent war, wenn auch nicht so gut, wie am gestrigen Abend. Tom schien heute nicht besonders in Form zu sein. Krise in der Küche! Der Küchenchef hat schlechte Laune!

Aber all das wollte ihr gar nicht mehr so lustig erscheinen, als Mollie schließlich an den Tisch trat, um sich zu erkundigen, was sie zum Dessert wünschte. Ihre Augen waren rot – und das nicht vom Knoblauch oder den Anchovies, obwohl beides die Spaghettini alla puttanesca verfeinert hatte, die sie gerade verdaute. War das etwa ein Bluterguß ...? Nein. Schokolade.

Sie bestellte ein Stück Schokoladen-Mandel-Kuchen und Kaffee. Nachdem sie damit fertig war, blieb sie nicht noch länger sitzen. Ganz offenbar würde ihr Mollie am heutigen Abend nicht mehr für ein Gespräch zur Verfügung stehen.

Erst als sie geduscht und ihr Nachthemd und den Morgenmantel angezogen hatte, bemerkte sie das Päckchen auf dem Nachttisch. Noch eine Schachtel Pralinen? Genau. Aber als sie das Geschenkpapier geöffnet hatte, stellte sie fest, daß St. Johns Geschmack nachgelassen hatte. Dieses Mal handelte es sich nicht um die teure Marke, die sie schon einmal erhalten hatte, sondern eine Sorte, die man in jedem Supermarkt erstehen konnte. Die Karte war allerdings mit der ersten identisch.

Jacquelines Gesicht nahm den Ausdruck an, der einmal beschrieben worden war als »vergleichbar mit einer Katze, die etwas Abstoßendes riecht«. Ihre Augen schlossen sich zu schmalen Schlitzen, und sie rümpfte ihre Nase. Hätte sie Schnurrhaare besessen, so wären diese wohl auf- und abgezuckt. Sie hob den Deckel der Schachtel vorsichtig mit den Fingerspitzen in die Höhe und zog das oben liegende Papier zur Seite. Die Pralinen saßen in verschiedenen Formen und Geschmacksrichtungen nett angeordnet in ihren Papierkörbchen. Jacqueline suchte sich eine runde, dicke Cremepraline aus und drehte sie um. Die Linie, wo das Unterteil aufgeschnitten und wieder zusammengesetzt worden war, sprang direkt ins Auge. Es war eine unbeholfene Arbeit, nur ein sehr gieriger Schokoladenliebhaber hätte es nicht bemerkt. Aber vielleicht hatte der Täter nicht die Zeit oder das richtige Handwerkszeug für eine anständige Arbeit gehabt, dachte Jacqueline nachsichtig. Sie stülpte den Deckel vorsichtig wieder auf die Schachtel und legte sie in ihren Koffer. Dann las sie noch einige Zeit und knipste schließlich das Licht aus, um den Schlaf der Gerechten zu schlafen.

Ihre Erkundigungen am nächsten Morgen ergaben, daß die Pralinen vor dem Abendessen vorne an der Rezeption gelegen hatten. Auf einer mit Schreibmaschine getippten Begleitnotiz war zu lesen gewesen: »Bitte an Mrs. Kirby weiterleiten.« Die Notiz war im Abfall gelandet.

»Es stimmte doch alles mit der Packung, oder?« erkundigte sich Mollie ängstlich. »Mr. Darcy wäre außer sich, wenn eine der Mädchen davon gegessen hätte oder ...«

»Nein, sie waren – ehem – komplett«, erwiderte Jacqueline. »Und sie stammten von Mr. Darcy?«

»Nun, das nehme ich an. Er hat allen Autoren Pralinen geschickt.«

»Ah«, sagte Jacqueline. »Das dachte ich mir schon.«

Sie bezahlte ihre Rechnung und verabschiedete sich von Mollie – ein etwas langwieriger Abschied, da Mollie darauf bestand, ihr den Koffer zum Wagen zu tragen und ihr immer wieder viel Glück und eine baldige Rückkehr nach Pine Grove wünschte.

Anstatt auf direktem Weg zum Highway zu fahren, zuckelte sie noch einmal in aller Ruhe mit dem Wagen durch den Ort. Er machte an diesem Frühlingsmorgen einen prächtigen Eindruck. Das frische Grün, die leuchtenden, scharlachroten und gelben Tulpen und die feinen rosafarbenen Blüten, dazu das Blau des Himmels und der smaragdgrüne Rasen präsentierten ein derart verlockendes Bild, daß Jacqueline versucht war, auf dem freien Parkplatz vor dem Immobiliengeschäft von Pine Grove zu halten. Sie fuhr statt dessen weiter. Die Vorstellung von einem entzückenden alten Haus auf dem Lande war immer noch verführerisch, aber dieser Landstrich hier hatte zu viele Nachteile. Es war Kathleen Darcys Heimat ... Und wenn sie nicht von Kathleen selbst heimgesucht wurde, so besaß sie andere Geister, die keine angenehmen Nachbarn abgeben würden.

In der Luft hing der Geruch von Flieder. Jacqueline atmete

ihn genüßlich ein, aber ihre Stirn runzelte sich. Selbst wenn sie an Geister glauben würde, was sie nicht tat, war es ein wenig schwierig, an den Geist eines Duftes zu glauben.

Auf dem ersten Hügel außerhalb der Stadt fuhr sie an den Straßenrand und wandte sich um. Aus einem grünen Teppich erhoben sich Dächer und Kirchturmspitzen, und die Luft war glasklar. Ein kleines, spitzbübisches Lächeln umspielte Jacquelines Lippen, als sie sich an ihr Lieblingszitat erinnerte: »›Dort ruhen Heuchelei, Pomphaftigkeit, Habgier, Lust, Pöbelhaftigkeit, Grausamkeit, Scheinheiligkeit, Verschlagenheit, Scharlatanerie / Und Schwachköpfigkeit in jeder Form ...‹« Dasselbe traf natürlich auch für andere Orte zu, die von Menschen bewohnt wurden (besonders von einem gewissen St. John Darcy). Aber sie vermutete, daß Pine Grove einen besonders großen Anteil an solch unerfreulichen Qualitäten besaß. Das Rätsel um Kathleen Darcys Tod interessierte sie immer mehr. Sie hatte keine Antworten gefunden, nur noch mehr Fragen. Sie war jedoch überzeugt, daß die Antworten irgendwo zwischen diesen stillen Dächern und Hainen zu finden waren.

Sie legte den Gang ein und fuhr weiter, ohne noch einmal zurückzuschauen. Es sollte fünf Monate dauern, ehe sie Pine Grove wiedersah.

Im September floh Chris in die Wildnis, zwei Wochen früher als geplant. »Feigling«, rief Jacqueline und lief aufgebracht in seinem leeren Büro auf und ab, wo ihre Fußtritte hohl tönten.

Chris bestritt die Anschuldigung nicht. »Diese Stadt ist in jeder Hinsicht zu heiß für mich«, sagte er, während er seine letzten Bücher in Kartons packte. »Ich möchte weit, weit weg sein, wenn die Neuigkeit bekannt wird.«

»Falls es jemals dazu kommen sollte.« Jacqueline warf ihre Arme mit einer theatralischen Geste, die aber von Herzen kam, in die Luft.

Sie würde eine gute Lady Macbeth abgeben, dachte Chris. Sie trug ihr Haar in irgendeinem antiken Stil hochgesteckt. Es türmte sich auf ihrem Kopf, und einige lose Strähnen fielen lockig an den Schläfen und im Nacken herab. Ihre Kleidung bestand aus einem langen, losen, weiten Kleid mit einem tiefen Ausschnitt und bauschigen Ärmeln. Sie hob flehentlich die Hände.

Er hockte sich auf seine Fersen. »Ich habe dir doch gesagt, daß es lange Zeit in Anspruch nehmen wird, alle Details zu regeln. Im Grunde ist die Sache viel schneller über die Bühne gegangen, als ich gedacht habe. Irgend jemand muß mächtig knapp bei Kasse sein.«

»Ich«, fauchte Jacqueline. »In der Zeit hätte ich ein ganzes Buch schreiben und verkaufen können!«

»Niemand hält dich davon ab, ein Buch zu schreiben«, belehrte sie Chris. Es war nicht das erste Mal, daß er sie darauf hingewiesen hatte.

»Ich kann mich nicht konzentrieren. Ich kann nichts erschaffen!« Das letzte Wort war ein melodiöser Schrei. Gnädigerweise meldete sich Jacquelines Sinn für Humor. Ein widerstrebendes Lächeln erschien um ihre Mundwinkel. »Ich kann es wirklich nicht. Ich habe mich auf dieses Buch eingeschossen – die größte Herausforderung in meiner Karriere. Ich kann nicht mittendrin Handlungen und Charaktere einfach austauschen. Und dann immer wieder diese Ablenkungen! Ich mußte feilschen, verwundete Egos besänftigen, Zweifler beruhigen. Jedesmal, wenn ich dachte, nun sei die Sache endlich unter Dach und Fach, kam wieder ein anderer mit irgendwelchen Einwänden. Ich habe bis heute noch nichts Schriftliches in der Hand! Sie könnten es sich anders überlegen und einen anderen Autor auswählen und ich stünde im Regen, nachdem ich schon Monate meiner Zeit investiert habe.«

»Du hast den Job«, versicherte ihr Chris. »Booton hat dir das schon vor Monaten gesagt. Sie haben im Grunde allen deinen Bedingungen zugestimmt – nun ja, den meisten zumindest – und dir zudem ihre mündliche Zusicherung gegeben.«

Jacquelines Gesichtsausdruck machte deutlich, was sie von mündlichen Zusicherungen hielt. Chris fuhr eilig weiter fort, bevor sie etwas sagen konnte. »Und der Vertrag ist aufgesetzt. Wann sollst du ihn unterzeichnen?«

»Nächste Woche.«

»Oje, ich frage mich, ob ich die Umzugsleute dazu bewegen kann, einige Tage früher zu kommen.«

»Angsthase«, erwiderte Jacqueline. »Sie haben vor, es offiziell zu verkünden, sobald ich unterschrieben habe. Aber sie haben es ja schon zweimal verschoben, das heißt, du hast unter Umständen noch Monate Zeit, um deine Flucht zu organisieren.«

»Das hoffe ich. Du weißt, was passieren wird, nicht wahr?«

Jacqueline setzte sich auf einen Karton voller Bücher. Ihr Rock breitete sich wie die Blütenblätter einer Pfingstrose aus, und ihre Augen leuchteten. »Sag es mir noch einmal.«

»Die *Today Show* wird dich haben wollen, ebenso wie die *Tonight Show, Good Morning America* und *Donahue. Life, People, Newsweek* und *Good Housekeeping* werden um Interviews winseln. Und du wirst das alles in vollen Zügen auskosten, nicht wahr?«

»Kommt darauf an, wieviel sie zahlen«, entgegnete Jacqueline kühl.

»Sie werden schon gut zahlen. Aber nicht soviel«, fügte Chris hinzu, »wie du glaubst, wert zu sein. Die echte Geldmacherei beginnt erst, wenn der Buchvertrag unterzeichnet ist. Bevor das geschehen kann, mußt du ein zweites, ausführlicheres Exposé produzieren. Booton wird dann das Datum für die Auktion festsetzen, und bis dahin werden interessierte Verleger die Zusammenfassung deiner Handlungsvorstellungen lesen und um das Recht auf Veröffentlichung des Buches bieten. Ich weiß nicht, wie Booton es vorhat – ich habe mich vorsichtigerweise herausgehalten. Wenn ich an seiner Stelle wäre, würde ich mir Hoffnungen auf fünf Millionen machen, mich aber mit zwei zufriedengeben.«

»Zwei!« Jacqueline blickte ihn aufgebracht an.

»Es handelt sich ja nicht um die Bibel oder um *Vom Winde verweht.*«

»Aber ich bekomme nur zwölfeinhalb Prozent«, stöhnte Jacqueline. »Der restliche Anteil am Vorschuß geht an die Erben.«

»Aber es wird sich auszahlen. Filmrechte, Fernsehrechte, die Buchclubs. Deine anderen Bücher werden neu aufgelegt, und ich könnte weitere Lizenzen ins Ausland verkaufen – vielleicht sogar einen Film. Bist du ... Du bist doch nicht wirklich ...?«

»Knapp bei Kasse?« Jacqueline lächelte ihn liebevoll an. »Nein. Aber danke, daß du gefragt hast. Willst du deshalb so eilig die Stadt verlassen, weil du Angst hast, ich könnte dich um Geld bitten?«

»Die Angst ist fürchterlich«, erwiderte Chris trocken. »Nein, der echte Grund ist der, daß ich nicht in der Nähe sein möchte, wenn Brunnhilde Karlsdottir und Jack Carter feststellen müssen, daß sie verloren haben. Carter hat letzte Woche wieder einmal einen Kellner bewußtlos geschlagen –«

»Er schlägt nur Leute, die kleiner sind als er«, sagte Jacqueline. »Klitzekleine alte Kellner und Frauen. Er hat keinen Journalisten mehr geschlagen, seit der Kritiker von *Publishers Weekly* zurückgeschlagen und ihn in den Dessertisch im ›L'Auberge Nouveau York‹ befördert hat. Ich fürchte mich nicht vor dem Little Macho Jack Carter.«

»Ich aber. Er ist zwanzig Jahre jünger als ich.«

»Aber du siehst viel besser aus. Wenn er dir das Leben schwermachen sollte, bring ihm einfach bei, dich in Ruhe zu lassen. Sag ihm, du würdest sonst aller Welt mitteilen, daß sein richtiger Name Humphrey Cottonfield ist.«

Chris grinste. »Ich frage mich, ob dieselbe Methode auch bei Brunnhilde wirken würde. Das kann doch einfach nicht ihr richtiger Name sein.«

»Bestimmt nicht. Hmmm. Darüber muß ich bei Gelegenheit einmal nachdenken. Sie spricht nicht gerne darüber, also muß es sich um etwas besonders Unkleidsames handeln. Gesteh schon, Chris, du hast eigentlich Angst vor Brunnhilde.«

»Die solltest du ebenfalls haben. Was war mit dieser Schachtel Pralinen?«

»Das ist Monate her«, erwiderte Jacqueline munter. »Und sie waren nicht vergiftet, sondern nur prall gefüllt mit Ipecac, einem Brechmittel.«

»Ich hatte noch nie von diesem ekligen Zeug gehört, bis du es erwähntest«, murmelte Chris.

»Dann wurde deine Bildung aufs Schändlichste vernachlässigt. Das Mittel sollte in jedem gut bestückten Notfallschränkchen stehen. Ich gebe dir sogar den guten Rat«, fügte sie in ihrer nervigsten Hör-auf-deine-Mutter-Stimme hinzu, »es nach deinem Umzug vorsichtshalber immer bei der Hand zu haben. Man kann es auf Rezept bekommen. Wenn du erst einmal durch die Wälder streifst, an hübschen, leuchtenden Beeren knabberst und wilde Pilze pflückst –«

»Ich habe nicht vor, etwas derart Dämliches anzustellen.«

»Niemand vergiftet sich mit Absicht, Chris. Nun ja ... beinahe niemand. Das Leben in der freien Natur ist sehr gefährlich. Du wärst überrascht, wieviel unschuldige Gewächse es gibt, die mit tödlichen Substanzen gefüllt sind. Ipecac leert schnell und gründlich den Magen, falls du einmal aus Versehen irgend etwas Gefährliches verschluckt haben solltest. Natürlich empfiehlt es sich nicht bei einer ätzenden Substanz wie Lauge oder Säure –«

»Himmel noch mal, Jacqueline!«

»Aber, aber Chris, du bist nicht daran gewöhnt, auf dem Lande zu leben. Du solltest auf den Rat derer hören, die besser informiert sind. Ich bin so froh, daß wir das Thema angeschnitten haben, ich hätte es mir nie verziehen, falls ich es versäumt hätte, dich zu warnen und es wäre dir etwas Unerfreuliches zugestoßen. Ich werde dir etwas Ipecac besorgen und eine dieser kleinen Tabellen, auf denen Gifte und ihre Gegenmittel aufgelistet sind. Versprich mir, sie in deinem Arzneischränkchen aufzuhängen! Wo war ich stehengeblieben? Oh, ja, die Pralinen. Das Ipecac hätte mich nur krank gemacht, und außerdem hätte ich die ganze obere Lage essen müssen, um sozusagen in den vollen Genuß der Wirkung zu kommen. Nur eine Blinde hätte übersehen, daß jemand an ihnen herumgespielt hatte. Außerdem bin ich nicht hundertprozentig sicher, daß es Brunnhilde war.«

»Wer sonst soll es gewesen sein?«

»Oh ... eine ganze Reihe von Leuten. Du hast ja keine Vorstellung, Chris ...« Sie verstummte. »Was soll's. Ich gebe zu, daß Brunnhilde die Hauptverdächtige ist. Der Streich trägt eindeutig ihre Handschrift: vulgär und inkompetent.«

Chris erhob sich mit knackenden Kniegelenken und ließ sich auf einer Kiste nieder. »Hat sie seitdem noch einmal irgend etwas versucht? Außer den verleumderischen Bemerkungen in Zeitungsinterviews?«

Jacquelines Gesicht verzog sich zu einem Lächeln. »Oh, sie versucht ständig, mich unter irgendwelche Busse zu schubsen, mein Lieber.«

»Jacqueline! Davon hast du mir ja nie etwas gesagt!«

»Es ist zum Totlachen, Chris. Sie trägt immer irgendwelche lächerlichen Verkleidungen, aber ich kann sie schon auf eine Meile erkennen – sie ist ja ein richtiges Schlachtschiff. Und so schrecklich ungeschickt. Zweimal hat sie es versucht. Beim ersten Mal ist sie ausgerutscht und wäre beinahe selbst unter den

Bus geschliddert, wenn ich sie nicht gepackt hätte. Und das andere Mal –«

»Das ist nicht lustig, Jacqueline.«

Aber das war es doch. Die Vorstellung, wie Brunnhilde – in ein riesiges, schwarzes Cape gehüllt, die Kapuze tief ins Gesicht gezogen – versucht, sich anzuschleichen, war ebenso köstlich wie die Grübchen und funkelnden grünen Augen des potentiellen Opfers. Dennoch fühlte sich Chris verpflichtet, eine väterliche Warnung auszusprechen. »Sieh dich bloß vor. Wenn die Neuigkeit erst einmal an die Öffentlichkeit gedrungen ist, wirst du eine Menge Beschimpfungen von irgendwelchen Irren einstecken müssen. Am besten belegst du einen Karatekurs.«

»Karate?« Jacquelines Grübchen verschwanden, und ihre Augenbrauen zogen sich damenhaft verächtlich in die Höhe.

»Du hast mir mal erzählt, daß du einen Mörder mit Hilfe deiner asiatischen Kampfkünste zur Strecke gebracht hast. Du sagtest, dein Sohn –«

»Oh ja. Er hat mir einige Griffe beigebracht.« Jacqueline zupfte sich eine Fluse vom Ärmel. »Das war ein außergewöhnlicher und bedauernswerter Vorfall. Grundsätzlich lehne ich körperliche Gewalt ab.«

»Vielleicht solltest du deinen Sohn bitten, dir für einige Wochen Gesellschaft zu leisten«, schlug Chris vor. »Ich meine das wirklich ernst, Jacqueline, Fans sind ein seltsamer Haufen. Du kannst nicht voraussehen, was einige von ihnen anstellen werden.«

»David wäre keine Hilfe. Er würde solchen Leuten nur unglaubliche Lügen über mich auftischen und unmögliche Streiche spielen. Es wäre ganz so, als ob man Pfeffer in eine Wunde streut, anstatt ein Pflaster darauf zu kleben.«

»Dann deine Tochter.«

Jacquelines Augen weiteten sich vor Entsetzen. »Beth? Großer Gott, Chris, du weißt nicht, was du sagst. Sie ist noch schlimmer als David. Ich bete jede Nacht aus Dankbarkeit, daß sie irgendwo in der Türkei nach alten Knochen gräbt.« Sie strich stirnrunzelnd über eine winzige Knitterfalte in ihrem Rock. »Ich weiß auch nicht, woher sie diese seltsamen Neigungen haben.«

Chris' unziemliche Hast, wie Jacqueline sie zu bezeichnen pflegte, erwies sich als geschickter Schachzug. Wie durch ein Wunder, das beinahe einzigartig in dieser Branche war, sollte der Vertrag – sechzig Seiten stark – pünktlich unterzeichnet werden, und Jacqueline akzeptierte zähneknirschend die Rechnung des Anwalts, der sie durch die ganze Sache begleitet hatte. Er hatte sein Geld allerdings verdient. Der Vertrag hatte eine Menge unschuldiger kleiner Klauseln enthalten, die sie eine schöne Stange Geld gekostet oder sie für eine ganze Reihe von möglichen Katastrophen verantwortlich gemacht hätten, wäre sie nicht von ihrem Anwalt darauf hingewiesen worden. Jacqueline wußte, wer für diese gemeinen Klauseln verantwortlich war. Nicht die Craig-Drillinge. Zuzutrauen war es ihnen zwar, aber sie besaßen nicht die nötigen Kenntnisse über das Verlagsgeschäft, um solche Bedingungen zu formulieren. Das mußte sich ihr eigener, reizender Agent, Booton Stokes, ausgedacht haben.

Aber er wurde ja nicht müde, darauf hinzuweisen, daß er bei diesem Buch nicht als ihr Agent fungierte. Er vertrat die Erben, und Jacqueline wurde von Sarah Saunders vertreten, die ungefähr so nützlich war wie ein klatschnasses Handtuch.

»Entweder weiß Booton irgendein düsteres Geheimnis über sie oder er hält ihre alte Mutter in einer Dachstube gefangen«, beschwerte sich Jacqueline. »Ich habe das Gefühl, daß ihr die Rolle, die man ihr bei dieser Sache zugedacht hat, unangenehm ist, aber sie weigert sich, mit mir zu reden. Ich habe alles mögliche ausprobiert, um ihr Vertrauen zu gewinnen –«

»Auch Daumenschrauben?« erkundigte sich Chris.

Sie waren auf dem Weg nach La Guardia. Jacqueline hatte darauf bestanden, ihn zum Mittagessen einzuladen und anschließend zum Flughafen zu fahren, und während sie sich durch den Verkehr schlängelte und unhöfliche Gesten vollführte, wenn andere Fahrer ihr in die Quere kamen, sank Chris im Beifahrersitz in sich zusammen und wünschte, er hätte das Durchsetzungsvermögen gehabt, sich ein Taxi zu nehmen. Aber er hatte ihr Angebot auch zum Teil deshalb angenommen, weil er das absurde Gefühl nicht los wurde, daß er vergessen hatte, ihr irgend etwas Wichtiges zu sagen.

»Ich benötige einen Spitzel in dieser Agentur«, verkündete Jacqueline.

»Einen Spitzel? Warum?«

»Ich traue Bootsie nicht.«

»Als du ihn zu deinem Agenten gemacht hast, wußtest du doch bereits, daß er nicht vertrauenswürdig ist. Was hast du vor, Jacqueline? Seitdem du aus Pine Grove zurück bist –«

»Ich versuche lediglich, meinen Job zu tun, mein Schatz. Ich brauche jemanden in Bootons Büro, der mir sagen kann, was vor sich geht. Eine ehrliche Person, die sich für meine Interessen einsetzt. Ich nehme nicht an, daß du –«

»Das ist doch wohl nicht dein Ernst!«

»Ich meinte ja nicht dich, mein Schatz. Um nichts in der Welt würde ich dich von Evelyns Armen fernhalten. Kennst du keinen armen, hungernden jungen Agenten, der für Booton – und für mich – arbeiten würde?«

»Ich kenne niemanden, der derartig verzweifelt ist.«

»Wie wäre es, wenn ich ihm oder ihr mein nächstes Buch anbieten würde?«

»Das ist nicht nur gewissermaßen gegen das Berufsethos, es wäre zudem die Sache nicht wert.«

»Da bin ich nicht so sicher. Falls ich dieses Buch nicht vermassele, wird mein nächstes eine Million wert sein. Und zehn Prozent davon ist ja nicht gerade wenig.« Jacqueline dachte einen Augenblick nach. »Möglicherweise würde ich sogar fünfzehn bieten.«

»Vergiß es«, sagte Chris mit fester Stimme. »Du hast keine Zeit, Mata Hari zu spielen. Du wirst nicht nur mit der PR-Arbeit ausgelastet sein, sondern dir bleibt auch nur noch ein Monat, um dieses Exposé abzuliefern. Wo war dein Anwalt nur mit seinen Gedanken, als er diese Bedingung akzeptierte?«

»Er dachte das gleiche wie ich: Je eher ich es abliefere, desto eher findet die Auktion statt, und desto eher komme ich an mein *Geld.*« Sie zwängte sich zwischen einen Truck und einen Bus in die rechte Spur. Chris stieß einen erstickten Schrei aus.

»Ich werde – ich werde zusehen, daß ich die englischen Tantiemen früher als geplant bekomme. Wäre dir das eine Hilfe?«

»Danke. Mach dir keine Sorgen, Chris, ich brenne ebensosehr darauf, an die Arbeit zu gehen, wie du es gerne sehen würdest. Wenn ich nicht in einem Monat mit diesem Exposé fertig werden kann, werde ich es niemals schaffen.«

»Bekommst du etwa kalte Füße?«

Jacqueline lächelte nicht. »Ein bißchen. Es ist eine große Verantwortung. Ich zähle auf das rätselhafte Exposé von Kathleen. Ich weiß nicht, wie lang es ist oder wie detailliert, oder was es zum Teufel enthält. Da man mich ausgewählt hat, müssen meine Ideen für die Fortsetzung denen von Kathleen näherkommen als die der anderen Teilnehmer – aber was hat das zu bedeuten? Daß die anderen meilenweit vorbeigeschossen sind und ich nur neun Zehntel einer Meile danebenlag? Booton tut so, als sei dieses Exposé *top secret.* Er will es nicht einmal in die Post geben. Ich habe die Erlaubnis, es Montag morgen zu sehen, wenn ich in der Agentur den Vertrag unterschreibe und zur Pressekonferenz antanze.«

»Du kannst ihm keine Vorwürfe machen, Jacqueline. Das Urteil, das er hinsichtlich der verschiedenen Exposés getroffen hat, war offensichtlich ausgesprochen subjektiv. So etwas läßt sich nicht in Meilen ausdrücken. Er wollte den Verlierern keine Veranlassung für Beschwerden geben.«

»Mmmm. Ich bin lächerlich nervös, Chris. Ich wünschte nur, ich wüßte, wieviel sie tatsächlich hinterlassen hat. Es kann eine einzige Seite mit Kritzeleien sein oder auch ein vollständiger Entwurf sämtlicher Kapitel.« Sie bog schwungvoll ab und hielt vor dem Eingang, der zum Shuttle führte. »Vielen Dank, Chris. Für das hier und für alles andere, was du für mich getan hast.«

Nun, da der Moment gekommen war, konnte Chris sich nicht von der Stelle bewegen. Was hatte er denn nur sagen wollen? Irgend etwas zerrte an seinen Nerven wie ein eingerissener Fingernagel, aber er sah sich außerstande, es zu identifizieren. Er legte seine Hand auf die ihre. »Jacqueline. Falls etwas falsch laufen sollte – was auch immer es sein mag –, ruf mich an. Ich werde sofort kommen.«

Statt einer Antwort beugte sie sich vor und küßte ihn mitten auf den Mund – nicht das höfliche Küßchen auf die Wange, das in ihrer Branche so beliebt war, sondern ein warmer, harter, ausdauernder Schmatzer. »Gib das an Evelyn weiter«, sagte sie.

Chris stieg aus dem Wagen. »Melde dich, Jacqueline.«

Jacqueline grinste. »Keine Angst, mein Süßer, ich halte dich *au courant.* Du wirst es am Anfang bestimmt vermissen, weißt du – den Klatsch, die Skandale, die kleinen dreckigen Geschäfte und die Kameradschaft. Ich werde deine kleine Dosis Methadon sein, bis du dich von dem harten Zeug entwöhnt hast. Aber mach dir keine Hoffnungen, daß du mir zu Hilfe eilen mußt. Es ist ein ruhiger, kleiner Ort auf dem Lande. Keine Geister, keine Mörder. Werde glücklich, mein Lieber.«

Ohne auf eine Antwort zu warten, fuhr sie davon und ließ Chris mit seinem Koffer auf dem Gehsteig zurück. Er zog ein Taschentuch hervor und fuhr sich damit über den Mund. Ein Fleck von dem seltsamen bronzeroten Lippenstift, den Jacqueline immer benutzte, blieb zurück. Das war ein heftiger Kuß gewesen. Warum hatte sie das getan? Nicht, um ihn wegen Evelyn in Verlegenheit zu bringen, so plump war ihr Sinn für Humor nicht. Außerdem mußte sie damit rechnen, daß er die Spuren wegwischen würde.

Er hatte niemals das leiseste Bedürfnis verspürt, sich mit ihr einzulassen. Das wäre nicht nur unprofessionell gewesen, sondern mit Jacqueline ins Bett zu gehen mußte ungefähr so sein, als schmuse man mit einem ... Ihm fiel auf Anhieb kein entsprechender zoologischer Vergleich ein. Einer Tigerin? Nein. Eher einer Hauskatze von der Größe einer Tigerin. Das waren herrliche Tiere, aber unberechenbar.

Was zum Teufel hatte sie sich dabei gedacht, ihn zu küssen, als rechne sie damit, ihn nie wiederzusehen?

»Oh, Gott«, rief Chris. Ein anderer Fluggast blickte ihn verständnisvoll an. »Kippen Sie sich einen hinter die Binde«, riet er ihm. »Das tue ich auch immer.«

Chris kam zu dem Schluß, daß der Rat nicht zu verachten war. Aber nicht etwa Flugangst hatte ihn dazu veranlaßt, höhere Mächte anzurufen, vielmehr war es eine plötzliche Vorahnung gewesen. Geister und Mörder ... Eine Freudsche Fehlleistung? Trotz all seiner Bemühungen, sich von den außerplanmäßigen Aktivitäten seiner Klientin fernzuhalten und keine Gedanken daran zu verschwenden, war es ihm unmöglich gewesen, Jacquelines wiederholte Begegnungen mit diversen Verbrechen zu ignorieren. Der letzte dieser Fälle, der ihren früheren Agenten betroffen hatte, war in den Medien breitgetreten worden, wobei immer wieder auf frühere Vorfälle hingewiesen wurde. Was hatte sie diesmal vor? Sie war doch wohl nicht der Ansicht ...? Geister und Mörder. Der Geist konnte nur der von Kathleen Darcy sein. Und der Mörder ...

Ohne sich der Blicke der Passanten bewußt zu sein, hob er sein Gesicht zum düsteren Himmel. »Ich liege falsch«, versicherte er ihm. »Ich liege oft falsch. Laß mich auch diesmal falsch liegen!«

Ein Regentropfen traf ihn ins Auge. Er betrat den Terminal.

Chris hätte wohl noch verstörter reagiert, wenn er Zeuge der Unterhaltung geworden wäre, die Jacqueline am selben Abend mit einem Freund führte.

Für O'Brien war es weniger eine Unterhaltung als vielmehr die Anhörung eines Monologs. Bisher war er nicht imstande gewesen, auch nur ein Wort zu sagen. Er nippte an seinem Kaffee (er hatte diese Woche Nachtschicht, daher gab er Koffein statt Alkohol den Vorzug) und beobachtete Jacqueline, die hektisch im Zimmer auf und ab lief, die Arme ständig in Bewegung, den Mund keine Sekunde geschlossen. Jacqueline zu beobachten war immer ein Vergnügen, selbst wenn sie sich in einer ihrer manischen Stimmungen befand. Sie bewegte sich so anmutig und entspannt wie eine Tänzerin. Außerdem trug sie eine Bekleidung, die ihr gut stand. O'Brien bemerkte solche Sachen. Er hatte ein gutes Farbgefühl, seine Krawatten, Socken und eleganten Tücher waren immer sorgfältig aufeinander abgestimmt. Er war sich allerdings nicht ganz sicher, wie er die Farbe des langen Kleides beschreiben sollte, das mit Jaquelines Bewegungen dahinglitt. Metallic. Braun und Gold und darauf irgendwelche glitzernden Dinge.

Sie ließ sich in einem schimmernden Lichtwirbel zu Boden sinken. »Nun? Was denkst du, Patrick?«

Bronze, dachte O'Brien. Dieselbe Farbe wie ihr üppiges Haar. »Willst du meine beruflichen Dienste in Anspruch nehmen?« fragte er.

»Natürlich nicht. Das ist vollkommen außerhalb deines Zuständigkeitsbereiches. Ich frage dich als Freund.«

O'Brien nahm an, daß sie das wohl waren: Freunde. Ihre Affäre hatten sie in gegenseitiger Übereinstimmung vor einigen Monaten beendet. Zumindest hatte auch er angenommen, daß es in gegenseitiger Übereinstimmung geschehen war, bis der hypnotische Effekt ihrer wundervollen Stimme dann nachgelassen hatte. Er wußte immer noch nicht, wie sie es angestellt hatte. All dieser banale Unsinn über wunderschöne Erinnerungen und daß man es nicht zulassen sollte, daß sich Langeweile in etwas so Vollkommenes einschleichen konnte ... Und zum Teufel noch mal, sie waren Freunde. Er kam ab und zu vorbei, um zu reden oder Musik zu hören. Gelegentlich rief sie ihn an, um ihn zu einem ihrer verrückten Ausflüge einzuladen – nach Coney Island oder ins Spielzeugmuseum.

Nun saß sie da, die Ellbogen auf die Knie gestützt, das Kinn auf den Händen, und blickte ihn mit diesem durchdringenden Blick an, der so typisch für sie war. Ihre Augen hatten das klare, durchscheinende Grün von Meereswasser. Sie blinzelte niemals.

»In deinem Kopf geistert immer nur Mord herum, Kirby«, sagte er.

Die seegrünen Augen verdüsterten sich unheilverkündend. »Das hast du letztes Mal auch gesagt, O'Brien. Und – hatte ich recht oder hatte ich nicht recht?«

»Du hattest recht. Damals. Aber hier gibt es nichts Greifbares ... Du liest Teile eines Briefes, siehst das Wort ›vergiftet‹ und reimst dir schon wieder eine wilde Geschichte zusammen. Fortman ist vor einigen Jahren gestorben – hast du keine Lust, diesen Fall zu untersuchen? Immerhin war der Kerl erst zweiundneunzig.«

»Glaub nur nicht, daß du clever wirkst, wenn du versuchst, sarkastisch zu sein«, maßregelte ihn Jacqueline.

»Ich habe nicht versucht, clever zu wirken. Eins muß ich dir allerdings hoch anrechnen: Du hast genug gesunden Menschenverstand besessen, die Sache erst noch einmal zu überprüfen. Mit dem Scharfsinn der ehemaligen Bibliothekarin hast du dir gedacht, daß Fortman seine Briefe und Tagebücher möglicherweise irgendeiner Institution vermacht haben könnte. Und du stelltest fest, daß er das in der Tat getan hat. Daher hast du dich nach Harvard aufgemacht und einen Blick auf seine Briefe geworfen. Und als du das Original von Kathleen Darcys Brief last, wußtest du, daß sie von Lebensmittelvergiftung gesprochen hatte. Sie hatte verdorbenen Thunfisch gegessen.«

»Das dachte sie damals. Sie hat ein Jahr lang mit Fortman korrespondiert, O'Brien. Sie wurden Freunde, obwohl sie sich niemals getroffen haben. Brieffreunde. Er war ein einsamer, alter Mann. Er schrieb ihr von seiner Arthritis und wie er manchmal trotz der Warnung seines Arztes ein Gläschen Alkohol trank. Sie hat ihm freundlich geantwortet, so wie es jeder gutherzige Mensch tun würde. Und in den vierzehn Briefen, die sie ihm geschickt hat, gibt es drei Hinweise auf ›Unfälle‹, die sie hätten töten oder schwer verletzen können. Die sogenannte Lebensmittelvergiftung – unter der niemand sonst im Haus litt –, die zerbrochene Leiter, der Stein, der aus der Wand des Hauses fiel und sie nur um Zentimeter verfehlte. Wie viele andere Vorfälle mag es wohl gegeben haben, die sie nicht erwähnte?«

»Das weiß ich nicht, genausowenig wie du.« O'Brien trank seinen Kaffee aus, überlegte, ob er um eine weitere Tasse bitten sollte und entschied sich dagegen. Zuviel Koffein machte ihn nervös. »Okay, Kirby, du hast mich um meine Meinung gebeten, also werde ich sie dir sagen. Ich erinnere mich sehr gut an den Darcy-Fall. Ich habe mich ganz besonders für ihn interessiert – und das nicht nur, weil ich ihr Buch mag, sondern weil ich gerade erst zur Mordkommission versetzt worden war. Als alter Hitzkopf und selbstgefälliger Großstadt-Cop dachte ich natürlich, die örtlichen Bullen würden alles vermasseln. Vielleicht haben sie das auch, aber ich möchte es bezweifeln. Soweit ich es aus den veröffentlichten Berichten beurteilen konnte, haben sie an alles gedacht. Das Auto wurde nicht direkt gefunden, und das Wetter war schlecht, eine ganze Meute menschenfressender Gorillas hätte über diese Lichtung marschieren können, und ihre Spuren wären vom Regen verwischt worden. Es gibt keine Beweise dafür, daß irgend jemand bei ihr im Auto gewesen ist – keine Taschentücher mit Monogramm. Wenn ich an deren Stelle gewesen wäre, hätte ich dieselben Schlußfolgerungen gezogen, nämlich – und das solltest du dir jetzt gut merken –, daß nur zwei Theorien auf die ermittelten Tatsachen zutreffen. Die erste: Selbstmord. Sie fuhr dorthin, um sich umzubringen, nahm eine Überdosis von irgendeiner Substanz und hat dann kalte Füße bekommen. Sie war zu erschöpft, um klar denken zu können, verließ den Wagen, um Hilfe zu suchen, verlor das Bewußtsein und starb.«

»Sie beschloß also, Hilfe zu suchen und stieg aus dem Auto?« hakte Jacqueline mit sanfter Stimme nach. »Meilenweit von irgendeinem Haus entfernt?«

»Sie konnte nicht mehr klar denken. Oder – zweite Möglichkeit – sie ist ein wenig durch die Gegend gefahren und kam bei der Lichtung an, und während sie dort saß und sich den tiefschürfenden Gedanken hingab, die Schriftsteller für gewöhnlich haben, hat sie jemand gefunden. Ein Landstreicher, ein Penner, welche Bezeichnung auch immer du vorziehst. Er hat sie angegriffen und schließlich umgebracht, wahrscheinlich ohne Absicht. Dann geriet er in Panik, versteckte die Leiche und floh.«

»Und ließ den Wagen mit gestecktem Schlüssel und ihrer Handtasche auf dem Sitz zurück?«

Der Sarkasmus in ihrer Stimme stach wie eine Wespe. O'Brien klatschte in die Hände. »Also ist die erste Möglichkeit wahrscheinlicher. Wenn sie verletzt worden wäre und ihr Gedächtnis verloren hätte, wäre sie früher oder später irgendwo aufgetaucht. Jeder Autofahrer, der eine ziellos umherwandernde und verwirrte Frau aufgegriffen hätte, wäre mit ihr sofort zur nächsten Polizeiwache gefahren. Sie ist tot, Jacqueline, lass' es dir gesagt sein. Das einzig Seltsame an der ganzen Sache ist, daß die Gerichte so lange gebraucht haben, um sie offiziell für tot zu erklären. Es hätte keine sieben Jahre dauern müssen. Ein begründeter Verdacht ist gewöhnlich ausreichend.«

»Das ist ein interessanter Punkt«, stimmte ihm Jacqueline zu. »Warum hat St. John nicht darauf bestanden, daß die Gerichte eher darüber entscheiden?«

»Oh, er ist wohl dein Mörder, stimmt's?«

»Es muß jemand aus ihrer näheren Umgebung gewesen sein. Diese scheinbaren Unfälle –«

»Du möchtest den Grund für diese Unfälle wissen? Ich werde ihn dir nennen.«

Jacqueline nahm einen schweren Briefbeschwerer vom Tisch und wog ihn in der Hand. »Wenn du jetzt sagst ›Todessehnsucht‹, werde ich dir das hier an den Kopf werfen.«

Und wahrscheinlich würde sie mich auch treffen, dachte O'Brien. »Der Begriff, den ich meinte, war eigentlich ›unfallgefährdet'. Ich habe die einschlägige Fachliteratur darüber gelesen, wie du es ja wohl auch getan haben dürftest.«

»Daran glaube ich nicht.«

»Nicht an die Theorie oder nicht daran, daß Kathleen Darcys Leiden darin bestand ...« O'Brien konnte sich gerade noch bremsen.

»Beides.Weder noch.« Jacqueline grübelte vor sich hin, das Kinn auf die Hände gestützt. »Es sind nicht nur die Unfälle, Patrick, es ist eine Ansammlung seltsamer kleiner Tatsachen. Wenn ihr die Fortsetzung des Romans so am Herzen lag, daß sie für diesen Wettbewerb sorgte, warum ist sie dann nicht dort geblieben und hat sie selbst geschrieben? Das spricht doch auch gegen die Selbstmordtheorie. Falls sie rein zufällig das Opfer irgendeines umherstreifenden, anonymen Killers geworden ist, wie erklärst du dir dann ihre Vorahnungen eines herannahenden Todes? Sie hat dieses Testament erst einige Wochen vor ihrem Verschwinden aufgesetzt. Ich glaube nicht an Vorahnungen.«

»Sie sind bei Gericht nicht beweiskräftig, aber –«

»Der Zettel mit dem Vers aus Dunbars Gedicht, der bei den Sachen in der Handtasche gefunden wurde, ist ein weiterer, vielsagender Hinweis«, fuhr Jacqueline fort. »Es war ein ziemliches Durcheinander, die Art von Kram, die Frauen in ihren Handtaschen mit sich rumzuschleppen pflegen –«

»Du mußt es ja wissen«, murmelte O'Brien.

Jacqueline war an boshafte Anspielungen über das Sammelsurium in ihrer Handtasche gewöhnt. Sie fuhr fort, ohne auf seine Bemerkung einzugehen. »Rechnungen, Coupons, Quittungen, Einkaufslisten ... Aber dieses Zitat war das einzige Literarische darunter. Ob es wohl eine besondere Bedeutung hat? Viele Leute waren der Ansicht, daß es sich um eine Art Abschiedsbrief handelte. ›Timor mortis conturbat me –‹«

»›Die Angst vor dem Tod beunruhigt mich.‹« O'Brien konnte nicht widerstehen, mit seinem Wissen anzugeben. »Das wäre keine schlechte Wahl als Zitat für einen Abschieds ...«

»Ach was«, fiel ihm Jacqueline rüde ins Wort. »Es war ein Refrain, der in Dunbars Gedicht durchaus einen Sinn ergab. Er schrieb über den Tod von Schriftstellern – seinen Kollegen und Zeitgenossen. Es gibt so viele Zitate, die für einen Selbstmord viel passender sind, und Kathleen war eine Schriftstellerin, sie hätte selbst die geeigneten Worte finden können. Warum sollte ein Frau, kaum dreißig Jahre alt und in bester körperlicher Verfassung, Angst vor dem Tod haben – es sei denn, sie wußte, daß jemand versuchte, sie umzubringen?

Dann ist da noch die Frage, warum es so lange gedauert hat, bis der Wagen gefunden wurde. Jemand muß sich große Mühe gegeben haben, den Zugang zu diesem Waldweg zu verbergen. Würde sich eine Frau, die beabsichtigt, Selbstmord zu begehen, darum kümmern? Für einen Mörder war es allerdings von Vorteil, wenn sich die Entdeckung der Leiche verzögerte. Je mehr Zeit vergeht, desto schwieriger ist es, die genaue Todeszeit festzustellen.«

O'Brien fielen noch andere Vorteile ein, aber er erwähnte sie nicht. Verdammt, dachte er zornig. Sie schafft mich wieder einmal. Ich sollte eigentlich versuchen, ihr das Ganze auszureden ...

Erstaunt hörte er sich statt dessen antworten: »Hast du außer diesen ungeklärten Unfällen und deiner eigenen, unkontrollierbaren Phantasie sonst noch irgend etwas – Dubioses –, das darauf hindeuten würde, daß es sich hier um ... hm ...«

»Mord handelt«, ergänzte Jacqueline. »Gerade du solltest

nun wirklich keine Probleme damit haben, dieses Wort auszusprechen. Patrick, du kannst mich nicht so leicht übers Ohr hauen! Du würdest dich nicht so genau an den Fall erinnern, wenn du mit seiner Aufklärung vollkommen zufrieden gewesen wärst.«

O'Brien rutschte unbehaglich hin und her. »Niemand war vollkommen zufrieden. Aber es war eben einer von vielen Fällen, die vielleicht niemals endgültig aufgeklärt werden. Was wurde aus dem Mann, der ins Haus zurückging, um seinen Schirm zu holen, und vom Erdboden verschwand? Hat Lizzie Borden ihre Eltern mit dem berühmten Beil umgebracht, oder war es jemand anders? Was geschah wirklich mit der Prinzessin im Turm –«

»Oh, ich kenne die Geschichten, die du da aufzählst«, unterbrach ihn Jacqueline mit ruhiger Stimme. »Aber das ist alles schon lange her. Kathleen Darcys Killer aber ist immer noch quicklebendig. Ich möchte, daß er oder sie bestraft wird. Du etwa nicht?«

»Wann haben Sie aufgehört, Ihre Frau zu schlagen?« murmelte O'Brien.

»Wie bitte?«

»Noch eine weitere, nicht zu beantwortende Frage. Nun hör' einmal zu, Jake –«

Ein durchdringendes Brummen aus der Gegensprechanlage an der Eingangstür unterbrach seinen Gedankengang. Jacqueline entschuldigte sich und ging zur Tür. Er hörte, wie sie jemanden bat, hinaufzukommen.

»Erwartest du Besuch?« erkundigte er sich, froh, eine Entschuldigung gefunden zu haben, um dieser Diskussion zu entkommen, die ihm zunehmend unangenehm wurde.

»Sie ist ein wenig zu früh«, erwiderte Jacqueline. »Nein, geh nicht, Patrick. Ich glaube ... Ja, ich glaube, es wäre gut, wenn du sie kennenlernen würdest.«

Das Lächeln, das sich auf ihrem Gesicht ausbreitete, ließ O'Brien mißtrauisch werden. Ihm schwante Fürchterliches, denn er kannte dieses Lächeln nur allzu gut. Bevor er Protest einlegen konnte, läutete die Türglocke, und Jacqueline ging hinüber, um ihren Gast zu begrüßen.

O'Briens Ansicht nach war es nicht wert gewesen, zu bleiben. Die Frau war blaß, unscheinbar – nein, besser gesagt, reizlos. Sie reichte Jacqueline ihren Mantel. Das Kleid, das darunter zum Vorschein kam, war viel zu weit und verhüllte ihren Körper vollkommen. Es hing in großen Falten bis zu den Fußknöcheln. Eine Frau würde ein solches Kleid normalerweise nicht tragen, es sei denn, sie hatte etwas zu verbergen, dachte O'Brien kritisch. In diesem Fall ging es wohl um das Nichtvorhandensein von Kurven und weniger um eine allzu große Fülle. Weder hinten noch vorne, rechts oder links unterbrach irgend etwas die gerade Linie des Stoffes.

Jacqueline stellte sie vor. Sie sprudelte förmlich. »Sarah ist meine neue Agentin, Patrick. Ich habe so ein Glück, daß ich sie gefunden habe! Und Patrick – ich wette, Sie erraten nie, was er tut, um seinen Lebensunterhalt zu bestreiten, Sarah.«

Sarah scherte es offenbar sehr wenig, was er tat. So, wie Jacqueline sie behandelte, hätte man sie glatt für eine Königin halten können. »Setzen Sie sich auf diesen Stuhl, er ist am bequemsten. Rauchen Sie? Ich weiß, daß sie es tun, ich habe einmal zufällig gesehen, wie sie im Flur eine Zigarette ausdrückten ... Hier sind ein Aschenbecher und eine Tasse Kaffee – oder hätten Sie lieber Saft? Ich habe eine ganze Karaffe frischgepreßten ...«

Nachdem er dieses ganze Brimborium miterlebte, hätten O'Brien keine zehn Pferde mehr von dort wegbekommen. Eine ruchlose Faszination hatte ihn erfaßt. Er wußte alles über Sarah Saunders. Er hatte gehört, wie Jacqueline sie bei verschiedenen Gelegenheiten rundheraus verflucht hatte. Was hatte Jacqueline nur vor?

Er sollte es bald herausfinden, Jacqueline verschwendete keine Zeit. Sie hatten erst wenige bedeutungslose Worte gewechselt, als sie sich schon wieder zu Sarah hinüberbeugte, scheinbar, um ihr Milch und Zucker anzubieten. Irgendwie schaffte sie es, Sarah die brennende Zigarette aus der Hand zu stoßen. Sie landete auf ihrem voluminösen Kleid. Sarah sprang auf die Füße. Die Zigarette fiel auf den Boden, O'Brien griff danach, und Jacqueline schleuderte kühl und treffsicher den Inhalt der Saftkaraffe in Sarahs Richtung.

O'Briens Kiefer klappte herunter. Die Flüssigkeit hatte die Vorderseite von Sarahs Kleid durchtränkt. Es klebte an ihrem Körper, legte die Umrisse einer schlanken Taille und sanft geschwungener Hüften bloß und liebkoste die beiden Zwillingsgipfel, die sich aufreizend gegen den Stoff preßten ...

»Es tut mir ja sooooo leid«, sagte Jacqueline, »aber es ist immer noch besser naß zu sein, als angesengt zu werden, nicht wahr?«

Ein Teil des Saftes war in Sarahs Gesicht gelandet. Sie wischte ihn sich automatisch mit dem Ärmel ab und entfernte dabei zugleich auch die blasse Grundierung auf Wangen und Lippen. Ihr Mund benötigte keinen Lippenstift, er war rosig und voll und geschwungen und ...

O'Brien verschloß seinen Mund. Sarahs wiederum verzog sich zu einer Form, die Kraftausdrücke und Obszönitäten versprach. Aber bevor sie etwas äußern konnte, packte Jacqueline sie mit festem Griff am Arm. »Sie können nicht in einem nassen Kleid herumsitzen, meine Liebe. Kommen Sie mit ins Schlafzimmer, wir werden schon etwas finden, das Ihnen paßt.«

Als sie zurückkamen, war die Verwandlung vollkommen. Wie es Jacqueline gelungen war, Sarah dazu zu überreden, ihr Haar herunterzulassen, wußte O'Brien nicht, aber es war ihm auch vollkommen egal. Es hing in wundervollen Wellen auf ihre Schultern hinab und umrahmte ein Gesicht, aus dem alle Spuren der entstellenden Grundierung verschwunden waren. Und was für ein Gesicht das war! Es trug eine gesunde, rosige Farbe, die nun aufgrund des Gefühlsausbruches leicht ins Rötliche tendierte. Die Augen waren von dunklen Wimpern und Brauen umhüllt, der Mund war schön geschwungen. Das Kleid, das sie trug, war eines von Jacquelines eher extravaganten Modellen. Es war üppig mit Marabufedern verziert und wurde in der Taille von einem engen Gürtel gehalten. Die anschmiegsame Seide umspielte eine Figur, die natürliche Sinnlichkeit zu versprechen schien.

Jacqueline setzte die Erscheinung beinahe liebevoll auf das Sofa und trat einen Schritt zurück, um ihr Werk zu bewundern. »Nun, ist das nicht besser?« erkundigte sie sich.

»Und ob«, sagte O'Brien aus vollem Herzen.

Sarah Saunders warf ihm einen wütenden Blick zu. Ihre Wangen hatten jetzt einen prächtigen rosigen Farbton angenommen. »Sie – Sie –« Sie richtete ihren aufgebrachten Blick auf Jacqueline. »Sie haben das mit Absicht gemacht!«

»Ja, das habe ich.« Jacqueline strahlte, als habe sie gerade ein Kompliment erhalten. »Bei unserem ersten Treffen, als Brunnhilde die Vase umstieß und sie patschnaß wurden, fiel mir schon auf ... Nun ja, Sie haben sich nicht schnell genug hinter die Tür retten können, meine Liebe. Natürlich fragte ich mich, warum eine Frau sich solche Mühe gibt, ihre hübsche Figur zu verbergen und warum sie sich das Gesicht mit Make-up einschmiert, so daß man den Eindruck hat, als seien Sie bereits mindestens eine Woche tot. Aber bald schon fand ich die Antwort: Booton. Ich kann es Ihnen nicht verdenken, daß Sie seinen Nachstellungen entkommen möchten, aber warum haben Sie den Job überhaupt angenommen? Seine Reputation dürfte Ihnen doch bekannt gewesen sein.«

Wie immer gelang es ihr, den ganzen absurden Vorfall als Auftakt zu einer freundschaftlichen Unterhaltung hinzubiegen. Sarah war jedoch außerstande, ihre Wut länger im Zaum zu halten. Ihre Mundwinkel zitterten vor Erregung. »Mrs. Kirby, Sie sind die schlimmste –«

»Ich weiß, ich weiß.« Jacqueline nahm wieder im Schneidersitz auf dem Boden Platz. »Aber bei mir ist diese Maskerade unnötig, Sarah. Mehr als unnötig – sozusagen kontraproduktiv. Wir sollten Verbündete sein, keine Feindinnen.«

»Was schwebt Ihnen denn dabei vor?« erkundigte sich Sarah vorsichtig.

Das fragte sich O'Brien auch. Jacqueline hatte doch wohl nicht vor, diese hübsche, unschuldige Kreatur für ihren idiotischen Kreuzzug zu gewinnen, mit dem sie beweisen wollte, daß Kathleen Darcy das Opfer eines kaltblütigen Mordes geworden war!

Nein, das hatte sie nicht. Die Strategie, die sie mit einigen Worten umriß, machte einen vernünftigen Eindruck, wenn man die generelle Verrücktheit bedachte, die in der Verlagsbranche üblich war. Sarah dachte ebenso. Sie nickte von Zeit zu Zeit, und als Jacqueline schließlich zum Schluß gekommen war, sagte sie: »Ich habe keine Einwände dagegen. Ehrlich gesagt, Mrs. Kirby – schon gut, Jacqueline –, habe ich ein schlechtes Gewissen Ihnen gegenüber gehabt. Sie müssen gewußt haben, daß es im Grunde nur einen wirklichen Agenten in der Agentur gibt: Booton Stokes. Wir anderen sind lediglich Handlanger, denen er erlaubt, jene Klienten zu betreuen, aus denen er selbst sich nichts macht, und er nimmt sich den größten Teil der Prozente. Ich fühle mich ihm gegenüber gewiß nicht loyal verbunden. Meine Loyalität sollte Ihnen, meiner Klientin, gelten.«

»Genau«, erwiderte Jacqueline. »Ich würde niemals etwas von Ihnen verlangen, das gegen Ihr Berufsethos verstößt –«

»Was heißt Berufsethos?« Sarahs Lächeln war ausgesprochen zynisch. »Ich würde sagen, es ist Ihr gutes Recht, zu wissen, was für dreckige Spielchen er mit Ihnen vorhat.«

Jacquelines lange Wimpern flatterten, bedeckten ihre Augen, und O'Brien fühlte, wie sich sein Körper versteifte. Das war längst nicht alles, was Jacqueline wissen wollte. Aber er würde es zum Teufel noch mal nicht zulassen, daß sie dieses Mädchen in einen ihrer teuflischen ...

Mädchen? Wie alt war sie? Bestimmt älter als sie aussah. Der Unterschied zwischen sechsundvierzig und dreißig... möglicherweise dreiunddreißig ...

Sarah hatte weitergesprochen. »... weil ich die Erfahrung benötigte. Es ist schwierig, als unabhängige Agentin anzufangen, und was auch immer man von Stokes Methoden halten mag, es läßt sich nicht verhehlen, daß er alle Tricks dieses Geschäftes kennt. Ich hatte die Hoffnung, einige Klienten zu gewinnen und so bald wie möglich meine eigene Agentur zu eröffnen.«

Jacqueline lächelte engelhaft. »Lassen Sie uns abwarten, wie sich die Dinge entwickeln, Sarah. Dieses Arrangement könnte für uns beide von Vorteil sein.«

Bestechung und Korruption, dachte O'Brien säuerlich, als die beiden Frauen einen Blick tauschten, der ihm noch mehr das Gefühl gab, ein Außenseiter zu sein. Nach ihrem ersten, haßerfüllten Blick hatte ihn Sarah nicht ein einziges Mal mehr angeschaut. Nun, sie würde mehr von ihm sehen, ob ihr das nun gefiel oder nicht. Egal wie alt sie war, im Vergleich zu der gemeinen, durchtriebenen Jacqueline Kirby war sie ein unschuldiges Mädchen, und er durfte es nicht zulassen, daß ...

»Ich muß los«, sagte Sarah. »Ich nehme an, daß Sie nicht wirklich mit mir über irgendwelche PR-Aktionen reden wollten, nicht wahr?«

»Nein, das war nur ein Vorwand«, erwiderte Jacqueline. »Aber Sie müssen doch nicht Hals über Kopf verschwinden.«

»Im Büro wartet eine Menge Arbeit auf mich.« Sarah erhob sich. »Ist mein Kleid –«

»Patschnaß«, sagte Jacqueline. »Behalten Sie einfach meines an. Es ist sowieso nicht mein Stil. Es hängt bei mir nur im Schrank.«

»Aber ich kann doch nicht –«

»Unter Ihrem Mantel wird man es nicht sehen.«

Sarah sah sie verblüfft an. Jacquelines einzigartige Lebenseinstellung war gewöhnungsbedürftig. Sie hätte sich vermutlich nichts dabei gedacht, in einem jadefarbenen Seidenkleid mit Marabufedern ein Taxi herbeizuwinken, und es wäre ihr niemals in den Sinn gekommen, daß andere einen solchen Auftritt ablehnen könnten.

O'Brien erkannte seine Chance. »Ich werde Sie nach Hause fahren, Miss Saunders. Mein Wagen steht direkt vor der Tür.«

»Im Parkverbot«, fügte Jacqueline hinzu. »Das sind die Vorteile, wenn man Polizeibeamter ist.«

»Das sind Sie also von Beruf.« Sarah widmete ihm ihre ganze Aufmerksamkeit.

»Tja, ich ...«

»Das ist ein sehr gefährlicher Job.«

»Oh, im Grunde ...«

»Aber ich möchte nicht, daß Sie meinetwegen gehen. Ich möchte nicht Ihren – Ihren gemeinsamen Abend verderben.«

Aber nachdem Jacqueline und O'Brien ihr versichert hatten, daß es nichts zu verderben gab, ließ sie sich überreden. O'Brien half ihr in den Mantel, und sie sagte taktvoll: »Ich werde unten auf Sie warten.«

Jacqueline hatte sich wieder auf den Boden gehockt. Sie blickte über ihre Brille hinweg zu O'Brien auf. »Sei vorsichtig, Patrick. Das ist ein heißes Pflaster da draußen.«

Der sanfte Tonfall ihrer Stimme weckte die Erinnerung an eine noch nicht so lange zurückliegende Zeit. Es war unmöglich, ihr lange böse zu sein ... »Du solltest auch vorsichtig sein«, entgegnete er. »Meiner Ansicht nach gibt es nicht die kleinste Veranlassung für deine verrückte Theorie – und wenn dem so wäre, würde ich irgendeine Entschuldigung finden, um dich einzusperren. Nicht nur in Manhattan ist das Pflaster heiß, Jacqueline, vergiß das nicht.«

»Die heißen Pflaster sind die Hauptstraßen, und die Hauptstraßen sind die heißen Pflaster und ...« Die Musik kam immer undeutlicher aus dem Autoradio. Jacqueline drehte es resigniert aus. Je weiter sie in die Berge hineinfuhr, desto schlechter wurde der Empfang.

Dieselben Berge, die bei ihrem vorherigen Besuch mit sanftem Grün überzogen gewesen waren, trugen nun satte Herbsttöne. Jacquelines Stimmung hätte es eigentlich mit all dieser Pracht aufnehmen sollen. Sie kehrte für einen unbegrenzten Zeitraum nach Pine Grove zurück. Und es war eine triumphale Rückkehr, denn sie war die offizielle Gewinnerin, die auserkorene Autorin, *Numero uno.* Der Vertrag war unterzeichnet, die Öffentlichkeit informiert, und ihre enttäuschten Konkurrenten entpuppten sich – je nach Temperament – als gute Sportsleute oder verdammt schlechte Verlierer. Sie hatte nun den Zugang zu Kathleen Darcys Unterlagen inklusive der ausgesprochen interessanten Briefe. Sie hatte ihre Wohnung untervermietet und ihre Möbel in ein Lager bringen lassen. Und sie konnte es kaum erwarten, an die Arbeit zu gehen. Der nächste Schritt bestand nun darin, ein längeres und detaillierteres Exposé zu verfassen, in dem sie Kapitel für Kapitel umriß. Dies mußte dann die Zustimmung der Erben erhalten. Jacqueline hatte keinerlei Bedenken, daß es in dieser Hinsicht Probleme geben würde. Seitdem sie St. John kennengelernt hatte, wußte sie, daß er nichts von Kathleens Werk verstand und sich auch nicht darum scherte. Das einzige Mitglied des informellen Komitees, das das Wissen und die nötige Erfahrung besaß, eine sachkundige Entscheidung zu treffen, war Booton Stokes, und den hatte sie schon längst auf ihrer Seite. Wenn das Exposé auch nur den kleinsten Sinn machte, würde er es akzeptieren, würde St. John seine Unterschrift auf die gepunktete Linie setzen – und die Auktion konnte beginnen. Die Verleger würden in Scharen herbeiströmen, um für das Buch zu bieten, und früher oder später – wahrscheinlich später – begänne das Geld zu fließen.

Warum also war sie so deprimiert? Sie kannte den Grund. Sie hatte Kathleens Exposé gelesen. Es gehörte zu den Dingen, die sie in den letzten Tagen erledigt hatte.

Am Montagmorgen war sie bis aufs äußerste gespannt in Stokes Agentur angekommen. Er hatte viel Aufhebens um die Unterzeichnung des Vertrages gemacht – zumindest soviel, wie mit einer derart kleinen Besetzung möglich gewesen war. St. John hatte es abgelehnt, bei der Unterzeichnung anwesend zu sein. Sein Schriftzug zierte bereits den Vertrag. Während Stokes nach der Champagnerflasche griff, hatte Jacqueline mit ihrer ausladenden Handschrift gegengezeichnet. Es war vollbracht. Stokes ließ den Korken knallen. Sarah duckte sich.

Sie und Jacqueline bemühten sich, jeglichen Augenkontakt zu vermeiden. Aus irgendwelchen Gründen, die Jacqueline nicht ganz nachvollziehen konnte, schien Sarah in Jacquelines Anwesenheit Schwierigkeiten zu haben, ihre Maskerade aufrechtzuerhalten. Wann immer sich ihre Augen zufällig trafen, begann es in Sarahs Gesicht zu zucken, und sie gab erstickte, unverständliche Laute von sich – Lachen konnte es wohl nicht sein, entschied Jacqueline, das war einfach unvorstellbar. Jacqueline hatte ihr schließlich eingetrichtert, daß sie sich zurückhalten solle, wenn Stokes im Zimmer war.

Sarah hielt sich an die Abmachung und zog sich zurück, sobald sie ihr Glas Champagner ausgetrunken hatte. Booton wartete, bis sich die Tür hinter ihr geschlossen hatte, bevor er den Schreibtisch aufschloß und Jacqueline in einer Atmosphäre von angemessener Ernsthaftigkeit Kathleens Exposé überreichte.

Beim Anblick der wenigen Seiten sank Jacquelines Mut. Es

konnten nicht mehr als ... Sie griff danach und zählte sie rasch durch. Sechs. Sechs klägliche Seiten. Sie war nicht in der Verfassung, sich anzuschauen, was Kathleen geschrieben hatte. Sie nahm lediglich wahr, daß der Anfang ihrem eigenen Exposé recht nahe kam. Ara war natürlich nicht tot. Sie war einem Trugbild gefolgt ... Verdammte Närrin, dachte Jacqueline geistesabwesend. Sie hätte es besser wissen sollen. Ich selbst hatte nach Abgabe des Exposés Zweifel, ob ich sie derart agieren lassen sollte. Es wird eine Menge Einfallsreichtum erfordern zu erklären, warum eine so klar denkende und intelligente Frau auf solch einen Kerl hereinfällt, der ... Aber das Deprimierendste an dem Exposé war die Kürze. Das Geschehen, das Kathleen beschrieben hatte, würde höchstens für drei Kapitel ausreichen. Danach war Jacqueline sich selbst überlassen.

Aber davon, so tröstete sie sich, war sie ja ausgegangen, bevor sie überhaupt von der Existenz eines Exposés erfahren hatte.

»Lassen Sie sich Zeit«, ermunterte sie Booton und goß sich Champagner nach. »Gehen Sie alles langsam durch. Die Journalisten können warten.«

»Ich werde es mir zu Hause genauer ansehen«, sagte Jacqueline. »Ich kann mich im Augenblick nicht darauf konzentrieren.«

Booton hatte eigentlich nicht die Absicht gehabt, ihr die Seiten mitzugeben. Das Exposé war *top secret*, er wollte nicht das Risiko eingehen, daß irgendwo Kopien auftauchten ... Aber Jacqueline ließ sich nicht davon abbringen. Sie konnte es sich jetzt, wo der Vertrag unterzeichnet war, erlauben, hart zu bleiben. »Ich verstehe Ihre Bedenken, Boots, aber Sie müssen sich keine Sorgen machen. Mir liegt genausowenig daran, daß dies jemand anders in die Finger bekommt. Sollte das fertige Buch auch nur im entferntesten hiervon abweichen, werden die Kritiker ein großes Geschrei anstimmen, und wenn die anderen Bewerber es sehen, werden sie sicher Wege finden, um glaubhaft zu machen, daß ihre Version Kathleens Exposé ebenso nahe kam, wie die meine. Ich werde es mit meinem Leben schützen, aber ich muß es haben.«

Und sie bekam es. Als sie aus dem Gebäude hinaustrat, fielen die Presseleute über sie her.

Die Öffentlichkeit hatte selbst ihr wohlausgestattetes Ego auf eine harte Probe gestellt. *People, Life* und rund ein halbes Dutzend Frauenzeitschriften hatten um Interviews gebeten – und sie gegen anständige Bezahlung auch bekommen. Was dieses Thema betraf, war Jacqueline unnachgiebig. »Keine Gratistouren, Booton. Schreiben ist mein Job und meine einzige Einkommensquelle. Wenn PR Teil des Jobs ist, dann will ich dafür bezahlt werden. Die Leute, die mich interviewen, werden dafür bezahlt, und die Macher der Zeitschriften und die Produzenten der Shows bekommen eine Menge Kohle. Warum sollte ich die einzige sein, die umsonst arbeitet?«

»Aber so läuft das nun einmal.«

»Sagen Sie nicht, daß es nun einmal so läuft«, knurrte Jacqueline. »Ich habe in meinem Leben schon meinen Teil an PR-Arbeit geleistet, und ich kann Ihnen eins sagen: Auch wenn es durchaus unterhaltsam und interessant und manchmal sogar fruchtbar sein kann, so ist es doch auch verdammt anstrengend. Ich habe eine Zeitlang Biographien von Schauspielern gelesen und mich dabei gefragt, warum sie sich immer so darüber beklagten, nach einer Vorstellung völlig ausgelaugt zu sein. Jetzt weiß ich es. Wenn ich einen öffentlichen Auftritt habe, dann schauspielere ich. Oh, für gewöhnlich habe ich meinen Spaß dabei, das gebe ich gerne zu. Aber ich kann einfach nicht all das tun, was Sie und Ihre Leute von mir erwarten und dann auch noch genug Energie übrighalten, um die Funktion zu erfüllen, die immerhin der Grund für all den Trubel ist, und das ist – damit das hier ein für allemal klar wird – das verdammte Buch zu schreiben. Und außerdem –«

Booton mochte nicht ganz überzeugt sein, aber er hatte gelernt, daß es zwecklos war, sich mit Jacqueline auf lange Diskussionen einzulassen. Er konnte sich im Grunde nicht über mangelnde Kooperationsbereitschaft ihrerseits beklagen. Sie hatte in ihrer Küche Soufflés für eine Kochzeitschrift zusammengerührt (und die seltsam aussehende Masse in den Ausguß gekippt, sobald der Photograph mit seinen Aufnahmen fertig geworden war), sich für *Vogue* in Kleidern und Pelzen aufnehmen lassen, deren Design von *Nackt im Eis* inspiriert worden war (ihr bescheidener Vorschlag, das Zobelcape als Vergütung zu behalten, wurde höflich aber bestimmt abgelehnt), hatte Jane Pauley und Oprah in ihren Talkshows eine Lüge nach der anderen aufgetischt, als sie nach ihrem Familienleben gefragt wurde, hatte dem *National Enquirer* versichert, daß sie mit Kathleen Darcys Geist Kontakt aufgenommen und dieser sie zur auserwählten Nachfolgerin gekrönt habe und hatte dem *TV Guide* gegenüber erwähnt, daß Vanna White und Sylvester Stallone die Idealbesetzung für die Verfilmung der Fortsetzung abgeben würden (zu diesem Zeitpunkt war sie allerdings schon ein wenig angeheitert). Sie hatte alles getan, außer eine Parade auf der Fifth Avenue anzuführen und wäre selbst dazu bereit gewesen, wenn die Bezahlung gestimmt hätte.

Booton war in schallendes Gelächter ausgebrochen, als er diesen Vorschlag zum ersten Mal gehört hatte. Zu diesem Zeitpunkt war es ihnen – aufgrund gemeinsamer Interessen und Bedürfnisse – bereits gelungen, einen harmonischen Umgang miteinander zu pflegen. Booton hatte gelernt, ihre sarkastischen Kommentare an sich abprallen zu lassen, und sie hatte, ohne es zu beabsichtigen, eine gewisse Bewunderung für seine beruflichen Fertigkeiten entwickelt. Bei der letzten Besprechung vor ihrer Reise nach New York hatte sie allerdings bemerkt, daß er – so wie sie auch – Ermüdungserscheinungen zeigte. Sie war zumindest in der Lage, Make-up zu benutzen, um die dunklen Ringe unter den Augen zu kaschieren.

»Es war nur ein Scherz«, gab sie zu. »Aber ich kann so nicht weitermachen, Boots. Wenn Ihnen nichts Besonderes für mich einfällt, mache ich mich am Dienstag nach Pine Grove auf.«

»Es gibt noch eine Menge anderer Dinge, die Sie tun könnten.« Booton strich sich mit einer schlaffen Handbewegung durch das wellige Haar. »Aber Sie haben zur Abwechslung einmal das Sagen, Jacqueline. Sie haben sich absolut traumhaft gehalten, und niemand könnte mehr von Ihnen erwarten. Im Grunde bin ich der Ansicht, daß zu diesem Zeitpunkt weitere Auftritte eher schädlich wären. Wir wollen die Leute doch nicht mit Ihnen überfüttern. Es war klug, das Angebot von NBC abzulehnen.«

»Sie wollten, daß ich es umsonst tue«, erwiderte Jacqueline entrüstet.

»Es kommt nicht auf das Geld an, meine Liebe, sondern ... Oh. Wieder einer Ihrer kleinen Scherze.« Er kicherte.

»Hmm«, brummte Jacqueline.

»Ja, das wird sich gut machen«, sagte Booton nachdenklich. »Ich werde durchsickern lassen, daß Sie erschöpft sind und sich zurückgezogen haben, damit Sie sich auf die Aufgabe vorbereiten können, die vor Ihnen liegt.«

Er grinste Jacqueline an, und diese schoß ihm einen wütenden Blick zu. »Das stimmt auch. Ich bin erschöpft und reagiere immer häufiger gereizt. Sorgen Sie dafür, daß mir die Presse vom Hals bleibt, ja? Es erfordert nicht viel Grips, darauf zu kommen, daß ich nach Pine Grove gereist bin, und sollte irgendein Schmierenphotograph seine Kamera in mein Fenster halten, während ich arbeite, werde ich sie ihm in den Hals stopfen.«

»Warum sind Sie so gereizt? Ist etwas passiert?«

»Oh, nein. Nur die üblichen Drohbriefe und Attacken.«

Booton ließ den Stift fallen, mit dem er herumgespielt hatte, und starrte sie entsetzt an. Jacqueline wurde bewußt, daß sie seinen Sinn für Humor – oder seine Nervenstärke oder auch beides – überschätzt hatte. »Es ist nur Brunnhilde«, erklärte sie beruhigend. »Sie hat Sie doch bestimmt auch mit freundlichen Vorwürfen überhäuft.«

»Oh – Brunnhilde. Schreckliche Frau.« Booton schüttelte sich.

»Ignorieren Sie sie«, riet ihm Jacqueline. »Das tue ich auch immer. Also, Booton, wenn es sonst nichts mehr zu bereden gibt ... Oh, beinahe hätte ich es vergessen. Mein Verleger sagte, daß er sich mit Ihnen wegen der Auktion in Verbindung setzen will. Es geht um einige organisatorische Fragen. Hat er Sie schon angerufen?«

»Bisher noch nicht. Daß heißt, vielleicht doch. Ich habe meinen Anrufbeantworter heute noch nicht abgehört. Es war so hektisch hier ...« Er drückte auf einige Knöpfe. Das Band zischte und surrte und klickte. Eine Frauenstimme sagte: »Bootsie,

Schatzilein, ich weiß, ich soll eigentlich nicht im Büro anrufen, aber ich vermisse dich so, mein süßer, kleiner Teddybär ...«

»Oh, böser, böser Bootsie«, rief Jacqueline.

Booton lächelte schwach. »Es ist nicht so, wie Sie glauben. Die kleine Närrin will mich dazu bringen, daß ich einen Verlag für ihr mieses Buch finde. Ich habe keine Geheimnisse vor Ihnen, Jacqueline.«

Von wegen, dachte Jacqueline. Aber es würde auch keinen Sinn ergeben, zu versuchen, sie für sich zu behalten. Es war nun einmal enthüllt. Das Problem mit diesen Bändern war eben, daß man sich nicht einen bestimmten Anruf aus einer ganzen Reihe herauspicken konnte. Der Möchtegernautorin gingen schließlich die Kosenamen aus, und sie legte auf. Dann folgte eine Anzahl kürzerer, weniger freundlicher Nachrichten. Eine von einem Lektor, eine von einem anderen Autor und eine von Bootons Schneider. Dann begann eine andere weibliche Stimme süße Nichtigkeiten zu murmeln. »Bist du da, Boots? Ich wette, du bist überrascht, nach all der Zeit von mir zu hören.« Booton blickte verlegen zu Jacqueline hinüber. Sein Gesichtsausdruck veränderte sich allerdings urplötzlich und drastisch, als die Stimme fortfuhr: »Ich mußte dir einfach sagen, was für ein mieses, verlogenes Schwein du bist. Hast du wirklich gedacht, du könntest mit so einem Schwindel durchkommen? Ich werde dich genau beobachten, Boots – kleiner Boots –, und dein düsteres –«

Booton hechtete wie ein Irrer auf die Maschine zu und hämmerte auf den Aus-Knopf. Er war aschgrau.

»Was um Himmels willen ...« begann Jacqueline.

Booton benötigte mehrere Sekunden, um Atem zu schöpfen. »Verdammt! Was müssen Sie nur von mir denken, Jacqueline ...«

»Ich weiß schon. Nur noch eine frustrierte Autorin.«

»Das ist einer der Nachteile dieses Geschäfts.« Booton ließ sich erschöpft in seinen Sessel sinken. »Manchmal glaube ich, Chris hat es ganz richtig gemacht. Ich würde das alles am liebsten für zwei Cent aufgeben und mir ein komfortables Strandhäuschen neben seinem zulegen.«

»Das können Sie nicht machen. Meine Agenten können doch nicht einfach alle in Pension gehen! Langsam fühle ich mich ungeliebt.«

»Dieses Mal war ich an der Reihe, zu scherzen.« Bootons Lächeln wirkte ein wenig gezwungen. »Ich liebe dieses Geschäft. Die gegenwärtige Situation ist allerdings ein wenig ungewöhnlich, kein Wunder, daß wir beide etwas gestreßt sind. Jacqueline, was halten Sie davon, Ihre gesamte Post an die Agentur schicken zu lassen? Meine Sekretärin könnte dann allen Mist aussortieren. Einiges wird schon dabei sein, und anonyme Briefe können einen ein wenig aus der Fassung bringen.«

»Nein, danke. Ich bekomme wahnsinnig gerne Post. Mein genauer Aufenthaltsort wird für alle ein dunkles Geheimnis bleiben – auch für Sie, mein Lieber. Auf diese Weise sind Sie nicht gezwungen, zu lügen, wenn Sie jemand nach meinem Verbleib fragt. Ich weiß, wie ungern Sie Leute anlügen.«

»Haha«, erwiderte er. »Verdammt, Jacqueline, ich brauche zumindest eine Telefonnummer. Was ist, wenn etwas Wichtiges passiert?«

»Ich kann mir nichts Wichtigeres vorstellen als meinen Frieden und meine Ruhe.« Sie hatte ihm einen Kuß von der Tür aus zugepustet. »Senden Sie einfach alles postlagernd – insbesondere die Schecks.«

Während sie sich nun an diese Unterhaltung erinnerte, mußte Jacqueline unwillkürlich den Kopf schütteln. Wer hatte gesagt, daß der einfachste Weg, den Ruf eines Scherzboldes zu erlangen, der war, einfach die Wahrheit zu sagen? Sie hatte keinen Witz gemacht, als sie die Schecks erwähnte, aber Booton war in schallendes Gelächter ausgebrochen. So viele Schecks erwartete sie ja im Grunde auch nicht von ihm. Da waren lediglich die Zahlungen für ihre verschiedenen Interviews (die, wie immer, viel zu spät kamen).

Mit einem Schulterzucken und einem Lächeln schüttelte Jacqueline die Gedanken an Booton, die PR, anonyme Briefe und ganz Manhattan ab. All das lag nun Gott sei Dank hinter ihr. Selbst Kathleens unzulängliches Exposé war kein Problem, sondern lediglich eine vorübergehende Enttäuschung. Es gab keinen Grund, schlechte Laune zu haben. Dieses Buch zu verfassen war die Art von Herausforderung, die sie liebte, und Pine Grove selbst hielt andere, ebenso reizvolle Herausforderungen für ihren Verstand und ihre Neugier bereit. Die Sonne schien, die Landschaft war traumhaft ... und dort vorne kam ein Schild in Sicht, auf dem »Opas Antiquitäten« stand. Was brauchte eine Frau mehr zum Leben?

Sie verbrachte eine höchst vergnügliche Stunde mit Opa. Nachdem sie das Geschäft wieder verlassen hatte, verstaute sie ihre Einkäufe mit einigen Schwierigkeiten, da der Wagen bereits mit ihrer persönlichen Habe – von ihren Lieblingsküchenutensilien (Kaffeemaschine und Mikrowelle) bis hin zu Büchern, auf die sie nicht verzichten konnte – vollgestopft war. Aber diesem niedlichen kleinen Weidenkorb mit dem Steppkissen hatte sie einfach nicht widerstehen können. Er wäre genau das Richtige für eine Katze – wenn sie eine Katze hätte.

Vielleicht sollte ich mir eine anschaffen, überlegte sie. Viele große Schriftsteller waren Katzenliebhaber. Mark Twain, Henry James, Dr. Sam Johnson, Barbara Michaels ... Sie hatte im Grunde nichts gegen diese Kreaturen. Sie benötigten sehr wenig Aufmerksamkeit, gaben angenehme Laute von sich, wenn sie gestreichelt wurden, und waren ausgesprochen hübsch anzusehen.

Das Straßenamt hatte immer noch niemanden losgeschickt, der die Brücke auf der 483 reparieren sollte. Dieses Mal fand Jacqueline die Whitman Brothers Road ohne Schwierigkeiten und fuhr in einem gemütlichen Tempo vor sich hin, wobei sie immer die Augen nach Antiquitätenläden aufhielt. Was das anging, wurde sie enttäuscht, aber die Landschaft war einfach umwerfend. Allerdings war dies eine längere Route als die andere, die sie damals unbeabsichtigt genommen hatte, und sie fragte sich, warum man ihr ursprünglich diese Strecke empfohlen hatte. Als sie nach Pine Grove hineinkam, verstand sie warum. Diese Straße führte sie direkt in den »guten« Teil des Ortes. Außer dem modernen Einkaufscenter am Ortsrand fiel nichts Unansehnliches ins Auge.

Die Bäume trugen nun statt frostigen Rosas und Weiß Kleider in Karmesinrot und Gold. Gefallene Blätter bedeckten die Rasenflächen mit Mustern, die an persische Teppiche erinnerten. Die Blumenbeete quollen über von Chrysanthemen, Astern und Tausendschön. Das alles war aber mehr als ein Augenschmaus. Es war auch ein Gefühl der Nostalgie für eine Art zu leben, von der man nicht behaupten konnte, daß sie verschwunden war, da sie nie richtig existiert hatte. Sommersprossige Jungen auf Fahrrädern, die Zeitungen auf die Vorderveranda werfen. Amerikanische Flaggen, die stolz zur Schau gestellt werden. Gesunde Kleinfamilien mit rosigen Wangen, die in ihrer besten Sonntagskleidung Hand in Hand auf die weiße, hohe Kirche zugehen ... Ein Bild wie ein Zeitungscover von Norman Rockwell, so fadenscheinig wie das Papier, auf dem es gedruckt wurde, die schäbigen Dinge hinter der hübschen Fassade verdeckt. Die Leute, die sich nach der guten alten Zeit sehnten, fanden vielleicht keinen Gefallen an der Realität. Jene gute alte Zeit, in der es noch kein Penicillin und keine Herzoperationen gegeben hatte und auch keine soziale Absicherung und Mindestlöhne.

Nicht zu vergessen Klimaanlagen, importierte Pralinen in jedem Supermarkt und die Abschaffung des Korsetts. So weit es Jacqueline anging, konnten sie die gute alte Zeit behalten – und Pine Grove idyllischen Charme. Sie würde hier vor Langeweile sterben. Ein hübsches, altes Haus auf dem Lande, das wäre nett, und das wollte sie auch immer noch. So lange es innerhalb von fünfzig Meilen im Umkreis einer Großstadt lag.

War Kathleen dieser Illusion zum Opfer gefallen? Das konnte nicht sein, sie war zu intelligent. Eine Frau wie sie mußte das Leben in Pine Grove als schrecklich einschränkend empfunden haben. Als ihr Schiff, beladen mit Geld und Erfolg, einlief, hätte sie sich zu den Lichtern der Großstadt aufmachen können. Warum zum Teufel hatte sie das nicht getan? Was hatte sie dazu bewegt, in Pine Grove zu bleiben? Wenn sie so an ihrer Familie hing, hätte sie sie doch mitnehmen können.

Doch trotz all ihres Zynismus verspürte Jacqueline ein tückisch angenehmes Gefühl, als sie in den Parkplatz hinter dem Gasthaus einbog und auf die Eingangstür zuschritt – ganz so, als kehre sie nach Hause, an einen wohlvertrauten Ort zurück. Dieses Mal hatte sich keine grimmige alte Dame im Aufenthaltsraum breitgemacht, das Fernsehen schwieg, und Mollie kam hinter dem Tresen der Rezeption hervorgeeilt, um sie wie eine alte und geschätzte Freundin zu begrüßen. »Wir haben uns so gefreut! Wir sind ja so froh, daß man Sie ausgewählt hat! Und wenn ich mir überlege, daß Sie jetzt einige Monate hier sein werden ... Oh, es ist so wundervoll!«

Sie trug wieder eines ihrer formlosen Baumwollkleider. Dieses hatte Kräusel, die von einem abgerundeten Sattel hinabfielen, aber es stand ihr besser als die anderen, die sie damals getragen hatte. Sie strahlte mehr und sah gesünder, fröhlicher aus. Ihr braunes Haar glänzte. Aha, dachte Jacqueline, aber sie verkniff sich einen Kommentar – für den Moment.

Gerechterweise muß hinzugefügt werden, daß ihre Aufmerksamkeit durch den Anblick eines weiteren, vertrauten Gesichts abgelenkt wurde. Vertraut und dennoch mit einem weitaus attraktiveren Ausdruck als beim letzten Mal, als sie sich begegnet waren.

Kathleens kleine Schwester, Sherri, streckte ihre Hand aus. »Mrs. Kirby. Ich hatte gehofft, Sie hier zu sehen. St. John hat mich geschickt, um eine Nachricht für Sie zu hinterlegen. Er ist solch ein alter Umstandskrämer, er sagt, das sei höflicher, als die Post in Anspruch zu nehmen.«

Sie kicherte über den komischen St. John. Schau einer an, dachte Jacqueline, während sie ihr die Hand schüttelte. Was war nur mit dieser Stadt los? Alle schienen ausgesprochen guter Laune zu sein. Kathleens Schwester war ein ziemlich hübsches Mädchen, sobald sie sich diesen schmollenden Ausdruck vom Gesicht wischte. Hübscher sogar als Kathleen. Aber in jeder anderen Hinsicht war es schwer, Kathleen zu übertreffen. Ein Nährboden für Geschwisterkämpfe.

Sie mußte wirklich damit aufhören, ihre Gedanken auf diese Weise schweifen zu lassen. Sie schüttelte sich innerlich und konzentrierte sich auf das, was Sherri sagte. Es war allerdings nichts, was ihrer Aufmerksamkeit wert gewesen wäre, lediglich die übliche Begrüßung: Willkommen in der Stadt, und lassen Sie uns wissen, falls wir etwas für Sie tun können. Sie versprach, es ganz gewiß zu tun und nahm die Karte entgegen, die Sherri ihr gab.

Mollie zappelte nervös hin und her. Jacqueline wußte, was mit ihr los war. Die arme Frau nahm ihre Pflichten so ernst! Sie wollte ihrem Gast gerne ihre Unterkunft zeigen, erinnerte sich aber an Jacquelines Warnung, nur ja keiner Sterbensseele zu sagen, wo sich diese Unterkunft befand, daher hatte sie nun Angst, vor Sherri darüber zu sprechen. In diesem Fall waren die Vorsichtsmaßnahmen allerdings unnötig. Die Darcys würden nicht lange benötigen, um herauszufinden, wo sie sich aufhielt. Das gleiche traf im Grunde auf alle anderen Bewohner des Ortes zu. Es waren die Leute von draußen, insbesondere die Journalisten, die sich Jacqueline so lange wie möglich vom Hals halten wollte. Sie machte sich allerdings keine falschen Hoffnungen und war sich durchaus bewußt, daß die Presse sie früher oder später aufspüren würde.

Wie gewöhnlich nahm sie die Angelegenheit in die eigene Hand. »Ich freue mich darauf, Sie näher kennenzulernen«, versicherte sie Sherri. »Aber ich hoffe, Sie haben Verständnis, wenn ich mich nun zurückziehe. Nach der langen Fahrt bin ich doch recht müde und möchte gerne meine Sachen auspacken.«

Sherri bot ihre Hilfe an, aber sie beharrte nicht darauf und folgte auch nicht, als Mollie ihren Gast zur Hintertür und auf den Parkplatz hinausführte. »Sie müssen das Haus erst gar nicht betreten«, erläuterte sie. »Natürlich hoffen wir, daß Sie so oft Sie möchten hereinkommen, aber wenn Sie absolut für sich allein sein wollen, rufen Sie einfach an, und ich werde Ihnen Ihr Essen und Ihre Post und was immer Sie benötigen bringen. Sie sehen ja, wie abgelegen es ist. Von hier aus würde man nicht einmal vermuten, daß es existiert.«

Jacqueline mußte ihr zustimmen. Das einzige, was sie sehen konnte, war der Parkplatz, der von drei Seiten von einem hohen Holzzaun umgeben war, ein großer Abfallbehälter, der in der Nähe der Küchentür stand, und die Baumwipfel über der Mauer. Es gab drei Tore. Eins auf jeder Seite des Zauns.

»Dieses hier geht auf die Straße hinaus«, erläuterte Mollie und deutete auf das südliche Tor. »Gewöhnlich halten wir es verschlossen, um Fremde davon abzuhalten, unseren Parkplatz zu benutzen. Das Tor gegenüber führt in den Garten und zu den Himbeersträuchern. Wir ziehen unsere eigenen Früchte und eigenes Gemüse – und natürlich auch Kräuter.

»Natürlich«, echote Jacqueline. Sie wurde langsam ungeduldig. Wenn sie eine Führung wünschte, hätte sie darum gebeten.

»Und das Tor dort ist Ihres«, fuhr Mollie fort und deutete hinüber. »Hier ist der Schlüssel für das Vorhängeschloß. Sie können es von innen verschließen, wenn sie daheim sind. Außerdem ist auf der Innenseite noch ein schwerer Riegel angebracht.« Sie öffnete ihn. Jacqueline nickte zustimmend.

»Das sollte genügen«, sagte sie. »Ich habe nicht vor, einen bewaffneten Angriff abzuwehren, sondern will bloß Besucher abschrecken.«

»Ich habe das Personal schwören lassen, daß sie schweigen«, sagte Mollie strahlend. »Und ich habe niemandem in der Stadt etwas erzählt!«

Jacqueline lächelte wohlwollend. Sie war froh, daß Mollie mit einer solchen Freude bei ihrem kleinen Spiel mitmachte.

Nachdem sie das Tor geschlossen hatte, führte Mollie sie einen engen Pfad zwischen tief herabhängenden Ästen entlang. Das Grundstück war größer, als sie gedacht hatte. Von der Vorderseite des Gasthauses aus hätte man nie vermutet, daß noch ein separates Gebäude hinter den Bäumen lag. Es stand auf einer kleinen Lichtung und hatte einen taschentuchgroßen Vorgarten mit einem Rasen.

»Es ist sehr beliebt bei Paaren, die auf Hochzeitsreise sind«, erläuterte Mollie. »Das Haus hat eine eigene Küche, müssen Sie wissen, das heißt, man kann sich tagelang darin aufhalten. Nun schauen Sie es sich an. Habe ich nicht gesagt, daß es ganz reizend ist?«

Jacqueline war sprachlos. Blumenkästen vor dem Fenster, Fensterläden, schiefe Schornsteine, ein Erkerfenster voller Topfblumen ... Sie sagte mit erstickter Stimme: »Es gleicht dem von Kathleen und dem anderen, wo ›Betty‹ über der Tür steht, aufs Haar! Wie viele von diesen verdammten ... diesen entzückenden kleinen Häusern gibt es denn hier?«

»Ursprünglich fünf oder sechs«, erwiderte Mollie. Gott sei Dank schien sie Jacquelines abschätzige Bemerkung nicht verstanden zu haben. »Sie standen nebeneinander entlang der Hauptstraße. Der Stadtplaner, der für die Errichtung der Bank verantwortlich war, wollte sie abreißen lassen, aber irgend jemand kam auf die brillante Idee, sie zu verkaufen und die Käufer zu bitten, sie selbst zu entfernen. Natürlich waren sie spottbillig. Toms Dad hat eins gekauft. Es war schon damals sein Traum, einmal ein Gasthaus zu eröffnen. Kathleen Darcy hat auch eins gekauft. Ich glaube, sie konnte nicht widerstehen, wo doch ihr Name über der Tür stand. Nur ein einziges blieb an seiner ursprünglichen Stelle stehen, weil es irgendwelche Probleme wegen Grundstücksgrenzen gab. Das hat dann Jan Wilson gekauft. Sie sagte, es sei einfach hervorragend geeignet für einen Buchladen, und das ist es wohl auch. Ich habe nicht viel Zeit zum Lesen ... Was wollte ich noch sagen? Oh, ja. Ich weiß nicht, warum der Erbauer ihnen Namen gegeben hat. Es ist doch irgendwie komisch, nicht wahr?«

»Bauherren sind seltsame Leute«, sagte Jacqueline säuerlich. »Vielleicht fand er es niedlich, sie nach seinen Kindern zu nennen. Wie heißt denn das hier – Sophie?«

Aber Mollie hörte sie nicht. Sie war schon vorgelaufen, um die Eingangstür zu öffnen und riß sie gerade weit auf.

Jacqueline folgte ihr langsam. Ihre Gedanken kreisten um Ambiente, Atmosphäre und Inspiration, aber sie sollte wohl besser über Omen und Vorhersehung oder Ähnliches nachdenken.

Jacqueline öffnete ein Auge. Nichts Schreckliches passierte, und sie wagte, das zweite ebenfalls zu öffnen.

Ihre erste Nacht im Cottage war nicht besonders erholsam gewesen. Sie war am Abend früh zu Bett gegangen, nachdem sie stundenlang ihre Sachen ausgepackt und dann ein schweres Abendessen zu sich genommen hatte (auf Empfehlung des »Mountain Laurel Inn«). Die Nachtluft war herrlich kühl, und aus dem Schlafzimmerfenster im oberen Stockwerk konnte sie die düsteren Umrisse der Berge über den Baumwipfeln erkennen. Sie öffnete das Fenster weit für die Nacht und lag in schläfriger Zufriedenheit da, blickte zum Himmel mit seinen leuchtenden Sternen hinauf und beobachtete, wie die dünnen Vorhänge sich in der Nachtbrise bewegten, bis der Schlaf ihr die Augen schloß.

Jacqueline wußte nicht, was sie geweckt hatte, aber sie war in der Geisterstunde nach Mitternacht aufgewacht. Sie lag bewegungslos da, eher neugierig als ängstlich! Sie konnte nichts sehen oder hören, was ihr plötzliches Erwachen hätte erklären können. Ganz langsam wurde ihr allerdings bewußt, daß sich etwas im Raum verändert hatte. Es war nichts Sichtbares und auch kein Geräusch – es war der Duft. Die Luft war mit Fliedergeruch erfüllt.

Sie war immerhin so verunsichert, daß sie das Licht anknipste und eine Besichtigungstour durch das Haus unternahm. Nichts.

Als sie wieder ins Bett stieg, ließ sie eine Lampe im Flur brennen. Wahrscheinlich waren Menschen imstande, von Gerüchen zu träumen, genauso, wie sie von Geräuschen und Musik und Orten und anderen Leuten träumten. Es ist ein Traum gewesen, versuchte sie sich einzureden. Und sie wußte auch, was der Auslöser gewesen war. Kathleens Schwester hatte nach einem Fliederparfüm geduftet.

Am nächsten Morgen war keine Spur mehr davon im Zimmer auszumachen. Was natürlich zu erwarten gewesen war, da es sich ja um ein Traumprodukt, nicht um etwas Reales gehandelt hatte. Jacqueline lag flach auf dem Rücken in ihrem Bett – ein ausgesprochen komfortables Bett – und schnupperte heftig. Alles weg, sagte sie sich. Du kannst jetzt aufstehen, niemand wird über dich herfallen.

Eigentlich hätte Sonnenlicht durch das Fenster hereinströmen sollen, aber das tat es nicht. Das einzige, was hereinströmte, war ein kalter Wind, der sie veranlaßte, sich tiefer unter die Decken zu kuscheln, die Mollie auf das Bett gehäuft hatte. Sie konnte lediglich das trostlose Grün-Schwarz der Kiefern und einige scharlachrote Flecken erkennen. Sie drehte den Kopf, um auf die Uhr zu schauen, die auf dem Nachttisch stand. Fünf Uhr fünfzehn. Wahrscheinlich hatte sie vergessen, sie in die Steckdose zu stecken.

Die Küchenuhr dagegen funktionierte, und sie sagte ihr, daß sie gut acht Stunden geschlafen hatte. Jacqueline stolperte auf den Herd zu und setzte den Wasserkessel auf. Am Abend hatte sie vorsorglich ein Glas Instantkaffee ausgepackt, damit sie jetzt keine kostbare Zeit und Energie mit der Suche verschwenden mußte. Nach einigen Schlucken voller wundervollem, schädlichem Koffein begann ihr Kopf klar zu werden, und sie fühlte sich nun in der Lage, ihr neues Heim in Augenschein zu nehmen.

Es war nicht sehr groß. Nur zwei Räume im Erdgeschoß und ein Schlafzimmer und ein Bad im oberen Geschoß. Obwohl die verschiedenen Ausführungen des Cottages, die sie bisher gesehen hatte, von außen identisch zu sein schienen, unterschieden sich die Häuser im Inneren erheblich voneinander. Toms Vater hatte einen von den »Sophie«-Räumen unten in eine Küche-und-Eßzimmer-Kombination verwandelt. Den anderen Raum hatte Jacqueline als Arbeitszimmer vorgesehen.

Mit einer zweiten Tasse Kaffee in der Hand wanderte sie in das ehemalige Wohnzimmer und stellte befriedigt fest, daß alle ihre Bitten erfüllt worden waren. Stabile Tische für ihren Computer, den Drucker, den Kopierer und die Schreibmaschine – abgehakt. Aktenschrank – abgehakt. Ein Rollpult. Wie in den anderen Häusern befand sich auch hier der Kamin – flaniert von zwei eingebauten Bücherregalen – auf der rechten Wandseite. Mollie hatte ihr versichert, daß er wunderbar funktioniere und daß genügend Feuerholz vorhanden sei. Daneben standen einige Polstersessel um einen Tisch. Alles in allem ein gemütliches Zimmer, trotz der zusätzlichen Möbelstücke, die sie benötigte, und der Kartons, die überall auf dem Boden herumstanden. Die Bezugsstoffe der Sessel und die Vorhänge an den Fenstern waren in einem beruhigenden Blau gehalten.

Jacqueline lächelte. »Alles in allem recht zufriedenstellend«, sagte sie laut.

Sie zog sich eine Wollhose und einen dicken Pullover an und machte sich auf den Weg zum Gasthaus hinüber. Der einzige

Nachteil, der sich unvermeidlicherweise aus der isolierten Lage des Cottages ergab, war, daß sie keine Möglichkeit hatte, mit dem Auto heranzufahren. Sie würde ihre Lebensmittel und die anderen Vorräte vom Parkplatz herübertragen müssen.

Nach einem kräftigen Frühstück verbrachte sie den Rest des Morgens damit, besagte Vorräte anzulegen. Im Supermarkt zeigte niemand auch nur das geringste Interesse für sie, obwohl sie in ihrer teuren Kleidung wie ein exotischer Vogel zwischen den grauen Spatzen und grellbunten Finken der Weiblichkeit von Pine Grove herausstach. Es war eine heilsame Erfahrung. Während sie einem jungen Angestellten dabei zusah, wie er ihre Einkaufstüten im Wagen verstaute, dachte sie darüber nach, daß es wirklich höchste Zeit gewesen war, New York zu verlassen. Schriftsteller lebten in ihrer eigenen, kleinen Welt, und nach einer Weile glaubten sie, daß sie in der Welt da draußen eine große Rolle spielen würden. Tatsache war, daß nur ein verschwindend geringer Teil der Landbevölkerung sich auch nur das mindeste aus Schriftstellern machte. Warum sollten sie auch?

Auf dem Rückweg ging sie im Gasthaus vorbei, um sich nach Post zu erkundigen und um sich vielleicht einen kräftigen Kellner auszuleihen, der ihr dabei behilflich sein würde, ihre Einkäufe zum Cottage zu tragen. Es hob ihre Stimmung nicht gerade, einen nur allzu bekannten Krach zu vernehmen und Mrs. Swenson an ihrer gewohnten Stelle sitzen zu sehen. »Einer unserer Stammgäste«, hatte Mollie einmal gesagt. Das mußte wohl stimmen, dachte Jacqueline säuerlich. Wahrscheinlich kam sie jeden Monat und blieb drei Wochen.

Sie schrie Mollie ihre Bitte zu und fügte mit einem durchdringenden Kreischen an, daß sie das Cottage heiß und innig liebe. Mollie strahlte daraufhin über das ganze Gesicht. Sie sah an diesem Morgen beinahe hübsch aus. Tom mußte gute Laune haben, dachte Jacqueline. Er sollte sie in ihrem Zustand auch tunlichst freundlich behandeln ...

Ein sehr junger Mann in einer sehr dreckigen weißen Schürze wurde von seinen Küchenpflichten entbunden und Jacqueline zur Verfügung gestellt. Nachdem er ihr geholfen hatte, mußte sie ihm erst heftig zureden, ehe er ihr Trinkgeld annahm. Außerdem redete er sie mit »Ma'am« an. Auf diese Art und Weise nehmen einen dieses kleinen Örtchen für sich ein, sagte sich Jacqueline. Die Freundlichkeit der Leute kommt von Herzen, und sie besitzen eine altmodische Höflichkeit. Zumindest gegenüber wohlhabenden, weißen Frauen mittleren Alters.

St. John hatte angerufen und eine Nachricht hinterlassen, in der er seine schriftliche Mitteilung noch einmal wiederholte. Sie solle ihn bitte anrufen. Er könne es kaum erwarten, sie zu begrüßen und ihr einen Einblick in die erstaunlichen Unterlagen seiner Schwester zu gewähren.

Jacqueline war ebenso begierig darauf, sich diese Papiere in aller Ruhe anzusehen. Allerdings wäre es ein fataler Fehler, sich ohne eine gewisse vorherige Planung hineinzustürzen. Sie hatte nicht die Absicht, in Kathleens Cottage zu arbeiten. Es lag zu nahe am Hauptgebäude und war zu leicht zugänglich. St. John würde sich das Recht herausnehmen, sie nach Lust und Laune zu besuchen. Paul Spencer würde möglicherweise im Garten beschäftigt sein. Journalisten hätten keine Probleme, sie dort ausfindig zu machen. Sie wollte ihr eigenes Reich haben, wo sie die Regeln bestimmen konnte.

Also aß sie gemütlich zu Mittag, anstatt St. John zurückzurufen, räumte ihre Einkäufe weg und packte ihr »Werkzeug« aus. Auf die Regale neben dem Kamin stellte sie ihre Bücher, inklusive der grundlegenden Nachschlagewerke – Bartlett, Webster, die Bibel und Shakespeare. Als sie schließlich damit fertig war, ihren Schreibtisch mit wohlgehüteten Erinnerungsstücken zu schmücken – einschließlich einer schauerlich realistischen Gipsfaust (ein Geschenk ihres Sohnes), die als Halter für Bleistifte und Kugelschreiber diente –, hatte die Dämmerung das Zimmer in ein düsteres Licht getaucht, und Regentropfen liefen an den Fensterscheiben hinunter. Jacqueline schaltete das Licht ein und ließ ihren Blick über ihr neues Zuhause wandern. Es sah wundervoll aus. Jetzt fehlte nur noch eine Katze, die zusammengerollt vor dem Kamin lag.

Sie hatte sich einen Martini verdient, wie sie fand. Nachdem sie ihn zubereitet hatte, nahm sie an ihrem Schreibtisch Platz.

St. John war über alle Maßen entzückt, von ihr zu hören. Er habe sich schon Sorgen um sie gemacht, teilte er ihr mit. Was konnte er tun, um ihr behilflich zu sein? Hatte sie Lust, ihnen beim Abendessen Gesellschaft zu leisten? Es gab nur eine einfache Mahlzeit, aber ihre charmante Gegenwart würde ausreichen, dieses Mahl in etwas Unbeschreibliches zu verwandeln, etwas, das –

Jacqueline schnitt ihm das Wort ab. Sie teilte ihm mit, daß alles wunderbar lief. Ihr gehe es wunderbar. Die Unterkunft sei wunderbar. Aber sie könne leider nicht zum Abendessen kommen. Sie sei zu müde und hasse es, bei Regen fremde Strecken zu fahren ... und außerdem hatte sie keine Lust. Das Letzte sprach sie allerdings nicht laut aus, und St. John akzeptierte ihre Entschuldigungen bereitwillig. Er könne es kaum erwarten, sie zu sehen, ließ er sie wissen. Dann am nächsten Morgen? Er wolle versuchen, sich bis dahin zu bezähmen.

Es regnete die ganze Nacht hindurch, aber Jacqueline merkte nichts davon. Sie schlief tief und fest, ohne Unterbrechungen irgendwelcher Art – auch nicht geruchsbedingte. Am Morgen nieselte es nur noch, und der Wetterbericht im Radio versprach, daß es schon bald aufklaren würde und in den nächsten Tagen schönes Herbstwetter zu erwarten sei. Als sie um halb zehn vom Gasthaus wegfuhr, nieselte es immer noch. »Nebel verschleierte die Berggipfel und wand seine gazeartigen Finger um die Bäume.«

Klischee, dachte Jacqueline säuerlich. Platt. Gut genug für ihre Nackenbeißer, aber nicht für die Fortsetzung von *Nackt.* Wie zum Teufel sollte eine ambitionierte Autorin neue, unverbrauchte Bilder für das Wetter finden? Sie waren alle schon einmal benutzt worden – zumindest die guten. Das war wohl der Grund, warum verzweifelte Schreiber, die um jeden Preis originell sein wollten, sich verschiedener Analogien aus Ackerbau und Viehzucht bedienten. »Dampfwolken stiegen aus riesigen Drachendunghaufen hervor ...« Nein, verdammt – nein. Sie sollte wirklich imstande sein, sich etwas Besseres einfallen zu lassen.

Sie erhoffte sich frische Anregungen aus den Kartons, die sie schon bald durchstöbern würde. Craig Zwei hatte ihr die Situation während der einzigen Unterhaltung geschildert, die sie seit Unterzeichnung der Verträge mit ihm geführt hatte. Er hatte sie nicht auf direktem Weg erreichen können, da sie nicht im Telefonbuch stand. Und Booton hatte sich – auf Jacquelines

Anweisung hin – geweigert, die Nummer herauszugeben. Als sie schließlich zurückrief, war er über ihre »unvernünftige« Einstellung sichtlich verärgert. Kathleen sei weitaus entgegenkommender gewesen. Kathleen habe nie unter Autorenparanoia gelitten. Kathleen ... war ein Waschlappen gewesen und so verdammt lieb und nett, daß sie mit dem Leben nicht klarkam. Natürlich sprach Jacqueline das nicht offen aus. Sie ließ Craig ein wenig toben und sagte dann ruhig: »Unter dieser Nummer werden Sie nächste Woche sowieso niemanden mehr erreichen. Was war die Absicht Ihres Anrufes, Mr. Craig?«

Er wollte ihr von Kathleens Arbeitsunterlagen berichten, was er unnötigerweie in epischer Breite tat. Auf sein Drängen hin waren die wichtigen Papiere nach ihrem Verschwinden versiegelt und aufbewahrt worden. Sie gehörten nun den Erben. St. John hatte ihn darauf hingewiesen, daß sie möglicherweise einen Blick darauf werfen wolle. Falls dies der Fall sei, sollte sie es ihn doch bitte wissen lassen, er wollte dann dafür sorgen, daß ihr die Kisten zugänglich gemacht würden.

Falls dies der Fall sei? Jacqueline bezwang sich, nicht laut zu fluchen. »Ich möchte alles sehen, Mr. Craig. Was befindet sich in diesen Kisten?«

Craig wußte es nicht. Der Inhalt stammte aus einem Aktenschrank, der die wenig hilfreiche Bezeichnung »Arbeitsunterlagen« getragen hatte. Er nahm an, daß es sich um einige frühe Entwürfe von *Nackt im Eis* handelte, aber es hatte nicht zu seinen Aufgaben gehört, die Papiere genauer zu untersuchen, denn er war nicht Kathleens Nachlaßverwalter und im übrigen ...

Nach einigem Hin und Her erklärte er sich einverstanden, die Kisten zu Kathleens Cottage bringen zu lassen. Jacqueline hatte sich heftig gegen seinen anfänglichen Vorschlag gewehrt, sie in seinem Büro durchzusehen. Als sie ihm klarmachte, daß es Tage dauern würde, alles zu begutachten und daß sie eine Menge Platz benötigte, um sie zu sortieren, war er gezwungen, ihr zuzustimmen. Allerdings klang er nicht besonders erfreut.

Jacqueline knallte den Hörer mit mehr Kraft auf die Gabel, als eigentlich nötig war. Craig hatte keinen Grund gehabt, sie anzurufen. Die Papiere gehörten St. John und den anderen

Erben, Craig hatte nicht die Verantwortung dafür. Sie fragte sich, warum Booton nichts von der Existenz der Papiere gesagt hatte. Wahrscheinlich waren sie sogar recht wertvoll. Das Originalmanuskript von Kathleens Buch, ihre Arbeitsnotizen ... Aber Booton hatte kein finanzielles Interesse an einem Manuskript selbst, sondern lediglich an den Tantiemen aus einem veröffentlichten Buch.

Im Anschluß an das Gespräch hatte sie keine Gelegenheit mehr gefunden, genauer über die Sache nachzudenken, aber als sie nun durch den Morgennebel auf dem Weg nach »Gondal« war, gab sie sich der Hoffnung hin, daß die Unterlagen einige Hinweise für die Fortsetzung des Romans enthalten würden. Es wäre schon allein hilfreich, die ersten Entwürfe zu *Nackt* zu lesen, die Veränderungen zu sehen, die Kathleen vorgenommen hatte, und die Verwandlung von der anfangs fehlerhaften Prosa zur geschliffenen Präzision der endgültigen Romanfassung zu begutachten.

Da sie sich an den unsauberen Zustand von Kathleens Cottage erinnerte, trug sie Jeans und mehrere Pullover über einem alten T-Shirt. Ihr Haar war zu einem festen Knoten hochgesteckt, um den sie ein Tuch gebunden hatte. Sie hoffte, daß ihre wenig glamouröse Erscheinung St. John deutlich machen würde, daß sie kein Interesse an ihm hatte, obwohl sie sich verachtet hätte, wenn sie allein aus dem Grund in dieser unattraktiven Aufmachung dort erschien. (Die Botschaften, die manche Männer aus einer sexy Aufmachung herauslasen, waren reines Wunschdenken.)

St. Johns Gesichtsausdruck fiel sichtlich in sich zusammen, als er sie erblickte. Er faßte sich allerdings schnell wieder und bot ihr einen Stuhl, eine Tasse Kaffee und einen gemütlichen Plausch an.

Jacqueline stand wie festgewachsen auf der vorderen Veranda und weigerte sich, das Haus zu betreten. »Ich möchte mich direkt an die Arbeit machen, St. John. Sie brauchen mich nicht zu begleiten, das Wetter ist nicht sehr angenehm. Geben Sie mir nur den Schlüssel.«

St. John wollte davon nichts wissen. Sie sollte zumindest warten, bis Marjorie ihr eine Kanne Kaffee zum Mitnehmen gekocht hatte. Er würde sie für sie tragen – «Ich habe eine Thermoskanne mitgebracht«, sagte Jacqueline und deutete auf die Wölbung ihrer Tasche. »Auf die Gefahr hin, unhöflich zu erscheinen, St. John, so möchte ich Ihnen doch etwas klarmachen. Die einzige Art für mich, zu arbeiten, ist allein, solo, nur ich und sonst niemand. Kathleen war scheinbar nicht so beharrlich, wenn es um ihre Privatsphäre ging. Genausowenig wie Jane Austen. Aber ich bin nicht Kathleen und ganz bestimmt nicht Jane Austen. Wenn sie möchten, daß ich dieses Exposé in einer vernünftigen Zeit zustande bringe, werden Sie mich in Ruhe lassen müssen – und, falls möglich, andere Leute davon abhalten, mir auf die Nerven zu fallen.«

St. John sah, soweit eine Kröte dies eben vermochte, verletzt aus, aber er versicherte ihr, daß er sie vollkommen verstehe. Allerdings bestand er darauf, sie zu begleiten. »Von heute an können Sie kommen und gehen, wie es Ihnen gefällt. Ich möchte lediglich sichergehen, daß alles in Ordnung ist.«

Jacqueline stimmte mit einem Anflug von schlechtem Gewissen zu. St. John zog sich einen dunkelblauen Regenmantel über, der die Größe und Form eines Zeltes hatte, öffnete einen Regenschirm und geleitete sie die Verandastufen hinunter.

Da er einige Zentimeter kleiner war als Jacqueline, schlug ihr der Schirm andauernd gegen den Kopf. Sie nahm es hin, ohne sich zu beschweren. St. John hatte ihre zugegebenermaßen brüske Belehrung lammfromm hingenommen, und er wollte – davon ging sie einfach aus – nur das Beste für sie. »Wie geht es Mrs. Darcy?« erkundigte sie sich.

»Nicht gut. Überhaupt nicht gut. Sie hat heute keinen guten Tag.«

Jacqueline biß sich auf die Lippe und schaffte es, sich eine Antwort zu verkneifen. Es hatte ihr auf der Zunge gelegen, St. John zu fragen, was ihn in die Lage versetzte, den Zustand seiner Mutter zu diagnostizieren und was er tat, um ihn zu verbessern. Das geht dich überhaupt nichts an, mahnte sie sich. Er hat sicherlich alle Möglichkeiten ausgeschöpft. Es gibt keinen Grund anzunehmen, daß er das nicht versucht hat.

Hatte Kathleens Cottage im Frühling noch einen wehmütigen Charme besessen, so sah es an diesem verregneten Herbsttag absolut gräßlich aus. Dieses Mal lenkten keine Blumen von der Trostlosigkeit ab. Im Inneren war es noch schlimmer. Eine einzelne, nackte Glühbirne gab genug Licht, um den Staub und die Spinnweben und die schimmeligen Stellen auf den Wänden sichtbar zu machen, aber nicht genug, um ohne Anstrengungen wirklich sehen zu können.

St. John schnalzte mit der Zunge. »Ich habe Marjorie aufgetragen, alles sauberzumachen. Und ich habe nicht damit gerechnet, daß das Wetter derartig trist sein würde. Ich könnte eine Lampe aus dem Haus holen und –«

»Schon gut«, sagte Jacqueline. »Ich werde nicht allzu –« Sie hielt plötzlich inne. Sie konnte nicht sagen, wie lange sie hier im Cottage bleiben würde, bevor sie die Unterlagen gesehen hatte, aber sie war entschlossen, nicht mehr Zeit als nötig darauf zu verwenden. Sie konnte hier unmöglich arbeiten. Abgesehen von den ganzen Nachteilen, die ins Auge sprangen, war dies der trostloseste, deprimierendste Ort, den sie je gesehen hatte. Selbst ein Geist wäre eine angenehmere Gesellschaft als diese völlige Leere.

Sie lächelte St. John zu. »Dann kann es also losgehen. Vielen Dank für Ihre Mühe. Darf ich den Schlüssel behalten?«

»Ja, gewiß. Ich wäre hocherfreut, wenn Sie mir – uns – beim Mittagessen Gesellschaft leisten würden, aber ich nehme an, daß diese Handtasche auch ein Butterbrot beinhaltet.«

Der Anflug von Humor überraschte Jacqueline. »Ja, das tut sie tatsächlich. Ich will mir keine Ablenkungen erlauben, verstehen Sie?«

»Kann ich Sie wenigstens zu einer Tasse Tee oder einem Cocktail überreden, bevor Sie fahren?«

»Nun ja ... Vielen Dank, ich werde kommen.«

Sichtlich aufgeheitert zog St. John sich zurück. Jacqueline seufzte. Wenn sie doch nur aufhören könnte, Mitleid mit solchen Leuten zu haben! St. John hatte sich besser als erwartet verhalten. Es schien ihm ausgesprochen wichtig zu sein, daß das Exposé beendet wurde. Und es war nicht ausschließlich sein Fehler, daß er ein so aufgeblasener, unattraktiver, selbstgefälliger Heuchler war.

Sie rief sich in Erinnerung, daß es auch nicht ihr Fehler war. Sie ging zum Fenster hinüber und sah zu, wie sein hüpfender Schirm hinter dem Haus verschwand. Dann trat sie hinaus und gratulierte sich, daß sie den Weitblick besessen hatte, mehrere leere Kartons mitzubringen. Sie holte sie aus dem Kofferraum des Wagens und ging schnell wieder zum Cottage zurück, wobei sie von Busch zu Busch eilte, um vor den Blicken St. Johns sicher zu sein, falls er aus dem Fenster schauen sollte. Natürlich würde sie erst seine Erlaubnis einholen, bevor sie irgendein Blatt mitnahm, aber es würde einfacher sein, ihn vor vollendete Tatsachen in Form einiger gefüllter Kartons zu stellen, statt das Thema vorher zu diskutieren.

Das Cottage schien weiter vom Haus entfernt zu sein, als beim ersten Mal. Ich würde verrückt, falls ich hier bleiben müßte, dachte Jacqueline, während sie durch Pfützen platschte. Ein durchdringender Schrei ließ sie wie angewurzelt stehenbleiben und herumfahren – eine große, schwarze Krähe stieß zu einer unsichtbaren Beute hinab. Und was war das für ein dunkler Umriß, der da oben auf einer toten Kiefer hockte? Ein Bussard. Wie nett.

Sie brachte die Kartons hinein, stemmte die Hände in die Hüften und begann, ihre Vorgehensweise zu planen. Die beiden Kisten, in denen sich Kathleens Papiere befanden, waren neben dem kaputten Sessel vor dem Kamin abgestellt worden. Der Klebestreifen, mit dem sie verschlossen gewesen waren, hing zerschnitten herab. Sie würde das Taschenmesser, das sie ständig bei sich trug, also nicht benötigen. Irgend jemand war sehr aufmerksam gewesen – oder neugierig. Es ist das Eigentum der Erben, sagte sie sich. Aber sie bezweifelte stark, daß St. John oder einer der anderen imstande war, den Wert dieser Kisten auch nur annähernd beurteilen zu können.

Sie schälte sich aus ihrem obersten Pullover und warf ihn auf den Sessel. Sofort ertönten ein unüberhörbares Geraschel und eine Reihe aufgeregter Quiekser aus dem Inneren der Ruine. Die armen Mäuse. Sie hatten erst jetzt gemerkt, daß sie nicht allein waren. »Ganz ruhig«, sagte sie. »Wenn ihr mir nichts tut, werde ich euch auch nichts tun.«

Dann sah sie etwas, das ein übermäßiges Gefühl von Übelkeit in ihr auslöste. Auf dem Sitz des Sessels lagen ein paar kurze, schwarze Haare, die sich eigensinnig an dem rauhen Stoff festklammerten. Der Sessel mußte der Lieblingsplatz von Kathleens Katze gewesen sein. Daß diese Haare nach sieben Jahren immer noch da waren ... Damals hätten sich die Mäuse vermutlich nicht getraut, in dem alten Stuhl zu hausen. Sie schob die Kisten vorsichtshalber in die Mitte des Zimmers, ein Stück weg von den Sesselbewohnern, und öffnete dann die erste.

Einige Stunden später erhob sie sich steif, streckte sich, gähnte und entschied, daß es Zeit für eine Pause war. Das Wetter hatte sich, wie versprochen, aufgeklart. Ein staubiger Sonnenstrahl fiel über den ausgetretenen Holzfußboden. Jacqueline betrachtete ihre schmutzigen Hände und machte sich auf die Suche nach einem Badezimmer.

Eine Tür gegenüber dem Kamin führte in das zweite der beiden Zimmer im Erdgeschoß. Jacqueline hatte sich bereits über das Fehlen von Büchern und Bücherregalen in Kathleens Arbeitszimmer gewundert. Als sie nun den anderen Raum betrat, erkannte sie, warum dies so war. Dieses Zimmer mußte Kathleen als Bibliothek gedient haben. Die Wände waren von oben bis unten mit eingebauten Bücherregalen bedeckt, die jeden Winkel ausfüllten. Beim Anblick der zerfetzten Bände – voller Moder, angeknabbert von Mäusen, mit Stockflecken übersät – entfloh ihr, der ehemaligen Bibliothekarin und Bücherliebhaberin, ein erstickter Schrei. Eines Tages würde sie sie durchsehen, um zu retten, was zu retten war und um die Titel zu betrachten. Es gab keinen besseren Weg, einen Menschen kennenzulernen, als einen Blick auf seine oder ihre Bibliothek zu werfen. Sie wußte, daß sie sich in diesem Augenblick nicht daran wagen durfte – Bücher lenkten sie zu sehr ab. Sie würde nicht nur einen Blick darauf werfen, sondern anfangen zu lesen, und der Rest des Tages wäre in Sekundenschnelle verflogen.

Die Bücherreihen wurden lediglich durch Fenster und Türen und durch eine schmale Treppe an der hinteren Wand unterbrochen. Es war keine hübsche, verzierte Treppe, nur eine Reihe von steilen Holzstufen mit einem Handlauf an einer Seite. Das Bad mußte sich wohl oben befinden. Jacqueline begann, mit vorsichtigen Schritten hinaufzusteigen. Die Stufen waren vermutlich in einem ebenso schlechten Zustand wie alles andere.

Sie hatte gut daran getan, daß sie sie nicht mit ihrem üblichen Schwung hinaufgestiegen war. Als sich ihr Gewicht auf die vorletzte Stufe legte, neigte sich diese wie eine Wippe, und Jacqueline kippte gegen das Geländer. Sie versuchte, sich daran festzuklammern, aber es zerbrach mit einem splitternden Krachen in mehrere Teile, und die unteren zwei Drittel fielen hinab.

Jacqueline bekam im letzten Moment das noch verbliebene Teilstück zu fassen. Das zersplitterte Ende grub sich in ihre Handfläche, und die Schrauben, mit denen es in der Wand befestigt war, hielten nur noch eine Sekunde. Die aber reichte ihr, um sich herumzudrehen und nun mit den Füßen statt mit dem Kopf zuerst hinabzustürzen. Ihr Fußknöchel knickte um, als sie mit voller Wucht auf dem zerbrochenen Geländer landete.

Eine andere Frau wäre vielleicht in Tränen ausgebrochen oder hätte begonnen, um Hilfe zu rufen. Jacquelines einziger Kommentar war nicht druckreif. Nach einigen atemlosen Sekunden setzte sie sich auf und untersuchte ihre Blessuren. Ein gezackter, blutender Schnitt lief über ihre Handfläche, umgeben von Splittern, die tief in der Haut saßen. Und sie hatte sich den Fuß vertreten. Sie bewegte ihn vorsichtig hin und her und kam zu dem Schluß, daß er nicht verstaucht war.

Sie nahm ihre Suche nach dem Badezimmer noch dringlicher wieder auf und war erleichtert, als sie herausfand, daß sie die Treppe gar nicht hinaufsteigen mußte. Eine Tür an der hinteren Wand der Bibliothek führte zu einem Anbau, in dem sich die notwendigen Einrichtungen befanden. Das Wasser lief zwar in den ersten Minuten rostig aus dem Hahn, und das Arzneischränkchen war bis auf einige Spinnweben leer, aber St. John hatte rücksichtsvollerweise dafür gesorgt, daß Toilettenpapier vorhanden war. Jacqueline lächelte säuerlich. Was für ein toller Kerl.

Auf dem Weg zurück zum Arbeitszimmer und zu den Erste-

Hilfe-Beständen in ihrer verläßlichen Handtasche blieb sie stehen, um die Überreste des Geländers zu untersuchen. Das Holz selbst schien in Ordnung zu sein. Es gab keine Anzeichen von Fäulnis oder Termitenschäden. Das Geländer war genau an den Stellen zerbrochen, wo die verschiedenen Stücke aneinandergeschraubt oder zusammengeklebt worden waren. Eine amateurhafte Arbeit, die ihren Zweck erfüllte, allerdings nicht dafür gebaut worden war, dem Aufprall eines schweren, fallenden Objektes standzuhalten. Jacqueline wackelte versuchsweise an den Schrauben. Selbstverständlich waren sie jetzt lose, und es befand sich frisches Sägemehl in den Löchern. Ob allerdings auch schon bevor das Gewicht ihres Körpers so zerstörerisch gewirkt hatte, ließ sich unmöglich sagen.

Bei der obersten Stufe sah das Ganze anders aus. Jacqueline krabbelte auf Händen und Füßen hinauf, wobei sie sich nahe an der Wand hielt. Die Stufen selbst waren nichts weiter als Bretter, die auf die Stützen an beiden Enden genagelt worden waren. Bei der obersten befanden sich allerdings keine Nägel an dem einen Ende, und das Brett war gut zwei Zentimeter kürzer als die anderen. Anstatt fest auf den Stützen aufzuliegen, war es nach unten weggerutscht.

Während Jacqueline diese Stufe genauer untersuchte, schürzte sie kritisch die Lippen. Die Arbeit war mehr als amateurhaft, sie war schlicht und ergreifend stümperhaft. Hätte sie sie getan, so hätte sie sich zumindest die Zeit genommen, die frischen Schnitte auf der Oberfläche mit Hilfe von Dreck und Staub weniger offensichtlich zu machen.

Sie kroch die Stufen wieder hinunter. Sie benötigte über zehn Minuten, um sich mit Hilfe einer Nadel aus ihrem Nähset die Splitter aus der Hand zu ziehen. Sie tröpfelte Jod darauf (und nicht etwa eine dieser neumodischen Cremes oder Sprays – wenn solch ein Mittel nicht weh tat, half es auch nicht) und klebte einige Pflasterstreifen über die Wunde. Es war ausgerechnet die rechte Hand, aber nachdem sie die Finger einige Male versuchsweise bewegt hatte, stellte sie beruhigt fest, daß die Verletzung nicht schlimm genug war, um sie am Schreiben zu hindern.

Für Jacqueline bestand kein Zweifel daran, daß irgend jemand diesen Sturz bewußt herbeigeführt hatte. Es lag nahe, daß sie diese Stufen irgendwann einmal hinaufsteigen würde – wenn nicht auf der Suche nach dem Badezimmer, dann um ihre unersättliche Neugier zu befriedigen, die eine ihrer wohlbekannten Eigenschaften war. Aber solch ein Sturz hätte sie nicht wirklich schwer verletzen können. Die Decken waren niedrig, der Boden aus Holz, nicht aus Stein oder Zement. Das Schlimmste wäre ein gebrochener Arm oder eine leichte Gehirnerschütterung gewesen ... Und das Beste, zumindest aus ihrer Sicht, ein heilsamer Schock. Mit der Schuld des unbekannten und inkompetenten Zimmermannes konnte sie sich nicht anfreunden. Es gab zu viele andere Möglichkeiten – zu viele Leute, die es lieber sehen würden, wenn sie aus Kathleens Cottage verschwand und ihre Finger von Kathleens Buch ließ. Aber wer auch immer es gewesen sein mochte, er oder sie kannte J. Kirby nicht sehr gut, denn so einfach war sie nicht zu erschrecken.

Während sie ihr Butterbrot aß, betrachtete sie das Ergebnis ihrer morgendlichen Arbeit. Sie hatte in den Kisten einige der Unterlagen gefunden, die sie sich erhofft hatte: Notizen und mehrere grobe Entwürfe von *Nackt im Eis*. Kathleen hatte selbst eingestanden, daß es ihr nicht leichtfiel, einen guten Plot zu konstruieren. In einem Interview hatte sie einmal gesagt, daß sie nie wußte, wie eine Geschichte weiterging, wenn sie sich an ihre Schreibmaschine setzte. Die Entwürfe, die Jacqueline gefunden hatte, bestätigten dies. Es gab von manchen Abschnitten nicht weniger als sechs verschiedene Versionen, wobei der ursprüngliche, mit der Schreibmaschine getippte Text durch Streichungen und Ergänzungen derartig unkenntlich gemacht worden war, daß man ihn beinahe nicht mehr entziffern konnte.

Jacqueline arbeitete nie auf diese Weise. Bevor sie mit einem Projekt begann, hatte sie den gesamten Entwurf bereits im Kopf. Bei der Überarbeitung fielen kaum Korrekturen an. Sie kannte allerdings andere Autoren, die die gleiche Technik wie Kathleen anwandten und darauf beharrten, daß es keine Alternative für sie gebe. »Die Figuren übernehmen das Ruder«, hatte ein

Freund einmal behauptet. »Sie tun Dinge, die du nicht erwartet hast, und du mußt dir dann Mühe geben zu erklären, warum sie sie getan haben.« Jacqueline rümpfte über solche Aussagen die Nase. Ihre Figuren taten immer genau das, was sie ihnen sagte. Etwas anderes hätte sie gar nicht zugelassen.

Ausgerechnet das jedoch, was Jacqueline in den Unterlagen zu finden gehofft hatte, war nicht da. Es gab keine Hinweise auf die Fortsetzung des Romans – es sei denn, es fände sich noch irgend etwas zwischen den kaum entzifferbaren Notizen in dem Ordner mit der Aufschrift »Ideen«.

Jacqueline legte ihn zusammen mit einigen anderen in einen der leeren Kartons, die sie mitgebracht hatte. Sie hatte nun ihre Pflicht als Schriftstellerin erfüllt. Es war immer noch früh und genug Zeit, um die anderen Untersuchungen zu beginnen, die sie sich vorgenommen hatte.

Sie fing mit dem Schreibtisch an. Er enthielt lediglich wertlose Überbleibsel von Büromaterialien: ausgetrocknete Kugelschreiber, abblätternde Schreibmaschinenbänder, verrottetes Kohlepapier und Schreibpapier. Jacqueline verschwendete mehr Zeit damit, als eigentlich nötig gewesen wäre, aber sie sah es als eine Möglichkeit, mehr über Kathleens Persönlichkeit zu erfahren. Sie war eine sparsame Sammlerin gewesen. In einer Packung befanden sich gebrauchte Gummiringe, und zwei Schubladen waren mit wattierten Briefumschlägen vollgestopft, die alle Kathleens Adresse auf der Vorderseite trugen und zum erneuten Gebrauch aufbewahrt worden waren. Ganz unten in einer Schublade befand sich Spielzeug: Malbücher, Filzstifte, Zeichenpapier und eine Dose mit Buntstiften. Eine große Dose mit vierundsechzig Farben.

Jacqueline öffnete sie. Die Spitzen waren alle stumpf, aber keine der Farben fehlte – selbst die Aristokraten unter ihnen, die Silber-, Gold- und Bronzetöne, waren vorhanden. Eine längst vergessene Erinnerung durchfuhr sie wie ein Messer: der erste Schultag, die brandneuen Ledersandalen und Söckchen, das helle, glattgebügelte Haarband. Die Schultasche mit den Utensilien. Gelbe Bleistifte, scharf gespitzt wie Nadeln, Schulhefte mit sauberem, weißem Papier und die neue Dose mit Buntstiften in allen Regenbogenfarben. Achtundvierzig, wenn man ein braves Mädchen war, vierundsechzig, wenn man einen großzügigen Daddy oder eine großzügige Mom besaß. Die Begeisterung, mit der man die Krone der Königin in »echtem« Gold malte. Es sah nur wie Gold aus, aber man glaubte, daß es echt war. Und die meistgehaßte Klassenkameradin – Betsy mit ihren blonden Naturlocken – hatte kein Gold in ihrer Dose.

Jacqueline legte die Buntstifte wieder zurück in die Schublade und schob sie zu. Ihr Gesicht trug einen außergewöhnlich nachdenklichen Ausdruck, als sie zum Aktenschrank hinüberging und dort die oberste Schublade öffnete.

Die Sonne stand tief am Himmel und goß goldene Lichtfluten durch das staubige Westfenster, als sie aus einem Nebel der Konzentration aufschreckte und sich fragte, was sie gestört hatte. Protestgeräusche ihres nimmersatten Bauches? Nein. Das Geräusch war von draußen gekommen.

Alles, was sie erkennen konnte, war ein Augenpaar, leuchtend und wachsam wie das eines Tieres. Ein Flechtwerk dorniger Zweige verdeckte den Rest des Körpers so wirkungsvoll wie eine Kostümierung.

Jacqueline drehte sich ein wenig zur Seite, um das Fenster aus den Augenwinkeln beobachten zu können. Sie vollführte langsame Bewegungen, stand auf, streckte sich und blickte auf ihre Hände hinab. Ts, ts, wie schmutzig sie doch waren. Sie mußte unbedingt ihre staubigen, schmuddeligen Hände waschen.

Ohne einen weiteren Blick zum Fenster zu werfen, ging sie durch die Verbindungstür und betrat das Badezimmer. Das einzige kleine Fenster bestand aus Milchglas. Dahinter bewegte sich ein Schatten. Jacqueline lächelte schief und stellte den Wasserhahn an. Sie zog die Wasserspülung. Sobald das Wasser anfing zu gurgeln, rannte sie zur Hintertür.

Mit dem Schlüssel aus ihrer Hosentasche schloß sie sie auf, aber der rostige Mechanismus alarmierte den Voyeur. Als Jacqueline endlich nach draußen trat, hatte die Gestalt die Flucht angetreten. Aber Jacqueline war schneller, und bevor die Gestalt Zuflucht zwischen den Bäumen finden konnte, hatte Jacqueline ein flatterndes Hemd zu fassen bekommen. »Lauf nicht weg«, keuchte sie. »Ich möchte nur –«

Das Hemd war aus gutem, solidem Denim, sonst wäre es bei den wilden Versuchen des Kindes, sich zu befreien, sicherlich zerrissen. Das Mädchen trat nicht, und sie biß auch nicht, aber Jacquelines Nase wurde von einer herumfuchtelnden Faust getroffen, und dieser Schlag auf ein doch sehr empfindliches Teil ihrer Anatomie versetzte sie in ziemliche Wut. Sie umklammerte das Kind mit einer engen, wenig liebevollen Umarmung, und ihre Kommentare waren kaum für kindliche Ohren geeignet. Das Mädchen begann zu schreien. Ihre Stimme war hoch und voller Angst, wie das Quietschen eines in die Enge getriebenen Kaninchens. »Oh, Scheiße«, sagte Jaqueline, während ihr Tränen des Schmerzes die Wangen hinunterliefen.

Sie hörte seine Schritte nicht. Lange Finger legten sich plötzlich um ihren Arm und rissen sie von dem Mädchen weg. »Was zum Teufel machen Sie da?« rief er mit rauher Stimme.

Jacqueline tastete nach ihrem Taschentuch und wischte sich über die Augen. Er hatte die Hände zu Fäusten geballt und warf ihr unter gerunzelten Augenbrauen einen düsteren Blick zu. Kathleens grüblerischer Schurke besaß ebenfalls solche Augenbrauen ...

Das Kind klammerte sich an ihn. Jacqueline erkannte sie jetzt. Es war Marybee, die Älteste der Smith-Kinder. Marybee hatte keine Angst. Sie bemühte sich eher, nicht vor Lachen herauszuprusten. So ein Balg, dachte Jacqueline.

»Stellen Sie immer noch Fragen, Mr. Spencer?« fragte sie. »Die Antwort sollte eigentlich offensichtlich sein. Ich habe versucht, das Mädchen einzufangen, um es ins Haus zu schleppen und zu foltern. Zunächst wollte ich sie auf dem Sessel festbinden und von den Mäusen anknabbern lassen.«

Das Kind streckte ihr die Zunge heraus. Jacqueline erwiderte das Kompliment. Es hatte einmal eine Zeit gegeben, wo sie imstande gewesen war, ihre Nasenspitze mit der Zunge zu berühren, und sie war immer noch recht gut darin. Marybee zog die ihre geschlagen zurück.

»Sie hat herumgeschnüffelt«, sagte Jacqueline. »Da hinten

durch das Fenster gespäht. Alles, was ich sehen konnte, war ein neugieriger Blick aus einem Augenpaar. Es war ziemlich entnervend.« Sie schaute strafend zu Marybee hinüber. »Das war nicht nett von dir. Wenn ich eine liebe, nervöse, alte Dame gewesen wäre –«

»Sie sind keine liebe, alte Dame«, erwiderte Marybee.

»Verdammt richtig. Ich wollte nur mit dir reden, Marybee. Warum bist du davongelaufen?«

Paul wuschelte durch die dunklen Locken des Kindes. »Sie ist ein wenig schüchtern. Und sie war neugierig auf Sie, wie jedes andere Kind auch gewesen wäre. Man hat ihr aufgetragen, Sie nicht zu stören. Und was das Weglaufen betrifft – wären Sie als Kind nicht auch gerannt, wenn eine vor Wut schäumende Erwachsene schreiend und fluchend hinter Ihnen hergerast wäre?«

»Ich habe nicht geflucht. Zumindest zu diesem Zeitpunkt noch nicht.« Jacqueline blickte ihn von Kopf bis Fuß an. Er sah genauso gut aus wie bei ihrem ersten Zusammentreffen – hager, muskulös, gelassen. Die beiden boten ein anrührendes Bild: das kleine Mädchen mit dem lieblichen Gesicht, das sich an ihn klammerte, und er, der seine Hand zärtlich auf ihrem Kopf ruhen ließ.

»Was tun Sie hier?« erkundigte sich Jacqueline.

»Ich arbeite.«

»Jetzt noch?«

»Gartenarbeit ist keine Saisonarbeit, Sie Großstadtpflanze. St. John möchte, daß alles in Schuß gebracht wird. Ein Großteil der Arbeit – wie Roden, Zwiebeln pflanzen, Mulchen – wird im Herbst erledigt.«

Und was für eine perfekte Entschuldigung diese Art von Arbeit doch für jemanden war, der gerne herumschnüffelte, dachte Jacqueline. Er hat immer einen guten Grund, wenn er irgendwo auftaucht. Alles, was er braucht, ist eine Gartenschere oder ein Spaten.

Allerdings bezweifelte sie, daß Paul Spencer derjenige gewesen war, der an den Stufen herumgespielt hatte. Er hätte den Job sicher wesentlich gründlicher erledigt. Der Mann machte einen sehr kompetenten Eindruck. Und was war mit Marybee?

Die meisten Erwachsenen hätten verächtlich abgewunken, sobald ein unschuldiges Kind verdächtigt wurde, aber Jacqueline hatte zu viel Erfahrungen mit jungem Gemüse gesammelt, um an dessen Vermögen, dreckige Tricks zu kennen oder gemeine Pläne auszuführen, auch nur den geringsten Zweifel zu hegen. Marybee war ein Kind vom Lande, auf einer Farm groß geworden und daher mit allen möglichen Geräten vertraut. Und Kinder – soviel mußte zu ihrer Verteidigung gesagt werden – waren oft nicht in der Lage, die schrecklichen Auswirkungen ihrer Scherze abzuschätzen. Man mußte sich nur die gräßlichen Dinge ansehen, die die kleinen Teufel sich gegenseitig antaten ...

Paul schien ihre Gedanken zu erraten, denn seine Stimme klang beinahe entschuldigend, als er fortfuhr: »Ich war gerade damit beschäftigt, an den Rändern des Grundstücks zu mulchen, als ich Marybee schreien hörte. Natürlich bin ich sofort losgelaufen. Ich habe Sie in dieser Aufmachung nicht erkannt. Alles, was ich sah, war eine große Gestalt in Hosen, die – so dachte ich – das Kind würgte.«

»Sie hat auf die Nase geschlagen.«

»Sie haben ihr einen größeren Schrecken eingejagt, als die Kleine Ihnen –«

»Das möchte ich bezweifeln. Aber sagen wir einfach, daß wir quitt sind.« Sie beugte sich nach vorne, so daß ihre Augen auf einer Höhe mit denen des Kindes waren. »Ich mag es nun einmal nicht, wenn man mich bei der Arbeit stört, Marybee. Aber ich mache dir keinen Vorwurf, daß du neugierig gewesen bist. Ich bin selbst – hm – ein wenig so. Lass' uns eine Abmachung treffen. Beim nächsten Mal kommst du einfach an die Vordertür und klopfst. Wenn ich nicht in der Stimmung für Besuch sein sollte, werde ich nicht öffnen, und du machst dich einfach wieder davon.«

»Okay.« Der Tonfall war etwas mürrisch, aber die Zustimmung kam schneller, als Jacqueline erwartet hatte. Sie richtete sich wieder auf. »Ich werde wahrscheinlich morgen wieder hier sein. Du kannst mir beim Mittagessen Gesellschaft leisten. Ich werde ein zusätzliches Butterbrot mitbringen. Wie wäre es mit Erdnußbutter?«

Die Kleine verzog das Gesicht. »Igitt. Schinken und Käse.«

»Darf es mit Mayonnaise oder Margarine sein?« erkundigte sich Jacqueline.

Paul Spencer lachte. »Lauf schon, Marybee. Wir werden uns später einmal über einige Anstandsregeln unterhalten.«

Sie standen nebeneinander und beobachteten, wie das Mädchen davonhüpfte. Die untergehende Sonne weckte rostbraune Schatten in ihren fliegenden Locken.

»Verbringt sie viel Zeit hier?« fragte Jacqueline.

»Sie wohnt auf der anderen Straßenseite. Das Haus gehört mit zur Farm, Kathleen hat es Laurie und Earl zur Hochzeit geschenkt.«

»Ich bin überrascht, daß Earl es angenommen hat.«

»Es war in einem miserablen Zustand – seit Jahren unbewohnt. Earl hat es wieder hergerichtet, neue Rohre und neue Leitungen verlegt. Kathleen ... Kathleen konnte gut mit Menschen umgehen. Sie hat ihnen immer das Gefühl vermittelt, als würden sie ihr einen Gefallen tun, statt umgekehrt.«

Jacqueline verspürte erneut eine starke Zuneigung zu der Autorin von Nackt im Eis. Es war schwer genug, ein Buch zu schreiben – selbst ein lausiges Buch, von einem wirklich guten ganz zu schweigen –, ohne andauernd von persönlichen Problemen oder denen der Familie abgelenkt zu werden. Wahrscheinlich war Kathleens Familie nicht schlimmer als die meisten anderen. Kinder und Ehemänner, Väter und Mütter, Schwestern und Brüder sahen sich außerstande, zu akzeptieren, daß ein Schriftsteller – und insbesondere eine Schriftstellerin – Bedürfnisse hatte, die durchaus auch vor ihren unbedeutenden Wünschen rangieren konnten. Aber so wie es aussah, war Kathleen nie gut darin gewesen, diese Bedürfnisse durchzusetzen. Sie mußten ihr mit ihren verletzten Gefühlen, ihrer Empfindlichkeit und der ständigen Beanspruchung ihrer Zeit fürchterlich auf die Nerven gefallen sein. Taktvoll zu leben war so ermüdend. Jacqueline hatte es längst aufgegeben.

»Ich nehme an, Sie wollen wieder zurück an die Arbeit«, sagte Paul. »Es tut mir leid wegen der Störung. Ich werde dafür sorgen, daß es nicht wieder vorkommt.«

Er ließ sie stehen, bevor sie etwas antworten konnte und eilte mit langen Schritten davon. Jacqueline blickte ihm nach. Das Spiel der Muskeln unter dem Stoff seines Hemdes und den Hosen bot einen hübschen Anblick, aber das war nicht der einzige Grund, warum ein neugieriges Lächeln ihre Lippen umspielte.

Marybee Smith und Paul Spencer. Welch ein seltsames Paar. Paul mußte der Familie – oder zumindest einem Teil – näher stehen, als sie vermutet hatte. Das kleine Mädchen sah seiner Tante ausgesprochen ähnlich. Ob das eine Erklärung für Pauls Zuneigung war?

Die Sonne war nahezu verschwunden, als Jacqueline die Tür des Cottages verschloß und den Schlüssel in ihre Hosentasche steckte. Dann betrachtete sie nachdenklich den Karton, den sie mitgebracht hatte. Er war halbvoll mit Papieren und wog eine Tonne, aber sie beschloß, ihn zum Auto zu schleppen, statt zu versuchen, den Wagen herüberzuholen. Sie hob ihn ächzend in die Höhe und machte sich auf den Weg. Von Paul war nichts zu sehen, offenbar hatte er seine Arbeit für heute beendet. Wie bedauerlich. Sie hätte jetzt seine Hilfe gebrauchen können. Der Karton wurde mit jedem Schritt schwerer. Sie mußte ihn einige Male absetzen. Sie hob ihn gerade zum dritten Mal in die Höhe, als Craig Zwei um die Ecke des Hauses bog.

»Aber, aber, Mrs. Kirby.« Seinem forschenden Blick entging nichts – weder die Schmutzflecken auf ihrem Gesicht, noch die kleinen Löckchen, die sich unter ihrem Schal hervorgestohlen hatten, und auch nicht ihre Hose, die an den Knien und am Po verschmutzt war. »Was um Himmels willen machen Sie da? St. John hat mich geschickt, um nach Ihnen zu sehen. Er erwartet Sie zum Tee.«

Jacqueline richtete sich auf und strich sich das Haar aus der Stirn. Sie hatte es nicht als der Mühe wert erachtet, sich für St. John schön zu machen, aber ihr Aussehen – und vor allem die Tätigkeit, bei der er sie erwischt hatte – gereichte ihr nun bei Craig zum Nachteil.

»Ganz offensichtlich versuche ich, diesen Karton zu meinem

Wagen zu tragen. Würde es Ihnen etwas ausmachen, mir dabei zu helfen?«

»Aber nein. Es ist mir ein Vergnügen.« Craig hob den Karton auf seine Schulter. »Haben Sie den allein hierher geschleppt? Ich weiß nicht, welche Ihrer Eigenschaften ich mehr bewundern soll: Ihre Hingabe oder Ihre Kraft.«

»Stellen Sie ihn bitte einfach in den Kofferraum«, erwiderte Jacqueline mit zusammengepreßten Zähnen.

Sie öffnete den Kofferraum. Craig wuchtete den Karton hinein und warf ihr ein strahlendes Lächeln zu. »Natürlich benötige ich eine Quittung für diese Sachen.«

Jacquelines Lächeln war ebenso strahlend. »Natürlich.« Sie griff in ihre Handtasche und zog ein engbeschriebenes Blatt mit der Auflistung aller Papiere hervor.

Zufrieden marschierte sie auf das Haus zu. Craig folgte ihr und hatte sie rechtzeitig eingeholt, um ihr die Tür zu öffnen. St. John wartete bereits. Er stürzte mit kleinen freudigen und bedauernden Rufen auf sie zu. »Meine liebe Jacqueline, was Sie jetzt brauchen ist eine schöne heiße Tasse Tee. Kommen Sie herein, kommen Sie nur. Nehmen Sie dort im Sessel Platz. Ich werde Ihnen eine Fußbank besorgen. Wie trinken Sie Ihren Tee? Sie Ärmste, Sie sehen ja ganz erschöpft aus.«

»Mehr als erschöpft«, ergänzte Craig. »Sie scheinen sich verletzt zu haben, Mrs. Kirby. Was ist mit Ihrer Hand passiert?«

Jacqueline war sich noch nicht darüber im klaren, ob sie die zerstörte Treppe erwähnen sollte. Sie beschloß nun, daß es besser sei, darüber zu reden. St. John würde sie sowieso bemerken, wenn er das Cottage betrat, und der Vorfall war zu ernst, als daß man ihn einfach übergehen konnte. Allerdings hatte es wohl keinen Sinn, ihren Verdacht – oder besser gesagt die bewiesene Tatsache – zu erwähnen, daß jemand an der Treppe herumgebastelt hatte. Falls der Täter sie unwissend glaubte, würde er möglicherweise unvorsichtig werden und einen Fehler begehen oder eine unbedachte Äußerung machen, und sie hätte die Möglichkeit, seine Identität zu erfahren.

Als er ihre Erklärung vernahm, stieß St. John weitere bedauernde kleine Rufe aus und entschuldigte sich überschwenglich.

Er würde sich das nie verzeihen! Er hatte ja keine Ahnung gehabt, daß das Haus in solch einem bedauernswerten Zustand war. Er würde sofort einen Schreiner kommen lassen.

»Es hat jetzt keinen Sinn mehr, den Zugang nach oben zu schließen«, sagte Craig und ließ Jacqueline keinen Moment aus den Augen. »Mrs. Kirby braucht die Treppe nicht noch einmal zu benutzen. Ich frage mich sowieso, warum Sie überhaupt nach oben gehen wollten?«

»Ich habe das Badezimmer gesucht«, erwiderte Jacqueline.

»Oh, ich verstehe. Aber das Bad ist doch –«

»Das weiß ich jetzt auch. Zu diesem Zeitpunkt wußte ich es jedoch noch nicht.« Jacqueline befreite ihre Hand aus St. Johns feuchtem Griff, der versuchte, das Pflaster abzuziehen, um die Wunde in Augenschein zu nehmen. Das behauptete er zumindest. Sie lächelte ihn an. »Es war mein eigener Fehler. St. John hatte sich angeboten, mir alles zu zeigen, aber ich war derart begierig, sofort an die Arbeit zu gehen, daß ich seine Hilfe ablehnte. Wir sollten wirklich nicht mehr darüber reden. Niemand ist wirklich zu Schaden gekommen – außer dem Geländer. Ach, übrigens St. John, ich nehme einige von Kathleens Unterlagen mit. Mr. Craig hat die Liste.«

Craig warf einen prüfenden Blick darauf. »Briefe? Was wollen Sie denn damit anfangen?«

Jacqueline hatte sich eine Erklärung ausgedacht. Sie hatte den Vorteil, zudem auch noch wahr zu sein. »Kathleen hat mit einer Reihe von Schriftstellern korresponiert. Alle Fachleute lieben es, sich über ihre Arbeit zu unterhalten. Autoren diskutieren für gewöhnlich über das Werk, an dem sie gerade schreiben, erwähnen einige ihrer Ideen und lassen sich über Probleme aus, die aufgetreten sind. Zumindest ist das bei mir so. Ich habe die Hoffnung, daß Kathleen einige Ideen für die Fortsetzung ihren Briefpartnern gegenüber geäußert hat.«

»Ich verstehe nur nicht, warum Sie sie mitnehmen müssen«, beharrte Craig. »Warum können Sie sie nicht hier im Cottage durchsehen?«

Jacqueline biß die Zähne zusammen. »Weil das Haus eine dreckige Hütte ist«, erwiderte sie geradeheraus. »Die Atmosphäre ist deprimierend, und zudem müßte ich meine ganzen Geräte herüberschleppen. Es ist einfacher, die Briefe mitzunehmen, als Computer, Drucker und alles andere hierherzubringen.«

St. John sah gekränkt aus. »Ich könnte das Haus für Sie saubermachen lassen –«

»Das ist nicht notwendig. Ich werde hierfür wohl ohnehin kaum mehr als ein paar Tage benötigen.« Sie wandte sich zu Craig um, der immer noch stirnrunzelnd ihre Liste betrachtete. »Sie können sich gerne die Sachen im Karton ansehen, um sicherzugehen, daß ich auf der Liste nichts vergessen habe.«

»Ich werde mich mit Ihrem Wort begnügen«, murmelte Craig.

»Wie freundlich von Ihnen.«

Sie verabschiedete sich so schnell wie möglich und schob es auf die vorgeschrittene Stunde und ihre Müdigkeit. Craig berief sich auf das letztere und folgte ihr zu ihrem Auto.

»Ich frage mich, ob wir uns einmal treffen könnten, Mrs. Kirby. Es gibt einige Dinge zu besprechen.«

»Zum Beispiel?«

Er machte nicht den Eindruck, als ob ihn ihre Direktheit verletzt hätte. »Nichts Beunruhigendes, das kann ich Ihnen versichern. Ich fürchte, daß ich mich bei der Angelegenheit mit den Briefen ein wenig beleidigend verhalten habe. Das war nicht meine Absicht. Wir Anwälte tendieren dazu, die Welt ein wenig zu skeptisch zu betrachten.«

»Damit sind Sie nicht allein«, versicherte ihm Jacqueline.

Craig lachte. »Ja, Sie sind auch nicht gerade die vertrauensseelige, naive Unschuld vom Lande, nicht wahr? Es tut mir leid, daß wir auf dem falschen Fuß angefangen haben, Jacqueline – darf ich Sie Jacqueline nennen? Vielleicht treffen wir uns bald einmal zu einem gemeinsamen Abendessen? Wir könnten uns über Kathleen und Ihre Arbeit unterhalten.«

»Was für eine entzückende Idee«, erwiderte Jacqueline begeistert. »Ich würde mich freuen, Mrs. Craig – und natürlich auch die Kinder – kennenzulernen. Wir sollten uns wirklich einmal treffen. Möglichst bald.« Sie rutschte hinter das Steuer und steckte den Schlüssel in die Zündung. »Bis dann, Mr. Craig.«

Sie hielt vorsichtshalber nach umherlaufenden Kindern und grüblerisch dreinblickenden Gärtnern Ausschau, während sie auf die Ausfahrt des Grundstücks zufuhr, aber sie erblickte niemanden.

Jacqueline hatte keine Lust, im Gasthaus zu Abend zu essen. An einem Samstag war es wahrscheinlich voll, und den Gedanken an einen plärrenden Fernseher, in dem ein Football-Spiel in voller Lautstärke lief, fand sie nicht besonders anziehend. Es bestand natürlich die Möglichkeit, daß Mrs. Swenson kein Football-Fan war. Möglich, aber unwahrscheinlich. Ganz offensichtlich scherte sie sich wenig darum, worauf sie starrte.

Ihr Abendessen bestand aus Rühreiern mit Schinken. Sie aß mit einer Hand, während sie mit der anderen Kathleens Papiere sortierte.

Die Briefe, die sie mitgenommen hatte, stammten aus den letzten drei Monaten vor Kathleens Tod. Jacqueline hatte sie bereits grob vorsortiert, indem sie die höflichen Antwortschreiben an irgendwelche Fans beiseite gelegt und nur solche mitgenommen hatte, die Teil einer längeren Korrespondenz waren. Die Lektüre würde ein anstrengender Abend für die Augen werden. Kathleen hatte das Kohlepapier für die Kopien wohl immer so lange benutzt, bis es nur noch ein Fetzen war.

Eine bestimmte Serie von Briefen schien besonders interessant zu sein. Jacqueline begann, diese Briefe zuerst zu lesen. Sie waren von und an Brunnhilde geschrieben.

Brunnhilde hatte ihr Äußerstes gegeben, um eine von Kathleens Busenfreundinnen zu werden, aber all ihre Bemühungen hatten nicht ausgereicht. Kathleens Antwort auf den ersten, übersprudelnden Fan-Brief war höflich, aber kühl gewesen. Ganz offensichtlich war ihr Brunnhilde – die damals auf dem Höhepunkt ihrer Popularität gestanden hatte – keine Unbekannte, und der Takt, mit dem sie diese Tatsache eingestand, ohne sich dabei zu irgendeinem Kommentar in bezug auf Brunnhildes Bücher hinreißen zu lassen, zauberte ein bewunderndes Lächeln auf Jacquelines Lippen. Das Lächeln verbreiterte sich zu einem Grinsen, während sie die nächsten Briefe las. Kathleen – in der Hinsicht nun einmal ein Dummerchen – war zu höflich, um Briefe unbeantwortet zu lassen, aber sie hatte ganz offenbar einen gesunden Selbsterhaltungstrieb besessen und jede der immer zudringlicher werdenden Einladungen zu einem Treffen abgelehnt. Selbst als Brunnhilde ihr eröffnete, daß sie »in der Gegend« sei und ihre »Freundin« nur allzu gerne zum Essen einladen würde, gelang es Kathleen, sich herauszuwinden, wobei sie ihren erst kürzlich erfolgten Unfall als Entschuldigung nannte. Es gab übrigens keine Antwort auf Brunnhildes letzten Brief, den sie einen Monat vor Kathleens Verschwinden an sie gesandt hatte. Sie war wieder einmal »in der Gegend« gewesen ...

Pine Grove war wirklich ein beliebtes Fleckchen bei Touristen, dachte Jacqueline, der das Lächeln vergangen war. Es lag genau auf der Strecke ... ins Niemandsland.

Andere Autoren hatten mehr Glück gehabt – entweder, weil Kathleen ihre Arbeit bewunderte oder weil deren Bewunderung für Kathleen weniger überschwenglich und in überzeugenderen Worten formuliert war. Jacqueline hatte bereits die Briefe an Frederick Fortman gelesen. Sie blätterte sie noch einmal durch, um sicherzugehen, daß sie auch keinen übersehen hatte und legte sie dann zur Seite.

Kathleen hatte ihre Unfälle mehr als einem Briefpartner gegenüber erwähnt. Anfangs machte sie Witze darüber – » genau dem Vorurteil entsprechend, das die Leute vom geistesabwesenden Schriftsteller haben«! Eine ihrer Brieffreundinnen, eine englische Autorin historischer Romane, hatte darüber nicht lachen können. Nachdem Kathleen ihr gegenüber den dritten Unfall erwähnte, hatte sie zurückgeschrieben: »Ich möchte nicht wie ein verkalkter Trottel klingen, Kathleen, aber Deine

Beinah-Unfälle bereiten mir Sorgen. Vielleicht arbeitest Du zuviel. Du hast auch ein Recht auf Urlaub. Warum machst Du nicht diese Reise nach Europa, von der Du immer geträumt hast? Ich weiß, daß Du Deine Verantwortung für die Familie ernst nimmst, aber Deine Mutter kommt bestimmt auch einmal ein paar Wochen ohne Dich aus. Besuche mich doch! Ich würde Dich gerne einmal persönlich kennenlernen.«

Es gab keine Durchschrift eines Antwortschreibens.

Jacqueline zuckte zusammen und sah über ihre Schulter. Dann entspannte sie sich wieder. Das Klicken stammte vom Kühlschrank, der angesprungen war. Sie war vollkommen in die Briefe vertieft gewesen. Sie zu lesen war ganz so, als ob man das Gespräch zweier Freunde belauschte. Außerdem war es deprimierend. Nichts ist trauriger, als die fröhlichen Zeilen von Toten zu lesen, in denen sie Hoffnungen äußern, die sich niemals erfüllten, Vorsätze, die sie niemals verwirklichten und Träume, die zerplatzten, bevor sie realisiert werden konnten.

Das Haus war zu ruhig – nicht einmal das Schnurren einer Katze war zu hören. Gemeinhin reichte Jacqueline ihre eigene Gesellschaft völlig aus, aber in diesem Moment mußte sie einfach mit jemandem reden. Sie ging in Gedanken die Liste der Freunde durch, die sie telefonisch erreichen konnte, aber es gab niemanden darunter, der ihr die Art von Rat geben konnte, die sie benötigte – außer O'Brien. Und der würde ihr keinen Rat geben, sondern sie mit Schimpfwörtern eindecken und sie auffordern, ihn nicht weiter zu nerven. Wenn er frei hatte, war er im übrigen bestimmt mit irgendeiner neuen Eroberung unterwegs. Es war Samstag abend ...

Natürlich. Der Einfall zauberte ein Strahlen auf ihr Gesicht, und Jacqueline griff nach ihrer Tasche, dem Mantel und der Taschenlampe und stürmte zur Tür hinaus.

Als sie zwei Stunden später die Tür aufschloß, klingelte ihr Telefon. Ihre erste Reaktion war, es klingeln zu lassen. Sie verspürte eine angenehme Müdigkeit und hatte nicht mehr den Drang, ihre Gedanken mit irgend jemandem auszutauschen. Aber als das schrille Geräusch unablässig weiter um ihre Aufmerksamkeit bat, wurde ihr klar, daß es das kleinere Übel war, den Hörer abzunehmen. »Ja?« sagte sie mit schnippischer Stimme.

Es war Mollie – wie sie erwartet hatte. Es war die naheliegende Annahme gewesen. Soweit Jacqueline wußte, war Mollie die einzige, die ihre Nummer hatte. Und wenn sie nicht abgenommen hätte, wäre Mollie herübergekommen, um nach ihr zu sehen. Das ließ sie zumindest verlauten – zusammen mit einer Menge anderer Dinge.

»Ich habe gesehen, wie Sie weggingen, und das war schon eine Weile her, aber Sie kamen nicht zurück, und da Sie zu Fuß unterwegs waren, wußte ich, daß nicht ›Gondal‹ Ihr Ziel war, und ich konnte mir nicht vorstellen, wohin Sie gegangen sein könnten, und da habe ich mir Sorgen gemacht ...«

»Nun, Sie sollen sich keine Sorgen machen. Es sei denn, es geht etwas in dieser netten, harmlosen, kleinen Stadt vor sich, von dem Sie mir noch nichts verraten haben.«

»Oh, nein! Aber in einigen Stadtteilen – in einigen Gegenden – kann es Samstag abends ein wenig wild zugehen.«

»Ich weiß«, erwiderte Jacqueline und grinste bei der Erinnerung daran.

»Sie wissen?«

»Gibt es etwas Bestimmtes, weshalb Sie mich sprechen wollten, Mollie?«

»Oh ... Heute morgen hat ein Mr. Stokes eine Nachricht für Sie hinterlassen. Er sagte, er sei Ihr Agent.«

»Er hat die Wahrheit gesagt.« Jacqueline gähnte. »Hat er den Grund seines Anrufes genannt?«

»Er wollte Ihre Telefonnummer wissen«, erwiderte Mollie. »Ich habe ihm gesagt, daß ich sie nicht wüßte ...«

»Nun, meine Liebe, Sie haben für einen guten Zweck gelogen. Man wird es im Jenseits nicht gegen Sie verwenden.«

»Er war sehr beharrlich. Er ... er hat mich angeschrien.«

»Oh, um Himmels willen«, setzte Jacqueline an. Dann zwang sie sich zu einem moderateren Ton. Sie konnte Mollie vor sich sehen, wie sie ihre unterwürfige Haltung einnahm, die Lippen zitternd, den Körper gekrümmt ... Der schwangere Körper gekrümmt. »Meine Liebe, Sie dürfen sich von Leuten wie Stokes nicht herumkommandieren lassen. Ich habe ihm vor meiner Abfahrt gesagt, daß er mir nicht auf die Nerven fallen soll. Ich werde es ihm noch einmal sagen – mit mehr Nachdruck. Falls es Sie erleichtert: Ich war nur unterwegs, um ein bißchen – hm – Bewegung zu haben. Ich habe einen Blick ins Fenster geworfen, als ich am Gasthaus vorbeikam, aber Sie machten einen sehr beschäftigten Eindruck, daher bin ich bei der ›Elite-Bar‹ eingekehrt.«

»Oh«, sagte Mollie verblüfft. »Aber das ist nicht das richtige Lokal für Sie, Jacqueline. Besonders nicht an einem Samstagabend. Dann treffen sich dort ziemlich – ziemlich rauhe Gesellen.«

»Alle waren sehr nett zu mir. Ein Mr. Hoggenboom hat mir einen Rachenputzer – einen Drink spendiert.«

»Bill Hoggenboom! Aber er ist in der ganzen Stadt bekannt für –«

Sie verstummte. Jacqueline, die das Ganze langsam amüsierte, hätte das fehlende Wort ergänzen können. Hoggenboom (»Nennen Sie mich doch einfach Bill, Ma'am«) besaß ein loses Mundwerk. Er war die Plaudertasche von Pine Grove und war über jeden Klatsch informiert. Außerdem war er hier einmal Sheriff gewesen. Die Unterhaltung mit ihm und seinen Freunden hatte sich als höchst aufschlußreich entpuppt.

»Er war ausgesprochen charmant«, sagte sie. »Ebenso wie alle anderen. Mollie, ich bin furchtbar müde. Vielen Dank für Ihren Anruf. Ich werde jetzt schlafen gehen.«

Als sie sich das Gesicht wusch, entdeckte sie Spuren blauer Kreide unter den Fingernägeln. »Gott sei Dank habe ich rechtzeitig aufgehört zu spielen«, sagte sie laut. »Ich hätte Bill nach dem zweiten Rachenputzer nicht mehr so haushoch schlagen können. ›Zigaretten und Whiskey und wilde, wilde Sheriffs ...‹ Nun ist es wieder mal soweit – ich rede mit mir selbst. Ich sollte mir ein Haustier anschaffen. Es ist besser, mit einem Tier zu reden, als mit sich selbst. Oder etwa nicht?«

Niemand antwortete ihr.

Laut Bill Hoggenboom waren genau siebzehn Dollar und vierundfünfzig Cents in Kathleens Handtasche gewesen, als sie gefunden wurde. Am Tag vor ihrem Verschwinden hatte sie einen Scheck über zweihundert Dollar eingelöst. Vielleicht hatte sie das Geld ihrer Mutter oder ihrem Bruder gegeben oder es zum Kauf von Lebensmitteln verwendet. Vielleicht aber auch nicht.

Jacqueline wartete am folgenden Morgen bis elf Uhr, bevor sie nach »Gondal« fuhr. Mrs. Darcy war als eifrige Kirchgängerin bekannt, und ihr lieber Sohn würde sie sicherlich begleiten. Ganz offenbar hatte er das wirklich getan. Es gab kein Anzeichen, daß jemand im Haus war, als sie ihren Wagen davor parkte und sich auf den Weg zum Cottage machte.

Seit gestern hatte niemand das Haus betreten. Und falls doch, so hatte er oder sie kein Anzeichen dafür hinterlassen. Das zersplitterte Geländerholz lag noch immer an der Stelle, wo es hingefallen war.

Es war ein sonniger, heller Tag, aber irgendwie war Jacqueline noch weniger als sonst danach, in diesen Räumen zu verweilen. Sie fing an, diesen Ort zu hassen, und das vor allem deshalb, weil der Kontrast zwischen seinem gegenwärtigen, vernachlässigten Zustand und der Art und Weise, wie er zu Zeiten von Kathleens Anwesenheit ausgesehen haben mußte, so groß war. Teppiche auf dem Boden, Vorhänge an den Fenstern, eine Katze, die zusammengerollt auf dem Sessel vor dem knisternden Feuer liegt – und Kathleen selbst, die auf einer alten Smith Corona herumhämmert, an der sie trotz des Komforts modernerer Geräte festhielt. Mit glänzenden Augen, wenn die Worte aus ihr herausflossen, und mit vor Frustration gerunzelter Stirn, wenn sie feststeckte und ihr gar nichts mehr einfallen wollte.

Jacqueline fluchte leise vor sich hin und ging zum Aktenschrank hinüber. »Ich bemühe mich, so gut ich kann«, murmelte sie. »Also nerv mich nicht, okay? Ich versuche es ja.«

Sie ging noch einmal die Briefe durch und fand ihre Vermutung bestätigt: Kathleen Darcys Leben war bis auf wenige Monate vor ihrem Verschwinden ohne auffallende Vorfälle verlaufen. Selbst als alle anderen im Hause unter einer Erkältung litten, war sie gesund geblieben.

Nachdem sie mit den Briefen fertig war, verbrachte Jacqueline einige Zeit damit, die vergilbten Zeitungsausschnitte durchzusehen. Sie hätten faszinierendes Lesefutter für einen Literaturstudenten abgegeben, da sie auf viele der Quellen verwiesen, aus denen Kathleen bei der Abfassung ihres Buches geschöpft hatte. Es war allerdings nicht festzustellen, welcher Ausschnitt möglicherweise als Anregung für die Fortsetzung hätte dienen sollen. Jacqueline begann erneut zu fluchen.

Das einzig Interessante, auf das sie stieß, waren einige Rechnungen, die irgendwie zwischen die Zeitungsausschnitte geraten waren – ein Fehler, für den Jacqueline volles Verständnis hatte, da ihr dies auch schon oft passiert war und sie gewöhnlich Stunden mit der Suche nach den fehlenden Unterlagen zubrachte. Insbesondere eine Rechnung – für eine Rechtsberatung – ließ Jacquelines Augenbrauen in die Höhe zucken. Selbst für New Yorker Verhältnisse war der Betrag ungeheuer hoch. Offenbar hatte Kathleen es auch so empfunden. Unter der Nummer des Schecks, mit dem sie die Rechnung bezahlt hatte, stand in ihrer Handschrift zu lesen: »Es wäre billiger, mich von irgend jemand verklagen zu lassen.«

Jacquelines Hauptgrund, an diesem Tag nach »Gondal« zugehen, erwies sich als zwecklos. Obwohl sie außer einem Schinken-Käse-Brot auch noch eine Tüte süßer, klebriger Plätzchen mitgebracht hatte, ließ sich Marybee nicht blicken. Jacqueline verschlang gleichmütig eins nach dem anderen. Danach war ihr ein wenig schlecht, und sie füllte einen Karton mit Zeitungsausschnitten – die sie mehr oder weniger willkürlich auswählte – und verließ schließlich das Cottage.

Die Stadt, die am Samstagabend zum Leben erwacht war, pflegte am Sonntagnachmittag ihren Kater. Die Kirchgänger waren zum Essen nach Hause gegangen, und alle Geschäfte waren geschlossen – selbst die Antiquitätenläden. Jacqueline machte sich in Gedanken eine Notiz, darauf zu achten, daß ihr sonntags niemals grundlegende Dinge – wie etwa Wodka – ausgingen.

Das einzige Etablissement, das geöffnet hatte, war die gute alte »Elite Bar und Grill«. Wahrscheinlich, weil man dort Essen servierte und daher wie das Gasthaus von den strengen puritanischen Gesetzen ausgenommen war. Aber im Augenblick war Jacqueline nicht danach. Bill und der Rest der Bande würden erst später eintrudeln, und an einem Sonntagabend war sowieso nicht soviel los. Montags ging es wieder an die Arbeit.

Außerdem, erinnerte sich Jacqueline, war da noch die Kleinigkeit von einem Exposé, das es zu schreiben galt. Der Abgabetermin bereitete ihr kein echtes Kopfzerbrechen. Die Anwälte hatten diese Klausel lediglich eingefügt, damit sie behaupten konnten, daß sie ihr Geld zu Recht verdient hatten. Sie war sich sicher, daß St. John den Vertrag nicht für ungültig erklären würde, wenn sie es einige Tage zu spät abgab. Was aber nicht passieren würde. Im besten Fall mußte sie noch Monate warten, bevor sie irgendwelche Zahlungen für dieses Buch erwarten konnte. Sie wünschte nur, daß sie eine bessere Vorstellung davon hätte, über was sie schreiben wollte. Selbst die ersten drei Kapitel, deren grobe Vorgabe von Kathleen verfaßt worden war, bedrückten sie. Kathleen hatte Ara in einer vertrackten Situation zurückgelassen, aus der man sie nur sehr schwer wieder befreien konnte, und die Motivation der Heldin für ein solch dummes Verhalten fehlte ganz und gar.

Während sie über die Komplikationen der Handlung nachdachte, mußte Jacqueline plötzlich bremsen, weil eine Katze vor dem Auto über die Straße lief. Es war eine schwarze Katze mit einem Schwanz, der so buschig war wie der eines Waschbären. Jans Katze? Ja. Sie verschwand in der Lücke zwischen den beiden hohen Gebäuden, wo der Buchladen verborgen lag.

Jacqueline arbeitete einige Stunden, übertrug Kathleens gekritzelte Notizen in den Computer und verfluchte dabei die unleserliche Handschrift der Autorin. Es war allerdings der Mühe wert. Einige der eilig niedergeschriebenen, unvollständigen Sätze deuteten auf mögliche Handlungsentwicklungen hin. Sie war beinahe damit fertig, als das Telefon klingelte. Jacqueline ignorierte es, und schließlich hörte es auf zu läuten.

Nachdem sie die letzte Seite beendet und die Notizen wieder in die Mappe zurückgelegt hatte, dachte sie über die Ergebnisse nach. Es war keine allzu große Ausbeute, aber ein paar von

Kathleens niedergekritzelten Ideen bezogen sich auf Ereignisse, die ungefähr zur Hälfte des Romans eintreten sollten. Hatte sie ihre Meinung darüber wohl geändert? Und falls nicht, warum waren sie nicht in ihrem so fürchterlich knapp gehaltenen Exposé aufgeführt?

Weil sie – so sagten ihr der gesunde Menschenverstand und das Gerichtsurteil – aufgehört hatte, etwas um das Verfassen des Romans und um die Erfüllung ihres Lebens zu geben. Sie hatte lediglich genug Stolz übrig behalten, um dafür zu sorgen, daß ihr Nachfolger – wenn es denn einen geben sollte – ausreichende Fertigkeiten präsentieren mußte, um einige ihrer Ideen für die Fortsetzung zu erraten. Die Tatsache, daß sie das Exposé bei ihrem Anwalt hinterlegte, deutete darauf hin, daß sie nicht damit gerechnet hatte, lange genug zu leben, um das Buch selbst zu schreiben.

Jaqueline hatte an dieser Schlußfolgerung nichts auszusetzen, außer, daß sie ihr nicht weit genug ging. Es gab mehrere Gründe, warum ein Mensch mit seinem baldigen Tod rechnete. Eine tödliche Krankheit beispielsweise, eine gefährliche Reise ... Ein unbekannter Killer, der schon mehrere Male versucht hatte, ihr Leben zu beenden.

Genug davon, sagte sich Jacqueline. Zurück an die Arbeit. Sie wollte ihre vagen Ideen zu Papier bringen, bevor sie wieder verschwunden waren. Die kleinen Teufelchen taten das nämlich mit Andacht und Begeisterung, sie konnten sich innerhalb von Sekunden schier in Luft auflösen.

Eine Handvoll Plätzchen und eine Cola schürten ihr kreatives Feuer. Sie ging zu der Mappe hinüber, in die sie Kathleens Exposé gelegt hatte. Sie hatte es als würdig befunden, ihm eine eigene, ordentlich beschriftete Mappe zuzugestehen. Aber die Mappe war leer. Jacqueline runzelte die Stirn. Es war nicht das erste Mal, daß sie Unterlagen verlegte, und ganz bestimmt würde es auch nicht das letzte Mal sein, aber dieser Fehler war besonders ärgerlich, da es ihr am Herzen lag, mit ihrer Arbeit fortzufahren, solange sie noch in der Stimmung war. Wo zum Teufel konnte sie das verdammte Ding nur hingelegt haben? Es mußte beim Auspacken zwischen die anderen Papiere geraten sein.

Und so war es auch. Sie fand es unter der Mappe, die auf dieser hier gelegen hatte. Jacqueline verfluchte die Verzögerung, las die Seiten durch und setzte sich dann an ihren Computer. Sie machte nur einmal eine Pause, um das Licht anzuknipsen. Als sie endlich aufhörte, herrschte draußen vollkommene Dunkelheit, und sie ließ sich erschöpft auf ihren Stuhl zurücksinken.

Nur einen Schriftsteller hätte das Resultat ihrer Arbeit beeindruckt: sieben Seiten, auf denen viel verändert und zwischen die Zeilen geschrieben worden war. Jacqueline hatte das Gefühl, Böden geschrubbt oder Gewichtstraining gemacht zu haben, aber sie studierte das Ergebnis mit moderater Befriedigung. Es lag noch ein weiter Weg vor ihr, aber es war ein guter Start. Sie streckte sich, bis ihre Muskeln schmerzten und beschloß, zur Belohnung drüben im Gasthaus zu essen. Die Plätzchen waren längst verdaut und nur noch eine schmerzliche Leere in ihrem Bauch zurückgeblieben.

Es war später, als sie gedacht hatte. Nur noch wenige Gäste nahmen ihr Abendessen ein, aber die Kellnerin beruhigte sie. Es seien zwar keine Entreés mehr da, aber noch genug von dem Bœuf Bourguignon übrig, und dies wäre einfach köstlich. Oder vielleicht doch lieber die Shrimps à la Mountain Laurel? Jacqueline entschied sich für das Fleisch, bestellte einen Drink und begann, sich zu entspannen.

Die Kellnerin hatte gerade den Teller vor sie hingestellt, als Mollie hereingestürmt kam. »Da sind Sie ja«, rief sie.

»Da bin ich«, stimmte ihr Jacqueline zu.

»Oh Gott.« Mollie ließ sich auf einen Stuhl fallen und starrte sie an.

»Ich kann wieder verschwinden«, bot Jacqueline an. »Aber lassen Sie mich erst ein wenig essen, ich bin kurz vorm Verhungern.«

»Oh, nein, ich habe damit nicht etwa beabsichtigt ... Ich habe Sie angerufen, aber Sie haben nicht abgenommen ...«

»Ich habe gearbeitet.«

»Das habe ich mir schon gedacht, und es war mir schrecklich unangenehm, Sie zu stören, aber ich dachte, Sie sollten wissen ...«

»Spucken Sie's aus, Mollie«, forderte sie Jacqueline geduldig auf.

»Ein Mann war hier.« Mollies Augen weiteten sich, bis das Weiße um die Pupillen herum zu sehen war. Sie sah wie ein verängstigtes Schaf aus. »Es war schrecklich! Tom mußte ihn auffordern, zu gehen. Er trank immer weiter! Ich habe ihm die Karte angeboten, aber er hat sie auf den Boden geworfen und einfach – einfach immer weiter getrunken. Dann hat er angefangen, über Sie zu reden. Er hat schreckliche Dinge über Sie gesagt, Jacqueline!«

»Muß wohl jemand gewesen sein, der mich gut kennt«, bemerkte Jacqueline. »Hat er seinen Namen genannt?«

»Das mußte er nicht, ich wußte, wer er war. Er war im letzten Frühjahr hier, und ich habe natürlich seine Bücher gelesen.«

Jacqueline setzte sich gerade hin. »Jack Carter?«

»Ja, genau der. Als er das erste Mal hier gewesen ist, hat er sich ganz normal benommen – ich meine, er hat auch damals ziemlich viel getrunken, aber er hat nicht ... Er hat Sie eine Lügnerin und Betrügerin geschimpft, Jacqueline, und eine – eine Schlampe ...«

Jacqueline bezweifelte, daß er sie Schlampe genannt hatte, zumindest nicht ohne weitere blumige Adjektive. Sein Wortschatz war wesentlich erfindungsreicher.

»Wohin ist er gegangen?« erkundigte sie sich und kostete das Fleisch. Es schmeckte wirklich hervorragend.

»Ich weiß es nicht. Tom hat ihn gebeten, zu gehen, und er ... er ist gegangen.«

»Ich schätze, ich weiß, wohin«, sagte Jacqueline. »Hmmm. Aber ich habe verdammt nochmal keine Lust, mir von ihm das Abendessen verderben zu lassen. Es ist zu gut. Welchen Wein hat Tom benutzt?«

»Was? Wein? Ich habe keine ... Er hat sogar versucht, nach oben zu gelangen, Jacqueline. Er glaubt, daß Sie hier wohnen. Vielleicht sollten Sie besser eines der leerstehenden Zimmer nehmen – zumindest für heute nacht. Das Cottage liegt so abseits ...«

»Deshalb gefällt es mir ja auch so gut dort. Hören Sie auf, solch einen Wirbel zu veranstalten, Mollie. Könnte ich wohl ein Glas

Wein haben? Ein Montrachet würde gut dazu passen, denke ich.«

Mollie hatte dazugelernt. Sie lamentierte nicht länger, obwohl Jacqueline ab und zu ihr besorgtes Gesicht an der Küchentür sah.

Das Himbeerdessert war superb. Jacqueline trank ihr Glas Montrachet aus – sie nahm zumindest an, daß es ein Montrachet war, denn ihre Geschmacksknospen waren weniger entwickelt, als ihr allzu kühner Irrglaube, daß sie eine Kennerin feiner Jahrgänge war. Nachdem sie sich versichert hatte, daß Mollie gerade einmal nicht nach ihr sah, glitt Jacqueline von ihrem Stuhl und machte sich schnell davon. Draußen wanderte sie summend die Straße entlang.

Es war ein wunderschöner Abend. Die Sichel des Mondes hing über der dunklen Silhouette der Berge, und die frische Brise war von einem süßlichen Duft erfüllt, den sie erst nicht erkannte. Es roch nach Tanne und sauberer, reiner Luft. Kein Wunder, daß sie damit nicht vertraut war. Sie traf einige Leute – ein älteres Ehepaar, das Arm in Arm dahinspazierte, eine Frau, die einen Hund ausführte, der an einen pelzigen Mop erinnerte. Ein nettes Städtchen, ein sicheres Städtchen, in dem die Leute – ganz anders als in Manhattan – sich nachts ohne Angst auf die Straße trauen konnten. Alle Spaziergänger hatten ein Lächeln für sie übrig und grüßten sie freundlich. Jaqueline unterbrach ihr Summen lange genug, um ebenso freundlich zurückzugrüßen. »Oh, wo bist du gewesen, Jackie, mein Junge, mein Jackie ...«

Das Neonschild und die erleuchteten Fenster der »Elite-Bar« durchschnitten die Dunkelheit. »Ich war auf der Suche nach meinem Messer«, schmetterte Jacquline. »Um meine Frau zu meucheln ...« Sie öffnete die Tür und ging hinein.

Die Gerüche, die sie begrüßten, stellten eine Mischung aus Bier, Zigarettenrauch, schwitzenden menschlichen Körpern, gebratenem Fleisch und qualmendem Fett dar und besaßen ihren eigenen nostalgischen Charme. In ihrer Jugend hatte Jacqueline viele nette Stunden in Lokalen wie diesem verbracht. In ihrer Heimatstadt und auch in vielen anderen Städten, wie sie vermutete, kümmerten sich die örtlichen Hüter von Recht und Ordnung nicht allzu sehr darum, ob Minderjährige anwesend waren. Wohin sollten die Kids auch sonst gehen? So lange sie sich an Limonade und Hamburger hielten und sich benahmen, waren sie willkommen.

Sie entdeckte Jack Carter sofort. Er war durchschnittlich groß und stämmig, und außer einem wilden Bart, der sein Gesicht zierte – wahrscheinlich, um sein nicht existierendes Kinn und seinen schmalen Kiefer zu verdecken –, war nichts Bemerkenswertes an seinem Äußeren. Er trug eins seiner leuchtend rot-karierten Holzfällerhemden, die er mit Vorliebe anzog. Hier in Pine Grove sah es nicht ganz so deplaziert aus wie in Manhattan, aber etwas an der Art, wie er es trug, ließ es wie eine Verkleidung erscheinen – was es natürlich auch war.

Er hatte seine Lieblingshaltung eingenommen: mehr oder weniger aufrecht, den Rücken zur Bar, das Glas in der Hand und im Begriff, in voller Lautstärke eine Rede zu halten. Die meisten Gäste, die an Tischen oder in den Nischen an der Wand saßen, beachteten ihn gar nicht, aber er hatte eine kleine Zuhörerschaft um sich versammelt, die ihn in stummer Faszination anstarrte. Offenbar hatten sie nicht den leisesten Schimmer, wovon er sprach.

»... und was ist mit Autorentantiemen, meine Freunde, hm? Was ist *damit?* Wenn es darum geht, sollte man meinen, daß wir immer noch im neunzehnten Jahrhundert leben, und diese verdammten mickrigen Buchhalterlinge auf ihren verdammten Stühlen hocken und Spalte für Spalte in ihren verdammten Büchern zusammenzählen! Was ist mit den verdammten Computern, hm? Mechanische Gehirne, die die Gesellschaft verschlingen und die verstümmelten Teile wieder ausspucken – klar, diese seelenlosen Monster können einem jederzeit sagen, wie viele Scheißbücher man ...« Er verstummte, um Luft zu holen und sich zu erfrischen. Als er das leere Glas senkte, wußte er offenbar nicht mehr, worüber er zuletzt gesprochen hatte. Er sah sich auf der Suche nach neuen Inspirationen um und erblickte Jacqueline.

Die Versammelten zuckten zusammen. Mit einem kollektiven, intuitiven Bewußtsein witterten sie ein Drama. Carters

Augen quollen hervor wie gekochte Eier. Das Glas fiel ihm aus der Hand und krachte auf den Boden.

Jacqeline fühlte sich berufen, die peinliche Stille zu beenden. »Ja ist es denn die Möglichkeit«, rief sie aus. »Es ist ganz so wie im ›Malamute Saloon'! Außer, daß dort ein Fernseher in der Ecke steht statt eines Ragtime Kid am Klavier. Mein Gott, schau dich nur an, Jack, überall Haare im Gesicht, der Blick leer –«

Carter war wieder zu Atem gekommen. »Miststück!«

Ein erschrockenes Zischen lief durch das Publikum. Mehrere der Männer, die Jacqueline am Abend zuvor kennengelernt hatte, blickten besorgt zu ihr hinüber.

»Gemeines, verdorbenes Miststück!« brüllte Carter. »Du hast das verdammte Buch gestohlen! Du würdest alles tun, um mich kleinzukriegen, nicht wahr? Du bist hinter mir her, wie alle anderen auch! Es ist der bloße Neid, nur das, Neid auf den besseren Autor. Was hast du tun müssen, um es zu bekommen, Kirby? Du bist bestimmt nicht nur mit Stokes ins Bett gegangen, das wäre nicht genug, er vögelt jede Klientin –«

»Hey«, mischte sich einer seiner Zuhörer – ein Bauarbeiter – ein. »Hey, Mister –«

»Halt dich da raus!« kreischte Carter. »Das ist eine Sache zwischen ihr und mir – ihr und mir –«

»Nein, Sir, das ist es nicht«, sagte ein kräftiger, kleiner Mann mit dem Gesicht eines pausbäckigen Engels mittleren Alters. (Der Manager des »Bon Ton«: ausgesuchte Designerkleidung für Damen und Herren.) »So können Sie nicht mit einer Dame reden, nicht in dieser Stadt.«

»Verdammt richtig«, bemerkte der Schwager des Bürgermeisters.

»Also dann los«, sagte der Junge, der im Supermarkt die Lebensmittel in Einkaufstüten packte. »Laßt uns den Bastard vor die Tür setzen.«

Ein zustimmendes Brummen ertönte aus dem Kreis der Zuhörer. Sie begannen, immer näher zur Mitte zusammenzurücken.

Jacqueline erblickte Bill Hoggenboom, der sich am Ende der Bar gegen die Theke lehnte. Er zwinkerte ihr zu und machte es sich gemütlich, um den Spaß zu genießen.

Jacqueline war versucht, das gleiche zu tun, aber die Rolle der interessierten Beobachterin lag ihr nicht besonders. »Gentlemen, Gentlemen!« Ihre Stimme war so süß wie der Gesang eines Rotkehlchens und gleichzeitig so durchdringend wie das Krächzen einer Krähe. »Bitte, Gentlemen. Ich bin gerührt – wirklich sehr gerührt – über Ihr galantes Verhalten. Aber lassen Sie es gut sein, ich bitte Sie. Dieser Machoheld hier wird die ganze Stadt verklagen, wenn einer von Ihnen ihn auch nur schubst. Bitte erlauben Sie ... entschuldigen Sie ...«

Sie ging durch die Menge hindurch, die ihr bereitwillig Platz machte, bis sie Carter Auge in Auge gegenüberstand. Sie bemerkte belustigt, daß er vergessen hatte, seine Einlagen in die Schuhe zu tun. Sie war genau einen Meter fünfundsiebzig groß, und ihre Augen waren auf einer Höhe.

Er stand zu nahe an der Bar. Sie trat ein Stück zur Seite. Carter bewegte sich auch und beobachtete sie mißtrauisch. Als er die Stelle erreicht hatte, wo sie ihn haben wollte, hob Jacqueline langsam ihre Hand, den Zeigefinger gerade ausgestreckt. »Ara spürte, wie die Kraft der Götter in ihren Körper eindrang.«

Sie knuffte ihn leicht auf die Brustmitte.

Carters Ausdruck milder Besorgnis wich nicht von seinem Gesicht. Ganz langsam und dann mit dem zunehmenden Schwung eines gefällten Baumes kippte er nach hinten um. Die Männer hinter ihm wichen rasch zurück. Er traf mit ausreichender Wucht auf dem Boden auf, um eine Wolke aus Staub und Krümeln zu produzieren.

Jacqueline rieb die Handflächen gegeneinander und lächelte einem Farmer zu, der am vorherigen Abend einer ihrer Gegner beim Billiard gewesen war. »Je kräftiger sie sind, desto härter fallen sie«, bemerkte sie bescheiden.

Beifall brandete auf. Mehrere Leute wollten Jacqueline einen Drink spendieren, aber sie bestand darauf, eine Lokalrunde zu geben. Die Männer, die herbeieilten, um das Angebot zu nutzen, waren ein feines Beispiel für den Unterschied zwischen einer Großstadt und einer Kleinstadt, wenn es um die Behandlung eines am Boden liegenden Körpers ging: Sie stiegen über ihn hinweg, anstatt auf ihn zu treten.

Als Jacqueline sich auf den Heimweg machte, wurde sie von einer Ehrengarde von Bewunderern begleitet. Sie verabschiedeten sich am Tor, aber als sie den Weg zum Cottage entlangschritt, gesellten sich zum Strahl ihrer Taschenlampe noch eine Reihe von Lichtern, die ihr die Dunkelheit erhellten. Nicht das kleinste, bedrohlich wirkende Rascheln war aus den Büschen zu vernehmen. Die Männer, die auf ihren Ruf warteten, daß sie sicher an ihrer Tür angekommen war, waren die kräftigsten Exemplare von Männlichkeit, die das Städtchen hervorgebracht hatte. Ein potentieller Einbrecher wäre verrückt, wenn er sich noch länger in der Gegend herumtreiben würde. Nachdem sie die Tür zum Cottage geöffnet und einen kurzen Blick hineingeworfen hatte, rief sie ihnen ein Dankeschön und gute Nacht zu.

Sie machte es sich mit einer Tasse Tee auf dem Sofa gemütlich, legte ihre Füße hoch und dachte zufrieden über die Ereignisse des Abends nach. Die Stadt – oder zumindest die muskulösesten Teile – waren ganz auf ihrer Seite. Nicht etwa, daß sie solch selbstsüchtige Gedanken im Sinn gehabt hätte, als sie die »Elite-Bar« aufsuchte. Ganz und gar nicht. Wie erwartet, wußten sie alle, daß sie im Gästehaus logierte. Ihre Eskorte hatte ihren Schritt nicht einmal verlangsamt, als sie am Eingang des Gasthauses vorbeikamen. Nun, da sie einen Einblick in die möglichen Belästigungen bekommen hatten, denen Jacqueline durch Fremde aus der Stadt ausgeliefert war, waren sie wohl weniger geneigt, diese Information weiterzugeben und tendierten eher dazu, jeden, der versuchte, sie zu stören, wenn nötig mit körperlicher Gewalt davon abzuhalten.

Natürlich würden sie sich ebenso schnell gegen sie stellen, sobald sie einen der ihren in irgendeiner Form angriff. Aber es lag nicht in ihrer Absicht, solch einen Fehler zu begehen. Allerdings wußte sie immer noch nicht ganz genau, bei wem sie sich vorsehen mußte. Ganz bestimmt nicht bei St. John. Die Männer in der »Elite-Bar« betrachteten ihn als Waschlappen, und er war der Gegenstand zahlloser rüder Witze gewesen. Jan war eine Außenseiterin, nicht wirklich eine von ihnen. Tom und Mollie ... schwer zu sagen. Tom mischte sich nicht unter die »rauhen Gesellen«, aber er mußte viele von ihnen seit seiner Kindheit kennen. Was Paul Spencer betraf, so war er bei keiner der beiden Gelegenheiten, als sie die »Elite-Bar« mit ihrer Anwesenheit erfreute, zugegen gewesen, aber sie vermutete, daß ihm dieses Lokal nicht vollkommen unbekannt war.

Sie verschwendete kaum einen Gedanken an Jack Carter. Zwar war er als brutaler Mensch bekannt und hatte schon Kellnerinnen geschlagen, seine Frauen verprügelt und mit dem Messer angegriffen und die halbe weibliche Einwohnerschaft von Manhattan beleidigt. Aber Jacqueline wußte, daß sie wesentlich schneller auf den Beinen war als er – besonders, wenn er betrunken war, und das kam fast ständig vor.

Allerdings machten ihr sein unerwartetes Auftauchen und seine ungezügelte Wut deutlich, daß es außer Brunnhilde noch andere enttäuschte Kandidaten gab, die einen großen Groll gegen sie hegten. Es fiel ihr allerdings schwer, die beiden ernst zu nehmen. Und dennoch war Brunnhilde »in der Gegend« gewesen, als Kathleen vor sieben Jahren diese Unfälle zugestoßen waren. Hatte Jack Carter sie auch gekannt? Es gab keine Briefe von ihm in Kathleens Aktenschrank, aber das war keine Überraschung. Wahrscheinlich konnte er gar nicht schreiben. Seine Bücher waren einer Reihe von bedauernswerten Sekretärinnen diktiert worden. War es möglich, daß seine Wut über den Ausgang des Wettbewerbs auf etwas anderem beruhte, als auf seiner gewohnten Paranoia?

Wahrscheinlich nicht. Jacqueline fiel kein Grund ein, warum einer der beiden Autoren Kathleen nach dem Leben getrachtet haben könnte. Sie umzubringen in der Hoffnung, als Autor für die Fortsetzung des Romans auserwählt zu werden ... Dieses Motiv war nicht nur weit hergeholt, sondern auch absurd und stand außer Frage.

Aber vielleicht sollte sie doch um ihrer selbst willen den übrigen beiden Autorinnen ein wenig Aufmerksamkeit widmen. Sie war nicht persönlich mit ihnen bekannt. Sie wußte, daß Marian X. Martinez irgendwo im Staate Washington lebte und ihren Beruf im professionellen Sinne ausübte. Während der letzten dreißig Jahre hatte sie über fünfzig Bücher in vier oder fünf verschiedenen Genres veröffentlicht – einschließlich einer Reihe von historischen Liebesromanen. Sie galt als nette Dame eines gewissen Alters, die seit vierzig Jahren mit ihrem Mann verheiratet war und mit ihm und einem halben Dutzend Kindern und Enkelkindern in einem riesigen Haus lebte. Als sie nach der Verkündung der Entscheidung interviewt wurde, hatte sie gelächelt und Jacqueline viel Glück gwünscht.

Wenn man Schriftsteller grob in zwei Kategorien unterteilen kann – die Extrovertierten und die Introvertierten –, so war die letzte der Kandidatinnen, Augusta Ellrington, ein extremes Beispiel für die zweite Kategorie. Sie veranstaltete niemals eine Lesung und stimmte nur selten einem Interview zu. Man sagte, daß sie schrecklich schüchtern sei und unter einer leichten Form von Platzangst leide. Ein Reporter von *Publishers Weekly* hatte sicherlich etliche Schwierigkeiten gehabt, Informationen von ihr zu erhalten. In seinem Interview erfuhr man mehr über ihre Katze »Morning Star« als über Augusta selbst.

Keine von beiden würde wohl in Pine Grove auftauchen. Jacqueline bezweifelte zudem, daß Carter den Mut besaß, nach seiner demütigenden Niederlage noch einmal zurückzukehren. Es blieb allein die Frage, wann und in welcher bizarren Aufmachung Brunnhilde als nächstes erscheinen würde. Sie war an dem Tag in Pine Grove gewesen, als Jacqueline die mit Brechmittel versehenen Pralinen erhalten hatte. Wenn nicht Brunnhilde am Steuer jenes braunen Toyota gesessen hatte, dann mußte es sich um eine Frau der gleichen Größe und Figur gehandelt haben. Es wäre interessant zu erfahren, ob sie vor kurzem wieder einmal »in der Gegend« gewesen war – vielleicht mit einer Säge im Koffer.

Montagmorgen. Sieben herrliche, leere Tage lagen vor ihr und warteten darauf, mit fröhlicher, produktiver Arbeit und harmlosen Vergnügungen gefüllt zu werden. Montag, herrlicher Montag.

Jacqueline schloß ihre Augen und senkte den Kopf, so daß der Dampf aus der Kaffeetasse ihre Nasenlöcher erreichte. Sie atmete tief ein. Aber das half wenig. Was sie wirklich wollte, war eine Zigarette. Vier Monate war sie nun schon stark geblieben – vier lange, quälende Monate. Wenn sie jetzt nachgab, war das der Beweis, daß sie nicht mehr Willenskraft als ein Schwein besaß, und all die Qualen wären umsonst gewesen.

Mit einem herzerweichenden Seufzer öffnete sie die Augen und schaute auf ihren Computer. Der Bildschirm war ebenso leer wie das Innere ihres Kopfes. Sie hatte immer noch keine Idee, wie sie Ara aus den gemeinen Fängen von Rogue, dem schrecklichen Schurken und Priester von Semjoza, auch Dunkler Gott genannt, befreien sollte.

Sie konnte sich nicht auf das verdammte Exposé konzentrieren. Statt sich zu fragen, was Ara und Rogue wohl als nächstes unternehmen würden, dachte sie darüber nach, was Kathleen Darcy wohl vor sieben Jahren getan hatte – und warum. Sie schlief nicht so gut, wie sie es eigentlich verdient hatte, wenn man das gesunde, rechtschaffene Leben in Betracht zog, das sie führte. In der letzten Nacht hatten sie phantastische Träume gequält. Sie konnte sich allerdings nur noch an den letzten erinnern. Brunnhilde hatte sie und Ara und Kathleen einen Gletscher rauf- und runtergejagt und dabei eine Steinaxt über dem Kopf geschwungen. Sie hatten alle Bärenfelle getragen.

Jacquelines umherwandernder Blick blieb auf dem Telefon haften. Vielleicht sollte sie einige Leute anrufen. Booton hatte um Rückruf gebeten, und sie war es ihren Freunden immer noch schuldig, sie über ihre sichere Ankunft zu informieren. Zweifellos machten sie sich alle schreckliche Sorgen um sie. Außerdem gab es die wunderbare Aussicht, einige von ihnen, die noch im tiefen Schlummer lagen, ohne sich bewußt zu sein, daß es Montag morgen war, aus ihren schönsten Träumen zu reißen.

Ihr erster Anruf hatte auf der anderen Seite der Leitung lediglich ein gequältes Stöhnen zur Folge. Da sie dieses Geräusch oft genug unter anderen Umständen gehört hatte, identifierte Jacqueline es ohne Schwierigkeiten. »Patrick, Liebling! Habe ich dich aufgeweckt? Was tust du denn um diese Zeit im Bett?«

O'Brien hatte längst gelernt, daß es nichts nutzte, wenn man sich bei Jacqueline beschwerte oder einfach den Hörer auflegte. »Ich habe gearbeitet«, erwiderte er gequält. »Eine Reihe von Junkies hatten beschlossen, sich und ihre Familien in blutige Lumpen zu schneiden. Zwei der Opfer waren –«

»Sag es mir nicht«, fiel ihm Jacqueline schnell ins Wort. Nur der Tod von Kindern brachte es fertig, O'Briens Stimme diesen besonderen Klang zu verleihen. Er würde einen wundervollen Vater abgeben. Es war höchste Zeit, daß er zur Ruhe kam und eine Familie gründete – wenn er das überhaupt jemals tun würde. Ihm fehlte nur das richtige Mädchen ...

»Was hast du gerade gesagt?« erkundigte sie sich.

»Nichts. Ich habe auf die Erklärung für deinen Anruf gewartet.« Im Hintergrund hörte sie gedämpfte Geräusche. Gut. Der liebe, arme Mann goß sich eine Tasse Kaffee ein. Die Kaffeemaschine mit Timer war ein Geschenk von Jacqueline gewesen. Und ein sehr guter Einfall dazu, dachte sie zufrieden. Der liebe Patrick, er hatte nur das Beste verdient. Sarah Saunders wäre vielleicht seine Fahrkarte ins Glück. Sie schien einen ziemlich großen Eindruck auf ihn gemacht zu haben ...

»Ich wollte nur sagen, daß ich gut angekommen bin«, sagte sie fröhlich.

»Oh. Du bist also jetzt da.«

»Scheint so.«

»Bei dir weiß man ja nie«, murmelte O'Brien. »Wie lautet deine neue Telefonnummer?«

»Die kann ich dir nicht geben.«

»Warum nicht, zum Teufel?«

»Patrick, ich arbeite, und ich möchte nicht gestört werden. Du kannst mich über das ›Mountain Laurel Inn‹ erreichen. Die Nummer lautet ...« Sie wiederholte sie noch einmal.

»Okay. Danke. Bis dann.«

»Warte einen Moment!«

»Wenn ich Glück habe«, sagte O'Brien vorsichtig, »bekomme ich noch ein paar Stunden Schlaf, bevor ich wieder zu diesem Massaker zurück muß. Ich hoffe, du hast etwas Wichtiges zu sagen, sonst häng endlich ein.«

Jacqueline warf dem Telefon einen wütenden Blick zu. »Gestern ist ein Anschlag auf mein Leben verübt worden. Ist das wichtig genug für dich?«

Einige Augenblicke war es still. »Bist du über eine Ritze im Bürgersteig gestolpert?« fragte O'Brien schließlich.

»Ich bin von der obersten Stufe einer steilen Treppe gestolpert!« Sie begann, den Vorfall mit Worten zu beschreiben, die durch ihre Empörung besonders dramatisch wirkten und endete schließlich mit: »Ich bin sicher, daß an dieser Stufe herumgesägt wurde, Patrick.«

»Ach du lieber Himmel, Jacqueline! Hast du was entdeckt? Spuren von einer Kettensäge oder einer Radialsäge?«

»Von einer Säge«, preßte Jacqueline durch ihre Zähne. »Eins dieser langen, gezackten Dinger, die man vor und zurück schiebt.«

»Hast du das Beweisstück behalten?« O'Brien wartete erst gar nicht auf eine Antwort. »Wenn seit Darcys Tod niemand mehr dort gewohnt hat, fällt das Haus sicherlich auseinander. Es gibt für gewöhnlich – man kann sogar sagen immer – Sägespuren an den Enden der Bretter, die beim Bauen verwendet wurden.«

»Vielen Dank auch«, sagte Jacqueline erbittert. »Beim nächsten Mal, wenn jemand versucht, mich umzubringen, hat er vielleicht mehr Glück. Vielleicht wirst du mir ja dann glauben.«

O'Brien stöhnte. »Was soll ich denn deiner Ansicht nach tun, Jake? Was kann ich tun? Möchtest du, daß ich mir frei nehme und runterkomme, um Bodyguard zu spielen?«

»Natürlich nicht.«

»Was dann?«

»Es gibt in der Tat etwas, das du tun könntest.« Jacquelines Gedanken überschlugen sich. Ihr Hauptgrund für den Anruf war gewesen, O'Brien aufzurütteln und ihn auf zukünftige Entwicklungen vorzubereiten. Aber das konnte sie ihm wohl kaum sagen. »Tu mir einen Gefallen, und ruf Sarah Saunders an.«

Die Stille, die ihrer Bitte folgte, wog dieses Mal sogar noch schwerer. »Warum?« erkundigte sich O'Brien schließlich.

»Sag ihr nichts von dem Unfall, ich möchte nicht, daß sie sich Sorgen macht. Ich möchte lediglich wissen, ob auch Booton Stokes irgendwelche kleinen Probleme dieser Art gehabt hat. Wenn es draußen in der großen weiten Welt jemanden gibt, der mich haßt, weil ich ausgewählt wurde, die Fortsetzung von Kathleens Buch zu schreiben, dann haßt er möglicherweise auch den Mann, der mich dazu ausgewählt hat.«

»Booton Stokes war nicht der einzige, der dich ausgewählt hat«, wies O'Brien sie zurecht. »Was ist mit Kathleens Bruder?«

Er hörte sich nun beunruhigter an. Jacqueline lächelte in sich hinein. Er war ein zu guter Polizist, als daß er einem plausiblen wenn auch ungewöhnlichen Motiv für einen Anschlag widerstehen konnte. »Ich werde es herausfinden«, erwiderte sie. »Ruf du nur Sarah an.«

»Du könntest sie doch selbst anrufen.«

»Nun, natürlich, wenn dir die Vorstellung tatsächlich so zuwider ist –«

»Schon gut, schon gut. Es ergibt keinen Sinn, aber ich werde es tun.«

»Vielen Dank, mein Schatz, du bist so großmütig. Und jetzt leg dich wieder hin, schließ die Augen, und grüß den Sandmann von mir.«

Sie hängte ein, bevor O'Brien sich eine rüde Antwort ausdenken konnte. Äußerst zufriedenstellend, dachte sie. Zwei Fliegen mit einer Klappe zu schlagen hatte schon immer ihrem Sinn für Ökonomie behagt.

Als nächstes rief sie die Auskunft in Manhattan an und erkundigte sich nach Brunnhildes Nummer. Sie hatte eine Geheimnummer, und keines von Jacquelines Argumenten konnte das Fräulein vom Amt davon überzeugen, das Geheimnis zu lüften. Sie hängte wütend ein. Wer sonst noch ...? Natürlich. Booton war sicherlich inzwischen in seinem Büro eingetroffen.

Die Empfangsdame hatte die Erfahrung gemacht, daß es besser war, Jacquelines Anrufe unverzüglich und ohne Diskussion weiterzuleiten. »Na endlich«, rief Booton aus. »Ich habe schon versucht, Sie zu erreichen. Diese dumme Kuh im Gasthaus, ich wußte, daß sie Ihnen meine Nachricht nicht ausrichten würde. Sie hörte sich ein wenig unterbelichtet an.«

»Sie ist nicht unterbelichtet«, erwiderte Jacqueline. »Und sie hat mir sehr wohl ausgerichtet, daß Sie angerufen haben. Und ich hatte Ihnen gesagt, daß ich nur in Notfällen gestört werden will. Sie haben nicht gesagt, daß es einer ist.«

»Nun, ist es auch nicht. Ich wollte nur sichergehen, daß Sie gut angekommen sind und alles in Ordnung ist. Wie geht es Ihnen?«

»Es ginge mir besser, wenn mich die Leute in Ruhe lassen würden«, sagte Jacqueline grob. »Ich habe alles unter Kontrolle. Wenn Sie nichts von mir hören, können Sie davon ausgehen, daß sich daran nichts geändert hat.«

»Ehem – nun gut. Haben Sie alles, was Sie brauchen?«

»Alles, außer Geld.«

Booton kicherte. »Welch ein Sinn für Humor! Wir sollten eigentlich die Bezahlung von *Good Housekeeping* bald bekommen. Ich sehe gerade die Post durch, vielleicht ist es ja –«

Das Geräusch, das folgte, erinnerte Jacqueline an eine rostige Türangel in einer Horrorgeschichte. Dann ertönte ein dumpfes Poltern, und sie wartete geduldig, bis sie wieder seinen schweren Atem hörte. »Etwas ist aus einem Umschlag gehüpft«, rief sie fröhlich. »Eine dieser zusammengerollten Plastikschlangen.«

»Schlangen? Wovon zum Teufel reden Sie? Ich – hm – habe mich mit dem Brieföffner gestochen. Wo war ich?«

»Sie wollten mir etwas Geld besorgen.«

»Der Scheck ist nicht dabei«, entgegnete Booton. »Ich werde mich darum kümmern. Haben Sie Ihre Post schon durchgesehen? Vielleicht hat Chris Ihnen den Scheck schon zugesandt. Das scheint ja im Moment Ihr größtes Problem zu sein.«

Jacquelines Augenbrauen schossen in die Höhe. Bootons Verständnis für ihren köstlichen Humor schien ihn verlassen zu haben. Er mußte sich ordentlich weh getan haben, befand sie und kam zu dem Schluß, daß ihr diese Vorstellung nicht im mindesten mißfiel.

»Ich habe meine Post noch nicht abgeholt und werde das auch in den nächsten Tagen nicht tun. Ich bin beschäftigt.«

»Ich kann nicht verstehen, warum Sie mir Ihre Telefonnummer nicht geben wollen, Jacqueline.«

»Sie haben eine Nummer, die Sie in Notfällen benutzen können«, sagte Jacqueline. »Ich kann mir allerdings nichts vorstellen, was derartig wichtig sein könnte. Es sei denn, Brunnhilde stürmt in Ihr Büro, sticht Ihnen ein Messer ins Herz und schwört, mir dasselbe anzutun, bevor sie mit gezücktem Messer wieder hinausstürmt. In diesem Fall würde ich von Ihnen erwarten, daß Sie sich zum Telefon schleppen, um mich mit Ihrem letzten Atemzug zu warnen. Sie können Mollie die entsprechende Nachricht ins Ohr hauchen.«

»Das ist nicht lustig, Jacqueline. Niemand hat in den letzten drei Tagen auch nur die kleinste Spur von Brunnhilde gesehen. Einer ihrer Freunde behauptet, sie habe sich nach Pine Grove aufgemacht.«

»Brunnhilde hat Freunde? Nun ja, ihre Ankunft wird die Dinge hier sicherlich etwas lebendiger gestalten.«

Booton gluckste protestierend, und Jacqueline erbarmte sich seiner. »Keine Sorge, Boots. Brunnhilde ist zu fett – entschuldigen Sie, ich wollte sagen *Junoesque* –, um über den Zaun zu klettern, der dieses Grundstück umgibt, und ich habe mich gestern abend mit einem Ex-Cop betrunken, der mir allen Polizeischutz versprochen hat, den ich brauche.«

»Ich wünschte nur, Sie würden mit Ihren Witzchen aufhören.«

Jacquelines Augen weiteten sich. »Ich habe keinen Witz gemacht. Die Leute in Pine Grove lieben mich. Ich habe schon viele Freundschaften geschlossen. Mit einem Ex-Freund von Kathleen, der Rasen mäht, um seinen Lebensunterhalt zu verdienen, mit dem Manager vom ›Bon Ton‹, mit Hawkscliffes Modell, dem ich nun in Fleisch und Blut begegnet bin – und es ist wunderbar muskulöses Fleisch, das muß ich schon sagen –, und mit der Frau, die den örtlichen Buchladen besitzt.«

Booton ging dankbar auf ihre letzten Worte ein, weil er nur sie wirklich verstanden hatte. »Ein Buchladen in Pine Grove? Da wird sie wohl verhungern. Keiner von denen da kann doch lesen.«

Jacqueline hatte ähnliche Gedanken gehabt, aber sie konnte es schlecht ertragen, daß Booton sie aussprach. »Es sind nette Leute«, sagte sie gezwungen. »Und Jan, die Buchhändlerin, ist eine sehr intelligente, fähige junge Frau. Sie ist von Kathleen besessen – weiß alles, was es über sie zu wissen gibt –, und ich hoffe, daß ich einiges von ihr erfahren kann, das mir weiterhilft. Was für ein Snob Sie doch sind, Boots.«

»Tut mir leid. Ich hatte ja keine Ahnung, daß man Sie zur Ehrenbürgerin ernannt hat.«

»Gehen Sie zum Teufel, Boots. Wenn Sie mich in Ruhe lassen, werde ich das Exposé in einigen Wochen fertig haben.«

»So bald schon? Das ist toll, Jackie. Wirklich toll.«

»Nennen Sie mich nicht Jackie«, fauchte Jacqueline und legte auf.

Die nächste Stadt von halbwegs anständiger Größe war die Kreishauptstadt. Sie lag dreißig Meilen östlich von Pine Grove. Neben anderen Annehmlichkeiten, auf die die Bürger der kleineren Stadt verzichten mußten, besaß diese zwei Motels. Jacqueline hielt zuerst an einem Einkaufscenter, bevor sie zum Restaurant des »Holiday Inn« weiterfuhr.

Die Ausbeute ihres Besuchs im Einkaufscenter waren vier Bücher, die sie mit großem Widerwillen erstanden hatte. Es brachte sie beinahe um, auch nur einen minimalen Anteil zu dem Verdienst von Jack Carter und Brunnhilde Karlsdottir zu leisten, aber es war der einzige Weg, wie sie an Photographien des entzückenden Pärchens gelangen konnte. Außerdem hatte sie die beiden letzten Bücher von Martinez und Ellrington gekauft – aber das nur, weil ein guter Detektiv keine Spur außer acht lassen durfte. Sie hatte die beiden im Grunde aber als mögliche Verdächtige ausgeschlossen.

Nachdem sie Platz genommen hatte, holte sie die Bücher aus der Einkaufstüte und breitete sie vor sich auf dem Tisch aus. Die Kellnerin gab keinen Kommentar zu den Gesichtern ab, die den Betrachter argwöhnisch angrinsten, ihm freundlich zulächelten, ihn düster anblickten und (im Fall von Augusta Ellrington) sich hinter dem Hinterteil einer extrem großen, extrem pelzigen Katze versteckten. Sie schob die Bücher einfach zur Seite und servierte Jacqueline ihren Salat.

Sie kaute fröhlich vor sich hin und dachte über ihre nächsten Schritte nach.

Ihre Erkundigungen brachten sie nicht weiter. Die Kellnerin hatte keinen von ihnen jemals gesehen. Sie hatte auch noch nie von ihnen gehört. Sie hatte nicht viel Zeit zum Lesen. Aber sie war eine gefällige Frau und erkundigte sich bei ihren Kolleginnen. Schließlich kam sie stolz mit einer zurück, die nicht nur lesen konnte, sondern sogar Carters und Karlsdottirs Bücher kannte. Sie war ein Fan von Brunnhilde. »Ich wußte gar nicht, daß sie so aussieht«, murmelte sie, während sie Brunnhildes Wikingergrinsen betrachtete. »Ich kaufe nur Taschenbücher. Nein, sie war noch nie hier, zumindest nicht, wenn ich Dienst hatte.«

Jacqueline zog von beiden Büchern den Schutzumschlag ab und reichte sie ihr. Die Kellnerin versprach, die Nummer anzurufen, die Jacqueline auf die Innenseite des Carter-Buches gekritzelt hatte, falls einer der beiden jemals auftauchen sollte. Wahrscheinlich würde sie das nicht tun, aber ein Versuch konnte nicht schaden. Während sie auf ihren Kaffee wartete, schnitt Jacqueline die Photos aus den Schutzumschlägen.

Die junge Frau am Empfang konnte ihr auch nicht weiterhelfen. Ebensowenig wie die Angestellten des »Ramada Inn«

auf der anderen Seite der Stadt. Jacqueline stieg wieder in ihren Wagen und begann, vor sich hinzubrüten. Es hatte keinen Sinn, noch weiter zu fahren. Der Ausflug war in Wahrheit eine Ausrede gewesen, um dem vorwurfsvollen Gesicht des Computers zu entkommen. Aber es gab noch eine Sache, die sie hier erledigen konnte.

Das Gericht befand sich in einem roten Backsteingebäude der Jahrhundertwende und stand auf dem Platz im Zentrum der Stadt. Eine bescheidene Gebühr eröffnete ihr den Zugang zu Kathleens Testament, und sie brütete einige Zeit darüber nach.

Und doch gab es nicht viel, was sie nicht schon wußte. Das Testament war zwei Wochen vor Kathleens Verschwinden verfaßt worden. Das Vermögen, das sie besaß und solches, das aus den Autorintantiemen ihres ersten und aller folgenden Bücher erwuchs, ging direkt in ein Treuhandvermögen über. Die Gewinne aus diesem Treuhandvermögen gingen zu gleichen Teilen an St. John und die anderen Erben – aber nicht die ganzen Gewinne. Fünfzig Prozent der Gesamtsumme mußten an eine Organisation gezahlt werden, die sich »Tierfreunde e.V.« nannte.

Es hatte auch ein früheres Testament gegeben, das durch dieses ungültig geworden war. Jacqueline hätte viel darum gegeben, zu erfahren, inwieweit sich die beiden unterschieden. Eine Erhöhung des Betrages für wohltätige Zwecke hätte darauf hindeuten können, daß Kathleen etwas über einen oder alle Erben erfahren hatte, das ihr mißfiel.

Etwa die Tatsache, daß einer versuchte, sie umzubringen?

Wenn sie doch nur mehr Zeit zur Verfügung hätte! Jacquelines grüne Augen verzogen sich mißmutig zu Schlitzen. Sherlock Holmes, dieser verdammte Kerl, verdiente seinen Lebensunterhalt durch Detektivarbeit. Miss Marple mußte nichts anderes tun, als in St. Mary Mead herumzutappen und die richtigen Fragen zu stellen. Sie hatte sogar ein Hausmädchen, das sich um ihren Haushalt kümmerte. Lord Peter Wimsey war reich, außerdem hatte er einen brauchbaren Diener und einen kooperativen Polizisten zum Schwager, statt eines Ex-Freundes, der bei der New Yorker Polizei war und dessen Vorstellung von Kooperation sich ausschließlich auf Physisches beschränkte.

Jacquelines frühere Ausflüge in die Welt des Verbrechens waren während ihres Urlaubs geschehen. Zweifellos fielen auch in der übrigen Zeit Leichen links und rechts von ihr zu Boden, dachte sie schwermütig, aber sie hatte es nie bemerkt, da sie zu sehr damit beschäftigt gewesen war, ihren Lebensunterhalt zu verdienen. Und das sollte sie eigentlich auch jetzt tun. Schriftsteller bekamen keinen Urlaub. Niemand zahlte ihnen ihr Gehalt weiter, während sie sich im römischen Sonnenlicht aalten oder eine Busreise durch England unternahmen. Niemand erledigte ihre Arbeit für sie, wenn sie nicht an ihrem Schreibtisch saßen. Wenn sie von ihrem Urlaub zurückkamen, der wenig Erholung gebracht hatte, weil sie die ganze Zeit all die Briefe vor sich sahen, die noch unbeantwortet waren, und an die Figuren dachten, die sie mitten im Kapitel verlassen hatten, so fanden sie eben diese Charaktere immer noch in verzweifelten Lagen vor und dazu einen ganzen Stapel neuer Briefe, die es zu beantworten galt – nicht zu vergessen die Fahnen und Manuskripte, die mit gemeinen gelben Zettelchen ausgestattet waren, auf denen sich Fragen und Bitten um Klärung von gewissenlosen Lektoren befanden.

Ich sollte wirklich zusehen, daß ich dieses verdammte Exposé zustande bringe, dachte Jacqueline. Es endlich hinter mich bringen. Immer vorausgesetzt, daß mir niemand den Schädel einschlägt oder mir einen Stromschlag versetzt, bevor ich es beendet habe. Zur Hölle mit Ara, ich kann die Frau eh nicht ausstehen. Wer hätte gedacht, daß sie sich zu einer solchen Tussi entwickeln würde. Ich wünschte, ich könnte mit den anderen Kandidaten über ihre Ideen reden. Aber so, wie die Dinge stehen ...

Sie hielt inne – nicht etwa, weil ein Zeitungsleser am Nebentisch sie mit einem düsteren Blick bedachte, da sie vor sich hingemurmelt hatte, sondern weil ihr plötzlich ein Einfall gekommen war. Was wäre, wenn ... Und wenn man davon ausgehen würde, daß ...

Sie stopfte ihren Stift und ihr Notizbuch in ihre Handtasche zurück, hievte sie über die Schulter und stürmte aus dem Gebäude.

Auf der Rückfahrt nach Pine Grove feilte sie an der Wendung

des Plots, die ihr gerade eingefallen war. Sie hätte zur Konsequenz, daß sie einen Großteil von Kathleens Exposé über Bord werfen mußte und eine neue Figur einführen würde, die als Gegenpart und Rivalin von Ara diente. Jacqueline gluckste fröhlich und überholte einen alten Chevy, der von einem älteren Mann übervorsichtig gesteuert wurde. Das könnte funktionieren. Das mußte funktionieren. Was konnte es Weltbewegenderes geben? Es gab nichts, aber auch absolut nichts, daß sich mit der himmlischen Verzückung vergleichen ließ, wenn man als Autorin einen großartigen Einfall hatte, der die Schreibblockade durchbrach. Sie hätte am liebsten ein Lied geschmettert. Und sie schmetterte auch tatsächlich eins: »Oh, was für ein wundervoller Morgen, oh, was für ein wundervoller Tag ...«

Es war Nachmittag, nicht Morgen, aber sie konnte sich an kein Lied erinnern, das diese Tageszeit besang. Es machte sicherlich nichts aus, wenn ihre neugeborene Idee über Nacht brachliegen würde. Es bestand keine Gefahr, daß sie sie vergaß, sie war einfach zu brillant. (Jacqueline grinste über das ganze Gesicht.) Vielleicht ließen sich daraus sogar noch weitere Ideen entwickeln. Sie benötigte immer noch ein Ende, einen Schluß, der so umwerfend war wie der von *Nackt im Eis* – etwas, das zum dritten Band überleiten würde, und die Leserschaft zufrieden, aber nicht vollkommen befriedigt zurückließ.

Es wird das erste sein, was ich morgen früh mache, beruhigte Jacqueline ihr Gewissen. Ich werde mich an diesen Schreibtisch setzen, bis ich Wurzeln geschlagen oder das Exposé beendet habe. In der Zwischenzeit ...

Lediglich ein widriger Vorfall ereignete sich auf der Rückfahrt. Sie hatte Pine Grove beinahe erreicht, als sie von einem Zivilfahrzeug mit einem blitzenden roten Licht aufgefordert wurde, an den Rand zu fahren. Jacqueline hielt ergeben an. Vielleicht war sie ein klitzekleines bißchen zu schnell gefahren. Es gab schließlich so viele Dinge, die sie heute noch zu erledigen hatte.

Der Beamte war ein Angehöriger der örtlichen Dienststelle, und als er Jacqueline erblickte, verzog sich sein argloses junges Gesicht zu einem breiten Grinsen. Er verlangte nicht einmal, ihren Führerschein zu sehen. Nachdem er ihr einen strengen

Vortrag über die Gefahren zu schnellen Fahrens für Kinder und andere Lebewesen gehalten hatte, ließ er sie weiterfahren – aber nicht, bevor er noch die Frage losgeworden war, wo sie Judo gelernt hatte. Offenbar war die Geschichte von ihrem Zusammentreffen mit Carter von ihren Bewunderern nicht nur weiterverbreitet worden, sondern hatte auch eine gewisse Übertreibung erfahren. Zweifellos war sie in der gegenwärtig kursierenden Version einen Meter zwanzig hoch gesprungen und hatte Carter bewußtlos getreten.

Jacqueline machte sich zufrieden wieder auf den Weg. Aber sie fragte sich, woher der junge Beamte wußte, wer sie war. Sie konnte doch nicht die einzige gutaussehende Frau mittleren Alters mit grünen Augen und kastanienbraunem Haar sein, die einen Wagen mit New Yorker Nummernschild und einem Mondale-Ferraro-Aufkleber auf der Stoßstange fuhr!

Auf dem Weg durch den Ort hielt sie am Supermarkt, um einige Vorräte zu kaufen. Die Schule war bald aus, und sie wollte vorbereitet sein.

Als sie auf »Gondal« ankam, wurde sie vom Geknatter eines Motors begrüßt und sah einen Sitzrasenmäher über das Grün holpern. Der Mann auf dem Sitz war groß, hatte breite Schultern und trug Denim-Arbeitskleidung, aber er war nicht Paul Spencer. Stehend oder sitzend, laufend oder liegend, er war unverwechselbar. »Mit dem Wissen von Jahrhunderten durchschaute sie sein Herz.«

»Verdammt«, sagte Jacqueline.

Das kleine Cottage sah noch trauriger und niederschlagender aus. Als Jacqueline die Tür aufschloß, wurde sie von einem Schwall feuchter, toter Luft begrüßt. Sie ließ die Haustür offen, um das schale Miasma zu zerstäuben, und ging in den anderen Raum. Kathleens Bibliothek.

Irgend jemand hatte die Reste des zerbrochenen Geländers weggeräumt und den Boden gefegt. Damit kann ich das Beweisstück vergessen, dachte Jacqueline. Wenn es denn überhaupt ein Beweisstück gewesen war ... Die angesägte Stufe, die – zumindest ihrer Meinung nach – aufschlußreicher war, hatte man nicht angerührt. War das der Beweis, daß St. John, der offensichtlich die Aufräumarbeiten veranlaßt hatte, an der Manipulation der Treppe keine Schuld hatte? Möglicherweise. Wahrscheinlich sogar. Aber das bedeutete nicht, daß er auch an anderen Dingen keine Schuld trug.

Ein flüchtiger Blick über die Bücherregale sagte ihr, daß die Bücher nach Sachgebieten geordnet waren: Geschichte, Anthropologie, Volkskunde, Romane, Lyrik. Es war eine eindrucksvolle Sammlung, und sie spiegelte die Bandbreite von Kathleen Darcys Recherchen. Sie hatte eine Reihe von Quellen für *Nackt im Eis* benutzt – Bibelauslegungen, Studien alter Religionen und die neuesten archäologischen Erkenntnisse.

Jacqueline spürte, wie sie in den Bann der Bücher geriet. Sie mußte sich beherrschen, um nicht einen der Bände aus dem Regal zu nehmen, sich auf den Boden zu hocken und ihn aufzuschlagen. Aber deshalb war sie nicht gekommen. Sie hatte sich im Supermarkt einen leeren Karton besorgt und wollte eine Auswahl von Büchern mit in ihr Cottage nehmen. Sie benötigte mehr Hintergrundinformationen – besonders, was die Volkskunde betraf. Der religiöse Aspekt stand in Kathleens Buch stark im Vordergrund, sie hatte sich dabei vornehmlich auf Autoritäten wie Lévy-Bruhl, Frazer und G. R. Levy gestützt.

Deren Bücher befanden sich in den Regalen. Jacqueline legte sie in den Karton und wanderte ein wenig umher, während sie Kathleens breitgefächerte Lektüre bewunderte. Ein ganzes Regal war den Brontës gewidmet, dort fand sich auch die Standardliteratur, die sich mit ihren Jugendwerken befaßte. Dazu Lyrik, Geschichte der Antike und der Klassik ... Da war eine alte und wunderschön eingebundene Ausgabe von Sueton, und sie war ganz fürchterlich mit Schimmelflecken übersät ... Zur Hölle mit St. John. Jacqueline nahm das Buch aus dem Regal und wischte mit ihrem Taschentuch über den Einband.

Warum ihr ausgerechnet in diesem Moment der Einfall kam, war ihr nicht ganz klar. Vielleicht hatte es mit dem Titel zu tun – *Das Leben der zwölf Caesaren* – und die Art, mit der ihr Gehirn ansprang und sie die Namen herunterrasselte, die sie damals im College hatte auswendig lernen müssen. Es mochte auch an ihrer unersättlichen Neugierde und ihrem Elefantengedächtnis liegen, das für zukünftige Gelegenheiten all die unerklärlichen, unbedeutenden Kleinigkeiten speicherte, die ihr im Laufe der Zeit begegnet waren. Was auch immer der Auslöser gewesen sein mochte, der Einfall war da, und Jacqueline ließ sich, ohne auf Splitter und Staub zu achten, mitten auf den Boden sinken und öffnete das Buch.

»Er erhielt seinen Beinamen ›Caligula‹ im Lager, abgeleitet von dem Begriff *caliga,* einer Art Stiefel. Er wuchs zwischen einfachen Soldaten auf.«

Gaius Caesar, Sohn des Germanicus, Neffe des Kaisers Tiberius, mehr Monstrum als Mensch, einer der berüchtigsten Herrscher Roms.

Kleiner Boots – kleines Stiefelchen.

Das war das Wort, das Booton Stokes abgeschnitten hatte, als er seine Faust auf den Anrufbeantworter niedersausen ließ. Caligula. Ein treffender Kosename für einen Mann, dessen Bekannte ihn »Boots« nannten. Insbesondere dann, sagte sich Jacqueline nachdenklich, wenn ihn die Leute, die ihn anriefen, ausgesprochen wenig leiden konnten. Jedenfalls in keiner Hinsicht ein schmeichelhafter Name – ganz so, als würde man einen Kollegen »Nero« oder »Jack the Ripper« nennen. Kein Wunder, daß Booton so heftig reagiert hatte. Er mußte mit dem Ruf des historischen Caligula vertraut sein. Diese Information war schließlich nicht nur Eingeweihten zugänglich. Jeder, der etwas über römische Geschichte gelernt hatte, jeder Leser von Romanen wie *Die Robe* mußte damit vertraut sein. Viele die bekannten Geschichten über Rom konzentrierten sich hinreichend auf die schmutzigen Gewohnheiten des kleinen Boots. Die modernen Romane mit ihrem freizügigen Sex und ihrer brutalen Gewalt konnten den Römern nicht das Wasser reichen. Was auch immer man sich heute ersann, die Römer hatten es bereits ausprobiert.

Das Geräusch war nicht laut, aber sie hatte darauf gehofft, es zu hören und mit einem Ohr die ganze Zeit gelauscht. Sie drehte den Kopf gerade schnell genug, um einen kleinen, in Turnschuhen steckenden Fuß zu sehen, der sich nebenan schon wieder auf dem Rückzug befand.

Als sie bei der Tür ankam, stand das Mädchen draußen. Sie mußte, nachdem sie aus dem Schulbus gestiegen war, direkt zum Cottage gekommen sein, denn sie trug noch ihre Schulkleidung. Die Jeans waren neu, die Turnschuhe halbwegs sauber, und sie hatte eine Butterbrotdose bei sich. Von der grellbunten Vorderseite blickte Jacqueline ein lächelnder Michael Jackson an. Sie lächelte nicht zurück.

»Ich hoffe, daß ich Sie nicht störe«, sagte Marybee mit einem Grinsen, das bei Jacqueline alle Alarmglocken zum Läuten brachte. Sie haßte kleine Klugscheißer. Und das mit gutem Grund – sie hatte selbst zwei von der Sorte großgezogen.

Aber sie wollte einige Informationen aus Marybee herausholen, und daher behielt sie ihre Meinung für sich. »Nein, überhaupt nicht. Komm herein.«

»Oh, nein.« Das Kind schüttelte heftig den Kopf. »Ich würde um nichts in der Welt da hineingehen.«

»Plätzchen?« Jacqueline deutete auf ihre pralle Handtasche.

»Bringen Sie sie nach draußen auf die Treppe.«

Sie hatte nicht unrecht. Die von der Sonne erwärmten Steine machten einen einladenderen Eindruck als jede andere Ecke im Haus.

Die beiden nahmen nebeneinander auf der obersten Stufe Platz. Die Plätzchen wurden gnädigerweise akzeptiert, obwohl Marybee darauf hinwies, daß sie lieber die von Dr. Pepper aß. Sie ließ sich auch dazu herab, eine Dose Pepsi anzunehmen, die Jacqueline ebenfalls aus den Tiefen ihrer Tasche hervorzauberte. Eine Zeitlang saßen sie wortlos da und kauten und nippten vor sich hin.

»Warum möchtest du nicht ins Cottage kommen?« erkundigte sich Jacqueline, nachdem das Kind ein halbes Dutzend Plätzchen verspeist hatte.

Marybee verzog ihr Gesicht auf eine Weise, die scheinbar einen von Grauen ergriffenen Ausdruck darstellen sollte. »Da drin spukt's.«

»Oh, ja?«

»Da gibt es nichts zu lachen!«

»Ich lache nicht.«

»Keiner will mir glauben.« Marybee verschlang ein ganzes Plätzchen. Die nächsten Worte kamen verzerrt, waren aber noch zu verstehen. »Ich habe sie wirklich gesehen.«

»Was hast du gesehen?«

»Die Lichter.« Das Kind schluckte. »Sehen Sie, ich beobachte gerne Tiere – Rehe und Kaninchen und Füchse. Sie kommen am Abend zum Vorschein. Und deshalb gehe ich manchmal hierher, wenn es dunkel wird, und setze mich dort drüben hin« – sie deutete auf einen Stapel Kaminholz, der zwischen dem Haus und dem Cottage lag. »Dann bin ich ganz ruhig und halte nach ihnen Ausschau. Ma läßt mich, weil ich nah genug am Haus bin, um Hilfe zu holen, wenn etwas passiert – wenn ein Einbrecher oder ein Bär kommen sollten.«

Jacqueline mußte angesichts der Aufzählung lachen. »Hast du schon einmal einen Bären zu Gesicht bekommen?«

»Noch nicht.« Marybee griff nach dem letzten Plätzchen, zögerte und nahm es sich, nachdem Jacqueline zustimmend genickt hatte. »Aber einige Leute schon. Ich würde auch gerne mal einen sehen. Sie tun nichts, wenn man sie in Ruhe läßt.«

»Hm«, erwiderte Jacqueline. »Was ist mit Einbrechern?«

»Es hätte wohl ein Einbrecher sein können, schätze ich. Aber warum sollte irgend jemand hier einbrechen wollen? Da gibt es doch nichts außer verrotteten alten Büchern und Plunder.«

»Aber du hast Lichter gesehen?«

Marybee besaß den Instinkt einer Geschichtenerzählerin. Doch obwohl sie sich offensichtlich Mühe gab, Spannung aufzubauen, so war ein angstvoller Gesichtsausdruck für ein Kind doch schwer zu simulieren. »Seltsames Licht. Irgendwie düster und gelblich. Es bewegte sich hin und her, als ob jemand geht und – und dabei brennt.«

»Eklig.«

»Und ob. Aber ich bin erst weggelaufen, als das Licht ausging und sich die Haustür öffnete.«

Sie warf ihrer Zuhörerin einen Blick von der Seite zu. Jacqueline blickte sie mit offenem Mund erwartungsvoll an, und Marybee fuhr fort: »Ich habe etwas Großes, Dunkles gesehen. Dann bin ich weggelaufen.«

»Das kann ich dir nicht verdenken. Wann war das?«

»Letzte Woche. Bevor Sie ankamen.«

»Und seitdem bist du nicht mehr zurückgekommen, um die Tiere zu beobachten?«

»Nicht nach Einbruch der Dunkelheit, oh nein. Ich bin sicher, daß sie tagsüber nicht kommen wird. Das tun die für gewöhnlich nicht, wissen Sie.«

»Sie«, wiederholte Jacqueline.

»Sie muß es sein. Es war ihr Haus. Und – « Marybee lieferte die Pointe unglaublich gekonnt – » ich habe ihre Katze gesehen.«

»Grundgütiger.«

»Ja«, sagte Marybee, zufrieden über Jacquelines anerkennende Reaktion. Sie leckte ihren Finger, ließ ihn über die Krümel in der leeren Packung gleiten und steckte ihn in den Mund. »Das war kurz bevor Sie ankamen. Nachmittags. Es war eine große schwarze Katze. Wir haben Bilder von ihr, wie sie sie im Arm hält. Sie sind in Mas Album.«

»Ich würde diese Bilder gerne einmal sehen.«

»Ich schätze, wir sollten Sie einmal zum Abendessen oder sowas einladen.« Dann erschien ein Stirnrunzeln auf ihrem Gesicht. »Mist. Da ist Onkel Jack. Ich verschwinde besser.«

Jacqueline fragte sich, welchen Darsteller der Truppe sie noch nicht kennengelernt hatte. Sie folgte ihrem feindlichen Blick und sah St. John, der auf sie zukam.

»Das ist sein richtiger Name. Pa sagt, daß er mit dem Sin-John-Quatsch nur angeben will.«

Jacqueline konnte sich ein Grinsen nicht verkneifen. St. John war mit Flanellhosen, einem Sportsakko und einem Seidenschal bekleidet, und er stolzierte daher wie ein Gockel. Wahrscheinlich verabscheute er diese freimütige kleine Krabbe genauso wie sie ihn. »Seinetwegen mußt du nicht gehen«, sagte Jacqueline.

»Doch, das ist besser. Ma wird mir eh eine Predigt halten. Ich soll nach der Schule immer direkt nach Hause kommen. Aber ich hatte Ihren Wagen gesehen und dachte mir, daß Sie hier sind. Deshalb bin ich gekommen.«

»Ich bin froh, daß du das getan hast. Es hat mir Spaß gemacht, mich mit dir zu unterhalten.«

Das Kind antwortete nicht. Es rannte mit schwingender Butterbrotdose los. Als Marybee an St. John vorbeikam, verlangsamte sie ihren Schritt nicht und lief, ohne ein Wort zu sagen, davon.

Jacqueline beugte ihren Kopf nach vorne, um ihre zuckenden Lippen zu verbergen. Sie blickte erst auf, als St. John vor ihr stand.

»Einen guten Tag«, sagte er.

»Ihnen auch.« Jacqueline deutete neben sich auf die Stufen. »Möchten Sie sich zu mir setzen?«

Nachdem er einige Zeit hin und her überlegt hatte, breitete St. John sein Taschentuch vorsichtig auf der Stufe aus und ließ sein elegantes, in Flanell gehülltes Hinterteil darauf nieder. Das Hinterteil breitete sich in einer Weise aus, daß es Jacqueline vertrauensvoll knuffte, aber ausnahmsweise schien St. John etwas anderes im Sinn zu haben.

Er begann sich dafür zu entschuldigen, Jacqueline nicht ins Haus gebeten zu haben. »Es wäre mir lieber, wenn meine arme, liebe Mutter nicht mitanhört, was ich mit Ihnen besprechen möchte. Sie hat die Angewohnheit, immer dann aufzutauchen, wenn man es am wenigsten erwartet.«

»Wie geht es ihr denn?«

»Überhaupt nicht gut. Sie befindet sich seit einiger Zeit in einem Zustand fiebriger Erregung. Ich möchte Sie ja nicht dafür verantwortlich machen, meine liebe Jacqueline –«

»Bin ich auch nicht.«

»Oh, hm, nun gut.« Der kurze Spaziergang oder irgendein anderer Faktor hatten eine dünne Schweißschicht auf St. Johns Stirn gezaubert. Er griff nach seinem Taschentuch, erinnerte sich dann, daß er darauf saß und fuhr fort: »Ganz gewiß ist es nicht Ihr Fehler. Ihre Absicht war es, Trost zu spenden. Sie konnten ja nicht ahnen, daß Sie ganz unbeabsichtigt den schwachen Punkt meiner armen Mutter trafen. Sie hat Kathleens Tod niemals akzeptiert.«

»Ist es möglich, daß sie sich in irgendeiner Weise schuldig fühlt?« Jacquelines Stimme war ausgesprochen sanft.

St. John starrte sie an. »Nein, das denke ich nicht. Warum sollte sie sich schuldig fühlen? Es ist nur natürlich, daß sie sich an ihre Hoffnung klammert, wenn man die bizarren Umstände bedenkt – keine sterblichen Überreste, Sie verstehen schon. Und in der letzten Zeit sind einige Dinge passiert, die ihre Phantasien nur geschürt haben. Deshalb liegt es mir auch so am Herzen, mit Ihnen zu sprechen.«

»Was für Dinge?« fragte Jacqueline.

»Haben Sie in der letzten Zeit irgendwelche – irgendwelche ungewöhnlichen Briefe erhalten?«

»Ich fürchte, ich muß Sie bitten, genauer zu werden, St. John.« Jacqueline war sich bewußt, daß sie schrecklich wichtigtuerisch klang, aber St. Johns Ausdrucksweise begann ihr langsam auf die Nerven zu fallen.

Der Schweiß auf St. Johns Stirn vereinigte sich zu Tropfen, die nun an seinen Wangen hinabliefen. Mit einem mühevollen Ächzen zog er das Taschentuch unter seinem Hinterteil weg und rieb sich damit trocken. »Briefe, die angeblich von meiner armen Schwester stammen. Briefe, die mit ›Kathleen Darcy‹ unterzeichnet sind.«

Es gibt eine Menge Verrückte auf der Welt.

Diese Anwort fuhr Jacqueline sofort durch den Kopf, wie ein telepathisches Telegramm von O'Brien. Genau das hätte er geantwortet. Natürlich sagte sie es nicht laut. Und während St. John fortfuhr, wurde deutlich, daß er einen berechtigten Grund zur Sorge hatte.

Obwohl der Brief an St. John adressiert war, hatte ihn seine Mutter als erste geöffnet und gelesen. In den Monaten nach Kathleens Verschwinden hatte es eine Reihe solcher Briefe gegeben. Einige stammten angeblich von Kathleen, in anderen boten Menschen, die sich als Medium bezeichneten, Informationen über ihren Verbleib – oder den ihrer Leiche – an. Und einige wenige, die sich unter all den peinigenden Briefen als die schlimmsten erwiesen, beschrieben auf grausam detaillierte Art und Weise, wie sie getötet oder entführt worden war.

Gegen den Rat ihres Sohnes und in einigen Fällen auch ohne sein Wissen, hatte Mrs. Darcy auf alle geantwortet. »Man bedrängte uns, meine liebe Jacqueline, es war einfach schrecklich. Die Polizei versicherte mir, daß es nach einem Fall, der auf eine solche Weise von den Medien aufgegriffen wird, meistens eine Flut von Briefen gebe. Als ich mich schließlich mit allen befaßt hatte, war ich nervlich am Ende, und Mutter ... Die Stärke ihrer Besessenheit ist erstaunlich. Sie hat niemals die Hoffnung aufgegeben, von Kathleen zu hören. Sie eilt zum Telefon, wenn es läutet, und sie ist immer die erste, die die Post durchsieht. Ich nehme an, ich hätte eine solche Entwicklung erwarten sollen, aber es ist ausgesprochen schwierig, Mutter zu kontrollieren, wenn sie sich in einem solchen Zustand befindet. Heute morgen fand ich sie unten an der Einfahrt, wo sie auf den Briefträger wartete. Es war erst sieben Uhr!«

»Oh, je.« Das war alles, was Jacqueline dazu einfiel, aber sie sagte es mit all dem Mitgefühl, dessen sie fähig war. »Was stand denn in dem Brief?«

»Ich habe nicht die leiseste Ahnung. Sie hat mir nur einen schnellen Blick darauf gestattet, bevor sie sich mit ihm davonmachte. Jetzt hat sie ihn versteckt. Sie hat ihre Geheimverstecke im ganzen Haus. Es war Kathleens Unterschrift ...« Er verbesserte sich schnell. »Er war mit ihrem Namen unterschrieben, wollte ich natürlich sagen.«

»Darüber würde ich mir keine Sorgen machen.« Jacqueline tätschelte seine Hand. »Erst wenn sie – ich nehme doch an, daß es sich um eine Frau handelt – in einem Brief etwas erwähnt, das Ihnen einen Hinweis auf ihre Identität oder ihren Aufenthaltsort gibt, kann die Polizei der Sache nachgehen. Aber anonyme Briefeschreiber sind nicht gefährlich, St. John. Sie ... sie schreiben bloß Briefe.«

»Wie recht Sie doch haben.« Das Tätscheln war ein Fehler gewesen. St. John rutschte näher an Jacqueline heran. »Ich wußte, daß Sie mir dabei helfen würden, diese Sache in die rechte Perspektive zu rücken. Sie haben ein solch empfindsames, verständnisvolles Herz ...« Seine feiste Hand machte sich auf die Suche nach besagtem Organ.

Jacqueline packte seine Hand und drückte sie. St. John stieß einen schwachen Protestschrei aus. »Ich habe eine Idee«, rief sie aus. »Kennen Sie – aber natürlich kennen Sie sie, welche Frage – Brunnhilde Karlsdottir?«

Der Name erwies sich als noch effektivere Ablenkung als Jacquelines schmerzhafter Griff. St. Johns Miene verdüsterte sich. »Diese schreckliche Frau! Sie mögen sich das kaum vorstellen können, Jacqueline, aber sie hat doch tatsächlich versucht, ihre – ihre – ehem – persönlichen Attribute einzusetzen, um mich zu ihren Gunsten zu beeinflussen.«

Jacqueline schüttelte sich innerlich vor Lachen. »Ich kann es mir vorstellen«, murmelte sie.

»Nun, ja.« St. John strich sich langsam durchs Haar. »Natürlich ist man an solche Annäherungsversuche durchaus gewöhnt. Aber ich muß Ihnen wohl nicht sagen, liebste Jacqueline, daß ein echter Mann der Jäger und nicht die Beute sein möchte.«

Er schürzte die Lippen. Jacqueline sagte hastig: »Worauf ich hinaus wollte, St. John, war, daß Brunnhilde möglicherweise den Brief geschrieben haben könnte. Sie hat mich mehrmals bedroht. Ich fürchte, daß ihr Verstand gelitten hat.«

Die Runzeln auf St. Johns Stirn vertieften sich. »Oh, nein! Oh, mein Gott! Sie ist eine sehr kräftige Frau, nicht wahr? Denken Sie, sie könnte gefährlich sein?«

»Sie sollten diese Möglichkeit vielleicht gegenüber Ihren Anwälten erwähnen. Es kann nicht schaden, Ermittlungen über die arme Seele anzustellen.«

»Absolut richtig.« St. John hievte sich auf die Füße. Vergessen waren all die amourösen Tändeleien, wo es nun um das Wichtigste aller Dinge ging: seine eigene Sicherheit. »Das werde ich unverzüglich tun. Unverzüglich! Vielen Dank, meine Liebe.«

Sobald er ihr den Rücken zugekehrt hatte, erlaubte Jacqueline ihren Gesichtsmuskeln, sich zu entspannen. Sie waren arg strapaziert worden.

Sie glaubte nicht einen Moment daran, daß Brunnhilde den Brief geschrieben hatte. Dieses gestandene Bild einer Frau neigte nicht zu subtilen Handlungen, wie ihre versuchte Vergewaltigung von St. John bewies. Jacqueline entschlüpfte ein gedämpftes, gurgelndes Lachen. Sie wäre bei dieser leidenschaftlichen Szene gerne Zeugin gewesen.

St. John, der sich schneller bewegte, als sie es je zuvor beobachtet hatte, verschwand im Haus. Das Geräusch des Rasenmähers war verstummt. Die Sonne tauchte das stoppelige Gras in goldenes Licht, und weit und breit waren weder Krähen noch Geier in Sicht. Es herrschte Frieden. Jacqueline saß auf den Stufen, das Kinn in die Hand gestützt, und dachte über Mord nach. Sie nahm kaum wahr, daß sie mit brummiger Stimme die Worte einer alten Ballade vortrug.

Der Bruder auf sein Roß sie setzte
Bevor er die grausame Tat beging.
»Küßt mich, Schwester, bevor wir scheiden«
Doch im Kuß er stach ihr in die …

Jacqueline zuckte zusammen. Vor ihr stand eine Gestalt aus einer dieser verdammten Balladen: ein großgewachsener junger Mann mit einem erdverkrusteten Spaten in der Hand.

»Ist bei Ihnen alles in Ordnung?«

»Natürlich.«

»Sie haben so komische Geräusche von sich gegeben.«

»Ich habe gesungen«, erwiderte Jacqueline kühl.

»Oh. Wissen Sie, ich war dort drüben, hinter den Büschen, als ich dieses –«

»Es war sehr freundlich von Ihnen, daß Sie sich die Mühe gemacht haben, zu fragen.«

Nach einer Weile ging der junge Mann endlich fort, und Jacqueline wandte sich wieder ihren Gedanken und ihrem Gesang zu. Der grausame Bruder oder der untreue Geliebte?

Herab, herab, meine hübsche Dame,
Eure Stund gekommen ist,
Neun Damen schon ertränkte ich an diesem Ort
Und der Zehnten Mund der Tod nun küßt.

Ein kühler Finger berührte ihren Fuß, und als sie aufblickte, entdeckte sie, daß die Schatten der umgebenden Tannen auf sie zugekrochen kamen. Sie erhob sich. Sie war davon überzeugt, daß Marybee diese Lichter gesehen hatte. Sie glaubte nicht, daß sie von Kathleen Darcys Geist stammten, und ein echtes Phantom wäre ihr lieber als eine Person aus Fleisch und Blut, die eine Kerze durch die verlassenen Räume trägt.

Als sie zu Hause ankam, war die Dämmerung bereits hereingebrochen, und als sie den halbvollen Karton über den von Schatten verdüsterten Weg schleppte, stellte sie fest, daß sie ein wenig schneller als gewöhnlich lief. Sie war inzwischen zu der

Ansicht gekommen, daß die Abenddämmerung doch keine so angenehme Tageszeit war, wie sie immer angenommen hatte. Während sie im dunklen Haus nach dem Lichtschalter tastete, beneidete sie Jan um die Gesellschaft ihrer Katze – sie hatte zumindest etwas Lebendiges um sich, das Töne von sich gab, ein Wesen, das den zurückkehrenden Wanderer begrüßte, wenn auch nicht mit Worten.

Nachdem sie sich einen Drink eingegossen hatte, breitete sie die Bücher auf dem Boden aus und setzte sich mit der Brille auf der Nase dazu. Dann griff sie mit einem Gesichtsausdruck, der einem Serienmörder gut gestanden hätte, in ihre Hemdtasche und zog eine Zigarettenpackung hervor.

Der erste tiefe Zug wischte den schuldigen Ausdruck von ihrem Gesicht und ersetzte ihn durch pure Verzückung. Ein oder zwei am Tag konnten doch nicht schaden. Der Himmel war gewiß ein Ort, an dem man rauchen konnte, ohne Lungenkrebs zu bekommen, dachte Jacqueline.

Allerdings gab es nur wenig irdische Genüsse, die einem das Gefühl gaben, im Himmel zu sein – dazu zählte, sich mit Büchern, Wodka und Zigarettenrauch zu umgeben. Sie begann, die Bände zu sortieren, die sie ausgesucht hatte.

Zehn Zigaretten und zwei Drinks später hatte sie Sueton bereits zur Hälfte durchgeackert. Diese Römer. Egal was, sie hatten es ausprobiert.

Jacqueline saß am nächsten Morgen um neun Uhr am Schreibtisch, die Brille fest auf der Nase und das Haar stramm zusammengebunden. Ebenso wie Jo's Haube in *Little Women,* spiegelte Jacquelines Frisur ihre produktive Stimmung wider. Dies hier hatte zu bedeuten: Laßt mich in Ruhe, keine Störungen! In den nächsten Tagen zerknüllte sie Papier, fluchte, schritt im Zimmer auf und ab und hämmerte auf die Schreibmaschine ein. Sie hörte nur auf, um zu schlafen und die notwendige Nahrung (Cola und Plätzchen) in den Mund zu stopfen. Krümel rutschten in die Tastatur, und der Haufen zerrissener Seiten wuchs ständig an. Ab und zu klingelte das Telefon. Jacqueline hörte es nicht.

Am Morgen des dritten Tages verschwand ihr Energieschub

und ließ sie in einem Zustand tiefer Depression zurück, den nur Schriftsteller kennen. Ihr Gehirn war eine Ansammlung toter grauer Zellen, ihr Körper ein ekelerregender Organismus, und es gab nichts auf der Welt, das ihr Freude oder Liebe oder Zuversicht oder Frieden oder Hilfe in ihrem Schmerz bringen konnte. Sie hatte nicht den geringsten Schimmer, was Ara als nächstes tun sollte.

Sie blickte zu den Seiten auf ihrem Schreibtisch hinüber und erschauerte. Dies war definitiv nicht der richtige Zeitpunkt, um sie noch einmal durchzulesen. Wenn sie es doch tat, würden sie wahrscheinlich bei dem anderen Abfall auf dem Boden landen. Sie hatte sich schon einmal in diesem Zustand befunden, und sie wußte (obwohl es nur schwer zu glauben war), daß ihr Text sich nach einigen Stunden Bewegung oder Entspannung, nach einem guten Essen oder einem Drink oder einer Kombination all dieser Dinge nicht so anhören würde, als hätte sie ein Affe verfaßt, der willkürlich auf die Tastatur eingeschlagen hatte.

Die Sonne schien. Jacqueline betrachtete dieses Phänomen mit leichter Überraschung und einem minimalen Anflug von Optimismus. Vielleicht würde sie sich doch noch nicht sofort die Kehle durchschneiden. Vielleicht hatte sie ja Post erhalten. Möglicherweise war sogar ein Scheck dabei. Dieser Gedanke gab ihr die Kraft, nach oben zu stolpern und sich anzuziehen.

Nachdem sie das Cottage verlassen hatte, blieb sie einen Augenblick stehen, um die frische Herbstluft einzuatmen. Leute, die nicht schrieben, waren nicht imstande nachzuvollziehen, wie wirklich die Phantasiewelt eines Buches werden konnte, wie sie alle Stimuli der Außenwelt ausschließen, ihren Schöpfer vereinnahmen konnte. Nichts zählte, außer der Idee.

Immerhin war es ihr gelungen, gut zwanzig Seiten, ungefähr die Hälfte des Exposés, fertigzustellen. Gelungen ... Jacqueline blickte auf die Beete mit den prächtig blühenden Chrysanthemen, die neben dem Weg verliefen. Die Pflanzen mußten gestützt und die Beete gejätet werden.

Sie schüttelte den Kopf. Nein, das war es nicht. Sie wollte ihre Post holen. Deshalb hatte sie das Haus verlassen.

Als sie am Tor angekommen war und das Vorhängeschloß öffnete, funktionierte ihr Verstand wieder mehr oder weniger. Es gab einen anderen Grund, abgesehen von der immer wieder wichtigen Geldfrage, warum sie ihre Post durchsehen wollte.

Niemand befand sich vorne am Empfang, und niemand saß vor dem Fernseher – wofür sie dem Himmel dankte. Jacqueline ließ ihre Hand auf die Klingel hinabsausen. Ihre Ungeduld wurde belohnt. Statt Mollie trat jedoch Tom aus der Tür, die zu ihren Wohnräumen führte. Auf seinem anziehenden Gesicht lag ein düsterer Ausdruck.

Als er Jacqueline sah, bemühte er sich recht erfolglos, ein wenig freundlicher dreinzublicken. »Hallo, Mrs. Kirby. Wir haben hier einiges an Post für Sie. Mollie wollte sie Ihnen eigentlich hinüberbringen, aber sie fühlt sich heute nicht so besonders gut.«

»Das arme Ding.« Jacqueline rührte sich nicht, um das dicke Bündel in Empfang zu nehmen, das Tom ihr hinhielt. »Hat sie einen Arzt konsultiert? Es gibt keinen Grund, die Zähne zusammenzubeißen und drei Monate lang den ganzen Mist auszuhalten. Es gibt schließlich Spritzen oder andere Hilfsmittel.«

Tom starrte sie an. »Woher wußten Sie? Es sind doch erst einige Wochen seit –«

»Mein Lieber!« Jacqueline wischte die Frage mit einer einzigen Handbewegung fort. »Sie müssen sie aus der Küche fernhalten, Tom. Ich erinnere mich noch gut, wie sich mir beim Anblick zweier Spiegeleier, die mich mit ihren beiden zitternden gelben Augen ansahen, der Magen umdrehte.«

»Oh – nun gut. Wo wir gerade vom Essen reden, ich sollte zusehen, daß ich wieder in die Küche komme. Werden Sie Ihr Mittagessen bei uns einnehmen, Mrs. Kirby?«

»Ich weiß es noch nicht. Aber ich würde Ihnen gerne bei einem Glas Wein Gesellschaft leisten, wenn Sie darauf bestehen.«

»Ich fürchte, dafür habe ich keine Zeit.«

»Mein lieber, junger Freund, außer mir ist kein Gast in Sicht. Außerdem möchte ich mich mit Ihnen über diese unangenehme Sache unterhalten, die sich kürzlich abends zugetragen hat.«

Sie heftete sich an seinen Arm, als er versuchte, sich an ihr vorbeizudrücken. Tom gab nach. »Also gut. Geben Sie mir nur eine Minute, um sicherzugehen, daß in der Küche alles in Ordnung ist.«

Er führte sie zu einem Tisch. Jacqueline beobachtete, wie er davonging – die Schultern gerade, den Kopf hocherhoben – und hatte dabei ein Lächeln auf den Lippen, das ihr keine Ehre machte. Sie hatte schon seit Tagen versucht, ihn einmal festzunageln, und er – da war sie sich sicher – hatte sich ebenso große Mühe gegeben, ihr aus dem Weg zu gehen. Eins zu null für sie.

Sie begann, ihre Post zu sortieren. Der gute alte Chris hatte, wie versprochen, von sich hören lassen, und der Scheck aus England war auch dabei. Auf der Karte, die er dazugelegt hatte, stand, daß er eine wundervolle Zeit habe und das gleiche auch für sie hoffe. Übersetzt hieß das soviel wie, wenn du mich in Ruhe läßt, lasse ich dich auch in Ruhe.

Eine Reihe anderer Briefe war von Chris' Sekretärin an sie weitergeleitet worden. Ein zweiter Packen war von Bootons Büro gekommen und ein dritter von ihrem Verleger. Einige Briefe trugen Poststempel, andere weder Poststempel noch Briefmarke. Sie waren offensichtlich hier abgegeben worden.

Jacquelines Lächeln wurde gemein, als sie einen Blick auf diesen letzten Stapel warf. Eine Einladung der Ortsgruppe »Frauen in Kunst und Literatur«, die sie baten, ihrem Verein beizutreten (Beitrag fünfundzwanzig Dollar) und an ihrem nächsten Treffen teilzunehmen. »Bitte bereiten Sie eine kurze Rede von ungefähr einer Stunde vor ... Unser begrenztes Budget läßt eine entsprechende Vergütung nicht zu, aber wir würden Sie nach Ihrer Rede gerne zum Essen einladen.« Dann noch eine Einladung, eine Rede zu halten. Sie sollte vor den »Freunden der Bibliothek« sprechen, und zwar zu dem Thema »Woher bekomme ich meine Einfälle?« Für Tee und Plätzchen war gesorgt.

Jacqueline gönnte sich das gemeine Vergnügen, die hübsche kleine Karte mit der Umrandung aus Stiefmütterchen, auf der sie gebeten wurde, darüber zu reden, woher sie ihre Einfälle bekam, zu zerreißen. Die Leute konnten sich gar nicht vorstellen, wie sehr Schriftstellern solche Fragen auf die Nerven gingen. Jacqueline kannte die Antwort nicht. Hätte sie sie gekannt, müßte sie nicht darüber nachgrübeln, wie es Ara gelingen sollte, ihre unheimliche, schöne Rivalin zu überlisten und aus dem Tempel des Dunklen Gottes zu entkommen. Ein Autor benötigte nicht »die eine« Idee für ein Buch. Er benötigte mindestens vierzig. Und »bekommen« war das falsche Wort, denn es erweckte den Eindruck, als erhielte man sie wie ein Geschenk. Man bekam keine Ideen. Man jagte ihnen nach, hielt sie fest, rang mit ihnen, bis sie sich endlich unterwarfen. Man verfolgte sie mit einer Gabel und großen Hoffnungen, und wenn man das Glück hatte, eine zu erwischen, dann spießte man sie auf, bevor die hinterhältige kleine Hexe sich wieder davonmachen konnte.

Jacqueline schob den Haufen zerfetzten Papiers in ihre Handfläche und fügte ihn dem Chaos in ihrer Handtasche hinzu. Vielleicht würde sie doch zu den Damen sprechen. Die Gelegenheit, eine gute Rede zu halten, sollte sie sich nicht entgehen lassen. Wenn es ihr doch nur gelingen würde, ihre Ideen aufzuspießen, bevor sie wieder entkamen! Die armen Damen konnten ja nichts dafür. Sie wußten es nicht besser.

Sie las immer noch ihre Post aus dem Ort, als Tom mit dem gewünschten Glas Wein und einer Tasse Kaffee für sich wieder auftauchte.

»Alles in Ordnung?« erkundigte sie sich. »Wenn Sie knapp an Arbeitskräften sind, könnte ich ja –«

»Salat waschen?« Er grinste sie an. Offensichtlich war er der Meinung, daß sie wohlmeinend, wenn auch sonderbar war – genau der Eindruck, den Jacqueline erwecken wollte. Er sah umwerfend aus, wenn er mürrisch und trotzig war, und wenn er lächelte, war er absolut atemberaubend. Jacqueline hatte im Laufe der Jahre und der gesammelten Erfahrung eine gewisse Immunität erworben, aber sie war sich bewußt, wie solche Augen und solche Zähne, solche tiefen Grübchen und solch ein teuflisches Blitzen in den dunklen Augen auf eine jüngere Frau wirken mußten. Salat waschen? Und ob, Süßer, ich wasche alles, was du willst.

Doch solch vulgäre Gedanken durften nicht allzu lange in Jacqueline Kirbys Kopf hin und her schwirren, da sie weder jung war, noch eine besondere Schwäche für gutaussehende junge Männer mit schüchternen, unscheinbaren, schwangeren Frauen hatte. »Ich habe das Gefühl, als ob ich mich für das, was an jenem Abend geschehen ist, entschuldigen müßte«, sagte sie.

»Meinen Sie die Sache mit Carter? Das war nicht Ihre Schuld, Mrs. Kirby. Ich sollte Ihnen wahrscheinlich dafür dankbar sein, daß Sie das Geschäft ankurbeln. Es sind schon einige Journalisten hier aufgetaucht. Keine Sorge«, fügte er hinzu. »Ich habe unsere Mitarbeiter gewarnt. Keiner von uns wird Ihren Aufenthaltsort verraten, aber ich gehe davon aus, daß sie trotzdem keine großen Schwierigkeiten haben werden, es herauszubekommen.«

»Bislang hat mich niemand belästigt. Mr. Carter ist hoffentlich nicht noch einmal hier aufgetaucht, oder?«

»Nein. Ich habe gehört, daß er die Stadt in aller Eile verlassen hat – zwischen Mitternacht und Morgen. Ich möchte bezweifeln, daß er noch einmal zurückkommt. Ich kenne solche Typen, in diesem Geschäft laufen sie einem häufig über den Weg. Großes Maul und nichts dahinter.«

»Er sucht sich Leute, die kleiner sind als er«, stimmte ihm Jacqueline zu. »Er hätte nicht den Mut, sich mit Ihnen anzulegen.«

Tom zuckte mit gespielter Bescheidenheit die Schultern. Sämtliche Muskeln seiner Brust gerieten dabei in Bewegung. Er warf einen Blick auf seine Uhr.

Jacqueline spürte, daß er ihr jeden Augenblick wieder entwischen würde, und sie vergeudete keine Zeit mehr. »Ich möchte mit Ihnen über Kathleen Darcy reden.«

Seine Antwort kam ein wenig zu schnell. Er mußte mit der Frage gerechnet haben. »Da gibt es nichts, was ich Ihnen sagen könnte. Ich habe sie kaum gekannt. Sie war älter –«

»Drei Jahre, glaube ich.«

»Ich fühle mich geschmeichelt, Mrs. Kirby.« Sein gezwungenes Lächeln strafte seine Worte Lügen. »Wie haben Sie mein Alter herausgefunden?«

»Ich habe vor einigen Tagen einen Ihrer ehemaligen Klassenkameraden in der ›Elite-Bar‹ getroffen. Dies ist ein kleiner Ort. Sie können es den Leuten nicht verdenken, wenn geklatscht wird.«

Sein Gesicht verzog sich. »Verdammt! Erzählen sie immer noch diese alte Lüge über Kathleen und mich? Das ist alles erfunden. Ich war im zweiten Jahr in der Highschool, als sie in der Abschlußklasse war. Sie wissen doch selbst, was ein solcher Altersunterschied in dieser Lebensphase ausmacht. Später habe ich – nun, ja, ich bin ihr ab und an über den Weg gelaufen. Sie hat mich immer gegrüßt, und wir haben uns unterhalten. Sie hat aber mit allen gesprochen. Es hatte nichts zu bedeuten.«

Vielleicht hat es ihm nichts bedeutet, dachte Jacqueline. Aber was war mit ihr? Die Tatsache, daß Kathleen ihn als Modell für ihren Helden benutzt hatte, war zwar kein Beweis, daß sie eine Affäre gehabt hatten, aber es bewies auch nicht das Gegenteil. Die alte Lüge, die er erwähnt hatte, war ihr neu, in der Bar hatte sie niemand erwähnt. Er war allzu schnell bereit, etwas zu bestreiten, womit sie ihn noch gar nicht konfrontiert hatte.

»Ich suche nach Ideen«, erklärte sie. »Ich hatte die Hoffnung, daß sie vielleicht mit einem Freund über ihre Pläne für ihr nächstes Buch gesprochen haben könnte.«

»Oh, deshalb.« Toms Gesicht heiterte sich auf. »Wir haben nie über ihre Bücher gesprochen. Das heißt – wir haben uns kaum unterhalten. Ich wäre der letzte Mensch, der Ihnen da helfen könnte. Wenn Sie mich jetzt bitte entschuldigen würden, es wird langsam voll.«

Acht Gäste. Wahrscheinlich war das für seine Verhältnisse wirklich voll zu nennen.

Sie wandte sich wieder ihrer Post zu. Der dicke Stapel Briefe, den Booton ihr nachgeschickt hatte, ließ sie wünschen, daß sie sein Angebot, ihre Post von seiner Sekretärin nachsehen zu lassen, nicht ausgeschlagen hätte. Aber dann wäre sie um das Vergnügen gekommen, das Angebot einer übersinnlich begabten Frau zu lesen, die Kontakt zu Kathleen aufgenommen und unter ihrer Anweisung nicht nur einen Fortsetzungsband, sondern gleich sechs verfaßt hatte. Sie war bereit, Jacqueline den ersten für eine schlappe halbe Million Dollar zu überlassen.

Bei den restlichen Briefen, die von Booton nachgesandt worden waren, schien es sich um »Fanpost« zu handeln, die wahrscheinlich wieder aus der üblichen Mischung von Beleidigungen und Gratulationen bestand. Sie konnten warten. Jacqueline griff noch einmal nach dem Brief, den sie gerade begonnen hatte, als Tom sie unterbrochen hatte. Es war eine angenehme Abwechslung zu den anderen örtlichen Einladungen. Und man erwartete nicht von ihr, daß sie eine Rede vorbereitete. Jan bot sogar an, etwas für sie zu tun, statt umgekehrt.

Jacqueline setzte sich zurück, um in Ruhe ihren Wein auszutrinken. Nun, da ihr berufliches Gewissen durch einige Tage harter Arbeit am Exposé beruhigt war, konnte sie ihre Aufmerksamkeit einem Problem zuwenden, das sie sogar noch brennender interessierte. In den letzten drei Tagen war sie zu beschäftigt gewesen, um an ihre Freunde hier in Pine Grove zu denken, aber die telefonischen Nachrichten, die Mollie pflichtbewußt für sie entgegengenommen hatte, bewiesen, daß einige von ihnen an sie gedacht hatten. Craig Zwei hatte angerufen, ebenso wie St. John, der nicht nur einmal, sondern mehrere Male angerufen hatte. Armes, kleines Fröschchen, dachte Jacqueline. Ich hoffe, die alte Dame treibt ihn nicht in den Wahnsinn.

Sie stopfte die Post in ihre Handtasche und hievte diese mit einigen Schwierigkeiten über die Schultern. Es fühlte sich an, als würde sie mindestens vierzig Pfund, statt der üblichen zwanzig, wiegen.

Ein Spaziergang entlang der sonnigen Straße weckte ihre müden Lebensgeister wieder. Sie verhielt den Schritt, um ein Baby mit einem Pfannkuchengesicht unter dem Kinn zu kraulen. Als sie in die Gasse einbog, die zum Buchladen führte, erblickte sie Jans Katze, die hektisch in einem der Blumenbeete herumbuddelte, und Jacqueline hielt an, um ihr guten Morgen zu wünschen. Das Tier ließ sich durch ihre Höflichkeit nicht beeindrucken, sondern fuhr mit seiner Arbeit fort. Jacqueline folgte seinem Beispiel.

Jan saß an ihrem Schreibtisch. Ein Sonnenlichtstrahl fiel auf ihren gebeugten Kopf, aber er erweckte keine Reflexion in dem leblosen, weißen Haar. Es mußte sich um eine Perücke handeln. Vielleicht war der Unfall, der die Narben in ihrem Gesicht hinterlassen hatte, auch verantwortlich für eine grausame, irreparable Verletzung ihrer Kopfhaut.

Sie schien nicht besonders begeistert, Jaqueline zu sehen, aber letztere nahm das gelassen hin. Wenn sie sich vorgenommen hatte, freundlich zu sein, floß der Charm nur so aus jeder Pore ihres Körpers. »Ich habe Ihre nette Karte erst vor einigen Minuten erhalten, Jan. Ich habe Tag und Nacht gearbeitet, aber heute morgen versiegte die Quelle der Inspiration, wie das manchmal so ist, und als ich meine Post abholte, fand ich Ihre Nachricht vor und dachte mir, ich schaue einfach einmal vorbei, um zu sehen, ob Sie mir beim Mittagessen Gesellschaft leisten möchten. Ich würde mich sehr freuen.«

»Ich habe schon gegessen«, erwiderte Jan. Sie übertrieb ein wenig. Das Glas Milch auf ihrem Schreibtisch war halbvoll, und auf einem Teller lagen mehrere Butterbrote, die sie noch nicht angerührt hatte. »Trotzdem vielen Dank.«

»Oh, wie schade. Kann man hier in der Nähe wohl irgendwo ein Butterbrot bekommen? Ich werde das Gasthaus langsam ein wenig leid.«

Ihre Absicht war so leicht zu durchschauen, daß Jan lächeln mußte. »Sie könnnen sich gerne bedienen, wenn Sie Thunfischsalat mögen. Der Kaffee ist schon fertig –«

Die kleine Öffnung in der Tür schwang nach innen, und die Katze tauchte auf. Sie leckte sich das Maul. »Mein Katerchen kennt das Wort ›Thunfisch‹«, erklärte Jan lachend, während Jacqueline sich erstaunt umdrehte. »Das zusätzliche Butterbrot ist eigentlich für ihn, aber wir beide sind gerne bereit, mit Ihnen zu teilen.«

»Wie könnte ich einer solchen Einladung widerstehen?«

Jacqueline fühlte sich wirklich akzeptiert, als Jan sie bat, sich eine Tasse und einen Teller aus der Küche zu holen. Diese lag hinter einer der Türen im hinteren Teil des Ladens. Offenbar war der Raum nachträglich an das ursprüngliche Gebäude angebaut worden. Es war ein helles Zimmer mit einem Erkerfenster, das auf einen ordentlichen, kleinen Garten hinausging. Jacqueline bemerkte, daß die Geräte von bester Qualität waren und die Einrichtung auf Jans Bedürfnisse abgestimmt war. Die andere Tür der rückseitigen Wand mußte in ein Schlafzimmer und ein Bad führen. Treppen waren wohl ein Problem für Jan. Alles, was sie benötigte, befand sich im Erdgeschoß. Jacqueline fragte sich unwillkürlich, wo das Geld dafür hergekommen war. Mit Buchläden ließ sich gemeinhin kein hohes Einkommen erzielen.

Als sie in den Laden zurückkehrte, hatte Jan ihren Stuhl an den Tisch vor dem Kamin gezogen. Die Katze lag an ihrem üblichen Platz in einem der Sessel. Ihre grünen Augen starrten unverwandt auf den Teller mit den Butterbroten. Jaqueline nahm auf dem anderen Sessel Platz, und Jan sagte: »Bedienen Sie sich. Leider ist es nicht so fein wie im Gasthaus.«

»Ich kann mich wohl kaum beschweren, da ich mich selbst eingeladen habe«, sagte Jacqueline. »Das hier sieht wundervoll aus. Ich habe seit Tagen von Käse und Crackern und Cola gelebt.«

»Wie kommen Sie voran?«

»Stoßweise, wie gewöhnlich bei einem Buch. Heute morgen bekam ich Schwierigkeiten, und mein Kopf war plötzlich vollkommen leer.«

Jan nickte. »Das kommt vor. Was tun sie, um die Blockade zu lösen?«

»Ich mache Pause, gehe spazieren, putze das Haus ... überfalle eine Freundin, ohne eingeladen zu sein.« Etwas in Jans Gesichtsausdruck brachte sie dazu, zu sagen: »Sie wissen, wovon ich rede, nicht wahr? Schreiben Sie selbst?«

»Ich versuche es. Manchmal.« Sie zögerte, dann lachte sie dieses leichte, hübsche Lachen, das so schmerzlich im Gegensatz zu ihrer Erscheinung stand. »Oh, warum sollte ich versuchen, etwas vor Ihnen zu verheimlichen? Wie Hunderte von anderen Fans habe auch ich versucht, eine Fortsetzung von Kathleens Buch zu verfassen. Sie ist ziemlich schlecht, nehme ich an, aber falls Sie einmal einen Blick darauf werfen möchten ...«

»Ich würde mich riesig freuen. Ehrlich. Aber ich habe meinem Agenten zugesagt, nicht einmal im Vorbeigehen einen Blick auf ein anderes Manuskript zu werfen. Sie haben recht, eine Menge anderer Leute hat mit der Idee gespielt. Falls mein Buch auch nur die geringste Ähnlichkeit mit deren Manuskripten hätte, würde ich sofort mit Klagen überhäuft.«

»Ja, ich verstehe.« Jan schwieg einen Moment. »Würden Sie mich bitte einen Augenblick entschuldigen? Ich muß kurz telefonieren.«

Ihr Stuhl hatte Rollen. Sie steuerte ihn geschickt zum Schreibtisch hinüber und nahm den Hörer ab. Jacqueline gab vor, nicht zuzuhören, aber es war unmöglich, es nicht zu tun. Jan sagte lediglich: »Das bestellte Buch ist eingetroffen. Ja, richtig. Gut.«

Sie kam wieder an den Tisch zurück und wurde mit einem kläglichen Miauen begrüßt.

»Ich nehme an, er möchte seinen Kaffee«, sagte Jacqueline.

»Er erinnert mich lediglich höflich daran, daß ich ihn noch nicht bewirtet habe.« Jan brach eines der noch auf dem Teller befindlichen Butterbrote in kleine Stücke, legte sie auf ihren Teller und schob ihn über den Tisch. Der Kater erhob sich. Er setzte seine Pfoten links und rechts vom Teller ab und begann zu fressen.

»Ich hoffe, daß das nicht Ihre Gefühle verletzt«, sagte Jan.

»Es ist Ihr Haus.« Jacqueline empfand den Anblick eher mitleiderregend als abstoßend. Aber wenn man genauer darüber nachdachte, so gab die Katze durchaus eine bessere Gesellschaft ab, als so manche Leute, die sie kannte.

Sie äußerte diesen Gedanken. Der Kater hörte auf zu fressen und hob den Kopf. Er starrte Jacqueline mit seinen grünen, durchdringenden Augen an. Jan lachte. »Ich bin mir nie sicher, wieviel er versteht. Manchmal ist es direkt unheimlich, wie er reagiert. Wissen Sie eigentlich, daß Ihre Augen den gleichen Grünton haben? Vielleicht waren sie in einem anderen Leben einmal miteinander verwandt.«

»Vielleicht.« Jacqueline war sich nicht sicher, ob ihr die Idee gefiel. »Ich glaube, wir sind einander in diesem Leben jedenfalls noch nicht offiziell vorgestellt worden.«

»Oh, habe ich Sie nicht vorgestellt? Kein Wunder, daß er sie anstarrt, er ist schnell beleidigt. Lucifer, darf ich dir Jacqueline vorstellen?«

Die eisigen Fingerspitzen des Dunklen Gottes umklammerten Aras Verstand. »Das ist doch nicht etwa Kathleens Katze?« rief Jacqueline. »Sie hatte eine Katze namens Lucifer. Sämtliche Biographien erwähnen es.«

»Sie betete Lucifer an. Paul sagt immer, sie liebte ihn mehr als ihre menschlichen Freunde – ihn selbst eingeschlossen. Nein, das ist nicht Kathleens Katze. Ich wünschte, sie wäre es. Sie lief weg, nachdem Kathleen ... verschwand.«

»Hat es wahrscheinlich bei St. John nicht ausgehalten.«

»Er haßt Katzen«, sagte Jan. »Ich stelle mir gerne vor, daß dies hier einer von Lucifers Nachkommen ist. Paul fand ihn im Wald. Raten Sie einmal wo.«

»Lieber nicht«, erwiderte Jacqueline.

»Er lag zusammengerollt auf dem Gedächtnisstein und schlief. Er war noch ein junges Kätzchen – ein kleines Fellbällchen –, aber er hatte keine Angst vor Paul. Es war ganz so, als würde er sich an ihn erinnern.«

Ihre Stimme klang träumerisch und weich. Die Katze, die ihr Mittagessen beendet hatte, begann zu schnurren.

»Steine speichern Hitze«, sagte Jacqueline mit einer bewußt sachlich klingenden Stimme. »Katzen schlafen gerne an warmen Orten.«

»Ja, natürlich.« Jans Augenlider senkten sich und verbargen ihre Augen. »Wie ich in meiner Nachricht bereits andeutete, habe ich einige Bücher über Kathleen, die Sie sich vielleicht ansehen möchten. Sie liegen auf dem Schreibtisch, ganz in der Ecke.«

Jacqeline akzeptierte den Themenwechsel kommentarlos und ging zum Schreibtisch hinüber, um die Bücher zu holen. Es waren seltsame Bände, im Selbstverlag gedruckte Pamphlete über die mystischen Elemente und die literarischen Quellen von *Nackt im Eis*. »Ich habe sie bereits gelesen«, gestand sie. »Aber es war sehr freundlich von Ihnen, sich solche Mühe zu machen.«

»Es hat mir überhaupt keine Mühe bereitet. Ich sammle Bücher über Kathleen. Sie recherchieren ein Thema aber wirklich gründlich, nicht wahr?«

»Ich war einmal Bibliothekarin. Aber das heißt nicht, daß ich allwissend bin. Falls Ihnen irgend etwas einfällt, von dem Sie glauben, daß ich es übersehen haben könnte, wäre ich dankbar, wenn Sie es mich wissen lassen würden.«

»Natürlich.«

Lucifer blickte zur Tür hinüber und miaute. »Kundschaft«, sagte Jan. Eine Sekunde später läuteten die Glöckchen, und die Tür öffnete sich.

»Paul«, rief Jan überrascht. »Wie schön, dich zu sehen.«

Sie hatte ihm das Stichwort gegeben, und er versuchte, richtig darauf zu reagieren, aber er war kein guter Schauspieler. »Du hast gesagt, mein Buch sei eingetroffen, da habe ich mir gedacht, ich komme einfach vorbei, um es abzuholen. Hallo, Mrs. Kirby.«

Das strahlende Lächeln, mit dem sie ihn begrüßte, schien ihn offensichtlich zu überraschen. Er bemerkte nicht, daß es nicht durch das Vergnügen seiner Gegenwart hervorgerufen worden war, sondern durch seine mangelnde Finesse. Wenn er so hinterlistig – oder besser gesagt so clever – wie manch andere Person wäre, hätte er behauptet, zufällig vorbeigekommen zu sein. Die Anspielung auf den Telefonanruf, den Jan kurz vorher gemacht hatte, war zu direkt, als daß man ihn hätte übersehen können.

Jan rollte zum Schreibtisch hinüber.

Paul griff nach seinem Portemonnaie, während Jan die Quittung schrieb und das Buch in eine Papiertüte steckte. Jacqueline verrenkte sich den Hals, um den Titel zu lesen. Es war eine neue Biographie über Jefferson, die viel Lob bei den Kritikern gefunden hatte.

Paul sah, wie sie auf das Buch starrte. »Recht anspruchsvoller Geschmack für einen Gärtner, richtig, Mrs. Kirby?«

»Vorsicht Paul«, sagte Jan. »Leg dich nicht mit ihr an. Sie hat mich bereits in meine Schranken verwiesen.«

»Oh, wirklich? In dem Fall sollte ich vielleicht besser in der Nähe bleiben, damit wir vereint gegen sie vorgehen können.«

Paul ging auf den anderen Sessel zu und erkannte dann, daß er von Lucifer besetzt war. Er blieb abrupt stehen. Die Katze bedachte ihn mit ihrem durchdringenden Blick.

»Lucifer, steh auf, und überlasse dem Herrn den Sessel«, sagte Jan in einem Ton, der bei einem unartigen Kind angebracht gewesen wäre.

Lucifer ließ ein tiefes Brummen in der Kehle ertönen und rührte sich nicht.

»Dieses Tier haßt mich«, beschwerte sich Paul.

»Es spürt wahrscheinlich Ihre Ablehnung«, wandte Jacqueline ein. Sie stand auf, hob den Kater in die Höhe und machte es sich mit ihm auf dem Schoß in ihrem Sessel bequem.

»Passen Sie auf«, warnte sie Paul. »Er läßt niemanden außer Jan ... Also, nun schau sich das einer an.«

Lucifer benahm sich wie ein barscher alter Gentleman, den man unhöflicherweise aus »seinem« Sessel im Club verbannt hatte. Er legte den Kopf zur Seite und bedachte Jacqueline mit einem beleidigten Blick. Dann brummte er und machte es sich gemütlich, wobei er sicher ging, daß er sie dabei mehrmals mit seinen Krallen erwischte.

»Habe ich doch gesagt«, bemerkte Jan rätselhafterweise. »Paul, möchtest du einen Kaffee?«

»Nein, danke. Ich mache gerade Mittagspause. Ich muß zusehen, daß ich wieder zurückkomme.« Aber er setzte sich trotzdem. »Wie läuft es mit dem Buch, Mrs. Kirby?«

»Es gibt keine vernünftige Antwort auf diese Frage«, entgegnete Jacqueline gereizt. »Genausowenig wie auf ›Na, wann ist denn das freudige Ereignis?‹«

»Ich kann einfach nicht verstehen, was daran so schwierig ist.« Pauls dunkle Brauen zogen sich zusammen. »Ein Buch besteht aus einer Anzahl von Seiten, richtig? Wissen Sie denn nicht, wie viele Seiten Sie geschrieben haben und wie viele Sie noch schreiben müssen? Geben Sie es ruhig zu: Die Geheimniskrämerei, mit der Sie Fragen wie diese behandeln, soll doch nur zum Mythos des Schreibprozesses beitragen. Oder als Entschuldigung dienen, um sich anderen Verpflichtungen zu entziehen.«

»Verpflichtungen?« wiederholte Jacqueline. »Ich finde es sehr interessant, daß Sie dieses Wort gebrauchen, Mr. Spencer.«

Die Unterhaltung schien an einem toten Punkt angekommen

zu sein. Jacqueline erwiderte interessiert Pauls kritischen Blick. Nach einer Weile entspannte sich sein Gesicht, und ein seltenes, aufrichtiges Lächeln blitzte auf. »Wissen Sie was? Sie und diese verdammte Katze haben die gleiche Augenfarbe, und im Moment schauen mich beide mit dem gleichen Ausdruck an.«

»Ich werde mir verkneifen, was sich in dem Ausdruck widerspiegelt«, sagte Jacqueline.

»Hochmütige Verachtung.« Paul erhob sich, immer noch lächelnd. »Ich muß wieder zurück an die Arbeit. Gehen Sie in meine Richtung, Mrs. Kirby?«

Jacqueline entschloß sich aus bestimmten Gründen, die Gelegenheit zu nutzen. Jan unternahm keinen Versuch, sie zurückzuhalten. Im Gegenteil, sie war so sehr darauf bedacht, ihren Gast loszuwerden, daß sie sich ungeschickter als gewöhnlich erhob und dabei ein Buch vom Schreibtisch stieß. Es war Brunnhildes letztes Werk. Jan bückte sich, um es aufzuheben, aber Jacqueline war schneller.

»Wie ich sehe, hat sie es signiert«, sagte Jacqueline, die das Buch aufgeschlagen hatte.

»Sie war im letzten Frühjahr hier. Das habe ich Ihnen doch erzählt.«

Jan richtete sich auf und stützte sich mit den Händen auf dem Schreibtisch ab. Ihre Augen hatten sich zu schmalen Schlitzen geschlossen, und sie starrte Jacqueline an.

»Richtig«, erwiderte Jacqueline. Sie legte das Buch wieder hin. »Ist Jack Carter auch hier gewesen und hat Bücher für Sie signiert?«

Paul lachte. »Ich habe mich schon gefragt, ob Sie ihn erwähnen würden. Ist Ihnen aufgefallen, wie taktvoll ich es vermieden habe, über Ihren umwerfenden Sieg zu reden?«

»Es gibt keinen Grund, taktvoll zu sein. Ich dachte mir, daß die Geschichte sich verbreiten würde, und ich habe nichts dagegen einzuwenden. Ich schäme mich nicht für die Rolle, die ich darin gespielt habe.«

Jans Nase legte sich in Falten. »Es klingt ganz so, als handele es sich bei ihm um einen abstoßenden Menschen. Nein, er hat sich nie die Mühe gemacht, hierher zu kommen. Einen so kleinen Buchladen wie diesen zu besuchen, ist für ihn wohl Zeitverschwendung.«

»Er ist nicht gerade für seine charmante Art bekannt«, gab Jacqueline zu. »Noch einmal vielen Dank, Jan. Auf Wiedersehen, Lucifer.«

Lucifer ließ sich nicht zu einer Antwort herab.

Paul ging wortlos neben Jacqueline her, die Hände in den Taschen und den Kopf gebeugt. Sie waren bereits beim Gasthaus angekommen, als er zum ersten Mal sprach. »Sie mag Sie.«

»Erstaunlich, nicht wahr?«

Er warf ihr ein schiefes Lächeln von der Seite zu. Eine andere Beschreibung fiel Jacqueline, trotz des Klischees, nicht ein. Der Mann selbst war ein wandelndes Klischee, ein weiterer verdammter, grüblerischer Held Marke »Heathcliffe«. Oder vielleicht war er auch der Schurke. Rogue hatte seinen eigenen Charme. Einige von Kathleens Leserinnen bevorzugten ihn gegenüber Hawkscliffe.

»Lassen Sie uns einen Waffenstillstand schließen«, schlug Paul vor. »Es tut mir leid, wir sind mit dem falschen Fuß gestartet. Das war meine Schuld, aber Sie sind auch niemand, der leicht eine Entschuldigung akzeptiert.«

»Habe ich eine Gelegenheit verpaßt?«

Er wandte sich ihr mit einem Knurren zu, das Rogue in seiner Bestform würdig gewesen wäre und packte sie bei den Schultern. »Sie sind wirklich die ... Oh, verdammt – es tut mir leid ...«

Dieses Mal handelte es sich unmißverständlich um eine Entschuldigung, die auch unbedingt angebracht war. Er hatte den Trageriemen von Jacquelines Handtasche verschoben, die daraufhin abrutschte, zu Boden fiel, wobei sich ihr Inhalt weit über den Weg und die angrenzenden Blumenbeete ergoß.

Jacqueline setzte sich auf eine Bank und schlug ihre Beine übereinander. »Nun, stehen Sie nicht rum und starren vor sich hin. Heben Sie die Sachen auf. Alle.«

Paul ließ sich auf ein Knie hinab und begann, die Dinge in die Tasche zu schaufeln. Dann wirbelte er zu ihr herum. »Ist diese Position erniedrigend genug für Sie? Ich entschuldige mich – nicht nur für dieses Debakel, das ich, so gut es eben geht, beheben werde, sondern auch für meine Grobheit zuvor. Ich habe Sie falsch eingeschätzt. Jan ist aus gutem Grund zurückhaltend. Sie schließt nicht leicht Freundschaft. Jede Freundin von ihr ist auch meine Freundin. Okay?«

Er hielt ihr eine große, dreckige Hand hin. Jacqueline reichte ihm die ihre. Er hielt sie einige Momente lang fest. Seine langen Finger glitten über die Rückseite ihres Handgelenks, und sein Daumen strich forschend über ihre Handfläche. Als Hawkscliffe sie losließ, spürte sie immer noch den vibrierenden Druck seiner Berührung.

»Werfen Sie nicht einfach alles hinein, ohne es zu säubern«, befahl sie, ein wenig schärfer, als eigentlich notwendig. »Sie haben Zweige und Blätter ... Geben Sie bitte her.«

Sie ließ sich ebenfalls auf die Knie nieder und fragte sich, welchen Eindruck diese Vorstellung auf andere machen mußte. Aber das Gebüsch deckte sie zur Straße hin, und die Tür des Gasthauses blieb geschlossen.

»Ich werde das Zeug einsammeln, und Sie tun es in die Tasche«, schlug Paul freundlich vor. »Was zum Teufel ist das?«

»Ein Dosenöffner«, erwiderte Jacqueline, nahm ihn in Empfang, putzte ihn ab und ließ ihn in die Tasche fallen.

»Sie bekommen eine Menge Post.«

»Von meinen bewundernden Fans.«

»Jede Wette. Da müßte auch einer von mir dabei sein.« Paul kroch unter einen Busch, um die restlichen Briefe einzusammeln.

»In der sich die zuvor erwähnte Entschuldigung befindet?«

»Mmm.« Seine Stimme klang gedämpft. »Und eine Einladung zu einem Abendessen. Wenn es Ihnen paßt, natürlich.«

»Wie nett.« Jacqueline studierte die Teile von Paul, die sichtbar waren. Sie boten einen prächtigen Anblick. »Darf ich Ihnen später Bescheid geben? Ich muß wirklich arbeiten. Ich habe einen Abgabetermin im Nacken.«

»Sicher, kein Problem.« Paul kroch rückwärts wieder unter dem Busch hervor und hielt eine Handvoll Blätter umklammert. Er setzte sich auf die Fersen zurück und begann, sie glattzustreichen. »Ich verstehe Ihre Situation. Kathleen ...«

Seine Stimme erstarb. Die Briefe, die er festhielt, zitterten sichtlich.

Jacqueline nahm sie ihm ab. »Ich habe Sie bisher nicht gefragt, Paul, und ich werde es auch nicht tun. Es sei denn, Sie möchten darüber reden. Im Gegensatz zu dem, was Sie möglicherweise über mich gehört haben, besitze ich einige brauchbare Instinkte.«

Anfangs bewegte sich keiner von ihnen, und sie sprachen beide kein Wort. Dann erhob er sich und bot ihr seine Hand an. Wegen des Gewichts der Tasche war ihm Jacqueline dafür dankbar. Sie ergriff seine Hand und erhob sich. Sein säuerlicher Gesichtsausdruck hellte sich auf. »Kein Wunder, daß Sie diesen Carter so ohne weiteres k.o. geschlagen haben. Diese Tasche muß mindestens zwanzig Pfund wiegen. Geben Sie mir Bescheid wegen des Abendessens ... Jacqueline.«

Wenigstens hatte er sie nicht Jackie genannt.

Jacqueline stellte ihre Handtasche auf der Stufe vor dem Cottage ab und nahm daneben Platz. Der Tag war zu schön, um ihn drinnen zu verbringen. Sie schloß ihre Augen, streckte die Beine und spielte die Geschehnisse in ihrem Kopf noch einmal durch.

Das Angebot, ihr die Bücher zu leihen, war lediglich eine Entschuldigung gewesen, aber warum Jan sie wirklich hatte sehen wollen, war ihr nicht klar. Sie durfte es nicht zulassen, daß Zynismus ihre Einschätzung von Menschen in dieser Weise färbte. Möglicherweise bemühte sich Jan einfach, sich mit ihr anzufreunden. Sie mußte sehr einsam sein. Es gab nur wenige Leute in Pine Grove, die ihre Interessen teilten.

Insbesondere ihre Besessenheit, wenn es um Kathleen Darcy ging. Das war sicherlich keine zu übertriebene Bezeichnung. Sie hatte sich in Pine Grove niedergelassen, weil es Kathleens Heimatstadt war, sie hatte ihre Katze nach Kathleens benannt, sie sammelte Bücher von und über Kathleen, und sie hatte sich sogar daran versucht, eine Fortsetzung ihres Erfolgsromans zu schreiben. Zweifellos hatten andere bewundernde Leser und Leserinnen ebenfalls einige dieser Dinge getan. Jacqueline fragte sich träge, wie viele Versuche und unvollendete Manuskripte es wohl zur Fortsetzung von *Nackt im Eis* geben mochte. Aber nach so vielen Jahren hatten sich die meisten Anhänger vermutlich wieder anderen Interessen zugewandt. Und Jan war zu bewandert im Buchgeschäft, um nicht klar zu erkennen, daß kein Autor mit einem Quentchen Verstand eine Klage riskieren würde, weil er ein fremdes Manuskript gelesen hatte.

Ein echter, harter Zyniker wie Booton Stokes hätte wahrscheinlich vermutet, daß Jan Paul Spencer als einen Zeugen für die Tatsache benutzen wollte, daß sie Jacqueline ihr Manuskript gegeben hatte. Aber Jacqueline glaubte nicht daran. Dennoch hatte Jan einen Zeugen für irgend etwas benötigt oder vielleicht einfach das Gefühl gehabt, Unterstützung zu brauchen. Jeder will Zeugen haben, dachte Jacqueline entrüstet. Man sollte meinen, ich sei Lucretia Borgia. Oder Caligula.

Paul Spencer wollte sich ebenfalls mit ihr anfreunden. Jacquelines Lächeln wurde säuerlich. Gebt mir nur Zeit, dachte sie. Früher oder später werden mein Charme, mein Humor und meine Schönheit alle Vorurteile überwinden, und alle werden mich lieben. Nur zu schade, daß das bei Paul Spencer nicht funktionieren wird. Ich hätte nichts dagegen, ihn näher kennenzulernen. Kathleens Ex-Liebhaber ...

Sie war sich ihrer Sache so sicher, als ob sie die beiden zusammen gesehen hätte. O'Brien und andere hätten über ihre Begründung gelacht. Pauls Tirade über Schriftsteller fiel ihr ein, die ihre Arbeit als Entschuldigung benutzten, um sich vor ihren Verpflichtungen zu drücken... Jacqueline hatte das gleiche Lied schon öfter gehört – nicht nur von O'Brien, sondern von gewissen anderen Herren ihrer Bekanntschaft. Es war immer die gleiche alte Geschichte: Im Grunde sagten sie nichts anderes, als daß sie zunächst einmal dem Mann in ihrem Leben verpflichtet sei. Nach all den Jahren hatte Paul immer noch eine Abneigung gegen Kathleens Arbeit – und ihre Katze.

Also, was wollte Paul wirklich von ihr? Etwas mußte geschehen sein, das ihn dazu veranlaßt hatte, seine Vorsicht in gezwungene Höflichkeit umzuwandeln. Und aus demselben Grund hatte Jan sie möglicherweise eingeladen. Sie hatte drei Tage lang keinen Kontakt nach draußen gehabt, aber wenn es irgendeine bemerkenswerte Entwicklung gegeben hätte, wäre eine der telefonischen Nachrichten sicherlich mit dem Vermerk »dringend« oder »Notfall, bitte sofort zurückrufen« versehen worden.

St. John hätte zum Beispiel darauf bestanden, mit ihr zu sprechen, wenn er einen weiteren anonymen Brief erhalten hätte ...

Die Teile der Antwort waren alle schon in ihrem Kopf vorhanden gewesen. Wie die einzelnen Teile einer Maschine, die man auseinandergenommen hatte. Jacqueline saß ganz still da und beobachtete, wie sie sich zusammensetzten. Das kommt hierher, das paßt an diese Stelle und das hier ...

Sie stöhnte vor Anstrengung, als sie sich und die Handtasche schließlich aufrichtete und ins Haus trat.

Jeder Tisch in ihrem Arbeitszimmer war mit Papier oder Büchern bedeckt – oder mit Aschenbechern, dreckigen Kaffeetassen oder Plätzchenkrümeln. Jacqueline räumte einen davon frei und begann, ihre Briefe wie einen Stapel Spielkarten darauf zu verteilen. Ihr Einfall war so phantastisch und quälend zugleich, daß sie beinahe Angst hatte, nach Beweisen zu suchen, die ihn bestätigen würden. Also tat sie es nicht. Stattdessen las sie jede Nachricht sorgfältig und bedächtig durch.

Eine, die von ihrem Sohn stammte, brachte sie zum Lachen, und sie schüttelte den Kopf. Welch eine überaus durchsichtige Ausrede, einige Wochen von seinen Studien freinehmen zu wollen ... Er schlug ihr nicht nur vor, als Wache mit seinem japanischen Harakiri-Schwert zu fungieren, sondern bot ihr außerdem an, zu kochen, Botengänge zu erledigen und das Schreiben zu übernehmen, wenn sie nicht weiterkam. »Netter Versuch, aber nicht von Erfolg gekrönt«, sagte Jacqueline und legte den Brief zur Seite.

Den Brief von Paul gab es tatsächlich. Er bestand lediglich aus zwei Zeilen in einer kühnen, schwarzen Schrift. Außerdem stieß sie auf eine telefonische Nachricht von Craig Zwei, die sie bisher übersehen hatte. »Bitte rufen Sie so bald wie möglich zurück.« Nach einiger Überlegung kam Jacqueline zu dem Schluß, daß dies nicht das gleiche wie »dringend« oder »Notfall« war. Bloß Anwaltssprache.

Sie gönnte sich das Vergnügen, zwei Briefe in den Abfalleimer zu werfen. Der eine Schreiber bat um Geld, wovon sie doch schließlich eine Menge besitzen mußte. Die andere Schreiberin nannte sie eine literarische Hure, weil sie das Buch einer anderen Schriftstellerin gestohlen habe, und listete die Gründe auf, warum die Wahl statt dessen auf sie als Autorin hätte fallen sollen. »Nicht nur eine Hure, sondern eine gescheiterte Hure«, bemerkte Jacqueline, während sie das Schreiben zerriß.

Einige schmeichelhafte Briefe von Lesern brachten sie zum Strahlen. Jacquelines Verlangen nach Komplimenten war unersättlich. Diese waren ihr von ihrem Verleger mit der gewohnten Schnelligkeit zugesandt worden: Einer trug ein beinahe zwei Monate altes Datum.

Sie hatte beinahe alle gelesen, und der eine Brief, von dem sie gehofft hatte, daß sie ihn finden würde, war nicht dabei. Es war sowieso eine verrückte Idee gewesen, dachte Jacqueline und riß einen Brief auf, der ihr von Chris' Sekretärin geschickt worden war. Er mußte sich vorher in einem anderen Umschlag befunden haben, denn Marylin hatte Jacquelines Nachsendeadresse unter ihren Namen gesetzt, der in einer Handschrift geschrieben war, die sich sehr von Marylins unterschied.

Der Brief war handgeschrieben. Jacqueline las ihn. Dann las sie ihn noch einmal von vorne.

»Sie haben, soweit mir bekannt, einen gewissen Ruf als Erforscherin unangenehmer Wahrheiten. Statt sich einer literarischen Aufgabe zu widmen, die Sie niemals beenden werden, sollten Sie sich lieber fragen, wer von ihren Freunden und Familienmitgliedern Kathleen Darcy gerne tot gesehen hätte.«

Er war unterzeichnet mit »Amicus Justitiae«.

Jacqueline griff nach dem Zigarettenpäckchen, das auf dem Schreibtisch lag, und zog ihre Hand dann wieder zurück. Sie hatte heute morgen schon mehr als ihre Quote erfüllt. Statt dessen hob sie den Telefonhörer ab.

Chris' Sekretärin arbeitete zur Zeit von zu Hause aus. Sie war entzückt, von Jacqueline zu hören und stellte ihr eine Menge freundlich gemeinter Fragen. Wie sie mit dem Exposé vorankomme, wie ihr ihre neue Unterkunft gefalle und so weiter. Da Jacqueline Marilyn aufrichtig mochte, begann sie nicht, laut zu schreien. Sie plauderte einige Minuten vergnügt mit ihr, bevor sie die Fragen stellte, die bereits Löcher in ihr Gehirn brannten.

Marilyn konnte sich zu ihrem Bedauern nicht mehr an jenen bestimmten Brief erinnern. Eine Menge Briefe kamen auf diese Weise. Sie trugen lediglich den Namen eines Autors und lagen in einem weiteren Umschlag, der an den Agenten oder den Verleger adressiert war. Nein, sie bewahre die äußeren Umschläge nie auf. Gab es etwa einen bestimmten Grund? Sicher, sie würde sie von nun an gerne mitschicken. Sie hoffe nur, daß alles in Ordnung sei.

Jacqueline beruhigte sie, bedankte sich und legte auf. Sie zögerte einige Augenblicke, bevor sie den nächsten Anruf tätigte, kam aber zu dem Schluß, daß sie nicht bis zum Abend warten konnte, um ihre hinreißende neue Theorie weiterzuverfolgen.

Ihre böse Vorahnung erwies sich als gerechtfertigt. Sobald Sarah Saunders ihre Stimme hörte, begann sie zu kichern. »Hören Sie auf«, sagte Jacqueline energisch. »Sie riskieren, daß Sie auffliegen – und ich ebenso. Wenn Bootsie Sie hört –«

»Keine Sorge, er ist nicht hier. Oh, Jacqueline, Sie werden nicht glauben, was passiert ist! Ich wollte Sie gerade anrufen.«

Die letzten Worte wurden durch etwas anderes als Amüsiertheit erstickt. Jacqueline wußte, was die kleine Pause ausgelöst hatte. Sarah zündete sich eine Zigarette an. Wie ein Reflex streckte auch sie die Hand nach dem Zigarettenpäckchen auf dem Schreibtisch aus.

»Warum wollten Sie mich anrufen?«

Sarah begann zu husten. Sie hatte anscheinend versucht, gleichzeitig zu inhalieren und zu lachen. »Ich dachte ... Entschuldigung ... Ich nehme an, Sie wollen eine Karte schicken. Oder sogar Blumen, falls Sie in großzügiger Stimmung sind.«

Jacqueline richtete sich auf. »Geht es ihm nicht gut?«

»Das könnte man so sagen.« Sarah bemühte sich, ihre Stimme unter Kontrolle zu bekommen. »Irgend jemand hat ihn in der Innenstadt unter einen Linienbus gestoßen.«

»Niemand hat mich gestoßen«, sagte Booton. »Wer hat Ihnen denn diese absurde Geschichte erzählt?«

»Mehrere Personen«, erwiderte Jacqueline, die nur dann log,

wenn es absolut notwendig war. Sie hatte nach ihrem Gespräch mit Sarah noch zwei andere Leute angerufen.

»Nonsens. Ich war in Eile. Kam zu spät zu einer Verabredung. Ich bin ausgerutscht. Auch war es kein Linienbus, sondern einer dieser Touristenbusse. Und ich habe nicht druntergelegen.«

»Davon bin ich ausgegangen, nachdem ich Ihre fröhliche Stimme hörte«, entgegnete Jacqueline. »Man hätte Sie sonst mit einer Schaufel vom Boden kratzen können, glauben Sie mir –«

»Bitte, Jacqueline!«

»Ich muß Ihnen also keine Blumen schicken?«

»Es reicht, wenn Sie mir das Exposé schicken«, erwiderte Booton grimmig.

Jacqueline zog ihre Augenbrauen in die Höhe. »Es ist erst in gut einer Woche fällig. Warum die Eile?«

»Keine Eile. Überhaupt nicht. Ich dachte nur – autsch!«

»Wo tut es weh?« fragte Jacqueline mehr neugierig als mitleidig.

»Überall«, antwortete Booton stöhnend. »Aber machen Sie sich keine Sorgen. Nur Abschürfungen und Prellungen.«

»In Ordnung, mein Lieber. Werde ich nicht. Sorgen machen, meine ich. Sind Sie sicher, daß Sie nicht eine sehr dicke Frau in einer seltsamen Verkleidung direkt hinter sich gesehen haben, als Sie – ehem – gefallen sind?«

Das beredte Schweigen, das diesem Versuch, einen Scherz zu machen, folgte, sagte Jacqueline, daß der Scherz nicht besonders gut angekommen war. Sie lächelte in sich hinein und machte sich daran, ein wenig Trost zu spenden. »Ich möchte doch nur, daß Sie mir nicht etwa aus Rücksicht etwas vorenthalten, liebster Boots. Ich selbst hätte vor kurzem auch beinahe einen schlimmen kleinen Unfall gehabt. Besteht wohl die Möglichkeit, daß uns irgend jemand nicht leiden kann?«

Sie mußte zugeben, daß Stokes Reaktion einen guten Teil mitfühlender war als ihre eigene. Er klang aufrichtig geschockt. »Jacqueline, das ist ja schrecklich! Ich kann mir nicht vorstellen, daß Brunnhilde trotz all ihrer Macken irgend etwas Lebensbedrohliches tun würde. Sind Sie sicher, daß es nicht ein paar ... Sie haben sich nicht möglicherweise –«

»Neue Feinde gemacht? Diese Möglichkeit besteht immer«, erwiderte Jacqueline. »Die Leute hier in Pine Grove sind ein faszinierender Haufen. Da sind Kathleens ehemaliger Freund und eine Frau, die sie niemals persönlich kannte, die aber behauptet, sie besser zu kennen als irgend jemand sonst auf der Welt, dazu noch ein anderer ehemaliger Freund, der als Vorlage für ihren Helden diente, und nicht zu vergessen ihre arme, alte Mutter, die glaubt, daß sie noch am Leben ist –«

Sie hatte die Liste in der Hoffnung heruntergerattert, eine spontane Reaktion von Booton zu bekommen, aber erst als sie Mrs. Darcy erwähnte, gab er einen Kommentar ab: »Sie ist immer schon verrückt gewesen«, sagte er ohne Mitgefühl. »Es ist mir ein Rätsel, wie Kathleen mit ihr fertiggeworden ist. Sie hat andauernd gejammert und sich beschwert. Sie haben keine direkten Drohungen erhalten, oder? Briefe oder Anrufe?«

»Nur das Übliche.«

»Ich muß schon sagen, daß Sie das alles sehr leichtnehmen«, brummte Booton. »Mich verletzen kritische Bemerkungen immer sehr tief.«

»Ich habe mich daran gewöhnt. Und das sollten Sie auch tun, mein lieber Caligula.«

Das Schweigen, das dieses Mal folgte, schien kein Ende zu nehmen und entzog sich absolut jeglicher Interpretation. Jacqueline blickte den Telefonhörer wütend an. Wäre dies ein Film, so müßte die Kamera jetzt eine Großaufnahme von Bootons Gesicht zeigen. Sein Muskelspiel hätte garantiert die Emotionen widergespiegelt, die die Nennung dieses äußerst bedeutsamen Namens in ihm auslöste. Bestürzung etwa, Entsetzen gepaart mit Schuld oder auch – und das war am wahrscheinlichsten – bloße Gleichgültigkeit. Der Name selbst hatte nichts zu bedeuten. Es war die Art von gehässigem Wortspiel, das den meisten seiner Bekannten eingefallen sein dürfte.

Schließlich sagte Booton: »Ich habe vor, eine kleine Reise in Ihre Gegend zu unternehmen.«

»Um mich zu beschützen?« Jacqueline schnitt dem Telefon ein unfeines Gesicht. »Wie rührend.«

»Lachen Sie nur«, erwiderte Booton. »Ich werde nicht direkt

nach Pine Grove kommen. Ich habe dieses verdammte Städtchen immer gehaßt. Gibt es nicht einen bekannten Kurort ganz in der Nähe?«

»Wenn Sie siebzig Meilen als nah bezeichnen wollen.«

»Ich muß ein bißchen ausspannen«, murmelte Booton. »Ich habe in der letzten Zeit zu viel gearbeitet.«

»Und Sie sind mit Abschürfungen und Prellungen übersät«, flötete Jacqueline. »Sie Ärmster. Ich habe gehört, daß ›Willowland‹ der perfekte Aufenthaltsort für rekonvaleszierende Invaliden ist. Sie sitzen dort alle in Schaukelstühlen auf der Terrasse, wie Pelikane auf dem Pier, und schaukeln und schaukeln und schaukeln. Wann haben Sie vor zu kommen?«

»Ich werde es Sie wissen lassen.«

»Tun Sie das.«

Es war schwer zu sagen, wer von beiden eifriger darauf bedacht war, das Gespräch zu beenden.

Nachdem Jacqueline aufgelegt hatte, saß sie in Gedanken versunken da und schob ihre Brille zurecht, die während der Unterhaltung langsam und unerbittlich zur Nasenspitze hinabgewandert war. Die phantastische Theorie existierte immer noch. Je länger sie darüber nachdachte, desto mehr gefiel sie ihr – nicht etwa, weil sie ausgesprochen plausibel schien, sondern weil sie von einer reinen, wunderbaren Folgerichtigkeit war.

Sollte sie sie an Patrick ausprobieren? Es würde bestimmt Spaß machen, ihn zischen und rauchen zu sehen und ihn androhen hören, kräftige Männer in weißen Anzügen bei ihr vorbeizuschicken, die sie mitnehmen sollten. Schweren Herzens entschloß sich Jacqueline, es nicht zu tun. Es machte nur dann Spaß, Patrick zu provozieren, wenn sie auch die Munition besaß, um ihn abzuschießen, nachdem er aus den luftigen Höhen seines gesunden Menschenverstandes auf sie hinabgespöttelt hatte. Und die besaß sie noch nicht. Aber sie würde sie bekommen – oder selbst einsehen, daß sie Unrecht hatte, ohne sich der Peinlichkeit aussetzen zu müssen, vor O'Brien klein beizugeben.

Sie hatte sich auch Sarah nicht anvertraut. Sarah könnte sich verplappern. Aber Sarah wußte, wonach sie suchen mußte, und jetzt, da Booton längere Zeit nicht im Büro sein würde, hatte sie ausreichend Gelegenheit, herumzuschnüffeln.

Jacqueline zündete sich eine weitere Zigarette an und begann zu singen. »Sie fragten, woher Sie es wisse/Ihre Vermutung traf zu; lächelnd anwortete sie/ Wiel ich so weise bin/Und so gescheit und auch brillant ...«

Und außerdem hungrig. Ein Thunfischsalatbrot, das sie sich auch noch mit einer schwarzen Katze namens Lucifer geteilt hatte, war nicht genug, um satt zu werden. Sie hatte sich eins von Toms exzellenten Menüs verdient. Es war ein geschäftiger Tag gewesen.

Sie war derartig zufrieden mit sich, daß selbst der Anblick und das Geräusch von Mrs. Swenson, die sich die Abendnachrichten ansah, ihre gute Laune nicht verderben konnte. Armes Ding, dachte sie und beobachtete die alte Dame dabei, wie sie Dan Rather mit düsterem Blick anstarrte. Wie schrecklich, so einsam zu sein und sich so verzweifelt nach Gesellschaft zu sehnen, daß man wie angewachsen vor dem Fernseher hockte.

Der Impuls, der sie auf Mrs. Swenson zutreten ließ, war freundlicher Natur und hätte besser belohnt werden müssen. Sie beugte sich nahe an die alte Dame heran, die sie dennoch nicht bemerkte, und schrie: »Schöner Abend, nicht wahr?«

Mrs. Swenson zuckte nicht etwa zusammen, sondern hechtete förmlich aus ihrem Sessel und hastete wie eine kleine, schwarze Krabbe rückwärts, bis ein riesiger Farn in einem großen Topf ihren Rückzug versperrte. Jacqueline rief ihr beunruhigt zu: »Es tut mir leid, es lag nicht in meiner Absicht, Sie zu erschrecken, ich wollte nur –«

»Was?« Mrs. Swenson legte ihre Hand hinters Ohr. »Ich kann Sie nicht hören. Ich bin taub. Taub wie ein Laternenpfahl. Es hat keinen Sinn, mit mir zu reden, Miss, ich kann kein Wort von dem verstehen, was Sie sagen.«

Jacqueline begann erneut: »Ich möchte mich bei Ihnen ent –«

»Was?«

»Ich sagte, es ist ein schöner Abend«, schrie Jacqueline.

»Was?«

»Ich sagte ...« Jacqueline versuchte, dem Impuls zu widerstehen, aber es gelang ihr nicht. »Ich sagte, warum zum Teufel drehen Sie die Lautstärke bis zum Anschlag, wenn sie sowieso kein verdammtes Wort verstehen können?«

Sie bedauerte ihre Grobheit, sobald die Worte aus ihrem Mund waren. Bevor Mrs. Swenson noch einmal »Was?« fragen konnte, lächelte Jacqueline, nickte und machte sich hastig davon.

Wenn sie durch die Begegnung mit Mrs. Swenson nicht ein wenig aus der Fassung gebracht worden wäre, hätte sie die nächste Konfrontation sicherlich taktvoller gehandhabt. Vielleicht aber auch nicht, da sie nun einmal Jacqueline war.

Das Gasthaus war an diesem Abend sehr beliebt. Mehrere Leute warteten auf einen Tisch. Jacqueline stellte sich ans Ende der Reihe. Die Vierergruppe vor ihr begann sie sofort mit der unverhohlenen Neugier der Landbevölkerung anzustarren, die diese gerne mit Freundlichkeit verwechselte. Die beiden Männer und eine der Frauen sagten wenigstens »guten Abend«. Die andere Frau, die ein Polyester-Strickkostüm und eine dazu passende bedruckte Bluse trug, augenscheinlich aus der Abteilung Kombimode, und die sich dazu eine riesige Schleife unter das Doppelkinn gebunden hatte, fuhr lediglich weiter fort, Jacqueline anzustarren.

»Sie sind Mrs. Kirby«, stellte sie fest.

»Ich kenne leider Ihren werten Namen nicht«, erwiderte Jacqueline – ohne zu ahnen, wie sehr sie die Änderung dieses Zustands bedauern würde.

»Ich bin Elizabeth Parker – Mrs. Parker –, Präsidentin des Vereins ›Frauen in Kunst und Literatur‹. Ich habe mit Erstaunen festgestellt, daß Sie mir keine Antwort auf meine Nachricht zukommen ließen, Mrs. Kirby.«

Jacqueline kramte in ihrem Gedächtnis. Die von Stiefmütterchen umrandete Einladung oder der Brief, der in gotischer Schrift getippt war und der von ihr verlangte, eine Rede zu halten?

»Es tut mir sehr leid«, erwiderte sie. »Ich habe angestrengt gearbeitet und hatte noch keine Zeit, mich mit meiner Post zu befassen. Ich habe Ihren Brief erst heute morgen erhalten.«

»Wir würden es sehr begrüßen, sobald wie möglich eine positive Antwort zu erhalten, Mrs. Kirby.« Die Stimme der anderen Frau hatte die Unerbittlichkeit von Matsch, der sich an Schuhsohlen festsaugt. »Unsere Mitgliedsfrauen möchten über das Programm gerne so früh wie möglich informiert werden. Sie sind alle sehr beschäftigt.«

Einer von Jacquelines Mundwinkeln schob sich in die Höhe. Nicht einmal Mrs. Parker hätte diesen Ausdruck mit einem Lächeln verwechseln können. »Ich bin auch sehr beschäftigt, Mrs. Parker. Ich fürchte, ich habe im Augenblick keine Zeit, vor Ihrer Gruppe zu sprechen.«

»Ach?«

Jaqueline kannte diese Technik, sie hatte sie selbst schon benutzt. Dieses einzelne Wort, begleitet von einem unverwandten Starren und gefolgt von Schweigen, vermochte ein Opfer zu wirren und unwahren Erklärungen zu verführen, die dann von einer unbarmherzigen Fragestellerin mit Leichtigkeit auseinandergenommen werden konnten. »Sie fahren nachts nicht gerne? Wir werden Sie abholen. Sie essen kein Fleisch? Wir hatten nicht vor, Sie zu füttern, Sie Dummerchen. Sie gehen immer um neun Uhr zu Bett? Aber für einen solch guten Zweck wie diesen ...«

Also sagte Jacqueline gar nichts. Sie beantwortete Mrs. Parkers starren Blick mit einem, der ihrem in nichts nachstand. Mrs. Parker öffnete ihre ordentliche, kleine Handtasche. »Nächsten Monat also. Ich habe das Datum hier in meinem Notizbuch eingetragen.«

In diesem Augenblick tauchte Mollie auf, die sich tausendmal entschuldigte und Jacqueline vor einer Antwort und Mrs. Parker vor einer vernichtenden Niederlage rettete. Diese hakte jedoch noch einmal nach, während die anderen bereits Mollie folgten. »Es wäre uns eine große Freude, wenn Sie uns Gesellschaft leisten würden, Mrs. Kirby. Sie scheinen so allein zu sein –«

Jacqueline mochte es nicht besonders, herablassend behandelt oder eingeschüchtert zu werden. Sie fühlte, daß ihr langsam der Geduldsfaden riß, und ihr fiel kein vernünftiger Grund ein, warum sie den weiteren Verlauf des Gespräches nicht genießen sollte. »Ich bin gerne allein, Mrs. Parker. Ich werde jetzt in mein Zimmer gehen, Mrs. Parker, um zu arbeiten. Das Wort lautet *arbeiten*. Schreiben ist meine Arbeit. Wenn ich nicht *arbeite*, verdiene ich kein Geld. Auf diese Weise verdiene ich meinen Lebensunterhalt, Mrs. Parker – nicht etwa, indem ich Vorträge vor Mitgliedern von Organisationen halte, die mir kein Honorar anbieten. Gute Nacht, Mrs. Parker. Tralala, tralala, an die Arbeit zieh ich, ja ...«

Da Mrs. Parker zu damenhaft war, um zu rennen, Jacqueline dagegen nicht, schaffte sie es mit einem Riesenvorsprung bis zur Tür.

Sie ging die Straße entlang, ohne ein besonderes Ziel zu haben. Es schien nicht besonders weise, zum Cottage zurückzugehen. Mrs. Parker war durchaus imstande, ihr dorthin zu folgen und ihre Beleidigungen fortzusetzen. Leute wie sie brachten der loyalen Leserschaft einen schlechten Ruf, und das war nicht gerecht. Die meisten von ihnen waren rücksichtsvoll, höflich und intelligent. Besonders meine Leser, dachte Jacqueline selbstgefällig. Die Bibliotheksgruppe hatte sich wenigstens aufrichtig und bescheiden verhalten. Ihr Budget gab wirklich nicht mehr her als Tee und Plätzchen, das wußte sie aus eigener Erfahrung nur allzu gut. Sie würde den »Freunden der Bibliothek« morgen schreiben und ihre Einladung annehmen. Das würde den anderen als Strafe dienen. (Und Mrs. Parker eine Lehre sein.)

Der Spaziergang wirkte beruhigend auf sie, und als sie die »Elite-Bar« erreicht hatte, lachte sie laut über die katastrophale Begegnung mit Mrs. Swenson. Geschieht mir ganz recht, dachte sie amüsiert. Ich hasse es schließlich auch, herablassend behandelt zu werden, und genau das habe ich mit Mrs. Swenson gemacht.

Die Stammgäste der »Elite-Bar« behandelten sie gar nicht herablassend, sondern begrüßten sie wie eine alte Freundin. Jacqueline setzte sich in eine Nische in einer abgelegenen Ecke und bestellte ein Essen, das bar jeglicher Nährstoffe war. Da sie damit gerechnet hatte, während des Essens das Verlangen nach Lesestoff zu bekommen, hatte sie einen Stapel der interessanteren Briefe mitgenommen, einschließlich den ihres Sohnes. Diesen las sie gerade mit einer mütterlichen Zuneigung, die sie gegenüber dem Briefeschreiber nur ungern zugegeben hätte, als der Kellner ihr einen Schinken-Cheeseburger Deluxe brachte.

»Sie bekommen 'ne Menge Post«, bemerkte er.

»Sie müßten erst mal den Rest sehen, den ich zu Hause liegen habe«, erwiderte Jacqueline und schob den Haufen zur Seite.

»Wirklich? Ich bekomm auch gern welche, aber ich hasse die Schreiberei. Ihnen macht das wohl nix aus, wo Sie doch 'ne Schriftstellerin sind und so.«

»Mpf«, entgegnete Jacqueline vage, die gerade den Mund voller Pommes frites hatte.

»Ja, ja«, fuhr der Kellner fort. »Sie sind schon 'ne beliebte Frau. Jeder fragt, wann Sie wieder herkommen.«

Jacqueline schluckte. »Wer ist ›jeder‹?«

»Oh – Sie wissen schon. Die Leute, die damals an dem Abend nicht dabei waren, nur davon gehört haben und Sie jetzt mal kennenlernen wollen.«

»Und es am liebsten hätten, wenn ich eine weitere Vorstellung gäbe, nicht wahr?« Jacqueline grinste. »Ich kündige meine Kämpfe nicht im voraus an, Jim. Ist Mr. Carter eigentlich noch mal zurückgekommen?«

»Der kommt nich mehr. Aber 'n paar Touristen haben heute morgen nach Ihnen gefragt.«

»Touristen?«

»Sie haben so seltsam geredet«, erläuterte Jim

»Wie sahen sie aus?«

Die Frage bereitete Jims Beschreibungsfertigkeit einige Schwierigkeiten. Das einzig Auffällige, an das er sich erinnerte, waren »die Ohren von dem einen Kerl. Mann, standen die ab.«

So mager die Ausbeute auch war, so rief die Beschreibung doch eine unangenehme Erinnerung in Jacqueline wach. Solche Ohren waren das auffälligste Merkmal eines gewissen Journalisten, dem Jacqueline im Laufe ihrer letzten PR-Tour begegnet war. Zumindest konnte sie ziemlich sicher sein, daß Brunnhilde sich nicht unter den Touristen befunden hatte. Jim hätte sich an sie erinnert.

»Sie könnten mir einen großen Gefallen tun, Jim«, sagte sie. »Sie und die anderen, die hier arbeiten. Wenn irgendwelche Leute nach mir fragen sollten, versuchen Sie doch herauszufinden, wer sie sind und woher sie kommen.«

»Klar. Kann ich sonst noch was für Sie tun?«

»Im Moment nicht, danke.«

Jim schlenderte davon, und Jacqueline widmete sich ihrem Essen. Nachdem sie alles bis zur letzten köstlichen, fettigen Fritte aufgegessen hatte, setzte sie sich an die Bar hinüber.

Ihre Unterhaltung mit Bernie, dem Besitzer und Barkeeper, erwies sich als weniger aufschlußreich, als sie gehofft hatte. Eine Reihe von Leuten hatten Fragen über sie gestellt. Einer oder zwei hatten sich offen als Journalisten zu erkennen gegeben.

»Ich hab' ihnen nichts erzählt«, sagte Bernie. »Aber ich kann das nich für alle beschwör'n. Einige der Jungs würden für 'n paar Drinks das Blaue vom Himmel runterlügen.«

Er blickte nachdrücklich in die Richtung eines Mitarbeiters der Exxon-Tankstelle, der unverhohlen ihrem Gespräch gelauscht hatte. »Ich hab' auch nix gesagt«, protestierte dieser nicht besonders überzeugend.

Die Stammgäste begannen einzutrudeln, und die Unterhaltung ging zu allgemeineren Themen über. Tratsch war ein Lieblingszeitvertreib der Kundschaft der »Elite-Bar«, viel anderes gab es in Pine Grove auch nicht zu tun. Jacqueline konnte das Gespräch ganz sanft in die Richtung lenken, die sie im Sinn hatte. Dabei mußte sie sich zwar eine Menge überflüssiger Dinge anhören, aber das langweilte sie nicht. Menschen interessierten sie brennend, und da sie Schriftstellerin war, hatte sie eine gute Entschuldigung, sich jeden Klatsch anzuhören. War das nicht der Stoff, aus dem große Romane gemacht wurden? Man muß sich nur Jane Austen ansehen, führte sie für gewöhnlich an.

Es war doch nur verständlich, daß sie sich nach Tom erkundigte, da sie im Gasthaus wohnte und in den Genuß seiner bemerkenswerten Kochkünste kam. Allerdings schlugen ihre

Bemühungen fehl, Informationen über die Jahre zu erhalten, nachdem er aus Pine Grove verschwunden war. »Er gehörte zu dieser wilden Sorte Jungs«, sagte Bill Hoggenboom verständnisvoll. »Das Übliche: wilde Autofahrten, ein paar Drogen, Mädchen. Ich wußte, daß er sich mit der Zeit schon noch ändern würde – die meisten von ihnen tun das –, aber sein alter Herr konnte es nicht mehr ertragen und hat ihn mit achtzehn vor die Tür gesetzt. Seine Mutter war einige Jahre zuvor gestorben. Sein Vater sagte ihm immer wieder, daß er ihr mit seinem Verhalten das Herz gebrochen habe.«

»Was für ein Herzchen«, sagte Jacqueline.

»Er war nicht besser und auch nicht schlechter als die meisten anderen Jungs«, beharrte Bill. »Aber Tom war so stur wie ein Esel. Am Tag nach seiner Abschlußfeier an der Highschool verschwand er einfach – ohne ein Wort und ohne Abschiedsbrief. Wir haben versucht, ihn aufzuspüren, als sein alter Herr starb, aber niemand wußte, wohin er gegangen war. Er muß allerdings davon gehört haben, denn er tauchte nach der Beerdigung auf, um sich nach dem Vermögen zu erkundigen. Das empfanden einige Leute hier als ziemlich kaltblütig ...«

»Vielleicht hat er erst zu spät vom Tod seines Vaters erfahren.«

»Ja, vielleicht. Der alte Mann hatte kein Testament gemacht, also ging alles an Tom. War nicht viel, nur das Grundstück mit dem Haus – damals war es noch ein Haus. Aber das muß man Tom lassen, er hat 'ne Menge Arbeit und Geld hineingesteckt, um es zu dem zu machen, was es heute ist.«

»Woher hatte er denn das Geld, um den Umbau und das Gasthaus zu finanzieren?« erkundigte sich Jacqueline.

»Von ihr, schätze ich«, erwiderte Bill ohne großes Interesse. »Er hat sie bestimmt nicht wegen ihres guten Aussehens geheiratet.«

»Es wäre immerhin vorstellbar«, wand Jacqueline kühl ein, »daß er sie geheiratet hat, weil sie eine liebevolle, großzügige und liebenswerte Frau ist, die zudem noch ein gutes Herz hat.«

»Das waren nicht die Qualitäten, die ich in einer Frau gesucht habe, als ich in seinem Alter war«, entgegnete Bill grinsend. »Ihr Vater hat jedenfalls Geld. Ihm gehört eine große Immobilienfirma in Philadelphia. Er hat dafür gebürgt, als Tom das Geld aufnahm, um das Haus umzubauen.«

»Also war Tom während dieser Jahre in Philadelphia?«

»Zumindest einen Teil der Zeit. Hat dort für ihren Vater gearbeitet. So hat er sie auch kennengelernt. Liebe auf den ersten Blick«, fügte Bill mit einem so zynischen Grinsen hinzu, daß Jacqueline versucht war, ihn mit einer passenden Bemerkung abzukanzeln.

Sie beherrschte sich jedoch und brachte die Unterhaltung auf Toms Verhältnis zu Kathleen Darcy. Das Interesse an Tom nahm aber immer mehr ab – sie brannten darauf, sich pikanteren Themen zuzuwenden, wie etwa Mrs. Worleys ungewöhnliche Methode, ihren nichtsnützigen Ehemann umzubringen – und niemand schien viel über Tom und Kathleen zu wissen oder sich auch nur das geringste daraus zu machen. »Sie war nur eine von vielen Frauen«, sagte Bill und zuckte mit den Schultern. »Er hatte die freie Auswahl. Und hat sie auch genutzt, soweit ich weiß. Ich schätze, es war für eine Weile eine ziemlich heiße Sache. Die Leute sagen, sie hätte ihn als Superhengst in ihrem Buch verewigt.«

Das ist auch eine Möglichkeit, Hawkscliffe zu beschreiben, dachte Jacqueline.

Der Rest des Abends verlief angenehm. Jacqueline verpflichtete ihre Kumpels als Assistenzspione, die nach Journalisten Ausschau halten sollten – ein Auftrag, den sie begeistert annahmen. Und außerdem trickste sie den Ex-Sheriff und den Manager des »Bon Ton« beim Billard aus, lehnte allerdings mit Bedauern den Drink ab, den ihr die Verlierer spendieren wollten.

»Auf mich wartet noch Arbeit«, erklärte sie. »Benehmt euch, Jungs.«

Das waren die Nachteile von Billard und guter Gesellschaft: Sie war länger geblieben, als sie eigentlich geplant hatte. Die Straßen waren wie ausgestorben, und der Wind hatte an Kälte zugelegt. Trockene Blätter huschten über den Bürgersteig wie groteske Insekten. Nachdem sie das beleuchtete Fenster des »Bon Ton« hinter sich gelassen hatte (in dem die Herbstkollektion feiner Designerkleidung für die Dame und den Herrn ausgestellt war), schloß sich die Dunkelheit um sie. Der Eingang zu Jans Buchladen, der im Schatten der hohen Gebäude lag, erinnerte an den aufgerissenen Mund eines Tunnels.

Jacqueline hetzte in unangemessener Eile an ihm vorüber. Nichts geschah. Sie kam sich ein wenig dumm vor und verlangsamte ihren Schritt wieder. Was war heute abend nur mit ihr los?

Auf dem Parkplatz am Gasthaus standen nur rund ein halbes Dutzend Wagen. Zwei von ihnen trugen Nummernschilder aus einem anderen Bundesstaat und gehörten zweifellos harmlosen Touristen. Nur eine Sache war ungewöhnlich und beunruhigte im gegenwärtigen Zustand ihre Nerven: Normalerweise war der Parkplatz von einer Laterne und einer anderen Lampe, die sich in der Nähe der Küchentür befand, hell erleuchtet.

Die Laterne war an, aber das andere Licht nicht. Wahrscheinlich war die Birne kaputt. Jacqueline kramte die Taschenlampe hervor. Sie untersuchte das Vorhängeschloß vorsichtig, bevor sie den Schlüssel hineinsteckte. Kein Anzeichen von Gewaltanwendung. Sie schloß es auf und öffnete das Tor.

Allein die Tatsache, daß das herabfallende Objekt keinen weiten Weg zurücklegen mußte, bewahrte sie vor einem kräftigen Kopfschmerz, wenn nicht mehr. Es hatte kaum an Schwung gewonnen, als es an ihrem Kopf entlangglitt und auf ihrer Schulter abprallte, bevor es mit einem lauten Knall auf den Asphalt traf, wo es sich in alle Richtungen verteilte.

Jacquelines Schrei setzte sich gleichermaßen aus Schmerz, Überraschung und Überlegung zusammen. Sie hatte nie viel für übermäßige Zurückhaltung übrig gehabt, und im Augenblick war ein lautes Geräusch ihre beste Verteidigung. Sie brauchte die Taschenlampe nicht fallen zu lassen, denn sie hatte sie bereits auf dem Boden abgestellt, als das Öffnen des Schlosses beide Hände erforderte. Nun schnappte sie danach und wandte sich mit schwindligem Kopf um, den Rücken gegen den Zaun gepreßt.

Weder diesseits noch jenseits des Tores war irgendeine Bewegung auszumachen. Jacqueline schrie erneut und hielt die Taschenlampe nach unten.

Es war noch zu erkennen, was das Geschoß einmal gewesen war. Der höfliche Ausdruck lautete »Wassertopf« – die nette Umschreibung für ein Gefäß, das Schmutzwasser aufnahm und Teil einer Garnitur war, die man für gewöhnlich in Schlafzimmern vorgefunden hatte, bevor es die sanitäre Installation gab. Jacqueline hatte solche Töpfe in Antiquitätenläden gesehen. Sie waren groß und schwer genug, um an sich schon eine ansehnliche Waffe darzustellen, und das Gewicht dieses Topfes war zusätzlich noch durch faustgroße Steine erhöht worden. Bänder an den Griffen erklärten, wie er oben auf dem Tor Halt gefunden hatte, bis die Bewegung die Bänder zerriß.

Jacqueline rieb sich die Schulter. Sie dachte noch über einen weiteren Schrei nach, als herbeieilende Fußtritte an ihr Ohr drangen, und sie stellte erstaunt fest, daß sie nicht etwa vom Gasthaus kamen, sondern aus einem Gehölz weiter nördlich. Sie drehte sich um und seufzte erleichtert auf, als sie Tom erkannte.

»Mrs. Kirby! Was ist geschehen? Habe ich richtig gehört, war das ein – ?« Er blickte auf den zerbrochenen Topf hinab. »Ist er Ihnen kaputt gegangen?«

»Ich belade meine erstandenen Antiquitäten immer erst mit Steinen, bevor ich sie nach Hause trage«, fuhr Jacqueline ihn an. »Und ich schreie immer wie am Spieß, wenn ich etwas fallenlasse. Das da balancierte oben auf dem Tor! Es ist nur knapp an meinem Kopf vorbeigesaust.«

Toms Kiefer sackte herab. Trotz der Kühle der Nacht war er nur mit Jeans und einem Hemd bekleidet. Ein paar tote Blätter krönten sein durcheinandergeratenes dichtes Haar, was ihm das Aussehen eines Waldgottes verlieh. Jacquelines Augenlider begannen zu flattern. Sie legte ihre Hand an den Kopf, stöhnte und fing an zu schwanken.

Tom eilte ihr schnell zu Hilfe. Seine harten, jungen Arme hielten sie an sich gepreßt, und seine Hände umfaßten ihre Taille und den Rücken. Sein Griff war lediglich unterstützend gemeint, aber Jacqueline spürte, daß ihr Körper auf ihn reagierte. Dieser Mann verströmte einen Sex-Appeal wie ein Stinktier seinen ...

Sie machte sich mit einer gemurmelten Entschuldigung von ihm los. »Ist das Blut auf Ihrem Gesicht?« erkundigte sich Tom ängstlich. »Lassen Sie mich einmal sehen.«

»Es ist nur eine Abschürfung.« Jacqueline wich zurück. »Mir geht es gut.«

Er bestand darauf, sie bis zur Tür zu bringen und entschuldigte sich und spekulierte unterwegs ohne Unterlaß. Er habe nicht bemerkt, daß die Birne kaputt ist. Von nun an würde er aufmerksamer sein. Er könne sich nicht vorstellen, wer so etwas tun würde. Aber einige von den Highschool-Kids seien ein wenig wild. Er gab keine Erklärung ab, warum er sich draußen aufgehalten hatte, und Jacqueline fragte ihn auch nicht danach. Sie war sicher, daß er eine logische Erklärung zur Hand hatte.

Nachdem er gegangen war, durchsuchte sie vorsichtshalber das Haus. Aber wie sie bereits erwartet hatte, war niemand hier eingedrungen. Sie hatte Glück gehabt. Die Verletzung auf ihrem Gesicht war nicht der Rede wert – nur ein Stück abgeschürfter Haut und ein kleiner Schnitt. Die Schulter würde länger zur Heilung benötigen, sie hatte Prellungen davongetragen und war geschwollen, aber Jacqueline glaubte nicht, daß etwas gebrochen war.

Sie schlüpfte in einen warmen Bademantel, ging nach unten, machte es sich mit Kaffee und Zigarette am Küchentisch gemütlich und begann, auf einem Stapel Blätter herumzukritzeln, die sie sich mitgebracht hatte. An Schlaf war noch für eine Weile nicht zu denken, sie mußte sich erst entspannen. Da konnte sie die Zeit ebensogut damit füllen, einige Ideen zu Papier zu bringen. Niemand hätte ihr Gekritzel entziffern können, ihr Verstand arbeitete schneller als ihre Hand.

Wie praktisch dieser Vorfall doch für den guten Wirt des »Mountain Laurel Inn« war. Nun hatte er eine wunderbare Entschuldigung für irgendwelche Lippenstiftspuren oder Parfümdüfte. Mollie würde nie darauf kommen, ihn zu fragen, ob Jacqueline Parfüm getragen hatte – was nicht der Fall war – oder sich danach zu erkundigen, welches sie bevorzugte – ganz bestimmt nicht Eau de Lilac. Sie hatte es sofort identifiziert.

Toms Untreue ging sie nichts an. (Dieser Bastard – und Mollie war auch noch schwanger!) Und der Duft war auch nicht besonders individuell. Dutzende von Frauen innerhalb eines Radius von fünfzig Meilen benutzen ihn. (Fünfzig Meilen war sicherlich kein zu weiter Weg für einen Kerl wie Tom.) Sie aber hatte gar keine fünfzig Meilen fahren müssen, dachte Jacqueline. Lediglich fünf. Und sie hatte dieses Parfüm damals auch benutzt.

Aber das ging sie nichts an. Das einzige, was sie an Toms Tête-à-tête interessieren sollte, war die Tatsache, daß er dadurch nicht unbedingt ein Alibi hatte. Er hätte die Falle ohne Probleme anbringen können, bevor er sich auf den Weg zu seiner Verabredung machte.

Es war auch diesmal keine tödliche Falle gewesen, mit Sicherheit nur dazu gedacht, sie zu verletzen und ihr Angst einzujagen. Aber das Interessante war, daß sich damit ein Muster vollendete. Hätte sie sich die mit Brechmitteln vollgestopften Pralinen zu Gemüte geführt, wäre ihr die gleiche Serie von »Unfällen« widerfahren, die Kathleen Darcy vor ihrem Tod erlitten hatte.

Vor ihrem Tod.

Der nächste Morgen setzte keinesfalls eine der produktivsten Perioden in Jacquelines literarischer Karriere in Gang. Als sie ihre Schreibmaschine abdeckte und die Haustür hinter sich zuknallte, lag Ara immer noch in ihrem selbst verursachten Koma im Tempel des Dunklen Gottes, und das einzige, was Jacqueline davon abhielt, die ersten fünfundzwanzig Seiten ihres Exposés in den Mülleimer zu werfen, war die Tatsache, daß ihr nichts Besseres einfiel.

Die Post konnte noch nicht da sein, und Jacqueline stellte fest, daß sie es nicht besonders verlockend fand, der betrogenen Ehefrau oder dem betrügenden Ehemann gegenüberzutreten. Deshalb stieg sie in ihr Auto und steckte den Schlüssel in die Zündung. Dann erstarrten ihre Finger. Sie stieg aus dem Wagen und öffnete die Motorhaube.

Nicht etwa, daß ich imstande wäre, eine Höllenmaschine zu erkennen, wenn ich sie vor mir sehe, dachte Jacqueline mürrisch, während sie auf die einzelnen undefinierbaren Teile starrte. Es machte allerdings nicht den Eindruck, als sei dort irgend etwas falsch. Die Reifen waren in Ordnung, und sie würde verdammt noch mal überprüfen, ob die Bremsen und die Lenkung funktionierten, bevor sie den Parkplatz verließ.

Alles funktionierte. Aber wenn sie der Lektüre ihrer Kriminalromane trauen konnte, so gab es durchaus Methoden, daran herumzupfuschen, die erst dann offensichtlich wurden, wenn der Wagen sich auf einer steilen Bergstraße befand oder ...

»Ach, zum Teufel damit«, sagte Jacqueline laut und preßte ihren Fuß aufs Gas. »Er raste das Gefälle mit achzig Meilen hinab, als die Hupe mit einem Schrei losging, tuut, tuut ...«

Wenig zutreffend und auch nicht gerade angebracht, aber trotzdem ein gutes Lied. Das Problem war – vielmehr eines der Probleme war –, daß sie lediglich drei der sogenannten Unfälle, die Kathleen in ihren Briefen beschrieb, kannte. Vielleicht gab es noch andere, die sie nicht erwähnt hatte. Es wäre ganz praktisch, das zu erfahren, dachte Jacqueline. Dann könnte sie sich entscheiden, ob es besser wäre, sich eine Rüstung oder einen Vorkoster zuzulegen.

Außerdem wäre es ganz nett zu wissen, warum man sie auserkoren hatte oder, anders betrachtet, *ob* man sie überhaupt auserkoren hatte. Ebenso wie die Aussicht, in Kürze gehängt zu werden, brachte die Möglichkeit eines Anschlages den Verstand dazu, sich auf wunderbare Weise auf die Rettung der eigenen Haut zu konzentrieren. Booton hatte mindestens einen Unfall gehabt. Er hatte die Sache heruntergespielt, aber sie konnte das Gefühl nicht loswerden, daß er etwas verbarg. Warum war er gelaufen? In Manhattan, wo auf den Bürgersteigen immer dichtes Gedränge herrschte und wo alle paar Meter Ampeln standen, war es schwer zu laufen. Und was war mit den anderen – St. John, Mrs. Darcy, den Schwestern, den Craigs, Paul? Es würde nicht einfach sein, sie über bedauerliche Unfälle in der jüngeren Vergangenheit zu befragen, ohne dabei gewisse Informationen preiszugeben, die sie lieber für sich behalten würde.

Das Blöken einer Hupe hinter ihr informierte sie darüber, daß die Ampel auf Grün gesprungen war. Ein Stückchen weiter fand sie einen Parkplatz und hielt an, um ihre Gedanken ungestört weiterspinnen zu können.

Ganz offensichtlich spielte ihr jemand Streiche – ziemlich gemeine Streiche, die den Unfällen von Kathleen verblüffend ähnelten. Das zeigt doch wieder einmal, wie wichtig es ist, offen und ehrlich mit Menschen umzugehen, dachte Jacqueline fromm. Sie mußte sich nicht die Mühe machen, eine Geschichte zu erfinden, um zu erklären, wie sie von diesen Unfällen erfahren hatte. Craig und St. John wußten, daß sie Kathleens Korrespondenz gelesen hatte.

Eine Antwort auf die Frage, ob sie die einzige war, die in den Genuß der Aufmerksamkeit eines unbekannten Attentäters kam, konnte zur Klärung einer anderen brennenden Frage beitragen, nämlich der nach einem Motiv. Zunächst einmal lag es auf der Hand, daß es sich um den Unmut gegen eine Autorin handelte, die es gewagt hatte, Kathleen Darcys Werk zu entweihen. Ein Bewunderer, der verkorkst genug war, um eine Autorin anzugreifen, war möglicherweise auch imstande, Haß gegen die anderen Beteiligten zu entwickeln – gegen Kathleens Agenten und ihre Erben. Jacqueline fiel zum Beispiel eine Bewunderin ein, die ein wenig sonderbar war und praktischerweise in Pine Grove lebte, aber sie konnte sich nicht vorstellen, daß Jan körperlich in der Lage gewesen war, die Fallen zu stellen. Jacqueline dachte amüsiert an den alten Patriarchen im Rollstuhl. Einer der ältesten Tricks der Kriminalliteratur. Niemand getraute sich heutzutage noch, ihn einzusetzen. Außerdem mochte sie Jan – egal, was O'Brien auch von dieser Methode der Elimination einer Verdächtigen halten würde.

Sie konnte sich nicht vorstellen, daß einer der anderen Konkurrenten versuchte, ihr einen solchen Schrecken einzujagen, so daß sie den Vertrag brach oder zu nervös wurde, um ihn zu erfüllen. Das war wirklich weit hergeholt. Selbst wenn Booton und St. John gezwungen wären, einen Ersatz für sie zu finden, so gab es doch keine Möglichkeit, mit Sicherheit zu sagen, wen sie auswählen würden. Und jeder, der davon ausging, daß sie, Jacqueline Kirby, sich so einfach verscheuchen ließ, wenn es bei einem Vertrag um Millionen ging, der kannte sie nicht besonders gut.

Sie bevorzugte das dritte Motiv. Sie ging dabei von der Annahme aus, daß sie beim Durchsehen von Kathleens Unterlagen auf etwas gestoßen war, das Kathleens Mörder entlarven konnte.

O'Brien hätte ihn »hypothetischen Mörder« genannt und sich selbst bei dieser Bemerkung ein abfälliges Grinsen nicht verkneifen können.

Sie mußte mehr über Kathleens Unfälle herausfinden. Sie schienen sehr viel ernster gewesen zu sein als ihre eigenen. Kathleen hatte nach dem Vergiftungsanschlag eine Woche im Bett gelegen. Was auch immer für eine Substanz es gewesen war, sie schien eine stärkere Wirkung gehabt zu haben als das Mittel, das bei ihr verwendet worden war. Der Unfall mit der Leiter hätte tödlich verlaufen können, wäre die zerbrochene Stufe weiter oben und die Leiter lang genug gewesen. Sie wollte die Antworten auf diese Fragen herausbekommen und sich dabei auch nach den Gewohnheiten von Kathleens Katze erkundigen. Kathleen war auf die Leiter geklettert, um Lucifer von einem Baum zu retten. Ob Bäumeklettern zu seinen Lieblingsbeschäftigungen gehört hatte? Einige Katzen taten es gerne, andere nicht. Diejenigen, die in diese erste Kategorie fielen, waren oft nicht gewillt oder außerstande, allein wieder hinabzuklettern. Sie bevorzugten es, zusammengekauert im Baum zu hocken und mitleiderregend zu miauen, ohne sich von irgend etwas oder irgend jemandem wieder herunterlocken zu lassen. Man denke nur an die vielen Witze über kleine, alte Damen, die die Feuerwehr anrufen, damit sie ihre Haustierchen von den Bäumen holte.

Kathleen war keine schüchterne, kleine, alte Dame gewesen, aber sie schien zu der Sorte Katzenbesitzerinnen gehört zu haben, die sich von den armen, hilflosen Schmusekätzchen hereinlegen ließen. Die Abgehärteten nämlich stopften sich Watte in die Ohren, um das herzerweichende Miauen zu dämpfen, und warteten ab, bis sich die Katze entschloß, herunterzukommen. Das tat sie gewöhnlich immer. Wie lautete noch der alte Spruch? »Katzenskelette findet man nie auf Bäumen.« Amüsant aber irrelevant. Natürlich würde man nie Katzenskelette in den Bäumen entdecken, da die Katzen hinunterfielen, sobald sie tot waren oder das Bewußtsein verloren hatten.

Jacqueline zwang sich, wieder zum Wesentlichen zurückzufinden. Sie mußte also herausbekommen, ob Lucifer gerne kletterte und ob Kathleen ihm für gewöhnlich auf die Bäume folgte, um ihn zu retten. Wenn diese beiden Annahmen zutrafen, mußte der Killer sich nicht notwendigerweise an Ort und Stelle aufgehalten haben, als der Unfall passierte. Er hätte einfach eine der oberen Sprossen ansägen und abwarten können.

Sie benötigte auch noch mehr Informationen über den dritten Vorfall. Von welchem Teil des Hauses war der Stein herabgefallen? Jacqueline erinnerte sich daran, daß sie kleine Dachfenster im dritten Stock, hoch oben unter dem Dachsims, gesehen hatte. Der gepflasterte Weg vor dem Haus lief genau unter diesen Fenstern entlang. An diesem Teil der Wand war es logischerweise am ehesten zu erwarten, daß durch leckende Dachrinnen und Regenfälle ein Schaden am Mörtel entstand. Dieser mochte wohl unerkannt geblieben sein, bis nach mehreren Jahren schließlich die zusammenziehende und sich ausdehnende Feuchtigkeit dazu geführt hatte, daß sich ein Stein löste. Der Killer hätte hoch oben von einem der Dachfenster aus hinabblicken und warten können, bis Kathleen von einer ihrer Einkaufstouren zurückkam und mit Tüten bepackt auf die Küchentür zuging. Die Leute hier benutzten selten den Vordereingang. Aus einer solchen Höhe hätte ihr der fallende Stein mit Leichtigkeit den Schädel brechen können.

Diese Theorie war einleuchtend – und ohne jegliche Grundlage. Jacquelines Blick verdüsterte sich.

Sie wollte nicht darüber nachdenken, warum irgend jemand die Absicht gehabt haben könnte, Kathleen zu töten. Dabei wäre sie ohne weiteres imstande gewesen, mindestens ein Dutzend Motive zu nennen. Jeder halbwegs kompetente Autor wäre dazu wohl in der Lage. Aber in Kathleens Fall war es dennoch schwierig. Alle als Täter in Frage Kommenden profitierten von ihrer Arbeit, die Craigs eingeschlossen, die ihr Unsummen für ihre Rechtsberatung abgeknöpft hatten. Alle, außer Paul Spencer und Tom. Zumindest, soweit ihr bekannt war ...

Jacqueline stieg aus dem Wagen, hängte sich ihre Handtasche über die Schulter, zuckte zusammen und schob den Riemen über die andere Schulter. Dann machte sie sich auf die Suche nach dem Büro von Craig, Craig und Craig.

Mr. Craig junior war natürlich beschäftigt. Anwälte, Ärzte, Angestellte und ähnliche Personen waren immer beschäftigt. Alle dürfen für sich in Anspruch nehmen, beschäftigt zu sein, nur Schriftsteller nicht, dachte die Vertreterin dieses mißhandelten Berufsstandes. Zum offensichtlichen Ärger der Sekretärin weigerte sie sich, einen Termin auszumachen, erklärte sich bereit, zu warten und ließ sich in einen der Sessel fallen.

Die Craigs schienen nicht so überaus beschäftigt zu sein. Es befanden sich lediglich zwei andere Leute im Wartezimmer, und im Verlauf der nächsten halben Stunde wurden sie beide ins Büro des einen oder anderen Craig gerufen. Jacqueline blieb weiterhin sitzen, blätterte in einer fünf Jahre alten Ausgabe von *Felder und Bäche* und ging in Gedanken all die Krimis durch, in denen verbrecherische Anwälte die Täter waren.

Als Craig Zwei schließlich auftauchte, war er allein. Er hatte also keinen Klienten gehabt. Aber vielleicht hatte er an einem Schreiben oder einem Testament oder sonst etwas geackert, dachte Jacqueline nachsichtig. Craig trug eine knallrote Krawatte, und ihr Anblick besänftigte sie ein wenig – immerhin deutete sie auf einen Hauch von Originalität hin. Unter den Geschäftsleuten von Pine Grove war eine rote Krawatte praktisch das Eingeständnis kommunistischer Neigungen.

Er entschuldigte sich, daß sie hatte warten müssen. Das war nett, was Jacqueline auch gebührend zur Kenntnis nahm. Sie entschuldigte sich ebenfalls und erklärte, daß sie seine Nachricht erst heute morgen erhalten habe und in der Hoffnung vorbeigekommen war, daß er eine Minute für sie erübrigen könne.

Craig verspielte dann gleich wieder jegliche Sympathie, die sie für ihn übrig hatte, indem er ihr vorschlug, die Sache bei einem gemeinsamen Essen zu besprechen. Es lag nicht an der Einladung selbst, sondern an seinem Hinweis auf ein gemütliches, abgelegenes Fischrestaurant und seiner offensichtlichen Annahme, daß sie sich diese Tageszeit in der Hoffnung auf eine solche Einladung ausgesucht hatte.

Jacqueline wußte aus Erfahrung, daß abgelegene Restaurants häufig in der Nähe abgelegener Motels lagen. Trotz ihres Unmuts war sie froh, daß er sich einen solchen Schnitzer erlaubt hatte: Ihr war nämlich schon der Verdacht gekommen, daß sie ihm gegenüber unfair gewesen sei. Diese Einladung aber bestätigte nun ihren ersten, negativen Eindruck. Wenn es etwas gab, das sie beleidigte, dann ein Mann, der sie wie einen Körper ohne Hirn behandelte. »Ich habe leider schon eine Verabredung zum Mittagessen«, erwiderte sie frostig. »Was ich Ihnen zu sagen habe, wird nicht lange dauern. Ich nehme an, das gleiche trifft auch bei Ihnen zu!?«

»Ich – hm – die Angelegenheit war nicht besonders eilig ...«

»Gut. Wenn wir uns irgendwo ungestört unterhalten könnten ...?«

Er hatte keine andere Wahl, als sie in sein Büro zu führen. Offensichtlich war er wütend, und Jacqueline fragte sich, wie lange seine Sekretärin brauchen würde, um die Geschichte von der Abfuhr, die Ronnie von Mrs. Kirby erhalten hatte, unter die Leute zu bringen.

Die Unterhaltung dauerte nur zehn Minuten. Jacqueline verließ das Büro genauso schlau wie vorher. Craig hatte in angemessener Weise seine Sorge und Überraschung über ihre Pechsträhne geäußert, aber er sah keine Verbindung zwischen ihren Unfällen und denen von Kathleen. Er war sich nicht einmal bewußt, daß es letztere gegeben hatte. Oder er hatte es inzwischen vergessen. Für ihn war alles reiner Zufall. Aber in der lebhaften Phantasie einer Schriftstellerin – einer Romanautorin – konnten wohl solche Vorfälle ... sie möge verzeihen, übertriebene Formen annehmen, falsch interpretiert werden.

Man mochte sie möglicherweise sogar für sensationslüstern oder für eine Lügnerin halten. Jacqueline blickte ihn mit einem solch unverwandten Blick an, daß er sich zu winden begann. Kein Verband, keine Abschürfungen, keine Wunden. Es hatte keinen Sinn, ihn zu fragen, ob er in der letzten Zeit vielleicht auch eine Pechsträhne hatte. Sie wünschte es ihm von Herzen.

Und noch weniger Sinn hatte es, ihn zu fragen, in welcher Weise Kathleens erstes Testament sich vom zweiten und gültigen unterschied. Er hätte es bestimmt überaus genossen, sie mit ernstem Blick anzusehen und ihr einen Vortrag über Schweigepflicht zu halten! Während sie über das Lenkrad ihres Wagens gebeugt saß und ein wenig zu schnell aus Pine Grove hinausfuhr, tröstete Jacqueline sich damit, daß Craig unter den weniger formellen Umständen, die er vorgeschlagen hatte, auch nicht entgegenkommender gewesen wäre.

Sie hatte sich bereits entschieden, wo sie ihr Mittagessen einnehmen würde, aber da es keinen Grund gab, ihre potentielle Gastgeberin ebenso unhöflich zu behandeln wie Craig, hielt sie an einer Tankstelle, um sie anzurufen. Kathleens Schwester Laurie meldete sich mit der Vorsicht eines Menschen, der damit rechnet, vom Anrufer für irgend etwas eingespannt zu werden. Als Jacqueline ihren Namen nannte, nahm ihre Stimme allerdings einen aufrichtig warmen Ton an.

»Wie schön, daß Sie sich melden, Miss Kirby. Ich hatte sowieso vor, Sie mal zum Essen zu uns einzuladen. Das ist doch das mindeste, was ich tun kann, wo Sie jetzt das ganze Geld für uns machen und sich damals bei der Sache mit Bennie so nett verhalten haben.«

Lauries Aussprache und ihre Wortwahl ließen zwar etwas zu wünschen übrig, aber ihre Manieren waren zweifellos in Ordnung. Es war bisher noch niemandem eingefallen, sich bei Jacqueline dafür zu bedanken, daß sie sich den Hintern aufriß, damit die anderen reich werden konnten.

Sie brachte Laurie ohne Schwierigkeiten dazu, sie auf der Stelle zum Mittagessen einzuladen. »Jetzt wäre eine gute Zeit, um vorbeizukommen, Miss Kirby. Wenn die Schule aus ist, geht es hier ziemlich drunter und drüber. Und Bennie ist heute bei Earls Ma. Nein, das macht gar nichts. Ich habe heute morgen Brot gebacken und einen großen Topf Suppe gekocht. Das ist wahrscheinlich nicht das, woran sie gewöhnt sind, aber –«

Jacqueline brannte derartig darauf, die Einladung anzunehmen, daß sie Laurie unsanft unterbrach. Ihr lief schon das Wasser im Mund zusammen.

Die hausgemachte Gemüsesuppe enthielt viel Rindfleisch und Gerste, und das Brot war noch ofenwarm. Jacqueline machte ihrer Gastgeberin das größte Kompliment, dessen sie fähig war, indem sie aß, bis sie zu platzen drohte. Ihr Appetit und ihr Lob ließen Lauries Schüchternheit dahinschmelzen. Am Ende der Mahlzeit hatten sie beide die Ellbogen auf den Tisch gestützt und erzählten sich Geschichten über ihre Kinder.

Earl hatte das Haus wieder hergerichtet, aber die kleinen Verschönerungen stammten von Laurie – die Rüschenvorhänge an den Fenstern, die kuriosen Stücke alten Porzellans, die sie auf Trödelmärkten erstanden hatte, der geflochtene Teppich, den sie aus Earls altem Unterhemd und alten Overalls gemacht hatte. Jacqueline wäre bereit gewesen, einen anständigen Preis dafür zu zahlen. Die weichen, verblaßten Blautöne in Kombination mit dem Weiß gaben ein erstaunlich hübsches Muster ab. Sie vermied indessen, einen solchen Verstoß gegen den guten Ton zu begehen.

Es war interessant zu sehen, auf welch verschiedene Weise sich künstlerisches Talent äußerte. Bei Kathleen war es das Schreiben gewesen, bei Laurie waren es Handarbeiten und bei der anderen Schwester, Sherri ... Jacqueline kam ein besonders gemeiner und zynischer Gedanke, der sie das Gesicht verziehen ließ. Laurie brach mitten in einer Beschreibung von Bennies letzter Eskapade ab. »Habe ich etwas Falsches gesagt?« erkundigte sie sich besorgt.

»Nein, nein. Ich hatte nur plötzlich ... Schmerzen.« Das stimmte im übrigen auch. »Ich habe zu viel gegessen«, gestand Jacqueline lächelnd.

»Und ich fürchte, ich rede zuviel. Es ist leicht, sich mit Ihnen zu unterhalten. Wie ich schon sagte, wir schätzen, was Sie tun. Ich wünschte, wir könnten Ihnen irgendwie behilflich sein.«

»Das können sie vielleicht«, sagte Jacqueline, als sei ihr die Idee gerade erst gekommen. »Marybee hat mir erzählt, daß Sie einige Schnappschüsse von Kathleen haben. Die würde ich gerne einmal sehen. Ich weiß natürlich, wie sie ausgesehen hat, aber gestellte Aufnahmen sagen nicht so viel aus wie ungezwungene Familienphotos.«

Laurie kramte die Alben mit Freude hervor. Jacqueline bestand darauf, sich mehrere Bände mit Babyphotos anzusehen, es schien das mindeste zu sein, was sie tun konnte.

Die Bilder von Kathleen sagten ihr nicht viel, aber damit hatte sie auch nicht gerechnet. Sie sollten Laurie lediglich einen Anstoß geben, über ihre Erinnerungen an ihre Schwester zu reden.

»In mancher Hinsicht war sie eher eine Tante als eine Schwester, weil sie so viel älter war als ich und Sherri.«

»Aber es liegen doch nur etwa zehn Jahre zwischen Ihnen und Kathleen?«

»Es kam uns immer mehr vor. Ma war nie sehr kräftig, wissen Sie. Kathleen hat uns Jüngere praktisch großgezogen. Jetzt, wo ich selbst Kinder habe, verstehe ich, wie schwer es für sie gewesen sein muß. Seit ich mich erinnern kann, hat sie geschrieben – oder es zumindest versucht.« Laurie schüttelte kaum merklich den Kopf. »Wir haben ihre Blätter benutzt, um darauf zu zeichnen. Sie hatte nie einen Ort, an dem sie in Ruhe arbeiten konnte. Damals gab es nur drei Schlafzimmer. Ma hatte ein Zimmer für sich, sie war sehr empfindlich. Kathleen schlief in der Dachstube. Das Dachgeschoß war erst halb fertig, und es war dort wohl nicht sehr gemütlich. Ich entsinne mich, daß sie immer Witze über die Mäuse machte, die an ihren Notizbüchern nagten. Entschuldigung – wollten Sie etwas sagen?«

»Nein«, murmelte Jacqueline. Ihre Zunge war wund, so oft hatte sie schon darauf gebissen. »Fahren Sie nur fort.«

»Und mein Vater – tja, der hat die ganze Sache auch nicht einfacher gemacht. Das ist er, sitzt mit Ma auf der Veranda von unserem alten Haus.«

»Er war ein gutaussehender Mann«, bemerkte Jacqueline, während sie das harte, ernste Gesicht studierte.

»Er war ein Trinker«, sagte Laurie rundheraus. »Gott sei Dank besaß Ma das Haus, denn wir hatten nie genug Geld. Er hat alles für Schnaps ausgegeben. Eines nachts, als er von der Wirtschaft zurückkam, ist er ertrunken. Er war so besoffen, daß er von der Fußgängerbrücke fiel – so besoffen, daß er nicht mehr schwimmen konnte.«

»Das tut mir wirklich leid«, erwiderte Jacqueline. »Alkoholismus –«

»Ja, so nennt man es wohl jetzt. Es soll eine Krankheit sein. Vielleicht stimmt das. Für uns machte es als Kinder keinen Unterschied, ob er krank war oder einfach zu nichts nutze.«

»Das kann ich mir denken«, erwiderte Jacqueline. Was sie am meisten an Lauries Bemerkungen störte, war das Fehlen von jeglicher Emotion. Sie hätte genausogut über Figuren in einem Fernsehfilm reden können. »War er besonders gemein zu Ihnen?«

»Sie meinen, ob er uns geschlagen hat? Nein. Und auch nicht Ma. Was nicht heißt, daß er es nicht gerne getan hätte. Aber Kathleen hat das verhindert.«

Sie schwieg einen Augenblick, das Gesicht unbewegt, die Hände gefaltet. Jacqueline hatte Angst, etwas zu sagen. Mit so etwas hatte sie nicht gerechnet.

Nach einer Weile fuhr Laurie fort: »Ich erinnere mich besonders an eine Nacht. Ich muß fünf oder sechs gewesen sein. Es ist meine früheste Erinnerung an ihn, wie er stinkbesoffen war. An die Jahre davor hat man gewöhnlich wenig Erinnerungen. Aber vielleicht hat er vorher ja auch nicht so viel getrunken. Er ist nicht immer so gewesen ... Wie auch immer, Ma schrie ihn an und weinte, und er wollte auf sie losgehen. Sie stand mit dem Rücken zur Wand, hielt die Hände vors Gesicht gepreßt. Er wollte sie schlagen – ich weiß, daß er es tun wollte –, seine Faust war geballt. Und dann hat sich Kathleen zwischen die beiden gestellt. Ihr Scheitel reichte ihm ungefähr bis ans Kinn. Sie blickte zu ihm hoch und sagte: »Wenn du sie anrührst, bringe ich dich um. Vielleicht kann ich es jetzt noch nicht, aber irgendwann, eines nachts. Und wenn du träumst, dann träumst du von mir, wie ich ins Zimmer komme und dich umbringe. Ich weiß noch nicht genau wie. Vielleicht mit einem Messer, vielleicht auch mit einer Pistole. Vielleicht wird es aber auch nicht Nacht sein. Vielleicht werde ich dir einfach morgens etwas in den Kaffee schütten. Es gibt viele Möglichkeiten. Und du wirst es gar nicht merken, bis sich dir plötzlich der Magen umdreht, aber dann wird es zu spät sein. Oder vielleicht auch ...«

»So ging es weiter, und er starrte sie an, als sei sie irgendeine schreckliche Erscheinung vom Friedhof. Sie rasselte all die Dinge herunter, die sie anstellen konnte – etwa mit dem Wagen oder dem Traktor oder mit der Luft, die er einatmete –, um ihn zu töten. ›Lass' sie zufrieden‹, sagte sie. ›Und lass' die Kleinen zufrieden.‹ Sie meinte damit mich und Sherri. ›Wenn du sie jemals hart anfaßt, werde ich es tun. Du bekommst keine zweite Chance. Nur ein einziges Mal, und ich werde es tun.‹ Er trat zurück. Sein Blick wich keinen Moment von ihr. Und er hat nie – er hat Ma nie angerührt oder eine von uns. Und sie – Kathleen ...«

Die maskenhaften Züge ihres Gesichts begannen zu zerfallen. »Ich habe das noch nie jemandem erzählt«, flüsterte sie. »Außer Earl. Ich hatte es beinahe vergessen. Oh, Gott, Miss Kirby – Jackie, soll ich Sie nennen, haben Sie gesagt ...«

Das hatte Jacqueline nicht, aber es wäre ihr auch egal gewesen, wenn Laurie sie mit Dracula angesprochen hätte. Laurie hatte zu weinen begonnen. Mit Tränen konnte sie fertig werden.

Sie umarmte und tätschelte sie und gab sinnlose, beruhigende Laute von sich, bis Laurie aufgehört hatte zu weinen und sich bei ihr entschuldigte. Jacqueline erhob sich rasch, um ihre Handtasche zu holen. Es war immer ein Fehler, allzu lange dazubleiben, wenn jemand gerade seine tiefsten Geheimnisse offenbart hatte. Laurie würde sich bald beruhigt haben. Die Kinder kamen nach Hause, und sie würde für sie ein tapferes Gesicht aufsetzen. Vielleicht fühlte sie sich sogar besser, jetzt, da sie sich diese Sache von der Seele geredet hatte. Zumindest sollte es so sein.

Diese tragische Geschichte war jedoch nur insofern nützlich, als sie ein neues Licht auf gewisse Aspekte von Kathleens Charakter warf. Für Jacquelines Theorie aber war sie im Grunde irrelevant. Zumindest dachte Jacqueline dies, bis Laurie eine letzte, vernichtende Bemerkung machte.

»Ich wollte es nicht tun, Jackie. Ich habe es erst verstanden, als es schon zu spät war. Wir alle haben es getan. Es war unser Fehler.«

Auf dem Rückweg nach Pine Grove geriet Jacqueline hinter einen gelben Schulbus, der an jedem Haus anhielt. Sie war froh, daß sie gezwungen war, sich auf seine unregelmäßigen Bewegungen zu konzentrieren, statt auf das, was Laurie ihr gesagt hatte.

»Ich mache das nicht mit Absicht«, rief Jacqueline. »Ich möchte gar nicht, daß die Leute sich bei mir aussprechen. Das ist nicht fair.« Niemand antwortete ihr, nicht einmal die kleine, dünne Stimme ihres Gewissens. Sie fuhr mit zunehmender Vehemenz fort: »Ich habe nie behauptet, Psychologin zu sein. Warum laden andere Leute immer ihre Probleme bei mir ab? Das hier ist nun wirklich ein Eimer voller Würmer! Wie kann ich sicher sein, daß ich nicht das Falsche gesagt habe? Aber irgend etwas mußte ich ja sagen, ich konnte doch nicht einfach weggehen und sie allein da sitzen lassen, wo sie sich die Augen ausheulte. Verdammt, ich mag die Frau nun einmal. Vielleicht denkt der Rest der Familie, daß sie eine bessere Partie hätte machen können, aber meiner Ansicht nach ist sie die beste aus dem ganzen Haufen. Sie hatte bessere Manieren als jeder einzelne von ihnen – die Instinkte einer Dame, wie meine liebe, alte Großmutter sagen würde. Ich wünschte nur, sie hätte mir diese Sache nicht erzählt. Gott, war das fürchterlich, selbst aus zweiter Hand noch. Sie hat die Geschichte allerdings gut dargestellt, ich konnte Kathleen beinahe vor mir sehen und hören, wie sie den Mann mit dieser ruhigen, tödlichen Stimme bedrohte. Er ist ertrunken, hat Laurie gesagt. Ist auf dem Nachhauseweg von der Brücke gefallen, so besoffen, daß er nicht mehr schwimmen konnte. Kathleen hatte doch wohl nicht ... Und was hatte Laurie gemeint, als sie sagte: ›Wir alle haben es getan.‹ Was hatten sie getan? Verdammt, verdammt, verdammt! Jetzt bin ich noch verwirrter als vor dem Gespräch.«

Die Straßen von Pine Grove füllten sich mit Müttern, die heimwärts eilten, um da zu sein, wenn der Schulbus vor ihrem Haus hielt, und mit Schülern aus der Gemeinde-Highschool in Meadowcreek, die in ihren Pick-ups und zusammengeflickten Wagen saßen. Als sie langsam auf die Ampel an der Ecke der Main Street und der Williams Street zufuhr, entdeckte Jacqueline Sam Poffenberger, den Manager des »Bon Ton«, der sich im Türrahmen seines Ladens sonnte. Er lächelte und winkte ihr zu. Sie winkte zurück.

Die Ampel sprang auf Grün, aber der Verkehr kroch weiter vor sich hin, da ein Lastwagen von Brenner's Bäckerei in zweiter Reihe vor dem Supermarkt geparkt hatte. Neben dem Supermarkt befand sich die Bank und neben der Bank der Buchladen.

Sollte sie oder sollte sie nicht? Ihre Leistungen des heutigen Tages waren nicht überwältigend. Während sie auf eine Möglichkeit wartete, um den Lastwagen zu überholen, dachte Jacqueline noch einmal nach. Möglicherweise hatte Lauries Bemerkung doch mehr Relevanz als sie dachte. Und ihr blieb nicht mehr viel Zeit.

Sie bog auf die linke Spur, und es gelang ihr, sich in einen Parkplatz vor dem Buchladen zu quetschen. Die Eingangstür war geöffnet, und der große, schwarze Kater saß ausgesprochen dekorativ mitten auf dem Bürgersteig und war sich dieser Tatsache scheinbar sehr bewußt.

Er bewegte sich kein bißchen, als Jacqueline sich ihm näherte. Sie ging um ihn herum, ein Zugeständnis, das er als selbstverständlich hinnahm. Nachdem er sein Ziel erreicht hatte, folgte er ihr hinein.

Jan war allein. Sie saß in einem der Sessel am Kamin über eine Mappe mit Blättern gebeugt und begrüßte Jacqueline höflich, aber ohne Begeisterung. »Gibt es einen besonderen Grund für Ihren Besuch?«

»Ich bin gekommen, um Sie zu sehen.« Jacqueline nahm in dem anderen Sessel Platz. Die Katze sprang auf ihren Schoß.

Jan runzelte die Stirn. »Geh runter, Lucifer.«

»Schon gut.« Jacqueline hatte sich beinahe zu einer Entscheidung durchgerungen. In den wenigen Augenblicken, die Lucifer benötigte, um eine bequeme Position zu finden, faßte sie den endgültigen Entschluß. Sei taktvoll, mahnte sie sich. Stell es schlau an.

»Das sieht wie ein Manuskript aus«, sagte sie. »Es ist doch nicht zufällig Ihre Version der Fortsetzung von *Nackt?*«

Jans Hände schlossen sich fester um die Mappe. »Das ist doch nicht schlimm, oder? Solange uns niemand sieht. Wie kommen Sie denn mit Ihrer Version zurecht?«

»Ich käme schneller voran, wenn ich nicht so oft gestört würde. Irgend jemand hat gestern abend einen Nachttopf auf meinen Kopf fallen lassen.«

»Einen was?« Jans Überraschung schien echt zu sein.

»Nun ja, es war eigentlich kein echter Nachttopf, sondern irgendein Porzellangefäß, das mit Steinen gefüllt war.« Sie fuhr fort, den Vorfall und auch die anderen »Unfälle« zu beschreiben, ohne dabei mehr zu übertreiben, als die dichterische Freiheit zuließ. »Wer versucht da wohl, mir Angst einzujagen, Jan?«

Ein schiefes Lächeln umspielte Jans Lippen. Sie antwortete nicht, sondern streckte nur ihren Fuß mit seinem schweren, orthopädischen Stiefel aus.

»Wenn ich Sie verdächtigen würde, wäre ich nicht hier«, sagte Jacqueline. »Ich beschuldige Sie nicht, ich bitte Sie um Ihre Hilfe. Sie haben mich gewarnt, als ich das erste Mal hier war. Warum haben Sie das getan, Jan?«

Die andere Frau mied ihren Blick. Jacqueline hatte nicht erwartet, daß es einfach sein würde. Jan selbst fiel es möglicherweise nicht leicht, ihre Gründe in Worte zu fassen. »Lassen Sie mich raten«, sagte Jacqueline. »Es war eine allgemeine Warnung. Es sollte kein konkreter Hinweis sein, daß ich mich in Gefahr befinde, sondern Sie hatten lediglich eine unklare Ahnung, daß etwas nicht stimmt – etwas, das mit Kathleens Verschwinden zu tun hat.«

Jans Hände spielten mit dem Stoff ihres Rocks. Sie faltete und drückte ihn. Sie ist daran gewöhnt, die Katze auf ihrem Schoß zu halten, dachte Jacqueline. Was für praktische Kreaturen sie doch sind. Ruhelose, nervöse Hände machen keinen so unbehaglichen Eindruck, wenn sie eine Katze streicheln. Jacqueline streichelte ruhig über das dichte Fell des Katers und redete mit eindringlicher Stimme weiter.

»Sie waren nicht hier, als Kathleen verschwand. Aber Sie und Paul sind enge Freunde. Sie beide verehren Kathleen auf sehr intensive, leidenschaftliche Weise. Sie haben über sie gesprochen. Er hat Ihnen Dinge erzählt. Er glaubt nicht daran, daß sie Selbstmord begangen hat, nicht wahr?«

Sie erhielt keine Antwort darauf – weder in Worten, noch in Gesten. Jacqueline fuhr fort. »Er kann es nicht glauben, Jan. Er hat sie geliebt. Bei einem Selbstmord wird Liebe wie Abfall weggeworfen. Liebe bedeutet nichts, Liebe ist nicht genug. Selbstmord ist das äußerste Zeichen der Verachtung von Liebe. Der Mensch, dessen Liebe auf diese Weise behandelt wird, reagiert gewöhnlich auf zwei Arten: Er leugnet die Tatsache oder er beginnt, die Person, die ihn ablehnte, zu hassen. Paul kann sich noch nicht so recht entscheiden, nicht wahr?«

»Hören Sie auf!« Jan warf ihren Kopf zurück. Ihre Augen waren so schwarz wie die Nacht, schwarz vor Schmerz und Haß. »Orana, Priesterin des Dunklen Gottes ...« Oder wie auch immer ich die Kreatur genannt habe, dachte Jacqueline, als sie darauf wartete, daß Jan ihre Fassung zurückgewann. Es ist sowieso eine falsche Analogie. Jan hält sich selbst für die Heldin, für Kathleen. Aber in gewisser Weise war Kathleen zu Jans Rivalin im Kampf um ihre Identität und um die Liebe geworden.

»Sie haben alles durcheinandergebracht«, sagte Jan schließlich. »Paul gibt sich keinem kranken Wunschdenken hin. Es gibt gute Gründe für die Annahme, daß Kathleen sich niemals das Leben genommen hätte.«

»Es gibt aber Hinweise darauf, daß sie genau das plante. Das neue Testament, das Exposé für die Fortsetzung –«

»Sie hatte Angst, daß sie sterben würde. Aber nicht durch ihre eigene Hand.«

»Aha.« Darauf hatte Jacqueline gewartet – ihre eigene weithergeholte Hypothese, formuliert von einer unabhängigen Beobachterin. »Lassen wir die Ausflüchte, Jan«, sagte sie brüsk. »Ich bin auf Ihrer Seite und auf Pauls. Ich glaube auch, daß jemand versuchte, Kathleen zu töten.«

»Versuchte? Jemand hat es getan. Kathleen Darcy ist tot, ermordet, und ihr Mörder genießt die Früchte ihrer Arbeit und ihres Lebens. Er spaziert im Sonnenlicht umher, und sie ist im Dunkel ... für immer von uns gegangen ...«

Sie bedeckte ihr Gesicht mit den Händen. Die Katze bewegte sich. Sie sprang auf den Boden und von dort in Jans Schoß. Jan nahm eine Hand von ihrem tränenüberströmten Gesicht und legte sie auf das dichte Fell.

»Schon gut«, sagte Jacqueline und kam sich wie ein Scheusal vor. Das war schon die zweite Frau, die sie an einem einzigen Nachmittag zum Weinen gebracht hatte. Ein Rekord, selbst für

Jacqueline Kirby. »Schon gut, Jan. Wenn das wahr ist – und ich glaube, daß es so ist –, müssen wir etwas unternehmen. Sie sagten ›er‹. Wissen Sie, wer es gewesen ist?«

»Meinen Sie nicht, ich hätte selbst etwas unternommen, wenn ich es wüßte? Ich weiß es nicht. Sowenig wie Paul. Aber die Selbstmordthese kann einfach nicht richtig sein. Es sprechen zu viele Dinge dagegen. Sie scheinen allwissend zu sein, Jacqueline Kirby. Ich nehme also an, Sie wissen von Kathleens ›Unfällen‹.«

»Ja. Sie gleichen denen, die ich hatte.«

Die Tränen hatten Spuren auf Jans Gesicht hinterlassen, aber sie weinte nicht mehr. »Ich verstehe das nicht. Jemand hat versucht, Kathleen zu töten und war schließlich erfolgreich. Aber warum sollte der Killer versuchen, auch Ihnen etwas anzutun?«

»Warum wollte irgend jemand Kathleen etwas antun? Das ist die große, schwierige Frage, Jan. Hat Paul Ihnen etwas – irgend etwas – über Kathleens Familie erzählt, das auf ein Motiv hindeuten würde?«

Jan zuckte hilflos die Schultern. »Nein. Ich habe mir diese Frage selbst immer wieder gestellt. Sie hat alle unterstützt, und das auf eine Art und Weise, an die sie nicht gewöhnt waren – sogar St. John, der sie alle verlassen hatte, als sie auf seine Hilfe angewiesen waren. Er kam sofort wieder angerannt, als das Geld zu fließen begann.«

»Nehmen wir einmal an, sie hatte herausgefunden, daß St. John oder einer der anderen sich irgendeine kriminelle oder unethische Handlung hatte zuschulden kommen lassen«, begann Jacqueline. »Er war doch ihr sogenannter Manager. Vielleicht hat sie ihn bei einer Unterschlagung erwischt ...«

»Dazu wäre er fähig«, sagte Jan verächtlich.

»Aber nach allem, was ich über Kathleen weiß, wäre sie nicht in der Lage gewesen, ihn ins Gefängnis zu schicken. Sie hätte das einem Mitglied ihrer Familie niemals angetan. Das Schlimmste, was er zu befürchten hatte, war, daß sie ihn feuern und aus ihrem Testament streichen würde. Aber nicht einmal das hat sie getan. Das zweite Testament hatte sie erst wenige Wochen vor ihrem Verschwinden aufgesetzt.«

»Sie sehen es also auch so, nicht wahr?« Jans Hand streichelte mit rhythmischen Bewegungen über den runden, pelzigen Rücken. »Paul und ich kamen zu dem gleichen Schluß. Sie wußte, daß diese Unfälle geplant waren. Sie wußte, daß jemand sie lieber tot gesehen hätte – aber sie wußte nicht wer. Deshalb hat sie das zweite Testament aufgesetzt. Sie besaß zu viel Gerechtigkeitssinn, um sie alle auszuschließen. Damit hätte sie auch Unschuldige bestraft. Aber das zweite Testament reduzierte zumindest den finanziellen Anteil. Im ersten ging das Geld wohl ausschließlich an die Erben, ohne die große gemeinnützige Spende.«

»Das vermuten Sie, aber Sie wissen es nicht. Weiß es Paul?«

Jan schüttelte vehement den Kopf. »Er würde nie ... Er hat sich nicht wegen des Geldes für sie interessiert.«

Also waren die Mauern noch nicht alle eingerissen. Die höchste und dickste stand noch. Jacqueline mußte sie zerstören, denn erst wenn sie gefallen war, bestand die Hoffnung, die Wahrheit herauszufinden.

»Sie hat es Paul nie gesagt, nicht wahr? Er hat es sich später mit Ihrer Hilfe zusammengereimt. Aber bevor sie verschwand, hatte er keine Ahnung, daß sie in Gefahr war. Das macht ihm zu schaffen, stimmt's? Er war ihr Liebhaber, aber sie hat ihm nicht vertraut – hat ihn nicht um Hilfe, um Schutz gebeten. Er war vielmehr einer der Menschen, die sie im Verdacht hatte, ihr nach dem Leben zu trachten.«

Ihre Worte brachten die Unterhaltung zu einem abrupten und unbefriedigenden Ende. Jacqueline hatte zwar nicht damit gerechnet, daß Jan positiv auf ihre Vermutung reagieren würde – die Leute sträubten sich seltsamerweise immer, wenn es darum ging, sich unangenehmen Tatsachen zu stellen. Aber Jans bleiches Gesicht und ihre wütenden, ablehnenden Schreie stellten doch eine heftigere Reaktion dar, als sie erwartet hatte. Das beste war wohl, zu gehen, und genau das tat sie auch. Selbst die Katze fauchte sie an.

Sie empfand allerdings kein Gefühl der Schuld. Jan mußte sich den Tatsachen stellen – um ihrer selbst willen, zu ihrem eigenen Schutz. Aber dennoch war es eine unangenehme Situation gewesen, und als Jacqueline wieder in ihr Auto gestiegen war, griff sie automatisch nach einer Zigarette. Doch sie beherrschte sich noch rechtzeitig. Vielleicht sollte sie es wieder einmal mit Handarbeiten versuchen, um ihren Zigarettenkonsum zu reduzieren. Zum Teufel, es war einen Versuch wert. Jacqueline stieg seufzend wieder aus und machte sich auf den Weg zu Woolworth.

Der Einkauf dauerte länger, als sie erwartet hatte, da eine der Verkäuferinnen bei Jacquelines zweitem Besuch in der »Elite-Bar« anwesend gewesen war und nun darauf bestand, die Heldin all ihren Kolleginnen vorzustellen. Nachdem Jacqueline versprochen hatte, sich am Samstag abend wieder dort blicken zu lassen, gelang es ihr schließlich, sich zu verabschieden.

Seit ihrer Erfahrung mit der Präsidentin des Frauenclubs war

Jacqueline ein wenig vorsichtiger geworden, wenn sie das Gasthaus betrat. Sie steckte zuerst den Kopf durch die Tür und blickte sich um, bevor sie eintrat. Ihre Vorsicht erwies sich als berechtigt. Der Mann, der strategisch günstig auf einem Sessel zwischen dem Eingang und der Rezeption Platz genommen hatte, trug großstädtisch anmutende Kleidung, hatte eine Halbglatze und auffällig abstehende Ohren, die ihr recht bekannt vorkamen. Er gab vor, Zeitung zu lesen, aber er blickte immer wieder zur Tür hinüber.

Jacqueline schlich sich auf Zehenspitzen davon. Diese neue Gefahr lenkte sie aber nicht in einer solchen Weise ab, daß sie vergessen hätte, nach Fallen am Tor und entlang des Weges Ausschau zu halten. Nichts fiel herab oder explodierte, nichts brach zusammen oder roch verdächtig, und so machte sie es sich an ihrem Schreibtisch gemütlich und griff nach dem Telefon.

Mollie meldete sich. »Oh, Jacqueline, da ist –«

»Nennen Sie meinen Namen nicht«, quetschte Jacqueline zwischen ihren Zähnen hervor. »Sie haben alle teuflisch gute Ohren. Ich habe ihn gesehen, deshalb rufe ich an.«

»Oh.« Mollie senkte ihre Stimme. »Es tut mir so leid. Ich glaube, er hat es mitbekommen, er schaut mich an –«

»Und hören Sie auf zu flüstern! Auffälliger geht es ja wohl nicht mehr! Nennen Sie mich ...« Unter Streß fielen Jacqueline die wunderlichsten Dinge ein. »Nennen Sie mich Jellybean.«

»Was?«

»Jellybean. Sagen Sie: Ja, meine süße, kleine Jellybean, Tante Mollie kommt dich bald besuchen.«

Mollie wiederholte die Worte. Das Kichern, das sich in ihre Stimme schlich, schien für eine Unterhaltung zwischen einer Tante, die in ihre Nichte vernarrt war und die auf den Kosenamen Jellybean hörte, angemessen zu sein. Zumindest hoffte Jacqueline das. »Hören Sie mir zu, Mollie. Ich werde eine Weile nicht im Gasthaus auftauchen. Gehen Sie in die Küche. Stellen Sie etwas auf ein Tablett – egal was –, decken Sie ein Tuch darüber und tragen es nach oben. Aber – hören Sie mir auch zu? – bevor Sie die Küche verlassen, bitten Sie einen Ihrer Angestellten, zu warten, bis der Reporter Ihnen nach oben folgt –

was er garantiert tun wird. Dann soll er sich meine Post schnappen ... Es ist doch Post für mich gekommen, oder?«

»Ja, eine Menge, Jac – Jellybean.« Kichern.

Jacqueline rollte die Augen. »Okay. Machen Sie ihm klar, daß er erst sicher sein muß, daß dieser Schnüffler Ihnen folgt, bevor er mir die Post bringt. Alles verstanden?«

»Ja.«

Jacquelines netterer Teil ihrer Persönlichkeit triumphierte über ihren Ärger. »Geht es Ihnen besser?«

»Oh, ja, viel besser, danke. Ich war so gerührt, als Tom mir erzählte, was Sie gesagt hatten. Es ist ja nur immer morgens ...«

Damit hatte sich dann Jellybean wohl erledigt, dachte Jacqueline ergeben. Was soll's. Ihr eigenes Bedürfnis nach Ruhe trat im Moment hinter dem noch stärker vorhandenen Drang zurück, anderen Menschen einen Rat zu geben. »Cracker«, sagte sie. »Stellen Sie Salzcracker auf Ihren Nachttisch, und essen Sie ein paar davon, wenn Sie wach werden – bevor Sie überhaupt den Kopf heben. Und dünner Tee. Den soll Tom Ihnen morgens ans Bett bringen.«

»Wie lieb von Ihnen, sich zu sorgen ...«

»Hm, hm«, erwiderte Jacqueline. »Mir ist gerade noch ein besserer Plan eingefallen, Mollie. Sie tragen doch sicher eins von diesen formlosen – eins von diesen entzückenden Kleidern im Landhausstil mit einer Schürze? Gut. Können Sie die Post nicht darunter verstecken, ohne daß Clark Kent Sie dabei erwischt? Nun, dann geben Sie sich Mühe. Nehmen Sie sie mit in die Küche, kann der Botenjunge direkt durch die Hintertür verschwinden. Und wenn Sie schon einmal dabei sind, Mollie, können Sie direkt ein zweites Tablett fertigmachen. Es ist mir egal, was Sie schicken, Hauptsache, es ist eßbar.«

Während sie darauf wartete, daß der Plan ausgeführt wurde, nahm Jacqueline die neue Häkelnadel und die Wolle aus der Tüte und blätterte durch das Musterbuch, das sie sich außerdem gekauft hatte. Zierdeckchen. Was sie mit einem Zierdeckchen anfangen sollte – vorausgesetzt, daß sie es jemals beenden würde –, war ihr nicht ganz klar, aber das Projekt machte einen weniger furchterregenden Eindruck als eine Stola, ein Schal oder ein Teppich und schien ein wenig nützlicher als ein Babymützchen zu sein. Andererseits wäre die Mütze ein passendes Geschenk für Mollie ... Nein, das konnte sie einer Freundin wirklich nicht antun.

Fünf Maschen aufnehmen. Jacqueline nahm sie gehorsam auf, aber eh sie sich versah, drifteten ihre Gedanken von der Handarbeit fort. Wenn doch nur eine strafrechtliche Untersuchung wie das Häkeln wäre – eine gerade Linie, bei der sich Masche an Masche fügt und die eine mit der anderen verbunden ist. Sie war leider eher mit dem Knüpfen eines Teppichs aus verschiedenfarbigen und unterschiedlich dicken und langen Fäden zu vergleichen.

St. John – ein dicker, grober Faden. Er hatte die notwendigen Mittel und die Gelegenheit gehabt, die Anschläge auf Kathleen zu verüben, und er hatte wahrscheinlich auch ein Motiv. Allerdings mußte nach Jacquelines Meinung hinsichtlich eines Verdächtigen noch ein weiterer Faktor in Betracht gezogen werden, und der lautete: Temperament. Nicht etwa die Absicht, einen Mord zu begehen, stand hierbei im Vordergrund – jeder war unter bestimmten Umständen dazu fähig –, sondern die Frage, ob St. John das Temperament besaß, dieses eine bestimmte Verbrechen zu begehen. Sie spürte, daß sie zögerte. Die Verschlagenheit und das Fehlen von Gefahr für den Täter, wie zum Beispiel beim Arrangement der »Unfälle«, kam seiner Persönlichkeit entgegen. Besaß er aber die Skrupellosigkeit, jemanden zu töten? Natürlich würde es davon abhängen, wie sehr er sich selbst bedroht fühlte.

Das gleiche galt für Kathleens Schwestern. Mittel und Gelegenheiten waren vorhanden gewesen, wenn auch das Motiv schwächer war – schwer vorstellbar, daß Geschwisterneid Jugendliche zu einem Mord trieb. Ganz besonders dann, wenn Kathleen für sie Ersatzmutter und Beschützerin verkörperte.

Jan war der Typ von verdächtigen Frauen, die man ausschloß und die in bestimmten Kriminalromanen am Ende doch als Mörderin entlarvt wurden. Woher kam sie? Was hatte sie in den Jahren vor Kathleens Verschwinden getan?

Tom hatte die Stadt bereits verlassen, als Kathleen verschwand.

Wenn man Bill Hoggenboom glauben konnte – und es gab keinen Grund, seine Geschichte zu bezweifeln –, so hatte Tom einige Zeit in Philadelphia verbracht, aber niemand schien zu wissen, wie lange er dort gewesen war oder wo er sich sonst noch rumgetrieben hatte. Philadelphia lag ja nicht am Südpol. Tom hätte nach Pine Grove kommen können, um Kathleen einen Besuch abzustatten – der verschmähte Liebhaber, der von seinem Idol abgewiesen worden war ...

»Bah«, sagte Jacqueline.

Auch Mollies Name erschien auf ihrer Liste, wenn auch nur der Vollständigkeit halber. Sie stammte nicht von hier, und es wäre ausgesprochen schwierig, wenn nicht sogar unmöglich für sie gewesen, all diese trügerischen, häuslichen Unfälle zu arrangieren, die Kathleen zugestoßen waren.

Das gleiche galt für andere außenstehende Verdächtige wie Brunnhilde und Booton. Laut ihrer eigenen, schriftlichen Äußerungen war Brunnhilde bei mehreren Gelegenheiten »in der Gegend gewesen«. Für die Polizei wäre es reine Routinearbeit, die genauen Daten dieser Besuche festzustellen, aber Jacqueline wußte, daß es vergebliche Liebesmühe war, die Hilfe eines bestimmten in Manhattan tätigen Beamten der Mordkommission in Anspruch nehmen zu wollen. O'Brien würde sich vor Lachen schütteln und sie – nicht ohne Grund – des Versuchs beschuldigen, eine Konkurrentin abzuservieren. Brunnhilde besaß absolut kein Motiv. Sie hatte unmöglich damit rechnen können, daß es eine Fortsetzung des Romans geben würde oder daß sie die Chance bekäme, sie zu schreiben.

Bootons Motiv war sogar noch weniger überzeugend als Brunnhildes, es war einfach nicht existent. Er mochte zwar die Gelegenheit gehabt haben, denn er hatte Kathleen wahrscheinlich besucht. Wenn ein Schriftsteller wichtig genug war, bemühten sich Lektoren und Agenten zu ihm und nicht umgekehrt. Aber er hatte allen Grund, sich Kathleen lebendig und schreibend zu wünschen. Er erbte nichts. Seine zehn – oder möglicherweise auch fünfzehn – Prozent Anteil verschwanden in dem Moment, als sie verschwand.

Mrs. Darcy? Jacqueline fügte ihren Namen kaltblütig zu ihrer

Liste. Vielleicht hatte Kathleen vorgehabt, zu heiraten und hätte ihre liebe, alte Mutter somit ohne Sklavin zurückgelassen. Das Geld wäre mit ihr gegangen, Ehemann und Kinder hätten Vorrang vor allen anderen gehabt. Mrs. Darcy war vorzeitig gealtert, aber sie war erst Mitte sechzig. Vor sieben Jahren wäre sie körperlich noch imstande gewesen, all das zu tun, was getan worden war – einschließlich des Verschwindenlassens der hypothetischen Leiche.

Möglicherweise war das Verschwinden von Kathleens Leiche gar nicht Teil des ursprünglichen Plans gewesen. Falls die Erbschaft das Motiv war, so mußte der Killer eine tote Kathleen vorzeigen, um nicht so lange auf das Vermögen warten zu müssen, wie es hier der Fall gewesen war. O'Brien nahm an, daß sie eine Überdosis geschluckt hatte, wieder wachgeworden und in den Wald gestolpert war, wo sie dann zusammenbrach. Das gleiche hätte geschehen sein können, wenn ihr jemand eine tödliche Dosis irgendeiner Substanz verabreicht hatte. Jemand, den sie kannte und dem sie vertraute, jemand, der sie auf der Fahrt begleitete und lediglich darauf wartete, bis das Mittel, das sie vielleicht mit einer unschuldig aussehenden Tasse Kaffee oder einer Limonade zu sich genommen hatte, seine Wirkung zeigte. Er – oder sie – hatte dann den Wagen ans Ende des Pfads gefahren, war zu Fuß zurückgekehrt, hatte die Büsche wieder hergerichtet und war zur Straße zurückgelaufen, wo ein Wagen oder irgendein anderes Fortbewegungsmittel stand. Möglicherweise aber hatte er oder sie sich auch zu sicher gefühlt oder war zu zimperlich gewesen und hatte die Szenerie vor dem Ende verlassen. Und Kathleen hatte das Bewußtsein wiedererlangt ...

Dies war einmal Jaquelines Lieblingstheorie gewesen. Jetzt war sie sich nicht mehr so sicher. Seit sie nach Pine Grove gekommen war, hatte sie Kathleen Darcy nicht nur als außergewöhnlich talentierte Schriftstellerin kennengelernt, sondern auch als Frau, der es nicht an Mut oder gesundem Menschenverstand fehlte. Wäre eine solche Frau so naiv gewesen, sich in die Hände eines Menschen zu begeben, den sie bereits im Verdacht hatte, sie umbringen zu wollen?

Wenn ich ein Pferd wäre, wohin würde ich gehen? Jacqueline hatte in diese Analysemethode noch nie viel Vertrauen gehabt. Sie war kein Pferd. Und sie war auch nicht Kathleen Darcy – hingebungsvolle Tochter, liebevolle Schwester, willige Märtyrerin, wenn es um die Belange anderer ging. Allerdings war Kathleen nicht dumm. Was zum Teufel mochte sie wohl getan haben, als sie mit der schrecklichen Tatsache konfrontiert wurde, daß einer von denen, die sie liebte und denen sie vertraute, ihr nach dem Leben trachtete? Was hätte ich getan? fragte sich Jacqueline und vergaß all ihre Vorbehalte gegenüber der Methodik. Ich könnte nicht zur Polizei gehen, weil die Beweise nicht stichhaltig wären. Ich könnte ...

Die Häkelnadel rutschte ihr aus den Fingern und fiel zu Boden. Jacqueline betrachtete ihr Werk. Sie hatte gerade eine einzige Reihe von gut anderthalb Meter Länge zustande gebracht.

Sie warf sie zur Seite, da sie draußen Fußtritte hörte, und blickte aus dem Fenster. Es war Mollies Bote, einer der Jungen, die in der Küche arbeiteten. Aus seinem breiten Lächeln und den mißtrauischen Blicken, die er ständig über seine Schulter zurückwarf, schloß sie, daß er seine Rolle als James Bond genoß. Sie wartete, bis er wieder außer Sichtweite war und öffnete dann die Tür, um die Sachen hereinzuholen.

Mollie hatte einen Korb und kein Tablett geschickt. Er war mit kleinen Plastikdosen gefüllt. Einige trugen kleine Aufkleber: »Bei 180° C zwanzig Minuten lang erhitzen.« »Mindestens erst eine Stunde in den Kühlschrank stellen.« Kein Wunder, daß es so lange gedauert hatte, bis die Sachen da waren, dachte Jacqueline halb verärgert, halb gerührt.

Sie verfuhr mit den Lebensmitteln wie angewiesen und wandte sich dann ihrer Post zu. Sie war auf der Suche nach einem bestimmten Brief, den sie darunter zu finden hoffte, aber ihre Aufmerksamkeit wurde von zwei Federal-Express-Umschlägen in Anspruch genommen, die gleich groß waren, aber von verschiedenen Absendern stammten. Einer war von Chris, der andere von Sarah.

Auch die Inhalte glichen sich: Sie bestanden aus der neuesten

Ausgabe vom *Sludge,* der beliebtesten amerikanischen Zeitschrift der Regenbogenpresse, die erst am vorherigen Tag erschienen war. Das erste, was Jacqueline sah, war ihr eigenes Gesicht, daß ihr mit einem Ausdruck vom Cover entgegenstarrte, der Wut oder Angst widerspiegeln mochte. Es war eine der bei dieser Art von Zeitschriften so beliebten Photomontagen. Über ihre Schulter blickte eine vermummte Gestalt, die ihr mit einer Skeletthand drohte. Die Schlagzeile lautete: DER FLUCH VON »NACKT« KEHRT ZURÜCK! KATHLEENS AGENT BEINAHE BEI EINEM STURZ GETÖTET! IST JACKIE DIE NÄCHSTE????

Jacqueline konnte sich nicht entscheiden, was sie mehr in Rage brachte, die schreckliche Photographie (sie erinnerte sich nun, daß sie einem neugierigen Reporter gedroht hatte) oder der verhaßte Kosename. Die Geschichte selbst beunruhigte sie nicht weiter. Es war ein Wunder, daß die Skandalblätter die Sache mit dem Fluch nicht schon viel früher aufgegriffen hatten. Wahrscheinlich gingen ihnen gerade die Teenager aus, die von außerirdischen Wesen geschwängert worden waren.

Sie setzte sich im Schneidersitz hin und begann, den Text mit kritischem Interesse zu lesen. Er war recht gut geschrieben, wenn man auf so etwas stand. Das Photo innen war die Reproduktion einer der Aufnahmen aus Bootons Büro, auf der er einen Arm um Kathleens schmale Schultern legt. Die Bildunterschrift fragte unheilvoll: »Hast du zu früh gelacht, Boots?«

Die Geschichte war aus bekannten Tatsachen zusammengewürfelt: Kathleens »rätselhaftes Verschwinden« (wahrscheinlich von Außerirdischen entführt und geschwängert, dachte Jacqueline) und der tragische Unfall, bei dem die beiden Jungstars des Films ums Leben gekommen waren. Um die Geschichte noch eine wenig interessanter zu machen, hatte der *Sludge* zwei weitere Tote ausfindig gemacht, die in keiner Beziehung zu den Vorfällen standen: Der Art Director des Films war fünf Jahre nach Kathleens Verschwinden an AIDS gestorben, und ein Schauspieler, der ein kleine Rolle in dem Film gehabt hatte, war bei einer Party von einer Yacht gestürzt und ertrunken.

Deshalb war also dieser Journalist im Gasthaus aufgetaucht.

Wahrscheinlich hoffte er, daß Jacqueline sich den dicken Zeh stieß oder ihre Brille verlor. »Schrecklich! Der Fluch schlägt wieder zu!« Und er war mit Sicherheit nur der erste von vielen. Jacqueline fluchte laut vor sich hin. Was konnte sie nur tun, um sie von der Fährte abzubringen und aus Pine Grove wegzulocken? Sie konnte hier nicht ewig unter Belagerung sitzen, es gab wichtige Dinge, die ihrer Aufmerksamkeit harrten.

»Ich werde morgen darüber nachdenken«, verkündete sie dem leeren Zimmer. »Tralala, tralala. Denn auch morgen ist noch ...«

Sie blätterte durch die restliche Post und legte das meiste zur Seite. Dann aber hielt sie endlich den erhofften Brief in den Händen. Das Format war dasselbe: ein Standardumschlag ohne Absender, ihr Name wieder handgeschrieben, ihre Adresse in Marilyns Handschrift darunter hinzugefügt. Marilyn mußte ihn bereits nachgeschickt haben, bevor Jacqueline sie angerufen hatte, um sie zu bitten, auch den äußeren Umschlag mitzusenden.

Amicus Justiciae schrieb mit sprachlichem Geschick. »Jemand, der Kathleen Darcy sehr nahe stand, hat ihren Tod geplant. Auch Sie haben den Ruf, die Gerechtigkeit zu lieben, Mrs. Kirby. Halten Sie es für richtig oder gerecht, daß ein Mörder vom Tod seines Opfers profitiert? Halten Sie es für richtig oder gerecht, daß Sie dies tun werden?«

Es gibt nur eine mögliche Antwort auf diese Fragen, dachte Jacqueline. Wenn es doch nur irgendeinen Weg gäbe, miteinander zu kommunizieren, eine Verbindung zu knüpfen ...

Sie sprang auf und ging zum Telefon hinüber.

Marilyn war gerade dabei, daß Abendessen zuzubereiten. »Schon in Ordnung, Jacqueline. Was kann ich für Sie tun?«

Jacqueline mußte »justitiae« buchstabieren. »Ja, unter der Rubrik Persönliches eine Woche lang in allen New Yorker Zeitungen – so schnell wie möglich. Und Marilyn, noch etwas zu den Briefen, die Sie mir nachgeschickt haben ...«

Marilyn hatte sofort begonnen, die Umschläge mitzuschicken, nachdem Jacqueline sie darum gebeten hatte. Da die Post einige Tage benötigte, bis sie in der Wildnis von Pine Grove ankam, waren allerdings einige schon ohne unterwegs gewesen. Nein, sie konnte sich leider nicht mehr daran erinnern ... Hatte Jacqueline zufällig die letzte Ausgabe des *Sludge* gesehen? Oh, dann würde sie sich nicht die Mühe machen, ein Heft zu schicken. War es nicht zum Schreien komisch?

»Und wie«, erwiderte Jacqueline. »Danke Ihnen, Marilyn.«

Das war also erledigt. Die Anzeige war vermutlich ein aussichtsloses Unternehmen, aber immerhin einen Versuch wert.

Ein Blick auf die Uhr sagte ihr, daß sich die Zeit zum Abendessen in der Tat näherte. Wahrscheinlich zu spät, um noch Leute im Büro zu erreichen. Aber zumindest konnte sie nun von Cola zu etwas Stimulierendem übergehen. Sie kümmerte sich darum, bevor sie wieder zum Telefon zurückkehrte. Ein bißchen Wodka machte den verbalen Verkehr mit Booton Stokes um so vieles leichter. Sie bezweifelte, daß es bei der anderen Art ebenfalls helfen würde.

Booton war weder im Büro noch zu Hause. Jacqueline ließ sich über die Auskunft die Nummer von »Willowland« geben und rief dort an. Ja, man erwartete Mr. Stokes. Nein, er sei noch nicht eingetroffen. Ja, sie könne gerne eine Nachricht hinterlassen.

Sie verzichtete. Sie wollte die letzte Ungeheuerlichkeit der Presse jetzt diskutieren und Booton nicht dazu veranlassen, sie später zu belästigen, wenn sie nicht mehr in der Stimmung dazu war. Bei Sarah war außer dem Anrufbeantworter auch niemand zu Hause. Wahrscheinlich schäkert sie mit O'Brien herum, dachte Jacqueline ungerechterweise. Auch Chris ging nicht ans Telefon. Der schäkerte wahrscheinlich mit Evelyn. Es war schon eine Schande, wenn eine arme, hart arbeitende Autorin weder ihren ehemaligen, noch ihren gegenwärtigen oder ihren zukünftigen Agenten erreichen konnte.

Ihr Motiv für den Anruf bei Ronald Craig junior war nicht einmal ihr selbst klar. Im allgemeinen war es schließlich eine schlechte Taktik, Leuten, die man vielleicht noch einmal benötigen würde, Grund zu geben, einen zu hassen. Es war allerdings durchaus möglich, daß Jacqueline etwas anderes als Versöhnung vorschwebte.

Eine Frau kam an den Apparat und informierte sie, daß Mr. Craig im Augenblick nicht zu sprechen sei, aber so schnell wie möglich zurückrufen würde. Jacqueline erkannte darin die Antwort einer Frau, die allein im Haus war und es mögliche Einbrecher nicht wissen lassen wollte. Sie war sich ziemlich sicher, daß Craig gar nicht zu Hause war. Sie murmelte: »Ich fürchte, er wird mich nicht erreichen können. Haben Sie eine Vorstellung, wann er ... wieder zu sprechen sein wird?«

Craigs Frau nahm den Köder nur allzu schnell auf. »Darf ich fragen, wer dort spricht?« erkundigte sie sich mit scharfer Stimme.

»Sagen Sie ihm, Jackie hat angerufen«, gurrte Jacqueline. »Ich werde es später noch einmal versuchen.«

Das war nicht nett von dir, mahnte sie sich, während sie den Hörer auflegte. Aber wo mochte sich der kleine Ronnie Craig wohl herumtreiben? Er sollte zu Hause bei seiner Frau und den Kinderchen sein. Seine zweite Frau, wie sie annahm. Der kleine Ronnie hatte einen erwachsenen Sohn, aber die Stimmen im Hintergrund hatten nach jugendlichen Schlachtkämpfen geklungen.

Das Telefon klingelte, und sie nahm den Hörer ab. Wahrscheinlich Mollie, die sichergehen wollte, ob der Korb gut angekommen war.

Statt dessen rief Mollie atemlos: »Ich habe versucht, sie zu erreichen, Jacqueline, aber bei Ihnen war immer besetzt.«

»Ich weiß«, erwiderte Jacqueline.

»Oh, haben Sie telefoniert? Ich dachte schon, die Leitung sei kaputt, und er hat doch gesagt, daß es so dringend sei und daß er mit Ihnen sprechen müsse, und deshalb habe ich beschlossen, es noch *einmal* zu versuchen, und wenn das nicht geklappt hätte, wäre ich –«

»Wer war es? Mr. Stokes?«

»Nein. Oh, der hat auch vor einer Weile angerufen und eine Nummer hinterlassen, aber er sagte, daß es nicht so wichtig sei. Nein, es war Paul Spencer. Ich habe ihm versprochen, daß ich Sie direkt anrufen würde, aber es war dauernd besetzt, und er klang so –«

»Es ist nicht Ihre Schuld«, entgegnete Jacqueline geduldig. »Ich danke Ihnen. Sie rufen doch hoffentlich nicht von der Rezeption aus an, oder?«

»Doch, das tue ich, aber das geht schon in Ordnung. *Er* ist im Speisesaal und nimmt sein Abendessen zu sich. Es ist noch jemand bei ihm!«

»Noch jemand, hm? Mann oder Frau?«

»Eine Frau. Ich glaube, sie ist eine Photographin, Jacqueline. Sie hat eine von diesen großen Taschen, die diese Photonarren so tragen. Mein Bruder ... Was haben Sie gesagt?«

»Ich habe ein böses Wort benutzt«, gab Jacqueline zu. »Photographen sind sogar noch gefährlicher als Reporter. Wenn sie ihre Kamera bereitmacht, gehen Sie bloß rechtzeitig in Deckung.«

»Ich werde es versuchen«, erwiderte Mollie zweifelnd. »Sie hatten beide schon jeweils drei Martini.«

»Mir ist bisher noch kein Reporter begegnet, der sich nicht wegen einer Story aus seiner alkoholumnebelten Trance aufgerafft hätte«, bemerkte Jacqueline. »Sie dürften jetzt aber für einige Stunden stillgelegt sein.«

»Sie haben sich für heute nacht Zimmer genommen. Es tut mir leid, mir ist keine Möglichkeit eingefallen, wie ich das hätte verhindern können –«

»Warum sollten Sie? Knöpfen Sie ihnen so viel Geld ab wie möglich.«

»Ich werde Ihnen ein weiteres ›Care Paket‹ senden, wenn Sie möchten.«

»Sie haben mir soviel Essen geschickt, daß es für die nächsten drei Tage reichen wird. Ich habe nicht vor, meine Nase heute noch einmal aus der Tür zu stecken, also entspannen Sie sich, und machen Sie sich wegen mir keine Sorgen mehr. Richten Sie Tom aus, daß er nicht Wache stehen muß.«

Sie legte lächelnd auf. Mollie schien ihre Rolle zu genießen, aber sie hatte trotzdem ein Geschenk verdient. Ein Kleid, dachte Jacqueline. Ein hübsches, modisches Umstandskleid. Ich werde mir einen Katalog schicken lassen. Sie trägt ungefähr Größe 40. Nicht, daß das bei Umstandskleidern eine allzu große

Rolle spielte ...

Während sie noch die Verwandlung von Mollie plante, war sie bereits wieder am Telefon und wählte. Paul mußte auf ihren Anruf gewartet haben. Er nahm nach dem ersten Klingeln ab. Nachdem Jacqueline ihren Namen genannt hatte, war es eine Weile still.

»Nun?« sagte sie. »Sie haben mich zuerst angerufen.«

»Ich weiß. Ich versuche lediglich, Worte zu finden, Ihnen das zu sagen, was ich zu sagen habe, ohne daß Sie auflegen.«

»Aha. Sie haben also mit Jan gesprochen.«

»Sie ist ziemlich durcheinander. Legen Sie nicht gleich auf«, fügte er schnell hinzu. »Das war nicht als Vorwurf gemeint. Es ist nicht Ihre Schuld.«

Jacqueline hatte keine Lust, über diesen Punkt zu diskutieren. »Wenn Sie mich nicht anbrüllen wollen, warum haben Sie mich dann angerufen?«

»Ich möchte mit Ihnen reden. Eine entspannte, freundliche, private Unterhaltung führen. Wie wäre es heute mit einem gemeinsamen Abendessen?«

»Ist es nicht schon recht spät?«

»Ich dachte, Ihr Großstadtmenschen würdet nicht vor acht oder neun essen.«

Jacqueline zögerte. »Ich kann wirklich nicht, Paul«, sagte sie. »Es gibt etwas ... etwas, das ich heute abend erledigen muß. Außerdem werde ich belagert. Ein Reporter von irgendeinem Schmuddelblättchen lauert mir auf. Kann es nicht bis morgen warten?«

»Es hat jetzt sieben Jahre gewartet. Ich schätze, ein Tag mehr oder weniger macht da auch keinen Unterschied.«

»Paul –«

»Nein, schon gut. Ich möchte die Medien auch nicht gerne auf den Fersen haben. Meinen Sie, Sie können sie morgen loswerden?«

»Ich denke schon. Wann und wo?«

»Wir könnten hier bei mir zusammen zu Abend essen.« Paul fügte mit einer seltsamen Stimme hinzu. »Das ist privat genug. Haben Sie einen Stift?«

Jacqueline begann, sich die Wegbeschreibung zu notieren. Nach einigen Sätzen krampften sich ihre Finger um den Stift, und sie hörte auf zu schreiben. »Was ... Oh, ich verstehe. In Ordnung. Ich werde anrufen, wenn es irgendwelche Schwierigkeiten mit der Presse geben sollte. Gute Nacht.«

Also gehörten die neue Zufahrt auf der einsamen Straße und das Haus, das in jüngerer Zeit dort gebaut worden war, Paul Spencer. Aber natürlich, dachte Jacqueline und starrte auf den Zettel, auf dem sie sich die Angaben notiert hatte. Die Entscheidung war einfach: Entweder sie ging hin oder sie ging nicht.

Die mit einem Erbsenhirn ausgestattete Heldin gewisser Liebesromane würde wohl gehen und dabei vergnügt die Möglichkeit übersehen, daß der Mann, der auf sie wartete, ebenso auch der Schurke statt der Held sein konnte. Natürlich konnten sich Heldinnen dieser Sorte darauf verlassen, gerettet zu werden – obwohl sich Jacqueline immer gefragt hatte, warum sich der richtige Held, der sich doch sicher Hoffnungen auf geistig rege Nachkommenschaft machte, überhaupt die Mühe gab, eine Frau mit einem solch kläglichen Verstand zu retten.

Eine vernünftige Frau würde mit ihrem unfertigen Exposé und ihrer Häkelarbeit zu Hause bleiben.

Allerdings, sagte sich Jacqueline, war Paul Spencer genausowenig eine typische Figur aus einem Liebesroman wie sie selbst. Wenn er beabsichtigte, eine Dame zu einem tödlichen Rendezvous einzuladen, würde er sie wohl kaum vorher benachrichtigen und ihr vierundzwanzig Stunden Zeit geben, um Vorsichtsmaßnahmen zu treffen und mehrere Dutzend Leute von ihren Plänen zu unterrichten.

Was Jacqueline übrigens in jedem Fall zu tun gedachte, obwohl sie nicht im Ernst der Ansicht war, daß Paul sie zum Abendessen eingeladen hatte, um sie zu töten. Sie wäre sehr enttäuscht von ihm, wenn dieser Fall eintreten würde.

Es war kurz nach zehn, als sie sich aus der Tür des Cottages schlich und auf Umwegen zum Tor lief. Der Mond war so klein und schmal, daß sein Licht ihr kaum den Weg weisen konnte. So wie er sich über den Bergen nur schemenhaft abzeichnete, erinnerte er an einen hübschen Silberanhänger auf einem mitternachtsblauen Kleid. Sterne zierten den Himmel, und eine kühle Brise brachte die Blätter zum Rascheln. Eine perfekte Nacht für Spione – und für Liebende.

Die beiden Liebenden der vorherigen Nacht konnten noch nicht weit gediehen sein, als ihre Schreie sie unterbrochen hatten. Sie bezweifelte, daß Tom überhaupt schon sein Hemd ausgezogen hatte, denn es wäre schwierig gewesen, es im Laufen zuzuknöpfen und in die Hose zu stopfen. Und wenn er, nachdem er sie zu ihrer Tür begleitet hatte, hierher zurückgekommen war, dann besaß er mehr Mut als sie. Ihre Schreie hätten möglicherweise das ganze Gasthaus alarmieren können, auch Mollie. Aber die Qual ihrer unerfüllten Leidenschaft hatte die Liebenden vielleicht dazu verleitet, es heute nacht erneut zu versuchen, insbesondere, da die Verursacherin ihrer Unterbrechung ihre Absicht erklärt hatte, im Haus zu bleiben. Es war zumindest einen Versuch wert.

Das Licht in der Küche war noch an. Jacqueline setzte sich hinter dem Tor auf einen Klappstuhl, den sie mitgebracht hatte, und fragte sich, warum zum Teufel sie ihre Zeit mit diesen Nebensächlichkeiten vertrödelte. Lag es daran – konnte das wirklich der Fall sein? –, daß sie einfach so neugierig war, wie manche Leute behaupteten? Ja, das bin ich, entschied Jacqueline. Und man wußte nie, wann aus einer scheinbar unbrauchbaren, kleinen Information das fehlende Stück zu einem Puzzle wurde.

Tom hatte die Birne in der Lampe draußen vor der Küchentür ersetzt. War es nur ein Zufall gewesen, daß sie gestern abend kaputtgegangen war? Jacqueline war anderer Ansicht. Auf dem Parkplatz standen wie gewöhnlich ein Dutzend oder mehr Wagen. Einige gehörten den Angestellten, andere den Gästen, die über Nacht blieben. Das Restaurant wurde wochentags offiziell um dreiundzwanzig Uhr geschlossen. Jacquelines Blick blieb an dem braunen Plymouth hängen, der neben ihrem Wagen geparkt war. Nach einer Weile erkannte sie ein winziges Lichtflackern, und sie lächelte in sich hinein. Auch ein Raucher. Welch eine dumme, schädliche Angewohnheit.

Nach einer kleinen Weile öffnete sich die Autotür, und ein

Mann stieg aus. Kahlköpfig, groß, Ohren wie ... Volltreffer. Er streckte sich, blickte sich um, zuckte die Schultern und ging auf die Tür des Gasthauses zu. Schön für Mollie und Tom, so viele Gäste zu haben. Ich hätte ihr raten sollen, ihnen das Doppelte zu berechnen, dachte Jacqueline.

Fünfzehn Minuten später gingen die Lichter in der Küche aus. Zwei der Angestellten erschienen, stiegen in ihre Wagen und fuhren weg. Jacqueline zündete sich eine Zigarette an und schützte ihr Feuerzeug mit der Hand. Sie paffte zufrieden und ruhig vor sich, bis sich die Hintertür erneut öffnete.

Sie hätte vor Freude beinahe gequietscht. Es war Tom. Er trug einen braunen Regenmantel und hielt eine Tüte mit Abfall in der Hand. Jacqueline verzog verächtlich die Lippen. Den Abfall nach draußen zu bringen war eine miserable Ausrede. Er hätte sich statt dessen angewöhnen sollen, einen netten, langen Spaziergang zu machen, um sich von dem anstrengenden Arbeitstag zu erholen. Und in einer so hübschen, klaren Nacht war ein Regenmantel mehr als verräterisch.

Tom blieb stehen und sah sich um. Das Licht schien ihm voll ins Gesicht, malte dunkle Schatten unter seine hohen Wangenknochen und betonte die Linie seines breiten Kiefers. Er war ein gutaussehender Teufel. Jacqueline verspürte ein gewisses Verständnis für die Frau, die in den Büschen auf ihn wartete. Für Tom dagegen hatte sie nur Verachtung übrig. Unparteilichkeit gehörte nicht gerade zu ihren Stärken.

Er hatte nicht die Geduld, lange zu warten. Das Feuer der Liebe brennt lichterloh, dachte Jacqueline. Hawkscliffes lüsterne Männlichkeit regte sich ... Oh, hör' schon auf, Kirby.

Tom schritt über den Parkplatz, warf den Beutel in den Abfallcontainer und verschwand durch das Gartentor. Jacqueline wartete ein paar Sekunden, bevor sie ihm folgte.

Sie war noch nicht weit gekommen, als sie sie hörte. Sie flüsterten miteinander. Die Zischlaute waren weit zu hören. Dumm, dachte Jacqueline. ›Sprich nicht von Liebe ... Sag kein Wort.‹ Sie biß sich auf die Zunge, um das Summen zu unterdrücken, das in ihrem Hals aufstieg, und schlich weiter.

Sie waren bei den Himbeersträuchern. Jacqueline kam aufgrund einer Kombination aus Folgerung und direkter Erfahrung zu diesem Schluß. Mollie hatte den Gemüsegarten und die Beerensträucher erwähnt. Die dornigen Fänge, die sich nach Jacquelines tastenden Händen ausstreckten, konnten nur zu den aggressiveren Vertretern unter den Obstsorten gehören.

Sie blieb stehen, saugte an ihren zerkratzten Fingern und lauschte angestrengt. Es mußte eine Art Lichtung inmitten der Büsche geben und einen Weg, der dorthin führte – nicht einmal Casanova hätte eine liebestolle Dame dazu bringen können, sich auf ein Bett aus Dornen zu legen. Aber sie war sich bewußt, daß sie in der Dunkelheit bestimmt keinen dornenfreien Weg finden würde, und außerdem war es sowieso nicht notwendig, weiterzugehen. Sie war nahe genug am Zentrum des Geschehens, und in einem solchen Fall war das Hören ein ziemlich guter Ersatz fürs Sehen.

Sie hatten keine Zeit verloren. Es war unmöglich, die Stimme der Frau zu erkennen. Ihr Stöhnen und Keuchen wurde immer lauter, bis es durch Toms Hand oder seinen Mund erstickt wurde, so daß der Höhepunkt durch ein ersticktes Gurgeln gekennzeichnet wurde. Kein Wunder, daß Frauen Liebesromane lasen, sann die Autorin derselben, während sie ungeduldig abwartete. Die Realität ist für gewöhnlich so viel weniger aufregend. Hier gab es keine Seidenlaken oder einfühlsame Vorspiele ... Verdammt, nun mach schon Tom, ich habe nicht die ganze Nacht Zeit.

Das Stöhnen und Rascheln erstarb und wurde durch das Geräusch erstickten Schluchzens ersetzt. »Ach, zum Teufel noch mal«, zischte Tom. »Mußt du immer flennen? Wenn du das alles so sehr haßt ...«

Jacqueline hätte den Dialog selbst schreiben können – und noch besser dazu, sagte sie sich, während ihre Lippen die Worte formten, die gesprochen wurden. »Es ist falsch, du weißt, daß es falsch ist ...« »Liebling, wie kann etwas so Wunderbares so falsch sein?« »Wenn du mich wirklich liebtest, würdest du es ihr sagen ...« »Ich liebe dich wirklich. Wie kannst du nur daran zweifeln, nachdem wir ...«

»Wir können uns nicht länger so treffen«, flüsterten die Frau und Jacqueline im Chor. Jacquelines Finger umklammerten die Taschenlampe, die sie mitgebracht hatte. Sie war als Waffe vorgesehen gewesen und weniger als Lichtquelle, aber nun war sie versucht, sie einzuschalten und das Liebespaar in Furcht und Schrecken zu versetzen. Besonnenheit gewann allerdings die Oberhand. Sie hatte herausgefunden, was sie herausfinden wollte. Der Tenor der Stimmen änderte sich erneut, als Tom sein überzeugendstes Argument vortrug. Koseworte wechselten sich mit Namen ab, die nur Liebende füreinander finden, und auch die echten Namen fielen. Jacqueline wartete, bis es in die zweite Runde ging und schlich dann davon. Toms Geliebte war Kathleens Schwester Sherri.

Jacqueline genoß den friedlichen Schlummer, den nur unschuldige Kinder und zufriedene Schnüffler kennen. Sie wachte am nächsten Morgen auf und stellte zufrieden fest, daß sie Lust auf ihre Arbeit hatte. Sie hatte natürlich die unumstößliche Absicht, sich mit Kathleens kleiner Schwester und ihren falschen Illusionen – und auch mit all den anderen Dingen auf ihrer persönlichen Tagesordnung – zu befassen, aber das alles konnte für einige Stunden warten. Der kreative Drang überfiel sie zu selten, als daß sie ihn leichtfertig beiseite schieben wollte.

Das Haar fest hochgebunden und die Brille auf der Nasenspitze, hämmerte Jacqueline Seite für Seite unschätzbarer Prosa herunter, bis ihr endlich schwante, daß das Läuten in ihren Ohren nicht das Telefon war, sondern ein Zeichen für niedrigen Blutzucker und große geistige Erschöpfung. Ein Blick auf die Uhr sagte ihr, daß sie seit fünf Stunden ununterbrochen gearbeitet hatte, was selbst für sie einen Rekord darstellte. Als sie aufstand, bekam sie weiche Knie, und sie mußte sich am Schreibtisch abstützen. Wer behauptete, daß Schreiben keine harte Arbeit war, der sollte es einmal selbst versuchen.

Sie stellte den Drucker an und humpelte in die Küche hinüber. Die Reste aus Mollies Korb brachten sie wieder zu Kräften, und als sie sich mit Kaffee, Zigaretten und den Seiten, die sie an diesem Morgen geschrieben hatte, hinsetzte, stellte sie fest, daß sie sich ausnahmsweise einmal ebensogut lasen, wie sie gehofft hatte. Neununddreißig Seiten waren es bisher. Nicht genug, aber einige weitere Tage sollten reichen, die Arbeit zu beenden – vorausgesetzt, ihr käme die Idee für ein umwerfendes Ende. Eine Konfrontation zwischen Ara und ihrer Rivalin über dem verstümmelten, doch immer noch begehrenswerten Körper von Hawkscliffe stand bevor, aber sie mußte sich noch über die Details klarwerden. War Hawkscliffe zu stark verletzt, um einzuschreiten? Welche Rolle sollte Rogue im Kampf der beiden Frauen spielen? Die Dunkle Dame würde überleben, um im dritten Band weiterzukämpfen, aber die Frage war, in welchem Zustand?

Jacqueline schob dieses Problem erst einmal beiseite, um es in Ruhe auszubrüten. Ein kleiner – ein sehr kleiner – Spaziergang würde ihr vielleicht dabei helfen und das steife Gefühl in ihren Knochen vertreiben. Aber es gab einige Probleme, was das Ausgehen betraf. Zum einen war es kein angenehmer Tag für einen Spaziergang. Im Laufe des Vormittags hatte sie vage bemerkt, daß Regentropfen gegen das Fenster klopften. Der Regen hatte inzwischen aufgehört, aber der Himmel war düster, und der Wind fuhr in den Baum vor dem Küchenfenster, dessen Zweige wie schwarze Krallen an der Scheibe entlangkratzten. Im Grunde war sie nicht in der Stimmung, sich mehr Bewegung zuzumuten, als die Treppe zu ihrem Schlafzimmer hinaufzusteigen und ein schönes, langes Schläfchen zu halten.

Aber sie mußte hinaus – Paul erwartete sie in seinem abgelegenen Haus an der einsamen Straße nahe der Lichtung, wo Kathleens Gedenkstein stand, zum Abendessen. Ich sollte einen dieser Briefe hinterlassen, der geöffnet wird, falls ich nicht mehr zurückkomme, überlegte Jacqueline. Ich möchte bezweifeln, daß er einen Mord im Sinn hat, aber man wußte ja nie. Und wenn ich das Falsche zur falschen Zeit sage, wozu ich ja manchmal tendiere, verliert er vielleicht seine Beherrschung. Ich könnte die Nachricht bei Mollie hinterlassen.

Sie mußte sich bald auf den Weg machen. Sie hatte Paul gesagt, daß sie um sechs da sein würde, und sie mußte genug Zeit einkalkulieren, um herumschnüffelnden Journalisten aus dem Weg zu gehen. Und da war noch eine andere Sache ...

Jacqueline krümmte sich nicht, sie änderte nur ihre Haltung und mahnte ihr Gewissen, sie nicht länger zu quälen.

Sie rief Mollie an, die ihr sagte, daß einer der Reporter abgereist sei, der andere aber immer noch in der Nähe des Eingangs sitze. Mollie kam nur zu gerne ihrer Bitte nach. »Natürlich können Sie meinen Wagen leihen. Ich laufe direkt los und hinterlasse die Schlüssel. Wohin wollen Sie ... das heißt, wenn es Ihnen nichts ausmacht, es mir zu sagen ...«

»Überhaupt nicht«, erwiderte Jacqueline aufrichtig und sagte es ihr. Zu ihrer Überraschung protestierte Mollie nicht, wie sie es so oft bei Jacquelines Plänen getan hatte. Sie mußte Paul Spencer für harmlos und vertrauenswürdig halten. Das hieße nicht, daß er auch wirklich das eine oder andere war, aber es war immerhin ein beruhigender Gedanke.

Jacqueline ging nach oben. Was trug eine Dame zu einer Verabredung mit einem sexy aussehenden Mann, der möglicherweise ein Killer war? Die Sachen, für die sie sich schließlich entschied, waren ein Kompromiß zwischen praktisch und ansprechend: braune Flanellhosen und eine maßgeschneiderte Seidenbluse in dem sanften Elfenbeinton, der ihr Haar so gut zur Geltung brachte, welches sie im Nacken zu einem leichten Knoten zusammenband. Jacqueline hatte dichtes Haar, und der Knoten war groß. Der grüne Seidenschal, den sie darumband, verbarg zudem die Tatsache, daß zwei der Nadeln, die den Knoten hielten, keine gewöhnlichen Haarnadeln waren. Dann versteckte sie all ihre Lieblichkeit unter einem langen Regenmantel und einem Tuch und machte sich auf den Weg.

Sie benötigte beinahe eine Viertelstunde, um zwei Bretter aus dem Zaun zu lösen, der hinter dem Cottage verlief. Sie kroch durch die Lücke, zog ihre Handtasche hinter sich her und setzte die beiden Bretter wieder ein, bevor sie auf die Seitenstraße zueilte.

Die Hände tief in den Taschen vergraben und mit gesenktem Kopf lief sie dreist am Eingang zum Gasthaus vorbei und stieg in Mollies blauen Toyota. Die Schlüssel lagen auf dem Sitz, und Mollie – dieser Schatz – hatte auch die Post mitgebracht. Jacqueline startete den Wagen und fuhr los.

In der Mitte des nächsten Häuserblocks hielt sie trotz Halteverbotsschild an und blickte zurück. Es gab keine Anzeichen für eine Verfolgung – weder durch Fußgänger noch durch Fahrzeuge. Zufrieden fuhr sie einen Block weiter und fand einen halb legalen Parkplatz vor dem Buchladen. (Der Feuerhydrant stand knapp einen Meter von ihrer Stoßstange entfernt.) Aber ihre guten Absichten wurden enttäuscht. Die Tür war verschlossen, die Fenster dunkel, und ein hastig beschriebener Zettel verkündete, daß ein plötzlicher Notfall die Eigentümerin für einige Tage weggerufen habe.

Jacqueline klopfte trotzdem. Sie erhielt keine Antwort, nicht einmal ein Miau von Lucifer. Jacqueline war aber gründlich. Sie hockte sich auf Hände und Knie und drückte die Katzentür auf. »Ich bin gekommen, um mich zu entschuldigen, Jan«, rief sie durch die Öffnung. »Sind Sie da?«.

Wenn Jan sich im Haus aufhielt, so war sie nicht in der Stimmung für eine Unterhaltung oder eine Entschuldigung. Jacqueline erhob sich wieder und strich sich den Staub von der Hose. Ich habe es versucht, sagte sie sich.

Nachdem sie schließlich getankt hatte und die Gänge des Supermarkts auf der Suche nach Leuten, die sich nicht für Lebensmittel interessierten, entlangspaziert war, beschloß sie, daß sie sich nun zu ihrem Rendezvous aufmachen konnte. Sie hatte ihre Post durchgeschaut und nichts von besonderem Interesse bemerkt – nicht einmal eine neue Nachricht von Amicus Justitiae. Amicus, in der Tat. Sie hätte wetten können, daß die richtige Form des Substantivs »Amica« lauten mußte.

Als sie ihren Einkaufswagen aus dem Geschäft herausschob, stockte ihr der Atem. Die untergehende Sonne war durch ein tiefhängendes Wolkenband gebrochen und hatte es wie die Reflexion eines riesigen Feuers, das entlang der Bergspitzen brannte, in Flammen gesetzt. Purpurfarbene und blaue Wolken flohen vor dem aufkommenden Wind.

Während sie nach Westen, in das unheimlich leuchtende Licht hineinfuhr, ging die Sonne hinter den Bergen unter, und die langen, schwarzen Finger der Nacht griffen nach der Straße. Jacqueline hätte sich gewünscht, daß sich Mutter Natur nicht gerade diesen Abend für solch ein spektakuläres Schauspiel ausgesucht hätte. Es prickelte ihr bereits in den Fingern.

Die schmale Seitenstraße lag im Dunkeln, aber ein Licht markierte den Eingang zu Pauls Zufahrt. Das lange, flache Haus lag da wie ein geducktes Tier. Der Schornstein hätte ein gespitztes Ohr darstellen können, und die beleuchteten Fenster erinnerten unangenehmerweise an eine Reihe gefletschter Zähne.

Als sie aus dem Wagen stieg, öffnete sich die Haustür. Falls es sich um eine freundliche Begrüßungsgeste handeln sollte, so schlug die Absicht fehl. Die große, breitschultrige Gestalt, die still wie eine schwarze Papiersilhouette im Türrahmen stand, machte eher einen bedrohlichen, denn einen willkommenen Eindruck. Von nahem konnte sie das Haus besser erkennen. Es war sachlich und modern, mit Steinen aus der Umgebung erbaut und nicht ringsum mit Blumen oder Sträuchern verziert. Nicht gerade eine gute Werbung für sein Geschäft. Aber vielleicht war er ja die ganze Pflanzerei leid.

Seine Begrüßung war vollkommen konventionell. »Wie schön, daß Sie kommen konnten. Ich hoffe, Sie hatten keine Probleme, das Haus zu finden.«

»Es ist das einzige Haus in der Straße«, erwiderte Jacqueline und folgte ihm ins Innere.

»Nun, was sagen Sie? Ich habe es selbst gebaut.«

Jacquelines erster Eindruck war, daß keine Frau etwas zu der Einrichtung beigetragen hatte. In seiner Einfachheit war es beinahe klösterlich – weiße Wände, nackte Böden, keine Ziergegenstände oder Bilder und nur ein Minimum an Möbeln. Die Wand auf der Rückseite bestand aus einem einzigen Fenster. Nur die letzten, zerfetzten Reste des Sonnenuntergangs durchbrachen die rechteckig umrahmte Dunkelheit. Es ging nach Südwesten – auf die Lichtung und den Gedenkstein hinaus.

»Es wäre wunderschön, wenn sie Kissen, Blumen, Vorhänge, Teppiche hätten und –«

»Ich habe keine Zeit für solchen Plunder«, unterbrach sie Paul mit barscher Stimme. »Und ich habe nicht oft Gäste. Nehmen Sie doch bitte dort drüben Platz.«

Das Sofa, auf das er deutete, war das einzige bequeme Sitzmöbel im Zimmer. Es war breit und bequem gepolstert und mit einem praktischen, braun-grauen Tweedstoff bezogen. Er setzte sich neben sie und griff nach einer der Flaschen auf dem Cocktailtisch. »Sie bevorzugen Wodka, glaube ich.«

Jacqueline beobachtete ihn dabei, wie er eine großzügige Menge in ein Glas füllte und Eiswürfel hinzufügte. »Haben Sie mit den Jungs im ›Malamute Saloon‹ gesprochen?«

Er beantwortete die Anspielung mit dem Anflug eines Lächelns. »Wie ich gehört habe, können Sie es mit den Besten von ihnen aufnehmen. War die Vorstellung dort Teil ihres Plans oder haben Sie einfach Ihrer Phantasie freien Lauf gelassen?«

»Ich hatte keinen Plan, als ich hierherkam. Nur die Absicht, ein Exposé zu schreiben.«

»Wie kommen Sie voran?«

Er drehte sich lächelnd und entspannt mit dem Drink in der Hand zu ihr um. Okay, dachte Jacqueline, du möchtest also noch eine kleine Schonzeit einlegen, bevor wir zum geschäftlichen Teil kommen – damit habe ich keine Probleme. Sie lehnte sich im Sofa zurück. »Ganz gut. Langsam, aber sicher.«

»Das ist eine gute Art und Weise, um ... beinahe alles zu tun.«

Seine Augen glitten von ihrem Gesicht zum Ausschnitt ihrer Bluse hinunter und verharrten dort. Jacquelines Augen glitten zum offenen Kragen seines Hemdes ... und verweilten dort. Er setzte sich anders hin, wandte sich ihr gänzlich zu, legte einen Arm auf die Rücklehne des Sofas, weitete auf diese Weise die Öffnung des Hemdes und entblößte ein beeindruckendes Stück durchtrainierter Muskeln. Er hatte seine Sonnenbräune des Sommers nicht verloren.

Jacqueline runzelte kaum merklich die Stirn. Sie hatte ein solches Verhalten von Paul Spencer nicht erwartet.

Ein erfahrener Mann würde eine Dame erst mit Hilfe von Alkohol ein wenig beschwipst machen, bevor er seinen ersten Annäherungsversuch startete.

Pauls schmale, ausdrucksvolle Lippen öffneten sich. Mit einer tiefen, bebenden Stimme sagte er: »Was würden Sie empfehlen, um diesem Raum mehr Wärme zu geben?«

Jacqueline überlegte nicht lange. »Pflanzen fallen mir natürlich als erstes ein. Grünpflanzen, keine Blumen. Dies ist nicht das Zimmer einer Frau. Wie wäre es mit ein paar netten *Dieffenbachia?*«

Sie diskutierten die Vor- und Nachteile von *Dieffenbachia* gegenüber *Ficus benjamini,* und Jacqueline nippte vornehm an ihrem Wodka. Es war noch eine ganze Menge übrig, als Paul sagte: »Ich werde Ihnen etwas nachgießen.« Er beugte sich vor und nahm ihr das Glas aus der Hand, ohne sich wieder zurückzulehnen.

›Seine Lippen kannten den Weg zu den ihren. In dem Augenblick, da sie sich öffneten, nahmen sie die starke, süße Essenz ihres Verlangens auf. Als er ihre weichen Brüste berührte, war dies wie das Aufbrennen einer eisigen Flamme ... und das Pulsieren seiner –‹

Jacquelines wütender Ausruf wurde durch eben diese starke, süße Essenz gedämpft. Würde es ihr nie gelingen, ihr Bewußtsein von pulsierender Männlichkeit zu befreien? Ihr aufgebrachter literarischer Geschmack siegte sogar über das Pulsieren ihrer eigenen Empfindungen. Es ist eben schon eine ganze Weile her, sagte sie zu ihrer eigenen Verteidigung. Sie vergrub ihre Finger in Pauls dichten, weichen Locken und zog mit aller Kraft.

Ihre Lippen lösten sich mit einem deutlich hörbaren Plop voneinander. Paul war zu sehr außer Atem, um zu schreien. Bevor er überhaupt Luft geholt hatte, sagte Jacqueline: » ...oder ein Feuer im Kamin. Kaminfeuer sind ja sooo romantisch, finden Sie nicht?«

Ihre Gesichter waren nur Zentimeter voneinander entfernt, und sie benötigte all ihre Kraft, um seinen Kopf zurückzuhalten. Trotz des Schmerzes befreite er sich aus ihrem Griff, und sein Gesichtsausdruck wäre eines Hawkscliffe – oder sogar eines Rogue – in seiner prächtigsten Wut würdig gewesen: Seine Wangen waren unter der tiefgebräunten Haut gerötet, die Augen blitzten vor rasendem Zorn, die Lippen waren zurückgezogen und entblößten wolfsähnliche Zähne. Sein Arm unter ihrer Schulter preßte sie gegen ihn, und er bog ihren Kopf zurück, so daß sie seinem fordernden Begehren ausgeliefert war.

»Scheiße«, murmelte Jacqueline. Sie ließ Pauls Haar mit einer Hand los und griff in ihr eigenes. Ihre besonderen Haarnadeln, die aus altmodischen Stahlhutnadeln gefertigt waren, trugen geschnitzte Elfenbeinköpfe. Es war einfach, sie zu finden. Aber bevor sie sie herausgezogen hatte, ließ Paul sie los und sprang auf die Füße.

»Sie haben das frechste Mundwerk, das mir je bei einer Frau untergekommen ist!« schrie er. »Haben Sie völlig den Verstand verloren, mich derartig in Rage zu bringen, während ich ... Himmel, was wäre gewesen, wenn ich versucht hätte, sie umzubringen?«

»Nun übertreiben Sie mal nicht.« Jacqueline strich sich über ihr zerzaustes Haar. »Sie sind etwas aus der Fassung geraten, das kann ich Ihnen nicht verübeln, ich hätte sie nicht verleiten dürfen, um Sie dann mit einer flapsigen Bemerkung abzuspeisen. Aber ich möchte bezweifeln, daß Sie irgend etwas Drastisches getan hätten. Vielleicht ein kleiner blauer Fleck ... Setzen Sie sich, Paul. Ich könnte diesen Drink jetzt gebrauchen.«

Er ließ sich neben sie auf das Sofa fallen und verbarg sein Gesicht in den Händen. »Es tut mir leid. Sie haben recht, ich hätte niemals ... Aber das konnten Sie ja nicht wissen.« Er nahm seine Hände wieder fort. Die weißen Abdrücke seiner Finger waren für einen Augenblick auf Schläfen und Wangen sichtbar, bevor das Blut wieder hineinschoß, um die Spuren zu beseitigen. »Sie glauben, daß ich Kathleen getötet habe.«

»Das habe ich niemals behauptet!«

»Sie dachte ...« Er war nicht imstande, den Satz zu beenden. Er würgte an den Worten.

»Deshalb bin ich hergekommen. Um über das zu reden, was Kathleen dachte. Sie werden sich wesentlich besser fühlen, wenn Sie etwas davon herauslassen«, fuhr Jacqueline bewußt rücksichtslos fort. »Hier.« Sie griff wahllos nach einer Flasche und goß etwas davon in ein Glas.

»Das brauche ich nicht.«

»Sie vielleicht nicht, aber ich.« Jacqueline ließ ihren Worten Taten folgen. »Das war wirklich gemein, was Sie über meinen Mund gesagt haben.«

Seine zusammengepreßten Lippen entspannten sich. »Sie sind mir wirklich eine, Jacqueline Kirby. Das einzige, was an Ihrem Mund nicht stimmt, ist der Wortschwall, der gewöhnlich herauskommt, ansonsten läßt Ihr Mund wahrlich nichts zu wünschen übrig.«

»Das ist nett. Ich würde gerne glauben, daß es die pure Lust war, die Sie dazu verleitet hat, mich zu küssen und nicht ein beleidigender Versuch, um meine Meinung über Sie zu beeinflussen.«

»Lust hatte sehr viel damit zu tun.« Paul ließ seinen Kopf gegen die Kissen zurückfallen. Nun, da er seine Deckung heruntergelassen hatte, wurde ihr bewußt, wie müde er aussah. Er hatte tiefe Ränder unter den Augen, und scharfe Schatten umrahmten die Knochen seines Gesichts. »Sie sind eine begehrenswerte Frau, Mrs. Kirby – auf ihre eigene, ganz besondere Art. Und ... ›Und ich bin dir auf meine Weise treu gewesen, oh Cynara.‹«

Sieben Jahre lang? dachte Jacqueline, ohne es laut auszusprechen. Für Cynara mußte man natürlich Kathleen einsetzen. Für »auf meine Weise« was auch immer man mochte.

»Das muß schwierig gewesen sein«, sagte sie. »Insbesondere, da Sie feststellten, daß Kathleen immer noch am Leben war. Wie haben Sie es herausgefunden?«

Er schloß die Augen. Seine dichten, borstigen Wimpern lagen schwarz in den tiefen Augenhöhlen. »Auf die gleiche Art und Weise, wie Sie und andere Fremde es auch herausgefunden haben, nehme ich an«, erwiderte er. »Sie hat mir einen Brief geschrieben.«

»Ich bekomme sehr viel Post. Unter anderem von einer Menge gestörter Leute, von denen wiederum etliche an etwas glauben, was nicht wahr sein kann. Woher wollen Sie wissen, daß Kathleen ihn geschrieben hat?«

»Der Stil des Briefes.« Pauls dünne Lippen verzogen sich spöttisch, aber er öffnete seine Augen nicht. »Ich war nicht immer Gärtner, wissen Sie. Ich habe einen Abschluß in Geschichte an der Universität von Duke gemacht, und ich habe lange in New York als Lektor gearbeitet. Ich kenne mich mit Texten aus. Ich nehme an, daß Sie den Brief sehen wollen.«

»Noch nicht. Ich möchte erst etwas essen. Oder haben Sie sich gar nicht erst die Mühe gemacht, etwas vorzubereiten? Den Gast vor dem Abendessen zu erwürgen, spart doch eine Menge Hausarbeit.«

Paul öffnete die Augen. Sie hatte seine Intelligenz oder seine Willenskraft also doch nicht falsch eingeschätzt. Gelinde Amüsiertheit, nicht Wut ließ ihr Grau aufleuchten. »Ich beginne langsam, Ihre Methoden zu begreifen, Ms. Kirby. Ich würde Ihnen übrigens gerne das Du anbieten. Den Gast vor dem Abendessen umzubringen schafft eine gewisse Aura der Vertrautheit.«

»Du kannst mich Jacqueline, Jake oder Kirby nennen – alles, nur nicht Jackie.«

»Danke sehr.« Er erhob sich mit geschmeidigen, sparsamen Bewegungen. »Komm mit in die Küche. Wir werden in der planmäßigen Weise fortfahren, die du vorgeschlagen hast.«

Wie schon der Wohnraum, so war auch die Küche nur mit dem Minimum an notwendigen Geräten und Möbeln eingerichtet, aber alles war durchdacht und geschmackvoll im Design. Jacqueline nahm am Tisch Platz, der bereits gedeckt war, und schaute schweigend zu, wie Paul zwischen Ofen, Kühlschrank und Tisch hin- und herlief. Das Hauptgericht bestand aus einem herzhaften Rindfleischeintopf mit Brotstücken, der mit Wein und Gewürzen abgeschmeckt war. Dazu gab es lediglich einen Salat. Jacqueline machte sich mit ihrem gewohnt guten Appetit über beides her und gratulierte Paul zu seinen Kochkünsten.

»Ich bin ein Mann mit vielen Talenten, meine Liebe. Ich habe sogar schon einmal ein Buch geschrieben. Was sagst du nun?«

»Wovon handelte es?«

»Es war eins von diesen typischen pubertierenden Jammereien«, sagte Paul. »Inspiriert durch ›Der Fänger im Roggen‹ und stark beeinflußt von Thomas Wolfe. Es war ein lausiges Buch. Aber es hat mich viel über das Schreiben und über mich selbst gelehrt.«

»Und warum bist du dann so bitter gegenüber den Anforderungen, die der Beruf des Schriftstellers mit sich bringt? Du solltest doch gerade in der Lage sein, zu verstehen –«

»Nein, nein, gerade du solltest verstehen. Ich habe sie geliebt. Ich wollte sie ganz. Jeden ihrer Gedanken, jeden Augenblick ihrer Zeit. Ich wollte, daß sie diese ganze Bande dort verläßt – dieses habgierige Schwein von einem Bruder, ihre selbstsüchtige, fordernde Mutter, ihren Gauner von einem Agenten. Selbst ihre Schwestern. Sie alle haben sie mit ihren ständigen, nie endenden Ansprüchen verrückt gemacht. Sie war nicht eine dieser Vielschreiberinnen, die ihre Kapitel mal eben zwischen Mittagessen und Kaffeetrinken herunterschreiben.«

»Wenn das cin Schuß in meine Richtung sein soll, dann kann ich damit leben«, erwiderte Jacqueline ruhig. »Es gibt Schriftsteller, und es gibt Leute, die sich ihren Lebensunterhalt durch Schreiben verdienen. Aber Jane Austen hat auch ihre Kapitel zwischen den Besuchen ihrer Verwandtschaft heruntergeschrieben, und auch die hat alle ihre Probleme bei Tante Jane abgeladen.«

»Kathleen war nicht so. Ich habe versucht, ihr zu helfen.«

»Also hast du sie auch noch mit deinen Forderungen bombardiert. Ist das deine Vorstellung von Liebe, Paul Spencer – einen Menschen vollkommen zu besitzen?«

»Erspare mir die Predigt, Jacqueline.«

»Das werde ich. Aber nicht etwa, weil du sie nicht verdient hättest, sondern weil es wichtigere Dinge zu besprechen gibt.« Jacqueline schob ihren Teller zur Seite. »Das war gut. Also. Lass' uns mit den Unfällen beginnen.«

»Ich werde gar nicht erst fragen, wie du das herausgefunden hast.« Paul lehnte sich zurück und betrachtete mürrisch seinen Teller. Er hatte nicht viel gegessen. »Ich habe versucht, sie für meine eigenen Zwecke zu mißbrauchen. Ich habe ihr gesagt, daß es sich um Anzeichen von zunehmendem Streß handeln würde. Ich habe den Druck erhöht. Ich wollte, daß sie mich heiratet, ihre Familie verläßt und mir die Abwicklung ihrer Angelegenheiten überläßt. Ich dachte, ich hätte sie überzeugt. Jetzt ist mir klar, daß sie nur zugestimmt hat, damit ich die Klappe halte – um ein bißchen Ruhe zu haben, bevor sie ...«

»Aber das wußtest du zu dieser Zeit ja noch nicht. Das weißt du immer noch nicht mit Gewißheit.«

»Im Grunde weiß ich gar nichts mit Gewißheit, Jacqueline. Nachdem sie verschwand ... Ich glaube, ich bin durchgedreht. Ich habe wochenlang die Berge nach ihr abgesucht. Es gibt nicht einen Stein, den ich nicht umgedreht habe und kein Gebüsch, das meiner Durchsuchung entgangen ist. Schließlich landete ich im – im Krankenhaus. Völliger Zusammenbruch, nervlich und physisch. Wenn du auf der Suche nach einem menschenmordenden Irren bist, solltest du dich einmal mit dem Seelenklempner unterhalten, den ich danach jahrelang konsultiert habe.«

»Wann bist du zu dem Schluß gekommen, daß jemand sie getötet hat – oder es zumindest versuchte?« Jacquelines Stimme war bewußt sachlich.

»Der Psychologe sagte, das sei Teil meiner Krankheit. Ich könne nicht mit der Tatsache leben, daß Kathleen das Leben derart unerträglich fand, daß sie es – und damit auch mich – verlassen wollte. Ich würde es bevorzugen, daran zu glauben, daß sie mir von jemandem genommen worden ist.« Paul beugte sich mit zusammengepreßten Lippen nach vorne. »Ich glaube immer noch daran, Jacqueline. Bei diesen Unfällen war mir zu oft der Zufall im Spiel. Sie war nicht ungeschickt oder unvorsichtig. Trotz ihrer zierlichen Gestalt war sie eine gesunde, robuste Frau. Die Unfälle bilden ein Muster, ein Muster, das auf dieser Lichtung endete. Drei fehlgeschlagene Versuche – und ein vierter, der erfolgreich war. Aber nun – nun scheint es so, als ob er es doch nicht gewesen sei. Wie –«

»Darauf kommen wir später zurück. Warum sollte irgend jemand Kathleen töten wollen?«

»Das war natürlich das stärkste Argument des Arztes«, gab Paul zu. »Ich konnte mir keinen Grund vorstellen. Das kann ich immer noch nicht. Und du kannst mir glauben, ich habe sieben Jahre damit verbracht, einen zu finden.«

»Was ist mit St. Johns fragwürdiger Vergangenheit?«

»Er war mein Lieblingsverdächtiger, was du vielleicht nachvollziehen kannst.« Pauls Lächeln war lediglich eine Grimasse. »Für eine Weile dachte ich, daß ich ihn einfach aus dem Grunde umbringen sollte, weil er eine so schleimige, kleine Kröte ist.

Aber ich konnte nichts besonders Nachteiliges ausgraben. Seine geschäftliche Karriere war natürlich ein Witz. Er vertrieb eins dieser Diätprogramme, wo man sich per Post irgendwelche Pülverchen zuschicken läßt, und die Postbehörde war hinter ihm her. Ich bin ziemlich sicher, daß er auch Kathleen irgendwie betrogen hat – Kleinigkeiten hier und da. Das hätte ihr nichts ausgemacht. Sie war ihrer Familie gegenüber zu loyal, als daß sie einen von ihnen angezeigt hätte und auch zu klug, um St. John die gesamte Kontrolle über ihre Finanzen zu überlassen.«

»Dann lassen wir diese Frage eben«, befahl Jaqueline. »Es existiert also kein Motiv, daß ein Außenstehender aufdecken könnte. Sie ist verschwunden. Die Welt nahm an, daß sie einen tödlichen Unfall erlitten oder Selbstmord begangen hat. Du glaubst, daß der Killer erfolgreich gewesen ist. Und sieben Jahre später ...«

»Bekomme ich einen Brief.« Auf Pauls Gesicht spiegelte sich der erlebte Schock wider. »Er kam eine Woche, nachdem in den Zeitungen gestanden hatte, daß du ausgewählt worden warst, die Fortsetzung zu schreiben. Allein ihre Unterschrift auf diesem Blatt zu sehen, hat mich beinahe umgeworfen, aber meine erste Reaktion war natürlich, daß irgendein Verrückter ihre Handschrift nachgeahmt hat. Es gibt ausreichend Vorlagen dafür. Ich weiß, daß es Menschen gibt, die eine falsche Identität annehmen.«

»Du kennst auch so eine«, sagte Jacqueline.

Pauls schwere Lider senkten sich. »Jan glaubt es nicht wirklich. Es ist eine Phantasie, etwas, mit dem sie herumspielen kann. Sie ... Möchtest du nun mehr über den Brief wissen oder nicht?«

»Erzähl weiter.«

»Ich habe ihn zusammengeknüllt und weggeworfen. Ich habe zitternd und fluchend dagesessen ... Und dann erinnerte ich mich an einige Dinge, die darin standen. Überwiegend waren es Beschuldigungen. Ich habe ihn wieder aus dem Abfalleimer herausgefischt und noch einmal gelesen. Ein Absatz hat sich in mein Gedächtnis gebrannt. ›War es nicht genug, daß jene, denen ich vertraute, versucht haben, mir das Leben zu nehmen?

Nun wollen sie mir auch noch mein Buch nehmen. Niemand außer mir kann es schreiben. Und ich werde dafür sorgen, daß es niemand sonst tut.‹«

»Jeder ganz normal gestörte Mensch hätte das sagen können«, bemerkte Jacqueline. »Was hat dich dazu gebracht, zu vermuten, daß es keiner von ihnen war?«

»Jeder ganz normal gestörte *mordlustige* Mensch hätte das sagen können.« Pauls Augenbrauen zogen sich zusammen. »Machst du dir nicht wenigstens ein bißchen Sorgen um deine Sicherheit? Jan hat mir von deinen Unfällen erzählt.«

»Alles zu seiner Zeit. Du möchtest es mir nicht erzählen, stimmt's? War es etwas Persönliches? Etwas sehr Privates?«

»Es war etwas Privates. Etwas, das zwischen uns geschehen ist und von dem niemand sonst wissen kann. Es hat nichts damit zu tun, was Kathleen widerfahren ist. Aber diese Unfälle, die dir passiert sind –«

»Werden dann diskutiert, wenn die Zeit dafür gekommen ist.« Koseworte, Liebesgeflüster in der Nacht ... Vielleicht. Jacqueline beschloß, ihn nicht zu drängen, zumindest nicht in diesem Augenblick. »Wie lautet also deine Theorie darüber, was vor sieben Jahren auf jener Lichtung geschehen ist?«

»Das ist doch wohl ziemlich klar, oder etwa nicht? Der Killer hat es erneut versucht. Sie wurde betäubt, zu dieser Stelle gefahren und zurückgelassen, um zu sterben. Vielleicht ...« Paul schluckte. »Vielleicht wurde auf sie geschossen oder eingestochen, aber die Polizei hat kein Blut auf dem Autositz gefunden, und ein solch direkter Angriff würde auch nicht in das Muster der anderen Versuche passen. Sie ist aber nicht gestorben. Sie hatte noch genug Kraft, um in die Wälder zu flüchten, da sie die Gefahren, die dort auf sie lauerten, den Gefahren ihrer Umgebung vorzog. Ich bin immer davon ausgegangen, daß sie schließlich das Bewußtsein verlor und gestorben ist, ohne jemals gefunden zu werden. Aber jetzt ...«

»Hat sie in dem Brief irgend etwas darüber erwähnt?«

»Nein.«

»Aber es gibt nur eine Möglichkeit. Sie hat eine Straße oder ein Haus erreicht und Hilfe gefunden.«

»Schau mich nicht so an. Dieses Haus stand damals noch nicht. Es gab im Umkreis von drei Meilen keine lebende menschliche Seele. Natürlich kann irgend jemand sie mitgenommen haben. Aber warum hat sie ihre Identität verheimlicht? Warum hat diese Person, die sie gefunden hat, es nicht aller Welt erzählt?«

Jacqueline schüttelte den Kopf. »Mir fallen eine Menge Gründe dafür ein, Paul. Aber es gibt eine Frage, die du dir noch nicht gestellt hast, und das ist genau die, die einen schwerwiegenden Schatten auf deine Theorie wirft. Nach dem vierten Versuch mußte Kathleen die Identität des Killers gekannt haben. Warum hat sie ihn – oder sie – nicht verraten? Warum hat sie sich all diese Jahre über versteckt gehalten?«

»Mir fallen eine ganze Reihe von Gründen dafür ein«, sagte Paul in trockener Imitation ihrer eigenen Antwort. »Aber der einleuchtendste Grund ist wohl, daß sie selbst damals eben nicht gewußt hat, wer es war. Nehmen wir einmal an, sie war betäubt oder bewußtlos, wurde dann in den Wagen verfrachtet und zur Lichtung hinausgefahren. Als sie wieder zu sich kam – und jetzt frag mich bitte nicht, wie das möglich war, denn ich habe keine Ahnung –, wußte sie nur, daß es der Killer wieder einmal versucht hatte.«

Jacqueline gestikulierte hilflos. »Diese Art von Spekulation ist verschwendete Zeit. Sie hat überlebt, sie hat Kontakt zu dir aufgenommen – und, wie ich glaube, auch zu anderen. Also, was hat sie nun vor? Die Unfälle, die ich hatte, entsprechen denen, die ihr zugestoßen sind. Könnte sie dahinterstecken?«

»Sie war der sanfteste Mensch, der mir jemals begegnet ist«, sagte Paul.

Der Gebrauch der Vergangenheitsform war bedeutsam. Kathleen Darcy mochte vor sieben Jahren noch außerstande gewesen sein, einer lebenden Kreatur etwas anzutun, aber selbst Paul konnte heute nicht mit Sicherheit sagen, ob und wie sie sich verändert hatte.

Er rutschte hin und her und setzte sich dann aufrecht hin. »Dir ist nichts Ernsthaftes geschehen, Jacqueline.«

»Ich will ja auch nicht unbedingt behaupten, daß Kathleen

diese Streiche gespielt hat. Es gibt noch andere Verdächtige – einschließlich der Person, die ihre Unfälle vor sieben Jahren arrangiert hat. Ich glaube, du hast recht, Paul. Sie weiß immer noch nicht, wer es gewesen ist. Deshalb hat sie sich versteckt gehalten und sich nicht zu erkennen gegeben. Sie hat Angst.«

»Meinst du, ich weiß das nicht?« Paul stand so plötzlich auf, daß sein Stuhl hintenüberkippte und auf den Boden knallte. »Ich habe seit einer Woche nicht mehr richtig geschlafen. Sie hat Angst vor mir. Vor mir! Ich würde mein Leben geben, um sie zu beschützen, und sie denkt ... Aber du hast keinen Grund, mir zu glauben. Du würdest mir auch nicht verraten, wo sie ist.«

›Die rote Flamme des Wahnsinns glitzerte in den Tiefen seiner sturmgrauen Augen. Ara trat ihm furchtlos gegenüber‹. Jacqueline Kirby stellte ihre Füße fest auf den Boden, bereit, im Zweifelsfalle schnell zu fliehen. »Ich weiß nicht, wo sie ist oder ob du mir nur etwas vorspielst. Aber ich bin gewillt, zu deinen Gunsten zu entscheiden. Immerhin hast du davon abgesehen, mich zu erwürgen, und ich muß zugeben, daß eine gewisse Provokation vorhanden war.«

»Danke.« Paul begann auf und ab zu laufen. »Wenn es doch nur etwas gäbe, das ich tun könnte! Diese Untätigkeit macht mich noch verrückt.«

Jacqueline beobachtete ihn, hin- und hergerissen zwischen Mitleid und Zweifel. Es gab Dinge, die er und sie tun konnten, ob allein oder gemeinsam, und ein Verbündeter von Pauls Kaliber wäre unschätzbar. Aber sie konnte es nicht riskieren, ihm ihre Vermutung anzuvertrauen – nicht, wenn Kathleen Darcys Leben möglicherweise der Preis eines Irrtums ihres Urteilsvermögens werden würde.

»Ich mache mir zudem auch Sorgen um Jan«, sagte Paul und lief weiter hektisch auf und ab. »Ich kenne ihre kleinen Phantasien schon eine ganze Weile, wir haben sogar Witze darüber gemacht. Es schien alles so harmlos. Aber nun fange ich an, mir Gedanken zu machen. Sie hat mich gestern angerufen, nachdem du mit ihr gesprochen hattest. Sie hat niemals vorher derartig geklungen. Scheinbar haben ihr deine Beschuldigungen mir gegenüber so zugesetzt.«

»Ich habe dich nicht beschuldigt, Paul. Und es tut mir leid, wenn sie außer sich geraten ist, aber ich weigere mich, zum Teufel noch mal, sie wie ein Kind vor jeder unangenehmen Sache zu schützen. Sie ist eine erwachsene, intelligente Frau.«

Paul blieb stehen. Er lehnte sich mit den Händen in den Taschen gegen die Arbeitsplatte und warf Jacqueline ein schiefes Lächeln zu. »Mir scheint, die Dame protestiert zuviel.«

Jacqueline wich seinem Blick aus. »Ich hätte nicht gedacht, daß sie sich so unvernünftig verhalten würde. Vielleicht hätte ich nicht ... Ich habe übrigens heute am Laden gehalten, um mich zu entschuldigen, aber sie ist für einige Tage verreist. Ich hoffe, daß, wenn sie erst einmal in Ruhe darüber nachgedacht hat, was ich gesagt habe –«

»Was?« Paul erstarrte. »Verreist? Wohin?«

»Das stand nicht auf dem Zettel. Ich habe sogar durch die Katzentür gerufen, weil ich dachte, daß sie sich möglicherweise –«

Sie brach mit einem erstaunten Ausruf mitten im Satz ab. Paul war mit einem einzigen, riesigen Schritt auf sie zugestürzt und hatte sie bei den Schultern gepackt. Seine Finger gruben sich tief in ihr Fleisch. »Das ist unmöglich«, sagte er. »Sie geht niemals irgendwohin. Und ganz gewiß würde sie nicht irgendwohin fahren, ohne mir etwas davon zu sagen. Einmal, als sie wegen einer Virusinfektion ins Krankenhaus mußte, hat sie mich gebeten, auf ihre Katze aufzupassen. Wo war die Katze?«

»Die Katze«, wiederholte Jacqueline wie betäubt. »Ich habe keine Katze gesehen. Ich habe eigentlich nichts gesehen, außer dem Zettel an der Tür. Meinst du ...«

»Sie hätte mir etwas gesagt«, wiederholte Paul. Sein schmerzhafter Griff ließ nach, aber sein Gesicht war eine graue Maske aus angespannten Muskeln. »Ich war – ich bin ihr einziger Freund.«

Jacqueline stieß ihren Stuhl zurück. »Lass' uns fahren.«

Sie folgte ihm in Mollies Wagen, da sie ihre Gastgeberin nicht ohne Transportmittel lassen oder gezwungen sein wollte, zurückzukehren, um das Auto abzuholen. Auf der Seitenstraße verlor sie ihn für eine Weile aus den Augen, da er die Kurven und Tücken besser kannte als sie, aber da sie wie eine Verrückte fuhr, hatte sie ihn kurz vor dem Ortseingang wieder eingeholt – ebenso wie den Polizeiwagen, der ihm mit eingeschaltetem Licht und plärrenden Sirenen folgte. Jacqueline hätte am liebsten vor Freude in die Hände geklatscht, als sie ihn sah. Nicht etwa, daß irgendeine Dringlichkeit bestanden hätte ... nicht im Augenblick. Aber ihre Nerven flatterten wegen der gleichen Vorahnung, die Paul in einem solch halsbrecherischen Tempo die Straße entlangrasen ließ. Er hielt mit quietschenden Bremsen vor dem Buchladen. Der Einsatzwagen wäre beinahe in ihn hineingefahren. Jacqueline hielt hinter dem Polizeifahrzeug an.

Sekunden später rüttelte Paul bereits ungeduldig – ohne etwas auszurichten – am Türknauf, und der Polizist, der wahrscheinlich den Eindruck hatte, daß Paul ein wahnsinniger Einbrecher war, versuchte, ihn davon abzuhalten. Mit einer einzigen ruckartigen Armbewegung schleuderte Paul den Mann zurück. Jacqueline trat behende zur Seite.

»Jungs, Jungs«, sagte sie und kramte in ihrer Tasche herum. »Nun benehmt euch doch.«

Sie fand ihre Taschenlampe und schaltete sie ein. »Oh«, sagte einer von Pine Groves mutigen Beamten. »Sind Sie das, Miss Kirby? Waren Sie die, die wie eine Wahnsinnige hinter mir hergerast ist? Dann muß ich Ihnen leider auch einen Strafzettel verpassen –«

»Sie können mir in einer Minute alle Strafzettel verpassen, die Sie möchten«, erwiderte Jacqueline. »Paul, hör' damit auf! Hast du denn keinen Schlüssel?«

Ihre ruhige Stimme zeigte die gewünschte Wirkung. Paul wandte sich von der Tür ab. Er hatte sich nicht die Zeit genommen, einen Mantel oder eine Jacke anzuziehen, und der Wind war stark genug, um sein Haar durcheinanderzuwühlen, aber auf seiner Stirn bildeten sich Schweißtropfen. »Nein. Aber warte mal. Sie hat mir erzählt, daß sie immer einen Reserveschlüssel ... unter der Fußmatte, glaube ich, war es. Sie hatte Angst, daß sie einmal fallen und niemand hineinkommen könnte, um ihr zu helfen.« Er ließ sich auf die Knie hinab und begann alles, was ihm in die Finger kam, umzudrehen – die Fußmatte, die Blumentöpfe, die kleine Keramikkatze, die auf der Stufe stand.

»Warten Sie eine Minute«, sagte der verwirrte Gesetzeshüter. »Was zum Teufel geht hier vor?«

»Wir haben Angst, daß die Inhaberin ... sich vielleicht verletzt haben könnte«, erwiderte Jacqueline und folgte Pauls suchenden Händen mit ihrer Taschenlampe.

»Hier ist er!« rief Paul. »Ich wußte doch ... Oh, Gott! Oh, mein Gott – schau nur.«

Er wich zurück, immer noch auf Händen und Knien.

Die Klappe unten an der Tür öffnete sich. Es war Lucifers Privateingang, und Lucifer öffnete ihn auch, aber Jacqueline hatte vollstes Verständnis für Pauls übertriebene Reaktion. So, wie das riesige, schwarze Tier mit seinen glühenden grünen Augen aus dem dunklen, stillen Haus herauskam, jedes Haar auf seinem Rücken aufgerichtet, bot es einen unheimlichen Eindruck.

Lucifer glitt durch die Öffnung und brachte seinen Schwanz vor der zufallenden Klappe gekonnt in Sicherheit. Er hielt den Kopf wegen des Lichts gesenkt und trottete an ihnen vorbei, ohne ihnen einen Blick zuzuwerfen oder einen Ton von sich zu geben.

»Großer Gott«, sagte der Polizist.

»Nun mach schon endlich die Tür auf, Himmel noch mal«, keuchte Jacqueline.

Der Schlüssel war rostig, und Pauls Hände zitterten. Es schien eine Ewigkeit zu dauern, bevor er sich endlich drehte. Das Innere des Hauses war so schwarz wie Lucifer. Paul tastete nach dem Lichtschalter.

Überall im Raum lagen Bücher verstreut, als wären sie von der verächtlichen Hand eines Riesen dorthin befördert worden. Das schwere, monströse Bücherregal, das einmal die rückwärtige Wand eingenommen hatte, stand jetzt mitten im Zimmer. Die herumliegenden Bücher waren aus dem obersten Regal gefallen. Die meisten anderen lagen noch darunter. Und noch etwas anderes. Nur die Füße waren sichtbar. Einer trug einen schweren, orthopädischen Stiefel. Der andere war überraschend klein und schmal. Beide lagen schrecklich still da.

Paul sprang mit einem wortlosen, animalischen Schrei nach vorne. Er zog das schwere Bücherregal zur Seite, als sei es aus Pappe und begann, die Bücher, die immer noch in grotesker Unordnung auf dem stillen Körper lagen, beiseite zu räumen. Selbst aus der Entfernung konnte Jacqueline sehen, daß sie zu spät gekommen waren. Paul mußte es auch wissen, aber er fuhr fort, Buch für Buch wegzuräumen, als ob ihre Berührung allein Jan verunreinigte.

Das Gesicht des unglücklichen Polizisten hatte eine dreckige Khakifarbe angenommen, die zu seinem Hemd paßte. So jung er auch war, dies konnte nicht die erste Leiche sein, die er zu Gesicht bekam und bestimmt auch nicht die am schlimmsten zugerichtete. Es muß die Widersinnigkeit dieses Todes sein, die ihm zu schaffen macht, dachte Jacqueline. Sie hatte immer schon vermutet, daß Gott eine seltsame Art von Humor besaß. Was für ein angemesseneres Grabmal konnte es für den Körper einer toten Buchhändlerin geben als ein Haufen Bücher? Und was für ein passenderes Instrument des Todes als dieses Bücherregal?

Als sie versuchte, zu sprechen, mußte sie sich zweimal räuspern, bevor die Worte herauskamen. »Sie sollten wohl besser eine Meldung von dieser Sache machen, nicht wahr?«

Der Beamte nickte wie betäubt. Bevor sie ihn aufhalten konnte, war er zum Schreibtisch hinübergegangen und hatte den Hörer abgenommen.

»Verdammt!« schrie Jacqueline. »Sie sollten es doch besser wissen, als etwas am Tatort zu berühren. Hat Ihr verdammtes Auto denn kein – Oh, verdammt! Sorgen Sie dafür, daß die Leute da verschwinden! Macht, daß ihr wegkommt, ihr Gaffer!«

Der Türrahmen füllte sich mit starrenden Gesichtern. Die Abende in Pine Grove boten nicht viel Abwechslung, und der Anblick eines Polizeifahrzeugs und der Klang von Stimmen in dem düsteren Durchgang hatten jeden Spaziergänger und Jogger von der Hauptstraße angelockt. Als Jacqueline auf die Tür zueilte, sah sie, daß weitere Leute auf den Laden zukamen. Mengen zogen größere Mengen an. Sie knallte die Tür zu. Ein frustrierter – und wie sie hoffte schmerzerfüllter – Schrei erklang von draußen. Der Polizist starrte sie mit dem Telefonhörer in der Hand an, der kleine, schrille, irritierende Töne von sich gab.

Jacqueline atmete tief durch. »Los, nun rufen Sie schon an«, sagte sie und zwang ihre Stimme zu einer tieferen Tonhöhe. »Rufen Sie den Sheriff an. Sagen Sie ihm, er soll sich beeilen.«

Paul hockte neben Jans Leiche, seine großen Hände hingen schlaff und leer herab. Der Ausruck auf seinem Gesicht drehte Jacqueline den Magen um. Selbst seine überschäumende Wut war diesem entrückten, unmenschlich ruhigen Ausdruck vorzuziehen. Sie legte ihre Hand auf seine Schulter.

»Sie ist tot«, sagte Paul, ohne aufzublicken. »Ich habe ihre Wange berührt. Sie ist kalt wie Eis.«

Jacqueline kniete sich neben ihn und zwang sich, die leblose Hand zu heben. Sie war nicht nur eiskalt, sondern auch schlaff. Rigor mortis war gekommen und wieder gegangen – zumindest in den oberen Extremitäten. Jan lag mit dem Gesicht nach unten, den Kopf zu einer Seite gedreht. Das eine Auge, das Jacqueline sehen konnte, war weit geöffnet, und der Druck auf die andere Wange hatte ihre geöffneten Lippen zu einer häßlichen Grimasse verzogen. Jacqueline biß sich auf die Unterlippe und ließ ihre Hand unter Jans Bluse gleiten, die aus ihrem Rock gerutscht war. Kälte, die wie Feuer brannte, Fleisch wie Stein. Sie mußte ungefähr einen Tag tot sein. Ganz gewiß hatte sie schon da gelegen, als Jacqueline an die Tür geklopft und durch die Klappe gerufen hatte.

»Ich habe dieses Bücherregal gebaut«, sagte Paul. »Ich habe es auf dem Boden befestigt, damit es nicht ... Acht Zentimeter lange Schrauben.«

»Der Sheriff ist auf dem Weg.« Der junge Polizist stand hinter ihnen, die Daumen in seinen Gürtel gehakt. Wahrscheinlich hielt er das für eine lässige Pose. »Gehen Sie da weg. Hätten das Regal nicht bewegen sollen. Wäre wohl kein Unterschied gewesen, so wie ich das sehe. Arme Frau. Eine verdammte Schande. Sie muß wohl versucht haben, etwas vom obersten Bord herunterzuholen und ist dabei gefallen, so verkrüppelt wie sie war, dann hat sie wohl versucht sich festzuhalten und –« Das Öffnen der Tür bewahrte Jacqueline gerade noch davor, wegen tätlicher Bedrohung eines brabbelnden, idiotischen Polizisten verhaftet zu werden. Ihre Nerven waren nicht die besten. Sie sprang auf die Füße, bereit, sensationslüsterne Gaffer zu vertreiben, entspannte sich aber wieder, als sie ein vertrautes Gesicht erblickte.

»Laßt mich durch, zum Teufel noch mal«, sagte Bill Hoggenboom, stadtbekanntes Klatschmaul und Ex-Sheriff. Er schaffte sich Raum, indem er seine ausladende Figur durch den Türrahmen quetschte und ließ dann seinen Blick über die Szenerie wandern, die sich ihm darbot. »Hätte wissen sollen, daß Sie hier sind, Miss Kirby. War gerade unten im ›Elite‹, als irgendein Esel hereingestürmt kam und schrie, daß es einen Mord gegeben habe. Sam. Wo ist dein Chef?«

»Auf dem Weg. Ich habe ihn gerade angerufen. Es ist kein Mord, Bill. Das Bücherregal ist auf sie gefallen, wie es aussieht. Ich habe Paul hier verfolgt, weil er mit hundertzehn Meilen die Stunde in den Ort gerast ist und hier anhielt, und Miss Kirby folgte mir, sie machten sich Sorgen um Miss Wilson –«

»Müssen ja 'n paar anständige Sorgen gewesen sein.« Die kleinen Augen des Mannes, tief drinnen in seinem fleischigen Gesicht, richteten sich auf Jacqueline.

»Ich werde es später erklären, Bill«, sagte sie. »Das Wichtigste ist jetzt erst einmal –«

»Schon gut«, schnitt Bill ihr das Wort ab. »Hast du einen Krankenwagen gerufen, Sam?«

»Mann, Bill, die braucht keinen Krankenwagen mehr. Sie ist so kalt wie 'n Hering.«

Der ehemalige Sheriff warf ihm einen Blick zu, der ihn wie ein abgestorbenes Blatt zusammenschrumpeln ließ. Dann wandte er sich um, als eine Stimme den schmalen Durchgang entlangdröhnte. »Macht den Weg frei! Verschwindet zum Teufel noch mal, Leute!«

»Das ist Bob«, sagte Bill und erklärend an Jacqueline: »Unser Sheriff. Paul, du solltest deinen Hintern besser von da wegbewegen.«

Er trat zur Seite, aber der Mann, der den Raum betrat, war nicht der Sheriff. Jacqueline hatte eigentlich gedacht, daß die Situation nicht schlimmer werden könnte, aber der Anblick des Neuankömmlings bewies ihr, wie sehr sie im Unrecht war. Glatze, groß und dünn, Ohren wie ...

Sie rief: »Bill, dieser Mann ist Reporter vom *Daily Sludge!* Lassen Sie nicht zu, daß er –«

Bill schritt ohne zu zögern zur Tat. Er und der Reporter rangen miteinander, keuchten, aber es war ein Patt. Sie waren beide in der gleichen schlechten körperlichen Verfassung. Jacqueline tanzte um sie herum und schwang ihre Handtasche. Sie wollte gerade zu einem vernichtenden Schlag gegen den Kopf des Journalisten ansetzen, als ein Geräusch von der Rückseite des Raumes sie innehalten ließ.

Paul hatte Jans Körper in seine Arme genommen. Der steife Torso und die Beine waren so unnachgiebig wie eine Steinfigur, aber der Kopf hing in einem Übelkeit erweckenden, unmöglichen Winkel herab. Die weit geöffneten Augen starrten an die Decke.

Sie muß einmal hübsch gewesen sein, dachte Jacqueline. Wahrscheinlich sogar schön. Der Tod hatte die Falten des Schmerzes weggewischt und ihre verbitterten Züge weicher gemacht.

Es mochte der Anblick des stillen Gesichts sein, der sie alle beschämt verstummen ließ – Kämpfer und Zuschauer gleichermaßen. Der Raum war so still, daß Pauls Flüstern wie ein durchdringender Schrei klang. Er wiederholte immer und immer wieder einen Namen, wie eine Litanei.

»Kathleen, Kathleen, Kathleen ...«

Auf dem Gesicht des Reporters vom *Sludge* erschien ein strahlendes, wissendes Lächeln.

Ein ebenso trüber wie unattraktiver Sonnenaufgang berührte den Himmel im Osten, als Jaqueline schließlich ihren erschöpften Körper auf das Bett fallen ließ. Sie war nicht allein. Ihr Begleiter lag quer über die Kissen ausgebreitet da. Jacqueline schob ihn zur Seite. Er protestierte und zuckte, aber er wachte nicht auf.

Obgleich sie schrecklich müde war, konnte sie nicht einschlafen. Die Geschehnisse der Nacht gingen ihr nicht aus dem Kopf. Sie sah die Bilder wie einen immer wiederkehrenden Alptraum vor sich.

Es war Bill und Sam gelungen, den Journalisten zu vertreiben, aber vorher hatte er seine Story bekommen. »Entschuldigen Sie, Sir«, hatte er gerufen, während er auf die Tür zugeschoben wurde. »Haben Sie Kathleen gesagt?«

Paul, der die Leiche immer noch im Arm hielt, blickte auf. »Es ist Kathleen. Sie ist tot. Kathleen ist tot.«

Danach wurde es kaum besser. Es dauerte nicht lange, bis die gesamte Verbrechensbekämpfungseinheit von Pine Grove – alle zehn Leute – aus den verschiedensten Lokalitäten zusammengetrommelt und am Tatort erschienen war. Zwei von ihnen zogen Paul auf die Füße – er schien nicht die Fähigkeit und viel weniger noch die Absicht zu haben, sich selbst zu rühren – und brachten ihn in die Küche, wo Jacqueline ihm Gesellschaft leistete. Sie versuchte gerade ihn zu überreden, eine Tasse heißen, kräftig gesüßten Tee zu trinken, als sie gequälte, aufgeregte, hysterische Laute aus dem Verkaufsraum bemerkte.

Getrieben von einem Impuls, der noch stärker war als ihre normale Neugierde, ging sie zur Tür hinüber und öffnete sie. Nun, da das Bücherregal weggeräumt worden war, konnte sie direkt in das Zimmer hineinsehen.

Jans Leiche lag noch da, wo Paul sie liegengelassen hatte – anständig gebettet, die Hände über der Brust gefaltet. Auf Jacquelines Drängen hin hatte man sie mit einem Tuch bedeckt.

Sie war außerstande gewesen zu sagen, warum ihr dies so wichtig schien. Das Tuch war jetzt weggezogen worden, um einem neuen Zeugen einen Blick auf die sterblichen Überreste zu ermöglichen.

St. John Darcy hatte niemals mehr Ähnlichkeit mit einer Kröte besessen. Seine Augen quollen hervor, und sein Gesicht trug ein blasses, grünliches Grau. Er stand einen Moment wie versteinert da und begann dann langsam hin und her zu schwanken, hin und her, hin und her ... Bill Hoggenboom bekam ihn bei einem seiner Rückwärtsschwünge zu packen und schob ihn in die unwilligen Arme von Craig Zwei, der hinter ihm stand.

»Bringen Sie ihn hier herein«, sagte Jacqueline.

Craig, dessen Knie sichtlich unter St. Johns Gewicht zitterten, wandte seinen Kopf um. »Ich hätte mir denken können, daß Sie hier sind«, sagte er. Dies schien eine Empfindung zu sein, die er mit einigen Leuten teilte.

Gemeinsam gelang es ihnen, St. John auf einen Stuhl zu wuchten. Jacqueline reichte ihm den Tee, den sie für Paul zubereitet hatte. Er trank ihn mit großen Schlucken, und langsam wich die grüne Farbe aus seinem Gesicht.

»Ich kann solche Dinge nicht ertragen, wissen Sie«, murmelte er. »Konnte ich noch nie. Mich einfach so hierher zu zerren ... Polizeibrutalität ist das.«

»Verklagen Sie uns doch.« Bill Hoggenboom ließ sich ächzend auf einen Stuhl nieder. »Setzen Sie sich, alle miteinander. Lassen Sie uns reden.«

Was für eine verrückte Teeparty, dachte Jacqueline, die erneut den Wasserkessel füllte und ihn auf den Ofen stellte. Paul machte einen katatonischen Eindruck, St. John sah immer noch so aus, als müßte er sich übergeben, Craig bemühte sich, wie ein Anwalt dreinzuschauen, was ihm gründlich mißlang ... und Bill schien einen Drink gebrauchen zu können.

»Mit welchem Recht –« begann Craig.

»Ich bin zum Hilfssheriff ernannt worden«, erläuterte Bill. »Jetzt machen Sie keine Scherereien, Craig. Der einzige Grund, warum Sie hier sind, ist, weil Mr. Darcy auf der Anwesenheit seines Anwalts bestanden hat. Das ist sein gutes Recht, obwohl eine mißtrauische Person sich fragen könnte, warum er dies für nötig hält. Es ging lediglich um eine simple Identifizierung.«

St. John hatte sich wieder erholt. »Aber warum ich? Ich kannte die Frau doch kaum.«

»Tja nun, das ist genau die Frage, um die es hier geht«, erwiderte Bill leutselig. »Laut Paul hier ist diese Frau – ehem –, war diese Frau Ihre Schwester Kathleen.«

Johns Augen schienen beinahe aus seinem Kopf zu fallen. Er öffnete den Mund, aber es kam nichts weiter heraus als ein krötenartiges Krächzen.

Craig stimmte mit ein. »Sind Sie alle – sind Sie denn alle verrückt geworden? Das ist Jan Wilson. Ist dies – ist dies einer ihrer dreckigen PR-Gags, Mrs. Kirby?«

Jacqueline rückte ihm den Kopf mit einigen wohlgewählten Worten zurecht. Hätte Bill sich nicht eingemischt, wäre daraus wohl ein Vortrag geworden. »Jetzt beruhigen Sie sich wieder, Miss Kirby. Ich kann es Ihnen nicht verübeln, daß Sie sich aufregen, aber wir sollten besser alle versuchen, einen kühlen Kopf zu bewahren, sonst kommen wir noch in Teufels Küche. Dieser Reporter –«

»Reporter?« heulte Craig. »Oh, nein!«

»Oh, ja.« Bill blickte auf den Tee hinab, den Jacqueline vor ihm auf den Tisch gestellt hatte. »Ich nehme an, es gibt nichts anderes außer diesem Zeug hier ... Nun ja. Ich weiß nicht, wo der Bastard herkam oder was er hier zu schaffen hatte, aber er hat gehört, wie Paul sagte, daß es Kathleen sei. Wir müssen dieser Sache direkt einen Riegel vorschieben.«

Craig hatte zu schwitzen begonnen. Er zog ein Taschentuch hervor. »Wie?« erkundigte er sich heiser.

»Wir haben zwei Probleme unterschiedlicher Natur«, sagte Bill. »Zuerst einmal die Frage, wie diese Frau gestorben ist. Sieht nach einem einfachen Unfall aus. Das Bücherregal fiel um, und eines der Borde hat ihr das Genick gebrochen.«

Jacqueline setzte an, etwas zu sagen. Bill schüttelte warnend den Finger. »Sie haben die Leiche gesehen, bevor Paul sie aufgehoben hat, Miss Kirby. Genau wie ich. Sie lag halb auf der Seite, den Körper verdreht. Nehmen wir einmal an, sie hat versucht, etwas aus dem Regal zu ziehen, und es begann zu schwanken. Sie würde sich abwenden und versuchen, zu entkommen. Aber wegen ihres kranken Beines konnte sie sich nicht schnell genug bewegen. Das Ding hat sie erwischt, als sie sich gerade umwandte, und hat sie nach vorne geschleudert. Das würde erklären, warum sie mit dem Gesicht nach unten dalag.«

Er starrte Jacqueline herausfordernd an. Sie zuckte die Schultern und sagte nichts.

»Und nun zu ihrer Identität«, fuhr Bill fort. »Es liegt einzig und allein an Paul, daß diese Frage überhaupt aufgekommen ist. Aber er hat es gesagt, und dieser verdammte Journalist hat es gehört, und nun müssen wir die Sache auf die eine oder andere Weise regeln. Deshalb waren Bob und ich der Ansicht, es sei besser, Mr. Darcy hierherzuholen. Er sollte seine eigene Schwester wohl am besten kennen.«

Alle Augen, außer denen von Paul Spencer, richteten sich auf St. John. Paul starrte weiter auf die Tischplatte.

St. Johns Schweigen mochte eine Folge des Schocks sein. Dies wäre verständlich. Aber als Jacqueline ihn genauer beobachtete, wurde ihr klar, daß St. John nicht von irgendwelchen Gefühlen überwältigt war. Er dachte lediglich darüber nach, wie er reagieren sollte.

Kathleens Bruder war kein aufmerksamer Mann. Nach sieben Jahren Abwesenheit hätte er seine Schwester wahrscheinlich nicht einmal erkannt, wenn sie auf der Straße auf ihn zugekommen wäre und ihn gebissen hätte. Sollte er eine Möglichkeit sehen, zu verneinen, daß dies seine Schwester war, so würde er sie wahrscheinlich nutzen. Er hatte inzwischen die Kontrolle über ihr Vermögen. Allerdings erwartete ja auch niemand von ihm, daß er eine lebende Frau identifizerte, die sich ihr Vermögen wieder ...

St. John räusperte sich. »Absurd«, murmelte er. »Ungeheuerlich. Wie könnte es denn ...«

Sie warteten darauf, daß er fortfahren würde. Schließlich sagte Bill: »Himmel, Darcy, wollen Sie damit etwa sagen, daß Sie es nicht wissen? Was sind Sie nur für ein verdammter –«

»Langsam, Bill, langsam«, unterbrach ihn Craig. »Sie haben

meinen Klienten in eine unmögliche Lage gebracht. Sie schleifen ihn mitten in der Nacht hierher, geben ihm zehn Sekunden, um sich eine tote Frau anzugucken und erwarten dann eine eindeutige Identifizierung. Das kann nicht Kathleen Darcy sein. Was für eine hirnverbrannte Idee! Aber Mr. Darcy wird zu diesem Zeitpunkt nichts weiter sagen. Sehen Sie nicht, daß er unter Schock steht?«

St. John erkannte ein Stichwort, wenn ihm eins zu Ohren kam. »Ich glaube, mir wird schwarz vor Augen«, murmelte er. »Nach Hause... Ich muß nach Hause ...«

Bill gab nach. Ihm blieb nichts anderes übrig. Als Craig seinen wankenden Klienten aus dem Zimmer führte, rief er hinter ihnen her: »Sie würden gut daran tun, diese Geschichte zu verneinen, Craig. Sonst werden sich morgen fünfzig Reporter vor seiner Tür einfinden.« Dann wandte er sich Paul zu. »In Ordnung, Spencer. Sie sind derjenige, der für diesen Schlamassel verantwortlich ist, und Sie sollten jetzt besser den Mund aufmachen. Haben Sie vor, bei Ihrer Behauptung zu bleiben? Welche Beweise haben Sie? Was wissen Sie über diese Frau, was wir nicht wissen?« Paul starrte ihn mit geöffnetem Mund an. Bill packte ihn am Kragen und schüttelte ihn. »Sagen Sie etwas, verdammt noch mal!«

»Hören Sie auf, Bill«, mischte sich Jacqueline ein. »Sehen Sie nicht, daß er derjenige ist, der unter Schock steht? Sie werden heute abend keinen zusammenhängenden Satz mehr aus ihm herausbekommen. Darf ich einen Vorschlag machen?«

»Das machen Sie ja so oder so«, meuterte Bill und ließ Pauls Arm los.

»Er sollte ins Krankenhaus gebracht werden. Keine Besucher. Wenn er Gelegenheit hat, sich zu erholen, werden Sie feststellen, daß er wesentlich kooperativer ist.«

»Ich möchte die Sache jetzt klären«, beharrte Bill. »Er glaubt nicht wirklich, daß es Kathleen ist, Jake. Er kann es nicht wirklich glauben. Er ist durchgedreht –«

»Genau. Er ist in keiner Weise in der Lage, mit irgend jemand zu reden. Und wenn er sich weigert zu reden, können Sie ihn nicht dazu zwingen.« Bill blickte sie wütend an, und Jacqueline mußte unwillkürlich lächeln. »Nicht einmal, wenn Sie den Gartenschlauch auf ihn richten, Bill. Machen Sie sich keine Sorgen wegen eines Medienrummels. Dieser Reporter wird seinen Mund halten, er möchte die Story schließlich exklusiv haben. Wenn es Ihnen gelingt, die Frage der Identifizierung in den nächsten ein oder zwei Tagen zu klären, werden die Leute auf das, was der *Sludge* druckt, nichts mehr geben. Er ist nun einmal diese Art von Zeitung.«

»Sie kennen sich da wohl aus, schätze ich«, erwiderte Bill düster. »Oh, Scheiße – entschuldigen Sie, Jake. Okay, ich werde auf Ihren Vorschlag eingehen. Lassen Sie mich mit dem Sheriff reden.«

Sobald er den Raum verlassen hatte, wandte sich Jacqueline Paul zu. In ihrem Verhalten lag nichts mehr von der weiblichen Fürsorge, die sie vor den anderen demonstriert hatte. Sie nahm sein Gesicht in ihre Hände und drehte seinen Kopf mit solcher Kraft hin und her, daß sein Nacken krachte. Aber selbst jetzt vermied er ihren Blick. Seine Augen rollten nach oben, bis nur noch das Weiße sichtbar war.

»Hör' auf«, zischte Jacqueline. »Spiel nicht diese Spielchen mit mir, ich kenne das, und ich ... Paul, hör' mir zu. Sprich mit keinem Reporter mehr. Wenn du es doch tust, werde ich Bill davon überzeugen, daß es besser ist, dich einzusperren – das schwöre ich bei Gott. Und das möchtest du doch nicht, oder?«

»Was ich möchte«, erwiderte Paul deutlich und mit eiskalter Stimme, »ist nur eins: Ich will diesen Bastard erwischen, der das hier getan hat. Es ist höchste Zeit, findest du nicht auch?«

»Halt die Klappe und laß mich reden! Du schadest deiner Absicht nur, wenn du mit der Presse kooperierst. Lass' mich –« Sie verstummte mit einem frustrierten Knurren, als Bill mit mehreren kräftigen Polizeibeamten und einem Mann, der offensichtlich Arzt war, wieder das Zimmer betrat.

Zu Bills Überraschung und Jacquelines großer Erleichterung mußten die Beamten nicht eingreifen. Paul willigte lammfromm ein, sich untersuchen zu lassen und ließ es sogar zu, daß der Arzt ihm eine Spritze gab. Er zeigte alle physischen Symptome eines schweren Schocks, obwohl es ihn nicht so schlimm mitgenommen hatte, wie er vorgab. Als sie ihn wegführten, drehte er seinen Kopf und starrte Jacqueline an. Sie nickte, als beantworte sie eine unausgesprochene Frage, und sagte: »Ich werde dich morgen besuchen, Paul. Ruh dich nur aus und bleib ganz ruhig.«

»Bringt ihn hinten raus«, befahl Bill. »Dieser verdammte Reporter wartet da draußen, und es hat sich bereits noch einer von diesen Blutsaugern eingefunden. Von der halben Einwohnerschaft von Pine Grove ganz abgesehen. Wir sollten uns auch besser auf diesem Wege verziehen, Miss Kirby.«

Jaqueline sträubte sich nicht, und sie hatte auch keine Einwände, daß Bill Hoggenboom sie begleitete. Er führte sie durch kleine Gassen und Gärten. Anfangs sprach keiner von ihnen ein Wort. Dann sagte Bill: »Jetzt kommt ein Zaun. Schaffen Sie es, da –«

»Kein Problem.« Sie ließ ihren Worten Taten folgen. Bill tat es ihr schnaufend vor Anstrengung nach, und Jaqueline war taktvoll genug, ihm keine hilfreiche Hand zu reichen. »Wir müssen leider an der Eingangstür des Gasthauses vorbei«, sagte sie. »Es gibt keinen anderen Weg.«

»Jetzt schon. Ich habe Tom angerufen und ihn gebeten, das Seitentor zu öffnen.«

»Sehr geschickt. Aber ich hätte auch nichts anderes von Ihnen erwartet, Bill.«

»Ich bin nur ein Kleinstadt-Cop, Jake. Und eigentlich nicht einmal das – ein Ex-Kleinstadt-Cop.«

»Ich kenne einen Großstadt-Cop, der sagt, daß Sie die Untersuchung von Kathleens Verschwinden sehr gut durchgeführt haben.«

»Das ist nett«, erwiderte Bill ohne großen Enthusiasmus. »Sollte Paul recht haben, ging es genau um das – um ihr Verschwinden, nicht um ihren Tod. Sie haben vorhin nicht viel zu der Unterhaltung beigetragen, Jake. Was halten Sie von der ganzen Sache?«

»Ich habe Kathleen nie kennengelernt. Meine Meinung ist nicht viel wert.«

»Aber Paul kannte sie. Besser als die meisten anderen. Vielleicht sogar besser als ihr eigener Bruder.«

»Möglich. Was denken Sie, wird St. John sagen?«

»Was immer für ihn am günstigsten ist«, antwortete Bill. »Aber das spielt keine Rolle. Es wird eine Autopsie geben. Das sollte den Fall klären. Fingerabdrücke, Zahnarztunterlagen. Wir werden herausfinden, woher sie kam und was sie vor sieben Jahren getan hat. Verdammt, das kann unmöglich Kathleen Darcy sein. Was mir Kopfzerbrechen macht ist, warum Paul so etwas behauptet.«

Endlich erreichten sie das Tor. Es war nicht verschlossen, ganz so, wie Bill versprochen hatte. Das Licht auf dem Parkplatz blendete sie. Es war niemand dort, und auch das Vorhängeschloß an dem anderen Tor war unversehrt. Jacqueline schloß es auf. Bill begleitete sie bis zu ihrer Tür und folgte ihr ohne weiteren Kommentar ins Haus. Er stampfte schweigend von Raum zu Raum, knipste die Lichter an und schaute in jeden Schrank. Jacqueline fragte ihn nicht, warum er sich derartig um ihre Sicherheit sorgte, wenn Jans Tod doch ein Unfall gewesen war, wie er behauptete. Sie verstanden sich ohne viele Worte.

Nachdem er mit einem kurzen »gute Nacht« verschwunden war, ließ sie sich in den nächsten Sessel sinken. Jeder Knochen und jeder Muskel ihres Körpers schmerzte vor Erschöpfung. Aber es handelte sich nicht nur um eine körperliche, sondern vielmehr um eine emotionale Erschöpfung. Sie sollte ins Bett gehen und sich die Decke über den Kopf ziehen. Oder sich betrinken. Oder, besser noch, sich betrinken, ins Bett gehen und die Decke über den Kopf ziehen. Aber die Nacht war noch nicht vorüber. Für sie begann die richtige Arbeit erst jetzt.

Eine kalte Dusche erfrischte ihren Körper und war unangenehm genug, um ihren Kopf wieder in der gewohnt kritischen Weise funktionieren zu lassen. Sie zog sich einen kuscheligen Bademantel über und ging wieder nach unten. Während sie die Kaffeemaschine füllte, klingelte das Telefon.

Mollies Stimme klang derartig hysterisch schrill, daß Jacqueline sie beinahe nicht erkannt hätte. »Gott sei Dank geht es Ihnen gut! Ich habe mir solche Sorgen gemacht ...«

»Ich wollte Sie gerade anrufen«, erwiderte Jacqueline. »Aber es gab keinen Grund, sich wegen mir Sorgen zu machen. Ich war nur ... nur rein zufällig Zuschauerin.« Sie war froh, daß Mollie nicht den Ausdruck auf ihrem Gesicht sehen konnte beziehungsweise die Bedeutung ihres kleinen Zögerns begriff.

Sie erzählte Mollie, daß Bill den Wagen am Morgen zurückbringen wollte und fügte hinzu: »Sie sollten ins Bett gehen, Mollie, all das ist nicht gut für Sie und das Baby. Lassen Sie Tom die Sache mit der Presse regeln. Sind Journalisten aufgetaucht?«

»Ja, eben erst. Sie wollten, daß Tom die Bar öffnet, und sie hören nicht auf zu fragen, wo Sie sind –«

»Lassen Sie das Tom regeln«, wiederholte Jacqueline. »Und machen Sie sich keine Sorgen um mich, ich werde mit ihnen fertig.«

Sie mußte es noch einige Male mit steigender Betonung wiederholen, bevor Mollie schließlich nachgab.

Das war einer der Anrufe, die sie hatte erledigen wollen. Aber sie hatte keine der Fragen stellen können, die ihr auf der Seele brannten, Mollie war zu aufgeregt für eine zusammenhängende Unterhaltung. Jacqueline summte gereizt vor sich hin, schüttete sich eine Tasse Kaffee ein und ging zum Telefon zurück. »›Nun, was ist Liebe, frag' ich dich/Sie ist ein ziemlich zwielicht' Ding ...‹«

Zuerst meldete sich die Telefonzentrale in »Willowland« nicht. Jacqueline tippte ungeduldig mit ihren Fingerspitzen auf den Tisch und starrte wütend zur Uhr hinüber. Es war erst kurz nach Mitternacht, zum Teufel noch mal. »›Sie ist ein Ding, das bald vergeht/Dann nimm ...‹ Hallo? Hallo? Verbinden Sie mich mit Mr. Stokes.«

Eine schläfrige, verärgerte Stimme informierte sie, daß die Zentrale ab Mitternacht geschlossen sei. Die Gäste verlangten nach Ruhe und Frieden, das sei der Grund, warum sie hier seien ...

Es war nicht das Wort »Notfall«, das Jacqueline schließlich eine Verbindung zu Booton brachte. Es war das Wort »Polizei«.

»Ich hoffe, ich habe Sie nicht geweckt«, sagte Jacqueline in der stillen Hoffnung, daß sie es doch getan hatte.

»Oh, Sie sind es. Ich liege im Bett und lese. Wie nett von Ihnen, anzurufen. Ich fühle mich schon viel besser. Dies hier ist genau das, was der Doktor verschrieben hat, nett und ruhig, wundervolles Essen – und Unmengen dazu ... Allerdings schrecklich langweilig. Noch ein paar Tage, und ich bin wieder bereit, zur Arbeit zurückzukehren.«

»Ich bin so froh, daß Sie sich gut erholen«, sagte Jacqueline mit giftiger Süße in der Stimme. »Ich hoffe, daß Ihre Genesung keinen Rückschlag erleidet, wenn Sie die Neuigkeit erfahren.«

»Haben Sie Probleme mit dem Exposé?«

»Nein, mein Lieber, so einfach ist es leider nicht. Ich denke, ich sollte Sie vorwarnen, damit Sie keinen Schlag bekommen, wenn Sie die nächste Ausgabe vom *Sludge* sehen.«

»Oh, verdammt, Jacqueline! Was haben Sie jetzt schon wieder angestellt?«

Sie erzählte ihm alles.

Die Stille, die folgte, nahm keine Ende, und Jacqueline gab sich langsam der Hoffnung hin, daß der kleine Boots in Ohnmacht gefallen war oder einen Anfall bekommen hatte. Schließlich murmelte er: »Dieser Kerl muß verrückt sein. Oh, Gott ... Lassen Sie mich eine Sekunde nachdenken. Wie sollen wir diese Angelegenheit am besten handhaben? Wenn ich nach Pine Grove geeilt komme, wird die Presse annehmen ... Am besten verlassen Sie wohl die Stadt. Ja, das wäre wirklich das Beste. Verschwinden Sie in aller Herrgottsfrühe. Und kommen Sie nicht hierher, wenn Ihnen irgendein verdammter Reporter folgen sollte und –«

»Eine Frau ist tot, Booton«, schnitt ihm Jacqueline mit scharfer Stimme das Wort ab. »Ist das wirklich im Augenblick das einzige, was Ihnen am Herzen liegt – was die verdammte Öffentlichkeit denken könnte?«

»Nun, Gott, es tut mir leid. Ich habe sie nicht einmal gekannt.«

»Aber Sie kannten Kathleen. Regt sich bei Ihnen nicht angesichts der Möglichkeit, daß sie möglicherweise all die Jahre über lebendig gewesen ist und sich versteckt gehalten hat, irgendeine noch so kleine Emotion?«

Booton stöhnte. »Ach, Himmel noch mal, Jacqueline, tun Sie mir das nicht an. Zumindest nicht mitten in der Nacht. Natürlich würde es mich berühren, wenn ich an diese wilde Geschichte glauben könnte. Aber ich glaube nicht daran. Kathleen würde niemals ... Also, ich kann mir zumindest nicht vorstellen, daß sie ... Lassen Sie mir etwas Zeit, um darüber nachzudenken.«

»In Ordnung, Bootsie. Ich gebe zu, daß es sich um eine erschreckende Neuigkeit handelt, die ich Ihnen ohne Vorwarnung an den Kopf geknallt habe. Ich werde Sie wieder anrufen ... Aaaah!«

Boots kreischte zurück: »Was? Was? Was ist los?«

Jacqueline kam wieder zu Atem. »Warten Sie einen Augenblick, Boots. Da ist jemand ... etwas ... an meinem Fenster.«

Zwei glühende, phosphorisierende, grüne Kugeln hingen geisterhaft im Dunkeln. Der Anblick war so furchterregend, daß er Jacquelines Fassung auch dann erschüttert hätte, wenn ihre Nerven in einem guten Zustand gewesen wären, was aber keineswegs der Fall war. Sie stand auf und ging zum Fenster hinüber. Gedämpftes aufgebrachtes Gezeter kam aus dem verlassenen Telefonhörer.

Die Augen bewegten sich nicht, selbst als sie den Riegel am Fenster löste und es öffnete. Er saß auf dem Fensterbrett und starrte sie unverwandt an.

Jacqueline starrte zurück. Die Haare auf ihren Armen hatten sich aufgerichtet, und ihre Kehle fühlte sich an, als würde sie von einer unsichtbaren Hand zugepreßt.

Lucifer meldete sich zuerst zu Wort. Als er keine Reaktion erhielt, meldete er sich erneut, dieses Mal gebieterischer.

»Oh ... natürlich«, erwiderte Jacqueline idiotischerweise. »Sofort.«

Sie ging zur Hintertür und hielt sie auf. Es gab ein dumpfes Geräusch, als der Kater von der Fensterbank sprang. Er spazierte mit hin- und herschwingendem Schwanz herein und machte sich daran, vorsichtig das Zimmer zu inspizieren, wobei er sorgfältig unter den Regalen entlangschnupperte und in Ecken hineinspähte.

Die Geräusche, die aus dem Telefonhörer kamen, hatten einen unerträglich schrillen Klang angenommen. Jacqueline schüttelte sich wie betäubt und hob den Hörer auf.

»Es ist ihre Katze«, sagte sie.

»Wie können Sie einem Menschen nur so etwas Gemeines antun«, schrie Boots. »Es geht mir nicht gut. Ich bin ein kranker Mann. Sie ... Was haben Sie gesagt?«

»Ich sagte, es ist ihre Katze. Kathleens ... Ich wollte sagen, Jans Katze. Sie saß vor meinem Fenster. Jetzt ist sie ... wohl hungrig, wie mir scheint. Gute Nacht, Boots.«

Ihre Annahme war richtig. Nachdem sie in die Küche hinübergegangen war, fand sie Lucifer vor dem Kühlschrank sitzend, den er keine Sekunde aus den Augen ließ.

Jacqueline stellte ihm Milch hin und öffnete eine Dose Thunfisch, was er beides gnädig akzeptierte. Er fraß sogar richtig gierig. Lucifer war an diesem Tag noch nicht gefüttert worden, aber ein großer, gesunder Kater sollte eigentlich in der Lage sein, sich im Notfall eine Maus zu fangen. Aber vielleicht war er ja mit anderen Dingen beschäftigt gewesen ...

Jacqueline bemerkte, daß sie heftig zitterte. Sie schloß das Fenster. Die Temperatur draußen mußte beinahe bis auf den Nullpunkt gefallen sein. Dann kniete sie sich auf den Boden neben den Kater. Er hörte auf zu fressen und schaute sie an. Rätselhafte, ausdruckslose grüne Augen ... Woran dachte er wohl – was mochte er empfinden? Sie legte vorsichtig ihre Hand auf seinen Kopf, und er preßte sich gegen ihre Finger. Sie streichelte ihn einige Minuten lang, bis er leise zu schnurren begann. Als Jacqueline sich schließlich erhob, waren ihre Wangen feucht.

»Du bist eine verdammt dumme, sentimentale Närrin«, schimpfte sie laut mit sich.

Lucifer miaute. Jacqueline zog ein Papiertuch von der Küchenrolle und wischte sich über das Gesicht. Ja, mit der Katze zu reden war definitiv besser, als mit sich selbst.

Lucifer beendete sein Mahl und verließ das Zimmer. Jacqueline kam zu dem Schluß, daß es besser wäre, ihm zu folgen, um zu sehen, was er vorhatte. Ich muß mir irgendwo ein Katzenklo besorgen. Oder vielleicht ist er auch daran gewöhnt, nach draußen zu gehen. Verdammt, ich wünschte, er könnte reden. Und das aus mehr als nur einem Grund ...

Lucifer hatte vor, ein Nickerchen zu machen. Er marschierte geradewegs die Treppe hinauf ins Schlafzimmer. Jacqueline folgte ihm wie eine nervöse Mutter und fragte sich, wie er nur herausbekommen hatte, daß das Schlafzimmer oben war. Sie knipste das Licht an und zeigte ihrem unerwarteten Gast, daß sie auf Katzenbesuche vorbereitet war. »Schau nur das schöne Körbchen, Lucifer. Es hat genau die richtige Größe. War es nicht klug von mir, es zu kaufen?«

Lucifer wollte selbst dann nichts von dem Körbchen wissen, als Jacqueline ihn hochhob und versuchte, ihn hineinzusetzen. Sie entdeckte, daß eine Katze, wenn sie wollte, ganz aus Knochen und scharfen Kanten bestehen konnte. Also gab sie auf und beobachtete ergeben, wie Lucifer auf das Bett sprang, und sich schließlich zu einem weichen Ball zusammenrollte.

Sie überließ ihn seinem wohlverdienten Nickerchen und ging in die Küche zurück. Dort schüttete sie sich noch eine Tasse Kaffee ein und ging damit ins Arbeitszimmer hinüber. Ihr Schreibtischstuhl war bequemer als die Stühle in der Küche, und sie konnte die Füße auf den Schreibtisch legen, während sie mit Sarah telefonierte. Sarah war sicherlich noch wach. In New York ging niemand vor Anbruch der Morgendämmerung ins Bett.

Sarah hatte schon geschlafen. Und sie schlief nicht allein. Jacqueline meldete sich mit übertrieben fröhlicher Stimme, und als Sarah ihren Namen wiederholte, hörte Jacqueline, wie er von einer Stimme im Hintergrund abermals wiederholt wurde, die sie nur allzu gut kannte. »Ist das Patrick?« erkundigte sie sich aufgekratzt. »Wie nett. Ich wollte ihn eigentlich anrufen, nachdem ich mit Ihnen gesprochen habe. Warum legen Sie nicht den Hörer zwischen sich auf das Kopfkissen, damit Sie mich beide hören können?«

Sarah war außerstande, etwas darauf zu erwidern, aber O'Brien hatte dieses Problem ganz und gar nicht. Jacqueline ließ ihn eine Weile toben, bevor sie ihn unterbrach. »Also, Patrick, jetzt hör' mir einmal zu. Es geht um eine ernste Sache. Ich bin tief verletzt, daß du mich für fähig hältst, so etwas als billigen Scherz zu machen. Woher sollte ich wissen, daß du da bist? Natürlich bin ich entzückt, aber ich konnte doch unmöglich ... Also wirklich, Patrick, diese Ausdrücke! Ich habe eigentlich nur angerufen, um dir von meinem letzten Mordfall zu erzählen.«

Diese Worte bewirkten endlich die Stille, die sie wollte, und sie nutzte sie gründlich aus. Als sie fertig war, sagte O'Brien nur: »Und, stimmt es?«

Jacqueline mußte sich nicht erkundigen, was er meinte. »Warum fragst du mich? Es wird eine Autopsie geben –«

»Das reicht vielleicht nicht. Sind Darcys Fingerabdrücke irgendwo registriert? Die der meisten gesetzesfürchtigen Bürger sind es nicht.«

»Ich weiß. Und mit den Zahnarztberichten gibt es möglicherweise auch Probleme. Jan Wilson war in einen schweren Unfall verwickelt, ihr Gesicht ist entstellt. Vielleicht mußten auch am Kiefer und an den Zähnen Operationen durchgeführt werden. Aber das soll uns jetzt nicht beschäftigen. Es ist spät, und du brauchst deinen Schlaf.« O'Brien gab einige schnaubende Laute von sich, und Jacqueline fuhr fort: »Ich habe dir doch gesagt, ich hatte keine Ahnung, daß du da sein würdest. Ich möchte Sarah noch einmal sprechen.«

Genau das tat sie.

»Ja, es war dabei«, sagte Sarah. »In der heutigen Post. Es war verdammt hart, dranzukommen, Jacqueline. Boots hat seiner Sekretärin aufgetragen – Was? Die Mappe? Soweit ich sehen konnte nicht, aber ich hatte noch nicht die Möglichkeit, genau zu suchen, diese Hexe im Büro –«

»Nun, versuchen Sie es weiter«, unterbrach sie Jacqueline. »Booton wird bald wieder in die Agentur zurückkehren. Ich möchte bezweifeln, daß er sie aufbewahrt – zumindest nicht dort –, aber ich will trotzdem sichergehen. Und schicken Sie mir diesen Brief – mit dem Umschlag – per Express zu. Direkt morgen früh.«

Trotz all seiner Wut, weil er gestört – und in flagranti erwischt – worden war, wollte sich O'Brien nicht vom Telefon trennen.

»Beantworte mir nur eine Frage, Jake. Warum zum Teufel hast du um diese Zeit angerufen? Sind diese Briefe, nach denen Sarah suchen sollte, so wichtig?«

»Ja«, erwiderte Jacqueline entschieden. »Sie sind wichtig, und ich darf keine Zeit verlieren. Ich habe mit dem, was geschehen ist, nicht gerechnet, Patrick. Und hätte ich es getan, dann ... Nun ja, natürlich hätte ich es zu verhindern versucht. Für Jan ist es zu spät. Jetzt bleibt mir nur noch die Hoffnung, die Gefahr für andere Menschen verringern zu können, so daß sie keinen Schaden erleiden. Und frag mich nur nicht, was ich vorhabe. Ich weiß es selbst nicht. Die Spielregeln haben sich plötzlich geändert.«

Sekundenlang war nichts von O'Brien zu hören. Dann sagte er ruhig: »Du brauchst ja mir nichts mehr zu sagen. Aber ich habe den Eindruck, als ob du mit jemandem reden mußt. Wenn du durcheinander bist –«

»Wer, ich? Die supercoole Kirby?« Jacqueline lachte. »Ich bin niemals durcheinander, O'Brien. Bloß, weil ich die Frau kannte und sie gemocht habe –«

»Okay, Jake.«

Jacqueline griff nach einem Papiertuch und schneuzte sich. »Danke, Patrick. Tut mir leid, daß ich dich geweckt habe.«

»Hast du nicht.« Er klang amüsiert. »Aber du kannst jederzeit wieder anrufen. Wann immer dir danach ist. Nun ja – beinahe jederzeit.«

Jacqueline lächelte, als sie den Hörer auflegte. Der liebe Patrick, er sagte doch immer das Richtige. In diesem Fall hatte er es zwar nicht ausgesprochen, aber das war auch nicht nötig. Er kannte den Zorn und die Frustration beim Anblick eines verlorenen Menschenlebens besser als jeder andere. »Hätte ich doch nur bemerkt oder dies getan oder das getan ...« Er verstand das Bedürfnis nach Kommunikation und Bestätigung, das einen in diesem Augenblick überfiel.

Er hatte sich sogar den Ausspruch versagt, daß es nicht ihre Schuld sei.

Entgegen aller Logik fühlte Jacqueline sich getröstet und begann, sich zu erheben. Aber plötzlich erstarrte sie. Ihr umherwandernder Blick hatte etwas gesehen, was ihr schon vorher hätte auffallen sollen. Sie war jedoch mit anderen, weitaus düstereren Gedanken beschäftigt gewesen, als sie mit Bill die Runde durch das Haus gemacht hatte.

»Oh, Scheiße«, rief Jacqueline.

Das rote Licht an dem Mehrfachstecker, der ihren Computer, den Drucker und ein halbes Dutzend anderer Geräte mit Strom versorgte, war dunkel. Der Stecker war aus der Dose gezogen worden.

Jacqueline steckte ihn wieder ein und schaltete den Computer an. Sie wußte, was sie erwartete, aber der Anblick der leeren Menüs, wo die Korrespondenz, ihre Notizen und die gut dreißig Seiten ihres Exposés gespeichert gewesen waren, ließ sie wilde Flüche ausstoßen. Sie begann, in dem Durcheinander von Blättern auf ihrem Schreibtisch herumzuwühlen. Auch die ausgedruckten Seiten waren verschwunden.

Jacqueline erwachte aus einem Traum, in dem sie von irgend etwas hinunterstürzte und stellte fest, daß sie nicht geträumt hatte. Sie wäre beinahe aus dem Bett gefallen. Ein Bein hing herab, und als sie ihre Augen öffnete, starrte sie nicht etwa auf ein hübsches, weiches Kissen, sondern auf den harten Holzboden.

Sie fluchte leise und versuchte, sich anders zu legen. Aber sie konnte sich nicht umdrehen. Etwas Schweres und Hartes lag in ihrem Rücken. Sie setzte sich auf.

Das Schwere, Harte war Lucifer. Er lag ausgestreckt genau in der Mitte der Matratze.

Jacqueline ließ sich wieder aufs Kissen zurückfallen. Sie dachte einen Augenblick darüber nach, Lucifer das Glas Wasser von ihrem Nachttisch über den Kopf zu schütten, aber sie kam zu dem Schluß, daß das aus verschiedenen Gründen kein geschickter Schachzug wäre. Er war eigentlich recht kuschelig gewesen. Sie hatte ihn zwar zur Seite schieben müssen, um ins Bett zu kommen, aber danach war er wieder herübergekrochen und hatte sich neben sie gelegt. Ohne seine Wärme, seine bloße Anwesenheit hätte sie wahrscheinlich gar nicht einschlafen können.

Sie würde sich ein größeres Bett zulegen müssen.

Lucifer folgte ihr die Treppe hinunter. Er wußte, was er wollte, und damit hatte er Jacqueline etwas voraus. Sie schenkte ihm kaum Beachtung, als er direkt auf die Tür zusteuerte. Er mußte ihr zweimal bedeuten, daß er hinauswollte.

Die schrägen Sonnenstrahlen, die durch die Zweige fielen, sagten ihr, daß es beinahe Mittag war. Sie machte sich einen Kaffee, aber selbst dieses inspirierende Getränk weckte nicht ihre gewohnte geistige Frische.

Die Entdeckung ihres Verlustes letzte Nacht hatte sie zuerst zum Fluchen verführt und dann in hektische Aktivität ausbrechen lassen. Es war reine Formsache, das Kästchen zu überprüfen, in dem sie ihre Disketten aufbewahrte. Es war leer, was sie erneut in Rage versetzte, aber nicht überraschte. Die Person, die diese gemeine, feige Tat begangen hatte, war nicht nur mit Computern vertraut, sondern auch mit den Gewohnheiten von Schriftstellern, die sie benutzten. Den Stecker herauszuziehen war lediglich eine letzte, spöttische Geste gewesen. Die Dateien waren zuvor gelöscht worden.

Das mußte nicht notwendigerweise heißen, daß der Täter Schriftsteller war. Jeder, der mit einem Computer umgehen konnte, besaß die nötigen Kenntnisse. Aber nur ein Schriftsteller konnte ermessen, wie wichtig diese verlorenen Worte waren. Natürlich konnte sich Jacqueline an das Handlungsgerippe erinnern. Aber die Worte selbst – das Fleisch und Blut des Textes – waren verschwunden, und sie wäre niemals imstande, sich ihre ursprüngliche Form ins Gedächtnis zurückzurufen.

Sie benötigte zwei Stunden, um das Gerippe wieder in den Computer und aufs Papier zu bekommen. Sie hatte Angst, bis zum Morgen zu warten, sie hatte schon jetzt zu viel vergessen. Sie durchsuchte das Zimmer erst gründlich, nachdem sie fertig war und die sorgfältig gefalteten Seiten in der Tasche ihres Bademantels steckten.

Es war ein äußerst ordentlicher, professioneller Einbruch gewesen. Außer der unbestreitbaren Tatsache, daß ihr Exposé in all seinen verschiedenen Formen verschwunden war, gab es nicht den kleinsten Hinweis auf ein Eindringen. Die Fenster waren so, wie sie sie zurückgelassen hatte: verschlossen. Man hätte sie nicht öffnen können, ohne das Glas zu zerbrechen. Die Hintertür war nicht nur abgeschlossen, sondern auch verriegelt gewesen, bis sie sie geöffnet hatte, um Lucifer hereinzulassen.

Beim Verlassen des Hauses hatte sie die Vordertür mit dem

Schlüssel abgeschlossen, den Mollie ihr gegeben hatte. Der Eindringling mußte auf demselben Weg hineingekommen sein. Es sei denn, es gab irgendwo eine Geheimtür in der Wand ... Unter normalen Umständen hätte ihre Phantasie gerne mit einer solchen Idee gespielt und sie womöglich zu einer Suche angeregt, aber sie war zu müde und zu deprimiert, um sich darüber zu amüsieren. Die Mittel einer Schauergeschichte waren der wirklichen Welt nicht unbekannt. Die brutale Verfolgung religiöser und rassischer Minderheiten zum Beispiel hatte dies in der Vergangenheit eindrucksvoll erwiesen.

Das Schloß der Vordertür war einfach und altmodisch und stammte wahrscheinlich noch aus der Zeit, als das Haus errichtet worden war. Jacqueline hatte keine ausgeprägte Erfahrung mit Dietrichen und Nachschlüsseln, aber wenn es ein Schloß gab, das sich mit einer Haarnadel öffnen ließ, dann war es das hier.

Letzte Nacht war sie zu müde gewesen, um das Schloß zu untersuchen.

Mit einem Seufzer griff sie jetzt nach einem Stift, zog ein Blatt Papier herüber und begann, eine Liste anzufertigen.

Zwei Tassen später war sie wach genug, um sich anzuziehen. Als sie nach oben ging, ließ sie die Liste auf dem Tisch liegen. Darauf stand unter anderem zu lesen: Katzenfutter. Schloß überprüfen. Sarah anrufen. Herausfinden, wo die verdammten Reporter abgeblieben sind. Milch, Kaffee, Brot. Jack, Brunnhilde, Marian, Augusta??? BÜCHER. Abfalleimer. Brontës.

Jacqueline untersuchte das Schloß mit dem Vergrößerungsglas aus ihrer Handtasche. Das schien ihr eine professionelle Vorgehensweise zu sein. Leider war niemand außer Lucifer da, um ihre Vorstellung zu beobachten. Und der Kater machte keinen allzu bewundernden Eindruck. Sie fand nichts Verdächtiges, also amüsierte sie sich eine Zeitlang damit, das blasse Sonnenlicht im Vergrößerungsglas einzufangen und die Lichtpunkte über den Boden tanzen zu lassen, damit Lucifer sie fangen konnte – was er netterweise auch tat.

Sie gingen gemeinsam wieder hinein, und Jacqueline öffnete eine weitere Dose Thunfisch. Sie gab der Katze die Hälfte und aß den Rest geistesabwesend selbst, wobei sie ihren nächsten Schritt überdachte. Das Wichtigste war zunächst, die Journalisten loszuwerden. Es mußte doch eine Möglichkeit geben, sie irgendwie zu überlisten, anstatt die Zeit damit zu vertrödeln, ihnen zu entwischen.

Wenn sie ein Pferd wäre – oder in diesem Fall ein Pferde ... Aber natürlich, dachte sie und begann zu strahlen. Es war so offensichtlich, daß sie sich fragte, warum sie nicht gleich darauf gekommen war.

Der *Sludge* erschien wöchentlich, also würde die nächste Ausgabe erst in einigen Tagen herauskommen. Der Vertreter dieses erlesenen Blattes würde Himmel und Hölle – wo er mit Sicherheit einmal landen würde – in Bewegung setzen, um die Story bis zu diesem Augenblick unter Verschluß zu halten. Da ihr selbst ebenfalls daran gelegen war, die Geschichte unter Verschluß zu halten, mußte es doch mit dem Teufel zugehen, wenn sie nicht zu einer Übereinkunft kämen, die beide Seiten befriedigte.

Der Reporter war wieder einmal auf seinem Beobachtungsposten im Auto. Er sprang heraus, als er Jacqueline kommen sah. Sie ließ das Vorhängeschloß zuschnappen und steckte den Schlüssel ein, bevor sie sich zu ihm umdrehte.

»MacDougal, nicht wahr?« erkundigte sie sich freundlich.

»MacDonnell. Wir haben uns bereits kennengelernt –«

»Ich entsinne mich. Wie geht es Ihnen an diesem wunderschönen Morgen, Mr. MacDonnell? Und wo ist Ihre Kollegin?«

Mr. Mac Donnell war sich sehr wohl bewußt, daß es ihr völlig egal war, wie es ihm ging, also beantwortete er die zweite Frage. »Im Empfangsraum. Beobachtet die Eingangstür und die Tante an der Rezeption, die ja wohl 'ne ziemliche Trantüte ist. Kriegt sie etwa Prügel von ihrem Mann?«

Jacquelines Lächeln veränderte sich nicht, aber ihre Augen, die sich zu schmalen Schlitzen verengten, verwandelten es eher in eine Grimasse. »Mollie und ihre Angelegenheiten gehen Sie nicht das geringste an, MacDonnell. Das ist Teil der Abmachung – Sie lassen sie in Ruhe und halten ihr diese Photographin vom Leib.«

»Abmachung?« erwiderte MacDonnell hoffnungsvoll.

»Das ist vielleicht nicht ganz das richtige Wort. Verziehen Sie sich, MacDonnell, und nehmen Sie Ihre Freundin mit. Hängen Sie meinetwegen irgendwo in der Stadt herum, wenn es sein muß – obwohl das meiner Ansicht nach keine allzu kluge Entscheidung wäre, da Ihre Anwesenheit hier möglicherweise andere Leute Ihres Metiers anziehen könnte. Wenn Sie beide nicht innerhalb einer halben Stunde das Gasthaus verlassen haben, werde ich bei Fernsehstationen und anderen Zeitungen anrufen.«

MacDonnells Reaktion spiegelte sein literarisches Talent wider. Selten war Jacqueline eine solch spontane, beredte Kombination aus Beschimpfung und Flehen zu Ohren gekommen. Aber sie blieb selbst dann, als er ihr Geld anbot, ungerührt.

»Ich habe Ihnen ja gesagt, Sie haben es nicht mit einer Abmachung zu tun. Dies ist eine Drohung. Im Augenblick haben Sie noch einen Exklusivbericht. Soweit es mich angeht, können Sie ihn gerne behalten. Aber wenn Sie mich nicht vollkommen in Ruhe lassen, werde ich zusehen, daß die Sache unter allen meinen Freunden in diesem Geschäft die Runde macht.« Sie warf einen Blick auf ihre Uhr. »Die halbe Stunde beginnt jetzt, Sie sollten zusehen, daß Sie in die Gänge kommen.«

»Okay, okay! Sie schwören, daß Sie nicht ... Schon gut. Auf Ihr Wort kann man sich verlassen, Miss Kirby, das weiß ich. Aber was soll ich meiner Chefredakteurin sagen? Wenn sie ihre Zähne erst einmal in einer Story hat, dann ist sie schlimmer als ein Piranha, und sie will Bilder und ein Interview –«

»Das ist Ihr Problem.« Nach einem Moment fügte Jacqueline hinzu: »Sie könnten versuchen, ihr die Wahrheit zu sagen.«

MacDonnell dachte über diesen ungewöhnlichen Vorschlag nach. »Verdammt, warum nicht. Schauen Sie, Miss Kirby, wenn ich mitspiele und Marsha dazu bekomme, zuzustimmen, wie wäre es dann morgen oder übermorgen mit einem Interview?«

»Siebenundzwanzig Minuten«, sagte Jacqueline.

Sie überbrückte die Wartezeit damit, sich die Stelle anzusehen, wo die Himbeersträucher standen. Sie hatte vergessen – wenn sie es überhaupt jemals gewußt hatte –, daß Himbeeren im Herbst noch eine zweite Ernte tragen. Sie schmeckten köstlich, selbst wenn sie verdächtige und, wie sie vermutete, unauslöschliche Spuren auf Kleidung und Fingern hinterließen. Sie aß sich langsam voran, bis sie den Weg ins Herzen des Durcheinanders gefunden hatte und bemerkte, daß man Stroh benutzt hatte, um die Pflanzen zu mulchen. Ein Abschnitt, der ungefähr einen Meter achtzig lang und über einen Meter breit war, schien sehr viel dicker als der Rest zu sein. Sie stocherte vorsichtig darin herum, fand aber nichts Interessantes. Tom war entweder sehr vorsichtig oder sehr leichtsinnig.

Sie kehrte gerade rechtzeitig zum Tor zurück, um zu sehen, wie MacDonnell seine Assistentin in den Wagen schob und seinen Koffer hinterherwarf. Er kratzte sich am Kopf und sah sich noch einige Minuten lang um, dann stieg auch er ein und fuhr vom Parkplatz.

So weit, so gut. Jacqueline war nicht so naiv zu glauben, daß MacDonnell sein Wort halten würde – welches er, um ehrlich zu sein, auch gar nicht gegeben hatte. Wenn er auch nur den Verstand einer Ziege besaß, dann würde er seinen Leihwagen gegen einen anderen eintauschen, sich einen komischen Hut oder einen falschen Bart zulegen und zurückkehren, um ein wachsames Auge auf sie und ihre Aktivitäten zu haben. Das würde allerdings einige Zeit in Anspruch nehmen, selbst wenn man davon ausging, daß Joe Reynolds von der Autowerkstatt noch einen weiteren Mietwagen zur Verfügung hatte. Es gab erst in Meadowbrook eine Leihwagenfirma.

Jacqueline summte leise vor sich hin, während sie auf die Tür des Gasthauses zuschritt. Als sie eintrat, legte Mollie den Telefonhörer auf und warf ihr mit offenem Mund und weit aufgerissenen Augen einen Blick zu, der sie – das mußte Jacqueline zugeben – wie ein Schaf aussehen ließ. »Ich habe gerade versucht, Sie anzurufen! Sie sind weg! Sie sind beide vor ein paar Minuten abgereist und dann –«

»Ich weiß. Das Ganze tut mir wirklich leid, Mollie. Geht es Ihnen gut?«

»Oh. Ja, ich ... Das ist doch nicht Ihr Fehler, Jacqueline. Sie haben mich nicht wirklich belästigt, aber es ist alles so schrecklich ... Ich bin Jan Wilson nur wenige Male begegnet, aber sie hat mir so leid getan, und dann muß auch noch das geschehen ... Außerdem erzählen die Leute die unglaublichsten Sachen. Daß es gar nicht Jan gewesen sei, sondern ... Das kann unmöglich wahr sein – oder?«

Jacqueline war nicht überrascht, daß die Geschichte so schnell die Runde gemacht hatte. Eine Reihe von Leuten hatten Pauls Behauptung mit offenen Mündern verfolgt. »Wer hat es Ihnen erzählt?« erkundigte sie sich.

»Ich weiß es nicht mehr genau. Alle scheinen davon zu wissen. Wir hatten letzte Nacht eine Versammlung des Clubs der Geschäftsleute, die sich einmal die Woche hier treffen, und irgend jemand kam herein und sagte, daß es einen schrecklichen Mord im Buchladen gegeben habe, und natürlich liefen alle los, um sich selbst davon zu überzeugen, und später dann kamen sie zurück und redeten alle durcheinander ... Und die arme Mrs. Swenson! Selbst sie konnte es nicht überhören, weil sich alle so laut anschrien, und eine Weile dachte ich, sie würde einen Herzanfall bekommen. Sie stürzte auf die Tür zu – sie ist überraschend behende für eine so alte Dame –, und natürlich habe ich versucht, sie zurückzuhalten, ich hätte nicht gedacht, daß eine Frau ihres Alters sich derart aufregen könnte, und sie ... sie hat mich gebissen.«

»Sie hat was?«

»Oh, es war ein Unfall. Sie wissen doch, wie ungeschickt ich bin. Mein Finger muß wohl irgendwie in ihren Mund geraten sein, als ich sie festhielt. Ich bin sicher, daß es keine Absicht gewesen ist.«

Jacqueline mußte sich abwenden, um ihre zitternden Lippen zu verbergen. Von wegen, die arme Mrs. Swenson. Der Vorfall war wahrscheinlich das Interessanteste, was ihr in sechzig ruhigen Jährchen untergekommen war, und Mollie mit ihren guten Absichten hatte ihren Versuch durchkreuzt, sich ins Geschehen zu stürzen.

»Ich hoffe, die Vorfälle haben sich nicht auf Toms Kochkünste ausgewirkt«, sagte sie.

Mollie nahm den Sarkasmus in ihrer Stimme nicht wahr.

»Zum Glück nicht. Er ist eben ein Profi. Aber er hat sich natürlich auch aufgeregt.«

»Natürlich«, echote Jacqueline. »Wie gut hat er Jan gekannt?«

»Eigentlich gar nicht. Er hat nicht viel Zeit zum Lesen.« Mollie zögerte. »Es lag ... es lag an der Vorstellung, daß es sich vielleicht um Kathleen Darcy handeln könnte. Das kann aber doch nicht wahr sein, Jacqueline.«

»Ich weiß es wirklich nicht, Mollie. Aber ich kann verstehen, warum es Tom zu schaffen macht. Sie waren Freunde, nicht wahr?«

»Mehr als Freunde.«

»Wirklich?«

Jacquelines überraschter Tonfall hätte O'Brien nicht überzeugen können, aber Mollie hielt ihn für echt. »Es wundert mich, daß Ihnen das nicht klar war. Sie haben doch das Buch gelesen. Jeder weiß, daß Tom das Vorbild für ihren Helden gewesen ist. Ich mache Tom deswegen keinen Vorwurf. Es war lange bevor er mich kennenlernte. Sie war älter und – und erfahrener, und sie war verrückt nach ihm. Das war sogar einer der Gründe, warum er Pine Grove verlassen hat. Er machte sich nichts aus ihr – nicht wirklich –, und die Art und Weise, wie sie hinter ihm herjagte, wurde peinlich. Tom sagt, sie hat ihn nicht mehr aus den Augen gelassen.«

»Ach«, sagte Jacqueline.

»Deshalb ist Tom so aufgeregt. Er hat sie nie geliebt – zumindest nicht ernsthaft –, aber er ist so liebevoll und mitfühlend, daß der Gedanke, daß sie sich verletzt und krank versteckt hat, ihm das Gefühl gibt, er hätte ...«

Ihre Stimme verstummte unschlüssig.

»Was hätte er tun können?« fragte Jacqueline. »Wie hätte er es wissen sollen? Ich werde einmal einen kleinen Plausch mit Tom halten. Vielleicht kann ich ihm den Kopf zurechtrücken.«

»Oh, würden Sie das tun?« Mollie wischte sich die Tränen aus den Augen und warf Jacqueline einen dankbaren Blick zu. »Er bewundert Sie so sehr, Jacqueline.«

»Hmm«, brummte Jacqueline. Also Mollie war unglaublich. Ihre Naivität brachte vermutlich in manch einem den Tyrannen zum Vorschein, aber es war gerade diese Unschuld, die sie der zynischen Jacqueline Kirby so liebenswert erscheinen ließ. Menschen wie Mollie paßten sich der Realität nicht an, sie wurden von ihr zerquetscht. Aber dieses Mal nicht, schwor sich Jacqueline. Nicht, wenn ich es verhindern kann. »Wo ist Tom?« erkundigte sie sich.

»In der Küche. Oh«, fügte sie hinzu, als Jacqueline sich abwandte, »Sie haben einige Anrufe erhalten. Ich habe allen gesagt, daß Sie nicht gestört werden können. Es muß letzte Nacht für Sie ja ganz schrecklich gewesen sein –«

Jacqueline nahm die Zettel mit den notierten Anrufen an sich und ging in die Küche.

Ihr plötzliches Auftauchen dort brachte das ganze Schneiden, Rühren, Schmoren und Servieren zum Stillstand. Ohne die neugierigen Blicke und das Gemurmel zu beachten, sagte Jacqueline: »Tom, hätten Sie eine Minute Zeit?«

»Nicht jetzt«, erwiderte er.

»Draußen«, bedeutete ihm Jacqueline.

Er folgte ihr zur Hintertür hinaus und wischte sich die Hände an der Schürze ab. Jacqueline schloß die Tür. »Jemand war letzte Nacht im Cottage«, sagte sie. »Wie viele andere Schlüssel zu dem Haus gibt es?«

»Schlüssel«, wiederholte Tom stupide. Wie seine Frau, so sah auch er aus, als habe er überhaupt nicht geschlafen. Mollie hatte dies den Ausdruck eines kranken Schafes verliehen, Tom dagegen wirkte mehr als je zuvor wie der Held eines Liebesromans – vom Kampf geschafft, doch nobel und heroisch. Nur mit äußerster Willenskraft konnte sich Jacqueline zusammenreißen und ihm nicht mitten in sein schönes, müdes Gesicht schlagen.

»Schlüssel. Die Dinger, mit denen man Türen öffnet. Es gab keine Anzeichen für einen Einbruch. Wer außer mir hat noch einen Schlüssel für das Cottage?«

»Niemand.« Tom rieb sich die Stirn. »Das heißt ... Es gibt einen weiteren Schlüssel. Einen Ersatzschlüssel. Mollie wird wissen, wo er ist.«

»Ich möchte Mollie nicht beunruhigen. Ich habe ihr nichts von dem Vorfall erzählt, und das werden Sie auch nicht tun. Treiben Sie nur diesen Schlüssel auf, und lassen Sie ihn nicht mehr aus den Augen.«

Toms Wangen liefen dunkelrot an. »Jetzt warten Sie aber mal eine Minute, zum Teufel. Ich weiß nicht, woher Sie sich das Recht nehmen, so –«

»Wissen Sie das wirklich nicht?«

Er wich ihrem Blick aus. Nach einem Moment bemerkte Jacqueline, daß er auf die Vorderseite ihrer Bluse starrte, wo zwei Flecken so rot wie Blut zu sehen waren. Einige Himbeeren waren zerdrückt worden.

»Haben Sie sich verletzt?«

»Das ist kein Blut, das sind Beerenflecken. Himbeerflecken.« Tom starrte sie mit ausdruckslosem Gesicht an, und Jacqueline fühlte, wie Wut in ihr aufstieg. Er war ebenso beschränkt wie Mollie, aber auf eine ganz andere Art und Weise. »Ich habe mich mal bei den Himbeersträuchern umgesehen«, erläuterte sie. »Es scheint ein beliebtes Plätzchen zu sein. Ich kann mir nicht vorstellen, warum. Natürlich ist es angenehm nah, aber ich könnte mir vorstellen, daß die Unbequemlichkeit die Vorteile der Nähe nicht aufwiegt.«

Sie wäre noch weiter fortgefahren, aber das war nicht notwendig. Toms Augen weiteten sich, und das Blut wich aus seinen Wangen. »Mrs. Kirby –«

»Es wäre noch schlimm genug, wenn Sie sich wenigstens etwas aus dem Mädchen machen würden«, sagte Jacqueline. »Aber das tun Sie nicht. Sie benutzen sie als Ersatz und als Beruhigung für ihren verletzten Stolz. Kathleen wollte nichts mit Ihnen zu tun haben, nicht wahr? Und sie dachten, es sei anders. Ich kann Ihnen nicht einmal die ganze Schuld daran geben, daß Sie es nicht verstanden haben. Ich bin sicher, daß es eine Reihe von Frauen gegeben hat, die Sie nicht aus den Augen ließen und Ausreden gefunden haben, um so viel Zeit wie möglich mit Ihnen zu verbringen. Aber Kathleen war nicht irgendeine Frau. Sie war zuallererst einmal Schriftstellerin. Sie war von Ihnen fasziniert – aber nicht als Mann, sondern als Modell für ihren Roman, und sie hat Sie wie ein Tier im Zoo beobachtet. Ich will ihr kein Unrecht tun, wahrscheinlich ist es ihr nicht einmal im

Traum eingefallen, daß Sie ein sexuelles Interesse an ihr haben könnten. Es gab genug andere Frauen, die um Sie herumscharwänzelten, die meisten von ihnen jünger und hübscher als Kathleen. Als Sie ihr dann Ihre Gefühle gestanden ... Was hat sie da gemacht? Gelacht?«

Toms verzerrtes Lächeln sagte ihr, daß sie ins Schwarze getroffen hatte. Es hatte keiner übernatürlichen Fähigkeiten bedurft, um diese Theorie aufzustellen – nur ein paar Grundkenntnisse in Psychologie und etwas Wissen über die menschliche Natur –, aber Tom wich vor ihr zurück und starrte sie an, als rechne er damit, daß sie jeden Augenblick auf ihren Besen hüpfen und davonfliegen würde.

»Nun«, sagte Jacqueline mit etwas sanfterer Stimme, »ich nehme an, daß sie zu den wenigen Frauen gehört hat, die Sie jemals abgewiesen haben. Das hat an Ihnen genagt. Es muß weh getan haben, auf die eigenen Annäherungsversuche nichts weiter als Heiterkeit zu ernten. Wenn sie in Pine Grove geblieben wäre, geheiratet hätte und eine einfache, alternde Hausfrau geworden wäre, hätten Sie sie vergessen. Aber das Rätsel und der Zauber ihres Lebens kamen zu der Zurückweisung hinzu und verwandelten Kathleen in eine unerreichbare Zauberfrau. *La Belle Dame sans Merci, Helen...«* Sie schloß aus seinem Gesichtsausdruck, daß ihm diese literarische Anspielung nichts sagte. Mollie hatte ihr ja auch gestanden, daß er nicht viel las ... Jacqueline erkundigte sich gereizt: »Verstehen Sie, was ich sage?«

»Haben Sie – haben Sie Mollie etwas erzählt?«

Jacqueline wollte gerade einige Flüche ausstoßen, als ihr einfiel, daß das tatsächlich die zentrale Frage war. Vielleicht spielte es gar keine Rolle, ob Tom jemals verstand, warum er getan hatte, was er getan hatte, solange er nur damit aufhörte. Wenn Mollie nur ein bißchen Mumm in den Knochen hätte, würde sie ihn hinauswerfen und sich einen weniger schönen, dafür aber erwachseneren Mann suchen. Aber Mollie würde sich nicht ändern, und wenn sie Tom unbedingt haben wollte, würde sie ihn behalten. Das heißt – ein neues, verbessertes Modell von Tom, konstruiert von J. Kirby.

»Ich habe bisher niemandem etwas erzählt«, sagte sie. »Noch nicht. Tom, Ihnen scheint nicht ganz klar zu sein, daß Sie kräftig in der Patsche sitzen. Sie haben diese Geschichte über sich und Kathleen doch unter die Leute gebracht, nicht wahr? Sie wollten, daß alle dachten, sie wäre aus Liebe zu Ihnen beinahe gestorben. Nun, mein lieber Don Juan, das gibt Ihnen ein Motiv für einen Mord. Und was ich nun weiß, gibt Ihnen ein anderes, aber gleichsam passendes Motiv. Die Gefahr besteht nicht darin, daß Mollie Sie verlassen wird, Sie Esel, sondern darin, daß Sie ins Kittchen wandern.«

»Mollie«, wiederholte Tom stumpfsinnig. »Mollie darf es nicht erfahren.«

»Oh, Himmel noch mal«, rief Jacqueline. »Sie sind ein hoffnungsloser Fall. Denken Sie darüber nach, Tom, falls Sie überhaupt in der Lage sind, vernünftig zu denken. Ich habe andere Dinge zu tun. Bis später.«

Ihr nächster Halt war die Kanzlei von Craig, Craig und Craig. Dieses Mal wurde sie vollkommen anders empfangen als beim ersten Mal, und das ohne jede Wartezeit. Sobald die Sekretärin ihre Ankunft verkündet hatte, kam Craig wie die Kugel aus einem Gewehrlauf aus seinem Büro geschossen. »Hier herein«, sagte er und packte sie am Arm.

Statt vor den anderen Klienten im Wartezimmer eine Szene zu veranstalten, ließ Jacqueline es zu, daß sie in sein Zimmer gezerrt wurde. Kaum war sie aber über die Türschwelle, riß sie sich derart abrupt los, daß Craig der Mund offenstehen blieb. Dann ließ sie sich in einen der Besuchersessel fallen.

»Also, was gibt es Neues?« erkundigte sie sich fröhlich.

»In einem Wort?« fragte Craig zurück. Er lehnte sich gegen den Schreibtisch, die Hände in den Taschen verborgen. Er trug eine gestreifte Krawatte, eine besonders schreckliche Kombination aus Rot und Gelb, und zum ersten Mal, seit Jacqueline seine Bekanntschaft gemacht hatte, war sie gelockert und saß schief.

»Sie sehen müde aus«, murmelte Jacqueline. »Haben Sie schlecht geschlafen?«

»Sie ja scheinbar nicht.« Craig gab sich Mühe, ihrer Technik nachzueifern und war damit beinahe erfolgreich. Er ließ seinen kühlen, überheblichen Blick, von dem er genau wissen mußte, wie sehr sie ihn haßte, über ihre schäbigen, bequemen Schuhe und das Tuch, das sie sich um den Kopf gebunden hatte, wandern. »Sie scheinen ja mit sich und Ihrem Leben unglaublich zufrieden zu sein, was ein gewisses Maß an Nervenstärke voraussetzt, wenn man bedenkt, wie viele Apfelkarren Sie umgestoßen und wie viele Dosen mit Würmern Sie geöffnet haben –«

»Aber, aber, jetzt wollen wir mal nicht ungerecht werden«, unterbrach ihn Jacqueline. »Ich habe nicht die kleinste Dose mit Würmern geöffnet. Das war Paul Spencer.«

»Das ist mir auch zu Ohren gekommen. Aber warum werde ich dieses Gefühl nicht los, daß Sie etwas damit zu tun haben?«

»Wahrscheinlich, weil Sie einen ganz gemeinen, mißtrauischen Verstand haben«, erwiderte Jacqueline. »Möchten Sie nicht Ihren Vater und Ihren Sohn hinzubitten? Es wäre mir sehr unangenehm, wenn Sie sich durch mich und meinen Kopf, der voller Intrigen steckt, benachteiligt fühlen würden.«

Craigs Gesicht nahm einen hübschen Rosaton an. Aber sein magerer Sinn für Humor gewann schließlich doch die Oberhand, und er lachte kläglich. »Pax, Mrs. Kirby. Ich weiß nicht, warum Sie mich nicht leiden können, aber ich möchte es gerne noch einmal mit Ihnen versuchen.«

»Warum nicht«, entgegnete Jacqueline. Sie lehnte sich zurück, kreuzte die Beine und stellte ihre Handtasche auf den Boden. »Warum fangen Sie nicht damit an, indem Sie Platz nehmen? Ich mag es nicht, wenn großgewachsene Männer mir vor der Nase stehen.«

Craig tat, wie ihm geheißen wurde und warf einen skeptischen Blick auf die Handtasche. »Nehmen Sie das Gespräch auf?«

»Eins zu null für Sie«, erwiderte Jacqueline mit einem Lächeln. »Haben Sie etwas dagegen?«

»Überhaupt nicht? Darf ich auch?«

»Nur zu.«

Craig schaltete seinen Recorder ein. »Es geht mir wie Ihnen, Mrs. Kirby, auch ich benötige keine Verstärkung. Mein Vater will mit der ganzen Sache nichts mehr zu tun haben. Er hat das

Gefühl ... Er hat gesagt ... Wie soll ich mich am besten ausdrücken ...«

»Schon gut, ich denke, ich verstehe schon«, sagte Jacqueline. »Man kann ihm kaum einen Vorwurf machen. Sie sind also jetzt für Mr. Darcys Angelegenheiten verantwortlich?«

»Ich repräsentiere ihn, was diesen Teil des Falles angeht«, erwiderte Craig vorsichtig.

»Wie benimmt er sich?«

»Oh Gott, fragen Sie nicht!« Durch Craigs förmliches Gebaren schimmerten zum ersten Mal Emotionen. »In einer Sekunde beharrt er darauf, daß seine Schwester seit sieben Jahren tot ist und in der nächsten räumt er ein, daß es Kathleen gewesen sein könnte. Er hat sich im Haus verbarrikadiert und geht nicht einmal ans Telefon. Aber er möchte mit Ihnen reden.«

»Alle wollen mit mir reden«, beschwerte sich Jacqueline und dachte an den Stapel von Nachrichten in ihrer Handtasche. »Wie geht es Mrs. Darcy?«

»Sie hat von all dem keine Ahnung. Der Himmel steh' uns bei, wenn sie es herausfindet! Die alte Dame ist schon seit Jahren nicht mehr klar im Kopf, und wenn sie von den jüngsten Vorfällen erfährt ...«

Er zitterte sichtlich.

»Von mir wird sie nichts erfahren«, beruhigte ihn Jacqueline. »Aber früher oder später wird sie es herausbekommen. Das beste wäre, wenn wir diese Sache so schnell wie möglich über die Bühne bringen könnten.«

»Ich weiß, ich weiß. Aber sie läßt sich nicht so ohne weiteres klären. Die Autopsie ist für heute nachmittag angesetzt, aber ich bin mir nicht sicher, ob sie die Frage der Identität lösen wird. Von Kathleen wurden niemals Fingerabdrücke genommen. Der Zahnarzt, zu dem sie ging, hat sich vor einigen Jahren zur Ruhe gesetzt, und ich habe keine Ahnung, was mit seinen Patientenunterlagen geschehen ist. Die Polizei versucht, ihn aufzuspüren. Soweit ich weiß, besaß sie keine Muttermale oder andere auffällige körperliche Charakteristika. Sie hat sich nie etwas gebrochen und ist auch nicht operiert worden.«

»Aber«, wandte Jacqueline mit unschuldiger Stimme ein, »von

solchen Dingen wie Muttermalen, Narben und so weiter können Sie doch eigentlich nichts wissen. Das können nur die Menschen, die engen Kontakt zu ihr hatten. Ihre Mutter, ihr Liebhaber ...«

»Ich war weder das eine, noch das andere«, erwiderte Craig trocken.

»Was ist mit ihren Schwestern?«

»Ich habe keine Ahnung.« Craig vollführte eine hilflose Geste. »Ich habe mit keiner von beiden gesprochen. Heute war ein höllischer Tag, und ich hatte nicht Zeit für alles. Booton Stokes hat mich heute morgen angerufen. Er will –«

»Sprechen Sie es nicht aus, ich vermute es schon. Er will mit mir reden. Ist er eigentlich im Besitz von Kathleens restlichen Notizen?«

Craig schaute sie angesichts des Themenwechsels überrascht an. Er antwortete aber bereitwillig: »Nicht, daß ich wüßte. Warum fragen Sie?«

»Kathleens Schwester erzählte mir, daß sie seit Jahren schreibe, aber die Unterlagen in den Kartons, die in ihrem Besitz waren, befaßten sich lediglich mit *Nackt im Eis.*«

»Vielleicht hat sie alte Manuskripte vernichtet. Das tun Schriftsteller doch ab und zu, nicht wahr?«

»Ab und zu. Was wollte Stokes sonst noch?«

»Er macht sich Sorgen, daß etwas an die Öffentlichkeit dringen könnte.«

»Ich glaube, wir können es noch eine Weile verhindern – zumindest für einige Tage.« Jacqueline lieferte ihm eine geschönte Version ihrer Abmachung mit MacDonnell.

»Großartig«, rief Craig. »Das ist großartig, Jacqueline. Vielleicht wird sich alles noch zum Guten wenden.«

Nicht auf die Art und Weise, wie du es dir erhoffst, dachte Jacqueline. Sie hob ihre Tasche auf den Schoß und vergewisserte sich, daß er sah, wie sie ihren Recorder abstellte. »Unter uns«, sagte sie, »was denken Sie, ist vor sieben Jahren mit Kathleen geschehen?«

»Sie haben nicht zufällig zwei davon dort drin?« Sie schüttelte den Kopf. Craig schüttelte seinen ebenfalls, aber darin drückte sich nicht etwa eine ablehnende Haltung aus, sondern nur müde Verwirrung. »Jacqueline, ich weiß es nicht. Vor einigen Wochen noch hätte ich keinen Zweifel daran gehabt, daß sie tot ist. Selbst, nachdem ich den Brief erhalten hatte ... Sie sehen nicht überrascht aus. Woher wußten Sie davon?«

»Sie sind nicht der einzige, der von jemanden gehört hat, der sich Kathleen nennt. Haben Sie zufällig auf den Poststempel geachtet?«

»Natürlich. Es gab nach Kathleens Verschwinden eine Reihe von solchen Briefen. Ich habe damit gerechnet, daß es noch einmal dazu kommen würde. Ich habe sie natürlich aufbewahrt, man weiß ja nie, wann man eine Belästigung oder etwas Ernsteres beweisen muß. Dieser hier kam aus New York City.«

»Ich würde mir diesen Brief gerne ausleihen ... Ron. Ebenso wie jeden anderen, den man als Tat einer Wahnsinnigen abtun könnte.« Er zögerte, also zog Jacqueline alle Register ihres Könnens – klimpernde Wimpern, albernes Lächeln, gurrende Stimme. »Man kann sie wohl kaum als vertrauliche Mitteilungen bezeichnen, nicht wahr? Ich habe meine Gründe, warum ich Sie darum bitte, Ron. Ich möchte sie mit gewissen anderen Briefen vergleichen.«

»Haben Sie auch einen Brief bekommen?«

»Ich habe mehrere bekommen«, erwiderte Jacqueline. »Und ich war – ich bin – davon überzeugt, daß sie von Kathleen Darcy geschrieben wurden.«

Sie trennten sich so freundschaftlich, daß Craig sie noch einmal zum Abendessen einlud. Er machte dieses Mal nicht den Fehler, ein abgelegenes, kleines Restaurant zu erwähnen, und Jacqueline nahm prompt an. »Am besten treffen wir uns im Gasthaus und überlegen dann, wohin wir gehen«, schlug Jacqueline vor. »Es gibt noch einige Dinge, die wir ungestört besprechen sollten.«

Sie sprang auf, ehe Craig sich von seiner Überraschung erholen und ein genaues Datum abmachen konnte. »Wann genau, das müssen wir mal sehen – wenn nicht heute, dann vielleicht morgen abend. Ich melde mich bei Ihnen, in Ordnung?«

Craig versicherte ihr, daß es in Ordnung sei.

Ich glaube nicht, daß ich bis heute abend alles arrangiert bekomme, dachte sie mit gerunzelter Stirn, während sie ein wenig zu schnell aus der Stadt hinausfuhr. Es ist ganz so wie Schafehüten. Die dummen Kreaturen wandern immer wieder davon. Und dazu waren einige leider keine Schafe, sondern Wölfe im Schafspelz.

Die Tore von »Gondal« waren geschlossen und verriegelt. Kein schlechter Kapitelanfang, dachte Jacqueline, als sie den Wagen anhielt. Das Buch, das Buch – die Fortsetzung zu *Nackt* –, ihr sehnsüchtig erwarteter Preis, ihre lang erwartete Errungenschaft ... Was würde nun mit ihm geschehen? Im Augenblick standen die Chancen für seine Vollendung recht schlecht.

Ich werde jetzt nicht darüber nachdenken, sagte sie sich. Und morgen werde ich wohl auch nicht darüber nachdenken. Ach, verdammt. Wie soll ich denn nun hineinkommen? Ich muß hineinkommen. Ich brauche diesen Brief, den er hoffentlich gefunden hat, und auch die anderen, die möglicherweise mit der Post gekommen sind. Ich muß nicht unbedingt mit Sherri reden, aber ich möchte diese Angelegenheit vom Tisch haben, damit ich mich auf wichtigere Dinge konzentrieren kann. Und ich muß Kathleens Bücher durchsehen. So viel zu tun und so wenig Zeit ... Sie stieg aus dem Auto und rüttelte am Tor. Sie schrie. Aber nichts, was sie tat, rief irgendeine Reaktion hervor. Nachdem sie einen Augenblick nachgedacht hatte, fuhr Jacqueline ihren Wagen noch näher an das Tor heran, stieg auf die Motorhaube und warf ihre Handtasche über den Zaun. Sie landete mit einem dumpfen Schlag, und ein beunruhigendes Klirren folgte. Etwas war kaputtgegangen. Sie hoffte, daß es nur die Taschenlampe gewesen war und nicht etwa das Fläschchen mit Jod. Sie folgte der Handtasche mit einigen Schwierigkeiten und riß sich dabei ein dreieckiges Loch ins Knie ihrer Hose.

Als sie sich wieder aufrappelte, stellte sie peinlich berührt fest, daß sie eine Zuschauerin gehabt hatte. Marybee aß einen Apfel. Sie spuckte die Kerne aus und sagte: »Sie haben Ihre Hose zerrissen.«

»Das habe ich bemerkt«, erwiderte Jacqueline.

»Da hinten ist im Zaun ein großes Loch.« Marybee deutete mit ihrem Apfel hinüber. »Da hätten Sie hereinkommen können.«

»Das hätte ich bestimmt getan, wenn es mir bekannt gewesen wäre«, antwortete Jacqueline in dem Bewußtsein, daß Sarkasmus an diese jugendliche Sadistin verschwendet war. Aber sie konnte sich ihre Bemerkung dennoch nicht verkneifen. »Warum hast du es mir denn nicht gesagt, während ich mich abquälte ... während ich versuchte, über das Tor zu steigen?«

»Das sah ziemlich lustig aus«, erwiderte Marybee grinsend.

»Hmmm. Wie schön, daß ich dir eine Freude machen konnte. Warum bist du nicht in der Schule?«

»Ma hat mich heute mittag abgeholt. Sie wollte mir nicht sagen, warum.« Marybee nahm einen weiteren Bissen. »Ich glaube, es war wegen dem Mord.«

»Haben die anderen Kinder darüber gesprochen?«

»Ja, ein paar. Josh Hunter – sein Dad ist Hilfssheriff – sagte, es sei Tante Kathleen gewesen.« Marybee begann am Kerngehäuse zu knabbern – ein Anblick, den Jacqueline extrem abstoßend fand. Eigentlich fing sie an, das Kind abstoßend zu finden, was Marybee gegenüber nicht fair war. Warum sollte sie irgendwelche Gefühle für eine Tante zeigen, an die sie sich nicht mehr erinnern konnte?

Jacqueline machte sich auf den Weg zum Haus. Marybee trottete neben ihr her. »Haben Sie wieder Plätzchen mitgebracht?«

»Nein.« Es waren zwar noch einige in ihrer Handtasche, aber sie war nicht in der Stimmung, gefällig zu sein.

»War es Tante Kathleen?«

Jacqueline blieb stehen. Das Gesicht, das die Kleine ihr zuwandte, zeigte keine Beunruhigung, aber seine große Ähnlichkeit mit dem Gesicht, das sie von so vielen Photos kannte, war beunruhigend. »Ich weiß es nicht«, erwiderte sie und widerstand dem Impuls, sich in eine bequeme Lüge zu flüchten. »Machst du dir deswegen Sorgen?«

»Eigentlich nicht«, sagte Marybee. »Aber Ma hat geweint, und ich denke, es ist deswegen. Zumindest fällt mir sonst kein Grund ein, warum sie weinen sollte. Ich schätze, sie würde sich deshalb auch sorgen, nicht wahr?«

»Ich denke schon.« Jacqueline kramte in ihrer Tasche herum. »Hier. Mir fällt gerade ein, daß sie noch übrig waren. Sie sind ein bißchen zerdrückt.«

»Das macht nichts.« Marybee nahm die gequetschte Tüte entgegen. »Danke.«

»Was hältst du davon, deiner Mutter zu sagen, daß ich gleich bei ihr vorbeikomme?«

»Ich möchte aber noch hierbleiben«, erwiderte Marybee mit vollem Mund.

»Mir wäre lieber, du würdest gehen. Zeig mir aber erst noch das praktische Loch im Zaun.«

»Okay.« Marybee genoß ihre Rolle als Führerin sichtlich und ging voraus.

Das Loch war eher für ein Kind als für eine Erwachsene geschaffen, aber mit Marybees begeisterter Hilfe gelang es Jacqueline, es zu vergrößern.

»Sehr schön«, sagte sie und betrachtete zufrieden das Ergebnis. »Und jetzt ab mit dir.«

»Aber ich möchte nicht –«

»Geh nach Hause. Verdufte. Hau ab. Es könnte sein, daß deine Mutter wieder geweint hat und ihr ein wenig Gesellschaft gut tut.«

Marybee dachte darüber nach. »Meinen Sie, einfach in der Nähe sein und helfen und mit ihr reden – so in der Art?«

»So in der Art, genau.«

»Sie könnten sich zumindest bedanken.«

»Wofür?«

»Weil ich Ihnen das Loch im Zaun gezeigt habe.«

Jacqueline grinste. »Vielen Dank, daß du mir das Loch im Zaun gezeigt hast.«

»Gern geschehen.« Marybee nickte ihr gnädig zu. Selbst die Königin-Mutter hätte es nicht besser machen können.

Nachdem sie fort war, eilte Jacqueline zum Haus hinüber. Es sah verlassen aus. Die Rouleaus waren heruntergezogen, wie bei einem Trauerhaus. Jacqueline glaubte, einen Schatten wahrzunehmen, ganz so, als würde jemand vorsichtig hinausspähen. Sie ging nicht zur Haustür, sondern folgte dem gepflasterten Weg zur Rückseite des Hauses und blieb an einer Stelle kurz stehen, um nach oben zu blicken. Wenn damals wirklich ein Stein aus der Mauer gefallen war, dann hatte man ihn ersetzt – nun gut, der Vorfall lag schließlich sieben Jahre zurück.

Bevor sie das Cottage betrat, blieb sie im Türrahmen stehen und sah auf den Fußboden. Waren irgendwelche Spuren im Staub hinzugekommen, seitdem sie das letzte Mal hiergewesen war? Das ließ sich unmöglich mit Sicherheit sagen. Sie hatte selbst so viele Spuren hinterlassen – keine deutlichen Fußabdrücke, aber Schleifspuren. Welch ein Jammer, daß sie nicht mit ihrem Vergrößerungsglas Detektiv spielen konnte. Das war es nämlich gewesen, was zu Bruch gegangen war, als ihre Tasche zu Boden fiel.

Sie ging zu Kathleens Bibliothek hinüber. Das Buch, das sie suchte, war da, und sie benötigte nur wenige Sekunden, um ihren Verdacht zu bestätigen. Sie hatte recht gehabt. (Natürlich.) Diese Bestätigung bedeutete an sich nicht viel, aber die ganzen seltamen, kleinen Fakten begannen, gemeinsam, einen Sinn zu ergeben. Sie steckte das Buch in ihre Handtasche und ließ ihren Blick über die Regale wandern. Die Belletristik befand sich im letzten Regal, direkt am Fenster. Wie schon in allen anderen Gebieten der Literatur, war Kathleens Geschmack auch hier vorzüglich. Ein paar Kriminalromane – die Klassiker, Sayers und Queen und Christie –, mehrere historische Romane, inklusive der, die Jacqueline selbst als die besten erachtete. Und, wie ein Kiesel unter Edelsteinen, ein Buch der lieben Brunnhilde. Jacqueline mußte es nicht erst aufschlagen – obwohl sie es dann doch tat –, um zu vermuten, daß Kathleen dieses Buch nicht selbst gekauft hatte. Die überschwengliche Widmung besagte, daß es von der Autorin an »eine Schriftstellerin, die ich überaus bewundere« gesandt worden war. Verdammt herablassend von Brunnhilde. Und, um die Beleidigung auch noch durch Unverschämtheit zu ergänzen, hatte Brunnhilde Kathleen ihre schwachsinnige Imitation *Priesterin des Eisgottes* geschickt. Man sollte doch meinen, daß selbst Brunnhilde etwas mehr Geschmack besäße.

Jacqueline gelang es, auch dieses Buch in ihrer Handtasche

zu verstauen. Während sie an einem Schnitt im Finger saugte, nahm sie sich vor, die Tasche zu Hause gründlich zu reinigen.

Staubiges Sonnenlicht lag golden auf dem Boden des Arbeitszimmers. Jacqueline verharrte im Türrahmen. Dies war möglicherweise der letzte Besuch, den sie Kathleens Cottage abstattete. Was auch immer in den nächsten vierundzwanzig Stunden passieren mochte – wenn sich ihre wilde Vermutung als richtig oder falsch herausstellte –, es gab Grund zu der Annahme, daß sie nicht mehr hierherkommen würde.

Wie sehr es doch ihrem eigenen, schönen Arbeitszimmer glich und wie schrecklich anders es doch war! Ihre Augen glitten langsam über die fleckigen Wände, die abgenutzten Dielenbretter, den kalten Kamin hinweg. In ihrem Zimmer säumten eingebaute Regale den Kamin. In Jans Buchladen standen an der Stelle Schränke. Aber hier lagen die Wände seltsamerweise nicht zurück, sondern schlossen bündig mit dem Kamin ab. Wie seltsam, daß Kathleen diesen Raum nicht genutzt hatte. Die Regale in der Bibliothek waren voll. Auf einigen Brettern standen die Bücher bereits in Zweierreihen. Und was war mit den Nachschlagewerken, den Büchern, die sie oft benutzte? Hatte sie immer erst in den anderen Raum gehen müssen, um sie zu holen?

»Wenn ich ein Zimmermann wäre«, sagte Jacqueline. »Oder das Pferd eines Zimmermanns ...«

Sie legte ihre Handtasche ab und ging zum Kamin hinüber. Die angrenzenden Wände waren nicht aus Gips und auch nicht aus Gipsplatten. Sie bestanden aus Holzbrettern, die scheinbar an Pfosten genagelt worden waren. Welchen Sinn hatte es gemacht, den Hohlraum dahinter zu verschließen?

Sie begann, die Wand abzuklopfen. Definitiv hohl. Die Poster waren mit Heftzwecken darauf befestigt worden. Einige hingen in Fetzen herab, das Papier durch die Feuchtigkeit und den Zahn der Zeit verrottet. Andere waren auf kräftiger Pappe befestigt worden. Sie waren zwar bis zur Unkenntlichkeit verblaßt, jedoch nicht völlig zerfallen. Irgend jemand hatte sich große Mühe gegeben, ein Material auszuwählen, das der Verwitterung widerstehen würde, aber dieser Jemand hatte gleichzeitig darauf verzichtet, die Poster zu rahmen oder sie mit Glas abzudecken. War es möglich, daß ... Es war. Sie mußte erst den Schraubenzieher aus ihrer Handtasche holen, um die Heftzwecken abzubekommen. Das zweite Poster, das sie abnahm – es hätte ein Bild von Neuschwanstein sein können, Ludwig von Bayerns Märchenschloß –, verdeckte eine Öffnung, aber selbst das wäre nicht ohne weiteres erkennbar gewesen, hätte sie nicht danach gesucht. Alles, was sie sehen konnte, waren ein paar parallele Linien, die über die Bretter verliefen. Sie waren mit Klebstoff verschlossen, und Jacqueline mußte abermals zu ihrem Schraubenzieher greifen.

In dem Hohlraum befand sich ein einzelnes Regalbrett, auf dem ein kleines Päckchen lag, so dick mit Staub bedeckt, daß es in grauen Samt gehüllt schien. Jacqueline griff ohne Rücksicht auf Dreck und mögliche Spinnen danach und schüttelte es mit mehr Enthusiasmus als Voraussicht – der Staub geriet ihr in die Nase, und sie mußte fürchterlich niesen.

Jacqueline zog die Taschenlampe aus ihrer Handtasche und untersuchte die Öffnung. Das Brett nahm die ganze Länge des Verschlages ein, aber es lag nichts anderes darauf als jede Menge Schmutz. Es ließ sich unmöglich sagen, ob das immer so gewesen war, gewiß aber war in letzter Zeit nichts weggenommen worden, denn der Staub war eine unberührte Fläche.

Sie steckte die Taschenlampe in ihre Handtasche zurück und verschloß die Öffnung wieder. Es paßte genau. Es war zwar nicht die Arbeit eines gelernten Zimmermanns, aber anständig gemacht. Dann hockte sie sich auf den Boden und begann, in ihrer Tasche herumzuwühlen. Das Päckchen war in Plastikfolie gewickelt und mit einem Klebeband verschlossen. Es aufzubekommen würde mehr als die Fingernägel benötigen. Das Band war nicht von der dünnen Sorte, mit der man Risse im Papier überklebt, sondern strapazierfähig, wetter- und wasserfest.

Nichts regt die Phantasie mehr an und ist schädlicher für den gesunden Menschenverstand, als ein verschlossenes Paket, das jahrelang versteckt irgendwo gelegen hat. Aber das war keine ausreichende Entschuldigung, gestand sich Jacqueline später ein. Sie hätte es besser wissen müssen. Sie hatte die Tür offengelassen, um frische Luft und Sonnenlicht hereinzulassen. Das Sonnenlicht verschwand plötzlich, und ein langer Schatten erstreckte sich über den Boden, berührte ihren Kopf wie eine kalte Wolke. Sie schrak zusammen und blickte hoch. Im Türrahmen stand St. John, den dicken Spazierstock in der Hand.

Jacquelines erster Gedanke war, sich zu gratulieren, daß sie die Voraussicht besessen hatte, das Brett wieder an die alte Stelle zu schieben. Ihr zweiter galt der Dose Haarspray in ihrer Handtasche – ob sie wohl blind danach greifen konnte, ohne sich die Finger an dem zerbrochenen Glas endgültig in Fetzen zu schneiden?

Sie hatte St. John eigentlich nie richtig ernstgenommen. Das allein sprach ihn natürlich nicht von dem Verdacht frei, ein Mörder zu sein. Viele Killer wurden von ihren Familien und Freunden als nette, prima Kerle beschrieben. Im Augenblick machte er allerdings keinen besonders netten Eindruck. Sein knollenförmiger Körper blockierte ihren direkten Fluchtweg. Sein Gesicht lag im Schatten. Er sah immer noch wie ein Frosch aus, aber über einen ein Meter siebzig großen Frosch, der über zweihundert Pfund wiegt, sollte man sich nicht lustig machen.

»Oh, Sie haben mich erschreckt!« quietschte Jacqueline.

St. John vergaß vorübergehend sein galantes Benehmen. Statt sie zu beruhigen, sagte er mit einer Stimme, die vor Mißtrauen ganz barsch klang: »Was haben Sie da?«

»Da – da sind diese – diese Dinger drin, die Frauen benötigen ...«, erwiderte Jacqueline.

Es war wahrscheinlich die idiotischste Bemerkung, die sie je gemacht hatte, und obwohl sie sich später etwas auf ihre gute Einschätzung von St. Johns Charakter einbildete, lag ihr in dem Moment, als sie die Worte aussprach, nichts ferner.

»Oh«, sagte St. John mit veränderter Stimme. »Oh, jemineh – entschuldigen Sie bitte ...« Er wandte sich um.

Jacqueline erhob sich und stopfte das Päckchen in ihre Handtasche. Sie war so erleichtert und erheitert, daß sie beinahe in lautes Kichern ausgebrochen wäre. Nicht einmal St. John konnte doch wohl annehmen, daß eine Frau eine Binde – oder sogar eines dieser heiklen, kleinen Dinger, die Frauen benutzten, mitten im Wohnzimmer auspackte! Er war ein Mann seiner Generation, und noch dazu eine alte Jungfer. Seine Reaktion war instinktiv, nicht intelligent.

Sie hakte sich bei ihm ein. »Lassen Sie uns aus diesem ekligen, düsteren Haus verschwinden«, gurrte sie. »Ich bin nur hergekommen, um einige Bücher auszuleihen. Um ehrlich zu sein, St. John, ich wußte nicht, ob ich bei Ihnen vorbeischauen sollte. Neigung rang mit Takt, wenn Sie verstehen.«

»Aber meine liebe Jacqueline.« St. John drückte ihre Hand gegen seine Seite. »Sie sind doch jederzeit willkommen. Ich habe sogar Nachrichten für Sie hinterlassen.«

»Ich hätte zuerst anrufen sollen. Aber Mr. Craig sagte, daß Sie nicht ans Telefon gehen würden.«

»Können Sie es mir verdenken?« St. John zog seinen Arm aus ihrem Griff, um eine dramatische Geste zu vollführen. »Ich habe mich noch nicht von den schrecklichen Vorfällen der letzten Nacht erholt. Vielleicht werde ich mich niemals ganz davon erholen. Und was meine arme Mutter angeht –«

»Sie weiß es noch nicht, wie ich hoffe.«

»Nein. Noch nicht. Deshalb wollte ich eigentlich ...« St. John blieb stehen. »Ich würde in meiner Gastfreundschaft und auch im Ausdruck meiner tiefen Zuneigung zu Ihnen, liebste Jacqueline, versagen, wenn ich Sie von meinem Heim fernhielte, statt Sie zu einem kleinen Imbiß einzuladen. Aber ich muß mit tiefem Bedauern zugeben, daß es in unserem Haus keine Zimmer und keine Ecken gibt, die vor meiner Mutter sicher sind ... Es ist so schwierig, die richtigen Worte zu finden, mit denen ich umschreiben könnte, ohne gleichzeitig zu implizieren, daß –«

»Bitte versuchen Sie es nicht«, bat Jacqueline ihn aufrichtig. »Ich verstehe es schon.« Sie fuhr eilig fort, ehe St. John zu einer weiteren, ausufernden Tirade ansetzen konnte: »Ich bin zuversichtlich, St. John – und ich habe gute Gründe dafür –, daß diese ganze unglückliche Sache bald schon zu jedermanns Befriedigung – nun ja, zu fast jedermanns –, geregelt sein wird. Ich benötige aber Ihre Hilfe.«

St. John schien durch diese Bemerkung nicht gerade erleichtert zu sein. »Was?« quietschte er.

»Nur ein paar Fragen. Zunächst einmal: Haben Sie diesen Brief gefunden, den Ihre Mutter versteckt hat?«

»Oh, ja, das habe ich in der Tat. Sherri hat mir bei der Suche geholfen, nachdem ich sie davon überzeugen konnte, daß es nicht gut sei, wenn Mutter ihn behalten würde. Sie hatte ihn unter der Matratze ihres Bettes versteckt.«

»Ich brauche diesen Brief, St. John. Und auch mögliche andere dieser Art.«

»Darf ich fragen, warum?«

Jacqueline war auf diese Frage vorbereitet, sie hatte sich dazu durchgerungen, daß die Wahrheit – oder zumindest ein Teil davon – ebenso dienlich sein würde wie alles andere. »Ich glaube, ich weiß, wer ihn geschrieben hat. Aber ich muß ihn sehen und mit anderen – ehem – Beweisstücken vergleichen, ehe ich sicher sein kann.«

»Es war diese schreckliche Frau, nicht wahr?« sagte St. John. »Diese laute, fette Frau.«

»Es wäre nicht richtig, mehr als das zu sagen, was ich Ihnen mitgeteilt habe«, erwiderte Jacqueline scheinheilig. »Sollte mein Verdacht nicht richtig sein, bestünde die Gefahr, daß ein unbescholtener Mensch fälschlich beschuldigt wird.«

»Hm – ja. Ich verstehe. Nun, es kann nichts schaden, wenn ich Ihnen den Brief zeige, nehme ich an. Natürlich sind die Vorwürfe gegen mich ganz offensichtlich die Auswüchse eines kranken Verstandes.«

Das war also der Grund, warum er gezögert hatte. Krank oder nicht, die Vorwürfe hatten wohl weh getan. Nachdem sie ihm versichert hatte, daß sie sie nicht glauben würde und wenn sie vom Papst persönlich verfaßt worden wären, griff er endlich in seine Brusttasche.

»Ich habe ihn dabei. Mutter hat auf der Suche danach das Haus durchsucht, und so hielt ich dies für den sichersten Ort.«

»Vielen Dank.« Jacqueline nahm das abgenutzte, oft zusammengefaltete Papier an sich und schob es in ihre Handtasche. »Und die anderen?«

»Es gab nur ein paar. Und sie waren diesem gar nicht ähnlich. Ich verstehe nicht, warum –«

»Reine Routine.« Jacqueline wurde langsam ungeduldig. Es war dumm gewesen, anzunehmen, daß sie all die losen Enden dieses Falls an einem Abend zusammensuchen könnte, aber der Gedanke an einen Killer, der eine weitere Nacht und einen weiteren Tag frei herumlief, verschaffte ihr ein ausgesprochen unangenehmes Gefühl. So viele Dinge konnten schiefgehen. Und das nächste Opfer sollte doch beschützt werden!

»Dann kommen Sie mit ins Haus, ich werde die Briefe für Sie holen. Ich muß Sie nicht erst warnen –«

»Ich bin weder eine Närrin noch eine Sadistin«, unterbrach Jacqueline ihn brüsk. »Ich würde gerne noch eine Sache erfahren, bevor wir hineingehen, St. John. Sie sind gestern der Frage nach der Identität ausgewichen. Sind Sie inzwischen zu einer Entscheidung gekommen?«

St. John war offenbar gut beraten worden. Die Antwort kam wie aus der Pistole geschossen und war aalglatt. »Diese Frage müssen die Experten auf der Basis solider, physikalischer Beweise entscheiden. Auf den ersten Blick mag es unmöglich erscheinen, daß es sich um Kathleen handeln könnte. Aber es wäre unverantwortlich von mir, zum gegenwärtigen Zeitpunkt eine Stellungnahme abzugeben. Ich hoffe nur, daß die Angelegenheit schnell geregelt wird, bevor die Presse sich auf diese letzte Tragödie stürzt.«

»Hm«, erwiderte Jacqueline.

Sie erzählte ihm von ihrer Vereinbarung mit dem *Sludge* und ihrer Hoffnung, daß eine definitive Antwort vorliege, bevor diese schätzenswerte Publikation in Druck ging. »Niemand glaubt die Geschichten, die man in dieser Zeitung liest«, erklärte sie. »Die anderen Blätter werden es nicht aufgreifen, es sei denn, es gibt glaubhafte Beweise.«

St. Johns Gesichtsausdruck heiterte sich auf. Dies sei, so versicherte er, die beste Neuigkeit, die er seit Stunden erhalten habe. Er war ihr unendlich dankbar für ihr Geschick und ihre Rücksicht. Wenn es einen Weg gebe, seine Wertschätzung auszudrücken ...

»Wie wäre es mit einer Tasse Tee?« erkundigte er sich und hielt ihr die Tür auf.

»Ich kann nicht bleiben.« Sie folgte St. John in ein Zimmer, das sie zuvor noch nie betreten hatte. Es befanden sich ein Schreibtisch und Aktenschränke darin und einige Bücherregale. »Aber ich würde gerne einen Augenblick mit Sherri reden.«

»Sherri?« St. John öffnete einen Aktenschrank und nahm einen braunen Umschlag heraus. »Ich wüßte nicht, was sie Ihnen erzählen könnte. Meine jüngeren Schwestern haben mich beide schmerzlich enttäuscht, Jacqueline. Eine hat einen reizenden Flegel geheiratet, der sie auf das Niveau der Arbeiterklasse herunterzog, und der anderen fehlt jegliche Ambition und intellektuelle Befähigung. Sie hat sich immer wieder nachhaltig dagegen gewehrt, von dem Geld Gebrauch zu machen, das Kathleen für die Kosten ihrer akademischen Ausbildung angelegt hatte. Ihr Vater war natürlich ... Nun ja. Wie ich schon sagte, ich kann mir nicht vorstellen, was Sie von ihr wollen, aber -«

»Vielen Dank.« Die Handtasche war schon viel zu voll, aber Jacqueline gelang es, auch den Umschlag noch hineinzustopfen. »Wie ich sehe, muß ich mich Ihnen anvertrauen, St. John. Sie sind einfach zu gescheit für mich armes Wesen. Ich habe eine Idee, von der ich hoffe, daß sie nicht nur diese letzte Tragödie klären wird, sondern auch das Rätsel um Kathleens Verschwinden vor sieben Jahren. Treffen wir uns doch morgen zum Abendessen im Gasthaus, dann werde ich Ihnen alles erzählen.«

Sie hatte mit einer bestimmten Reaktion gerechnet und war bereits auf dem Weg zur Tür, ehe er sich überhaupt rührte. »Sagen Sie Sherri, sie soll in die Küche kommen«, befahl sie. »Es wird nur eine Minute in Anspruch nehmen. Dann kann ich gleichzeitig Marjorie begrüßen.«

Die Köchin bereitete das Abendessen vor. Diese Erinnerung

daran, wie schnell die Zeit vergangen war, ließ Jacqueline direkter werden, als sie eigentlich beabsichtigt hatte. »Haben Sie gehört, was letzte Nacht geschehen ist?« fragte sie.

Marjorie blickte sie über ihre Schulter an. »Ja.«

»Kein Kommentar?«

»Woher zum Teufel sollte ich etwas wissen? Ich koche und putze und erledige ungefähr so ziemlich alles hier, was es zu erledigen gibt. Man erwartet allerdings nicht von mir, daß ich meine Meinung äußere.«

Jacqueline zog sich einen Stuhl unter dem Tisch hervor und nahm darauf Platz. Die Köchin fuhr fort, in irgendeinem unidentifizierbaren Gebräu herumzurühren, das auf dem Herd stand. Suppe vielleicht. Das schien ihre Spezialität zu sein.

»Sie werden sehr gut mit Mrs. Darcy fertig«, sagte Jacqueline. »Das habe ich schon beim ersten Mal bemerkt, als ich hier war. Wie lange kennen Sie sie schon?«

»Es ist nicht schwer, das arme Ding abzulenken«, murmelte Marjorie. »Man muß sie nur füttern. Und ihr, wenn sie anfängt herumzutoben, sagen, daß ihre kostbare Tochter bald zurückkommen wird. Möchten Sie einen Kaffee oder sonstwas?«

Der Tonfall war nicht gerade freundlich, aber die Worte selbst waren schon eine Geste, die Jacqueline nicht ablehnen wollte. Wie sie gehofft hatte, füllte Marjorie zwei Tassen und setzte sich zu ihr an den Tisch. Sie blickte Jacqueline über ihren Brillenrand an. In ihren Augen spiegelte sich ein amüsiertes Glitzern. »Sie möchten mich etwas fragen, und das hat nichts damit zu tun, wie ich mit Mrs. Darcy fertig werde. Also schießen Sie los. Ich habe keine Zeit für einen gemütlichen Plausch.«

»Ich auch nicht«, erwiderte Jacqueline. »Wie lange arbeiten Sie schon hier, Marjorie?«

»Fünf – nein, warten Sie, bald sechs Jahre. Seitdem sie Mrs. Darcy aus dieser Anstalt heimgeholt haben.«

»Sie haben Kathleen also nicht gekannt?«

»Ich kannte sie alle. Ich habe mein ganzes Leben in dieser Stadt verbracht.« Sie zögerte einen Augenblick und fuhr dann ohne das kleinste Anzeichen von Emotion fort: »Mein Mann hatte Krebs. All unsere Ersparnisse sind für die Behandlung draufgegangen. Nach seinem Tod mußte ich mir Arbeit suchen. Außer Kochen und Saubermachen kann ich nicht viel, habe nie eine Ausbildung gemacht. Ich war froh, diesen Job zu bekommen, auch wenn er nicht gut bezahlt ist.«

»Ich verstehe.« Und das tat sie wirklich, es war eine nur allzu vertraute Geschichte. »Warum hat Mrs. Darcy solch ein gestörtes Verhältnis zu Laurie und ihren Enkelkindern?«

Die Schwingtüren öffnete sich und Sherri kam herein. »Das ist eine dumme Frage, Mrs. Kirby. Meine Mutter hat zu aller Welt ein gestörtes Verhältnis. Das einzige, was ihr noch etwas bedeutet, sind ihre Erinnerungen an Kathleen.«

Marjorie stand auf, ohne ein weiteres Wort zu verlieren, und ging zum Herd hinüber. Sherri setzte sich auf den freigewordenen Stuhl und bedachte Jacqueline mit einem harten, verärgerten Blick. »Als Sie hierherkamen dachte ich, Sie würden uns helfen«, sagte sie. »Statt dessen sind all diese schrecklichen Dinge passiert.«

»Was für schreckliche Dinge?« erkundigte sich Jacqueline.

»Nun – nun – diese arme Frau letzte Nacht –«

»Warum sollte Sie das besonders berühren? Es sei denn, Sie glauben, daß es Kathleen war.«

»Nein! Kathleen ist vor sieben Jahren gestorben. Und es war auch kein Unfall. Sie hat es mit Absicht getan.«

»Warum?«

Sherris Augen füllten sich mit Tränen. Jacqueline kam es so vor, als handele es sich mehr um Tränen des Zorns als der Trauer. »Um es uns heimzuzahlen.« Ihre Lippen preßten sich fest zusammen, als versuche sie, die Worte zurückzuhalten. Aber es gelang ihr nicht. »Sie hat uns gehaßt«, sprudelte es aus ihr heraus. »Warum sonst hätte sie es tun sollen? Deshalb begehen Menschen doch Selbstmord, um ihren Familien und Freunden ein Gefühl der Schuld zu geben. Und sie hat verdammt gute Arbeit geleistet.«

»Ich glaube nicht, daß St. John unter irgendeinem Schuldgefühl leidet«, antwortete Jacqueline ruhig. Sie blickte zu Marjorie hinüber. Die Köchin stand mit dem Rücken zu ihnen, teilnahmslos wie ein Felsen.

»Oh, wen schert schon St. John? Er interessiert sich doch nur für sich selbst. Mutter ist es – Mutter litt am meisten unter dem, was Kathleen getan hat. Es war grausam – scheußlich! Ich wünschte, sie wäre noch am Leben, damit ich ihr sagen könnte, was ich von ihr halte!«

Jacqueline stand auf. »Kommen Sie einen Augenblick mit nach draußen. Es gibt etwas, das ich Ihnen sagen möchte.«

»Es macht mir nichts aus, wenn Marjorie es hört«, murrte Sherri. »Sie kennt diesen ganzen Mist. Sie hat es schon so oft gehört.«

»Das, was ich zu sagen habe, aber nicht. Und vielleicht möchten Sie auch nicht, daß sie es hört.«

Tränen liefen über Sherris Wangen. Sie wischte sie wie ein Kind mit ihrem Handrücken ab. »Also gut«, sagte sie.

Sie gingen zur Hintertreppe hinaus. Jacqueline wollte nicht zu hart mit ihr umspringen. Sie verspürte ein wenig Mitleid mit Sherri, aber noch mehr mit Mollie und mit Laurie, die von ihrer kleinen Schwester heftig angegriffen worden war.

»Mollie ist schwanger«, sagte sie.

Damit hatte das Mädchen nicht gerechnet. Sie zuckte zurück, als hätte sie einen Schlag erhalten. »Nein«, keuchte sie.

»Doch. Nicht etwa, daß es grundsätzlich etwas mit der Sache zu tun hätte, daß Sie eine miese kleine Affäre mit der alten Flamme Ihrer Schwester haben. Kathleen hat Ihnen nichts getan, Sherri. Sie selbst haben sich etwas angetan. Sie haben sie in eine Schurkin verwandelt, damit Sie nicht die Verantwortung für Ihre eigenen Handlungen übernehmen müssen. Finden Sie nicht, daß es an der Zeit ist, erwachsen zu werden?«

Jacqueline mußte zugeben, daß die Wirkung ihres kleinen Vortrags einer Reihe von harten Schlägen ins Gesicht gleichkam. Sherris Wangen färbten sich erst rot, dann bleich und wieder rot. Die Tränen versiegten. Jacqueline wappnete sich. Sie wäre nicht überrascht gewesen, wenn das Mädchen sich fluchend und kratzend auf sie geworfen hätte. Aber statt dessen floh Sherri ins Haus zurück und knallte die Tür hinter sich zu.

Jacqueline benutzte den inoffiziellen Ausgang, den Marybee ihr gezeigt hatte und ging zu ihrem Wagen zurück. Eine sanftmütigere, gütigere Frau hätte es vielleicht bedauert, so brutal mit Sherri umgegangen zu sein, aber Jacquelines Gewissen bereitete ihr nicht die geringsten Schwierigkeiten. Sherri war kein unglücklicher Teenager, sie war eine erwachsene Frau. Es war an der Zeit, daß sie sich der Realität stellte und lernte, damit fertig zu werden. Es war beinahe so, als habe sie an dem Tag, an dem Kathleen verschwand, aufgehört, emotional zu reifen. Jacqueline war sich sicher, daß Sherri ihre Schwester sehr geliebt hatte. Nur betrogene Liebe konnte sich in solch heftige Ablehnung verwandeln. Aber auch das mußte Sherri lernen, und zwar schon bald: Der Betrug war nicht einseitig gewesen.

Jacqueline stieg mit der beruhigenden Überzeugung in ihren Wagen, daß sie in bezug auf Sherri alles getan hatte, was sie tun konnte und dachte über ihre weitere Vorgehensweise nach. Es wurde langsam spät. Je länger sie wartete, um so wahrscheinlicher war es, daß sie die Smiths unhöflicherweise beim Abendessen stören würde, aber sie war nicht in der Lage, die Ungewißheit noch länger auszuhalten. Sie mußte wissen, was in dem rätselhaften, zugeklebten Päckchen war.

Sie zog vorsichtig, nach Glasscherben Ausschau haltend, die Schere aus ihrer Handtasche und durchschnitt das Klebeband.

Der Inhalt des Päckchens war abermals in mehrere Lagen Plastikfolie gehüllt, die jeweils mit Klebeband verschlossen waren. Die Person, die das hier verpackt hatte, war sich wohl bewußt gewesen, daß viele Jahre verstreichen könnten, ehe das Päckchen gefunden wurde. Sie hatte sich große Mühe gegeben, um sicherzustellen, daß das, was sich darin befand, unversehrt bliebe.

Ein gewöhnlicher Schatzsucher wäre über den Inhalt enttäuscht gewesen. Er bestand aus zwei Blättern Papier. Auf dem einen befand sich eine Erklärung, die von einem Anwalt unterzeichnet worden war, der nicht zum Büro der Craigs gehörte. Auf dem anderen waren schwarze, verschmierte Flecken zu erkennen – Fingerabdrücke. Laut der beeidigten Erklärung handelte es sich um die Fingerabdrücke von Kathleen Darcy.

Jacqueline war zunächst eher verwirrt als enttäuscht. Sie hatte nicht einmal zu spekulieren gewagt, was das Päckchen enthalten mochte. Ihr erster Gedanke, als sie das Versteck gefunden hatte, galt Kathleens Manuskripten aus der Zeit vor *Nackt.* Aber während sie weiter auf die beiden Seiten starrte, wurde ihr langsam bewußt, was sie zu bedeuten hatten. Und ihre weithergeholte Theorie stand plötzlich besser da als je zuvor.

Sie kam bei den Smiths an, als sich die Familie gerade zu Tisch setzte. Lauries Manieren waren fehlerlos. Es seien genügend Spaghetti da, und es wäre schön, wenn sie mit ihnen essen würde. Jacqueline entschuldigte sich für ihr spätes Kommen, sie habe noch eine andere Verpflichtung gehabt. »Fangen Sie nur mit dem Essen an, sonst fühle ich mich nur noch schuldiger.«

Die Spaghetti sahen gut aus und rochen noch besser, aber der Anblick des schmatzenden Benny trieb sie noch schneller dazu, ihre Anliegen hinter sich zu bringen und dann möglichst unverzüglich zu verschwinden. Benny hatte ein gutes Herz. Er fischte immer wieder einige Nudeln heraus und reichte sie ihr. Sie alle schienen sich zu freuen, sie zu sehen – außer vielleicht Marybee. Es war schwer zu sagen, was im Kopf dieses Kindes vor sich ging. Wie hatte sie nur gelernt, ein solch undurchdringliches Gesicht aufsetzen zu können?

»Ich wollte Ihnen nur sagen, daß Sie sich in den nächsten Tagen keine Sorgen darüber machen müssen, ins Kreuzfeuer der Medien zu gelangen«, begann sie und suchte vorsichtig nach den richtigen Worten. »Es ist alles unter Kontrolle – zumindest im Augenblick.«

»Wir machen uns keine Sorgen um die Reporter, sondern um die Leute in der Stadt«, sagte Earl mit gerunzelter Stirn. »Sie müssen nicht drumherumreden, Miss Kirby. Marybee weiß bereits davon – sie ist eine geborene Klatschtante, nicht wahr, mein Schatz? Und die anderen sind noch zu klein, um zu verstehen. Wir sind Ihnen dankbar, daß Sie gekommen sind. Niemand sonst hatte den Anstand, uns zu sagen, was vor sich geht.«

»Ich kann Ihnen nicht viel erzählen«, sagte Jacqueline. »Die Frage nach der Identität ist immer noch ungeklärt. Hat Sie deswegen noch niemand angesprochen, Laurie?«

Sie sah mit Erleichterung, daß Laurie weniger verstört war, als sie angenommen hatte. Und sie schien sich nicht nur wegen der Kinder zusammenzureißen. Kathleens Schwester machte einen müden, aber ruhigen Eindruck, und sie erwiderte recht gleichmütig, während sie einige Spaghetti aus Bennys Haar zog: »Nein, bisher noch nicht, und ich nehme an deshalb, weil kein wirklicher Zweifel besteht. Dieser arme Mr. Spencer – er muß für einen Augenblick verrückt geworden sein. Man erzählt sich, daß er ziemlich schlecht dran war, nachdem Kathleen ... Aber es kann einfach nicht wahr sein, und genau das werden sie herausfinden, wenn sie es nicht schon längst getan haben. Benny, Schatz, steck dir die Spaghetti nicht in die Ohren, steck sie dir in den Mund.«

Benny begann eine begeisterte und ziemlich unverständliche Darlegung seiner Gründe, die etwas mit Ohrringen zu tun zu haben schienen, wenn seine Handbewegungen in Richtung von Jacquelines schweren Goldkreolen auf diese Weise zu interpretieren waren. Jacqueline wischte sich Soßenflecken von ihrer Brille und versuchte sich an das zu erinnern, was sie hatte sagen wollen. »Laurie, die Leute, mit denen ich gesprochen habe, sagten mir, daß sie – Kathleen – keine besonderen körperlichen Auffälligkeiten besaß. Sie wissen schon, was ich meine – gebrochene Knochen, Narben.«

»Sie war selten krank«, sagte Laurie nachdenklich. »Nein, ich erinnere mich nicht daran, daß sie sich jemals etwas gebrochen oder sonst was gehabt hat und ganz gewiß nie eine Operation. Aber sie hatte eine Reihe von Muttermalen, ein großes auf ihrem Rücken und eine ganze Reihe auf ihrem ... nun ja, auf der Brust. Und dann war da noch diese ulkige Sache mit ihrem Ohrläppchen. Ich weiß nicht, wie das passiert ist. Wahrscheinlich ist sie als Kind mal gefallen. Es war nichts Schlimmes, nur ein kleiner Höcker auf dem Ohrläppchen. Man mußte schon ganz genau hinsehen, um es zu erkennen, aber gewöhnlich trug sie ihr Haar offen, um es zu bedecken. Meinen Sie, das würde helfen? Ehem – Miss Kirby?«

»Entschuldigen Sie«, sagte Jacqueline. »Ich habe nur gerade an etwas gedacht, das möglicherweise ... Ich weiß nicht, ob es bei der Identifizierung helfen würde, Laurie: Jan Wilson hatte sich Gesichtsoperationen unterzogen. Aber ich werde die Information weitergeben, wenn ich darf.«

»Aber natürlich. Wenn ich damit helfen kann.« Laurie seufzte.

Dann stand sie auf und räumte die Teller ab. »Aber Sie werden doch wenigstens ein wenig Nachtisch nehmen, Miss Kirby. Ich habe einen Schokoladenkuchen gemacht.«

Zum ersten Mal in ihrem Leben regte der Gedanke an selbstgebackenen Schokoladenkuchen nicht einmal eine einzige von Jacquelines Geschmacksknospen an. Sie entschuldigte sich erneut und verabschiedete sich. Als sie in der zunehmenden Abenddämmerung zur Stadt zurückfuhr, überfiel sie eine eigenartig depressive Stimmung. Mord – und auch jedes andere Verbrechen – betraf nicht nur das Opfer und den Täter. Die häßlichen Auswirkungen breiteten sich wie eine schleimige Lache aus und erfaßten all die Menschen, die um das Geschehen herum waren. Als sie an Jans Buchladen vorbeifuhr, der nun geschlossen und dunkel dalag, fühlte sie, wie sie erschauerte. In gewisser Weise – vielleicht sogar mehr, als sie sich eingestehen wollte – hatte sie diesen Tod auf dem Gewissen.

Sie parkte vorsichtshalber in einer Seitenstraße und benutzte das seitliche Tor. Eine Bewegung im Unterholz neben dem Weg ließ sie erstarren und in Flüche ausbrechen, bevor ein klägliches Miauen sie beruhigte. Lucifer war in keiner versöhnlichen Stimmung. Er drängte sich fest gegen ihre Fußknöchel und beschwerte sich. Als Jacqueline sich hinabbeugte, um ihn zu streicheln, schlug er mit ausgefahrenen Krallen nach ihr.

»Ach, verdammt, es tut mir leid«, sagte sie. »Ich weiß, daß ich spät dran bin und daß es hier keine Katzentür gibt, aber das Leben ist nun einmal hart, Lucifer.«

Lucifer stimmte ihr mit einigen rauhen Lauten zu. Er begleitete sie bis zur Haustür. Wenn jemand in den Büschen lauerte, würde er doch reagieren – oder etwa nicht? Aber es war niemand da, und so konnte sie diese Hypothese nicht überprüfen; doch durch die Anwesenheit des Katers hatte die Dunkelheit für Jacqueline ein wenig ihre Bedrohung verloren.

Er machte ihr sofort klar, was den Vorrang hatte: in die Küche gehen und eine Dose Thunfisch öffnen. Jacqueline fütterte ihn, entschuldigte sich noch einmal und schüttete sich einen Drink ein. Keins der abgedeckten Gerichte im Kühlschrank und keine der Dosen im Gefrierschrank reizte sie. Ihr Appetit war verschwunden. Sie ging ins Arbeitszimmer und nahm den Telefonhörer ab.

Mollie hörte sich wesentlich fröhlicher an. »Werden Sie zum Abendessen vorbeikommen, Jacqueline? Sie haben freie Bahn – und Tom läßt ausrichten, daß er ›Ente à l'orange‹ macht.«

Ich wette, er würde lieber ›Autorin à l'orange‹ machen, dachte Jacqueline. Sie war ziemlich sicher, daß Sherri Tom angerufen hatte, um zu berichten, was Jacqueline ihr gesagt hatte und um ihn mit Anschuldigungen zu überhäufen. Jede normale, erboste Frau würde so handeln. Aber das allein konnte die Ente nicht erklären. Es war ein kompliziertes Gericht, das stundenlange Vorbereitungen erforderte. Es mußte an den Himbeerflecken und an der nachfolgenden Unterhaltung gelegen haben, daß er plötzlich in einen Rausch der Gourmetkocherei verfallen war – vielleicht der erste Schritt in Richtung Redlichkeit und/oder Verführung. Jacqueline fragte sich ein wenig bedauernd, wie weit Tom gegangen wäre, um sich ihr Schweigen zu erkaufen. »Wie schade«, sagte sie. »Ich wollte sagen – wie schade, daß ich schon gegessen habe. Irgendwelche neuen Gäste, Mollie?«

Die Beschreibungen, die Mollie ihr gab, sagten ihr nichts, aber Jacqueline hatte den Verdacht, daß einer von ihnen ein Kollege von MacDonnell war. Es hatte wieder eine Reihe von Anrufen gegeben, die Mollie ihr pflichtbewußt herunterrasselte, und zudem einen anständigen Packen Post.

»Ich komme vielleicht später vorbei«, sagte Jacqueline. »Aber Sie brauchen nichts von der Ente für mich zurückzuhalten. Ich bin mir über meine Pläne noch nicht ganz im klaren.«

Aber sie war sich über eins durchaus im klaren: Sie hatte eine Menge Telefonate vor sich. Als sie die erste Nummer wählte, kam Lucifer anspaziert und hüpfte auf ihren Schoß.

»Aua«, rief Jacqueline. »Kannst du nicht schmusen, ohne daß Blut fließt?«

»Das solltest du doch am besten wissen«, ertönte eine Stimme vom anderen Ende. »Oder war diese Bemerkung an deine neueste Eroberung gerichtet?«

»Meine neueste Eroberung ist ein großer, schwarzer Kater«,

gestand Jacqueline ein. »Hallo, Patrick. Bist du immer noch da?«

»Schon wieder. Ich muß bei Sarah Händchen halten. Sie hat den ganzen Tag versucht, dich zu erreichen. Als sie keinen Rückruf von dir erhielt, war sie überzeugt, daß man dich abgemurkst hat. Als ich hier ankam, packte sie gerade eine Tasche und wollte sich auf den Weg zum Flughafen machen.«

»Lass' mich mit ihr reden.«

Sarahs erste Begrüßung bestand nicht aus: Hallo, wie geht es Ihnen, sondern sie sagte: »Ich glaube nicht, daß Ihr nächstes Buch für mich genug Belohnung sein wird.«

»Warum, was ist passiert?«

»Ich werde jetzt von dieser blonden Schnepfe erpreßt«, sagte Sarah grimmig. »Sie hat mich dabei erwischt, wie ich Stokes Privatordner durchsucht habe.«

»Das kommt davon, wenn man Amateure anheuert«, sagte Jacqueline halb zu sich selbst. »Was haben Sie herausgefunden?«

»Nichts, verdammt noch mal. Es gab zwar eine Menge seltsamer Briefe – einer stammt vom Präsidenten von Kathleen Darcys Fanclub, und er drohte Stokes mit allem Möglichen, angefangen mit dem Aufstellen von Streikposten bis zum Boykott der Bücher sämtlicher Autoren, die er unter Vertrag hat –«

»Das ist verdammt beleidigend«, rief Jacqueline. »Was gibt diesen Idioten das Recht zu glauben, daß ich nicht imstande bin, eine vernünftige Fortsetzung zu schreiben?«

»Es war nicht gegen Sie persönlich gerichtet, Jake. Sie wollen nicht, daß irgend jemand eine Fortsetzung schreibt. Und dann gab es da noch einen Brief von einer scheinbar psychotischen Frau, die sechs Fortsetzungen geschrieben hat –«

»Die kenne ich auch schon.« Jacqueline bezwang ihren Unmut. »Nichts unterzeichnet mit Amicus Justitiae?«

»Amicus was?«

»Schon gut. Machen Sie sich wegen der Schnepfe keine Sorgen, ich werde mir etwas ausdenken, wie ich sie Ihnen vom Leib halten kann. Es gibt noch eine Sache, die Sie für mich erledigen können.«

Nachdem sie sie erläutert hatte, sagte Sarah zweifelnd: »Ich werde es versuchen. Aber es wird nicht einfach sein. Einige von ihnen –«

»Ich weiß. Geben Sie Ihr Bestes, und rufen Sie mich direkt an, sobald Sie etwas haben.« Jacqueline zögerte. »Ach, zum Teufel«, sagte sie. »Ich werde Ihnen jetzt einfach diese Nummer geben.«

O`Brien nahm noch einmal den Hörer, nachdem Sarah die Nummer aufgeschrieben hatte. Er wußte im Gegensatz zu Sarah, daß sie ihre Privatsphäre normalerweise nicht ohne weltbewegenden Grund den Störungen von außen aussetzte. »Was ist los?« fragte er. »Ich lasse es nicht zu, daß Sarah in irgend etwas verwickelt wird, das gefährlich oder –«

Einige Geräusche im Hintergrund unterbrachen ihn und machten deutlich, was Sarah von seiner Ritterlichkeit hielt. Jacqueline grinste. »Es ist nicht gefährlich, Patrick. Nicht für Sarah.«

Nach einem Augenblick sagte O`Brien: »Ich bin auch nicht gerade verrückt danach, dich in Gefahr zu wissen, Kirby. Gibt es irgend etwas, das ich tun kann?«

»Ja, da gibt es tatsächlich etwas.«

»Dachte ich mir doch. Okay, schieß los.«

»Liebster Patrick, du weißt doch, daß ich dich nicht belästigen würde, wenn es nicht absolut notwenig wäre ... Was hast du gesagt?«

»Nichts. Ich habe nur gestöhnt.«

»Oh. Dies ist eine ernste Sache, Patrick. Jans Tod war kein Unfall. Es war Mord, und mittlerweile dürfte das der Polizei auch schon klargeworden sein. Falls du mir nicht glaubst, gebe ich dir gerne Paul Hoggenbooms Nummer. Er wird dir sagen –«

»Schon gut.« O'Brien war sichtlich wenig amüsiert. »Was soll ich also tun?«

»Das gleiche, um das ich Sarah gebeten habe. Ich möchte etwas über den Aufenthaltsort – sowohl zur Zeit als auch in den letzten Tagen – der Leute wissen, deren Namen ich ihr gegeben habe. Es ist äußerst wichtig, daß ich sie ausfindig mache, ganz besonders Brunnhilde. Außerdem möchte ich, daß du diese Leute und noch eine andere Person durch deinen Computer jagst, um herauszufinden, ob sie vorbestraft sind.«

»Wie lautet der Name dieser anderen Person?«

»Tom Kyle.«

»Buchstabiere ihn mir.«

Das tat sie. O'Brien sagte: »Ich werde mein Glück versuchen, aber wenn sie Decknamen benutzen –«

»Ich weiß. Danke, Patrick.«

»Lass' von dir hören, Kirby. Das ist mein Ernst.«

Jacqueline legte auf und wählte aufs neue. Sie hoffte nur, daß Bill besserer Laune wäre als O`Brien.

»Wo zum Teufel sind Sie gewesen?« platzte Bill heraus. »Ich habe schon genug Sorgen am Hals, ohne mir auch noch um Sie Gedanken machen zu müssen.«

Er war nicht besserer Laune. »Warum sollten Sie sich Sorgen um mich machen?« fragte Jacqueline. »Die Chance, daß zwei Frauen an zwei aufeinanderfolgenden Abenden in derselben kleinen Stadt einem tödlichen Unfall zum Opfer fallen, stehen ungefähr eine Million zu –«

»Lassen Sie Ihre Spielchen, Jake. Ich weiß nicht, warum Sie damit gerechnet haben, daß dieser Frau etwas zustoßen würde, aber Sie und Spencer wären nicht auf diese Weise in die Stadt gerast, wenn Sie keinen Verdacht gehabt hätten.«

»Sie ist nicht durch das Bücherregal umgekommen, nicht wahr?«

»Möglicherweise. Wahrscheinlich nicht.«

»Kommen Sie schon, Bill.«

»Ihr Genick war gebrochen, schon gut. Aber die Verletzung paßt nicht zum Regal. Der Doc glaubt, daß es etwas Schmaleres gewesen ist als ein Regalbrett.«

»Wie ein Schürhaken vom Kamin zum Beispiel?«

»Etwas in der Art. Wir untersuchen gerade den im Laden. Aber wir werden wohl nichts darauf finden, es gab nicht viel Blut.«

Jacqueline griff nach ihrem Glas. Es war ihr keine große Hilfe. »Was ist mit der Frage nach ihrer Identität?«

»Gott, Jake, Sie würden diese Frage nicht stellen, wenn Sie den Körper dieser armen Frau gesehen hätten. Sie muß mal in irgendeinen Unfall verwickelt gewesen sein, in dem sie beinahe zerquetscht wurde. Ein paar Dutzend gebrochene Knochen, von einem zertrümmerten Schädel bis zu komplizierten Brüchen in diesem kaputten Bein, das sie hatte. Der Doc meint, es könnte sich um einen Autounfall gehandelt haben. Aber eine Sache ist merkwürdig: Diese Frau – Jan Wilson – hat ein Kind geboren.« Er verstummte für einen Moment. »Was haben Sie gesagt?«

Jacqueline räusperte sich. »Nichts. Ich ... nichts.«

»Sie und Spencer haben nicht etwa in Jans Schreibtisch herumgeschnüffelt, nicht wahr? Oder sind in eins der anderen Zimmer gegangen?«

»Ach, Himmel noch mal, Bill! Sie wissen doch, daß dieser junge Polizist die ganze Zeit über bei uns war. Wie hätten, wir ... Aha. Es hat also jemand das Haus durchsucht?«

»Ich vermute es. Es war gut gemacht, aber nicht gut genug.«

»Fingerabdrücke?«

»Im Laden haben wir erst gar keine genommen«, gestand Bill. »Viel zu viele Leute sind dort ein und aus gegangen. Wir müßten die Fingerabdrücke von der halben Gemeinde nehmen, und selbst dann blieben noch all die Unbekannten übrig – Touristen, gelegentliche Besucher. Die einzigen Fingerabdrücke im Schlafzimmer gehörten Jan und der Putzfrau, aber ich bin mir ziemlich sicher, daß jemand anders im Schrank und in den Kommodenschubladen herumgewühlt hat.«

»Wenn Sie möchten, sehe ich einmal –«

»Ich habe schon mit Miss Cartwright, die für sie geputzt hat, alles durchgesehen.« Bills Tonfall beendete das Thema. »Deshalb habe ich Sie nicht angerufen. Ich wollte Sie warnen. Spencer ist geflüchtet. Er läuft frei herum.«

Jacqueline verschüttete Wodka und Eiswürfel auf ihren Schoß und damit über Lucifer, der seinem Ärger unverzüglich und auf schmerzhafte Weise Luft machte. Sie jonglierte mit dem Telefon herum. »Was soll das heißen ›geflüchtet'?« schrie sie. »Von wo? Er war nicht im Gefängnis. Soll das heißen, er –«

»Das soll heißen, daß er heute morgen einige Minuten bevor Bob Lightfood eintraf, um ihm ein paar Fragen zu stellen, das verdammte Krankenhaus verlassen hat. Packte sich seine Hosen, zog sie über, hatte ein kleines Handgemenge mit einer Schwester, die ihn aufhalten wollte, und verschwand. Wir suchen ihn zur Zeit, haben ihn aber noch nicht gefunden.«

»Sie können ihn nicht festhalten, Bill. Er hat nichts verbrochen.«

»Hm. Da bin ich mir nicht so sicher. Zumindest können wir ihn schnappen, um ihn zu befragen, und das werden wir auch tun. Er hätte nicht einfach davonlaufen sollen. Lightfood ist nicht gerade der gescheiteste Sheriff, aber selbst er beginnt sich langsam über Spencer zu wundern.«

Jacqueline seufzte. »Ich hatte so etwas befürchtet. Wohin könnte er gegangen sein?«

»Nun, jedenfalls nicht nach Hause. Ich habe mich nur gefragt, ob er Ihnen vielleicht einen kleinen Höflichkeitsbesuch abgestattet hat.«

»Oh, haben Sie das?« Jacqueline fletschte die Zähne. »Wollen Sie mich auch zu einer Befragung abholen, Bill? Denken Sie etwa, Paul und ich –«

»Oh, Himmel noch mal, Jake, beruhigen Sie sich. Warum sind Sie denn so gereizt?«

»Ich sitze auf einer Reihe von Eiswürfeln«, erwiderte Jacqueline. »Tut mir leid, Bill. Ich bin ein wenig nervös. Ich habe Paul nicht gesehen, wenn es das ist, was Sie wissen wollen. Und wenn ich es wüßte, würde ich es Ihnen sagen und Sie bitten, ihn einzusperren. Er könnte, wie ich Ihnen bereits sagte, eine Gefahr für sich selbst und andere sein.«

»Das ist ein tröstender Gedanke. Hören Sie, Jake, wenn sich diese Sache zu einem Mordfall entwickeln sollte, kann ich Ihnen Bob nicht vom Hals halten. Ich besitze vielleicht, nun sagen wir mal, einen gewissen moralischen Einfluß auf ihn, aber er ist der Sheriff, nicht ich. Sie halten mich doch nicht etwa hin, oder?«

Jacqueline gab sich erst gar nicht die Mühe, diese Frage zu beantworten. »Ich kann Ihnen sagen, warum Paul und ich uns Sorgen wegen Jan gemacht haben, falls Sie sich dann besser fühlen. Es ist im Grunde ganz einfach. Ich hatte am frühen Abend am Buchladen gehalten und ihn geschlossen vorgefunden. Auf einem Zettel an der Tür stand zu lesen, daß Jan für einige Tage weggefahren sei. Ich habe mir zu diesem Zeitpunkt nichts dabei gedacht und es erst im Laufe des Abends Paul gegenüber erwähnt. Er sagte, daß sie niemals irgendwohin reise und daß sie gewiß nicht einfach losgefahren sei, ohne ihn zu bitten, sich um ihre Katze zu kümmern. Erklärt das, warum wir so reagierten, wie wir reagiert haben?«

»Ich schätze, ja. Das ist allerdings auch so eine Sache – dieser Zettel an der Tür.«

»Ja«, sagte Jacqueline. »Bill, ich würde Ihnen keine Märchen erzählen – ich habe eine Reihe von Theorien, was diese ganze Angelegenheit angeht. Kommen Sie doch morgen abend auf einen Drink im Gasthaus vorbei, dann werde ich sie Ihnen verraten. Möglicherweise habe ich bis dahin auch ein paar solide Informationen.«

Er stimmte ohne weitere Fragen und ohne einen Kommentar zu. Kleinstadt-Cops sind doch so viel liebenswürdiger als ihre Kollegen in der Großstadt, dachte Jacqueline, während sie die nächste Nummer wählte. Und in Bills Fall auch weitaus weniger chauvinistisch. Er hatte keine dummen Bemerkungen über Gefahren und Risiken gemacht. Natürlich kannte er sie nicht so gut, wie O'Brien ...

»Hallo, Chris, ich bin's. Wie geht es Evelyn?«

»Gut. Ich habe dir doch gesagt, daß sie einer deiner größten Fans ist, oder?«

»Nein«, erwiderte Jacqueline kurzangebunden.

»So haben wir uns übrigens kennengelernt. Sie war gerade dabei, historische Romane – auch deinen – in ein Regalfach zu sortieren, und ich bemerkte beiläufig –«

Jacqueline packte sich mit einer Geste tragischer Verzweiflung an den Kopf. Zu schade, daß Chris nicht da war, um es zu sehen. »Erzähl es mir ein anderes Mal, mein Schatz«, sagte sie. »Du machst das mit Absicht, nicht wahr? Du tust angesichts der abscheulichen Gefahren, die mir drohen, mit Absicht so unbesorgt.«

»Worin genau bestehen denn diese Gefahren?«

»Oh, schon gut, ich schätze, sie sind nicht alle wirklich abscheulich«, räumte Jacqueline ein und verfluchte ihre Zunge, die sich wieder einmal nicht im Zaum halten ließ. »Im Grunde gibt es nichts zu berichten, Chris. Ich wollte einfach mit dir reden – mit jemandem, der die unberechenbare, blöde Buchbranche kennt. Es ist eine absonderliche Welt, Chris. Außenseiter können nicht verstehen, warum wir uns auf die Art und Weise benehmen, wie wir es tun.«

»Ich kann nicht gerade behaupten, daß ich es immer verstehe«, erwiderte Chris. »Hör' auf, rumzuquatschen, Jacqueline, und komm endlich zum Punkt.«

»Ich möchte, daß du etwas für mich tust.« Die Liste, die sie ihm herunterrasselte, war die gleiche, die sie Sarah gegeben hatte. Chris' Reaktion war ebenso negativ, aber wesentlich nachdrücklicher.

»Ich bin aus dem Geschäft raus, Jacqueline. Ich weiß nicht mehr, was vor sich geht.«

»Aber du hast überall Kontakte, alte Freunde. Du bist ein strahlender Planet dort oben am Firmament.«

»Was?«

»Der Glanz deiner Integrität strahlt auf uns alle ab. Das sagt Boots zumindest. Chris, ich habe zwei Probleme, die völlig unabhängig voneinander sind; erst wenn ich eines davon gehört habe, werde ich wissen, welche Vorfälle für die wesentliche Angelegenheit wichtig sind. Ich muß Brunnhilde finden und das *subito.*«

»Deine Wortwahl ist verblümter als gewöhnlich, Jacqueline. Was sind das genau für Probleme? Abgesehen davon, das Exposé zu beenden, solltest du –«

»Ich kann es dir nicht sagen, ich bin selbst ein wenig verwirrt. Und keine sarkastischen Kommentare bitte. Aber ich muß diese weibliche Wikingerausgabe aufspüren.«

»Ich habe es tatsächlich geschafft, ihren richtigen Namen herauszufinden.« Chris nannte ihn ihr, und trotz ihrer Frustration und ihrer Furcht bekam Jacqueline einen Lachanfall.

»Das ist ja göttlich. Aber ich glaube nicht, daß es eine große Hilfe sein wird, Chris. Sie würde ganz bestimmt nicht unter einem solch schrecklichen Namen ein Zimmer nehmen. Ich bin sicher, daß sie sich hier irgendwo in der Gegend aufhält, aber ich kann unmöglich jedes Hotel und jedes Motel im weiteren

Umkreis überprüfen. Hat sie nicht irgendeine Busenfreundin, der sie sich anvertraut haben könnte? Würde sie möglicherweise ihrem Agenten sagen, wo sie sich aufhält? Ich tue das immer. Für den Fall, daß Schecks eintreffen, weißt du«, fügte sie hinzu.

»Das weiß ich allerdings. In Ordnung, ich werde es versuchen.«

»Danke, mein Schatz. Ich melde mich wieder bei dir.«

Ohne recht zu wissen, auf welche Weise sie dort gelandet war, fand sich Jacqueline in der Küche wieder, wo sie gerade Wodka in ihr Glas füllen wollte. Sie drehte die Flasche mit einem Grinsen wieder zu. Sie wußte, was ihr Kopfzerbrechen bereitete. Paul. Sie hatte nicht übertrieben, als sie Bill sagte, daß sie ihn für gefährlich halte. Ihrer geschätzen Meinung nach war er nicht selbstmordgefährdet, aber in einer solch ernsten Situation war sie nicht bereit, sich auf diese Meinung zu verlassen.

Es war viel wahrscheinlicher, daß Paul sich in eine romantische Vendetta gestürzt hatte, um seine Liebe zu rächen. Nur die Tatsache, daß er keinen Schimmer hatte, wer der Killer war, würde ihn davon abhalten, sich wie ein melodramatischer Idiot zu verhalten. Männer waren nun einmal so. Selbst wenn er den Mörder finden sollte und das Recht in die eigenen Hände nahm, würde er im Gefängnis enden ... oder es würde noch Schlimmeres mit ihm geschehen. Jacqueline versuchte sich zu erinnern, ob es in Kathleens Heimatstaat die Todesstrafe gab, aber es gelang ihr nicht.

Ihre Brille balancierte gefährlich auf ihrer Nasenspitze. Sie schob sie an Ort und Stelle zurück und begann, nach allen Regeln der Kunst zu fluchen. Sie hatte eine Vermutung, wohin Paul gegangen war, aber von all den Orten in der Welt war dies der letzte, den sie nach Einbruch der Dunkelheit gerne besuchen wollte.

Sie nahm sich lediglich noch die Zeit, das zerbrochene Glas aus ihrer Handtasche zu entfernen und warf dann den Inhalt hastig wieder hinein. Lucifer machte den Eindruck, als wolle er sie begleiten – aber vielleicht war das auch nur Wunschdenken, wie sich Jacqueline eingestand. Die Verlockung war groß, ihn mitzunehmen, aber sie wollte nicht das Risiko eingehen, ihn zu verlieren.

Als sie die Gebirgsstraße in Richtung Kathleen Darcys Gedenkstein hinauffuhr, war sie sich nur allzu sehr des Risikos bewußt, das sie einging. Sie hatte keinen greifbaren Beweis, um die Theorie zu unterstützen, die sie sich aufgebaut hatte. Sie glaubte hauptsächlich daran, weil sie eben daran glauben wollte – weil sie ihr als Schriftstellerin, als Erfinderin vergnüglich unglaubwürdiger Plots zusagte. Wenn sie sich jedoch irrte, so eilte sie nun nicht zu einem Treffen mit einem Opfer der Liebe, sondern mit einem kaltblütigen Killer.

Als Jacqueline schließlich an ihrem Ziel ankam, hatte ihre nur allzu aktive Vorstellungskraft sie mit einigen gräßlichen Szenarien in Farbe bedacht. Sie schränkte sie schließlich auf zwei ein: Paul lag bleich über dem Gedenkstein, eine Flasche mit Gift in der erstarrenden Hand. Oder: Paul hämmerte völlig außer sich mit einem Vorschlaghammer auf den leblosen Stein ein, die Zähne wie ein Wolf gefletscht, die Augen rot und in der Dunkelheit glühend, um sich dann zu seiner zukünftigen Retterin umzudrehen – den Vorschlaghammer zum Schlag erhoben. Obwohl ihr die zweite Szenerie aus humanen Gründen mehr behagte, hoffte sie doch, daß Kummer und nicht Zorn die Oberhand gewonnen hatte. Mit Kummer konnte sie fertigwerden. Ein Paul allerdings, der von Wut besessen war, würde – selbst wenn sie ihn ohne Vorschlaghammer anträfe – möglicherweise ihre Kräfte übersteigen.

Als der Wagen auf die Lichtung zuhüpfte und sie den Stein erblickte, der in seiner dunklen Einsamkeit unversehrt und unbewacht dalag, fielen ihre Phantasien wie ein zerstochener Ballon in sich zusammen, und sie kam sich wie eine Närrin vor. Nichts war peinlicher als überflüssige Helden.

Zumindest hatte sie niemand beobachtet. Außerdem gab sie sich noch nicht ganz geschlagen. Paul war vielleicht hierhergekommen und dann wieder verschwunden. Möglicherweise war er auch hierhergekommen – und nicht wieder verschwunden. Als er ihren Wagen gehört hatte, war ihm schließlich genug

Zeit geblieben, sich zu verstecken. Es war ziemlich dunkel dort draußen. Jacquelines angeknackstes Ego wurde wieder lebendig. Da sie nun schon einmal hier war, konnte sie sich genausogut ein wenig umsehen.

Oder sich zumindest soweit umsehen, wie das von ihrem Autofenster aus möglich war. Man hatte sie oft beschuldigt, sich in Dinge hineinzustürzen, die nicht einmal Engel zu behandeln wagten, aber sie war nicht so dumm, die Heldinnen gewisser schlecht geschriebener Thriller zu imitieren, die am Ende entführt oder überfallen wurden, weil sie nicht genug Verstand besessen hatten, an einem sicheren Ort zu bleiben.

Sie setzte zurück und wendete, bis der Strahl ihrer Scheinwerfer den größten Teil des Geländes um den Gedenkstein erhellte. Er warf groteske Schatten, die immer neue Gestalt annahmen. Aus einem bestimmten Winkel sah der Umriß des Steins genau wie ein kauernder Mann aus. Daneben fing sich etwas im Lichtkegel. Jacqueline kniff die Augen angestrengt zusammen, aber es gelang ihr nicht auszumachen, was es war. Sie kroch ein wenig mit dem Wagen vorwärts und stemmte dann den Fuß auf die Bremse. War das ... Ja, bei Gott, das war es – am äußersten Rand des Lichtkegels entdeckte sie die Gestalt eines Mannes. Sie ließ sich auf den Boden fallen und kroch in die unheimliche Dunkelheit zurück.

»Warte!« schrie Kathleen und kämpfte mit der Gangschaltung. Zurück, wenden, vor ... Ihre Hände zitterten. Was war los mit ihm? Er kroch auf allen vieren wie ein Tier. »Paul, warte – lauf nicht weg.«

Er war verschwunden. Sie konnte ihn nicht sehen und hörte über das Geräusch des Motors hinweg auch keine Fluchtgeräusche. Dies war schlimmer, als sie es sich vorgestellt hatte. Er mußte völlig den Verstand verloren haben. Sie rief wieder nach ihm, fummelte in ihrer Handtasche herum und fand endlich ihre Taschenlampe. Der schmale Strahl zitterte kräftig, als sie ihn auf die Stelle richtete, wo sie ihn zuletzt gesehen hatte. Sie mußte beide Hände benutzen, um ihn ruhigzuhalten.

Da. Ein wenig nach rechts ... Er war nicht weitergekrochen. Vielleicht war er verletzt, konnte nicht aufstehen. Sie rief erneut seinen Namen. Er hatte sie gehört. Er drehte sich um und kroch vorwärts.

Jacqueline schrie angstvoll auf. Das war etwas, das sie nicht sehr häufig tat, aber die Situation schien es zu rechtfertigen. In den Lichtstrahl hinein bewegte sich schwerfällig – ein großer, schwarzer Bär. Und offensichtlich war sein Name Paul, denn er kam direkt auf sie zu.

Zumindest trug er keinen Vorschlaghammer. Diese stille Feststellung war nicht weniger verrückt als all die anderen Ideen, die ihr durch den Kopf schossen – Fragmente dunkel erinnerter Mythen und Legenden. Wesen, die eine andere Gestalt annahmen... Werwölfe waren die am häufigsten auftretende Art, aber im Osten gab es Wer-Tiger und in Nordeuropa Wer-Bären.

Als sie wie abrupt anhielt, stellte sich der Bär auf seine Hinterfüße. In dieser Position hätte er eigentlich menschlicher und furchterregender aussehen sollen, aber sein pelziges Gesicht und seine schmalen, blinzelnden Augen waren die eines Tieres – und daher weniger erschreckend. Nichts im ganzen Tierreich ist so gefährlich wie der Mensch.

Er war neugierig. Und das wäre ich auch, sagte sich Jacqueline, wenn ich arglos durch den Wald spazierte und das Mitglied einer fremden Rasse mich auf vertrauliche Weise anspräche. Sie zog sehr langsam und vorsichtig ihren Kopf durch das offene Fenster zurück und kurbelte die Scheibe hoch. Dann wendete sie langsam den Wagen. Sie konnte das Tier nicht länger sehen und betete darum, daß es blieb, wo es war oder sich zurückzog. Was um Himmels willen sollte sie tun, wenn es auf den Pfad spazierte und sich dort niederließ? Oder versuchte, auf den Kofferraum zu klettern? Sie stellte sich vor, wie sie mit einem Bären auf dem Dach den Highway entlangraste. Wahrscheinlich gab es irgendein Gesetz dagegen. Ob sie wohl ein Verkehrspolizist anhalten und ihr und dem Bären einen Strafzettel verpassen würde?

Der Bär hatte aber offensichtlich das Interesse an ihr verloren. Er ließ sich nicht mehr blicken. Trotzdem atmete Jacqueline erst auf, nachdem sie von dem kleinen Pfad auf die asphaltierte Straße gebogen war. Dann griff sie nach der Zigarette, die ihr aus der Hand gefallen war, als sie plötzlich diese Erscheinung vor sich hatte. Glücklicherweise hatte sie sie noch nicht angezündet. Das holte sie nun nach, und sie bemerkte erfreut, daß ihre Hände nicht mehr zitterten – zumindest nicht mehr sehr.

Jacqueline lächelte in sich hinein. Mit ein wenig Bearbeitung – beispielsweise der Auslassung ihrer kindlichen Phantasien – gab das eine ganz gute Story ab. Marybee würde vor Neid grün anlaufen.

Und ihre Vermutung hatte sich doch als richtig herausgestellt. Paul war dagewesen. Das zerbrochene Glas auf dem Boden um den Stein herum stammte von einer Whiskeyflasche. Kurz bevor der Bär sie ablenkte, hatte sie nämlich ein Stück entdeckt, von dem sich die Marke entziffern ließ. Es war dieselbe Marke wie die, die sie auf Pauls Cocktailtisch gesehen hatte. Wäre sie nicht von ihrer Vorliebe für Melodramen verführt worden, hätte ihr klar sein müssen, daß dies das glaubhafteste aller Szenarien war. Nachdem die Flasche leer war, hatte er sie gegen den Stein geschmettert. Typisch Mann, dachte Jacqueline tadelnd. Ein Vorschlaghammer wäre wesentlich dramatischer gewesen.

Sie hoffte nur, daß Paul jetzt nicht betrunken durch den Wald stolperte, aber sie hatte nicht im mindesten die Absicht, noch einmal zurückzufahren und nach ihm Ausschau zu halten. Wenn er und der Bär sich treffen sollten, dann hatte der Bär eben Pech gehabt.

Als sie wieder am Cottage ankam, hatte sie sich in einen Zustand wütender Entrüstung hineingesteigert. Sie murmelte zornig vor sich hin, als sie die Tür aufschloß. »... mich mitten in der Nacht nach draußen zu jagen, wo es von Bären nur so wimmelt ... Die Leute sind rücksichtslos, sie erwarten immer, daß ich ...«

Als sie über die Türschwelle trat, ließ das schrille Klingeln des Telefons sie zusammenschrecken. Sie drehte den Kopf, aber die kurzfristige Ablenkung hätte wahrscheinlich gar keine Rolle gespielt. Er hatte auf sie gewartet und war schnell wie eine Katze. Seine Hand schloß sich um ihren Mund und zwang ihren Kopf in die harte Mulde seiner Schulter. Mit dem anderen Arm preßte er ihre Arme an den Körper und hob sie in die Höhe, bis ihre Füße in der Luft baumelten.

Allein durch die Berührung seines Körpers erkannte sie ihn – und durch den Whiskeygeruch. Sie hatte sich noch niemals so hilflos gefühlt. Ihre Handtasche, die ihre Sammlung von Verteidigungswaffen enthielt, war zu Boden gefallen. Sie trat nach hinten, um ein Schienbein zu erwischen, aber sie mußte feststellen, daß es schwierig war, genügend Kraft in einen Tritt zu legen, wenn beide Füße in der Luft schweben. Die Geräusche, die sie tief in ihrer Kehle von sich gab, konnten auch nicht mehr als einen halben Meter weit zu hören sein.

Ihr Retter war zwar nicht ganz so nahe, aber er besaß unmenschlich scharfe Ohren. Jacqueline merkte erst, daß er gekommen war, als Paul einen erstickten Laut von sich gab und seinen Griff lockerte. Sobald Jacqueline spürte, daß seine Muskeln nachgaben, warf sie sich nach vorne. Sie landete auf Händen und Füßen und grapschte verzweifelt nach ihrer Handtasche. Als sie schließlich die Haarspraydose zu fassen bekommen hatte, war Paul schon auf der Flucht die Treppe hinauf und trat wild nach seinem Angreifer. Lucifer wich Pauls Fuß ohne Schwierigkeiten aus. Seine zu Schlitzen verengten Augen und die gesträubten Schnurrhaare sagten ebensoviel wie ein höhnisches Grinsen auf einem menschlichen Gesicht. Er nahm alle Kräfte zusammen, sprang in die Luft, senkte seine Zähne und Vorderkrallen in Pauls Arm, drehte sich und landete wieder auf allen vieren, bereit für einen neuen Angriff.

Jacqueline krächzte: »Töte ihn!«

Lucifer drehte den Kopf und sah sie an. Paul tat es ihm nach. »Himmel noch mal, fang bloß nicht an zu schreien«, keuchte er. »Überall wimmelt es nur so von Polizei. Ich wollte doch nur – oh, verdammt.«

Er beugte sich hinunter und umklammerte sein Bein. Lucifer hatte wieder zugeschlagen und sich rechtzeitig zurückgezogen.

»Setz dich«, befahl Jacqueline.

Sie ging auf ihn zu, das Haarspray in der Hand. Paul schien über die Wahl ihrer Waffe ein wenig amüsiert zu sein. Er ließ sich auf eine Stufe fallen und sagte mit leiser Stimme: »Okay, aber halt mir dieses Monster vom Leib.«

»Er wird dir nichts tun, solange du keine aggressiven Bewegungen machst«, erwiderte Jacqueline und hoffte, das diese Aussage zutraf. Lucifer hatte sich aber schon zum Gewinner erklärt und zog sich in seine Ecke zurück, wo er begann, sich heftig zu putzen.

»Ich wollte doch nur, daß du nicht schreist, wenn du mich siehst«, begann Paul.

»Ein Finger an den Lippen hätte diesen Wunsch voll und ganz deutlich gemacht.«

»Wenn ich auf dich zugesprungen wäre und Sch-sch-Geräusche von mir gegeben hätte, was hättest du dann gemacht?«

»Bestimmt nicht geschrien. Ich schreie nie. Aber ich hätte sicherlich irgendeinen Ton von mir gegeben ... Oh, vergiß es. Was machst du hier? Aus dem Krankenhaus wegzulaufen war wirklich eine dumme Nummer, und auf der Flucht zu bleiben ist noch dümmer. Dadurch werden bloß Verdächtigungen bekräftigt, die gar nicht erst aufgekommen wären, wenn du dich zusammengerissen hättest.«

»Sie wären aufgekommen«, erwiderte Paul kühl. »Unser gegenwärtiger Sheriff, Bob Lightfood, ist tatsächlich ziemlich ›light‹ an der Stelle, wo sein Gehirn sitzt, aber Bill Hoggenboom ist ein scharfer, alter Hund. Früher oder später wird er herausfinden, daß Jans Tod kein Unfall war.«

»Das hat er schon.«

»Aha.« Paul nickte. »Hat er auch schon herausgefunden, daß ich der Hauptverdächtige bin? Teufel, ich bin der *einzige* Verdächtige. Keiner sonst kannte sie gut genug, um sie verletzen zu wollen. Vielen Dank für deinen Rat, aber ich ziehe es vor, mich erst dann zu stellen, wenn ich eine brauchbare Alternative als Mörder aufgespürt habe.«

»Das ist ein kindisches, gefährliches –«

»Leute, die im Glashaus sitzen ... Ich habe es riskiert, hierherzukommen, weil ich herausfinden wollte, was vor sich geht. Ich kann Bill wohl kaum anrufen und ihn nach dem Resultat der Autopsie fragen.«

Das Telefon begann zu läuten. »Geh nicht dran«, befahl Paul.

»Das könnte Bill sein«, sagte Jacqueline. »Er hat mich heute angerufen, um mir zu berichten, daß du ›ausgebrochen‹ bist, wie er sich ausdrückte. Er nahm an, du würdest vielleicht hierherkommen. Obwohl ich verdammt noch mal nicht weiß, wie er darauf kommt – oder warum du hergekommen bist.«

»Das habe ich dir doch gesagt. Ich muß wissen, was vor sich geht. Was ist bei der Autopsie herausgekommen?«

»Was die Identität betrifft, war sie ergebnislos«, erwiderte Jacqueline und ließ ihn dabei nicht aus den Augen. Auf seinem Gesicht spiegelte sich nichts weiter als distanziertes Interesse. »Sie ist in der Vergangenheit einmal bei einem Unfall schwer verletzt worden.«

Paul nickte. »Das würde Kathleens lange Abwesenheit erklären, nicht wahr? Schwere Verletzungen, Gehirnerschütterung, Amnesie ...«

»Ach was«, schnappte Jacqueline zurück. »Was die Todesursache angeht, so glauben sie nicht, daß das Bücherregal sie getötet hat. Die Waffe muß ein kleiner, härterer Gegenstand gewesen sein, zum Beispiel ein Schürhaken. Und es gibt noch weitere Hinweise, die auf einen Mord hindeuten.«

»Der Zettel an der Tür«, sagte Paul. »Nicht sie hat ihn dort angebracht, der Killer war es. Und wenn sie genau nachsehen, werden sie feststellen, daß die Schrauben, mit denen das Regal am Boden festgemacht war, sich nicht von allein hätten lösen können.«

Das Telefon läutete wieder. »Wenn ich nicht drangehe, entschließt sich möglicherweise jemand, vorbeizukommen«, gab Jacqueline zu bedenken. »Um sicherzugehen, daß ich nicht von einem gewissen entlaufenen Irren belästigt worden bin.«

Als sie jedoch beim Telefon ankam, hatte es bereits aufgehört zu läuten. Paul machte keine Anstalten, sie aufzuhalten, aber er sagte: »Versuche ja nicht, Bill anzurufen.«

»Und du solltest mir nicht drohen, Paul Spencer. Ich versuche, dir zu helfen! Du machst es mir aber wirklich nicht leicht.«

»Das war keine Drohung, Jacqueline, es war eine Warnung. Bis Bill eintrifft, wäre ich schon längst von hier weg. Ich möchte bezweifeln, daß du mich davon abhalten könntest, von hier zu verschwinden.«

Jacqueline seufzte. »Wann hörst du endlich auf, den Helden zu spielen? Stelle dich. Sie haben keinerlei Beweise gegen dich. Du bringst dich in viel größere Schwierigkeiten, wenn du ziellos durch die Gegend rennst. Besonders, wenn du eine viertel Flasche Whiskey am Tag trinkst.«

Pauls Hand wanderte zum Mund wie bei einem kleinen Kind, das mit schokoladenverschmiertem Gesicht erwischt worden war. »Ist mein Atem so schlimm? Es war gar kein Viertel, es war nur noch ... Woher weißt du das?«

»Ich bin zur Lichtung hinausgefahren, um nach dir zu suchen. Ich habe die zerbrochene Flasche gesehen.« Jacqueline beschloß, den Bären nicht zu erwähnen.

»Du bist allein da hinaufgefahren? Wie rührend.«

»Nein, wie verrückt.« Jacqueline warf ihre Arme in die Luft. »Ich muß verrückt sein. Würde ich sonst wertvolle Zeit durch Streitereien mit dir verplempern?«

»Es war klug von dir, zu vermuten, daß ich dorthin gehen würde«, murmelte Paul. Er gähnte kräftig. »Gott, bin ich müde. Nachdem ich das Krankenhaus verlassen hatte, bin ich per Anhalter gefahren, aber der Typ hat mich zehn Meilen vor der Stadt rausgelassen, und ich hatte Angst, es noch einmal zu versuchen, weil die Bullen ja schon eine Suchmeldung nach mir herausgegeben haben konnten. Ich bin heute bestimmt zwanzig Meilen gelaufen.«

»Wo hattest du den Schnaps her?« erkundigte sich Jacqueline neugierig.

»Von zu Hause. Ich bin davon ausgegangen, daß sie dort bereits nach mir gesucht hatten und daß es ein sicheres Versteck sein würde. Aber Bill ist schlauer, als ich erwartet habe. Ich war gerade erst fünf Minuten dort, als ein Streifenwagen vor dem Haus vorfuhr. Ich hatte nur noch genug Zeit, um aus dem Fenster zu klettern.«

»Und das natürlich mit der Flasche in der Hand«, sagte Jacqueline mit sarkastischem Tonfall. »Du solltest deine Prioritäten noch einmal überdenken, Paul.«

»Es war aus medizinischen Gründen.«

»Na, sicher.«

»Ich weiß nicht, warum ich sie mitgenommen habe«, gestand Paul. »Oder warum ich zur Lichtung gegangen bin. Nicht etwa, weil ich irgendeine verrückte Anwandlung hatte und Kontakt mit Kathleens Geist suchte –«

»Aber du hast oft Blumen dorthin mitgenommen. Flieder.«

Paul senkte die Augen. »Jedes Frühjahr. Idiotisch von mir ... Aber das war zu der Zeit, als ich dachte, daß sie umgebracht worden war, daß man sie mir gegen ihren Willen genommen hatte. Dieses Mal war mehr Zorn als Kummer in mir. Ich wollte ... Ich denke, ich wollte es ihr – Kathleen – irgendwie heimzahlen. Eine Geste vollführen, die meine Wut und meine Frustration ausdrückt.«

Jacqueline konnte nicht widerstehen. »Wie zum Beispiel den Stein mit einem Vorschlaghammer zertrümmern?«

»Etwas in der Art«, Paul lachte rauh. »Leider hatte ich keinen. Nur meine bloßen Hände und die Flasche. Es schien mir aber eine Schande, guten Whiskey zu verschwenden, also setzte ich mich hin und begann zu trinken. Jetzt tut es mir leid, daß ich die Flasche zerschmettert habe, Vandalismus ist ein ärmlicher Ersatz für Theatralik. Weißt du, während ich dort saß, strömte alles irgendwie aus mir heraus, und als ich die Flasche schließlich leergetrunken hatte, wurde mir klar, daß ich mir einfach nichts mehr daraus machte. Nein, das stimmt nicht ganz, ich mache mir noch etwas aus Kathleen, ich habe sie geliebt und will, daß sie gerächt wird. Aber ich bin endlich frei von diesem wehmütigen Gespenst, das mich sieben Jahre lang gequält hat. Sie war nur eine Frau, mit gewöhnlichen, menschlichen Schwächen –«

»Und jetzt bist du also endlich frei, um wieder lieben zu können, richtig?« sagte Jacqueline

Paul sah sie gekränkt an. »Du bist wirklich ein Miststück, Jacqueline. Hast du denn überhaupt keine Gefühle?«

»Meine Gefühle sind hier nicht relevant.« Das Telefon klingelte erneut. Jacqueline schnappte nach dem Hörer. »Hallo«, brummte sie. »Oh, Sie sind es, Mollie. Nein, nein, mir geht es gut. Ich war eine Weile weg. Bin gerade erst zurückgekommen. Was ist los?«

Sie hörte eine Weile schweigend und mit unbewegtem Gesicht zu. Dann sagte sie: »Danke« und legte auf.

»Nun?« sagte Paul.

Jacqueline zögerte kurz. Dann zuckte sie die Schultern. »Ich könnte dich anlügen, aber das möchte ich lieber nicht. Jemand hat dich beobachtet, als du hierher gingst und hat Bill benachrichtigt. Er hat versucht, Mollie dazu zu überreden, ihm den Schlüssel für das Cottage zu geben, aber sie bestand darauf, mich zuerst anzurufen.«

Paul sprang auf. »Er ist im Gasthaus?«

»Ja.«

»Dann wird er in ungefähr neunzig Sekunden hier sein.« Paul warf einen Blick auf seine Uhr. »Das gibt mir dreißig Sekunden für eine letzte Erklärung. Sag Bill, daß ich hier war. Sag ihm und der Presse, daß ich bald weiß, wer Kathleen umgebracht hat und daß ich ihn mir holen werde.«

»Aber das stimmt nicht.«

»Zum Teil doch. Ich würde den Mistkerl gerne umbringen. Ich weiß im Moment zwar noch nicht, wer es ist ... Aber wenn er sich auf mich konzentriert, wird er dir nichts tun.« Paul entblößte seine Zähne zu einem wolfsähnlichen Grinsen. »Ich habe dir doch gesagt, daß ich eine ganze Menge über dich weiß. Du hast eine Menge Fragen gestellt, die nichts mit dem Schreiben eines Buches zu tun hatten. Mach weiter so, ich werde dir nach Kräften helfen. Ob und wann –«

Das Telefon klingelte, der Türklopfer knallte gegen das Holz und Jacqueline verlor die Fassung. »Zum Teufel noch mal!« schrie sie. »Du verstehst nicht. Dies ist nicht der richtige Weg –«

»Du solltest besser die Tür öffnen«, sagte Paul und zog sich Schritt für Schritt in die dunkle Küche zurück. Jacqueline folgte ihm. »Warte«, bat sie ihn. »Ich habe es beinahe rausgekriegt. Morgen nachmittag werde ich den Beweis haben, den ich brauche. Gib mir nur noch etwas –«

»Ssssch.« Paul spähte aus dem Küchenfenster. »Ich frage mich, ob Bill genug Männer hat, um das Haus zu umstellen. Vielleicht nicht. Ich habe es mir überlegt, Jacqueline – mach die Tür nicht auf. Er wird als nächstes zur Hintertür kommen. Ist diese Tür abgeschlossen? Ja, das ist sie. Gut.«

Seine Hand schloß sich fest genug um Jacquelines Handgelenke, um ihr ein Jaulen – keinen Schrei – zu entlocken. »Mach ruhig, schrei so laut du willst«, sagte Paul. Sie konnte ihn in der Dunkelheit nicht genau sehen, aber aus seiner Stimme schloß sie, daß er lächelte. »Wenn ich genug Zeit hätte, würde ich dich leidenschaftlich umarmen und dich mit einer wunderschönen, romantischen Erinnerung zurücklassen. Aber leider ... Aha. Da kommt er.«

Jacqueline war durch ihre eigene Neigung zum Melodramatischen gehandikapt. Sie rechnete damit, daß er ihr einen vorsichtigen Schlag auf das Kinn versetzen oder sie leicht würgen würde, statt dessen aber hob er sie in die Luft und ließ sie kräftig auf ihren Allerwertesten fallen. Schmerz durchfuhr sie vom Steißbein bis zum Scheitel. Es dauerte eine Weile, bis sie sich gefaßt hatte und zur Hintertür kriechen konnte, gegen die Bill wütend hämmerte. Als sie die Tür endlich aufgeschlossen hatte, war Paul verschwunden.

»Wie ist er hineingekommen?« fragte Bill. »Es gibt keine Anzeichen für ein gewaltsames Eindringen.«

»Ich habe ihn nicht hereingelassen, wenn es das ist, was Sie andeuten wollen.« Jacqueline ließ sich vorsichtig in den weichsten Sessel im Zimmer sinken.

»Wollte gar nichts andeuten. Wollte Sie nur fragen, ob Sie sicher sind, daß Sie abgeschlossen hatten.«

»Ganz sicher. Ich wäre gefährlich leichtsinnig, wenn ich es, nach allem, was geschehen ist, nicht getan hätte. Nicht, daß es irgendeine Bedeutung haben würde«, fügte Jacqueline mit verständlicher Bitterkeit hinzu. »Verschlossene Türen scheinen meine Besucher nicht im geringsten aufzuhalten.«

»Ich nehme an, er hätte das Schloß knacken können«, sinnierte Bill. »Obwohl das auch nicht so leicht ist, wie die Leute immer glauben. Macht mir eher den Eindruck, als hätte er einen Schlüssel gehabt.«

»Das scheint mir nicht sehr wahrscheinlich.« Jacqueline zuckte zusammen und änderte ihre Position. »Woher sollte er den haben?«

»Das frage ich mich auch.« Bill nahm einen kräftigen Schluck Bourbon, den ihm Jacqueline eingeschüttet hatte. »Vielleicht paßt derselbe Schlüssel bei all diesen alten Häuschen?«

»Bestimmt nicht. Das würde für die Besitzer nicht gerade viel Sicherheit bedeuten.«

»Wir sind hier in dieser Gegend nicht sehr auf Sicherheit bedacht, selbst heute noch nicht. Vor zehn Jahren noch hat niemand die Tür abgeschlossen. Einige der älteren Einwohner tun das immer noch nicht. Paul besaß einen Schlüssel zum Buchladen.«

»Nein, Bill, das tat er nicht. Er mußte erst nach dem Schlüssel suchen, den Jan draußen versteckt hatte.«

»Das behauptet er. Aber er war ihr bester Freund, derjenige, an den sie sich wandte, wenn sie Hilfe benötigte. Teufel auch, meine Frau hat unsere Hausschlüssel an Dutzende ihrer Freundinnen verteilt. Keine Ahnung, warum Frauen das machen, sie behauptet immer, es sei für den Fall, daß sie ihren Schlüssel verliert, aber ...« Er senkte sein leeres Glas und starrte Jacqueline an. »Was ist los mit Ihnen? Kommt der Schock jetzt durch?«

Jacqueline war sich bewußt, daß sie ausgesprochen belämmert dreinschauen mußte. »Schlüssel«, murmelte sie. »Ohr.«

Bill packte ihr Kinn und blickte ihr aufmerksam in die Augen. »Möglicherweise eine Gehirnerschütterung. Die Pupillen sind erweitert –«

»Wenn ich ein Pferd wäre«, rief Jacqueline. »Nein. Nein, das ist zu abenteuerlich. Das kann ich einfach nicht glauben!«

»Ich auch nicht«, sagte Bill. »Hier. Was Sie jetzt brauchen, ist ein Drink.«

»Ja, vielleicht haben Sie recht.« Jacqueline nahm das hingehaltene Glas und trank. »Wow. Das tat gut. Tut mir leid, wenn ich Sie erschreckt haben sollte, Bill, ich habe mich nur gerade an etwas erinnert, daß ich ... daß ich vergessen hatte.«

»Sind Sie sicher, daß mit Ihnen alles in Ordnung ist?«

»Oh, ja, ganz sicher. Sollten Sie sich nicht besser draußen an der Jagd beteiligen?«

Bill hievte sich auf die Füße. »Ist nicht nötig, daß ich auch noch im Dunkeln herumtapse. Paul kennt die Wälder besser als jeder andere hier bei uns. Ich möchte bezweifeln, daß wir ihn heute nacht finden. Aber ich habe schon verstanden.«

»Ich wollte nicht unhöflich sein, Bill. Ich bin nur schrecklich müde.« Jacqueline begleitete ihn zur Tür.

»Sie haben etwas vor«, sagte Bill. »Ich würde ja versuchen herauszufinden, was es ist, aber es hat keinen Sinn, mit einer Frau zu streiten, die störrisch wie ein Maulesel ist.«

»Ein besonders treffender Vergleich«, lobte ihn Jacqueline. »Kommen Sie morgen vorbei, Bill. Am frühen Abend, so gegen fünf. Wir werden einen freundschaftlichen Drink zu uns nehmen und uns freundschaftlich unterhalten.«

»Über irgendein besonderes Thema?«

»Ja.«

»In Ordnung«, erwiderte Bill. »Dann betrachte ich das als Verabredung. Ich hoffe nur, daß Sie genau wissen, was Sie tun. Ich habe keinen Vorwand, um Sie einzubuchten, also sehe ich keine Möglichkeit, Sie von irgend etwas abzuhalten.« Als er davonging, sagte Jacqueline die Haltung seiner Schultern, daß er ihr nicht mehr freundlich gesonnen war. Früher oder später entwickelte jeder Polizist, dem sie begegnete, das Verlangen, sie hinter Gitter zu bringen. Trotz ihrer diversen Reize waren Männer nun einmal bedauernswerte Geschöpfe mit einer sehr begrenzten Phantasie.

Sie schloß die Tür und drehte den Schlüssel um. Dann stand sie einige Sekunden bewegungslos da und bemühte sich, den völlig unangebrachten Drang, zu grinsen und zu kichern, zu unterdrücken. Ihr letzter Einfall übertraf in der absurden Brillanz seiner Unglaubwürdigkeit alle anderen. Wenn er sich allerdings als richtig erwies, dann würde das einige kleinere Punkte erklären, die ihr bisher zu schaffen gemacht hatten.

Ihre Handtasche lag noch da, wo sie hingefallen war, als Paul sie gepackt hatte. Sie setzte sich daneben und schüttete den Inhalt auf dem Boden aus. Das laute Geklimper lockte Lucifer an. Er stupste einen Lippenstift mit der Pfote an und verfolgte ihn durchs Zimmer.

Jacqueline wühlte in dem Durcheinander herum. Das zugeklebte Päckchen sollte wohl besser wieder in der Handtasche verschwinden. Dort war es sicherer als versteckt in einem Haus, das offensichtlich alles andere als einbruchsicher war. Sie warf ihre persönlichen Sachen hinterher und ließ nur die Mappen, die St. John und Craig ihr gegeben hatten, und die Bücher, die aus Kathleens Bibliothek stammten, draußen.

Nachdem er den Lippenstift unter einen Sessel gerollt hatte, kehrte Lucifer zurück, um sich ein neues Spielzeug zu suchen. Aus Gründen, die nur er kannte, wählte er Jacquelines Autoschlüssel und trug sie in seinem Maul davon. Jacqueline beobachtete ihn geistesabwesend. Schon wieder Schlüssel. Es gab zwei Vorfälle, in denen Schlüssel eine wichtige Rolle spielten. In beiden Fällen ... ja, es war möglich.

Sie nahm die Mappen und die Bücher mit hinüber zum Schreibtisch und suchte sich den Rest der Sachen zusammen, die sie benötigte. Zuerst die Briefe. Nachdem sie sie sortiert hatte, studierte sie nachdenklich die unterschiedlichen Häufchen.

St. John, Craig und – nach seiner eigenen Aussage – auch Paul hatten Briefe erhalten, die angeblich von Kathleen stammten. Obwohl Paul sich geweigert hatte, ihr einen Blick auf seinen Brief zu gewähren, hatte er zugegeben, daß er Vorwürfe des Verrats und der Täuschung enthielt. »Nun versuchen sie, mein Buch zu stehlen ...« Etwas in der Art. Die Briefe an Craig und St. John wiederholten diese Vorwürfe. Beide waren in New York abgestempelt, und beide waren nach der Verkündung, daß Jacqueline als Autorin für die Fortsetzung des Romans ausgewählt worden war, geschrieben worden.

Der Brief, den Sarah in Stokes Post gefunden hatte, trug dieselbe Unterschrift. Es wäre seltsam gewesen, wenn Stokes keinen Brief erhalten hätte, denn wenn die Verfasserin der Briefe eine Verschwörung vermutete, wäre Kathleens Agent sicherlich darin verwickelt.

Jacqueline dagegen hatte nichts von »Kathleen« gehört. Statt dessen war ihr – und, soweit sie wußte, nur ihr allein – ein Brief von einem Amicus Justistiae ins Haus geflattert.

Jacqueline sammelte die Briefe mit leicht gerunzelter Stirn zusammen und legte sie beiseite. Nichts widersprach der Theorie, die sie ersonnen hatte, aber es gab eine Menge Löcher, die sie nur mit puren Vermutungen stopfen konnte.

Also, wo waren die anderen Bücher? Ausnahmsweise einmal dort, wo sie sie vermutete, nämlich auf dem Tisch neben der Schreibmaschine. Jacqueline schob ihre Brille energisch zurück und machte sich daran, sie zu lesen.

Es war nach ein Uhr in der Frühe, als sie endlich fertig war, aber der Einsatz hatte sich gelohnt. Der Beweis war da, klar und deutlich, wie gedruckt – buchstäblich gedruckt. Es blieben nur noch einige Fragen offen. Jacqueline beäugte das Telefon mit einem so hungrigen Blick, als sei sie auf Diät und es handele sich um einen Schokoriegel. Leute reagierten so unangenehm, wenn man sie mitten in der Nacht weckte! Es wäre sicherlich taktvoller, bis morgen früh zu warten, aber die Ungewißheit nagte an ihr. Was zum Teufel war mit Brunnhilde geschehen?

Sarah wußte es nicht. »Ich habe mein möglichstes versucht, Jacqueline, ehrlich. Ich habe ihre Telefonnummer in Bootsies kleinem schwarzen Buch gefunden ... Nein, nein, ich meine sein Adreßbuch. Er war einmal ihr Agent, wußten Sie das?«

»Jeder war mal Brunnhildes Agent. Sie schafft einen nach dem anderen. Wie lautet ihre Nummer?«

Das einzige Geräusch, das danach folgte, war das einer langen, schmerzhaften Inhalation. Jacqueline identifizierte es als Gähnen. »Sie haben doch nicht noch geschlafen, oder?« fragte sie.

»Geschlafen? Ich? Um halb sieben in der Früh? Welch ein Gedanke.«

»Es ist Viertel vor sieben! ›Die Vöglein sind erwacht/Der Morgentau perlt – ‹«

»Hier nicht, oh, nein. Es sieht nach Regen aus.«

Jacqueline blickte zum Fenster hinüber. Auch bei ihr sah es nach Regen aus. Die Wolken trugen ein düsteres Grau. »Ihre Nummer«, wiederholte sie.

»Ich habe bereits angerufen. Ihr Anrufbeantworter läuft, sie ›kann im Augenblick nicht ans Telefon kommen‹.«

»Das ist keine Hilfe«, brummte Jacqueline. »Sie könnte im Badezimmer oder in Timbuktu gewesen sein.«

»Tut mir leid. Ich werde es weiter versuchen.«

»Was ist mit den anderen?«

»Sie werden es nicht glauben«, begann Sarah.

»Das werde ich, wenn es schlechte Neuigkeiten sind. Etwas anderes bekomme ich in letzter Zeit nicht mehr zu hören. Sagen Sie's nicht. Es ist keiner zu Hause.«

»Tja, Jacqueline, manche Leute reisen nun einmal viel. Besonders Schriftsteller, sie sind immer auf irgendeiner Lesereise oder stellen Recherchen an. Darf ich jetzt bitte wieder weiterschlafen?«

Jacqueline erwiderte ihr brummig, daß sie das tun könne. Sie hängte ein, überlegte, ob sie Chris anrufen sollte und beschloß dann, ihm eine weitere Stunde zu gönnen. Das Gasthaus servierte ab sieben Uhr Frühstück, das bedeutete, dort würde jemand wach sein.

Mollie kam an den Apparat. »Wie geht es Ihnen?« erkundigte sich Jacqueline. »Liegen Sie noch mit Ihren Salzcrackern im Bett?«

Mollie kicherte. »Nein, aber das habe ich schon ausprobiert. Es hilft wirklich, Jacqueline. Und Tom hat darauf bestanden, daß ich zum Arzt gehe, damit er mir etwas verschreibt. Er sagte, Sie hätten gemeint, daß ich das tun soll, und ich fühle mich jetzt viel besser. Er ist so nett zu mir.«

Jacqueline war froh, daß Mollie nicht ihren Gesichtsausdruck sehen konnte. »Das sollte er auch. Gibt es Neuigkeiten?«

»Sie sind wieder da.«

»Beide?«

»Hmmm.«

»Ich wußte doch, daß diese Ratte ihr Wort nicht halten würde«, murmelte Jacqueline. »Ich werde mir etwas anderes einfallen lassen müssen. Was ist mit Paul Spencer?«

»Ich habe seit gestern abend nichts mehr gehört. Ich schätze, sie haben ihn noch nicht gefunden. Ich habe mir wirklich

Sorgen um Sie gemacht, Jacqueline, und ich finde, Sie sollten ins Gasthaus herüberziehen. Es ist einfach nicht sicher –«

»Ich werde morgen darüber nachdenken«, fiel ihr Jacqueline ins Wort. »Mollie, ich möchte heute abend gerne eine Party geben. Würden Sie das Tom bitte ausrichten? Cocktails gegen halb sechs, Abendessen um sieben, für ...« Sie zählte in Gedanken. »Für dreizehn Leute.«

»Dreizehn?« wiederholte Mollie.

»Ja.« Jacquelines Lippen verzogen sich zu einem sarkastischen Lächeln. Es war ein seltsamer Zufall, daß ihre Gästeliste eine solch unheilvolle Zahl ergab. »Einschließlich Ihnen und Tom«, fuhr sie fort. »Ich möchte, daß Sie auch kommen.«

»Oh, Jacqueline, das ist sehr nett von Ihnen, aber ich glaube nicht, daß Tom die Küche verlassen würde, er traut keinem zu, sich richtig um die –«

»Richten Sie ihm aus, daß ich darauf bestehe. Noch eine andere Sache – können Sie mir diesen netten jungen Mann ausleihen, der mir beim Tragen meiner Einkäufe geholfen hat? Er kann ruhig zuerst seine Pflichten beim Frühstück erledigen. Geben Sie ihm ruhig den Schlüssel für das Vorhängeschloß ... Ich nehme an, es gibt einen anderen Schlüssel?«

»Ja, ich habe ihn. Und, Jacqueline, Tom hat mir gesagt, was Sie wegen der Schlüssel wissen wollten, und ich schwöre Ihnen, daß weder der für das Vorhängeschloß noch der für das Cottage jemals weggekommen ist. Ich nehme sie abends sogar mit ans Bett. Niemand wäre in der Lage –«

»Ich glaube Ihnen«, sagte Jacqueline schnell. War Mollie derart naiv, daß sie nicht bemerkte, daß sie sich mit einer solchen Bemerkung selbst anklagte?

Nachdem sie aufgelegt hatte, ging sie zu ihrem Schreibtisch hinüber und begann, Einladungen zu schreiben. Ich hätte mir schönes Briefpapier kaufen sollen, dachte sie, während sie vor sich hinkritzelte. Etwas mit Stiefmütterchen drauf. Oder Tollkirsche.

Sie war noch nicht ganz fertig, als das Telefon läutete. Sie nahm den Hörer ab. »Oh, Chris, ich hätte dich gleich angerufen. Irgendwelche Neuigkeiten?«

»Evelyn macht Traubengelee.«

»Bitte lass' das, Chris«, sagte Jacqueline mit ernstem Tonfall. »Es verführt mich dazu, dir rüde, unfeine Dinge an den Kopf zu werfen.«

»Aber ich muß leider gestehen, daß es keine anderen Neuigkeiten gibt.«

»Oh, verdammt. Hast du herausgefunden, wo Brunnhilde ist?«

»In New York hat sie seit einer Woche keiner mehr gesehen. Entweder hat sie sich in ihrer Wohnung verkrochen und geht nicht ans Telefon, oder sie hat die Stadt verlassen. Was die anderen angeht –«

»Ich weiß, ich weiß. Sie haben auch alle die Stadt verlassen. Ich mache mir weniger Sorgen um diese Leute, als um Brunnhilde. Sie könnte sich in Gefahr befinden.«

»Falls mich das zu irgendwelchen Großtaten anregen soll, verschwendest du deine Zeit. Ea gibt einige Millionen Menschen, deren Wohlergehen mir mehr am Herzen liegt als das von Brunnhilde Karlsdottir. Dennoch«, fuhr Chris fort, »habe ich einen Vorschlag. Ich bin heute morgen darauf gekommen. Was für ein Adjektiv fällt dir ein, wenn du an Brunnhilde denkst?«

»Primitiv, vulgär, untalentiert ... Oh. Meinst du etwa fett?«

»Denk einmal darüber nach«, riet ihr Chris.

Jacqueline dachte darüber nach. Ein langsames, verträumtes Lächeln breitete sich auf ihrem Gesicht aus. »Chris, du bist ein Genie.«

»Ich weiß. Kann ich sonst noch etwas für dich tun?«

»Nein, mein Schatz. Es sei denn ... Nein.«

»Was?« erkundigte sich Chris mißtrauisch.

»Ich gebe heute abend eine kleine Party. Deine Anwesenheit würde diese vergnügliche Zusammenkunft natürlich unendlich bereichern, aber das kannst du unmöglich schaffen. Versuch es besser gar nicht.«

»Ich habe nicht die Absicht, es zu versuchen. Was feierst du denn? Hast du das Exposé fertiggestellt? Nein, das kann nicht sein. Warum bist du so sehr darauf versessen, Brunnhilde ... Mir gefällt die ganze Sache nicht, Jacqueline. Was hast du vor?«

»Ich mußt jetzt einhängen, Chris. Da ist jemand an der Tür. Ich werde dir morgen alles über meine wunderbare Party erzählen.«

Sie legte den Hörer auf und murmelte vor sich hin: »Es sei denn, du liest es vorher in der Zeitung.«

Der Name des Hilfskellners war Kevin, und es war ihm ein ausgesprochenes Vergnügen (wenn er es auch nicht so klar ausdrückte), ihr bei jedem auch noch so gemeinen Vorhaben behilflich zu sein, das sie vorschlug. »Dieser verdammte – Verzeihung – dieser Mistk... Verzeihung! Dieser Kerl hat versucht, mich zu bestechen. Sein Auto blockiert praktisch das Tor, und er hat mir zehn Mäuse angeboten, damit ich dafür sorge, daß es offen bleibt.«

»Das ist wirklich eine Beleidigung«, erwiderte Jacqueline, die an ihren Umschlägen leckte. »Sie sollten mindestens fünfzig verlangen. Kevin, ich bin Ihnen wirklich sehr dankbar, daß Sie mir helfen. Ich möchte, daß Sie diese Briefe für mich abgeben. Hier ist die Liste. Kennen Sie die Leute, und wissen Sie, wo sie wohnen?«

Kevin bejahte zögernd. »Bei Mr. Darcy bin ich mir allerdings nicht sicher, ob er überhaupt jemanden hereinläßt. Man erzählt sich, daß er das Haus wie ein Gefängnis verriegelt hat.«

»Sie müssen irgendwie hineinkommen«, mahnte ihn Jacqueline. »Ich möchte, daß Sie auf eine Antwort warten – schriftlich oder mündlich. Wenn Sie an der Südseite den Zaun entlanggehen ...« Sie beschrieb die Stelle, wo Marybee ihr das große Loch im Zaun gezeigt hatte. »Versuchen Sie es an der Küchentür, und erzählen Sie der Köchin oder wer immer die Tür öffnet, daß der Brief von mir ist. Okay?«

»Okay.« Er sah auf die Liste. »Auch einen für Sherri?«

Da war etwas in seiner Stimme, das Jacquelines Neugier weckte. »Kennen Sie sie?«

»Wir sind zusammen zur Schule gegangen. Aber nach dem Abschluß habe ich nicht mehr viel von ihr gesehen.«

»Sie kommt aber oft ins Gasthaus.«

»Aber nicht, um mich zu sehen.«

Jacqueline war klug genug, zu schweigen. Einen Augenblick später fuhr Kevin fort. »Ich werde nicht mein Leben lang Hilfskellner bleiben. Ich studiere im zweiten Jahr Betriebswirtschaft. Deshalb arbeite ich hier. So habe ich tagsüber die Möglichkeit, die Seminare zu besuchen.«

»Schön für Sie. Ich hoffe, Sie versäumen wegen mir kein Seminar oder sogar eine Prüfung. Ihre Ausbildung ist wichtiger.«

»Oh, nein, Ma'am, das hier wird ja nicht lange dauern. Soll ich sonst noch etwas für Sie erledigen?«

»Wo Sie es gerade erwähnen ...«

Natürlich sträubte er sich, wie erwartet, angesichts der Vorstellung, Jacquelines Regenmantel mit der großen Kapuze und eine ihrer Handtaschen zu tragen. Er ließ sich aber schließlich doch überzeugen, und Jacqueline beleidigte ihn nicht dadurch, daß Sie ihm mehr Geld anbot. Sie hatte dann noch eine längere Diskussion mit ihm, als sie vorschlug, die Autos zu tauschen. »Sie können unmöglich meine Schrottkiste fahren, Ma'am«, protestierte er. »Die Reifen haben praktisch keinen Belag mehr, der Kühler ist undicht und –«

»Ich habe schon Schlimmere gefahren«, erwiderte Jacqueline. »Streiten Sie nicht mit mir, Kevin, wir verschwenden nur Zeit. Sobald Sie durch das Tor sind, machen Sie, daß Sie wegkommen. Er wird versuchen, Ihnen den Weg abzuschneiden, und wenn er Ihr Gesicht sieht, ist alles vorbei. Steigen Sie ins Auto, schließen Sie ab, und verschwinden Sie, bevor er die Möglichkeit hat, einen richtigen Blick auf Sie zu erwischen.«

Sie studierte seine Aufmachung mit kritischem Blick, als sie hinter ihm den Weg entlangging. Die Handtasche, die mit Büchern gefüllt war, um ihr das gewohnte Aussehen zu verleihen, war das einzig Überzeugende. Obwohl sie gleich groß waren, hätte nur ein unter kurzsichtigem Astigmatismus Leidender die Haltung des jungen Mannes mit der ihren verwechseln können. Aber er würde ja nicht laufen, er würde rennen, als sei der Teufel hinter ihm her, und er trug ihren Mantel und ging zu ihrem Wagen. Mit etwas Glück konnte es funktionieren.

Sie öffnete das Vorhängeschloß, grinste Kevin aufmunternd zu und öffnete das Tor gerade weit genug, daß er hindurchschlüpfen konnte.

Ich konnte auch einmal so rennen, dachte Jacqueline wehmütig, während sie beobachtete, wie er davonlief. Ach, Jugend! Muskeln und Verdauung waren allerdings in dieser Lebensphase die einzigen Vorteile. In anderer Hinsicht hatte die Jugend wenig für sich ...

So grob die Verkleidung auch war, sie tat ihren Zweck. MacDonnell begann, aus dem Wagen zu steigen, blieb unentschlossen stehen, fluchte einfallsreich, stieg wieder ein und nahm die Verfolgung auf. Kevin fuhr mit einem Schwung davon, den Jacqueline sich selbst nicht zugetraut hätte, und war verschwunden.

Seine alte Kiste war beileibe nicht das klapprigste Vehikel, das Jacqueline je gesteuert hatte. Ihr Sohn hatte einmal einen Wagen ohne Windschutzscheibe gehabt, an dem die Bremsen nur an verregneten Dienstagen funktionierten. Kevins Auto war ein wenig besser. Allerdings zog er ständig nach rechts, und der Auspuff war entweder voller Löcher oder gar nicht vorhanden. Der Anzeiger der Benzinanzeige blieb bei »leer« stehen. Jacqueline hatte damit gerechnet. Davids Wagen – und auch ihre eigenen, nachdem David sie ausgeliehen hatte – waren immer ohne Benzin gewesen. Es hatte schon etwas Magisches an sich, wie es einem Teenager gelang, den Wagen der Mutter gerade noch mit dem letzten Rest Kraftstoff in die Auffahrt zu fahren.

Sie hielt an Joes Exxon-Tankstelle, wo sie von Joe mit einer Mischung aus Amüsiertheit und Mitleid begrüßt wurde.

»Puh, Miss Kirby, ich hoffe, Sie haben nicht vor, weit zu fahren. Hört sich an, als würde die Antriebswelle bald den Geist aufgeben. Is was mit Ihrem Wagen?«

»Nichts. Der hier ist nur zur Tarnung. Ich nehme nicht an, daß Sie einen Mietwagen für mich haben?«

»Tut mir leid. Dieser Reporter hat den einen, und der andere braucht eine neue Wasserpumpe. Wenn Sie ein paar Stunden warten können ...«

»Kann ich nicht. Schon gut, es wird auch so gehen.«

Es war beinahe Mittag, als sie endlich an ihrem Ziel angekommen war. Der Wagen begann heftig zu zittern, sobald sie ihn über fünfundvierzig Meilen trieb. Die gemächliche Geschwindigkeit, die ihr aufgezwungen wurde, zehrte an Jacquelines Nerven. Sie war sauer auf sich. Warum war sie nicht von selbst darauf gekommen, daß Brunnhilde sich möglicherweise in »Willowland« aufhielt? Es war berühmt für die Qualität und die Quantität seiner Speisen, und in einem normalen Auto benötigte man nur anderthalb Stunden bis Pine Grove. Außerdem hatte es noch den zusätzlichen, psychologischen Vorteil, daß man es nicht als Hotel sah. »Willowland« besaß als Badekurort und Gesundheitszentrum einen guten Ruf im ganzen Land, aber die Besucher waren nicht verpflichtet, an den Sportkursen teilzunehmen oder die Übungsgeräte zu benutzen. Einige Leute fuhren einfach dorthin, um zu essen, zu schlafen und sich auszuruhen – wie Booton Stokes es getan hatte. Es war ein Ort ganz nach Brunnhildes Geschmack. Jacqueline wäre jede Wette eingegangen, daß sie vor sieben Jahren, als sie Kathleen schrieb, sie sei in der Gegend, ebenfalls in »Willowland« abgestiegen war.

Es war wohl unvermeidlich, daß Jacqueline und »Willowland Manor«, wie es richtig hieß, selbst unter den günstigsten Bedingungen nicht gut miteinander auskamen. Keiner von beiden war an diesem Tag in guter Verfassung. Jacqueline trug, passend zum originellen Erscheinungsbild ihres Fortbewegungsmittels, Jeans und eine Denim-Jacke, und das Fortbewegungsmittel gehörte zu der Sorte, die jeder Angestellte direkt zum Lieferanteneingang weisen mußte. Sie traf auf den ersten Angestellten, sobald sie in die Auffahrt zum Haupteingang gebogen war. Es gab kein Tor, aber mitten auf der Auffahrt standen ein kleines Wachhäuschen und ein Stopschild. Jacqueline hätte es möglicherweise ignoriert, wäre der uniformierte Mann nicht aus seinem Häuschen getreten, um sie nach ihren Absichten zu befragen.

Als sie einige Minuten später weiterfuhr, waren ihre Lippen schmal vor Ärger, und ihre Augen glitzerten unheilvoll. Der Mann hatte die Frechheit besessen, ihre Aussage, daß Mr. Stokes sie zum Mittagessen eingeladen habe, in Frage zu stellen und wollte von ihr verlangen, daß sie wartete, damit er im Haus anrufen und sich ihre Geschichte bestätigen lassen konnte. Sie hatte ihn mit ihrer berühmten Kombination aus aristokratischem Gehabe und der Bestimmtheit einer Lehrerin in die Schranken verwiesen, aber sein Verhalten hatte ihr keinen guten ersten Eindruck von diesem Ort verschafft.

Das herrschaftliche Haus besaß die üblichen weißen Säulen, große Balkone, weitläufige Flügel und großzügige Wiesen, aber es war auch nicht in Bestform. Zweifellos mochte es im Frühling einen entzückenden Eindruck machen und im Winter einen gewissen Vorkriegscharme verströmen, wenn der Schnee die Dächer und Schornsteine bedeckte, aber der graue Herbsthimmel und die kahlen Bäume verliehen ihm ein ödes, trostloses Aussehen. Auf dem Parkplatz standen BMWs und Cadillacs, Lincolns und Ferraris. Jacqueline parkte ein wenig zu nahe an einem nagelneuen Oldsmobile und stieg aus.

Der Mann im Wachhäuschen hatte wohl doch angerufen, denn die zweite Verteidigungslinie setzte sich wachsam in Bewegung, sobald Jacqueline die Tür göffnet hatte. Der Titel »Empfangsdame« gab nicht ganz ihr würdevolles Auftreten wieder –«Schloßherrin« schien passender zu sein. Sie war in elegante, schwarze Seide gehüllt – oder zumindest in eine anständige Imitation –, und ihr weißes Haar war stattlich hochgesteckt. Eine Brille hing an einer Goldkette um ihren Hals. Als sie Jane gegenübertrat, setzte sie sie auf die Nase und starrte sie durchdringend an. »Kann ich Ihnen behilflich sein?«

Jacqueline schob ihre eigene Brille auf dem Nasenrücken zurück und beantwortete den Blick. Dieses Mal hatte sie eine ebenbürtige Gegnerin gefunden. Die Frau reagierte nicht einmal mit einem leichten Flackern der Lider auf die Namen von Brunnhilde, ob echt oder Künstlername, und als Jacqueline behauptete, sie sei von einem anderen Freund, Mr. Stokes, zum Mittagessen eingeladen worden, verzogen sich die blassen Lippen ihres Gegenübers zu einem verächtlichen Grinsen. »Es ist die Regel, daß man uns mindestens einen Tag im voraus verständigt. Mr. Stokes hat jedoch keinen Wunsch in dieser Richtung geäußert.«

»Er ist ein wenig vergeßlich«, erwiderte Jacqueline. »Angenommen, ich miete ein Zimmer. Hätte ich dann die Erlaubnis, dorthin zu gehen, wo sich die Crème de la Crème vollstopft?«

»Ein Zimmer mieten« war ganz offensichtlich die falsche Formulierung. »Unsere Suiten und Cottages werden immer mindestens einen Monat im voraus gebucht, Madame. Thanksgiving und die Weihnachtsfeiertage sind seit letztem März ausgebucht. Wenn Sie gerne eine Reservierung für Januar tätigen wollen –«

Jacqueline verlor die Geduld. »Verbinden Sie mich mit Mr. Stokes Zimmer oder gehen Sie, und richten Sie ihm aus, daß ich da bin. Ich bin Jacqueline Kirby!«

Sie war immer davon ausgegangen, daß, wenn Joe Nobody Jones sich in ausreichend beeindruckendem Tonfall ankündigte, die Leute zu ängstlich wären zuzugeben, daß ihnen der Name unbekannt war. Ob es in diesem Fall zutraf oder ob andere Gründe eine Rolle spielten – jedenfalls hatte ihre Bemerkung den gewünschten Effekt. Stokes ging nicht ans Telefon, aber die Empfangsdame erklärte sich mit unbeschreiblicher Herablassung bereit, nach ihm zu suchen. Mrs. Kirby könne in der Zwischenzeit gerne im Empfangsbereich warten.

Mrs. Kirby hatte nicht im geringsten die Absicht, das zu tun. Sie beobachtete, wie die Schloßherrin durch eine Tür hinter der Rezeption verschwand und nach links abbog. Daraus schloß sie, daß sich das Speisezimmer in diesem Flügel befinden mußte. Wo sonst sollte sich Booton zur Mittagszeit aufhalten? Jacqueline ging zur Vordertür hinaus und zielstrebig einen mit Buchsbaum gesäumten Weg entlang, der sie durch ein Tor führte, auf dem »Zutritt nur für Gäste« stand, lief dann weiter durch einen braunen und verwelkten Garten und betrat eine große, geflieste Terrasse.

Die aufeinandergestapelten Tische und Stühle sagten ihr, daß die Terrasse bei schönem Wetter genutzt wurde, um das Essen draußen zu servieren. Die Glastüren am Ende mußten in den Speiseraum führen.

Als sie eine davon öffnete und eintrat, fand sie sich in einem kleinen Vorraum wieder und blickte auf einen schweren Ledervorhang. Er diente offenbar dazu, die kalten Winde der wirklichen Welt davon abzuhalten, die Körper der Reichen und Habgierigen zu berühren. Jacqueline öffnete den Vorhang und sah in den Raum.

Jeder Tisch schien besetzt zu sein. An der rechten Seite befand sich das berühmte »Willowland«-Büffet – Tische, auf denen sich eine Auswahl von Dutzenden verschiedener Gerichte befand. Am Ende des Raumes verschwand gerade Booton Stokes durch eine Tür. Er folgte der in Schwarz gehüllten Empfangsdame. Und an einem Tisch für vier – so nahe wie möglich an den unter dem Gewicht der Lebensmittel ächzenden Tischen – befand sich niemand anders als Brunnhilde. Sie hatte sich ein Tuch zu einem Turban eng um den Kopf geschlungen und trug eine Brille mit dunklen Gläsern, aber ihre Gestalt war unverwechselbar.

Die ganze Verkleidung war ungefähr so effektiv wie ein falscher Schnurrbart. Ganz bestimmt wäre Booton Stokes nicht darauf hereingefallen. Brunnhilde speiste nicht allein. Einer der anderen Plätze am Tisch war auch benutzt worden. Ein Teller mit Essen stand da, ein Glas Wein, und auf dem Stuhl lag eine zerknautschte Serviette. Es war klar, daß Booton Stokes auf diesem Platz gesessen hatte. Entweder hatten Booton und Brunnhilde die ganze Zeit unter einer Decke gesteckt oder sie hatten für den Augenblick Waffenstillstand geschlossen. Jacqueline runzelte die Stirn. Sie war davon ausgegangen, daß Stokes und Brunnhilde sich, wann immer nötig, aus dem Weg gehen würden. Sie mußte ihre Pläne noch einmal überdenken.

Brunnhilde war so sehr damit beschäftigt, sich vollzustopfen, daß sie Jacqueline erst bemerkte, als diese einen Stuhl hervorzog und sich hinsetzte. Ihr Mund klappte auf (Jacqueline wandte schnell ihren Blick ab), und ihr Brustkorb schwoll an.

»Schlucken Sie«, riet ihr Jacqueline nachdrücklich. »Ich bitte Sie, schlucken Sie, bevor Sie irgend etwas sagen.« Sie preßte eine Serviette in Brunnhildes Hand.

Brunnhilde gab einige ungehobelte Geräusche von sich, schaffte es aber, eine Katastrophe zu verhindern. Bevor sie loslegen konnte, fuhr Jacqueline fort: »Ich muß mit Ihnen reden, Zelekash. Es macht Ihnen doch nichts aus, wenn ich Sie mit Ihrem richtigen Namen anspreche, oder? Er ist so wohlklingend. Zelekash, süße Zelekash ... ›Die Jahre kommen, die Jahre gehen ...‹«

»Was wollen Sie, Kirby?« Brunnhildes Stimme klang durch ihr gebuttertes Brötchen hindurch gepreßt.

»Sie, meine Liebe. Ich nehme an, daß Boots sich auf den Weg gemacht hat, um mich abzuwimmeln. Er wird in cin paar Augenblicken zurück sein, also hören Sie mir gut zu. Er ist Ihnen nicht freundschaftlich gesonnen, Zel. Sie sind in großer Gefahr. Vertrauen Sie mir –«

»Vertrauen? Ihnen? Ha!«

Jacqueline, die die Tür im Auge behielt, fluchte leise. Booton hatte keine Zeit verschwendet. Als er sie an der Rezeption nicht vorgefunden hatte, mußte er sich direkt wieder auf den Weg in den Speisesaal gemacht haben. Sie wandte sich Brunnhilde zu und sagte schnell: »Es ist mein Ernst. Entschuldigen Sie sich, und suchen Sie die Toilette auf. Dorthin kann er uns nicht folgen –«

»Ich würde mich weder auf der Damentoilette noch sonst irgendwo mit Ihnen treffen, Jacqueline Kirby.«

Booton war schnell genug wieder am Tisch, um zumindest den letzten Teil der Antwort mitzubekommen. Er lächelte und schüttelte den Kopf. »Meine Damen, meine Damen! Jacqueline, warum haben Sie denn nicht angerufen? Es wäre mir ein Vergnügen gewesen, es so einzurichten, daß wir gemeinsam hier hätten speisen können.«

»Ah, aber dann hätte ich nicht das Vergnügen gehabt, Zel – ich wollte sagen Brunnhilde – zu sehen.«

»Wahrscheinlich sind Sie ebenso überrascht, wie ich es war«, sagte Booton und nahm wieder seinen Platz ein. »Ich habe mich in den ersten Tagen nicht unter die Leute gemischt, und wir müssen uns beim Essen immer wieder verpaßt haben, so daß wir uns heute morgen erst begegnet sind.«

Nett und sauber aus der Affäre gezogen, dachte Jacqueline. Das erklärte, warum Booton Brunnhildes Anwesenheit nie erwähnt hatte. Vielleicht war es sogar wahr.

»Wie auch immer, ich bin entzückt, Sie zu sehen«, fuhr Booton fort. »Es ist mir gelungen, Mrs. Wellington zu überzeugen, daß Sie hierbleiben dürfen. Warum suchen Sie sich nicht etwas von diesem köstlichen Büffet aus? Vielleicht schaffe ich es dabei sogar, Sie beide zu überreden, Ihre Differenzen zu begraben! Diese kleine Fehde zwischen Ihnen ist absurd, zwei so großartige Schriftstellerinnen und charmante Damen sollten Freundinnen sein.«

Die beiden charmanten Damen beäugten sich mit einem Ausdruck gegenseitigen Mißtrauens, der unverhohlene Verachtung spiegelte. Jacqueline entschuldigte sich und ging zum Büffet hinüber, ehe Booton noch weitere Angriffe auf die Wahrheit starten konnte.

Sie füllte sich reichlich auf den Teller und beobachtete das Paar am Tisch dabei aus den Augenwinkeln. Booton redete auf Brunnhilde ein, die sich von dem, was er sagte, scheinbar nicht beeindrucken ließ – ihr säuerlicher Gesichtsausdruck veränderte sich nicht. Jacqueline kehrte an den Tisch zurück. Booton hatte ihr Weinglas gefüllt und war bereit, den freundlichen Gastgeber zu spielen. »Lassen wir uns heute einmal nicht über Geschäftliches reden«, schlug er lächelnd vor.

»Wenn wir nicht über Geschäftliches reden, gibt es nichts, worüber wir uns unterhalten können«, erwiderte Jacqueline. »Möchten Sie denn gar nicht wissen, wie ich mit dem Exposé vorankomme?« Sie schwieg einen Augenblick, um ihre Reaktion zu beobachten – Booton runzelte tadelnd die Stirn, und Brunnhildes Gesicht spiegelte gieriges Interesse wider. Dann fuhr sie fort: »Ich komme überhaupt nicht voran. Irgend jemand hat die ersten vierzig Seiten gestohlen.«

»Was?« Booton ließ seine Gabel fallen. »Wann? Wer – ?«

»Ah, das ist die wesentliche Frage«, erwiderte Jacqueline. »Wer mag es gewesen sein?«

»Ich war es nicht«, stotterte Brunnhilde. »Wagen Sie es ja nicht, mich so anzuschauen, Kirby. Ich habe ein Alibi –«

»Für wann?« erkundigte sich Jacqueline mit sanfter Stimme.

»Nun, für letzte Nacht. Es war doch letzte Nacht, nicht wahr?«

»Nein, das war es nicht. Aber das ist schon in Ordnung, Zel – Brunnhilde. Ich glaube Ihnen.«

»Wirklich?« Brunnhilde starrte sie an.

»Ja, wirklich. Auch wenn ich nicht verstehe, wie sie ein Alibi für eine Zeit hervorzaubern wollen, in der Sie schlafend im Bett lagen. Es sei denn – ehem –« Sie warf Stokes einen bedeutungsvollen Blick zu, dessen entsetzter Gesichtsausdruck Brunnhilde entging, da sie derart darauf erpicht war, sich zu rechtfertigen.

»Das zeigt, wie wenig Sie wissen, Kirby. Ich habe diesmal ein Zimmer im Haus und wohne nicht in einem der Cottages. Um Mitternacht schließen sie hier alles ab. Wenn man beabsichtigt, länger fortzubleiben, muß man sich einen Schlüssel besorgen und dafür unterschreiben. Und außerdem«, fügte sie triumphierend hinzu, »ist es ein Schloß, das man auch von innen nur mit einem Schlüssel öffnen kann. Wenn der Einbruch also nach zehn Uhr passiert ist, habe ich wirklich ein Alibi, denn man benötigt mindestens zwei Stunden, um von hier nach –«

Sie verstummte, und ihr Gesicht nahm eine ungesunde, dunkle Farbe an. Jacqueline warf ihr ein mitleidiges Lächeln zu. Das Eingeständnis –, daß sie wußte, wie lange es dauerte, um nach Pine Grove zu kommen – wäre nicht so aufgefallen, hätte sie es nicht durch ihre Pause und ihren schuldbewußten Gesichtsausdruck betont.

»Schluß mit der Zankerei«, befahl Booton mit scharfer Stimme. »Verdammt, Jacqueline, ist Ihnen klar, daß Sie nur noch weniger als eine Woche Zeit haben, um –«

»Das macht nichts«, Jacqueline senkte den Kopf. »Ich glaube nicht, daß ich dazu bestimmt bin, die Fortsetzung zu schreiben. Das ist mir erst kürzlich klargeworden – es war wie eine Nachricht aus dem Jenseits. Ich konnte beinahe die Stimme Kathleen Darcys hören, die mir sagte, daß es nicht sein soll.«

Alle Farbe wich aus Bootons Gesicht und sammelte sich in Brunnhildes Pausbacken. »So etwas sollten Sie nicht sagen«, keuchte Booton.

»Vielleicht liege ich ja falsch«, gestand Jacqueline ein. »Diese Stimmen aus dem Jenseits sind manchmal nicht sehr verläßlich.«

Der glückliche und zufriedene Ausdruck verschwand von Brunnhildes Gesicht und erschien wieder auf Bootons. »Jacqueline, ich bin noch nicht ganz gesund, tun Sie mir das nicht an.«

»Schon gut, mein Lieber«, stimmte Jacqueline versöhnlich zu. »Taktvoll wie ich nun einmal bin, werde ich das Thema wechseln. Möchte jemand Nachtisch?«

Booton schüttelte den Kopf, aber als Brunnhilde ihre Bereitschaft erklärte, Jacqueline auf ihrer Suche nach weiteren Kalorien zu begleiten, erhob er sich schnell und folgte ihnen.

»Was können Sie empfehlen?« erkundigte sich Jacqueline und betrachtete leicht bestürzt die riesige Auswahl an Torten, Kuchen, Kompott und Pudding.

Brunnhilde, an die die Frage gerichtet war, blickte sie lediglich mit düsterem Blick an und antwortete nicht. Sie wählte einen besonders mächtigen, klebrigen Kuchen mit vielerlei verschiedener Verzierung und Karamelsoße.

»Ausgezeichnete Wahl«, erklärte Jacqueline aufrichtig. Brunnhilde warf ihr einen haßerfüllten Blick zu und zog sich mit ihrem Dessert zurück. »Oh, je, ich kann mich nicht entscheiden«, murmelte Jacqueline an Booton gewandt. »Was nehmen Sie, mein Lieber?«

»Ich habe es mir anders überlegt. Das sieht mir alles zu mächtig aus.«

Jacqueline fuhr fort, unschlüssig vor sich hinzumurmeln, bis Booton gegangen war und eine andere Frau, die es auch hätte besser wissen sollen, sich ein Stück Erdbeerkuchen mit Sahne genommen hatte. Jacqueline benötigte nur einige Sekunden, um das zu tun, was sie beabsichtigte. Als sie sich wieder an den Tisch setzte, hatte sie das gleiche Dessert auf dem Teller wie Brunnhilde.

Brunnhilde war mit ihrem beinahe fertig. Während sie es hinunterschlang, versuchte Booton, Jacqueline Vernunft einzubleuen. »Wenn Sie noch mehr Zeit benötigen, bin ich sicher, daß wir sie herausschlagen können. Sie müssen sich doch noch an etwas von dem erinnern, das Sie geschrieben haben!«

»Oh, ja.« Jacqueline nahm einen Bissen, verzog das Gesicht und legte ihre Gabel hin. »Das ist ja mit Rum-Geschmack. Ich hasse Rum. Nehmen Sie es, mein Lieber.« Sie schob Booton den Teller zu.

»Hören Sie auf, abzulenken, Jacqueline. Ich will das verdammte Zeug nicht.« Er schob den Teller weg. Nach einem Moment griff Brunnhilde danach. Jacqueline ignorierte dies ostentativ.

»Ich kann mich einfach nicht entscheiden, was ich tun soll«, sagte sie in einem ernsten Tonfall. »Vielleicht sollten wir uns einmal darüber unterhalten, liebster Boots. Warum kommen Sie nicht heute abend zu mir? Wir treffen uns gegen halb sechs im Empfangsraum des Gasthauses. Wir können zusammen essen und uns dann zu einem ausführlichen Gespräch in mein kleines Sanctum zurückziehen.«

»Das ist keine schlechte Idee«, sagte Booton. »Aber ich hoffe doch –«

Er wurde durch einen, kolossalen Rülpser von Brunnhilde unterbrochen. Sie hatte die Hände vor den Mund geschlagen, und ihr Gesicht verfärbte sich zu einem delikaten Erbsengrün.

»Na, na, na«, sagte Jacqueline. »All das mächtige Essen ... Müssen Sie übergeben, meine Liebe?«

Brunnhilde nickte wortlos. »Schnell.« Jacqueline sprang auf. »Nehmen Sie ihren anderen Arm, Boots.«

Gemeinsam mit der Hilfe eines Kellners, der auf sie zueilte, als er die Anzeichen erkannte, die ihm scheinbar nicht unbekannt waren, gelang es ihnen, Brunnhilde aus dem Speisesaal zu bekommen, bevor der Ernstfall eintrat. Jacqueline ließ die anderen, die sprachlos um die Schweinerei auf dem polierten Boden im Flur herumstanden, stehen, schob Brunnhilde durch die Tür mit der Aufschrift »Damen« und hielt ihren Kopf fest, während sie ihr Geschäft beendete. Es war kein ausgesprochen angenehmer Zeitvertreib, aber Jacqueline mahnte sich gleichmütig, daß es für Brunnhilde noch viel schwerer war.

Es dauerte nicht lange, und eine Frau in Krankenschwesterntracht erschien, deren Fragen deutlich zeigten, daß sie sich mehr Gedanken um den Ruf der Küche als um den Zustand der Leidenden machte. Jacquelines Antworten beruhigten sie, und sie wandte sich mit einem kritischen Blick an Brunnhilde. »Wenn Sie bitte mit ins Krankenrevier hinüberkommen? Dort wird sich der Doktor Sie einmal ansehen. Ich schätze, alles was Sie brauchen ist Ruhe und Bikarbonat.«

»Ich kann nicht gehen«, stöhnte Brunnhilde. »Oh, Gott, ich fühle mich schrecklich.«

»Ich werde einen Rollstuhl besorgen.«

Die Schwester verschwand, und Brunnhilde richtete ihre blutunterlaufenen Augen auf Jacqueline. »Zum Teufel mit Ihnen, Kirby. Sie waren das, ich weiß, daß Sie es waren. Ich esse nie zuviel.«

»Aber Zelekash! Wenn Sie damit etwa andeuten wollen, daß ich eine schädliche Substanz unter ihr Essen gemischt habe, möchte ich darauf hinweisen, daß ich dazu gar keine Gelegenheit hatte. Booton allerdings schon.«

»Booton würde nie ...«

»Wirklich nicht?« Jacqueline packte sie bei den Schultern und versuchte, sie zu schütteln – angesichts ihrer unterschiedlichen Größe ein schwieriges Unterfangen. »Wollen Sie sein nächstes Opfer sein?«

»Sein nächstes – was?«

»Sie kannten doch Jan Wilson – die Besitzerin von ›Betty's Buchladen‹ in Pine Grove. Sie ist tot, ermordet – von jemand, der glaubte, daß sie zuviel über Kathleen Darcy wußte. Wieviel wissen Sie denn, Brunnhilde? Was glaubt er, wieviel Sie wissen?«

»Nichts«, keuchte Brunnhilde. »Nichts. Ich wollte eigentlich nicht ... » Sie fing sich gerade noch einmal und fuhr sich mit ihrer blassen Zunge über die trockenen Lippen.

»Sie und Bootsie hatten eine Abmachung, nicht wahr? Bevor ich auf der Bildfläche erschien. Dann hat er einen Rückzieher gemacht oder bestritten, jemals daran beteiligt gewesen zu sein. Sie fanden heraus, daß ich eine Verabredung mit ihm hatte – wer war Ihr Spitzel, diese Sekretärin mit den messingblonden Haaren? – und Ihnen wurde klar, daß er ein falsches Spiel mit Ihnen getrieben hatte. So haben Sie sich selbst ausgedrückt, als Sie ins Büro stürmten und ihn und mich bedrohten.«

»Ich – oh – ich muß mich wieder übergeben!«

»Nein, müssen Sie nicht. Ich verbiete Ihnen, sich zu übergeben. Hatten Sie nun eine Abmachung oder nicht?«

»Ja!« Brunnhilde brach in Tränen aus. »Lassen Sie mich in Ruhe, Kirby, Sie widerliches, gemeines, sadistisches Miststück! Ich bin krank, ich sterbe –«

»Das ist genau der Zustand, vor dem ich Sie bewahren möchte«, fuhr Jacqueline sie an. »Sterben. Zel – Brunnhilde, entscheiden Sie sich, und zwar schnell. Ich höre jemanden kommen. Bleiben Sie hier und gehen das Risiko mit Booton ein oder vertrauen Sie mir? Wenn Sie klug sind, werden Sie so schnell wie möglich machen, daß Sie hier wegkommen. Boots darf nicht sehen, wie Sie verschwinden. Kommen Sie zum Gasthaus in Pine Grove. Ich werde gegen halb sechs dort im Empfangsraum auf Sie warten.«

»Aber Sie haben ihn doch auch schon gefragt, ob –«

Die Tür öffnete sich, und ein Angestellter schob einen Rollstuhl hinein. Jacqueline erhob sich. »Ich werde ihn wieder ausladen. Nur Sie und ich gegen den Rest der Welt, liebste Zel. Hier kommen die netten Männer in den weißen Kitteln, um sich Ihrer anzunehmen. Wir sehen uns dann in ein paar Stunden.«

Brunnhilde nickte.

Auf der Rückfahrt trieb Jacqueline den alten Wagen bis an seine Grenzen und darüber hinaus. Sie hatte den Trick mit der Steuerung mittlerweile heraus, sie mußte das Lenkrad einfach die ganze Zeit über immer nach links gedreht halten.

Sie sang beim Fahren laut vor sich hin. Sie hatte erreicht, was sie wollte und darüber hinaus nicht mehr gelogen, als unbedingt nötig gewesen war. Der Vortrag, den sie Brunnhilde gehalten hatte, war ein Meisterstück an Andeutungen und Anspielungen gewesen. Natürlich hatte sie Booton nicht ausgeladen. Er war sehr darauf versessen, ein ernsthaftes Gespräch mit ihr zu führen.

Was Brunnhilde anging, so hatte sie sich alles selbst eingebrockt. Wenn sie nicht so dumm und mißtrauisch und dickköpfig gewesen wäre, hätte sie sich ganz ruhig mit ihr unterhalten können, statt Ipecac über ihren Kuchen gießen zu müssen.

Das ist ausgleichende Gerechtigkeit – ich hätte wohl kaum daran gedacht, es zu benutzen, wenn Brunnhilde mir das Zeug nicht zuerst untergeschoben hätte. Und war das nicht ein Zufall, daß ich eine Flasche für Chris gekauft hatte und dann vergessen habe, sie ihm zu geben? Manche Dinge waren einfach eine Fügung des Schicksals.

Als sie am Gasthaus ankam, stand ihr Wagen auf dem Parkplatz. Jacqueline steuerte ihr geliehenes Auto auf einen leeren Platz und stieg erleichtert aus. Sie ließ Kevins Schlüssel in der Zündung stecken, wie er vorgeschlagen hatte. Das war absolut sicher. Kein Dieb, der etwas auf sich hielt, würde dieses Vehikel stehlen.

Sie fand Kevin in der Küche, mit den Vorbereitungen fürs Abendessen beschäftigt. »Hallo«, sagte er lächelnd. »Sie haben es also geschafft.«

»Aber sicher. Und wie war es bei Ihnen?«

Kevin zog sie an die Seite und senkte die Stimme: »Sie haben alle zugesagt. Mr. Craig und Mrs. Smith habe ich selbst gesprochen. Mr. Darcy wollte mich nicht hereinlassen, aber er hat eine Nachricht mitgegeben.« Er kramte in seiner Tasche und zog einen zerdrückten Umschlag hervor.

Jacqueline überflog den Brief. Wie gewöhnlich war St. Johns Ausdrucksweise sehr weitschweifig. Der Kern war, daß er die Einladung annahm und Sherri mitbringen würde, obwohl er sich nicht vorstellen konnte, was Jacqueline mit ihr wollte. Er sei anfangs davon ausgegangen, daß die Verabredung sich lediglich auf sie beide beschränke ...

»Ha«, sagte Jacqueline und warf den Brief in den nächsten Abfalleimer. »Danke, Kevin. Das Finanzielle regeln wir später, ja? Jetzt muß ich unbedingt mit Tom reden.«

»Er muß gleich wieder hier sein. Mollie fühlt sich nicht wohl. Er sagte, er wolle ihr einen Tee bringen.«

»Sieh an, sieh an«, sagte Jacqueline. »Ist das nicht nett von ihm?« Sie ging zur Tür des Speisezimmers und öffnete sie.

»Der Reporter ist im Aufenthaltsraum«, warnte sie Kevin. »Er hat ziemlich miese Laune. Er war direkt hinter mir, als ich bei den Darcys ankam, und als ich aus dem Auto stieg und er sah, daß Sie es gar nicht waren, wurde er richtig wütend. Er hat mir zwanzig Dollar angeboten, damit ich ihm sage, wo Sie hingefahren sind.«

»Ich hoffe, Sie haben fünfzig verlangt. Es ist wohl an der Zeit, daß ich wieder einmal eine kleine Unterredung mit Mr. MacDonnell führe. Aber zuerst will ich die Arrangements für heute abend besprechen.«

»Da ist Tom«, sagte Kevin. »Ich verschwinde wohl besser wieder in die Küche.«

Jacqueline ging dem Wirt entgegen. Sie stellte erfreut fest, daß er ein wenig gehetzt wirkte. »Ich nehme an, daß Mollie Sie über meine kleine Party in Kenntnis gesetzt hat«, sagte sie.

»Ja. Wer ... das heißt, macht es Ihnen etwas aus, wenn ich mich erkundige –«

»Meine Gäste werden zwischen halb sechs und sechs hier eintreffen. Ich möchte eine nette, ruhige Ecke, wo wir ungefähr eine Stunde gemütlich beisammen sitzen, reden und einige Drinks zu uns nehmen können. Der Empfangsraum eignet sich nicht dafür, denn im Grunde gehört er zum Speisezimmer und bietet nicht genug Privatsphäre.«

»Sonst haben wir keinen Raum«, erwiderte Tom. »Es war nett von Ihnen, daß Sie mich auch eingeladen haben, Mrs. Kirby, aber ich habe keine Zeit, um –«

»Was ist mit dem Aufenthaltsraum?« Jacqueline ging voraus, und Tom trottete hinter ihr her. »Das wäre genau das Richtige. Schieben Sie die Sessel und das Sofa einfach vor den Kamin und das Fernsehen auf die andere Seite des Raumes. Und schmeißen Sie die Gammler raus.« Sie lächelte MacDonnell, der es sich auf dem Sofa gemütlich gemacht hatte und eine Zeitschrift las, freundlich zu. Er lächelte freundlich zurück. »Dies hier ist ein Raum, der allen Gästen zugänglich ist, Mrs. Kirby, und ich bin ein Gast. Versuchen Sie doch mal, mich hinauszuwerfen.«

»Er hat recht, Mrs. Kirby«, sagte Tom. »Und was ist mit Mrs. Swenson? Sie schaut sich immer die Nachrichten an. Sie wird einen Anfall bekommen, wenn ich versuchen sollte, sie von hier fernzuhalten.«

»Ich habe nichts gegen Mrs. Swenson«, antwortete Jacqueline. »Sie ist zu taub, um zu lauschen, und die Lautstärke des Fernsehens wird andere ebenfalls davon abhalten. Oh, und Tom – ich möchte, daß Kevin uns bedient.«

»Kevin? Er ist nur Hilfskellner.«

»Er wird seine Arbeit schon anständig machen«, erwiderte Jacqueline. »Er kann die Horsd'œuvres servieren und die Bestellung für die Drinks annehmen. Wenn wir später in den Speiseraum hinübergewechselt sind ... Das überlasse ich dann Ihnen.« Sie erachtete es nicht als notwendig, Tom zu warnen, daß es möglicherweise keine Dinnerparty geben würde. Es kam ganz darauf an, wie ihre Gäste auf die kleine Überraschung reagierten, die sie geplant hatte.

»In Ordnung«, sagte Tom müde. »Wenn Sie ihn haben wollen, sollen Sie ihn bekommen, Mrs. Kirby. Ich habe wohl keine andere Wahl, nicht wahr?«

Er ging mit gebeugten Schultern davon.

»Hätten Sie jetzt Zeit für das Interview, Mrs. Kirby?« fragte MacDonnell.

Jacqueline blickte ihn nachdenklich an. »Sie tun ja recht großspurig für einen Mann, der dabei ist, seinen Exklusivbericht zu verlieren.«

»Ich werde ihn nicht verlieren. Wir bringen eine Sonderausgabe, zwei Tage früher als üblich.«

»Oh, wirklich? Damit hätte ich rechnen müssen, nicht wahr?«

»Aber ich habe immer noch genug Zeit, um ein Interview mit Ihnen telefonisch durchzugeben. Was ist das für ein Gefühl, in die Fußstapfen einer toten Frau zu treten?«

Jacqueline schnitt ein Gesicht. »Um Himmels willen, MacDonnell, sind Sie nicht imstande, sich ein besseres Klischee auszudenken?«

»Ich bin für Vorschläge offen«, erwiderte MacDonnell eifrig. »Kommen Sie schon, Mrs. Kirby, seien Sie nicht so. Sie haben gut gekämpft, aber verloren. Ich werde Ihnen einen Drink spendieren, und dabei unterhalten wir uns über die Bedingungen.«

»Nun, ja ...«

MacDonnell schraubte sich in die Höhe. »Wodka-Martini, nicht wahr?«

»Nun, ja ...«

Er machte sich auf den Weg zur Bar. Jacqueline begann in ihrer Tasche herumzukramen. Sie hatte nur die halbe Flasche für Brunnhilde verbraucht ...

Jacqueline rechnete damit, Lucifer auf der Stufe sitzend vorzufinden, wo er sich über die vernachlässigende Behandlung beschweren würde. Sie hatte ihn am Morgen hinausgelassen, und er hatte nicht auf ihre Rufe reagiert, als sie das Haus verließ. Es war allerdings keine Spur von ihm zu entdecken. Nachdem sie die Vordertür aufgeschlossen hatte, versetzte sie ihr einen kräftigen Stoß, so daß sie gegen die Wand knallte. Es stand niemand hinter der Tür, aber ihre Vorsichtsmaßnahme erwies sich dennoch als klug. Drinnen auf dem Boden befand sich eine Lache, deren Quelle selbst dann deutlich gewesen wäre, hätte nicht der Verantwortliche mit harten, anschuldigenden Augen direkt danebengesessen. Jacqueline wäre weniger verärgert gewesen, wenn sie nicht hätte bemerken müssen, daß sich die Lache noch weiter ausbreitete – ein Zeichen dafür, daß der Vorfall in dem Augenblick begonnen hatte, als sie die Tür aufschloß.

Sie und Lucifer hatten einen kurzen Wortwechsel, als sie vorsichtig an ihm vorüberging, ohne in die Pfütze zu treten. Aber es hätte schlimmer kommen können. Sie hätte sich doch nach einem Katzenklo umsehen oder sich zumindest vergewissern sollen, daß Lucifer draußen war. Sie hätte schwören können, *daß* er draußen gewesen war. Wie zum Teufel war er wieder ...

»Oh, nein«, stöhnte Jacqueline. Sie griff in ihre Handtasche und zog das Haarspray heraus.

Das Arbeitszimmer sah genauso aus, wie sie es verlassen hatte. Sie ließ die Eingangstür offen, um gegebenenfalls schnell flüchten zu können, und öffnete vorsichtig die Küchentür.

Der Eindringling hatte sich nicht die Mühe gemacht, die Tatsache zu verbergen, daß er hiergewesen war. Das Geschirr war abgewaschen und weggeräumt worden, aber Spritzer auf dem Herd führten sie zum Abfalleimer, wo sie eine leere Dose Rindereintopf fand, die noch nicht dort gewesen war, als sie das Haus verließ. Und es lag Futter in Lucifers Schüssel.

Aber Lucifer mochte dieses Futter nicht, er wollte etwas anderes haben. »Friß es«, sagte Jacqueline. »Denk an all die hungernden Straßenkatzen.« Sie stellte das Haarspray auf den Tisch, zog Papier von der Rolle und kümmerte sich um die Lache im anderen Zimmer.

»›Der Himmel ist blau/Und hoch oben‹«, sang Jacqueline, während sie wischte. »›Der Neumond leuchtet ...‹« Außer einem Knurren von Lucifer, der ganz offensichtlich unmusikalisch war, erhielt sie keine Reaktion.

Ihr Besucher war möglicherweise gekommen und wieder gegangen, aber das bezweifelte sie. Es war riskant genug, ins Haus hineinzugelangen, ohne gesehen zu werden. Wieder hinauszukommen war dagegen doppelt so riskant. Vielleicht schlief er. Er hatte sicherlich eine harte Nacht hinter sich.

Sie warf die Tücher weg und wusch sich die Hände. Dann sah sie, daß eine der Schnapsflaschen auf dem Getränkebord bewegt und – ganz bewußt – ein wenig von den anderen abgesondert worden war. Jemand hatte auf der Flasche eine Linie mit einem Fettstift gezogen. Die gegenwärtige Höhe der bernsteinfarbenen Flüssigkeit lag knapp zwei Zentimeter unter dieser Linie.

Jacqueline grinste. »›Mein Liebling, komm zurück zu mir‹«, schmachtete sie. Lucifer fauchte. Jacqueline stieg summend die Treppe hinauf.

So schwierig es schon gewesen war, ihre Zuhörerschaft zusammenzubekommen, so war sich Jacqueline bewußt, daß es noch schwieriger sein würde, sie zum Bleiben zu bewegen, wenn sie erst einmal erkannten, was vor sich ging. Manche von ihnen waren unter Vorspiegelung falscher Tatsachen hierhergelockt worden, und wenn sie beschließen würden, wieder zu gehen, besaß sie keine rechtlichen Mittel, sie davon abzuhalten.

Sie hatte dafür gesorgt, daß Bill Hoggenboom als erster kommen würde. Als er das Gasthaus betrat, fand er Jacqueline und ihre Helfer damit beschäftigt, die Möbel zu verrücken.

»Nein, Kevin, ich möchte, daß das Sofa zum Kamin hin steht – noch ein Stück näher heran. Hallo, Bill. Würden Sie bitte an der anderen Seite des Tisches mit anpacken?«

Der Mann an der einen Seite war Paul Spencer. Er nickte und lächelte auf eine so gelassene Art und Weise, als hätte er nicht die letzten Tage damit verbracht, sich vor der Polizei versteckt zu halten. Bill half ihm dabei, das schwere Möbelstück zu versetzen und erkundigte sich dann mit ruhiger Stimme: »Kann ich den Kerl jetzt verhaften?«

»Dürfen Sie überhaupt Leute verhaften?« fragte Jacqueline und strich sich eine vorwitzige Haarsträhne aus dem Gesicht. »Oh, stimmt, Sie sagten ja, daß man Sie zum Hilfssheriff ernannt hat. Wunderbar. Sie können ihn nach dem Abendessen verhaften, Bill, wenn Sie es dann immer noch wollen.«

»Danke.« Bill zog sich zur Tür zurück und beobachtete von dort das Geschehen. Jacqueline Kirbys Gedankengänge waren eigenartig, aber er begriff langsam, was sie vorhatte. Das neue Arrangement der Möbel trennte auf sehr effektive Art das lange Stück des Raums ab. Die schweren, altmodischen Stühle und Sofas besaßen hohe Rückenlehnen. In einem Halbkreis um den Kamin herum angeordnet, schafften sie so einen separaten, isolierten Bereich.

Der Rest der Möbel – weitere Sessel, ein Sofa und der Fernseher – war ans entfernte Ende des Zimmers geschoben worden. Die taube alte Dame hockte wie gewöhnlich dort und sah sich mit einer Reihe anderer Leute die Nachrichten an. Touristen, schätzte Bill, denn er kannte keinen einzigen von ihnen. Wahrscheinlich waren sie es, die die alte Dame dazu überredet hatten, die Lautstärke auf ein erträgliches Maß zu reduzieren.

Die Mitte des Raumes war jetzt frei von Möbeln, eine Art neutraler Zone. Und die Art, wie Jacqueline die Beistelltische und kleineren Sessel plazierte, hatte zur Folge, daß die Person, die erst einmal in dem privaten Kreis gelandet war, nicht so schnell wieder hinauskommen würde. Bill kam das Bild eines Spinnennetzes in den Sinn.

»Sie sollten sich besser mal mit mir unterhalten, Miss Kirby«, schlug er ihr mit eindringlicher Stimme vor.

»Ja, natürlich.« Jacqueline ließ ihren Blick über den Raum hinweggleiten. »So ist es gut. Vielen Dank, Kevin, Sie können jetzt damit beginnen, die Horsd'œuvres zu servieren. Paul, du wirst dort drüben sitzen. Aber jetzt noch nicht, warte erst, bis die anderen da sind.«

Paul nickte und lehnte sich mit verschränkten Armen gegen die Wand. Seine Kleidung sah etwas mitgenommen aus, aber er war frisch rasiert, und sein Haar lag glatt und ordentlich gekämmt. Es war weniger sein Auftauchen hier als dieses leichte, verschmitzte Lächeln um seine Lippen, das Bills Argwohn weckte.

»Wo ist er die ganze Zeit über gewesen?« fragte er.

»Ich kann für mich selbst sprechen«, sagte Paul. »Wenn Sie Jacqueline in Verdacht haben sollten, einem Verbrecher Unterschlupf gewährt zu haben, so tun Sie ihr Unrecht. Ich bin erst vor ein paar Stunden zu ihrem Haus zurückgekehrt. Sie sprach gestern davon, daß sie heute nachmittag im Besitz gewisser Informationen sein würde. Ich selbst hatte nichts ausrichten können, daher beschloß ich einmal nachzuhören, was sie herausbekommen hat.«

»Vor ein paar Stunden«, wiederholte Bill.

»Bill, ich dachte, Sie wollten gerne etwas über meinen Plan hören«, mischte sich Jacqueline ein. »Wir haben nicht viel Zeit, die anderen werden bald kommen. Also, er sieht folgendermaßen aus ...«

Bill ließ sie reden. Als sie geendet hatte, schüttelte er den Kopf. »Das wird nicht klappen. Das klappt nie, außer in diesen verrückten Büchern.«

»Oh, ich denke schon, daß es klappt. Es gibt da so ein, zwei kleine Geheimnisse, die ich nicht mit Ihnen – oder sonst jemandem – teile. Es sollte mich wundern, wenn nicht eins davon wirken würde. Wie auch immer, ein Versuch kann ja nicht schaden, nicht wahr?« Sie warf ihm ein umwerfendes Lächeln zu.

Umwerfend war überhaupt das richtige Wort, dachte Bill – und das galt nicht nur für ihr Lächeln, sondern auch für das elegante schwarze, enganliegende Kleid, das sie trug und das mit Pailletten und glitzernden Perlen besetzt war. Ihr Haar war wie eine Krone auf dem Kopf aufgetürmt, und falls das keine Diamantenohrringe waren, so waren es hervorragende Imitationen. Die ganze Aufmachung gehörte zu ihrem Plan. Sie wollte ihr Publikum beeindrucken und einschüchtern. Aber er er hatte den Verdacht, daß es noch einen anderen Grund für die rosige Farbe auf ihren Wangen und für das Lächeln gab, das ihren Mund umspielte und daß ihn an Pauls Gesichtsausdruck erinnerte.

Er seufzte, ohne sich dessen bewußt zu sein. »Und ob es schaden kann. Wenn Sie mir gestern davon erzählt hätten ...«

»... hätten Sie versucht, mich zurückzuhalten. Seien Sie ein guter Kumpel, Bill. Die einzige, die hier ihren Kopf riskiert, bin ich selbst.«

Er hatte keine Zeit mehr für irgendwelche Einwände – das redete er sich zumindest ein. Der erste von Jacquelines Gästen war eingetroffen. Es war der Rechtsanwalt Ron Craig. Der Ausdruck, der auf seinem Gesicht erschien, als er Paul Spencer und Bill sah, bereitete dem letzteren einige Schwierigkeiten, seine Heiterkeit zu verbergen. Craigs außereheliche Eskapaden waren ein offenes Geheimnis in der Stadt und ganz offenbar auch für Jacqueline, die sich dieser Tatsache schamlos bedient hatte. Sie packte Craigs Arm und führte ihn zu einem Sessel. Bill mußte zugeben, daß sie es schlau eingefädelt hatte. Craig konnte sich schlecht wieder davonmachen, ohne damit zuzugeben, daß er etwas anderes im Sinn gehabt hatte, als er Jacquelines Einladung annahm.

Er hatte kaum Platz genommen, als St. John mit seiner jüngeren Schwester im Schlepptau auftauchte. Keiner von beiden schien über die Einladung besonders erfreut zu sein. Wenn Blicke töten könnten, wäre Jacqueline unter dem zornigen Blick, den das Mädchen ihr zuwarf, tot umgefallen. Aber sie ignorierte dies völlig, wies den beiden ihren Sitzplatz zu, erkundigte sich, was sie für Getränke wünschten und schob St. John einen Teller zu.

Als nächster erschien ein Mann, dessen aufgedunsenes, bleiches Gesicht ihm vertraut vorkam, aber erst als Jacqueline ihn vorstellte, erinnerte sich Bill. Er hatte sich in den letzten sieben Jahren stark verändert.

An die fette blonde Frau, die Schriftstellerin war, erinnerte er sich dagegen sofort. Sie war im letzten Frühjahr hier gewesen. Sie blieb wie angewurzelt im Türrahmen stehen, als sie die anderen erblickte, aber Jacqueline packte sie energisch am Arm, schob sie zum Sofa hinüber und drückte ihr einen Drink in die Hand.

Der Kellner brachte weitere Getränke. St. John und die fette Blonde fielen über die Canapés her, die sofort wieder aufgefüllt wurden. Tom und Mollie Kyle betraten den Raum und nahmen ihre zugewiesenen Plätze ein. Mollie sah irgendwie ... irgendwie anders aus. Ihr Gesicht war voller, und sie hatte Lippenstift aufgelegt. Aber das allein war es nicht. Jacqueline machte viel Aufhebens um sie, reichte ihr einige Kissen und empfahl ihr ein besonderes Getränk. Sie wechselte kein Wort mit Tom und er auch nicht mit ihr. Er sprach im Grunde mit niemandem, saß nur da und starrte auf den Boden.

Laurie Smith kam als letzte. Jacqueline, die wie eine Hornisse um ihre Gäste herumschwirrte, schoß los, um sie zu begrüßen und herüberzuführen. Laurie begann sich zu entschuldigen: Sie hoffe, daß sie die Party nicht verdorben habe, Earl sei spät nach Hause gekommen und Benny habe seinen Brei über sich und die ganze Küche verteilt ... Bill war überrascht, als er die Veränderung in Jacquelines Stimme bemerkte. Der übliche, leicht spöttische Tonfall war vollkommen verschwunden. Sie stellte Laurie den Leuten, die sie noch nicht kannten, mit einer solchen Ehrerbietung vor, als handele es sich bei ihr um eine bekannte Persönlichkeit. Der spöttische Ton kehrte jedoch zurück, als sie kicherte: »Natürlich muß ich Sie nicht Ihrer Familie vorstellen, Laurie, oder sie Ihnen.«

Falls diese Bemerkung eine entspannende Wirkung haben sollte, so verfehlte sie ihr Ziel um Längen. St. John, dessen Mund gerade voll war, murmelte irgend etwas. Laurie blickte peinlich berührt drein, und Sherris Blick schien Jacqueline zu durchlöchern. Die blonde Autorin warf dem Agenten wütende Blicke zu, die er beantwortete. Tom vermied es sorgfältig, Sherri anzusehen, und Craig schien Paul Spencer gegenüber die dunkelsten Vermutungen zu hegen. Und beinahe jeder – außer Mollie und Laurie – starrte immer wieder auf Jacqueline, als sei sie eine Bombe, die jeden Moment losgehen würde.

Man konnte sich des Eindrucks kaum erwehren, daß Jacqueline sich prächtig amüsierte. Sie wartete, bis alle Platz genommen hatten und die Begrüßungen beendet waren. Dann erhob sie sich. Sie setzte sich langsam ihre Brille auf die Nase und hob einen Stapel Karteikarten auf. Ihr Verhalten erinnerte an eine Rednerin, die sich einem interessierten Publikum zuwendet – oder an eine perfekte Parodie.

»Ich möchte mich bei Ihnen allen dafür bedanken, daß Sie heute abend hier erschienen sind«, begann sie mit kühler, klarer Stimme. »Dies ist eine Abschiedsparty. Ich werde Pine Grove morgen verlassen. Ich werde die Fortsetzung zu ›*Nackt im Eis*‹ nicht schreiben.«

Sie unterbrach das überraschte Protestgemurmel, indem sie ihre Hand wie eine Lehrerin hob, die eine unartige Klasse zur Ruhe bringt. »Bitte keine Unterbrechungen. Ich werde dieses Buch nicht schreiben, aber ich habe eine Idee für ein anderes, das bestimmt auch ein Bestseller wird. Ich möchte Ihnen heute über diese Idee berichten. Ich möchte Ihnen erzählen, was Kathleen Darcy vor sieben Jahren wirklich zugestoßen ist.

Sie kennen alle die groben Fakten. Aufgrund dieser Fakten kam die polizeiliche Untersuchung zu dem einzig plausiblen Schluß. Allerdings mußte ich bald nach meinem Eintreffen in Pine Grove feststellen, daß die Polizei nicht alle Fakten kannte. Keiner von Ihnen, der darüber Bescheid wußte, hat der Polizei mitgeteilt, daß Kathleen in dem Monat, bevor sie verschwand, das Opfer dreier Unfälle war, die schwere Folgen hätten nach sich ziehen können.« Ihre Augen wanderten zu St. John hinüber, der erfolglos versuchte, mit vollem Mund zu sprechen. »Ich werfe niemandem vor, mit Absicht Beweise vertuscht zu haben. Nur die Person, die diese Unfälle geplant hat, kannte die Wahrheit – daß Kathleen sterben sollte.

Man hat mich oft beschuldigt, eine gemeine, mißtrauische Natur und eine überaus rege Vorstellungskraft zu besitzen. Aber ich war nicht die einzige, der bewußt wurde, daß diese Unfälle eine andere Schlußfolgerung nahelegten als die, zu der die Polizei kam. Selbstmord oder Unfall – es gab immer zu viele Fragezeichen in diesen Theorien, zu viele Dinge, die keinen Sinn ergaben. Und Gott sei Dank besaß niemand die Dreistigkeit, die Lösung vorzuschlagen, die bei Krimischriftstellern so beliebt ist, nämlich die des guten, alten, mordenden Irren.

Wenn Kathleen nicht von einem Landstreicher, sondern von jemandem ermordet worden ist, der ihr nahestand – so nahe, daß er oder sie auch imstande war, diese ›häuslichen Unfälle‹ zu arrangieren –, würde dies einige Besonderheiten erklären, die die anderen Theorien nicht klären konnten – wie beispielsweise das spurlose Verschwinden ihrer Leiche. Je länger der Zeitraum zwischen dem Eintreten des Todes und der Autopsie ist, desto schwieriger wird es, gewisse wesentliche Daten mit Sicherheit festzustellen – den Zeitpunkt des Todes etwa oder in manchen Fällen sogar die Todesursache. Es würde außerdem erklären, warum die Suchtrupps so lange benötigten, um den Wagen zu finden. Der Zugang zu dem schmalen Pfad muß mit Absicht verdeckt worden sein.

Soweit war ich in meinen Überlegungen gekommen, als ich das zweite Mal nach Pine Grove kam. In der Zwischenzeit war bekanntgeworden, daß es eine Fortsetzung des Romans geben sollte und daß ich als Autorin ausgewählt worden war. Kurze Zeit später erhielten eine Reihe von Leuten Schmähbriefe von einer Person, die mit Kathleen Darcy unterschrieb.

Beleidigende Briefe von psychisch gestörten Menschen zu erhalten, ist im Verlagsgeschäft nicht unüblich. Ich bekam auch welche, ebenso wie Mr. Craig und andere. Aber es kam mir ein wenig seltsam vor, daß ich nichts von der Frau hörte, die sich Kathleen Darcy nannte. Falls sie es ablehnte, daß eine weniger gute Autorin (wie sie glaubte) Kathleens Arbeit fortsetzt, warum dann nicht diese Autorin ebenso beschimpfen wie diejenigen, die sie ausgewählt hatten?

Statt dessen erhielt ich – und nur ich allein, soweit ich feststellen konnte – mehrere Briefe, die mit Amicus Justitiae unterzeichnet waren. Das Auffälligste daran war der Kontrast zwischen den aufgeregten Beschuldigungen, und dem kühlen, vernünftigen Ton. Ich werde einen davon zitieren, denn der genaue Wortlaut ist entscheidend.«

Sie kramte in ihren Karten herum. In die Stille hinein räusperte sich jemand, und ein anderer hustete. Niemand bewegte sich, und keiner sprach ein Wort. Sie hat es geschafft, dachte Bill bewundernd. Der Grund, warum sie ihre Zuhörerschaft in ihren Bann geschlagen hatte, war zum einen eine morbide Faszination und zum anderen ihr selbstherrliches Verhalten, aufgrund dessen sich niemand getraute, sich mit ihr anzulegen. Und außerdem baute sie ihre Theorie mit kühler Überlegung auf, wobei sie vermied, konkrete Anschuldigungen gegen irgendwelche Leute zu erheben.

»Da ist er ja«, sagte Jacqueline. »›Sie haben, wie ich glaube, den Ruf, unangenehme Wahrheiten an den Tag zu bringen. Statt sich einer literarischen Aufgabe zu widmen, die Sie niemals beenden werden, sollten Sie sich also lieber fragen, wer von ihren Freunden oder Familienmitgliedern Kathleen Darcy lieber tot gesehen hätte.‹« Sie legte die Karte unter den Stapel und ließ ihren Blick über die verstörten Gesichter gleiten. »Nun, das ist ein extrem seltsamer Brief. Der Verfasser ist offensichtlich ein Mensch von einiger Intelligenz. Die Grammatik ist nicht nur korrekt, sondern komplex, sogar pedantisch. Beachten Sie auch den Bau des letzten Satzes. Er lautet nicht: ›... wer von ihren Freunden oder Familienmitgliedern Kathleen Darcy getötet hat.‹ Das mag einigen von Ihnen spitzfindig vorkommen, aber für eine Schriftstellerin, die sich nicht nur der Definition der Worte bewußt ist, sondern auch ihrer Bedeutung, ist es ein wichtiger Unterschied, und ich bin sicher, daß es auch als solcher gemeint war.«

Jacqueline blickte auf ihre Uhr. »Die Zeit vergeht, und wir sollten nicht zu spät zu unserem Abendessen kommen, nicht wahr? Ich werde mich bemühen, es so kurz wie möglich zu machen.

Zwei Wochen vor ihrem Verschwinden hat Kathleen ein neues Testament gemacht, das den Betrag, den ihre Erben erhalten sollten, halbierte und hat ihn zudem in einen Fonds gegeben, so daß sie den Hauptteil nicht anrühren konnten. Außerdem hinterließ sie einen seltsamen und ungewöhnlichen Brief, mit dem sie sicherstellte, daß derjenige, der ausgewählt wurde, die Fortsetzung zu *Nackt im Eis* zu schreiben, gewisse Voraussetzungen erfüllen muß. All diese Tatsachen legen nahe, daß sie mit einem baldigen Tod rechnete. Sie wurden ja auch benutzt, um die Annahme zu stützen, daß es sich um Selbstmord gehandelt hat. Aber wenn man die Unfallserie hinzunimmt und außerdem die wesentlichen Änderungen im zweiten Testament bedenkt, dann drängt sich eine andere Interpretation auf. Kathleen wußte, daß irgend jemand versuchte, sie zu töten. Sie wußte, daß es sich um einen Menschen handelte, der ihr nahestand. Aber sie hatte keine Ahnung, wer es war.«

Diese Bemerkung brachte Leben in die Zuhörer. Ein Gemurmel entstand, das einem kollektiven Brummen glich, und Craig sagte mit gezwungener Stimme: »Das sind pure Vermutungen. Im Namen meines Klienten –«

»Was ist mit Ihrem eigenen Namen?« Jacqueline wandte sich ihm mit entblößten Zähnen zu. »Sie sind hier nicht in Ihrer Funktion als Anwalt, Mr. Craig. Sie sind einer derjenigen, der Kathleen gut kannte und der von ihrer Arbeit profitiert hat. Jede einzelne Person hier könnte ein Motiv gehabt und ihren Tod gewünscht haben.«

Sie mußte ihre Stimme erheben, um den Chor von leugnenden Stimmen zu durchdringen. »›Könnte‹, habe ich gesagt. Es liegt nicht in meiner Absicht, diese Motive bis ins Detail hinein zu erforschen – es sei denn, Sie zwingen mich dazu. Möchten Sie das? Ich nicht. Für gewöhnlich decke ich keine Skandale zu meinem bloßen Zeitvertreib auf. Ich interessiere mich lediglich für EINE Sache – ich möchte Gerechtigkeit für Kathleen Darcy. Wenn Sie nun den Mund halten und mich weiter fortfahren lassen, dann werden Sie alle – bis auf einen – nachher das Gasthaus verlassen und sich nur mit Ihrem eigenen Gewissen auseinandersetzen müssen.«

Für einen Moment füchtete sie, sie habe verloren. Booton hatte sich aus seinem Sessel erhoben, Brunnhilde stotterte herum, und St. John sagte laut: »Ich muß mir das nicht anhören. Oder, Craig? Sie sind Anwalt, warum machen Sie ihr nicht deutlich, daß sie so nicht mit mir reden kann?«

Tom Kyle war es, der sie zurückhielt. »Halten Sie die Klappe! Alle!« rief er mit einer Stimme, die wie ein heißes Messer durch ein Stück Butter fuhr. »Sie hat wesentliche Fragen aufgeworfen, und ich persönlich möchte die Antworten darauf gerne hören. Und – und es war ein verdammt faires Angebot, das sie gerade gemacht hat, verdammt fairer, als einige von Ihnen – einige von uns – es eigentlich verdient hätten.«

Jacqueline warf ihm einen langen, nachdenklichen Blick über ihren Brillenrand zu. »Gut gesagt, Tom. Also, wie ich schon sagte ... Kathleen hat keinem von Ihnen getraut. Als mir das klargeworden war, kam mir ihr Verschwinden nur noch unerklärlicher vor. Wie hatte der hypothetische Killer den letzten Angriff inszeniert? Wie hat er oder sie eine Frau, die sowohl intelligent als auch zu mißtrauisch war, um Essen und Trinken anzunehmen, dazu gebracht, an einer Autofahrt teilzunehmen?

Die Antwort zwang sich mir förmlich auf. Kathleens Verschwinden war freiwillig. Es gibt keine andere Lösung, die allen Tatsachen gerecht wird.« Diese Aussage war natürlich im höchsten Maße übertrieben, aber Jacqueline kannte die Regeln des »Clubs berühmter Detektive«, und es widerstrebte ihr aufs heftigste, diese zu brechen. Sie fuhr fort: »Fakt Nummer eins: Der Zugang zu dem Pfad, wo der Wagen gefunden wurde, ist mit Absicht verdeckt worden. Der Killer hatte vielleicht Gründe, die Entdeckung der Leiche hinauszuzögern, aber es gibt keinen vernünftigen Grund, warum er sich bemüht haben sollte, sie für immer verschwinden zu lassen. Die Vermögensangelegenheiten konnten erst geregelt werden, nachdem Kathleen offiziell für tot erklärt worden war. Wenn jedoch Kathleen ihr Verschwinden selbst inszeniert hat, so benötigte sie Zeit – Zeit für ihre Flucht, Zeit, um ihre Spuren zu verwischen.

Fakt Nummer zwei: Nicht die kleinste Spur von ihr wurde gefunden. Wenn man die unwegsame Gegend bedenkt, so ist es vorstellbar, daß eine Leiche vollkommen verschwindet, ist es jedoch auch *wahrscheinlich*? Kein Kleiderfetzen, kein einziger Knochen? Natürlich besteht auch die Möglichkeit, daß sie diesen letzten Angriff auf ihr Leben überstanden hat und sich in Sicherheit bringen konnte. Nun, ich bin von Beruf Schriftstellerin, es ist meine Job, mir phantastische Geschichten auszudenken. Aber selbst ich« – Jacqueline hüstelte bescheiden –, »selbst ich hätte Schwierigkeiten, eine Erklärung zu liefern, wie ihr das hätte gelingen können. Der Angriff sollte sie töten. Der Killer wäre garantiert erst verschwunden, nachdem er sicher sein konnte, daß sie tötlich verletzt war. Nehmen wir also an, sie lag im Koma oder war schwer verletzt. Ist es da denkbar, daß sie kurz darauf die physische Kraft besessen hat, sich meilenweit durch das Gelände zu schleppen und dabei gleichzeitig ihre Spuren zu verwischen? Nein, verdammt noch mal, das ist es nicht. Selbst mir wäre das nicht gelungen.

Meiner Ansicht nach ist folgendes geschehen: Kathleen hatte beschlossen, zu verschwinden. Sie hatte genügend Zeit, um Pläne zu schmieden. Sie eröffnete unter einem anderen Namen ein Konto. Um das zu tun, muß man sich nicht ausweisen. Dann lieh oder kaufte sie sich einen Wagen – wahrscheinlich das letztere. Am Tag vor dem letzten Ereignis oder am Vormittag desselben Tages brachte sie diesen zweiten Wagen auf die Lichtung oder irgendwohin in der Nähe – damals lebte dort noch niemand. Dann ging sie zu Fuß oder fuhr vielleicht mit einem Rad zurück nach Hause. Es waren ja lediglich fünf oder sechs Meilen, und sie war eine gesunde, junge Frau. Einige Tage vorher hatte sie sich unter ihrem neuen Namen in einem Motel eingemietet und einige ihrer Habseligkeiten in dem Zimmer untergebracht. An dem Tag, an dem sie verschwand, fuhr sie einfach zur Lichtung hinaus, verließ den Wagen und fuhr mit dem anderen Auto zum Motel, holte ihr Gepäck und reiste ab. Sie hatte bereits den Staat verlassen, als ihr Verschwinden bemerkt wurde, und war schon Hunderte von Meilen weit weg, bevor die Suche nach ihr überaupt losging.«

»Soviel Quatsch auf einmal habe ich in meinem ganzen Leben noch nicht gehört«, platzte Craig heraus. »Ich werde nicht noch länger hier sitzen bleiben und mir die verschrobenen Ideen einer Autorin anhören –« Er sprang auf die Füße.

»Setzen Sie sich, Craig«, sagte Paul. Er bewegte sich nicht und sprach mit leiser Stimme. Nachdem er jedoch einen Blick auf Pauls Gesicht geworfen hatte, nahm Craig hastig wieder Platz.

»In Kürze werden Sie die Beweise haben«, sagte Jacqueline. »Aber erst, wenn ich soweit bin. Ich will Ihnen erst noch die restlichen Erkenntnisse vorstellen, die meine Theorie stützen. Ich habe von Dingen gesprochen, die Kathleen mitgenommen hat. Sie muß sich neue Kleidung und neue Koffer gekauft haben, denn wenn zu Hause irgend etwas gefehlt hätte, wäre wohl jemand mißtrauisch geworden. Es gibt aber zwei Dinge, die sie mitgenommen hat – und es wundert mich, daß niemand die Bedeutung ihres Fehlens erkannte. Es handelt sich um ihr unveröffentlichtes Werk und ihren Kater, Lucifer.

Sie hat diesen Kater innig geliebt. Die Leute nahmen an, daß er nach ihrem Verschwinden einfach weggelaufen sei. Aber ich kenne Katzenliebhaber, und einige von ihnen würden eher ihr Kind als ihr Haustier zurücklassen – ganz besonders, wenn sie Angst hätten, daß sich andere nicht richtig darum kümmern.

Abgesehen von *Nackt im Eis* schien niemand etwas über andere Manuskripte zu wissen, die Kathleen verfaßt hatte. So monumental das Buch auch ist, ich konnte mir nicht vorstellen, daß dies alles war, was sie produziert hat – insbesondere, nachdem Laurie mir erzählte, daß sie schon seit Jahren geschrieben habe. Natürlich wäre es möglich, daß sie ihre früheren Arbeiten vernichtet hat. Als Autorin kann ich verstehen, daß sie ihre frühen, ungeschliffenen Versuche nicht veröffentlichen und auseinandernehmen lassen wollte. Aber ich weiß auch, daß unveröffentlichte Manuskripte potentielle Einnahmequellen darstellen. Umgeschrieben und überarbeitet können sie verkauft werden. Es hätte für Kathleen kein Risiko bedeutet, ihre Werke auf den Markt zu bringen, denn niemand aus ihrer Familie interessierte sich auch nur im geringsten für ihre Schriftstellerei. Sie alle hätten also keinen einzigen neuen Roman mit Kathleen in Verbindung gebracht.«

Laurie Smith beugte sich nach vorne und stellte vorsichtig ihr Glas auf den Tisch. Ihr Gesicht trug einen starren, kontrollierten Ausdruck, aber die Tränen, die ihr über die Wangen liefen, schienen sich im Lichte des Feuers in Blutstropfen zu verwandeln. Jacqueline warf ihr einen Blick zu und schaute dann schnell zur Seite.

»Es gibt noch etwas anderes, das Kathleen möglicherweise mitgenommen hat, doch nur mit Hilfe von Fragen, die zu stellen ich kein Recht hatte, wäre ich in der Lage gewesen, die Wahrheit herauszufinden. Die Fragen drehen sich um Geld. *Nackt im Eis* war zwei Jahre vor Kathleens Verschwinden erschienen. Sie hatte keinen großen Vorschuß bekommen. Es war ihr erstes Buch, und sie war eine unbekannte Autorin. Aber vom Erscheinungstag an wurden unheimlich viele Bücher verkauft, und es gab später noch andere Einkünfte, beispielsweise aus den Film- und Fernsehrechten. Verleger drehen es meist so, daß sie noch monatelang die Autorentantiemen in die eigene Tasche stecken, aber irgendwann müssen sie blechen, und im Laufe von zwei Jahren dürfte Kathleen dann doch mehrere Millionen Dollar zusammenbekommen haben.

Sie hat das meiste davon ausgegeben – den größten Teil für

ihre Familie. Die einzigen Extravaganzen, die sie sich erlaubte, waren ihre Bücher. Davon muß sie viele hinterlassen haben. Aber wie viele genau? Nun, das weiß niemand außer Kathleen selbst und ihrem Manager, St. John.« Jacqueline warf einen zuckersüßen Blick zu Kathleens Bruder hinüber, der sich auf das Schlimmste vorzubereiten schien. »Armer St. John«, gurrte Jacqueline. »Sie hat Sie in einer unmöglichen Lage zurückgelassen, nicht wahr? Sie konnten schlecht zugeben, daß eine Menge Geld fehlte. Die Leute denken ja immer gleich das Schlechteste und hätten angenommen, daß Sie es an sich genommen haben. Aber haben Sie sich nicht gefragt, was daraus geworden ist?«

»Ehem – ja, natürlich«, erwiderte St. John mit heiserer Stimme. Er zog ein Taschentuch hervor und fuhr sich damit über die Stirn. »Aber im Grunde war ich nicht ... Ich kontrollierte eigentlich nicht ... Ich habe Ihnen ja schon gesagt, daß sie unglaublich naiv gewesen ist und ständig Geld an wohltätige Vereine und Bettler weggab. Ich nahm an ... Es war unter meiner Würde, kundzutun, daß ...«

Jacqueline nickte verständnisvoll, aber ihre Augen blitzten amüsiert. St. John brauchte nicht zu erklären, was für alle offensichtlich war, die ihn kannten. Er war nicht einmal in der Lage, mit seinem eigenen Geld umzugehen, und Kathleen hatte es besser gewußt, als ihm ihres anzuvertrauen. Sein Titel »Manager« war nur Fassade gewesen, nicht mehr als eine nette Geste.

Jacqueline lächelte allen strahlend zu. »Nun, wie gefällt es Ihnen bisher?«

»Soll das ganze etwa ein Scherz sein?« erkundigte sich Booton Stokes mit ungeduldiger Stimme.

Jacquelines Lächeln erstarb. »Mord ist kein Scherz. Was auch immer Sie von meiner Theorie halten mögen: Tatsache ist, daß ein Mensch ermordet wurde. Die Polizei weiß, daß Jan Wilsons Tod kein Unfall gewesen ist.« Sie setzte sich hin. »Machen wir eine kleine Pause. Möchte noch jemand einen Drink?«

»Halten Sie denn immer noch an dieser absurden Behauptung fest, daß Jan Wilson Kathleen gewesen ist?« fragte Craig.

»Das habe ich nie behauptet«, erwiderte Jacqueline. »Ich

habe es auch nie geglaubt. Ach, übrigens, Bill – falls es auch noch den kleinsten Zweifel geben sollte ...« Sie zog zwei Blätter aus ihrer Handtasche und reichte sie ihm.

Bill war es bis zu diesem Zeitpunkt gelungen, sich zurückzuhalten, aber beim Anblick der Fingerabdrücke polterte er los. »Wo zum Teufel haben Sie die her? Wie lange sind sie schon in Ihrem Besitz? Warum haben Sie sie nicht sofort dem Sheriff gegeben?«

»Ich habe sie in einem Geheimversteck in Kathleens Cottage gefunden«, antwortete Jacqueline. »Die einzige, die sie dort plaziert haben kann, ist Kathleen. Denken Sie einmal darüber nach, warum sie sich die Mühe gemacht hat, ihre Fingerabdrücke zu hinterlassen. Meiner Ansicht nach liegt die Erklärung auf der Hand – sie hat damit gerechnet, daß sie eines Tages ihre Identität würde beweisen müssen.«

Sie kramte erneut in ihrer Tasche herum und zog ein Knäuel Wolle und eine Häkelnadel hervor. »Ich hoffe, es macht Ihnen nichts aus, wenn ich häkele. Ich kann dabei besser denken.

Ich wußte, daß Jan Wilson nicht Kathleen sein konnte. Es war so offensichtlich wie ein wunder Daumen, aber keiner von Ihnen schien es zu bemerken, denn sie kannten Jan nicht richtig. Wie viele von Ihnen haben genug Zeit mit ihr verbracht, um diese eine, unbestreitbare Tatsache zu erkennen, die ihre Identifizierung als Kathleen unmöglich machte? Ich bin übrigens sicher, daß sie im Bericht des Leichenbeschauers erwähnt wurde.«

»Ich verstehe es nicht«, erwiderte Bill. »Ich weiß, daß sie nicht Kathleen gewesen ist, aber ich verstehe nicht, wie –«

»Oh, Bill! Ihre Größe! Sie war beinahe so groß wie ich. Kathleen war winzig, das hat jeder gesagt, und die Photos von ihr bringen es deutlich zum Ausdruck. Jans Bein ist schwer verletzt worden, aber durch diese Verletzung konnte sie ja wohl kaum größer geworden sein, höchstens kleiner.«

»Aber dann muß Paul es doch auch gewußt haben«, sagte Bill langsam.

»Das wußte er auch«, erwiderte Jacqueline.

»Warum dann –«

»Aus demselben Grund, aus dem ich ihm nicht widersprach. Am selben Abend hatte er mir anvertraut, daß er glaube, Kathleen sei noch am Leben. Ich war zu derselben Überzeugung gelangt – und wenn wir beide zu diesem Schluß gekommen waren, dann konnte es anderen Leuten ebenso gegangen sein, einschließlich demjenigen, der schon einmal versucht hatte, sie zu töten. Denken Sie noch einmal zurück, Bill. Paul hat seine dramatische Bemerkung erst gemacht, nachdem der Reporter auftauchte. Falls Jan von irgend jemand getötet worden war, der dachte, daß es sich um Kathleen handelte, sollte er in dem Glauben gelassen werden, erfolgreich gewesen zu sein. Denn dann wäre Kathleen in Sicherheit gewesen.«

»Einen Moment mal«, rief Bill. »Das ist eine verdammt gewagte Vermutung, die Sie da anstellen. Warum sollte irgend jemand annehmen, daß Jan Wilson –«

Jacqueline blickte auf die Maschen herab. »Die Möglichkeit lag nahe, Bill. Jan tauchte erst in Pine Grove auf, nachdem Kathleen verschwunden war. Sie interessierte sich auf fanatische Art und Weise für Kathleen – identifizierte sich nahezu mit ihr. Wenn meine Theorie richtig war – Kathleen also geflohen war, um ihrem Mörder zu entkommen –, würde sie dann nicht versuchen herauszufinden, wer es ist? Inkognito am Ort des Geschehens wäre sie in der Lage gewesen, ihre Nachforschungen in Ruhe anzustellen. Aber ich habe diese Theorie sehr schnell wieder fallengelassen. Doch ich fürchte, daß ich, ohne es zu beabsichtigen, diejenige gewesen bin, die ... Haben Sie etwas dagegen, wenn ich dieses Thema auf später verschiebe? Es gibt immer noch einiges zu klären, und wenn ich mich nicht an mein – bitte entschuldigen Sie den Begriff – Exposé halte, so verzettele ich mich in dieser doch recht wirren Geschichte.

Ich hatte Verständnis für Pauls Ansinnen, aber mir war klar, daß es nicht lange gutgehen würde. Jans schreckliche Verletzungen machten eine Identifizierung schwierig, aber sicherlich nicht unmöglich. Da war zum einen die Frage der Größe, um einmal die offensichtlichste Diskrepanz zu nennen. Außerdem muß Jan Wilson eine eigene Vergangenheit, eine Geschichte gehabt haben. Früher oder später mußte die Polizei etwas herausfinden. Bill, haben Sie bereits in dieser Hinsicht Erfolg gehabt?«

»Ja«, erwiderte Bill. »Es war etwas schwierig, aber sie hat niemals versucht, ihre Spuren zu verwischen. Ihr Name war wirklich Jan Wilson. Sie war verheiratet und hatte zwei Kinder. Beide Kinder und auch der Ehemann wurden bei dem Autounfall, bei dem sie ihre schweren Verletzungen erlitten hat, getötet. Man kann sagen, sie hatte insofern Glück, als der betrunkene Fahrer des anderen Wagens ein Sohn reicher Eltern war. Mit der Versicherungssumme war sie imstande, sich den Buchladen zu kaufen.«

Er beobachtete die Gesichter der anderen, während er sprach. Die einzigen, die keine Anzeichen von Schock oder Überraschung trugen, waren die von Paul und Jacqueline. Paul muß es ihr erzählt haben, dachte Bill. Wahrscheinlich irgendwann heute nachmittag. Während sie ... Verdammt, die Sache ging ihn überhaupt nichts an.

»Wie so viele andere, war auch Jan eine Liebhaberin von Kathleens Buch«, sagte Jacqueline. »Der Unfall geschah ungefähr zur selben Zeit, als Kathleen verschwand, und Jan las die Zeitungsberichte darüber, während sie sich langsam von ihren schweren Verletzungen erholte. Ich bin nicht imstande zu berurteilen, welche psychologischen Auswirkungen dies auf Jan gehabt hat und warum sie sich entschloß, sich in Pine Grove niederzulassen. Sie wollte vermutlich so weit wie möglich von zu Hause und dem Unfallort fort. Sie wollte den Unfall aus ihrem Gedächtnis streichen. Hätte sie sich nicht auf Kathleen fixiert – auf eine Geschichte, die überhaupt nichts mit ihrem Unfall zu tun hatte und in der sie vollständig aufging –, so hätte sie sich wahrscheinlich aufgegeben. Ich denke ...« Sie verstummte und räusperte sich. »Aber das ist irrelevant. Worauf es im Augenblick ankommt, ist, daß Kathleen wieder in Gefahr war, sobald die Wahrheit herauskam. Sie hatte ihre Spuren sorgfältig verwischt. Dadurch aber, daß sie diese verärgerten, entrüsteten Briefe schrieb, hat sie einen fatalen Fehler begangen. Ihr Schutz hatte die ganze Zeit über darin bestanden, daß sie offiziell tot war. Sobald nun bekannt geworden wäre, daß sie noch lebt, hätte es keine große

Mühe bereitet, sie aufzuspüren. Ich wußte, daß ich schnell handeln mußte, bevor der Killer es noch einmal versuchen würde.«

»Moment mal.« Paul beugte sich mit düsterem, schockiertem Gesichtsausdruck nach vorne. Trotz allem, was ihm Jacqueline an diesem Tag bereits erzählt hatte – dieser Teil der Geschichte war ihm neu. »Willst du damit sagen – du hast sie gefunden? Weißt du, wo sie ist?«

»Ich weiß, *wer* sie ist«, korrigierte ihn Jacqueline. »Aber du mußt es mich schon auf meine Weise erzählen lassen.

So vieles bei diesem Fall hat mit Schriftstellern und Schreiben zu tun. Die Motive, die Hinweise, die grundsätzlichen Überlegungen, die mich schließlich zur Wahrheit führten, sind mit der wilden, verrückten Verlagswelt verknüpft. Erst wenn es mir gelingt, Ihnen allen die Dinge so klar vor Augen zu führen, wie ich sie gesehen habe, werden Sie verstehen, warum Kathleen das getan hat, was sie getan hat, und was das Motiv des Killers war.

Kathleen sorgte sich sehr um den Fortbestand ihrer Arbeit. Sie hatte bereits begonnen, an der Fortsetzung zu *Nackt* zu arbeiten. Geht man davon aus, daß sie Selbstmord begangen hat, so läßt sich das Exposé, das sie hinterließ, als ihr Mittel interpretieren, mit dem sie sicherstellen wollte, daß der Autor oder die Autorin, die man dafür auswählte, kein untalentierter Schreiberling war. Aber ich war überzeugt, daß Kathleen nicht die Absicht hatte, zu sterben, sondern verschwinden wollte. Und sie war nicht einverstanden damit, daß eine andere ihre Arbeit beendete. Ich glaube, sie wollte die Fortsetzung des Romans selbst schreiben. Das war ihr wirklicher Grund für das Exposé und den Wettbewerb. Wer anders als Kathleen selbst wäre imstande gewesen, ein Exposé zu liefern, das dem Original am nächsten kam?

Ihre neue Identität zwang sie, für ihren Lebensunterhalt Geld zu verdienen. Schreiben war das einzige Handwerk, das sie beherrschte, und ihr Talent war außergewöhnlich. Einige mögen wohl sagen, daß es naiv gewesen sei, daran zu glauben, ein zweites Mal erfolgreich zu sein. Es gehört eine Menge Glück dazu, ein Buch gut zu verkaufen. Es ist allerdings im allgemeinen die

Regel, daß ein gutes Buch sich auch gut verkaufen läßt. Und Kathleen war nicht nur eine gute Schriftstellerin, sie war brillant. Sie besaß genug Geld, von dem sie leben konnte, bis sie sich einen Namen gemacht hatte. Eine Menge Autoren imitieren Kathleen Darcy bewußt oder unbewußt. Jede Ähnlichkeit im literarischen Stil hätte man also dieser Tatsache zugeschrieben. Zudem vermied sie es, dasselbe Thema wie vorher zu verwenden. Über die Jahre hinweg festigte sie ihren Ruf in einem verwandten Genre, dem historischen Liebesroman, und als der Wettbewerb zur Fortsetzung ihres ersten Romans verkündet wurde, war sie eine derjenigen, die man in die engere Wahl ziehen mußte. Es waren nicht sehr viele, und Mr. Stokes mußte nur den Schein wahren, daß es ein fairer Wettbewerb war.

Bis zu diesem Punkt funktionierte alles so, wie Kathleen es sich erhofft hatte. Womit sie nicht gerechnet hatte war, daß Stokes nur vorgab, auf ihrer Seite zu stehen. Er wollte diesen Schatz für einen seiner eigenen Autoren. Dadurch verdiente er an dem Geschäft nämlich nicht nur zusätzliche fünfzehn Prozent, sondern behielt auch die Kontrolle über das Buch, ohne daß ein anderer Agent möglicherweise unangenehme Fragen stellen konnte.«

»Jacqueline, Jacqueline.« Stokes schüttelte eher traurig als verärgert den Kopf. »Sie haben es mehr als deutlich gemacht, daß Sie das Buch nicht schreiben wollen. Damit habe ich überhaupt kein Problem. Das alles hier ist gar nicht notwendig – und so ungern ich es auch sage, meine Liebe, sie sind sehr nahe dran, sich eine Klage wegen Verleumdung einzufangen.«

»Wegen übler Nachrede«, verbesserte ihn Jacqueline. »Verleumdung kommt später – nachdem die Zeitungen die Story gebracht haben, die ich ihnen verkaufen werde.«

Stokes zuckte die Schultern und lehnte sich lächelnd in seinem Sessel zurück. »Wenn Sie sich das antun wollen, meine Liebe ...«

Jacqueline verzog verächtlich den Mund und fuhr fort. »Mr. Stokes' Auswahl war, wie gesagt, begrenzt. Es gab nicht viele Autoren, die in Frage kamen. Die Nominierung von Jack Carter als einen der Kandidaten zeigte, wie verzweifelt er war, überhaupt eine Runde zusammenzubekommen. Carter besaß überhaupt keine Qualifikationen. Genauer gesagt: Stokes hatte eigentlich niemanden unter Vertrag, der qualifiziert genug war. Also trat er auf Brunnhilde zu – stimmt's, meine Liebe? – und bot ihr das Buch an, falls sie bereit sei, zu ihm überzuwechseln.«

»Das ist ja unglaublich«, keuchte Stokes. »Brunnhilde, sag, daß das nicht wahr ist. Erzähl ihnen die Wahrheit.«

»Ja, erzählen Sie uns die Wahrheit«, ermunterte sie Jacqueline mit einem Lächeln, das an einen Haifisch erinnerte. »Noch haben Sie sich nichts zuschulden kommen lassen, Zel – Brunnhilde. Sie haben doch nichts Ungehöriges getan, oder? Die Worte ›Säge‹, ›Schokolade‹ und ›Schüssel mit Wasser‹ sagen Ihnen doch nichts, stimmt's?«

»Oh«, quiekste Brunnhilde. »Oh – was soll ich sagen?«

»Das Bootsie versucht hat, eine Abmachung mit Ihnen zu treffen. Himmel noch mal«, fügte Jacqueline ungeduldig hinzu, »daran ist doch nichts Illegales. Vielleicht unmoralisch und gegen das Berufsethos, aber nicht illegal.«

»Das stimmt«, murmelte Brunnhilde. »Das hat er ... wir haben darüber geredet. Aber nur geredet.«

»Also nur geredet«, fuhr Jacqueline schnell dazwischen, bevor Stokes protestieren konnte. »Das war alles, was Sie getan haben, denn dann tauchte ich plötzlich auf, und Bootsie kam zu dem Schluß, daß ich die bessere Wahl sei. Sie können es sich vielleicht nur schwer vorstellen, Zel – ehem – Brunnhilde, aber manche Leute finden es schwierig, mit Ihnen auszukommen. Es wäre natürlich anmaßend von mir zu vermuten, daß es auch noch einen anderen Grund für seinen Sinneswandel gegeben haben könnte.«

Paul sagte schnippisch: »Du solltest langsam fortfahren, Jacqueline.«

»Ich gebe mein bestes«, protestierte Jacqueline. »Wo war ich? Oh, ja. Der Punkt, auf den es hier ankommt, ist der: Es gab keine Möglichkeit für Booton, im voraus zu erfahren, auf welchen der Kandidaten am Ende die Wahl fallen würde. Als ich bei ihm unterzeichnete und Brunnhilde sich auf die Abmachung vorbereitete, wußte keiner von uns etwas von Kathleens Exposé. Wir nahmen an, daß Booton und die Erben – aber hauptsächlich Booton – ohne jegliche Einschränkung die Freiheit besaßen, einen Kandidaten zu wählen. Booton wußte allerdings von dem Exposé. Er war sowohl in rechtlicher als auch in moralischer Hinsicht verpflichtet, Kathleens Direktiven zu folgen. War es da nicht ein ganz faszinierender Zufall, daß ich – die einzige Kandidatin, die eine Klientin Bootons war – das beste Exposé verfaßte?«

»Vorsicht«, knurrte Booton. »Wenn Sie damit etwa andeuten wollen –«

»Ich will damit andeuten, daß Sie Kathleens Exposé änderten, damit es mehr meinem entsprach. Ich selbst hatte Zweifel hinsichtlich einiger Ideen, die ich vorschlug. Ich hätte wissen müssen, daß Kathleen sie niemals in Erwägung gezogen hätte.«

»Ich war nicht derjenige, der das Exposé entdeckt hat«, sagte Stokes. »Und auch nicht der einzige, der es gelesen hat. Sowohl St. John als auch Craig –«

»Das ist keine schlechte Verteidigungstaktik«, fiel ihm Jacqueline ins Wort. »Nur leider hatte keiner von beiden einen Grund, das Exposé zu verändern. Und keiner wäre imstande gewesen, sich an den genauen Wortlaut zu erinnern. Sie sind keine Schriftsteller oder Agenten oder Lektoren. Gott, die beiden sind ja nicht einmal Leser! Wenn sie sich überhaupt die Mühe machten, das Exposé zu lesen, so war die Chance, daß sie sich zwei Jahre später, wenn das Buch erschienen wäre, noch an genaue Handlungsverläufe erinnern würden, gleich Null. Es war also vollkommen ungefährlich für Sie, die Veränderungen vorzunehmen. Und das mußten Sie auch, Boots – denn einer der Kandidaten hatte ein Exposé verfaßt, daß dem von Kathleen wesentlich näher kam als mein eigenes. Sie wollten aber nicht, daß diese Autorin den Vertrag für das Buch bekam, denn sie gehörte nicht zu Ihren Klienten. Und Sie dachten, daß sie nichts bemerken würde, da sie ja davon ausgingen, daß sie das Originalexposé nicht kannte. Es kam Ihnen überhaupt nicht in den Sinn – zumindest damals nicht –, daß es einen sehr guten Grund geben könnte, warum sie näher als alle anderen an Kathleens Konzept herangekommen war.«

Bis zu diesem Moment war sich Jacqueline nicht hundertprozentig sicher gewesen, ob sie recht hatte. Die Geschichte paßte wunderbar zusammen, aber sie hatte nicht den geringsten Beweis besessen, bis Brunnhilde vor Zeugen zugab, daß Stokes eine Abmachung mit ihr hatte treffen wollen, obwohl er wußte, daß die Klauseln in Kathleens Testament eine solche Verpflichtung unwirksam machten. Aber das reichte noch nicht aus. Der Punkt war eher etwas für Eingeweihte, zu unverständlich, als daß er einen Richter oder Geschworene beeindruckt hätte. Jacqueline war sich bewußt, daß sie mehr benötigte. Sie hatte ihren Vortrag so aufgebaut, daß Enthüllung auf Enthüllung folgte und die Person, hinter der sie her war, in die Enge getrieben wurde. Und ihre letzte Darlegung war in ausreichend vager Weise formuliert, so daß die Implikationen möglicherweise nicht sofort ins Auge stachen. Einige ihrer Zuhörer blickten folglich immer noch verwirrt drein. Aber Stokes wußte nicht nur, was sie meinte, sondern auch wen sie meinte, und sein Gesicht verriet deutlich, was in ihm vorging.

Jacqueline gab ihm keine Zeit, um sich zu erholen. »Als Kathleen ihre zweite Karriere begann, benötigte sie einen Namen, unter dem sie veröffentlichen konnte. Eine Reihe von Kritikern haben auf ihre Vorliebe für die Werke der Brontës hingewiesen. Aber es schien niemandem aufzufallen, daß Augusta Ellrington einen ähnlichen Geschmack hatte. Selbst ihr Name ist den Jugendwerken der Brontës entnommen. Augusta Geraldine Almeda ist die Heldin aus Emilys ›Gondal-Epos‹, die große, tragische Königin. Zenobia Ellrington ist eine Figur aus Charlottes Drama, eine der Frauen, die dem dämonischen Charme von Zamorna erliegt, dem Helden, bei dem sich die meisten Kritiker einig sind, daß er die Figur von Kathleens Protagonisten Hawkscliffe beeinflußte. Nachdem ich erkannt hatte, daß Kathleen möglicherweise unter den Kandidaten war, kam ich zu dem Schluß, daß es sich um Augusta Ellrington handeln mußte. Der Name von Augustas geliebter Katze lautet ›Morning Star‹ – die englische Version des lateinischen ›Lucifer‹. Auch Augustas Katze ist, wie die von Kathleen, groß und schwarz und hat einen buschigen Schwanz. Man sieht sie auf den Photos der

Schutzumschläge ihrer Bücher. Augusta lebt sehr zurückgezogen und hat nie PR-Reisen unternommen oder Signierstunden gegeben. Das hätte Kathleen nie gewagt, denn sie kannte zu viele Leute in diesem Geschäft. Sie war die einzige der Kandidaten, die nicht zu einem Interview nach Pine Grove gekommen ist. Sie konnte es nicht riskieren, den Mitgliedern ihrer Familie gegenüberzutreten, egal wie geschickt sie sich auch verkleiden mochte. Letzte Nacht habe ich einen Teil ihres neuesten Buches gelesen – und auch in die der anderen Kandidaten hineingeschaut, um völlig fair zu sein. Als ich fertig war, hatte ich keinen Zweifel mehr, daß Augusta Ellrington imstande gewesen wäre, *Nackt im Eis* zu schreiben und daß sie die einzige Kandidatin war, von der man dies sagen konnte. Die Ähnlichkeiten in Stil und Technik waren nicht zu übersehen, ganz besonders nicht für eine andere Autorin, die auf solche Dinge achtet.«

»Wollen Sie damit sagen«, krächzte St. John, »soll das heißen, daß Kathleen – sie ist nicht –«

»Sie ist nicht tot«, sagte Jacqueline. »Sie ist Augusta Ellrington.«

Ein plötzliches Gefühl der Enttäuschung schien sich nach Jacquelines Bemerkung breitzumachen. Dies lag wohl zum einen daran, daß der Name, den sie erwähnt hatte, für die meisten Anwesenden keine Bedeutung besaß, und zum anderen hatte Jacquelines ruhiger, sachlicher Tonfall der Eröffnung jegliche Dramatik genommen. Schließlich sagte eine Stimme: »Ich glaube das nicht. Kathleen müßte verrückt gewesen sein, so etwas zu tun.«

Es war das erste Mal, daß Sherri etwas sagte. Ihr Bruder streckte eine feiste Hand aus und tätschelte ihre Schulter. »Ganz richtig. Ich stimme Sherri zu. Kathleen würde niemals –«

»Halt die Klappe«, sagt Sherri. Der giftige Tonfall allein veranlaßte St. John, seine Hand zurückzuziehen, als habe er sich an einem heißen Herd verbrannt. »Was weißt du denn schon über sie? Vielleicht war sie verrückt. Vielleicht sind Sie ja auch verrückt, Mrs. Kirby. Warum sollte Kathleen weglaufen und sich all diese Jahre über verstecken?«

»Ja, das ist die Frage, auf die es ankommt, nicht wahr? Die Frage, die ich bisher noch nicht erläutert habe.« Jacqueline häkelte immer noch. »Die Antwort ist nicht leicht. Kathleen war eben kein einfacher Mensch. Ich habe mich lange Zeit mit den Familienmitgliedern unterhalten, habe sie kennen- und verstehengelernt, bevor ich einsehen konnte, warum Kathleen sich so benommen hat. Das Ausschlaggebende war, daß einer der Menschen, die ihr nahestanden, versucht hat, sie zu töten –

und – davon mußte sie ausgehen – es auch weiter versuchen würde. Ihr Leben war in Gefahr, und ohne konkrete Beweise konnte sie sich nicht anders verteidigen, als wegzulaufen. Aber es war mehr als das. Ich glaube, die Entdeckung hat Kathleens Glauben, auf den sie ihre Lebensweise aufbaute, erschüttert. Seit ihrer Kindheit hatte sie ihr Leben anderen Menschen gewidmet – die egoistischen Wünsche ihrer Mutter erfüllt, ihre Schwestern beschützt, ihren Bruder unterstützt und sich dabei bemüht, zwischendurch noch ihre Arbeit zu tun. Schreiben war für sie kein Hobby, es war ein unwiderstehlicher Drang, so wichtig für sie wie das Atmen. Ich glaube kaum, daß ich Ihnen das Maß an Frustration deutlich machen kann, unter dem sie litt, weil sie dieses Bedürfnis – nicht ihr Verlangen, sondern ihr lebensnotwendiges Bedürfnis – den ständigen Schikanen der anderen unterwerfen mußte. Ich weiß nicht, wie lange sie noch ihre Märtyrerrolle gespielt hätte. Einige Frauen spielen sie ihr Leben lang. Aber als Kathleen die Bedeutung dieser Unfälle klar wurde, war es wie eine Offenbarung. Bitterkeit? Das ist ein mildes Wort für das, was sie empfand. In gewisser Weise machte es gar nichts aus, daß nur eine einzige Person für die ›richtigen‹ Anschläge verantwortlich war – sie alle hatten auf verschiedene Weise Anschläge auf ihre Gefühle und Emotionen verübt. Möglicherweise war ihr das noch nicht so bewußt, als sie die Pläne für ihr Verschwinden schmiedete. Ursprünglich hatte sie vielleicht nur die Absicht, einen Privatdetektiv anzuheuern oder selbst Nachforschungen anzustellen, in der Hoffnung, die Identität des potentiellen Mörders aufzudecken.«

Die Wolle hatte sich hoffnungslos verwirrt, Jacqueline ließ sie in ihre Handtasche fallen und steckte die Häkelnadel geistesabwesend durch ihr Chignon. »Stellen Sie sich einmal Kathleens Leben als Augusta Ellrington vor«, forderte sie ihre Zuhörerschaft auf. »Eine behagliche, nette kleine Wohnung. Nur eine Katze, die ihr Gesellschaft leistet. Eine Arbeit, die sie liebt. Die Möglichkeit, dieser Arbeit nachzugehen, wann immer sie möchte, ohne Unterbrechungen, ohne Ablenkung. Zum ersten Mal in ihrem Leben hatte sie ein Zimmer für sich. Sie mußte sich gefühlt haben wie ... Wie kann ich es Ihnen nur begreiflich machen? Wie jemand, der sein Leben damit verbracht hat, dicken, giftigen Smog zu atmen und plötzlich feststellt, daß er klare Luft inhaliert. Sie war nicht verrückt, Sherri. Sie wäre verrückt gewesen, wieder zurückzukehren.«

Laurie Smith hatte ihr Gesicht mit den Händen bedeckt. Ihre Schultern zitterten. Sherri blickte von Jacqueline zu ihrer Schwester. Sie stand auf und setzte sich neben Laurie auf das Sofa. Keine von beiden sagte etwas, aber ihre Hände schlossen sich umeinander.

Jacquelines Lächeln war mehr als ironisch. Es war ihr gelungen, einen Teil der Barrieren einzureißen, die die beiden Schwestern trennten. Am Ende würden sie sich in der Ablehnung ihr gegenüber einig sein. Paul war auch nicht besonders glücklich über sie. Sie hatte einige gute Gründe gehabt, einen Teil der Wahrheit vor ihm verborgen zu halten, aber er würde nicht in der Lage sein, es zu verstehen. Er ist eben ein Mann, dachte Jacqueline säuerlich. Selbst die Besten unter ihnen ...

Und auch Ronald Craig gehörte nicht zu ihren Fans. Er sagte mit sarkastischem Tonfall: »Sie lassen nach, Mrs. Kirby. Sie haben tatsächlich eine Aussage gemacht, die sich nachprüfen läßt. Wo lebt diese Ellrington? Nicht, daß ich ein Wort von dem glauben würde, was Sie –«

»Das sollten Sie aber besser tun, denn es ist wahr«, erwiderte Jacqueline. »Aber das Beste kommt erst noch, Ronnie. Möchten Sie denn nicht den Namen des Mörders wissen?«

»Von welchem Mörder reden wir denn jetzt?«

»Es ist ein und derselbe. Jan wurde getötet, weil jemand glaubte, sie sei Kathleen.« Jacquelines Gesicht trug einen grimmigen Ausdruck. »Kathleen hatte sich durch diese Briefe selbst verraten. Sie hat sogar einmal telefoniert – das heißt mindestens einmal, möglicherweise sogar noch öfter – und dabei etwas gesagt, was keinen Zweifel an ihrer Identität zuließ. Aber der Mann, der versucht hatte, sie zu töten, hat sich auch selbst verraten. In dem Moment, wo er Kathleens Exposé fälschte, enthüllte er sein Motiv und gab Kathleen den Hinweis, den sie benötigte. Ihre Anschuldigungen versetzten den Verbrecher in Alarmbereitschaft, ihre bloße Existenz war eine Bedrohung für ihn. Er mußte sie finden und zum Schweigen bringen. Vielleicht wäre er irgendwann einmal dahintergekommen, daß sie Augusta ist, aber er liest nicht viel und hat auch nicht Literatur studiert. Die Verweise auf die Brontës gingen über seinen Horizont. Und Augusta-Kathleen war auch nicht so dumm, herumzusitzen und darauf zu warten, daß er ihr auf die Schliche kam. Auf jeden Fall – bevor er überhaupt dazu imstande war, den Hinweisen nachzugehen, habe ich ...« Jacqueline senkte ihren Blick. »Ich – ich bin zum Teil dafür verantwortlich, was mit Jan passiert ist. Ich sage mir immer wieder, daß er aus anderen Quellen sowieso von ihr erfahren hätte, denn er war verzweifelt auf der Suche nach ihr. Aber ich war es, die ihm von dem Buchladen erzählt hat, und ich habe nicht nur einmal, sondern mehrere Male erwähnt, daß es in Pine Grove eine mysteriöse junge Frau gebe, die sich auf seltsam intensive Art und Weise mit Kathleen identifiziere.

Was hatte er zu verlieren? Er ging kurz vor Ladenschluß in die Buchhandlung und fand Jan an ihrem Lieblingsplatz am Feuer vor. Da sie saß, ist ihm wohl der Unterschied in der Größe nicht aufgefallen, und die Perücke, die sie trug, dürfte ihn nicht überrascht haben – er rechnete ja damit, daß sie sich verkleidet hatte. Er begann, sich die Bücher anzuschauen und trat dann hinter sie ... Ein kräftiger Schlag, mehr war nicht notwendig. Nachdem er die Tür abgeschlossen hatte, blieb ihm die ganze Nacht, um die Szenerie herzurichten und das Cottage zu durchsuchen, um sicherzugehen, daß Kathleen, für die er sie ja hielt, keine Dokumente hinterlassen hatte, die ihn belasteten. Als er ging, hängte er den Zettel ins Fenster, damit sich die Leute am nächsten Tag nicht wunderten, warum der Laden geschlossen blieb. Er hatte kein gutes Alibi für die Mordzeit, und je mehr Zeit verstrich, desto besser war es für ihn.«

»Jacqueline.« Paul hörte sich an wie ein Mann, der kurz vor einem hysterischen Anfall stand.

»Ja, schon gut«, erwiderte sie. »Es sollte offensichtlich sein, wessen Identität sich hinter dem maskulinen Pronomen verbirgt. Er hatte diesmal die Gelegenheit, und es sollte nicht so schwierig sein zu beweisen, daß es ihm auch möglich war, jene Unfälle vor sieben Jahren zu planen. Auch andere hatten die Mittel und die Gelegenheit. Die zentrale Frage betrifft jedoch das Motiv.

Es widerstrebte mir vollkommen, Leidenschaft als Motiv ernsthaft in Erwägung zu ziehen. Kathleen war ... nun ja, sagen wir einmal, sie war eine normale Frau mit normalen Bedürfnissen. Dennoch hatte keiner der Männer, mit denen sie befreundet war, einen Grund, sie zu töten. Frustrierte Liebhaber sind beliebte Verdächtige in Romanen, aber im wirklichen Leben tendieren sie eher dazu, nach einer Pistole oder einem Messer zu greifen, statt einen raffinierten, komplizierten Mord zu begehen. Ich habe statt dessen lange geglaubt, daß Geld das stärkste Motiv ist. Aber der einzige Grund, warum einer von Kathleens Erben sie hätte töten sollen, war die Angst davor, aus dem Testament gestrichen zu werden. Doch sie hat erst nachdem die Unfälle geschehen waren ein neues Testament aufgesetzt. Sie waren der Grund, nicht das Resultat ihrer Skepsis der Familie gegenüber. Das Testament macht deutlich, daß sie sich auf keinen bestimmten Täter festlegen konnte.

Schließlich kam ich zu dem Schluß, daß Booton Stokes eine Menge zu verlieren hatte, denn Kathleen hatte sich entschlossen, einen neuen Agenten zu suchen. Sie konnte nicht verhindern, daß er seinen Anteil an *Nackt im Eis* einstrich, aber das neue Buch, das sie plante, wäre noch mehr wert gewesen als ihr erstes. Stokes hätte seinen Anteil an diesem Buch verloren, und der Wechsel seiner wertvollsten und berühmtesten Klienten hätte dem Ruf seiner Agentur schwer geschadet und damit seine Karriere in Gefahr gebracht. Sie hatte ...« Jacqueline bemühte sich, Paul nicht anzusehen. »Sie hatte einen Freund, der sie zu überreden versuchte, diesen ›Halunken von einem Agenten‹, wie er sich ausdrückte, zu verlassen. Dieser Freund glaubt, daß er sie überzeugen konnte – und der Ansicht bin ich auch. Da sie aber nun einmal eine anständige Frau war, erzählte Kathleen Stokes von ihrem Vorhaben. Sie ging mit ihrer Entscheidung jedoch nicht an die Öffentlichkeit. Dazu war noch Zeit, wenn die Fortsetzung abgeschlossen und der Roman erschienen war.«

»Warten Sie einen Augenblick, Jake«, sagte Bill. »Das kaufe ich Ihnen nicht ab. Warum einen Mord begehen für einen prozentualen Anteil an einem Buch ...?«

»Glauben Sie nicht, daß jemand einen Menschen für anderthalb Millionen Dollar umbringt?« erkundigte sich Jacqueline. »Kathleens erstes Buch hat – einschließlich der Filmrechte – über fünf Millionen eingebracht. Ihr zweites hätte mit Leichtigkeit doppelt soviel bringen können. Booton erhält einen Anteil von fünfzehn Prozent.« Bills Gesichtsausdruck zauberte ein zynisches Lächeln auf ihre Lippen. »Verstehen Sie jetzt? Es ist ein wesentlich verlockenderes Motiv, wenn man es in Dollar und Cent ausdrückt, nicht wahr?«

Einen Moment lang sagte niemand etwas. Jacqueline wandte sich wieder ihrer Häkelei zu, während die anderen Stokes anstarrten.

»Es war ein faszinierender Abend«, sagte er kühl, »aber ich glaube nicht, daß ich zum Abendessen bleiben werde. Übrigens, Jacqueline, ich denke nicht, daß sich ein solcher Plot gut verkaufen läßt. Er ist zu weit hergeholt.«

»Gehen Sie nicht, Boots«, erwiderte Jacqueline. »Sie haben den besten Teil noch nicht gehört. Das wird wirklich ein Knüller.«

»Wenn ich es freundlich ausdrücken wollte, würde ich sagen, Sie sind geisteskrank«, sagte Stokes. »Ich werde gehen. Sie können mich nicht aufhalten.«

»Nein, das kann ich nicht«, gestand Jacqueline ein. »Aber er kann es.« Sie deutete mit ihrer Häkelnadel auf Paul.

»Das ist ganz offensichtliche Einschüchterung«, rief Stokes. »Officer, wollen Sie etwa zulassen –«

»Zum Teufel, Mister, ich bin kein Polizist«, erwiderte Bill mit mildem Tonfall. »Bloß ein Ex-Sheriff. Aber trotzdem bin ich der Ansicht, daß sich jemand einmal die Mühe machen sollte, mit dieser Dame – Augusta ... wie-auch-immer-ihr-Name-ist – in Kontakt zu treten.«

»Sie werden sie nicht finden«, erwiderte Booton mit überschnappender Stimme. »Sie lebt wie ein Einsiedler. Sie ist verrückt. Gott, langsam kommt mir der Verdacht, daß alle Schriftsteller verrückt sind! Vielleicht ist sie sogar verrückt genug zu behaupten, daß sie Darcy ist, wenn man ihr einmal diesen Floh ins Ohr setzt –«

»Fingerabdrücke, Fingerabdrücke«, murmelte Jacqueline. »Vergessen Sie nicht die Fingerabdrücke, Bootsie. Und denken Sie bitte nicht, daß es Ihnen gelingen könnte, als erster bei Augusta zu sein. Entspannen Sie sich, und genießen Sie den Rest. Ich bin beinahe fertig, aber jetzt kommt erst der beste Teil. Was ich Ihnen jetzt zu sagen habe ist so wundervoll, daß ich es selbst kaum glauben kann.«

Und das war ihr Ernst. Ihr Gesicht trug den Ausdruck eines Kindes, das auf das Ende einer wohlbekannten, heißgeliebten Geschichte wartete.

»Wenn ich ein Pferd wäre«, sagte Jacqueline und genoß jede Silbe. »Die Frage ist eine der klassischen Untersuchungsmethoden. ›Wenn ich ein Pferd wäre, wohin würde ich gehen?‹ Versetzen Sie sich an die Stelle der anderen Person, dann werden Sie die Antwort finden. Ich habe über diese Methode immer spöttisch gelächelt, aber dieses Mal hat sie wirklich funktioniert. Kathleen und ich sind sehr unterschiedliche Menschen. Ich hätte niemals all diese – entschuldigen Sie – beschissenen Opfer gebracht, die sie so lange gebracht hat. Aber wir haben eins gemeinsam, und ich spreche nicht von der Tatsache, daß wir beide Schriftstellerinnen sind. Wir haben gerne die Kontrolle über alles. Deshalb hat sich Kathleen all die Jahre um ihre Familie gekümmert. Sie war diejenige, die die Drecksarbeit gemacht hat, das Geld verdiente, Streitereien schlichtete und das Leben aller bestimmte. Sie hat sich nicht zurückgelehnt und gewartet, was wohl passieren würde. Sie hat dafür gesorgt, daß etwas geschah. Und deshalb habe ich mich gefragt, was sie wohl angestellt haben mochte, nachdem ihre Flucht erfolgreich verlaufen und sie in Sicherheit war. Was hätte ich getan? Einmal abgesehen davon, mein neues Leben zu genießen. Zunächst würde ich ganz bestimmt herausfinden wollen, wer es auf mich abgesehen hatte. Und an Kathleens Stelle, mit ihrem überragenden Verantwortungsgefühl ihren nervenden Verwandten gegenüber, hätte ich mich wohl verpflichtet gefühlt, ein Auge auf sie zu haben.

Diese Argumentation und gewisse andere Anhaltspunkte ließen mich zu der Überzeugung gelangen, daß Kathleen einige Male nach Pine Grove zurückgekehrt ist. Das war ein Grund, warum ich Jan gegenüber anfangs mißtrauisch war. Ich hatte sogar eine Zeitlang Marjorie, die Köchin, in Verdacht – was zugegebenermaßen weit hergeholt ist.

Einige Vorfälle stützten meine Vermutung. In meiner ersten Nacht im Cottage wachte ich auf, und es roch stark nach Flieder, Kathleens Lieblingsduft. Sherri trägt diesen Duft auch, und sie hätte leicht zum Fenster hinaufklettern und das Parfüm im Zimmer versprühen können. Aber ich konnte mir nicht vorstellen, warum sie dies tun sollte. Es gab zudem Gründe, die dafür sprachen, daß Kathleen es getan hatte. Zu diesem Zeitpunkt war sie bitterböse auf Stokes und alle anderen, die ihr Vorhaben durchkreuzt hatten, die Fortsetzung zu *Nackt* zu schreiben. Und noch etwas anderes geschah in dieser Nacht. Ich habe es nicht direkt bemerkt, denn ich hatte meine Sachen noch nicht alle ausgepackt, und es herrschte das Chaos, das nach einem Umzug unvermeidlich ist. Daher war ich kaum erstaunt, als ich feststellte, daß Kathleens angebliches Exposé – das ich Mr. Stokes mit Mühe und Not entrungen hatte – nicht an der Stelle lag, wo ich es meiner Meinung nach hingelegt hatte. Erst später, nachdem meine Theorie Formen annahm, wurde mir klar, daß Kathleen es gesehen und vielleicht sogar kopiert haben mußte. Nachdem sie es gelesen und über die Bedeutung nachgedacht hatte, wurde ihr bewußt, daß auch ich von Mr. Stokes reingelegt worden war. Das erklärt, warum die Briefe, die sie mir schickte, mit ›Amicus Justitiae‹ unterzeichnet waren und an meinen Gerechtigkeitssinn appellierten, statt mich – wie die anderen – mit Vorwürfen zu überschütten.

Aber es war die ›Schlüsselfrage‹, die mich schließlich überzeugte. Bill hatte recht, als er vermutete, daß die Schlüssel der Häuschen austauschbar waren. Kathleen besaß einen Schlüssel zu ihrem Cottage. Diesen benutzte sie mehrere Male, um in mein Cottage zu gelangen. Einmal hat sie etwas getan, von dem ich glaube, daß sie es heute bereut. Es geschah wahrscheinlich in einem Augenblick des Zorns, als sie das Exposé las, das ich verfaßt hatte.« Jacqueline lächelte. »Es war kein schlechtes Exposé, aber ich muß zugeben, daß es sehr wenig Ähnlichkeit mit irgendeiner Idee hatte, die Kathleen zu Papier gebracht hätte. Und wenn *ich* auf etwas gestoßen wäre, das meine Arbeit parodiert oder kaputtmacht, hätte ich vielleicht auch so reagiert.

Eine weitere Sache, die Kathleen und ich gemeinsam haben, ist unser Sinn für Humor.« Jacqueline genoß ihren Auftritt sichtlich. Ihre Augen leuchteten, und die Lippen zuckten. »Sie hätte sich keine bessere oder sicherere Verkleidung ausdenken können – und auch keine, die sie mehr genossen hätte. Ich wäre niemals darauf gekommen, wenn ich nicht versucht hätte, nett zu sein, was nur wieder einmal zeigt, daß Tugendhaftigkeit durchaus auch belohnt wird. Ich habe eines Abends versucht, mit ihr zu reden. Ehe ich jedoch auch nur blinzeln konnte, war sie aus ihrem Sessel heraus und schoß quer durch das Zimmer. Ich habe ihr ins Ohr gebrüllt, wissen Sie, weil ich dachte, daß sie taub sei. Und erst vor kurzem erfuhr ich, daß das einzige auffällige Merkmal von Kathleen Darcy eine Verformung des Ohrläppchens ist.«

Alle Gesichter trugen einen tumben Ausdruck, nur Mollie Kyles nicht. »Oh, Gott«, keuchte sie. »Oh Gott, oh Gott! Sie wollen damit doch wohl nicht sagen ...«

Jacqueline erhob sich und ging zum anderen Ende des Raumes hinüber. Das Fernsehen war ausgeschaltet worden, aber niemand hatte dies wahrgenommen, da alle so in Jacquelines Geschichte vertieft gewesen waren. Die meisten Gäste waren verschwunden. Es saß nur noch eine stämmige Frau mit Brille dort, die eifrig etwas auf einen Block kritzelte, und die kleine, alte Frau, die wie eine in die Enge getriebene schwarze Katze aussah.

Jacqueline streckte ihre Hände aus. Chris und andere Menschen, die sie für gefühllos und zynisch hielten, wären über das Zittern ihrer Stimme erstaunt gewesen, als sie sagte: »Ich hatte eine witzige, clevere kleine Rede für diesen Augenblick vorbereitet, aber ich habe sie leider vergessen. Willkommen daheim, Kathleen.«

Die Stille dauerte lange genug, um Jacqueline den quälendsten Zweifeln auszusetzen, die sie jemals durchlebt hatte. Sie würde es niemals überstehen, falls sie sich geirrt hatte ... Aber das war unmöglich. Ihre Argumentationskette war lückenlos. Sie war sich trotzdem kaum bewußt, was sie tat, als sie sich nach vorne beugte und der Frau von der Seite ins Gesicht spähte.

»Mrs. Swenson« begann zu lachen. Sie erhob sich, richtete sich zu ihrer vollen Größe von einem Meter achtundfünfzig auf und zog sich die graue Perücke vom Kopf, unter der dichte schwarze Locken zum Vorschein kamen. »Auch mir fehlen die Worte! Das haben Sie wirklich hervorragend hinbekommen, Mrs. Kirby. Darf ich Sie Jacqueline nennen?«

Jacqueline hatte den anderen den Rücken zugekehrt. Niemand außer Kathleen sah, wie sie ihre Lippen schürzte und ein langes, stummes »Puuuh!« ausstieß, das Kathleen in Lachen ausbrechen ließ, in dem eine kleine Spur von Hysterie auszumachen war, was wiederum Jacqueline zu gut verstand. Sie ergriff die Hand, die ihr Kathleen hinstreckte und wandte sich an die schreibende Frau.

»Erinnern Sie sich, daß ich Ihnen die Bedingung stellte, zunächst die Erlaubnis einer anderen Person einzuholen, ehe Sie diese Geschichte drucken lassen, Sally? Haben Sie denn alles mitbekommen?«

»Ob ich alles mitbekommen habe? Gott, was für eine Geschichte! Wie sieht es aus, Miss Darcy? Sie wissen ja, daß eh alles irgendwann rauskommen wird. Wenn ich nicht eine so stark ausgeprägte Berufsehre besäße, würde ich Sie erst gar nicht fragen.« Sie blickte zu Jacqueline hinüber und fügte hinzu: »Und wenn mich Mrs. Kirby nicht so verdammt eingeschüchtert hätte.«

»Dann los, Sally«, befahl Jacqueline. »Ich habe Ihnen diese Rosinen aus dem Kuchen gegönnt, weil wir alte Bekannte sind und ich Sie für eine anständige Journalistin halte – falls es so etwas überhaupt gibt. Aber ich habe Ihnen auch gesagt, daß es kein Interview und keine Fragen geben wird. Wenn Sie sich nicht beeilen, werden Sie es nicht schaffen, den *Sludge* zu schlagen.«

»Danke – wenn Dank hier überhaupt angebracht ist.« Die Reporterin stand auf. »Sie haben etwas gut bei mir, Jake.«

»Ich habe damit einiges bei Ihnen gut«, antwortete Jacqueline mit zuckersüßer Stimme.

Sie wandte sich wieder Kathleen zu, die sich an ihre Hand klammerte, als sei sie ihre Lebensretterin. Das Gesicht der jungen Frau war unter dem schweren Make-up bleich geworden, und ihre Augen blickten ängstlich drein. »Ich glaube nicht, daß ich dazu imstande bin«, flüsterte sie. »Ich habe mich so lange versteckt ...«

»Sie haben Dinge geschafft, die viel schwieriger waren«, erwiderte Jacqueline. »Nun gilt es nur noch, diesen letzten Fluß zu überqueren. Erst wenn Sie das geschafft haben, werden Sie vollkommen frei sein.«

Kathleens schmale Schultern richteten sich auf. »Sind Sie immer so dogmatisch, Miss Kirby?«

Jacqueline grinste. »Machen Sie ihnen die Hölle heiß!«

Sie traten Seite an Seite auf die anderen zu, die sie immer noch stumm vor Überraschung anstarrten. Alle erhoben sich wie auf Vereinbarung.

Kathleens Augen wanderten langsam von einem zum anderen und kehrten dann, wie magisch angezogen, zum Gesicht von Paul Spencer zurück. Jacqueline war nicht die einzige, die atemlos darauf wartete, was sie zu sagen hatte, aber Jacqueline hatte ein dringenderes Interesse als alle anderen.

Kathleen sagte: »Es tut mir leid, Paul.«

Paul lächelte. »Mir nicht, Kathleen. Ich bin froh, daß es so ausgegangen ist. Willkommen daheim.«

Bill Hoggenboom hustete anzüglich. »Ich bin auch froh, daß Sie wieder da sind, Miss Darcy, aber macht es Ihnen etwas aus, wenn wir das ganze sentimentale Zeug auf später verschieben? Nun sollten wir erst einmal entscheiden, was wir mit Mr. Stokes anfangen. Jake – ich wollte sagen Miss Kirby – hat ihn beschuldigt, Jan Wilson umgebracht und versucht zu haben, auch Sie zu töten, und mir scheint, jemand sollte etwas unternehmen.«

»Natürlich«, erwiderte Jacqueline. »Tun Sie etwas. Verhaften Sie ihn. Oder ...« Ihre Augen begannen zu leuchten. »Darf ich ihn verhaften? Ich wollte schon immer einmal eine Verhaftung vornehmen.«

Stokes war mittlerweile in die hinterste Ecke des Raumes

zurückgewichen. »Machen Sie nur«, sagte er mit schriller Stimme. »Ich wollte schon immer eine Klage wegen unrechtmäßiger Verhaftung vorbringen. Sie können mich nicht festhalten. Sie können mir nichts beweisen.«

»Oh, ich denke, das kann ich doch. Sie haben eine ganze Weile in der Buchhandlung verbracht, mein lieber Bootsie. Ich bin sicher, daß Sie so schlau waren, Handschuhe zu tragen – schließlich haben Sie genug Krimiautoren unter Vertrag –, aber die Methoden der modernen Spurensicherung haben sich ungeheuer verbessert. Ich rate Ihnen, sich Bill nicht zu widersetzen. Sie werden in einer netten, komfortablen Gefängniszelle sicherer sein als auf den Straßen von Pine Grove. Einige der Leute hier haben eine recht eigenwillige Einstellung, wenn es um Mörder geht.«

Stoke stieß unablässig Drohungen aus, während Bill ihn hinausführte, aber er bemühte sich, Paul nicht zu nahe zu kommen.

»Vielen Dank, daß du mir die Rolle des Scheusals zugedacht hast«, sagte Paul trocken, während er neben Jacqueline im Empfangsraum stand und zusah, wie die beiden durch die Eingangstür verschwanden. »Ich hatte gar nicht vor, irgend etwas zu unternehmen. Ich fühle mich wie betäubt. Warum hast du mir nicht gesagt, daß sie hier im Gasthaus ist? Ich kann es immer noch nicht ganz glauben. Hätte ich mehr sagen sollen? Ich möchte nicht, daß sie sich schuldig fühlt. Ich bin derjenige, der sich entschuldigen müßte –«

»Geh nicht wieder hinein.« Jacqueline hielt ihn am Ärmel fest. »Bill hat recht, ich kann auch nicht mehr von diesem sentimentalen Zeug ertragen. Lass' sie mit ihren Schwestern und St. John Frieden schließen. Ah – da sind Sie ja, Brunnhilde. Wie taktvoll von Ihnen, die Familie sich selbst zu überlassen. Ich hoffe doch, daß Sie mir beim Essen Gesellschaft leisten werden!?«

»Nun ja ...« Brunnhildes Nasenflügel zitterten. »Ich bin schon ein wenig hungrig. Uh – Jacqueline ... Ich hoffe, Sie tragen mir nichts nach. Es war seine Idee, wissen Sie. Ich wollte niemanden verletzen, ich habe nur versucht, Ihnen Angst einzujagen. Ich weiß immer noch nicht, wie Sie es angestellt haben, aber ich schätze, daß wir nun quitt sind, richtig?«

»Aber natürlich, meine Liebe. Gehen Sie nur schon einmal vor, und setzen Sie sich. Der Tisch hinten in der Ecke ist für uns.« Brunnhilde warf ihr einen unsicheren Blick zu und machte sich auf den Weg zum Speiseraum. Jacqueline wartete, bis sie außer Hörweite war, bevor sie murmelte: »In einer Hinsicht sind wir quitt, aber ich schulde dir immer noch eine kaputte Treppe und einen Nachttopf.«

»Sie war an diesen Unfällen schuld?« fragte Paul. »Aber ich dachte, Stokes –«

»Das gehörte zu dem, was diesen Fall so verwirrend machte«, erwiderte Jacqueline und blickte Brunnhildes umfangreicher Gestalt mit einem Gesichtsausdruck nach, bei dem sich Pauls Nackenhaare aufrichteten. »Verschiedene Personen haben im Hintergrund kräftig nachgeholfen – Stokes, Brunnhilde und Kathleen selbst –, und ehe ich nicht herausgefunden hatte, wer wem was antat und warum, konnte ich nicht entscheiden, welche Aktionen wesentlich waren und welche nicht. Brunnhildes unbeholfenes Herumspielen mit den Pralinen war lediglich spontane Gehässigkeit. Sie wollte diese Fortsetzung unbedingt schreiben. Aber um gerecht zu sein – was ich natürlich immer sein möchte – muß ich hinzufügen, daß es ihr um mehr ging als um Geld. Ihre Bewunderung für Kathleen war ebenso aufrichtig, wie ...« Jacqueline hustete taktvoll. »Wie sie bei einer Frau mit ihren begrenzten Kapazitäten eben sein kann. Ihr Interview hier in Pine Grove fand als drittes statt. Ihre Neugier auf die, die noch nach ihr an die Reihe kamen, war so groß, daß sie in der Gegend blieb. Sie war schon einmal hier gewesen, und in ›Willowland‹ war sie besonders gern. Als sie mich sah, geriet sie in Wut und spielte mir diesen kindischen Streich mit den Pralinen. Der Einfall kam ihr wegen der Pralinenschachteln, die St. John jedem von uns sandte, und natürlich wußte sie aus ihrer Korrespondenz mit Kathleen von deren Unfällen.

Als ich als die ausgewählte Kandidatin nach Pine Grove zurückkam, hatte Brunnhilde, die in ›Willowland‹ vor sich hinschmollte, genug Zeit gehabt, einen Plan zu entwickeln, mit dem sie mich einschüchtern wollte. So ist sie tatsächlich in Kathleens Cottage eingebrochen, um diesen plumpen Trick mit der Treppe einzufädeln. Sie hatte Glück, daß sie dabei nicht in flagranti erwischt worden ist, Marybee hat das Licht und auch Brunnhilde selbst gesehen, aber natürlich wußte sie nicht, wer sie ist.« Jacquelines wütender Blick wich einem gehässigen Grinsen. »Diese Stufe anzusägen war eine Menge Arbeit, ich wünschte, ich hätte sie dabei beobachten können, wie sie schwitzte und fluchte ...

Stokes hatte nichts mit meinen Unfällen zu tun. Das war allein Brunnhildes Idee, und obwohl man die Vorfälle als uneffektiv und heimtückisch bezeichnen sollte, muß ich doch zugeben, daß sie einfallsreicher waren als irgendein Plot, den sie jemals für eins ihrer langweiligen Bücher erfunden hat. Booton hatte ihr, bevor ich die Szenerie betrat, einen Vorschlag gemacht. Später hat er sich dann große Mühe gegeben, sie wieder loszuwerden, und erst vor einigen Tagen, als sie sich in ›Willowland‹ trafen, haben sie wieder ihre Köpfe zusammengesteckt. Brunnhilde wurde immer verzweifelter. Um ihm deutlich zu machen, wie weit zu gehen sie bereit war, erzählte sie ihm, was sie mir angetan hatte. Ich wette, er hat beinahe einen Schlag bekommen. Natürlich hatte sie keine Ahnung, daß er hinter den ursprünglichen Unfällen steckte, aber Bootons schlechtes Gewissen machte ihn für Anspielungen sehr sensibel – ganz besonders, wenn sie von der lieben Brunnhilde kamen. Ich habe mir wirklich aufrichtige Sorgen um ihre Sicherheit gemacht. Es war reiner Zufall, daß sie beschloß, Kathleens ›Unfälle‹ zu kopieren, aber die Person, die versucht hatte, Kathleen zu töten, befürchtete möglicherweise, daß sie mehr wußte, als sie zugab und hätte vermutlich auch Schritte unternommen, sie zu töten. Aber natürlich«, fügte Jacqueline hinzu »wird Brunnhilde niemals zugeben, wieviel ich auf mich genommen habe, um ihren kostbaren Körper zu retten. Aber was soll's, ich werde mich zur rechten Zeit und auf meine Weise mit ihr auseinandersetzen.« Als Paul sah, wie sich ihre Lippen zu einer schmalen Linie verzogen und ihre Augen dunkler wurden, war er ausgesprochen dankbar, nicht Brunnhilde zu heißen.

Die Dinnerparty wurde doch noch ein Erfolg. Das Essen war superb. Der Wein floß wie Wasser, und Jacqueline war eine großartige Gastgeberin. Als sie später im Empfangsraum stand und ihren scheidenden Gästen die Hände schüttelte, nahm Jacqueline die Komplimente und Lobpreisungen mit unerschütterlicher Selbstzufriedenheit entgegen. Sie fand, sie habe jedes einzelne nette Wort, das man ihr schenkte, verdient. Der Frieden im Hause Darcy war sicherlich noch nicht perfekt, und sie war froh, daß sie nicht anwesend sein würde, wenn St. John seiner Mutter Kathleens Wiederauferstehung beibrachte. Wenn er sich an ihren Rat hielt, würde er es niemals tun. Aber das, gestand Jacqueline ein, war seine Sache – und Kathleens. Sie hatte getan, was in ihren Kräften stand, der Rest lag nun in ihren Händen.

Craig hatte ihr gratuliert und sie zur Seite gezogen. »Ich muß mich bei Ihnen entschuldigen«, sagte er und blickte ihr tief in die Augen. »Ich möchte es irgendwie wieder gutmachen.«

»Natürlich«, murmelte Jacqueline. »Woran hatten Sie gedacht?«

Sie verabredete sich mit ihm für den nächsten Abend zum Essen in einem netten, abgelegenen Restaurant. Sie hoffte nur, daß das abgelegene Hotel tatsächlich weit abgelegen war und daß er dort hocken würde, bis sein Essen vergammelte und bekannt würde, daß man ihn hatte sitzenlassen. Craig wäre wahrscheinlich noch wütender, wenn er feststellen mußte, daß sich mit den Darcys keine guten Geschäfte mehr machen ließen. St. John konnte es sich jetzt nicht mehr erlauben, ihn anzuheuern, und falls Kathleen nicht begreifen sollte, wie sehr die Craigs sie ausgenommen hatten, würde ihr hoffentlich bald jemand den Kopf zurechtrücken.

Schließlich war niemand mehr das außer Jacqueline, Paul und Kathleen. Die Situation hätte peinlich werden können, aber Jacqueline ließ es nicht zu.

»Es gibt etwas, das mir immer noch nicht klar ist«, sagte sie. »Dieses Zitat von Dunbar, das man in Ihrer Handtasche fand. War dies nichts weiter als ein Ablenkungsmanöver oder habe ich etwas übersehen?«

Ihr Tonfall implizierte, daß die zweite Alternative so gut wie unmöglich war. Kathleen lächelte. »Ich schätze, es ist als Ablenkung interpretiert worden. Ich wollte jedoch eine Art Aussage machen, anschuldigen, einen Hinweis geben ... Aber ich konnte ja niemanden direkt beschuldigen, mich ermorden zu wollen, wo ich doch gerade mein Verschwinden in Szene gesetzt hatte. Wahrscheinlich habe ich nicht mehr klar denken können. Sie hatten absolut recht, was meinen Gemütszustand betraf, Jacqueline, ich fühlte mich wie ein gläubiger Christ, der den unwiderlegbaren Beweis gefunden hat, daß es keinen Gott gibt. Entweder versuchte mich irgend jemand zu töten oder ich verlor den Verstand – versank in einen Morast von Paranoia. Ich war mir lediglich einer Sache sicher: daß ich von hier weg mußte, um mir eine Oase der Ruhe zu suchen. Um sicher zu sein vor all dieser Verfolgung und Ablenkung. Wenn ich recht hatte und es wirklich jemanden gab, der versuchte, mir zu schaden, würde ihm mein Verschwinden schlimmer als jede Gefängnisstrafe zusetzen, denn Monate, vielleicht sogar Jahre konnten vergehen, ehe er sich in Sicherheit wiegen durfte. Und das Zitat hätte für ihn, wenn auch für niemanden sonst, eine Bedeutung gehabt. Das dachte ich zumindest. Aber wahrscheinlich war der Hinweis zu subtil. Jacqueline ... Es tut mir so leid wegen der Fortsetzung zu *Nackt.* Ich weiß, daß Sie gute Arbeit geleistet hätten.«

Jacqueline grinste. »Tun Sie nicht so scheinheilig, Kathleen. Es tut Ihnen kein bißchen leid und mir auch nicht. Glauben Sie mir, wenn ich sage, daß ich unendlich erleichtert bin, daß ich dieses Buch nicht schreiben muß.«

»Aber Sie können ein anderes aus Ihren Entwürfen machen«, sagte Kathleen. »Ändern Sie einfach die Namen der Charaktere, und schreiben Sie einige Einführungskapitel, und schon haben Sie eine klassische Jacqueline-Kirby-Geschichte. Die ›Dunkle Dame‹ war ein guter Einfall. Ich habe immer noch Ihre Disketten, Jacqueline. Ich habe sie mitgenommen, konnte es aber nicht übers Herz bringen, sie zu zerstören. Vergeben Sie mir diese schreckliche Sache, die ich Ihnen angetan habe?«

»Ich hätte genau wie Sie gehandelt.« Jacqueline dachte noch einmal darüber nach. »Nein. Ich hätte wahrscheinlich auch die Disketten vernichtet. Ach übrigens, wie kommen Sie eigentlich mit ihrem gegenwärtigen Agenten aus? Ich werde mir ja auch einen neuen suchen müssen.«

»Ich habe eine Agentin, und sie ist großartig. Ich bin sicher, daß Sie gerne mit Ihnen zusammenarbeiten würde. Wann werden Sie nach New York zurückkehren?«

»Gar nicht. Ich hatte eine Idee ...« Jacqueline verstummte. »Es ist spät, und Sie sehen erschöpft aus, Kathleen. Wir werden uns ein anderes Mal unterhalten.«

»Ich bin wirklich müde«, stimmte ihr Kathleen zu. »Von den Toten aufzuerstehen ist anstrengend. Aber ich kann noch nicht gehen, ehe Sie mir nicht eine letzte Frage beantwortet haben. Sie hat die ganze Zeit an mir genagt, aber ich hatte Angst, Sie vorher zu fragen, falls es da etwas ... Jacqueline – was haben Sie mit dem Reporter vom *Sludge* angestellt?«

»Ich habe gar nichts mit ihm angestellt.« Jacqueline machte einen schockierten Eindruck. »Man hat mir gesagt, daß er dem Alkohol recht kräftig zugesprochen habe. Offenbar hat er jedoch zuviel getrunken. Er ist – ehem – krank geworden – wie man mir sagte – und mußte in sein Zimmer getragen werden.«

»Ich verstehe.« Kathleen lächelte und streckte ihr die Hand hin. »Gute Nacht, Jacqueline. Paul ...«

Paul ignorierte ihre ausgestreckte Hand, beugte sich statt dessen hinab und küßte sie auf die Wange. »Schlaf gut.«

Als Kathleen sich abwandte, glitzerten Tränen in ihren Augen. Aber in Jacquelines war davon nichts zu sehen, statt dessen trug ihr Gesicht, als sie Pauls Arm nahm und mit ihm zur Tür hinausging, einen derart selbstgefälligen Ausdruck, daß sie einige ihrer Bekannten wohl gerne gemeuchelt hätten. Wieder einmal hatte sich die Welt den Bedürfnissen von Jacqueline Kirby angepaßt. Und Jacqueline fand natürlich, daß dies zu Recht so war.

Die Fortsetzung zu *Nackt* führte monatelang die Bestsellerlisten an. Jacquelines Werk *Die Leidenschaft der Dunkelheit* war im Vergleich dazu nur ein bescheidener Erfolg, aber ausnahmsweise hegte Jacqueline einmal keinen Groll gegen die erfolgreichere Autorin. Während sie in ihrem hübschen, von Büchern umrahmten Arbeitszimmer in ihrer entzückenden viktorianischen Villa saß, eine große, schwarze Katze auf dem Schoß hatte und einen Blick auf die Kritiken warf, umspielte ein Lächeln ihre Lippen. Es war beinahe ebenso strahlend wie jenes, mit dem sie die Zeitungsberichte über den Ausgang des Prozesses gegen Booton Stokes zur Kenntnis genommen hatte. Er war des Mordes für schuldig befunden worden. Der entscheidende Beweis hatte aus einigen kleinen Stoffetzen bestanden, die man im Buchladen fand und die von Stokes Hose stammten. Sie waren von den Krallen eines Tieres herausgerissen worden – möglicherweise von einer Katze.